GOLDMANN

Buch

Alexander (»Sander«) Til wächst als Sproß einer russischen Emigrantenfamilie im New York der Jahrhundertwende auf, wo er nach dem tragischen Tod seines Vaters und eines seiner Brüder zum kommunistischen Aktivisten wird. Kein Wunder, daß Sander, von FBI-Agenten gejagt, 1917 nichts sehnlicher wünscht, als in seine Heimat zurückzukehren. Dort, so sein Empfinden, wird nach der Abdankung des Zaren Geschichte geschrieben.

Mit einem Empfehlungsschreiben Trotzkis versehen, reist Sander zusammen mit seinem Freund Touhy, einem radikalen Bolschewisten, nach Petrograd ab. Die beiden jungen Männer werden Zeugen von Lenins Ankunft, erleben den Sturm aufs Winterpalais und nehmen am Aufbau des kommunistischen Machtapparates teil.

Während Touhy als eiskalter Opportunist im Geheimdienst »Tscheka« Karriere macht, beginnt Sander zusehends vor der rücksichtslosen Machtausübung der Sowjets zurückzuschrecken. Immer deutlicher wird ihm bewußt, daß er die Ideale seiner Jugend längst verraten hat – bis er eines Tages dem Unrechtsregime nicht mehr tatenlos zusehen will. Sander beschließt, dem Terror ein Ende zu setzen...

Autor

Robert Littell, 1935 in New York geboren, war nach seinem Studium Offizier bei der US-Marine, arbeitete von 1965 bis 1970 als Auslandskorrespondent für *Newsweek* – mit dem Schwerpunkt Sowjetunion und Ostblockstaaten. Seit Anfang der siebziger Jahre widmete er sich ausschließlich seiner schriftstellerischen Karriere. Seither hat er neun Spionageromane und Polit-Thriller veröffentlicht, die allesamt für ihre stilistische Brillanz, ihre feine Ironie, politische Abgeklärtheit und psychologische Wahrhaftigkeit gerühmt wurden.

Von Robert Littell liegen im Goldmann Verlag folgende Titel vor:

Task Force 753. Roman · 8477
Der Springer. Roman · 8582
Sein oder Nichtsein. Roman · 8812
Eine höllische Karriere. Roman · 8865
In den Klauen des Bären. Roman · 8916
Mütterchen Rußland. Roman · 9073
Der Töpfer. Roman · 9143

Der Spion im Spiegel. Roman · 30400/Hardcover

ROBERT LITTELL

ROTER WINTER

R O M A N

Aus dem Amerikanischen
von Dr. Edda Petri

GOLDMANN VERLAG

Die Originalausgabe erschien unter dem Titel
»The Revolutionist« bei Bantam Books, New York

Der Goldmann Verlag
ist ein Unternehmen der Verlagsgruppe Bertelsmann

Made in Germany · 11/90 · 1. Auflage

Umschlaggestaltung: Design Team München
Umschlagillustration: Norma/Sanjulian, Barcelona
Druck: Elsnerdruck, Berlin
Verlagsnummer: 9906
SK · Herstellung: Gisela Ernst
ISBN 3-442-09906-4

Für Maridou

1. Buch

New York, 1917

»Er verdient den Tod; aber Gott sei Dank haben wir keine Todesstrafe, und es ist auch nicht meine Sache, sie einzuführen. Man lasse ihn zwölfmal durch tausend Menschen Spießruten laufen.«

Befehl des Zaren Nikolaus I. zur Bestrafung eines Studenten, der seinen Lehrer angegriffen hatte, in *Hadschi Murad* von L. Tolstoi.

»Möge Gott nicht die Russische Rebellion erleben – die Rebellion ohne Verstand und ohne Gnade!«

Alexander Puschkin, hundert Jahre vor der bolschewistischen Revolution.

Aktuelles vom Tage

An einem Samstag im März 1911 kam ein Botenjunge unter wildem Geschrei das enge Treppenhaus des Asch-Gebäudes heruntergerannt. Alexander Til, der in einem finsteren Kabuff neben dem Treppenschacht arbeitete, sah von seiner Nähmaschine auf und rief: »Was ist los?«

»Feuer!« rief ein Mädchen von der Tür aus. »Oben, bei *Triangle* unter dem Dach.«

Alexander, der in einer Woche siebzehn Jahre alt werden würde, rannte zur Treppe. »Mein Vater arbeitet für *Triangle*«, schrie er, »und mein Bruder auch.«

Hunderte von Mädchen stürmten in Richtung Straße. Alexander kämpfte gegen den Strom und versuchte, sich die Treppe hinaufzuarbeiten, wurde dabei aber zurückgedrängt. Im Erdgeschoß waren einige der Flüchtenden zu Boden gerissen worden und lagen nun übereinander. Es war unmöglich, die Außentür zu öffnen, die nach innen ging. Von den oberen Stockwerken begann Rauch nach unten zu ziehen; die Schreie wurden lauter. Alexander stolperte und bemühte sich vergebens wieder aufzustehen. Während er seinen Kopf mit den Armen abschirmte und japste, um nicht zu ersticken, hörte er durch das Geschrei hindurch, wie draußen die Feuerwehrmänner die Türangeln mit ihren Äxten zerschlugen. Die Tür wurde aufgestoßen, und ein Scheinwerfer blitzte durch den Rauch. Alexander sah einen Lichtschimmer, rappelte sich hoch und taumelte mit brennenden Augen nach draußen auf die Straße, an die frische Luft.

Alexanders Stiefbruder Leon, der im Nachbarblock arbeitete, war hinzugelaufen, als er die Sirenen hörte. Er packte Alexander am Arm. »Wo ist dein Vater? Wo ist Abner?« brüllte er.

Alexander schaute auf. Die drei obersten Stockwerke des Gebäudes bildeten ein Inferno. Das Wasser der Feuerspritzen konnte die

Flammen nicht erreichen. Dutzende hysterischer Mädchen waren auf eine Plattform der Feuertreppe geklettert. Die Feuerwehrmänner riefen ihnen zu, zurückzugehen, weil die Nottreppe ihr Gewicht nicht aushalten würde; aber die Mädchen hörten nicht. Dann brach die Plattform zusammen, und sie flogen wie tote Vögel durch die Luft.

An jedem Fenster krabbelten Mädchen auf die Simse, um der Hitze und den Flammen zu entkommen, und stürzten sich kopfüber in die Leere. Die Feuerwehrmänner spannten mit Tränen in den Augen Sprungtücher auf; aber die Mädchen kamen aus zu großer Höhe und prallten durch sie hindurch auf den Bürgersteig.

Alexander erspähte seinen Bruder Abner, der in einem offenen Fenster im neunten Stockwerk hockte. Er half einem Mädchen, vom Fensterrahmen auf das Sims zu kriechen. Dann hielt er es vom Gebäude weg und ließ es fallen. Dasselbe tat er für ein zweites Mädchen. Und ein drittes. Später sollten die Zeitungen das, was er getan hatte, als einen »Ritterdienst des Grauens« beschreiben. Dann führte er ein viertes Mädchen auf das Sims. Das mußte Nora, seine feste Freundin, sein, weil sie ihn in die Arme nahm und küßte.

Auf der Straße wurden die Leute still. Mit unglaublicher Zartheit hielt Abner Nora in den freien Raum und ließ sie in den Tod stürzen. Dann sprang auch er.

Den zerschmetterten Körper von Alexanders Vater fand man am nächsten Tag auf dem Boden des Fahrstuhlschachtes. Er hatte noch seine tragbare Nähmaschine auf den Rücken gebunden.

Bei Alexander war innerlich etwas plötzlich zum Stillstand gekommen, wie bei einer überdrehten Uhr. Er sprach tagelang kein Wort, alle Gedanken und Gefühle schienen ausgelöscht. Wochenlang wich Leon nicht von seiner Seite. Wenn er sah, wie die Augen seines Stiefbruders ziellos über die abblätternden Wände ihres Zimmers glitten, fragte Leon sich, ob er je wieder der alte sein würde.

Dann erschien am Morgen eines späten Tages im April ein Funken Leben in Alexanders Augen. Seine Lippen bewegten sich. Ein Wort kam heraus. »Gerechtigkeit«, flüsterte er heiser.

Leon wandte sich ihm zu. »Was ist mit Gerechtigkeit?«

»Gerechtigkeit«, sagte Alexander mit vor Schmerz erstickter Stimme, »ist das, was fehlt.«

Danach kam wieder Bewegung in Alexander – erst langsam, dann begleitet von einer panischen Angst, daß die Zeit nicht ausreichen würde, wenn er sich nicht beeilte. Er begann, darüber zu reden, warum

Abner, sein Vater und vierundvierzig andere Menschen hatten sterben müssen. Sie waren, wie er sorgfältig die Worte wägend sagte, Opfer eines Systems geworden, für das nur eines zählte: der Profit. Dies war der Grund dafür, daß die Treppen im Asch-Building nur fünfundachtzig Zentimeter breit waren und die Türen im Erdgeschoß nur nach innen aufgingen. Darum konnte der einzige Aufzug nur zwölf Personen fassen, so daß sein Vater gezwungen gewesen war, in den Schacht zu springen, um den Flammen zu entkommen. Darum hatte das Haus zehn Stockwerke, doch die Leitern der Feuerwehr reichten nur bis zum sechsten. Darum hatten die Versicherungsgesellschaften dreiundzwanzig Familien je fünfundsiebzig Dollar als Entschädigung für ihre Verluste angeboten.

Am nächsten Sonntag machten sich Alexander, Leon und einige Gewerkschafter auf, um mit dem Besitzer der *Triangle Shirtwaist Company* zu sprechen, der auf Long Island in einer ländlichen Villa lebte, welche die Arbeiter Zarskoje Selo nannten – nach dem Landgut des Zaren bei St. Petersburg. Zunächst lehnte es der Hausherr ab, die Delegation zu empfangen, doch er überlegte es sich anders, nachdem Alexander einige Backsteine durch die Fenstertüren zum Garten geworfen hatte.

Mit offenem Hemd und den Händen in den Hosentaschen trat Alexander vor. »Halten Sie die fünfundsiebzig Dollar, welche die Versicherungsgesellschaften den Familien anbieten, für angemessen?« Er trat noch einen Schritt weiter auf den Mann zu. »Fühlen Sie irgendeine moralische Verantwortung für den Tod Ihrer Angestellten? Werden Sie zusätzlichen Ausgleich anbieten? Werden Sie die Arbeitsbedingungen für die Überlebenden verbessern?«

Beim Erscheinen der Abordnung hatte der Fabrikbesitzer seinen Butler losgeschickt, um die Polizei zu holen. Zwei Mann donnerten in einem brandneuen Ford über die Auffahrt, um Alexander und die anderen zu verhaften: wegen unerlaubtem Eindringen, der Beschädigung von Privateigentum und Bedrohung des Lebens eines der führenden Bürger. Als der eine Polizist Alexander Handschellen anlegen wollte, versetzte ihm dieser einen Kinnhaken. Dann liefen sie über die Felder davon.

Diese Erfahrung war ein Wendepunkt in Alexanders Leben: Er begann sich als Revolutionär zu fühlen.

1

In dem Augenblick, als der Jude die golden-silberne Polizeimarke sah, versuchte er, die Tür zuzuziehen; aber der FBI-Agent war schneller: er hatte schon einen kräftigen Oxfordstiefel in den Spalt geschoben.

»Der ist wirklich nicht gerade das, was man gastfreundlich nennen würde«, beklagte sich der Besucher bei seinem Kollegen.

»Man könnte meinen, daß er uns nicht hereinlassen wollte«, stimmte der andere Agent bei.

Der Jude betrachtete die beiden Männer, die nun die Tür aufstießen und eintraten. Beide trugen die gleichen Lansdowne-Hüte mit weicher Krempe und Trenchcoats mit Gürteln. Der eine gab seinen Namen mit Hoover an. Der andere sagte nichts. Sie steckten ihre Polizeimarken wieder ein und folgten dem Juden durch den Vorraum, in dem links und rechts meterhoch Bücher aufgestapelt waren, in das kleine Zimmer neben dem zentralen Luftschacht. Dort holte Hoover, ein junger Mann von Anfang Zwanzig, ein handgroßes Spiralnotizbuch heraus, leckte sich den Daumen und blätterte es durch, bis er zur richtigen Seite kam.

»Sein wirklicher Name ist Alexander Til«, sagte er zu dem Juden. Seine heisere Stimme schien tief aus dem Brustkasten zu kommen. »Weißer, zweiunddreißig Jahre alt. Naturalisierter Amerikaner jüdisch-russischer Herkunft. Größe einssiebenundsiebzig, hagere Statur, leichte Stirnglatze. Grüne Augen. Er ist Brillenträger und hat hinter dem linken Ohr eine drei Zoll lange Narbe – infolge einer Wunde, die er erhalten hat, als er während des Textilarbeiterstreiks von 1912 gegen die Festnahme wegen illegaler Plakatdemonstration Widerstand leistete. Der Schlag hat das Hörvermögen des linken Ohrs geschädigt. Wenn er mit jemandem spricht, pflegt er diesem sein rechtes Ohr zuzuwenden. Zur Tarnung hat er sich einen Vollbart wachsen lassen.«

Der Jude, der die drei Zimmer in der Hester Street gemietet hatte und das kleinste bei dem zentralen Luftschacht in Untermiete abgetreten hatte, sah Hoover scharf an. »Den Namen Til habe ich bis jetzt noch nie gehört«, meinte er vorsichtig. »Mein Untermieter hat mir gesagt, er hieße Rosenstein.«

Der andere Agent ging durch das Zimmer und ließ beiläufig seine Fingerspitzen über eine Tischplatte, die Fensterbank und die Buchrücken gleiten. »Hatte Ihr Rosenstein einen Bart?« fragte er den Juden, ohne ihn anzuschauen.

Der Jude zuckte mit den Achseln. »Bärte tragen hier viele Leute.«

»Hatte er Schwierigkeiten, mit dem einen Ohr zu hören?«

»Ich habe nie soviel mit ihm gesprochen, daß ich es bemerkt hätte.«

Jetzt drehte sich der Agent um und blickte dem Juden direkt ins Gesicht. »Wann ist er ausgezogen?«

»Vor vier, fünf Tagen.«

»Warum ist er ausgezogen?«

»Ich weiß nur, daß er fort ist.«

»Er hat nicht gesagt, wohin er ging?«

»Nein.«

»Und Sie haben natürlich auch keine Ahnung, wo wir ihn finden könnten?«

»Das ist richtig.«

»Sie sind doch auch Ausländer, nicht wahr? Wenn Sie bevollmächtigte Agenten des Bureau of Investigation anlügen, können Sie ziemlich großen Ärger bekommen.«

»Ich weiß nicht, wo er ist«, behauptete der Jude hartnäckig.

In diesem Moment kam der zwölfjährige Sohn des Juden herein. Wie viele Kinder in Mietskasernen roch er nach Petroleum, das man ihm jeden Tag auf Hals, Hand- und Fußgelenke spritzte, um Läuse abzuhalten. Ängstlich stand er hinter seinem Vater, steckte die Hände durch die Hosenträger und starrte die Eindringlinge aus großen, schwarzen Augen an.

Hoover rümpfte angewidert die Nase und begann, sich eine Liste der wenigen Gegenstände in dem Raum zu notieren. Da war ein niedriges Stahlbett mit Strohmatratze, und darüber standen an die Wand gepinselt zwei Sätze: »Der Kapitalismus erzeugt Produzenten und Verbraucher. Der Kommunismus erzeugt Wesen, die auch Produzenten und Verbraucher sind.« Neben dem Bett stand eine umgedrehte Kiste, die als Nachttisch diente; darauf eine Petroleumlampe und ein halbes Dutzend ältere Nummern eines radikalen Magazins: *The Masses*. Ein Heft war aufgeschlagen bei einem Artikel von John Reed, in dem es um Francisco Pancho Villa ging.

Dieser Umstand schien Hoover besonders bedeutsam, da er sich an äußerst unvorteilhafte Dinge erinnerte, die er über den bekannten Villa in einem dienstlichen Rundschreiben gelesen hatte. Ein alter Tisch mit einigen Blechtellern und Tassen, einem rußigen Teekessel und zahlreichen Broschüren und Büchern, darunter ein Heft von Emma Goldmans anarchistischer Zeitschrift *Mother Earth*, eine deutsche Ausgabe des *Kapitals* und eine russische von Tschernyschewskis Roman *Was tun?* An die Wand unter dem kleinen Fenster, das zum Luftschacht führte, war eine einzige Zeile gepinselt: »Eigentum ist Diebstahl – Proudhon«. Das Wort »ist« war unterstrichen, als ob der Schreiber den Satz schon oft gehört, aber erst kürzlich die Überzeugung gewonnen hätte, daß er zutraf. An die Rückseite der Tür war ein Artikel aus der *New York Herald Tribune* geheftet, in dem geschildert wurde, wie die Einwohner von Erwin, Tennessee, einen Zirkuselefanten mit einem Eisenbahnkran gelyncht hatten, weil er einen Mann totgetrampelt hatte. Sodann die Ankündigung eines Caruso-Konzerts in der Carnegie Hall und ein hektographiertes Blatt mit der Mitteilung, daß der berühmte russische Revolutionär Trotzki am nächsten Sonntag, dem 18. März 1917, vor einem sozialistischen Zirkel auf Bedloe's Island sprechen würde. »Kommt alle, kommt alle!« hieß es. »Bringt euch euer Picknick mit!« Unten stand quer in Großbuchstaben die Warnung: »Absolutes Alkoholverbot!«

Hoover schaute von seinem Spiralheft auf. »Diese Bücher auf dem Tisch – gehören die ihm oder Ihnen?«

»Ihm.«

»Nehmen Sie an, daß er ihretwegen zurückkommt?«

Der Jude schüttelte den Kopf. »Er hat mir gesagt, ich solle sie verkaufen – für die Woche, die er mir noch schuldete.«

Der andere Agent ergriff einen Briefbeschwerer aus Glas, drehte ihn um und beobachtete aus Augenhöhe, wie sich der darin aufgewirbelte Schnee langsam setzte. »Was diese Sache mit Rußland angeht, so müssen wir jetzt noch mehr aufpassen denn je.«

»Unseres Erachtens«, sagte Hoover, »ist dieser Til ein gefährlicher Idealist.« Mit einem strichdünnen Lächeln blickte er den Juden herausfordernd an. »Verstehen Sie unseren Standpunkt?«

Der Jude zupfte nachdenklich an einem Ohrläppchen, das so aussah, als ob er das schon öfters getan hätte. Schließlich sagte er: »Ich verstehe Ihren Standpunkt. Aber er ist falsch. In den Vereinigten Staaten von Amerika ist Idealismus noch nicht zum Verbrechen erklärt worden.«

»Es ist keine Frage von Idealismus«, sagte Hoover ungeduldig. »Es ist eine Frage des Eigentums.«

»Eigentum ist Diebstahl«, erklärte der Jude.

»Leg du dich mal mit einem Juden an!« knurrte der andere Agent.

Sander – wie seine Freunde ihn zu nennen pflegten – stand am Rand der Volksmenge, die zusah, wie die Leute vom Schlachthof mit blutbefleckten Schürzen ein Pferd zu töten suchten, das in den Sielen zusammengebrochen war, als es eine Wagenladung Kohle durch die Third Avenue zog. Einige Fahrgäste lehnten sich aus den Fenstern einer vorbeifahrenden Straßenbahn und erteilten Ratschläge. Das Pferd, das Scheuklappen trug und dessen Rippen herausstanden, wieherte und schlug schwach mit einem Hinterbein aus. Dabei erwischte es einen der Arbeiter am Schienbein. Der humpelte fluchend weg. Ein junger Polizist mit rotem Gesicht beugte sich über das Pferd und drückte ihm den Lauf seines Revolvers ans Ohr. Die meisten Zuschauer blickten weg. Die Passagiere zogen die Köpfe ins Innere des Wagens zurück. Ein Junge in Cordknickerbocker kicherte nervös. Der junge Polizist drückte ab. Die Pistole zuckte in seiner Hand hoch. Aus dem Maul des Pferdes kamen Blut und Schaum. Das Tier stöhnte einmal und lag dann still.

Sander entfernte sich aus der Menge. Größere Menschenansammlungen verursachten stets Unbehagen bei ihm; er hatte immer Angst, totgetrampelt zu werden. Er warf noch einen letzten Blick auf das tote Pferd. Ein Hinterbein ragte wie ein anklagend erhobener Finger grotesk zum Himmel empor. In kapitalistischen Ländern starben nicht nur Tiere in den Sielen. Auch menschliche Wesen arbeiteten sich tot; und dann entledigte man sich ihrer, während die Glücklicheren peinlich berührt wegschauten. Nun, Sander hatte niemals weggeschaut. Er hatte mit angesehen, wie Fabrikarbeiter zusammenbrachen – und es war nicht anders als bei diesem Pferd gewesen. Er hatte Leute gesehen, die nicht mehr imstande waren, einen Sack zu heben. Die Bosse hatten ihnen nicht Pistolen ans Ohr gedrückt; sie hatten die Arbeiter einfach wie abgetragene Schuhe auf die Straße geworfen. Aber war das etwa nicht bloß eine andere Form von Exekution?

»Dich kann nichts erschrecken«, hatte Leon, Sanders Stiefbruder, bei einer ihrer regelmäßigen Diskussionen darüber, wie man die Welt in Ordnung bringen könne, wütend erklärt. »Nicht die Todesgefahr, nicht die Gefahr des Mißerfolges, rein gar nichts!« Natürlich hatte Leon vollkommen unrecht gehabt. Sander *wußte*, wie die Lage war, und *träumte* davon, wie sie sein könnte. Aber auch er hatte oft Zweifel. Wenn es nun nicht in seiner Macht läge, die Dinge in Ordnung zu bringen? Wenn niemand dazu imstande wäre? Wenn Marx sich geirrt hätte, wenn die Revolution nicht unvermeidlich war und die großen Volksmassen draußen dazu bestimmt waren, bis zum Tode ausgebeutet zu werden wie das Pferd, das den Kohlewagen über die Third Avenue gezogen hatte? Wenn Fabriken und Bergwerke und Ghettos und eine permanente Hackordnung unvermeidbar wären? Nein! Sander würde das nie akzeptieren. Und er würde nie den Kampf aufgeben. Er würde auf die Barrikaden gehen, wann immer und wo immer die Arbeiter sie errichteten.

Seit dem Tode seines Vaters und seines Bruders bei dem großen Brand hatte er genau das getan. New York, Connecticut, New Jersey, Michigan, Ohio, Colorado – überall wurde er wegen illegaler Streikaufrufe und Versammlungen gesucht. »Anstiftung zum Aufruhr«, nannte man das. Anstiftung zum Aufruhr! Er hatte mehr als einen Aufruhr zustande gebracht. Darum hatte die Bundesregierung gegen ihn Haftbefehl erlassen aufgrund eines Gesetzes von 1903, wonach ausländische Anarchisten auszuweisen waren. Die Kriminalabteilung des Justizministeriums fahndete seit einem knappen Jahr nach Sander – wegen »Anstiftung zu Aufruhr und bewaffnetem Widerstand und wegen kommunistischer Propaganda, die auf den Sturz der herrschenden Ordnung abzielt«. So lautete jedenfalls der Text unter der recht gut getroffenen Zeichnung seines Gesichtes auf dem Steckbrief.

Sander ging zur Pfandleihe, die einen Block weiter in der Third Avenue lag. Er trug ein Hemd aus ungebleichtem Leinen mit weißem Kragen und einen Anzug, der von einem griechischen Schneider am East Broadway »gewendet« worden war. Er hatte einen dichten Bart, und seine Haut war so zart, daß er sie beinahe für unmännlich hielt. Seine ausdrucksvollen Augen hatte eine jüdische Schauspielerin einmal mit offenen Wunden verglichen.

Die Türglocke bimmelte, als Sander die Pfandleihe betrat. Der Inhaber kam aus dem Hinterzimmer. Er hatte einen so schmalen Schädel, daß man meinte, er wäre durch ein Mißgeschick bei der Geburt deformiert worden. Enorme rote Ohren standen rechtwinklig von seinem Gesicht ab. »Sind Sie Käufer oder Verkäufer?« fragte er mit weinerlicher, nasaler Stimme.

Aus dem Hintergrund hörte man das Staccato einer Schreibmaschine. Plötzlich brach es ab. Eine Frauenstimme fluchte leise: »Scheiße!« Dann ging es wieder los.

»Wenn der Preis stimmt, bin ich Verkäufer«, sagte Sander.

Der Pfandleiher lachte leise vor sich hin. »Aha. Dann zeigen Sie mir mal, was Sie haben.« Er schob Harmonikas, Taschenuhren, Manschettenknöpfe und Puderdosen beiseite, um auf dem Ladentisch Platz zu schaffen.

Sander holte ein zusammengefaltetes Taschentuch aus der Jackentasche und legte es vorsichtig auf die dicke Glasplatte. Er faltete es auseinander und brachte eine silberne Kameenbrosche mit einem kleinen roten Stein in der Mitte zum Vorschein. Seine Mutter Rivka hatte sie ihm 1908 gegeben, auf dem Pier in Rotterdam, als er, sein Vater und Bruder sich anschickten, das Schiff nach Amerika zu besteigen. Der Vater hatte noch einmal kehrtgemacht. »Ich habe mich anders entschlossen«, hatte er mit tonloser Stimme gesagt. »Wir werden in Rotterdam bleiben, bis es dir bessergeht.«

»Das haben wir gestern abend geklärt«, hatte die Mutter entschlossen erwidert. »Wenn es mir bessergeht, kannst du sicher sein, daß ich euch mit dem ersten Schiff folge, das nach Amerika fährt.« Sie hatte versucht, ermutigend zu lächeln. »Tuberkulose ist schließlich noch nicht das Ende der Welt.«

»Mama!« hatte Alexander laut geschrien. »Es tut mir leid, daß ihr wegen mir Rußland verlassen mußtet.«

»Es ist nicht deine Schuld«, hatte Rivka entgegnet. »Es war Gottes Wille.«

Sie hatte Alexander, Abner und ihren Mann auf jiddisch gesegnet und jeden auf die Stirn geküßt. Dann hatte sie Alexander die Kameenbrosche in die Hand gedrückt. »Denk an mich«, hatte sie geflüstert.

Als die *Darmstadt* von zwei Dampfschleppern herausgezogen wurde, hatte Alexander seine Mutter mit einigen anderen Frauen bei einem riesigen Kran stehen sehen. Obwohl sie ihm nie einen Vorwurf gemacht hatte, war er doch betroffen durch die Tatsache, daß sie nicht gewinkt hatte. Er allerdings auch nicht. Seine Arme waren wie Blei gewesen. Stumm hatten sie einander angestarrt, während das Schiff langsam aus dem Hafen fuhr.

Dies war das letzte Mal, daß er sie gesehen hatte.

Der Pfandleiher klemmte sich eine Uhrmacherlupe ins rechte Auge und nahm die Brosche in die Hand. Sander bemerkte auf dem Tisch eine Nummer der *New York Times* vom Freitag, dem 16. März 1917. Die Schlagzeile lautete: REVOLUTION IN RUSSLAND. DER ZAR DANKT AB. Der Pfandleiher drehte die Brosche um, um die Rückseite anzuschauen.

»Wieviel wollen Sie haben?«

»Wieviel bieten Sie?«

»Solche Stücke bringt man mir jeden Tag. Nennen Sie Ihren Preis. Ich werde mit Ja oder Nein antworten.«

Sander zögerte. »Der Rubin allein soll schon fünfunddreißig Dollar wert sein«, meinte er schließlich.

Der Pfandleiher hustete tief im Nacken. Er warf die Brosche auf das

Taschentuch und deckte sie mit den Zipfeln zu, als wolle er sie nicht länger als unbedingt nötig anschauen.

»Machen Sie ein Angebot«, sagte Sander beklommen.

Der Mann steckte einen dicken Finger in die Nase und bohrte darin. Dann zuckte er mit den Achseln. »Die Kamee ist nichts Besonderes. Was Sie für einen Rubin halten, ist geschnittenes Glas. Nur die Silberfassung hat einen gewissen Wert. Ich kann vielleicht zwei Dollar und fünfzig Cents bezahlen. Keinen Penny mehr.«

»Zweifünfzig!« Sanders Mut sank. Er steckte die Brosche in die Tasche und holte die Seth-Thomas-Eisenbahnuhr heraus, die Maud ihm zu seinem einundzwanzigsten Geburtstag geschenkt hatte. »Wie ist es damit?«

Der Pfandleiher schnaubte wegwerfend. »Die Zukunft gehört den Armbanduhren.«

Während Sander an einer Reihe dreckiger, grauer Mietskasernen entlang in die Innenstadt zurückging, beschloß er, sich durch den Pfandleiher nicht entmutigen zu lassen. Es mußte doch einen Weg geben, um genug Geld für das Dampferbillet zu bekommen.

Während er sich den Kopf zerbrach, wanderte er durch die Seventh Street und stand unversehens vor dem *McCorley's*, einer Kneipe, die er seit langem kannte. Er öffnete die Schwingtür und ging in die Bar.

»Was soll es sein?«

Sander bestellte ein Pint Ale und nahm aus dem Korb ein hartgekochtes Ei, das er mit der Handfläche auf der Barplatte hin- und herrollte, um die Schale zu zerbrechen. Dann begann er es zu abzupellen. Der Bartender füllte einen Krug, wischte mit einem Holzlöffel den Schaum ab und stellte das Bier vor Sander hin.

Weiter hinten an der Bar verschüttete jemand ein Glas Bier. Dann ertönten wohlmeinende Rufe« »Hört auf, Jungs!« Sander erblickte einen großgewachsenen Mann, der, offensichtlich durch gutes Zureden besänftigt, wieder zu seinem Drink zurückkehrte. Sander erkannte ihn sofort. Er nahm sein Ale und das harte Ei und drängte sich durch die Menge.

»Atticus?«

A. (für Atticus) O. (für Orson) Tuohy – so hieß der Riese – drehte sich um. »Jesus, beinahe hätte ich dich gar nicht erkannt«, sagte er und schüttelte Sander die Hand. »Mit diesem Bart siehst du aus wie dein Großvater auf der Daguerreotypie.« Tuohy deutete auf den Mann, mit dem er getrunken hatte. »Das ist Emilio Ortona!« sagte er zu Sander. Mit gedämpfter Stimme fügte er hinzu: »Emilio ist ein Anarchist aus New Jersey. Emilio, ich stelle dir einen alten Kumpel aus der Bewegung vor: Sander Til.«

Ortona nickte, ohne Miene zum Händeschütteln zu machen. Sander nickte höflich zurück. Ihre Wege hatten sich schon früher gekreuzt – einmal bei einem Streik der Fleischpacker in New Jersey, ein anderes Mal bei einem Treffen der Ludlow-Bergleute in Colorado. Sander fragte sich jedesmal, wenn er Ortona sah, ob er wirklich Anarchist war. Er sah eher wie ein Rowdy aus.

»Und, wo wohnst du jetzt?«

»Ich habe ein Zimmer in Essex, bei Hester, über einem Feinkostgeschäft«, sagte Sander.

»Jeder Italiener kennt diesen Delikatessenladen«, sagte Ortona. »Das ist der einzige Ort in Manhattan, wo man *baccala mante* finden kann.«

Tuohy lenkte das Gespräch auf seine neueste Freundin, eine heiße kleine Nummer vom Hunter College, die in Margaret Sangers Geburtenkontrollklinik in Brooklyn Nachtdienst machte. Sie war zweimal verhaftet worden wegen Verletzung des Comstock Act, der Aufklärung über Geburtenkontrolle als obszön einstufte. »Das einzige, was bei ihr nicht stimmt«, sagte Tuohy, dessen rotes, in der Mitte gescheiteltes Haar glatt nach hinten geklebt war und dessen Nase ständig witternd die Luft einsog, wenn er eine Frau erblickte, »ist, daß sie zu klein ist. Jedesmal, wenn ich sie ansehe, habe ich das Gefühl, daß sie noch einen halben Häuserblock von mir entfernt ist.«

»Was hast du in letzter Zeit so gemacht?« fragte Sander Tuohy.

»Was ich gemacht habe?« Tuohy grinste Ortona an. »Zeig ihm die Artillerie, Emilio!«

Ortona hielt Sander einen Moment lang seine Segeltuchtasche hin. Darin waren zwei Pistolen. Sander erkannte eine *Nagan*, einen russischen Militärrevolver, der vor der Jahrhundertwende hergestellt war, und eine amerikanische *Smith and Wesson*. »Die Nagan ist mein persönliches Eigentum«, sagte Ortona stolz. »Die andere ist geliehen.«

»Wir waren diesen Nachmittag drüben in Brooklyn«, sagte Tuohy augenzwinkernd.

»Bei der *Mechanics and Metals National Bank* in der Schenectady Avenue«, ergänzte Ortona.

»Wir warteten, bis sie für den Tag zumachten«, fuhr Tuohy fort. »Dann schlugen wir zu. Emilio schnitt mit seinem Taschenmesser die Telefonleitung durch. Ich zeigte ihnen meine hübsche *Smith and Wesson* und befahl dem Kassierer, die Tür zu dem begehbaren Mosler-Safe zu öffnen. Rate mal, was dieser Hundesohn sagte.«

Sander schlürfte sein Ale.

»Er sagte, er könnte nicht!« rief Tuohy.

»Er konnte den verfluchten Safe nicht aufmachen«, sagte Ortona, »weil der mit einer neumodischen Errungenschaft ausgestattet war.«

»Eine Art von Zeitautomatik«, sagte Tuohy. »Die verdammte Tür sperrt sich von selbst um Schlag vier zu. Vor Montag früh kann man sie dann nur noch mit Dynamit aufkriegen.« Tuohy goß den Rest seines Tequila herunter, für den er während des mexikanischen Bürgerkriegs Geschmack entwickelt hatte, und gab dem Barkeeper ein Zeichen nachzufüllen. »Hier liegt Atticus Tuohy«, sagte er theatralisch. Und dann folgte eine seiner berühmten Grabinschriften: »Ein Revolutionär, der eine kapitalistische Bank nicht ausrauben konnte – mochte auch sein Leben davon abhängen.«

»Ich wußte gar nicht, daß du dich mit Expropriationen beschäftigst«, bemerkte Sander.

»Expropriationen!« kicherte Ortona. »Bei euch« – fast hätte er gesagt »Juden«, doch er fing sich noch rechtzeitig – »Marxisten klingt alles immer so tierisch ernst.« Er murmelte, dies sei das letzte Mal gewesen, daß er sich mit dilettantischen bolschewistischen Bankräubern eingelassen habe, und ging zur Tür.

Tuohy klopfte mit seinem leeren Glas ungeduldig auf die Bar. Der Barkeeper hatte vergessen nachzufüllen. »Es dürfte interessant sein, was Debs über diese Revolution in Rußland zu sagen hat.«

»Denk daran, was Trotzki über Debs und seinen Sozialismus gesagt hat«, sagte Sander. »Die ideale Partei für erfolgreiche Zahnärzte.«

»Debs ist anders. Er hat Feuer unterm Hintern.«

»Schau!« sagte Sander. »Das einzige, woran diese Sozialisten und die Leute von der Textilgewerkschaft interessiert sind, ist eine dickere Lohntüte, kürzere Arbeitszeiten und bezahlter Urlaub.«

»Mag sein, daß die Sozialisten halbherzig sind. Aber ihre Analyse stimmt. Jede ernsthafte Analyse der Ökonomie führt zum Sozialismus –«

»Jede ernsthafte Analyse der Fabrik«, erwiderte Sander leise, »führt zum Kommunismus. Lies mal das schreckliche Kapitel über den Arbeitstag im *Kapital.*«

Tuohy neigte den Kopf und betrachtete Sander eingehend. Er kannte ihn länger als die meisten anderen. Er hatte ihn Trotzki und dessen Frau in ihrem Apartment in der Bronx schon bald nach ihrer Ankunft aus Europa vorgestellt. Trotzki, der legendäre russische Revolutionär, der sich bitter darüber beklagte, daß er monatlich achtzehn Dollar Miete sowie Raten für die Einrichtung bezahlen mußte, der sich über die Existenz eines Müllschluckers wunderte und leidenschaftlich von der Revolution sprach, die wie ein vom Wind angetriebenes Buschfeuer über Europa hinwegfegen würde, wenn auch leider nicht mehr zu seinen Lebzeiten. Aber jetzt war es zu einer spontanen stürmischen Volkserhebung gekommen, und zwar dort, wo man es am allerwenigsten erwartet hatte: in Rußland. »Ich weiß Bescheid«, sagte Tuohy plötzlich. »Hier in Amerika bahnt sich keine Revolution an. Darum wirst du zurückgehen.«

Sanders Finger umklammerten die Brosche in seiner Jackentasche. »Wenn die Arbeiter eine Barrikade errichten«, sagte er, »dann ist es die Pflicht eines jeden Revolutionärs, auf ihr seinen Mann zu stehen.«

»Du bist in die Revolution verliebt«, entschied Tuohy. Ungeduldig winkte er dem Barkeeper. »Was muß man tun, um hier einen Drink zu bekommen?« Dann wandte er sich wieder Sander zu. »Nun gut, warum nicht? Eine gute Revolution ist besser als manches Mädchen. Das Problem ist nur, daß sie wahrscheinlich vorbei ist, bis du nach Rußland kommst.«

»Oder es kommt die zweite Revolution – die von Lenin und den Bolschewiken.«

»Ihr Russen seid alle Träumer. Erinnerst du dich noch an Rußland?«

Sander erinnerte sich sehr gut daran: das wilde Pferdegewieher und Hufestampfen, als die Kosaken in sein Dorf galoppierten, die Gänse in Panik auseinanderstoben, die Äxte Türen zerschlugen, die Menschen vor Entsetzen schrien, daß es noch lange in seinem Kopf widerhallte. Er erinnerte sich daran, wie sie sich verzweifelt abhetzten, um in den Tunnel zu gelangen, den sein Vater und sein Bruder unter den Fußbodenbrettern gegraben hatten, wobei sie die Erde in Strohkörben wegkarrten und bei Nacht in den Fluß warfen, damit niemand ahnte, was sie vorhatten. Er erinnerte sich, wie er vom letzten Pogrom im Freien überrascht wurde; er erinnerte sich an das Geräusch von Pferden, die auf der anderen Seite den Hügel heraufstampften, und an die jämmerlichen Schreie des Mannes, den sie jagten; er erinnerte sich, daß er sich wie ein Maulwurf in einen Misthaufen eingebuddelt hatte und aus diesem Versteck sah, wie riesige Kosaken mit Pelzmützen ihren Pferden die Sporen gaben und den dicken Petroleumhändler Adler niederritten. Einer der Kosaken war abgestiegen, hatte die Flasche mit Petroleum aus dem Holzgeschirr auf Adlers Rücken herausgezogen und den Inhalt über die Kleidung des Mannes gegossen, der wehrlos am Boden lag. Dann hatte er ein Streichholz angezündet. Adler hatte zu Gott gebetet, er möge seinen Diener retten. Er hatte geschluchzt und seine Stirn auf den Boden geschlagen. Dann war er in Flammen aufgegangen. Brüllend wie ein verwundetes Tier wälzte er sich den Hügel hinab, auf den Fluß zu, der fast völlig zugefroren war. Er durchbrach das dünne Eis mit einem Zischen, als würde rotglühendes Eisen in einen Eimer Wasser getaucht. Sander erinnerte sich, wie seine Eltern danach hin und her überlegten, ob sie alle nach Amerika auswandern sollten. Da hatte er ihnen gesagt: »Ich weiß nicht genau, wo Amerika liegt; aber ich werde dahin gehen, mit oder ohne euch, und mit oder ohne euren Segen.« Riwka hatte mit brennenden Augen den zitternden Knaben an sich gezogen. »Dann . . . werden wir alle gehen«, hatte sie ruhig gesagt.

»Rußland«, sagte Sander zu Tuohy, »ist etwas, das man nie vergißt.«

»Wie alt warst du, als ihr weggingt?«

»Ich glaube, ich muß hundert gewesen sein.«

Eine italienische Melodie vor sich hin summend, spazierte Emilio Ortona durch die Bar, in der sich Hafenarbeiter von den Jersey-Docks drängten, und ging dann einen langen, finsteren Korridor zu dem Büro. Unter der Tür drang Licht hervor. Ortona trat ein, ohne anzuklopfen. Silvio, der auf seinem Schreibpult mit Rollverschluß gerade an einem Puzzlespiel herumtüfelte, hob überrascht den Kopf.

»He, ich bin's nur«, beruhigte ihn Ortona.

»Ich hatte dich nicht so früh erwartet«, meinte Silvio und lehnte sich in seinem Drehstuhl zurück. Dann füllte er ein Glas mit Whiskey nach und nahm einige hastige Schlücke. »Wie hat's geklappt?« fragte er nervös und winkte Ortona, Platz zu nehmen, wobei er es geflissentlich vermied, ihm ins Gesicht zu schauen.

»Die Scheißbolschewisten haben wie gewöhnlich alles vermasselt«, sagte Ortona. Er ließ die Tasche mit den beiden Revolvern nach links rutschen und sah sich vorsichtig um. Die dicken Samtvorhänge vor der Hintertür waren vorgezogen, und die elektrische Schreibtischlampe brannte schon. Silvio rutschte unbehaglich hin und her. »Was ist los mit dir, Silvio?« fragte Ortona. Er ging rückwärts zur Tür. »Keine Sorge, ich habe deine Artillerie nicht verloren, he!«

In diesem Augenblick traten zwei Männer hinter dem Vorhang hervor. Beide hatten automatische Browningpistolen in der Hand. »Hoover, Bureau of Investigation«, stellte der eine sich vor, während der andere schwieg.

»Ich hatte keine Wahl«, entschuldigte sich Silvio bei Ortona. »Sie wußten, daß du kommen würdest. Sie wußten von der Bank in Brooklyn.«

»Hau ab!« befahl der zweite Agent. Silvio rollte die Abdeckung seines Schreibtischs herunter, um das Puzzlespiel zu schützen, schloß ihn mit einem kleinen Schlüssel ab, den er an einer soliden Goldkette vor seiner Weste trug. Dann machte er, daß er wegkam.

»Ich habe mir die Revolver geliehen, um Schießübungen zu machen«, wandte sich Ortona an die Agenten, wobei er die Arme ausbreitete, um seine Unschuld zu beteuern. »Das ist doch kein Verbrechen, oder?«

Der zweite Agent nahm den Browning jetzt in die linke Hand, trat auf Ortona zu und boxte ihn kräftig in den Magen. Ortona schnappte nach Luft und klappte zusammen. Die beiden Agenten nahmen ihn bei den Achselgruben hoch und ließen ihn in Silvios Drehsessel fallen.

»Wie gut kennen Sie Sander?« fragte Hoover.

»Wie kommen Sie auf die Idee, daß ich einen Sander kenne –«

Hoover drehte den Stuhl so, daß Ortona dem anderen Agenten frontal gegenüber saß. Der schlug ihn ein paar Male kräftig über das Gesicht. Dann drehte Hoover ihn wieder zurück.

»Also noch mal – wie gut kennen Sie ihn?«

»Warum schützen Sie ihn?« fragte der zweite Agent. »Er ist doch ein Jid.«

»Sander ist eine Abkürzung für Alexander, nicht wahr?« fragte Hoover.

Ortona nickte.

»Und Alexander ist der Vorname von Alexander Til?«

»Ich kenne seinen Nachnamen nicht«, beharrte Ortona. Hoover holte erneut aus, aber Ortona hielt seinen Arm fest. »Ich glaube, er heißt so«, gab er zu.

Hoover verzog den Mund zu einem schmalen Lächeln. »Und wo können wir diesen Alexander Til finden?«

»Los, spucken Sie's aus. Wir wollen nicht ewig hier herumsitzen«, knurrte der andere.

»Was springt für mich dabei heraus?« fragte Ortona.

2

Während Sander die Houston Street herunterging, schaute er zu dem Labyrinth von Feuertreppen auf. Auf der Lower East Side hatte sich nur sehr wenig geändert, seit ein Polizeireporter der *New York Evening Sun* namens Jacob Rijs sein Exposé über das Leben in Mietskasernen unter dem Titel *How the Other Half Lives* veröffentlicht hatte. Das war noch vor der Jahrhundertwende gewesen. Viele Holzgebäude waren abgerissen worden, aber größere Backsteinbauten waren an ihre Stelle getreten. Die Kellerasseln hatten sich rasend schnell vermehrt. Auf den Straßen waren fünf Hydranten installiert worden. Eine städtische Verordnung hatte die Hausbesitzer verpflichtet, Notausgänge und Feuerleitern anzubringen; und die Juden hatten sich prompt häuslich in den Notausgängen eingerichtet. Hier schliefen sie in den schwülen Sommernächten und lüfteten tagsüber ihre Betten.

Die meisten Leute waren für die Notausgänge gewesen. Doch Sanders Bruder Abner hatte von Anfang an dagegen argumentiert: Was moderne Gebäude bräuchten, seien gut beleuchtete Treppenhäuser innen mit schweren, feuersicheren Türen und Löschschläuchen in jedem Stockwerk. Aber damit war er seiner Zeit voraus gewesen. Er hatte auch für eine Fünfundvierzigstundenwoche plädiert, für bezahlten Urlaub und sogar für Lohnausgleich bei Beschäftigten, die krank waren oder freigestellt wurden, weil eine Fabrik weniger Aufträge hatte. Schließlich hatte er sich weitgehend Sanders Auffassung angenähert, wonach die Wurzel der Ungerechtigkeit in dem System selbst lag. Allerdings hatte er noch nicht erfaßt, daß man dieses System nicht reformieren, sondern nur abschaffen konnte – durch eine gewaltsame Revolution. Armer Abner... Sander vermißte ihn immer noch sehr. Er trauerte um seinen Vater, aber er *vermißte* seinen älteren Bruder. Manchmal war es ihm, als ob er, Sander, die Welt mit Abners Augen sähe.

Wie Abner war Sander ein Geschöpf des jüdischen Ghettos der Lower East Side von Manhattan. Da war das Kino in der Canal Street, wo Abner und er eine Flasche voll Motten eingeschmuggelt und sie dann im Dunkeln freigelassen hatten, woraufhin sie nach der einzigen Lichtquelle strebten – dem Projektor. Die riesigen Schatten auf der Leinwand hatten die Klavierspielerin so in Panik versetzt, daß sie hysterisch schreiend aus dem Theater rannte. Da war der »Schweinemarkt«, wie die Juden ihn nannten, in der Hester Street, wo man buchstäblich alles kaufen konnte – außer Schweinen. Dort hatte Alexander seinen ersten Job in der Neuen Welt gefunden: Er hatte Spulen mit Garn und Wolle aus einem klapprigen Wägelchen verkauft, das von einem spindeldürren Pferd gezogen wurde. Da war East Broadway, den jüdische Intellektuelle *Ulitza* nannten. Das war das russische Wort für Straße: Sie hielten es für kultivierter, russisch zu sprechen anstatt jiddisch. Auf der *Ulitza* lernte Jack Til seine zweite Frau und ihren Sohn Leon kennen. Und hier ließ er sich mit ihnen und seinen beiden eigenen Söhnen im Winter 1908 nieder. Da war die Volkschule 160, wo Alexander und Leon während ihres einzigen Jahres formaler Schulbildung in Panik aus einem Parterrefenster sprangen, als das neugeschaffene Gesundheitsamt einen Arzt losschickte, um mit Geräten zum Hinunterdrücken der Zunge die Mandeln zu inspizieren. Leon hatte Alexander eingeredet, der Arzt würde ihnen den Hals aufschneiden, um die Mandeln zu entfernen.

Sanders Gedanken schweiften zu Leon. Als er ihn das letzte Mal gesehen hatte – es lag schon Monate zurück –, hatten sie sich nur wenig zu sagen gehabt. Leon war immer tiefer in die zionistische Bewegung hineingezogen worden. Er hatte sogar davon gesprochen, nach Palästina auszuwandern, denn dort solle eine Heimat für die Juden geschaffen werden. Auf Sanders sarkastische Frage, was die Zionisten mit den dort lebenden Arabern zu tun gedächten, war Leon in die Luft gegangen. »Dieses Land hat uns vor zweitausend Jahren gehört, und es wird uns wieder gehören. Die Araber, die bleiben wollen, werden neben uns in Frieden und Wohlstand leben.«

Leon hatte sich verrannt, dachte Sander, während er die Essex Street entlangging. Plötzlich spürte er, wie ihn jemand am Ärmel zupfte. »Mister! Mister!« Ein kleiner Junge mit Hosenträgern und Petroleumgeruch stand neben ihm. Seine Lippen waren schwarz von Lakritze. »Hier, Ihre Bücher.«

Er übergab Sander die Bücher, die er in seinem Zimmer zurückgelassen hatte. »Mein Vater hat mich geschickt, Sie zu warnen. Zwei Männer mit Polizeimarken haben nach Ihnen gefragt.«

»Hat dein Vater ihnen gesagt, wo sie mich finden können?«

»Er hat gesagt, daß er es nicht weiß.«

Sander lächelte. »Dein Vater ist ein guter Mensch.« Er holte einen Nickel aus der Tasche. »Das ist für dich.«

Der Junge schüttelte den Kopf. »Es ist Sabbat«, sagte er mit großer Ernsthaftigkeit. »Ich darf kein Geld anrühren.«

»Ich möchte dir etwas für deine Mühe geben.«

»Sie können mir etwas erzählen«, schlug der Junge vor.

»Was denn?«

»Die Männer, die Sie gesucht haben, haben Sie einen Revolutionär genannt. Was ist das: ein Revolutionär?«

»Ich hatte einen Großvater, der ein berühmter Revolutionär war«, sagte Sander. »Das war in Rußland, vor vielen Jahren. Er gehörte einer Bewegung an, die sich ›Narodnaja Volja‹ nannte, der Wille des Volkes. Er wollte das Leben der Massen verändern, die in Armut und Unwissenheit lebten. Schließlich verließ er sogar seine Familie und zog in ein kleines Dorf, wo er Schulklassen einrichtete. Er versuchte, den Bauern das Lesen beizubringen.«

»Und was geschah mit Ihrem Großvater?«

»Die Bauern waren gegenüber Fremden sehr mißtrauisch und behandelten ihn wie den letzten Dreck. Nach und nach gaben er und seine Genossen auf und verließen die Dörfer. Daraus lernte mein Großvater die folgende Lektion: Die Geschichte bewegt sich sehr langsam, also muß man ihr einen Stoß versetzen.«

»Also ist ein Revolutionär jemand, der der Geschichte einen Stoß versetzt.«

»Das ist eine gute Definition«, meinte Sander mehr zu sich selbst.

»Hat Ihr Großvater der Geschichte einen Stoß gegeben?«

»Er hat es versucht. Er und einige andere wollten den Zaren ermorden.«

Die Augen des Jungen weiteten sich. »Ermorden!« stammelte er ungläubig.

»Aber sie wurden verraten und eingesperrt«, fuhr Sander fort.

»Was ist dann mit ihnen passiert?«

Sander erzählte die Geschichte so, wie er sie von seinem Vater gehört hatte. »Sie haben ihnen die Fußgelenke gefesselt und die Köpfe rasiert«, sagte er. »Dann wurden sie vor Gericht gestellt. Als mein Großvater an der Reihe war, sagte er den Richtern, daß sein Blut als Dünger dienen würde, aus dem die Saat des Sozialismus sprießen würde.«

»Und dann?«

»Er wurde für schuldig befunden und mit den anderen zum Tode verurteilt und hingerichtet. Der Henker legte meinem Großvater einen Strick um den Hals, zog ihm eine schwarze Kapuze über den Kopf und ließ ihn durch eine Falltüre im Schafott stürzen. Ein Helfer hängte sich an seine Füße, bis er erdrosselt war.«

Der Junge schluckte. »Und der Sozialismus?« fragte er.

Sander dachte an die Schlagzeilen in der *Times*. »Er keimt schon«, sagte er. »Es wird noch mehr Tote und mehr Blutvergießen geben, aber er keimt.« Sander lächelte. »Jetzt lauf nach Hause, ehe dein Vater dich suchen kommt.«

Noch ganz im Banne der Geschichte verschwand der Junge in der Hester Street. Sander begab sich zum Eingang von Nummer zweiundzwanzig, gleich neben dem Delikatessengeschäft, und ging die Treppe zu seinem Zimmer im vierten Stock hinauf. Oben tastete er sich an der Wand entlang bis zur zweiten Tür rechts. Er schloß die Tür auf und betrat das Zimmer.

In dem schwachen Licht, das durch das einzige, schmutzige Fenster drang, welches zur Essex Street fünf Etagen tiefer ging, konnte Sander zwei schattenhafte Gestalten neben dem Bett erkennen. Als seine Augen sich an die Dunkelheit gewöhnt hatten, sah er, daß die beiden Männer, die identische Hüte und Mäntel mit Gürteln trugen, mit Revolvern auf ihn zielten.

»Wie ich schon sagte«, bemerkte der eine, »Geduld bringt Rosen.«

»Alexander Til«, begann der andere, »ich habe einen Haftbefehl gegen Sie, ordnungsgemäß unterzeichnet und bestätigt von Beamten des Justizministeriums in Washington.«

»Sie irren sich«, sagte Sander. »Mein Name ist Rosenstein.«

»Ihr Freund Ortona hat uns etwas anderes erzählt«, sagte der Agent. »Also seien Sie ein guter Junge, gehen Sie zum Tisch hinüber und zünden Sie die Lampe an, damit wir einen Blick auf die Narbe über Ihrem linken Ohr werfen können. Und halten Sie Ihre Hände so, daß wir sie sehen können.«

»Ich habe Papiere, die beweisen, wer ich bin«, behauptete Sander.

»Na schön, zünden Sie die Lampe hier an und lassen Sie uns einen Blick darauf werfen.«

Sander ging zum Tisch, legte seine Bücher hin und tastete nach der Schachtel mit Streichhölzern, die er immer dicht bei der Lampe aufbewahrte. Er fand sie, zündete eines an und hielt es an den Docht. Dann setzte er den Zylinder auf und ergriff die Lampe, um die Flamme einzustellen.

Sander konnte die beiden auf seine Brust gerichteten Pistolenläufe eher fühlen als sehen. Er erinnerte sich, wie Abner einmal gesagt hatte: »Der eine Mann stirbt aus Furcht, der andere wird dadurch zum Leben erweckt.« Mit einem Ruck warf er die Lampe den beiden Figuren vor die Füße. Sie zersprang und spritzte einem von ihnen Petroleum auf die Schuhe. Wie ein Blitz zuckten Flammen über das verschüttete Petroleum.

Der zweite Agent schrie auf und duckte sich zur Seite. Dann ging er in die Knie und gab zwei Schüsse durch die Flammen ab. Sander sprang zum Korridor. An seinem linken Unterarm spürte er ein Brennen, als ob ihn eine Wespe gestochen hätte. Hinter ihm schlug der eine Agent wütend mit dem breitkrempigen Hut auf seine brennenden Schuhe ein. »Um Gottes willen, hilf mir doch!« schrie er seinen Kameraden an. Der wußte offensichtlich nicht, ob er die Flammen bekämpfen oder den Flüchtigen verfolgen sollte. Er zögerte einige kostbare Sekunden lang. Dann erst setzte er Sander nach.

Sander hatte den Fluchtweg schon ausgekundschaftet, als er eingezogen war – zwei Treppen hinauf, durch die unverschlossene Tür, quer über das Dach zum nächsten Gebäude, eine Feuertreppe hinunter zu einem tieferen Dach, dann über vier Dächer zu einer unverschlossenen Tür und die sechs Etagen hinunter auf die Grand Street.

»So ein verdammtes Pech«, rief der Agent, der Sander verfolgt hatte. Schwer atmend und mit gezogenem Revolver hielt er über die Dächer hinweg Ausschau nach dem Flüchtigen.

Unten in der Grand Street stopfte Sander sich ein Taschentuch in den Rockärmel, um den Blutstrom zu stillen. Dann wandte er sich in Richtung Brooklyn Bridge, wo Maud wohnte.

3

Abgesehen von dem Herrn, der seine Bulldogge ausführte, war niemand mehr auf der Pierrepont Street unterwegs. Sander wartete, bis der Mann um die Ecke verschwunden war; dann ging er die Stufen aus braunem Sandstein hinauf und zog die Glocke. Oben ging elektrisches Licht an. Eine Minute später flammte die Beleuchtung unten auf, und Maud erschien in einem Herrenbademantel im Vestibül. Sie schob den Vorhang an dem schmalen Fenster bei der Tür auseinander und schaute hinaus. Offenbar erkannte sie die bärtige Gestalt an ihrer Türschwelle nicht. »Gehen Sie weg, oder ich rufe die Polizei!« rief sie mit ängstlicher Stimme.

»Ich bin's«, sagte Sander.

»Sander!« rief sie. Sie hantierte am Schloß und riß die Tür auf. Dann fiel ihr ein, daß sie ja eigentlich böse auf ihn war. »Du denkst, du kannst ein Jahr aus meinem Leben verschwinden und dann an meiner Tür wieder aufkreuzen, als ob nichts –« Da bemerkte sie das geronnene Blut an seinem Unterarm. »Oh, mein Gott!« stöhnte sie. »Du und deine kindischen Streikaktionen.« Sie zog ihn herein.

Maud zeichnete sich dadurch aus, daß sie unter den Frauen, mit denen er geschlafen hatte, die erste gewesen war, die keine schmutzige Unterwäsche trug. Er hatte einmal eine wilde, wenn auch kurze Affäre mit einer kurzsichtigen Schauspielerin vom *Schwartz's Yiddish Art Theatre* gehabt; aber sie zählte nicht, weil sie als Bohemien überhaupt keine Unterwäsche trug. Vor ihr hatte es eine Reihe von Mädchen gegeben, alles Anarchistinnen, Gewerkschafterinnen oder Marxistinnen der einen oder anderen Couleur, alle bettelarm und alle darauf bedacht, sich rasch auszuziehen, um ihre Unterwäsche nicht zu zeigen.

Mit Maud war es anders gewesen. Sander hatte sie zuerst Weihnachten 1915 getroffen, bei einem der legendären Mittwochs-Orgelkonzerte von Professor Baldwin in der Great Hall des City College. Er saß in einer hinteren Reihe und hatte sein gesundes Ohr den Bach-Arpeggien zugewandt. Danach wurde er einer Frau mit Bubikopf vorgestellt, die ein blaues

Band um die Stirn trug und auffällig müde Augen hatte; sie schienen mehr gesehen zu haben, als sie verkraften konnten. »Mr. Til, Mrs. Pruett«, hatte ein Freund geflüstert. Sie hatten sich flüchtig zugenickt. Später, in einer Bar von Greenwich Village, hatten sie sich wiedergetroffen.

Wie sich herausstellte, war Maud geschieden. Eine abtrünnige Katholikin, die auch ohne Scheidung aus der Kirche ausgetreten wäre (mit der Kreuzigung konnte sie leben, aber die Wiederauferstehung war für sie unverdaulich); Mutter eines intelligenten fünfzehnjährigen Jungen namens Kermit, der einen verkrüppelten Arm hatte; durch Reichtum unabhängig, Besitzerin eines Hauses an der Pierrepont Street gegenüber der Brooklyn Bridge und eine temperamentvolle Liebhaberin. Aus Sanders Sicht bestanden ihre wichtigsten Vorzüge darin, daß sie eine unglaublich zarte Haut und einen weichen weiblichen Körper hatte und beides gern mit ihm teilte; daß sie in linken Kreisen unbekannt war und ihm daher Schutz zu bieten vermochte, wenn es für ihn auf den Straßen zu gefährlich wurde. Ihre Hauptnachteile waren erstens, daß sie in Brooklyn wohnte, wohin man schwer kommen konnte, und zweitens, daß sie hoffnungslos unpolitisch war. So hielt sie es für den größten Nachteil der Industrialisierung, daß sie mit Lärm verbunden war.

Sander hatte Maud stundenlang agitiert, und sie hatte mit unterdrücktem Gähnen und einem vor Langeweile starren Blick Aufmerksamkeit geheuchelt. Aber als er ihr eines Abends einen Abschnitt aus dem *Kapital* vorlas, hatte er sie dabei ertappt, wie sie eine populäre Jazzmelodie summte: »You Can Always Come Down My Rain Barrel«. Da platzte er heraus: »Wenn dich das alles anödet, dann sag es, und ich halte den Mund!«

Maud hatte ihren ganzen Mut zusammengenommen. »Es ödet mich wirklich an«, gab sie trotzig zu. »Nimm es nicht tragisch, Sander, komm her und entspann dich! Warum fahren wir nicht mit dem Bus zum Hippodrome und hören uns Souza und seine Kapelle an. Wir könnten uns auch Florence Reed in *The Eternal Sin* am Broadway ansehen.«

Mauds Gleichgültigkeit gegenüber Dingen, die ihn leidenschaftlich bewegten, war Sander zuviel geworden. Sie hatten gestritten: über Mauds Wunsch nach einer festeren Bindung zwischen ihnen, über Sanders Verwicklung in die Arbeiterkonflikte in New Jersey und Connecticut (»Jedesmal, wenn du das Wort ›Streik‹ hörst, rennst du los wie ein kopfloses Huhn«, hatte sie sich beklagt) und über Essen, das Maud nach dem Sex für eines der wichtigsten Dinge im Leben hielt, während es für Sander lediglich Treibstoff darstellte.

Als Sander an jenem Morgen vor einem Jahr gegangen war, hatte er sein

Exemplar des *Kapitals* mitgenommen. Maud hatte es unter seinem Arm bemerkt. »Also kommst du nicht zurück«, sagte sie kühl unter der Tür. Sie hatte den Kopf zur Seite geneigt und bitter gelächelt. »Ich denke, es ist besser so.«

Jetzt, hypnotisiert durch das geronnene Blut an Sanders Arm, vergaß Maud alle Streitereien und Querelen. Sie lief in den Keller und warf einige Schaufeln Kohle in den Herd. Als das Wasser warm geworden war, ließ sie für Sander ein heißes Bad ein. Während er darin lag, reinigte sie seine Wunde mit Watte und Alkohol. »Es tut mir leid«, sagte sie, als sie ihn zusammenzucken sah. »Mein Gott, ist das übel! Wie ist es denn passiert?«

»Ich bin mit dem Arm an einem Stacheldraht hängengeblieben, als ich über einen Zaun kletterte«, erklärte Sander müde.

Aus dem Korridor rief Mauds Sohn Kermit: »Was ist da los? Wer ist da?«

»Es ist nur Sander.«

»Sander ist wieder da!«

»Du kannst ihn morgen früh begrüßen.« Sie senkte die Stimme: »Wenn du über einen Zaun geklettert bist, dann wahrscheinlich, weil sie hinter dir her waren wegen einer Demonstration.«

»Sie versuchten, mich zu verhaften«, gab Sander zu.

»Eines Tages werden sie dich nicht bloß verfolgen. Sie werden wirklich auf dich schießen.« Maud betrachtete Sanders Bart. Mit unerwarteter Geschicklichkeit zückte sie eine Schneiderschere, trimmte ihm Schnurr- und Backenbart und drückte ihm dann ein heißes Handtuch ans Gesicht, um das Haar geschmeidig zu machen. Sie schäumte sein Gesicht mit dem weichen Pinsel und Rasierseife ein, die sie für ihre Beine benutzte, gab ihm einen der neuen Gilette-Sicherheitsrasierapparate und hielt ihm, auf dem Rand der Wanne sitzend, einen Spiegel hin. Als er fertig war, spülte Sander sein Gesicht mit kaltem Wasser ab und betrachtete sich im Spiegel. Er hatte schon fast vergessen, wie sein Gesicht aussah. Nun, wenn er sich selbst kaum wiedererkannte, wie sollte es dann anderen gelingen? Jetzt kam es nur noch darauf an, das Geld für die Reise nach Rußland zu beschaffen.

In Mauds saubere Bettwäsche gekuschelt, wälzte sich Sander im Schlaf unruhig hin und her. Einmal träumte er von einem Mann, der brennend in einen gefrorenen Fluß sprang. Er fing an heftig zu schwitzen und stöhnte vor Schmerz, wenn er sich auf seinen verwundeten Arm drehte. Maud wischte ihm Stirn und Gliedmaßen mit einem feuchten Tuch ab. Das Fieber ließ nach, und er sank in einen tiefen Schlaf. Als er schließlich aufwachte, saß Maud auf der Bettkante und beobachtete ihn mit ihren müden Augen. Sie hatte die Läden aufgemacht, und das hinter ihr durch die Fenster strömende Tageslicht drang durch ihr seidenes Nachthemd und ließ die Umrisse ihres Körpers deutlich hervortreten. Er konnte die Konturen ihrer schweren Brüste unter dem Stoff erkennen. Als sie sah, daß er wach war, steckte sie ihre kühle Hand unter die Decke. Sander schob ihr das Nachthemd bis über die Hüften hoch. Dann stieß er die Decke weg und zog sie an sich.

»Wo ist Kermit?« fragte er in das Haar, das ihm über das Gesicht fiel.

»Ich habe ihn zum Spielen in die Docks geschickt«, murmelte Maud.

Sie hob und senkte sich in abgemessenen Bewegungen wie eine Boje, die auf Wellenbergen und -tälern reitet. »Noch nicht«, flüsterte sie. »Warte!« hauchte sie einige Augenblicke später – und dann stöhnte sie: »Jetzt!« Dann brach sie über seinem Körper zusammen und erschauerte vor Wonne.

Später servierte sie ihm das Frühstück in dem Zimmer des obersten Stockwerks, das mit Korbmöbeln und Pflanzen in geflochtenen Ständern vollgestopft war. Sie füllte eine leere Milchflasche mit Wasser und goß die weißen Geranien, während er in russischer Manier den Tee trank – aus einem Glas und mit einem Löffel Marmelade. Ohne den Kopf zu wenden und in ganz beiläufigem Ton fragte sie ihn, wie lange er bei ihr zu bleiben gedächte. Als er nicht sofort antwortete, meinte sie, sie frage nur aus Neugier. Was sie anginge, so könne er nach Belieben kommen und gehen. Sie hätte nicht die Absicht, ihn irgendwie einzuengen. Sander dankte ihr und fragte, ob sie in der *Times* vom Freitag von der Revolution in Rußland gelesen habe. Sie hob das Kinn voller Widerwillen. »Du weißt doch, daß mich so was nicht besonders interessiert«, sagte sie. Dann platzte sie heraus: »Du denkst doch nicht etwa daran . . . Oh, Sander, du bist – nicht wahr? Du willst gleich wieder fortgehen, nicht wahr? Nur ist es diesmal Rußland.«

Sander räusperte sich. »Tatsächlich hatte ich vor, dich zu fragen, ob du mir das Geld für die Fahrt leihen könntest.« Er senkte die Stimme: »Ich muß zurückgehen, Maud.«

In ihrem Gesicht schien sich die Haut über den Knochen zusammenzuziehen. »Es ist doch immer das gleiche. Wenn eine Frau mit einem Mann geschlafen hat, weiß er, aus welchen Teilen sie zusammengesetzt ist, und verläßt sie – für eine andere Frau oder eben für eine Revolution.«

Angewidert schüttelte sie den Kopf. »Du hast verdammt gute Nerven. Nach Belieben zu kommen und zu gehen ist eine Sache. Aber du glaubst auch noch, du kannst mich bitten, die Reise zu bezahlen. Ich habe meinen Stolz, das solltest du wissen.«

Einen guten Steinwurf von dem Anlegeplatz der Fähre entfernt hoben ein Dutzend chinesische Arbeiter in ausgebeulten Hosen und mit enganliegenden Mützen schwere Holzstücke von dem steinigen Ufer auf und luden sie auf einen riesigen offenen Wagen, der von sechs zottigen Pferden gezogen wurde. Ein hölzernes Walfangschiff war in der vorigen Woche bei schwerem Sturm zerschellt, und Teile davon waren bei der South Ferry in Manhattan angespült worden. Die Chinesen, die für dreieinhalb Dollar pro Woche von einer Company für Kohle und Brennholz in der Bronx arbeiteten, bargen das Holz, um es zu zersägen und zu verkaufen.

Sander sah zu, wie einige Chinesen die Böschung mit einem Stück vom Hauptmast des Walfängers auf den Schultern heraufstapften.

»Was ist?« fragte Maud. Sie und Kermit warteten mit Sander auf die Ankunft der Fähre.

»Sieh dir die armen Hunde an.«

»Da kommt sie«, rief Kermit und zeigte erregt auf die Fähre, die zwischen die Pfähle glitt und sich sanft hin undd her wiegte, bis der Bug die Anlegestelle berührte. Es ertönte eine kleine Glocke, und die rund siebzig Leute, die auf die zweite Morgenfähre zur Freiheitsstatue gewartet hatte, bildeten vor der Holzbude des Kartenverkäufers eine Schlange. »Gehen wir!« sagte Kermit und zupfte Sander mit seiner gesunden Hand am Ärmel.

»Warte noch ein bißchen«, meinte Sander. »Ich mag kein Gedränge.«

Lässig an die weißgekalkte Wand des Geräteschuppens gelehnt, studierte Sander die beiden Männer mit weichen Lansdowne-Hüten und Ennyweather-Mänteln mit Gürteln, die zu beiden Seiten der Bude standen und die Leute musterten. Der eine kam ihm bekannt vor – oder täuschte er sich? Wollten sie bloß sehen, wer Trotzkis Rede bei der Sozialistenversammlung hören wollte, oder hielten sie nach *ihm* Ausschau? Er hatte gegenüber Ortona nie Bedloe's Island erwähnt, soweit er sich erinnerte. Selbst Maud hatte er erst an diesem Morgen nach dem Frühstück davon erzählt und war seitdem mit ihr und Kermit zusammen gewesen. Aber dann fiel Sander das hektographierte Blatt ein, das er hinten an die Tür gepinnt hatte. Was war er doch für ein Idiot! Die Agenten hatten bei der Durchsuchung seines Zimmers in der Hester Street das Blatt gefunden. Sie waren seinetwegen hier. Aber würden sie ihn mit seinem frisch rasierten, rosigen Gesicht und ohne Brille erkennen? Außerdem waren da ja noch der Strohhut von Mauds Exgatten, Kermits Wollschal, die alten weißen Flanellhosen und der dicke grüne Pullover, den Maud in einem Koffer auf dem Dach gefunden hatte.

»Bitte, Sander, wenn wir uns jetzt nicht anstellen, wird kein Platz mehr da sein«, drängte Kermit.

»Zieh deine Socken hoch!« wies Maud den Jungen an.

Während sie dem Billettfenster immer näher rückten, hielt Sander den Picknickkorb in der einen Hand und hatte den anderen Arm bei Maud untergehakt – der perfekte Familienvater bei einem Sonntagsausflug. Hinter ihnen kreuzte ein vierzylindriges Mercedes-Taxi auf; und Trotzki, zusammen mit seinem neunjährigen Sohn Serjoscha und drei anderen Leuten, stieg aus. Zwei der Männer hielten die Hände in ihren Manteltaschen vergraben. Sander war nicht überrascht zu sehen, daß einer davon Tuohy war. Er wußte, daß er gelegentlich als Leibwächter fungierte.

»Wie viele?« fragte der Verkäufer hinter seinem Gitter.

Sander sah auf die an einem Holzbrett angeschlagenen Preise. »Zwei Erwachsene und ein Kind«, sagte er und legte einen Dime und zwei Pennies auf den Zahlteller. In der Fähre kletterte Kermit auf das Oberdeck. Maud und Sander ließen sich am Backbord auf einer Holzbank nieder.

Maud drückte verschwörerisch Sanders Arm. Über ihren Köpfen stieg ein schwarzer Rauchfaden von dem dünnen Schornstein der Fähre auf. Unter ihren Füßen vibrierte das Deck. Langsam bewegte sich die Fähre von der Anlegestelle weg und wandte sich zu den unruhigen Gewässern der Bay. Hinten auf der Anlegestelle starrten die beiden Männer, die Sander für Bundesagenten gehalten hatte, verwirrt der abfahrenden Fähre nach – so, als ob sie einen Witz gehört hätten, ohne die Pointe zu verstehen.

Sobald der Wind auffrischte, erklärte Maud, sie würde hineingehen. Sander kletterte die Leiter zum Oberdeck hoch. Kermit, Trotzkis Sohn Serjoscha und noch zwei andere Jungen standen an der Reling und blickten stumm auf die Silhouette von Manhattan zurück. Rechts konnte Sander die Brooklyn Bridge und die Brooklyn Docks sehen; ein vormals eleganter Klipper verrottete an einem verfallenen Pier. Die Fähre passierte Governor's Island und kam dicht an Ellis Island heran. Die lange, niedrige Registrierhalle aus rotem Backstein mit ihren Fensterscheiben, die vier türkisch anmutenden Minarette und die gepflegten Rasenflächen waren für Sander ein vertrauter Anblick, obwohl er sie vorher nur einmal in seinem Leben erblickt hatte.

Plötzlich mußte er daran denken, wie er selbst, sein Vater und sein Bruder im Dock von Ellis Island auf die Fähre gewartet hatten, die sie zur Battery bringen sollte. Er erinnerte sich, wie er hinter sich ein hysterisches Weinen gehört hatte. An der Tür der Registrierhalle wurde ein Kind von den Beinen seiner Mutter losgerissen, an denen es sich festgeklammert hatte. Sander erfuhr nie, ob man der Mutter oder dem Kind die Einreise nach Amerika verweigert hatte. Aber das war ja auch gleichgültig. Für beide war der Schmerz der gleiche, wie Sander aus eigener Erfahrung wußte.

Noch immer bedauerte Sander bitter, daß er sich nicht auch an seine Mutter geklammert hatte – damals, auf dem Pier in Rotterdam.

Er sah Ellis Island vorbeigleiten, ehe er auf Trotzki blickte, der auf einer Bank am Schornstein der Fähre saß. Silbrige Lichtblitze zuckten von seinem Pincenez, wenn die Sonne darauffiel. Er kritzelte Notizen an den Rand eines Manuskripts und unterhielt sich gleichzeitig mit dem ihm am nächsten sitzenden Mann. Sander ging auf die beiden zu.

Tuohy kam von seinem Posten an der hinteren Leiter herüber, um ihm die Hand zu schütteln.

»Bist du gekommen, um zu hören, wie unser Freund die Frauen der Zahnärzte bekehrt?« bemerkte er. »Die Bullen am Billettschalter hast du wohl gesehen?«

»Früher oder später mußte ich herausfinden, ob sie mich ohne Bart erkennen würden.« Sander nickte zu Tuohys linker Hand hinunter, die in seiner Manteltasche steckte. »Hast du da wirklich eine Pistole drin?«

»Du machst wohl Witze! Woher sollte ich das Geld für eine Pistole kriegen? Immerhin, Ortonas Nagan wäre nicht zu verachten, aber er würde ihn mir wohl kaum überlassen.«

»Ortona hat mich den FBI-Leuten verraten. Sie haben gestern in meinem Zimmer auf mich gewartet.«

»Das paßt zusammen. Aus heiterem Himmel kreuzte er gestern bei Trotzki auf. Der aber hat eine Nase für Informanten. Er wollte ihn nicht empfangen. Jetzt muß sich jemand um Ortona kümmern.«

»Meinst du?« Sander zwinkerte Tuohy zu. »Willst du die Sache regeln?«

»Das würde ich. Natürlich nur, falls du nicht selbst darauf scharf bist.«

»Was meint Trotzki?« fragte Sander.

»Ich habe den Fall noch nicht mit ihm erörtert.«

»Dann mach es!« Sander ging zu Trotzki hinüber und sagte auf russisch: »Genosse Trotzki, erinnern Sie sich an mich?«

Trotzki sah Sander durch seinen Kneifer an. Seine Augen weiteten sich. »Natürlich, natürlich«, sagte er jovial. »Ich mache Sie mit Nikolai Bucharin bekannt. Nikolai, das ist Alexander Til, der Enkel von Til.«

»Von *dem* Til?« fragte Bucharin.

»Ja«, bestätigte Trotzki.

Sander und Bucharin tauschten einen Händedruck aus. Trotzki winkte Sander, auf der Bank neben ihm Platz zu nehmen. »Da sind wir nun hier, zwischen der sogenannten Freiheitsstatue und der berüchtigten Wall Street, und brauen eine zweite Revolution in Rußland zusammen. Entzückend, nicht wahr? Was meinen Sie, Alexander?« – Trotzki wies auf eine Stelle in dem Schreibmaschinenmanuskript – »Ich will rundheraus erklären, daß die provisorische Regierung von Prinz Lwow dazu verdammt ist, die arbeitenden Klassen zu enttäuschen, die in der ersten Revolution den Zaren vertrieben haben. Nikolai denkt, daß wir zunächst bei der provisorischen Regierung mitmachen sollten, bis deren Nachteile ans Licht kommen, und uns dann mit den anderen sozialistischen Parteien zusammentun –«

»Sogar mit den Menschewiken«, rief Bucharin begeistert. Er war knapp dreißig Jahre alt, konnte aber immer noch einen fast kindlichen Enthusiasmus entwickeln für jede Idee, die ihm zusagte.

»Bei allem Respekt«, sagte Sander, »Lenin wird einer Koalition mit den Menschewiken nie zustimmen.«

»So ist es«, stimmte Trotzki mit einem schiefen Lächeln zu. Er hatte selbst lange Jahre auf der Seite der Menschewiken gestanden und war dafür des öfteren von Lenin kritisiert worden. »Lenin sollte eine klar definierte Haltung links von den Menschewiken beziehen, so daß er, wenn sich die Arbeiter und Bauern schließlich von der provisorischen Regierung abwenden, als einzig mögliche Alternative erscheinen wird.«

Serjoscha kam herüber und zog Trotzki an der Hand. »Papa, ich sage, daß Petrograd größer ist als New York, aber ein Junge sagt, New York wäre größer. Was stimmt nun?«

»Er hat recht und du hast unrecht«, sagte Trotzki zu seinem Sohn. »Aber in New York gibt es noch andere Dinge zu sehen als seine Größe.«

»Zum Beispiel?«

»Gestern habe ich gesehen, wie ein alter Mann aus einer Mülltonne eine Brotkruste gefischt hat. Er hat die Kruste mit der Hand geprüft, dann mit den Zähnen berührt und schließlich gegen die Tonne geschlagen. Aber das Brot gab nicht nach. Schließlich steckte er es unter seinen verschossenen Mantel und trottete auf den St. Mark's Place zu.«

»Wir sind schon fast da!« rief Tuohy.

Voraus war die grün getönte Statue of Liberty deutlich zu sehen über ihrem elfeckigen Fundament, das einst ein Teil des alten Ford Wood gewesen war.

Während die Fähre sich an den hölzernen Pier heranmanövrierte, meinte Trotzki, der an der Reling neben Sander lehnte, es sei freundlich von ihm, daß er den ganzen Weg hergekommen sei, um ihn reden zu hören.

»Ich bin nicht hergekommen, um Sie reden zu hören«, gestand Sander.

Trotzki nahm seinen Kneifer ab und begann, die Linsen mit dem Ende seiner Krawatte zu putzen. »Was kann ich für Sie tun?«

Sander sagte einfach: »Ich möchte zurückgehen.«

Trotzki setzte das Pincenez wieder auf und mustere Sander. »Wie lange sind Sie schon in diesem Lande, Alexander?«

»Zehn Jahre.«

»Also sind Sie schon ein Amerikaner. Bleiben Sie da und sorgen Sie hier für die Revolution!«

»Wenn ich hier noch länger herumhänge«, entgegnete Sander, »werden mich die Leute vom FBI erwischen. Sie werden mich in ein Zuchthaus sperren und den Schlüssel vergessen.«

»Wieso kommen Sie zu mir?« fragte Trotzki. »Es ist schon für mich selbst schwer genug, dorthin zurückzukehren.«

»Ich brauche Geld für die Überfahrt. Ich brauche falsche Papiere. Ich brauche einen Empfehlungsbrief an die Genossen in Petrograd.«

Auf dem Hauptdeck gingen die Leute bereits an Land. Maud blickte hoch, sah Sander und winkte ihm zu. Kermit hielt sich mit seiner guten Hand an der Leiter fest und rief: »Komm her, Sander!«

Trotzki war deutlich gereizt. »Bin ich etwa ein Kapitalist, daß jedermann zu mir kommt und die Hand aufhält?« Er schüttelte bekümmert den Kopf und ging zu Bucharin und seinen beiden Leibwächtern.

Die städtischen Behörden hatten kürzlich damit angefangen, in den öffentlichen Parks Tafeln mit der Aufschrift »Rasen betreten verboten« aufzustellen, aber sie waren damit noch nicht bis zu Bedloe's Island vorgedrungen. Also hatte Maud, die sonst schriftliche Anweisungen strikt einzuhalten pflegte, keine Bedenken, auf dem Rasen bei der Statue ihren Korb abzustellen und ein Chintz-Tischtuch auszubreiten. Trotzki hielt, umringt von etwa fünfzig glühenden Sozialisten, auf der Schattenseite hof. Er schwenkte einen Hühnerknochen wie einen Taktstock, verfiel in Deutsch und Russisch, wenn ihm das gewünschte englische Wort nicht einfiel, und gab so eine kurze Schilderung der Ereignisse, die zum Sturz des Zaren geführt hatten. Er beschrieb die rasch steigende Inflation, die strengen Rationierungen, die Knappheit an Nahrung und Heizmaterial, die Schlangen, die sich in den eisigen Stunden vor der Morgendämmerung vor den Brotläden bildeten. Der durchschnittliche Fabrikarbeiter schuftete zehneinhalb Stunden am Tag und brachte monatlich fünfunddreißig Rubel nach Hause. Aber ein Paar ordinärer Lederschuhe, sagte Trotzki, wobei er an seinen Schuh schlug, kostete mehr als einhundert Rubel.

Und dann war da der Große Krieg gegen Deutschland, in den der Zar sein

Land hineingestürzt hatte. Fünfzehn Millionen Menschen waren mobilisiert worden, einschließlich Hunderttausender von Kindern. Wenn sie den Befehlen nicht gehorchten, wurden sie von ihren Offizieren geprügelt oder erschossen. »Versteht ihr?« schrie Trotzki. »*Geprügelt* oder *erschossen*!« Millionen von Soldaten waren in die Schützengräben geschickt worden ohne Winterkleidung oder Stiefel, manche sogar ohne Gewehre. Man erwartete, daß sie auf dem Schlachtfeld welche erbeuten sollten. Millionen waren bereits gefallen. Die Deutschen mußten oft Haufen russischer Leichen, die vor ihren Stellungen aufgetürmt lagen, mit Baggern wegräumen, um für den nächsten Angriff freies Schußfeld zu schaffen. Aber in Petrograd trank die Bourgeoisie nachmittags Tee und schüttelte den Kopf über den Verfall der sozialen Ordnung und die durch den Krieg verursachten Unbequemlichkeiten.

Nikolaus II., Zar aller Reußen von Gottes Gnaden und nach altem Brauch, war, wie Trotzki eiferte, völlig inkompetent, unkundig elementarer Ökonomie und gleichgültig gegenüber den schwelenden sozialen Problemen, die sein Reich bedrohten.

»Am achten März«, verkündete Trotzki, »sind zwanzigtausend Frauen unter dem Ruf ›Brot . . . Brot‹ durch Petrograd marschiert, um den Tag der Frau zu feiern. Am nächsten Tage vereinten sich zweihunderttausend Arbeiter mit den Frauen in den Straßen. Die Armee, die immer zwischen der herrschenden Klasse und den Arbeitern gestanden hatte, kündigte ihren Offizieren den Gehorsam und schwärmte in die Straßen aus. Die Soldaten sammelten sich in den großen Boulevards von Petrograd, stürmten ein Arsenal am Liteiny Prospekt und verteilten Gewehre und Maschinengewehre an die Arbeiter.

Die Meuterei breitete sich wie ein Lauffeuer aus. Nikolaus, der sich draußen an der Front befand, hatte keine Wahl und mußte abdanken. Und jetzt, Ladies and Gentlemen, beginnt der Kampf, in dem sich zeigen wird, welche Institutionen und politischen Philosophien den Platz der Dynastie der Romanows einnehmen werden.«

»Deshalb wolltest du hierherkommen«, sagte Maud zu Sander.

Trotzki fuhr fort: »Die machtvolle Sturmflut der Revolution wird durch keine Macht der Welt aufzuhalten sein. Alle, die unterdrückt, enterbt und betrogen wurden, werden sich erheben. Die Spießer glauben, daß der Revolutionär es ist, der die Revolutionen macht und sie zu jedem gewünschten Zeitpunkt abbrechen kann.« Trotzki erhob die Stimme. »Nein! Das Volk macht die Revolutionen!«

Im Hintergrund der Gruppe gab es eine Bewegung. Köpfe wandten sich um. Zwei junge Damen suchten einen jungen Mann zu beruhigen. Der sprang auf und explodierte: »Jahrelang hat er Lenin kritisiert und bei den Menschewiken mitgemacht. Und jetzt macht er plötzlich eine Kehrtwendung. Welchem Trotzki sollen wir glauben?« Der junge Mann wandte sich Trotzki zu. »Sie reden eine Menge –«

Trotzki bemerkte lakonisch: »Revolutionen sind wortreich.«

»Aber Sie verstehen die Dialektik nicht richtig. Jedermann weiß, daß man eine industrielle Basis und ein Proletariat haben muß, ehe man eine sozialistische Revolution machen kann. Rußland hat keins von beiden.«

»Was schlagen Sie vor?« fragte Trotzki. Er war so erregt, daß sein Kinn zitterte. »Sollen die Arbeiter sich des Zaren entledigen und dann friedlich nach Hause gehen und die Macht den Bankiers und Professoren übergeben, die Parlamente und andere Konstruktionen des verfaulten Liberalismus einrichten werden? Ich sage: Nein! Warum es so weit bringen und dann innehalten?«

Der junge Mann trat näher an Trotzki heran. Tuohy und der andere Leibwächter sprangen auf. Trotzki griff nach der Pistole in seiner Tasche. Der junge Mann rief: »Rußland ist ein Bauernland, keine Nation von Proletariern. Nun gibt es also eine Revolution in Petrograd. Was ist mit dem Rest des Landes? Was ist mit den Massen draußen in den Dörfern, die noch nie von Marx oder Sozialismus oder Leo Trotzki gehört haben?«

Trotzki erklärte mit laut schallender Stimme: »Wir werden den Massen Brot und Frieden geben! Das Land, das sie bestellen, wird ihnen gehören!« Er wandte sich an den Rest der Gruppe. »Wir sind Zeugen des Beginns der zweiten russischen Revolution. Hoffen wir, daß mancher von uns« – er blickte rasch in Sanders Richtung – »daran teilnehmen wird.«

Die Damen im Auditorium brachen in Beifall aus; viele von ihnen trugen Spitzenhandschuhe, die das Geräusch des Klatschens dämpften.

Der junge Mann, der Trotzki herausgefordert hatte, und die beiden Damen entfernten sich heftig streitend. Tuohy blickte zu Sander hinüber und zuckte die Achseln. Der andere Leibwächter nahm seinen Hut ab, mischte sich unter die Sozialisten und murmelte: »Spenden Sie für die russische Revolution.« Die Damen griffen in ihre Taschen, um den Hut mit Banknoten zu füllen. Als der Leibwächter mit dem Hut voller Geld vor Maud stand, sagte sie: »Ich bin gegen alle Revolutionen.« Doch der Mann lächelte nur und ging weiter.

Maud begann, die Picknickteller in dem Korb zu verstauen. Kermit, der mit Serjoscha und einigen anderen Kindern bis zur Fackel der Statue hinaufgestiegen war, kam begeistert zurückgelaufen. »Was für eine Aussicht!« rief er seiner Mutter zu. »Man kann bis zur Küste in Brooklyn sehen.« Dann zog er ein Stück Papier aus der Jackentasche und gab es Sander. »Der Mann da drüben, der mit dem ulkigen Bart, hat gesagt, ich sollte dir das geben.«

Sander ergriff das Papier. Darauf stand in einer kräftigen, befehlsgewohnten Handschrift: »Büro *Novyj Mir*, Dienstag um elf.« Die Notiz war unterzeichnet mit »T.«.

4

Tuohy war 1891 geboren worden, in dem Jahr, in dem die Arbeiten an der Transsibirischen Eisenbahn begannen. Er war der einzige Sohn von Eamon Tuohy, einem abenteuernden irischen Tunnelingenieur, und Nadeshda Beliankova, der rebellischen Tochter eines zaristischen Beamten in der Provinz, der zu seinem Leidwesen in der hinterwäldlerischen Stadt Tscheljabinsk im Ural stationiert war. Nadeshda erschien zur Hochzeitszeremonie, als sie im siebenten Monat schwanger war. Zwei Monate später kam Atticus zur Welt. Als vier Jahre und drei Monate später Eamons Vertrag auslief, begab er sich sofort mit Frau und Kind nach New York, wo er schließlich bei William Barclay Parsons Beschäftigung fand, dem Chefingenieur der neugegründeten Rapid-Transit-Commission, die unter den Straßen der Stadt den Bau eines U-Bahn-Systems plante.

Mit Ausnahme eines gelegentlichen Besuches bei einem der frühen Tunnelköpfe nahe dem Rathaus bekam Atticus von seinem Vater recht wenig zu sehen. Er besuchte eine Public School der West Side, wo sich die Kinder über sein Englisch lustig machten, und verbrachte den größten Teil seiner freien Zeit mit seiner Mutter und deren russischen Freunden, die sich über sein Russisch amüsierten. Als ein Bote die Mitteilung überbrachte, daß Eamon bei einem Erdrutsch in einem Tunnelabschnitt zwischen Rathaus und Hauptbahnhof ums Leben gekommen wäre, wußten Mutter und Sohn nicht mehr ein noch aus. Nadeshda war gezwungen, ihren russischen Nähzirkel aufzugeben und als Verkäuferin in einem Miederwarengeschäft mitten in der Stadt zu arbeiten. Atticus trat schließlich in die Fußstapfen seines Vaters und erhielt mit siebzehn ein Stipendium an der Bergbauschule der Columbia University. Wochentags besuchte er die Schule und arbeitete in der Nachtschicht und samstags an einem von Parsons Tunnels, der den

Broadway hinaufkroch. Je größer und reifer er wurde, desto mehr gewann der irische Einschlag bei Atticus allmählich die Oberhand. Eines Sonntags war er zu einem Empfang in der geräumigen Wohnung des Dekans der School of Mines in der West Side eingeladen. Dort klemmte er sich hinter eine großäugige Blondine und beschwatzte sie mit größtenteils erfundenen Geschichten von der Transsibirischen Eisenbahn und größtenteils wahren Berichten über tödliche Unfälle unter den Straßen der City. Das Mädchen verliebte sich sofort in den riesigen, respektlosen Iren, der über Tunnelbauen so redete, als ob es sich um eine sexuelle Technik handelte. Noch ehe der Abend zu Ende war, hatte sie ihn dazu verführt, daß er sie verführte. Diese Eroberung sollte Tuohy ewig bereuen, als er ungefähr gleichzeitig mit dem Dekan entdeckte, daß sie die jüngste Tochter des Dekans war. Darum wurde Tuohy trotz seiner bestandenen Examina von der Columbia University School of Mines ausgeschlossen.

Die Wanderlust trieb ihn nach Westen, und er arbeitete im Bergbau und an Tunnelprojekten, bis er an ein Konstruktionsteam für ein neunstöckiges Gebäude in Chicago geriet, wo er sich prompt und gründlich in Aufzüge verliebte, die er ganz einfach als »Tunnels nach oben« beschrieb.

Aufzüge waren bei der Ausstellung im Kristallpalast von New York 1853 aufgekommen, als Elisha Graves Otis mit einem solchen über die Köpfe der Zuschauer fuhr und dann das Kabel kappte. Die Kabinen stürzten nicht ab dank einer Federkabeleinrichtung, die Otis erfunden hatte.

Tuohy besuchte einen sechswöchigen Kurs bei der Otis-Company und fing an, die Gebäude der Welt mit Otis-Aufzügen zu füllen. Er gehörte zu der Mannschaft, die in Kansas City den ersten Aufzug installierte. Sein Kreuzzug führte ihn nach Texas und Kalifornien und wieder zurück nach New York, dann über den Atlantik nach London, Amsterdam, Stockholm, Berlin, Wien, Warschau und 1911 nach St. Petersburg in den Winterpalast des Zaren. An jeder dieser Stellen hinterließ Tuohy seine Spur – einen kolbengetriebenen Otis-Aufzug.

Im Herbst 1911, als er wieder in Paris war, erreichte ihn ein Brief seiner Mutter. Darin schrieb sie: »Leute, die es wissen müssen, sagen, daß ich bald sterben werde. Die Langsamkeit des Postsystems ist irgendwie erfreulich; denn wenn Du den Brief bekommen wirst, kannst Du einen gewissen Trost darin finden, daß es schon vorbei ist.«

Merkwürdigerweise besuchte Tuohy an demselben Tage, an dem er diesen Brief bekam, das Begräbnis von zwei Personen, von denen er nie zuvor gehört hatte: Paul und Laura Lafargue.

In Paris hatte Tuohy mit einem russischen Mädchen angebandelt, das gezwungen gewesen war, ins Exil zu gehen – wegen politischer Aktivitäten für eine wenig bekannte Splittergruppe von Revolutionären, die sich Bolschewiki nannten. Das Mädchen, mit Namen Njura, erschien am Morgen des 20. Novembers an Tuohys Tür. Ihre Augen waren gerötet. Sie schluchzte: »Die Lafargues sind tot. Sie haben Selbstmord begangen.«

Die Lafargues waren, wie jedermann außer Tuohy zu wissen schien, berühmte französische Sozialisten. Paul war Mitglied der legendären Pariser Commune bei deren Aufständen im Jahre 1870 gewesen. Laura war die Tochter von Karl Marx. Im Alter von siebzig Jahren waren sie zu dem Schluß gekommen, daß sie zu nichts mehr nütze seien, und hatten sich entschlossen, ihrem Leben ein Ende zu setzen.

Das Begräbnis im Pariser Friedhof Père Lachaise zog alle herbei, die in der europäischen sozialistischen Bewegung Rang und Namen hatten. Hauptredner war der französische Sozialist Jean Jaurès. Ihm folgte ein mittelgroßer, kräftig gebauter Russe mit rötlichem Spitzbart. Bis auf einen Kranz roten Haares war er fast kahl, so daß er viel älter wirkte als seine einundvierzig Jahre. Die Leute pflegten ihn »Starik« zu nennen – russisch für »alter Mann«. Diesen Namen hatte ihm ein alter Bauer gegeben, bei dem er wohnte, als er in Sibirien in der Verbannung lebte. Sein wahrer Name war, wie Tuohy herausbrachte, Wladimir Iljitsch Uljanov; aber er war besser bekannt unter seinem Parteinamen Lenin. Er war der Führer der Bolschewistenpartei. »Wenn man nicht mehr länger für die Partei arbeiten kann«, sagte Lenin der Schar der Leidtragenden – er sprach russisch, und eine junge Frau namens Inessa übersetzte seine Ausführungen ins Französische – »muß man imstande sein, der Wahrheit ins Auge zu schauen und zu sterben wie die Lafargues.«

Nach dem Begräbnis nahm Njura Tuohy mit in Lenins Wohnung, Rue Béaunier 20, nahe der Avenue d'Orléans und dem Parc Montsouris. Als Lenin hörte, daß der junge Fahrstuhlingenieur erst kürzlich aus St. Petersburg zurückgekommen war, fragte er ihn gründlich aus nach den Verhältnissen in der russischen Hauptstadt. Gab es Schlangen nach Brot? Worüber redete die arbeitende Bevölkerung außer übers Wetter? Wie war nach Tuohys Meinung die Beziehung zwischen den Fabrikarbeitern und den eingezogenen Soldaten in den Straßen?

Während er die Fragen beantwortete, fühlte Tuohy sich seltsam von den Augen angezogen, die sich nachdenklich verengten und ein entschieden mongolisches Aussehen annahmen, so als ob sie sich in ihn hineinbohrten. Wenn Lenin redete, war sein Wesen schlicht und seine Sprache einfach. Aber er vermochte schnell einen tiefen Eindruck zu machen. Er wirkte wie ein Mann, der nur begrenzte Zeit zur Verfügung hatte. Körperlich schien er sich nicht recht wohl zu fühlen. Er rutschte in seinem Sessel hin und her und sprang dann plötzlich auf, um hin und her zu gehen, mit abgewandtem und – in Gedanken oder in Schmerz? – verzerrtem Gesicht.

»Haben Sie *Das Kapital* gelesen?« fragte Lenin Tuohy. Als Tuohy verneinte, riet ihm Lenin, sich das Buch zu beschaffen. »Marx ist wie ein Musiker mit absolutem Gehör«, sagte er. »Er hat einen absoluten Sinn für Revolution.«

Die eineinhalb mit Lenin verbrachten Stunden bedeuteten einen Wendepunkt in Tuohys Leben. Zum ersten Male war er mit Leuten zusammen gewesen, die mit ganzem Herzen an etwas anderem interessiert waren als an Geldverdienen oder Amüsement. Der Russe in Tuohy griff bereitwillig die Idee auf, daß die Besten der Besten ihr Leben Ideen weihten. Der Ire in ihm sprach auf die Romantik der Revolution an – heimlich zu leben und zu arbeiten, um eine existierende Ordnung umzustürzen.

»Revolutionen«, hatte Lenin mit einem Zitat von Marx gesagt, »sind die Lokomotiven der Geschichte.«

»Hier liegt Atticus«, sagte Tuohy zu sich selbst, als er an jenem schicksalsschweren Tage Lenins Wohnung verließ, »der nie widerstehen konnte, wenn ein Zug pfiff.«

5

Ein tadellos gekleideter Weinsäufer, der aus einer Flasche einen tiefen Zug nahm, prallte beinahe mit Sander zusammen, als dieser den Tompkins Square in Richtung St. Mark's Place überquerte. »Paß gefälligst auf und beweg deinen Arsch!« blubberte der Bursche ärgerlich. Er blieb leicht schwankend stehen und blinzelte heftig, als ob er bemüht wäre, deutlich zu sehen. Dann rülpste er, drehte eine elegante Pirouette und ging weiter. Über die Schulter rief er Sander noch nach: »Beweg deinen Arsch, aber laß dich nicht erwischen!« Beweg deinen Arsch, aber laß dich nicht erwischen! Das beste Credo für einen modernen Revolutionär, dachte Sander. Er wollte gerade Nummer 77 am St. Mark's Place betreten, da sah er, daß Tuohy auf ihn zukam, begleitet von einem Mädchen, das einen guten Kopf kleiner war als er. Sander vermutete, daß es seine Freundin war, die in der Magaret-Sangers-Klinik schwarzarbeitete.

»Was ist los?« fragte Sander. Er stellte fest, daß Tuohy dicke Tränensäcke unter den Augen hatte.

»Das frage ich dich.« Tuohy machte keine Miene, das Mädchen vorzustellen. »Wir haben beide schriftliche Anweisung gekriegt, hier um elf aufzukreuzen.«

»Vielleicht wollen sie eine Sondernummer über die russische Revolution herausbringen und brauchen Leute, um sie auszutragen«, vermutete das Mädchen.

Tuohys Walroßschnurrbart zitterte vor Entrüstung. »Sehe ich wie ein Botenjunge aus?«

Die drei betraten zusammen das Erdgeschoß von Nummer 77 und gingen durch den Korridor zu dem Hinterzimmer, das als Redaktionsbüro von *Novyj Mir* diente. Trotzki hatte seit seiner Ankunft in New York eine ständige Folge von Artikeln für diese Emigrantenzeitschrift verfaßt, in denen er die Arbeiter aufforderte, sich gegen ihre Ausbeuter zu wenden und den kapitalistischen Krieg in einen Bürgerkrieg umzufunktionieren. In Amerika hatten diese Appelle allerdings wenig bewirkt.

Trotzki wirkte nervös. »Ihr kommt ziemlich spät«, fuhr er die Neuankömmlinge kurz an, fast ohne sie eines Blickes zu würdigen. Drei junge Leute – zwei kannte Sander von verschiedenen Demonstrationen her – lehnten an der rückwärtigen Wand unter dem vergitterten Fenster, das auf eine schmuddelige Hintergasse ging. Eine junge Frau, die für Trotzki als unbezahlte Sekretärin arbeitete, wühlte sich durch einen Packkarton voller Briefe. Trotzki instruierte sie: »Paß auf, daß du alle von Lenin beiseite legst. Die will ich mitnehmen.«

Trotzki war mit dem Sortieren eines Stapels von Telegrammen fertig geworden. Er schob die Papiere beiseite, setzte sich auf die Kante eines enormen Eichentisches und begann: »Also, ihr habt euch wohl alle gefragt, warum ihr hier seid.« Er holte aus der Jackentasche einen Artikel, den er aus der *Times* vom Sonntag gerissen hatte, und verlas die Schlagzeile: »›BERLIN SIEHT NEUE REVOLTE IN RUSSLAND‹.« Er zerknüllte den Artikel und warf ihn in den Papierkorb. »Meine Damen und Herren, es wird eine neue Revolution geben. Vielleicht werden einige von uns hier in diesem Zimmer das Glück haben, an der Schaffung des ersten kommunistischen Staates auf dem Antlitz der Erde teilzunehmen. Ich selbst werde auf einem norwegischen Schiff, der *Christianiafjord*, das New York in einer Woche verläßt, nach Rußland zurückkehren. Ich kann euch auch sagen, daß wir mit Lenin in Zürich ständigen Kontakt gehalten haben. Er und die Genossen dort versuchen, sich mit den Deutschen wegen einer Durchfahrt mit der Eisenbahn nach Finnland zu arrangieren, von wo sie sich nach Petrograd weiterbegeben werden. Ihr sechs habt über lange Zeit eure Ergebenheit für die Sache des Proletariats bewiesen. Ihr sprecht auch alle Russisch. Leider haben wir nicht die Mittel, die Rückkehr für euch alle zu finanzieren –«

»Wie viele können gehen?« fragte Sander.

Trotzki sah ihn amüsiert an. »Einer.«

Die fünf Männer sahen sich an.

»Wie wollen Sie entscheiden, wer gehen wird?« erkundigte sich Sander weiter.

Trotzki sagte: »Ich meine, das Los soll entscheiden.«

Einen Augenblick lang schwiegen alle.

»Ich bin dazu bereit«, erklärte Sander schließlich. Er war sich absolut sicher, daß er gewinnen würde. Weil er es so dringend wünschte, *mußte* er einfach gewinnen. Sein ganzes Leben als Erwachsener – die endlosen Tage und Wochen bei Demonstrationen, die Drangsale im Gefängnis, die asketische Hingabe an Sozialismus und Revolution, die ihn gezwungen hatte, sich über Jahre in elenden Bruchbuden zu verstecken – all das war eine Vorbereitung für seine Rückkehr nach Rußland, zu den Arbeitern, die auf den Barrikaden standen. Wie sonst konnte er all das Leiden, all die Einsamkeit, all die Sehnsucht erklären? Er war dazu bestimmt zurückzugehen! Er mußte zurückgehen! Er würde zurückgehen!

Trotzki nahm sechs Papierstreifen, machte auf einen davon mit Tinte ein *X*, faltete sie mehrfach zusammen und legte alle in seine Mütze. »Wer will anfangen?«

Einer nach dem andern nahmen die drei jungen Leute an der Wand Papierstücke aus Trotzkis Mütze, öffneten sie und hielten sie hoch, um zu zeigen, daß sie Nieten gezogen hatten. Zwei von ihnen wirkten mehr erleichtert als enttäuscht.

Jetzt war Sander sicher, daß das *X* für ihn bestimmt war. Trotzki hielt Tuohy die Mütze hin, der lässig den ihm am nächsten liegenden Zettel nahm. Lächelnd hielt er ihn Sander hin.

»Ich werde selber für mich ziehen«, sagte Sander ruhig.

Tuohy stimmte mit einem Kopfnicken zu. Er öffnete langsam die Falten des Papierstücks und sah hoch. Sein Gesichtsausdruck verriet nicht, ob er das *X* oder eine Niete gezogen hatte.

»Was ist?« fragte Marlene gereizt.

»Du hättest es nehmen sollen«, sagte Tuohy zu Sander. Er hielt den Zettel hoch. Das *X* in der Mitte war deutlich zu sehen. »Sieht so aus, als ob der alte Tuohy nach Rußland gehen soll.«

Die anderen jungen Leute drängten sich um Tuohy, um ihm zu gratulieren. Seine Freundin küßte ihn kräftig auf den Mund. Alle lachten. Trotzkis Sekretärin brachte eine Flasche Wodka und fing an, Gläser auszuteilen. Sander war wie vor den Kopf geschlagen. Das Schicksal hatte ihm etwas versagt, das ihm zustand. Langsam schritt er durch den Korridor. Sein Kopf war benommen, vor seinen Augen verschwamm alles. Draußen fing es an zu nieseln. Sander hob sein Gesicht zu dem grauen Himmel. Die Regentropfen fielen ihm in die Augen und rannen die Wangen herunter. So nahe ans Ziel herangekommen zu sein . . .

Da tauchte Trotzki hinter Sander auf. Auf seinen Lippen lag ein sonderbares Lächeln. Ohne ein Wort zu sagen, nahm er aus einer Brusttasche einen versiegelten Umschlag und hielt ihn Sander hin. Als der ihn nicht sofort annahm, steckte Trotzki den Umschlag Sander in die Jackentasche. Die beiden Männer schauten einander an. Trotzki nickte, um anzudeuten, daß es keiner Worte bedürfe, und ging in sein Büro zurück. Sander holte den Umschlag heraus und studierte ihn von beiden Seiten. Dann riß er am Rande einen Streifen ab und zog den Inhalt heraus. Da waren 112 Dollar in amerikanischer Währung, fünfundsiebzig russische Rubel, eine Notiz über einen Kaare Ingvaldsen, der Purser auf der *Christianiafjord* war, ferner Name und Anschrift eines Papierladens in der Second Avenue mit dem Wort »Paß« in Klammern dahinter und einen handgeschriebenen Brief folgenden Inhalts:

> Genossen! Ich empfehle Euch den Überbringer, Alexander Til, dessen Familienname Euch vertraut sein wird, als einen Revolutionär, der unserer Sache leidenschaftlich ergeben ist.

Der Brief war unterzeichnet: »Trotzki«.

Ein Gefühl der Ekstase durchflutete Sander. Seine Hände, in denen er die Papiere und das Geld hielt, zitterten. Zwei Frauen mit Regenschirmen machten ängstlich einen Bogen um ihn. Sie hielten ihn offensichtlich für betrunken. »Dabei ist es noch nicht einmal Mittag«, sagte die eine und schnalzte mit der Zunge.

»Bewegt euren Arsch!« rief Sander den beiden Frauen vergnügt nach, »aber laßt euch nicht erwischen!«

Der Drucker, ein alter deutscher Jude, schrubbte sich mit einem Stück Marseilles-Seife und einer harten Bürste die Tinte von den Fingerspitzen. Mit wehmütigem Kopfschütteln sagte er zu Sander: »Ach, wenn ich in

Ihrem Alter wäre, würde ich so was für mich selbst machen.« Er trocknete sich die Hände mit einem Handtuch ab, zog ein Blatt Papier aus einem Aktendeckel und reichte es Sander. »Was halten Sie davon?«

»Es ist wunderschön«, sagte Sander und prüfte das Papier. Die am Tage zuvor von dem Schwiegersohn des Druckers in dem kleinen Raum hinter der Presse aufgenommene Photographie war in die obere linke Ecke geklebt worden, und der Stempel des Department of State verlief quer über Sanders Gesicht.

»Es wäre einfacher, wenn sie nicht diese neumodischen Photographien benutzen würden«, erklärte der Drucker. »Nächstes Jahr wird es noch schwieriger sein. Sie werden Pässe mit Schutzumschlägen machen, so etwas wie ein kleines Buch.«

»Wie haben Sie den Stempel hingekriegt?« fragte Sander.

»Berufsgeheimnis«, erklärte der Drucker stolz. »Aber ich werde es Ihnen trotzdem verraten. Sie schneiden eine Kartoffel mittendurch. Dann benutzen Sie den flachen Teil, um den Stempelabdruck von einem echten Paß abzuheben. Danach drücken Sie die Kartoffel auf die Photographie. Der Abdruck kommt etwas schwächer heraus, ist aber lesbar.«

Sander prüfte die Beschreibung auf der linken Seite des Papiers: Alter, Größe, Haar, Augen. »Wie sind Sie auf den Namen Litzky gekommen?« fragte er neugierig.

Der Drucker antwortete: »Ich kannte mal jemanden namens Litzky. Das war im Frühjahr 1906. Ich war gerade in Amerika angekommen. Litzky gab mir einen Job in seinem Gemischtwarenladen in der Attorney Street und einen Schlafplatz in einem Hinterraum. Er war eine große Hilfe für mich.«

Der Drucker sah zu, wie Sander den Paß sorgfältig zweimal zusammenfaltete. Er sagte: »Gehen Sie nicht so sorgfältig damit um! Befingern Sie ihn, zerknittern Sie ihn, steckten Sie ihn hundertmal in die Tasche und holen Sie ihn wieder heraus! Es ist besser, wenn er alt und gebraucht aussieht.«

»Wieviel schulde ich Ihnen?« fragte Sander.

Die Augenbrauen des Mannes hoben sich. »Ich tue das für Mr. Trotzki und die gemeinsame Sache«, sagte er voller Würde. »Ich beneide Sie, junger Mann. Darf ich Ihnen einen Rat geben? Wenn die Revolution gesiegt hat, müssen Sie unbedingt jeden Morgen einen Moment ruhig dastehen und sich ins Gedächtnis rufen, *warum* Sie sie gemacht haben. Leute, die Revolutionen machen, neigen dazu, zu vergessen, warum.«

»Ich werde daran denken«, gelobte Sander. »Sie können sich darauf verlassen.«

Maud erhob keine Einwände, als Sander sie fragte, ob er bis zum nächsten Dienstag bleiben könne – dem Tag, an dem die *Christianiafjord* auslaufen sollte. Sie schenkte ihm sogar einen Kleidersack und einige Sachen ihres Mannes. Sander und Maud schliefen weiter im selben Bett und liebten sich mehrfach; aber es war mehr eine Sache gegenseitiger Gefälligkeit. Maud war nicht mehr mit dem Herzen dabei. Darum machte es ihr auch nichts aus, wenn er noch hier blieb, bis das Schiff auslief. Ihrer Erfahrung nach war es leichter, die Liebe zu einem Mann aufzugeben, solange sie noch mit ihm zusammen war.

Eines Abends fand Sander Maud, wie sie im Dunkeln am Kamin im Wohnzimmer vor sich hin brütete. Auf dem Kaffeetisch vor ihr stand eine fast leere Cognacflasche. Sie hatte eine Zigarette zwischen den Lippen, was merkwürdig war, da er sie nie zuvor hatte rauchen sehen. Ihre Augen sahen geschwollen aus. Sie fragte ihn: »Erinnerst du dich an den ersten Neujahrsabend, den wir zusammen verbracht haben? Wir haben Wünsche auf Zettel geschrieben, diese dann in einem Aschenbecher verbrannt und die Asche gegessen. Du sagtest, das wäre ein alter russischer Brauch. Was hattest du auf deinen Zettel geschrieben, Sander?«

Sander mußte kurz nachdenken. »›*Etsi omnes ego non.*‹ Das ist Latein und bedeutet: ›Jeder andere, nur ich nicht‹.«

Maud lächelte. »Ich habe geschrieben: ›Bitte, Gott, mach schnell!‹«

Sie schwiegen einen Augenblick. Dann fragte Sander ruhig, ob es ihr lieber wäre, wenn er sofort das Haus verließe.

Sie platzte heraus: »Mir wäre es lieber, wenn du nie gekommen wärst.« Dann aber, als er anfing, seine Sachen in den Kleidersack zu packen, blieb sie an der Tür des Zimmers stehen und sagte mit tonloser Stimme: »Bleib nur, bleib! Mir ist das ganz gleich.«

Am Nachmittag des nächsten Tages – es war der Sonntag vor der Abreise – kam Kermit die Treppe heraufgerannt und klopfte bei Sander. »Da unten ist ein Mann, der nach dir fragt«, flüsterte er aufgeregt.

»Nach mir?« Sander blickte aus dem Fenster, um sich zu vergewissern, ob drunten Zement oder Gras wäre, für den Fall, daß er hinausspringen müßte. Dann zwang er sich logisch zu denken. Falls es ein Polizist wäre, hätte er nicht Kermit gebeten, nach ihm zu »fragen«, sondern wäre gleich selbst gekommen. Außerdem kamen Polizisten gewöhnlich zu zweit. »Beschreib mir den Mann!« bat Sander den Jungen.

»Er ist kleiner als du. Große Schultern. Sieht wie ein Preisboxer aus. Hier ist er kahl« – Kermit legte sich die Handfläche mitten auf den Kopf –, »und er trägt eine Brille mit dicken Gläsern.«

»Leon!« rief Sander. »Was macht der denn hier?«

Im Vestibül fielen sich die beiden Männer in die Arme, zum Erstaunen von Kermit, der noch nie gesehen hatte, daß erwachsene Männer sich so benahmen. »Ist man dir nicht gefolgt?« fragte Sander auf russisch.

»Nein, nein, kein Grund zur Sorge; ich habe aufgepaßt«, versicherte Leon. »Anfang der Woche waren zwei Polypen da. Der eine hieß Hoover. Kennst du sie?«

»Ich bin ihnen kurz begegnet«, lachte Sander. »Wie hast du mich gefunden, Leon?«

»War nicht leicht«, mußte er zugeben. »Ich wollte dich warnen – die beiden schienen es ernst zu meinen –, aber du warst schon wieder umgezogen. Also habe ich Tuohys Freundin aufgespürt und durch sie Tuohy gefunden. Und der hat mir gesagt, du wärst bei einer Frau, die in Brooklyn Heights wohnt und einen Jungen mit einem verkrüppelten Arm hat. Der Kleine spricht doch nicht etwa Russisch? Ich habe mich vier Tage lang bei dem Bonbonladen an der Henry Street herumgetrieben, bis ich ihn zu sehen bekam. Danach brauchte ich ihm nur bis nach Hause zu folgen.«

Leon legte Sander seinen Arm um die Schulter. »Tuohy hat mir gesagt, daß du nach Rußland zurückgehst.«

Sander nickte. »Ich fahre nach Hause, Leon. Auf der *Christianiafjord*, die am Dienstag mit der Flut ausläuft.«

Leon schüttelte heftig den Kopf. »Sander, wir müssen miteinander sprechen.«

Er führte Sander in ein kleines rumänisches Restaurant an der Second Avenue, wo es »gefüllte« Delikatessen gab.

Da Leon in dieser Woche gut bei Kasse war, bestellte er eine Flasche polnischen Wodka. Sie stießen feierlich auf Sanders Vater und Leons Mutter an und leerten ihre Gläser *do dna* – bis zur Neige.

Sander erinnerte ihn: »Als wir uns zum erstenmal sahen, hast du mich gleich nach meinem Alter gefragt. Als du herausfandest, daß du vier Monate älter warst, warst du sehr mit dir zufrieden.«

»Denk daran, wie wir der Lehrerin in der Public School 160 sagten, wir wären Zwillinge. Als sie sagte, daß wir uns nicht ähnlich sähen, sagten wir: ›Kann schon sein, aber wir denken dasselbe.‹«

»Weißt du noch, wie wir Bücher vom Handkarren klauten und uns dann stritten, wer sie zuerst lesen dürfte?«

»Das werde ich nie vergessen«, lachte Leon.

»Du verlierst dein Haar«, stichelte Sander. »Jedesmal, wenn ich dich sehe, hast du eine Handvoll weniger als vorher.«

»Alles wegen einer Frau«, erklärte Leon. »Ich habe ein Techtelmechtel mit einer Apothekerin in der Bronx.« Er füllte die Wodkagläser ganz voll. Sander legte seine Lippen an den Rand und schlürfte so viel weg, daß er das Glas hochheben konnte, ohne etwas zu verschütten. Leon fuhr fort: »Sie sagt, daß sie mich liebt, weigert sich aber kategorisch, in Palästina zu leben.«

Sander bemerkte: »Du weißt, was Tolstoi gesagt hat. Er meinte, er würde die Wahrheit über Frauen erst sagen, wenn er schon mit einem Fuß im Grabe stünde. Dann würde er sofort in den Sarg springen und den Deckel über seinem Kopf schließen.«

Leon stimmte kichernd zu. »Frauen sind gefährlich, aber doch nicht so sehr.«

»Nun zu Palästina«, sagte Sander.

»Und zu Rußland«, sagte Leon. Beide lächelten.

»Sander, hör zu; ich kann verstehen, daß du nach Rußland willst. Aber du begehst einen großen Fehler. Rußland wird dir das Herz brechen.«

»Leon, du bist Zionist. Ich nicht. Für mich ist Palästina nicht das Gelobte Land. Aber vielleicht ist es Rußland.«

»Du bist Jude«, erklärte Leon.

»Ich bin erst Revolutionär und danach Jude«, beharrte Sander.

»Also suchst du dir die erste beste Revolution aus –«

»Das Gute an einer Revolution liegt darin, daß sich zeigt, wer ein Revolutionär ist und wer nicht.«

»Was soll das heißen?«

Am Nachbartisch warfen Gäste neugierige Blicke auf Sander und Leon. Sander zuckte die Achseln. »Das haben wir schon früher erörtert«, sagte er in ruhigerem Tone. »Leon, ich glaube, der beste Weg, den Juden zu helfen, ist der, daß man jedermann hilft.« Sander sprach mit sanfter Eindringlichkeit. »Wenn es uns gelingt, in Rußland eine kommunistische Revolution zu machen, dann wird diese sich über ganz Europa verbreiten. Wir werden den ökonomischen Ungleichheiten ein Ende setzen, die Antisemitismus hervorbringen. Wir werden einen neuen Menschen schaffen, der keinen Rassismus kennt. Nach Palästina zu gehen ist keine Lösung. Selbst wenn ihr es schafft, einen jüdischen Staat zu gründen, wofür die Aussichten zunächst eins zu einer Million stehen, dann tut ihr nichts weiter, als eine Menge Araber zu vertreiben und die anderen zu demütigen. Dort wird es dann einen neuen Antisemitismus geben!«

Leon antwortete beunruhigt: »Ich respektiere deinen Idealismus, aber nicht deine Ideen.« Er massierte seine hohe Stirn mit den Fingerspitzen.

»Diese Revolution ist ein schrecklicher Traum. Die Theorie klingt vernünftig genug, das billige ich dir zu; aber die Leute, die sie in die Praxis umsetzen – eure Lenins, eure Trotzkis –, sind Menschen wie wir alle. Kannst du nicht die Schrift an der Wand lesen, Sander? Das erste Gebot für jene, die die Macht übernehmen, ist, die Macht zu behalten. Also werden sie ihre Zuflucht bei den Mitteln suchen, auf die alle Machthaber verfallen: Lügen, Übertreibungen, Repression, Propaganda und Kriege. Revolutionen ändern die Dinge nicht, sie arrangieren sie nur anders. Komm mit mir nach Palästina, Sander – nicht um eine Revolution zu machen, sondern um den Boden zu bestellen.«

Leon füllte die Wodkagläser nach. Der Kellner stellte fest, daß die Teller mit dem »Gefüllten« auf dem Tisch noch unberührt waren, und schien deutlich gekränkt.

»Iß doch. Wenigstens, um ihm einen Gefallen zu tun!« meinte Leon.

Sie knabberten nachdenklich an Paprikaschoten, die mit Hühnerleber gefüllt waren. Dann brach Sander das Schweigen. »Leon, sag mir etwas. Ich weiß, daß du nicht an Gott glaubst. Wieso verstehst du dich dann als Juden?«

Leon schüttelte den Kopf, als wundere er sich über diese Frage. »Weil die Welt mich alle fünfundzwanzig oder fünfzig Jahre daran erinnert, indem sie mich zu ermorden sucht.« Er wollte noch ausführlicher werden, zuckte aber dann die Achseln. »Hör mal, Sander, du weißt nicht zufällig, wer Chaim Weizmann ist?«

»Was bekomme ich für eine richtige Antwort?«

»Eine Geschichte.«

»Vielleicht sollte ich eine falsche Antwort geben. Er ist der Anführer eurer zionistischen Bewegung.«

»Gut«, sagte Leon. »Weizmann hat einen Bruder namens Schemuel. Und Schemuel ist dir irgendwie ähnlich; das heißt, er ist Idealist, Revolutionär und ein völliger Idiot. Bitte, unterbrich mich nicht, Sander, ich bin älter als du! Jedenfalls hat Weizmanns Mutter einmal gesagt: ›Wenn Schemuel gewinnt, werden wir in Rußland in Frieden und Sicherheit leben. Und wenn Chaim gewinnt, werden wir nach Palästina gehen und dort in Frieden und Sicherheit leben.‹« Leon hob sein Wodkaglas. »Dies ist für Chaim!« Er neigte den Kopf zurück, trank es in einem Zuge aus, schüttelte sich und warf es an die Wand, wo es in hundert Stücke zersprang.

Alarmiert drehten sich die anderen Gäste zu ihnen um. »Russen«, murmelte einer von ihnen, als ob damit alles erklärt wäre.

Jetzt war Sander an der Reihe, das Glas zu erheben. »Auf Schemuel!«

sagte er, trank und warf das Glas an die Wand; aber es prallte ab, ohne zu zerbrechen, und rollte geräuschvoll unter einen Stuhl.

Leon und Sander tauschten ernste Blicke. Dann lachte Sander unbehaglich. »Du bist doch nicht abergläubisch?« fragte er.

»Die Frage ist, ob du es bist«, sagte Leon mit Nachdruck.

Beide wußten, daß nach dem russischen Volksglauben der Wunsch nicht in Erfüllung ging, wenn das Glas nicht zerbrach.

Später begleitete Leon Sander noch ein Stück über die Brooklyn Bridge. Unter ihren Füßen dampfte ein grauer vierdeckiger Zerstörer in den Atlantik hinaus. Leon bemerkte: »Bald wird sich Amerika im Krieg befinden.«

Sander sagte: »Wenn wir unseren Weg machen, wird Rußland bald aus dem Krieg *heraus* sein.«

Von der Brooklyn-Seite her drang der Klang ferner Kirchenglocken, die die Mitternacht verkündeten. Sander sagte: »Die läuten für mich. Sie rufen mich zurück nach Rußland.«

Mitten auf der Brücke blieben die beiden stehen. »Du bist mir nicht böse, weil ich es versucht habe?« fragte Leon.

Sander sah auf seine Füße und blickte dann Leon an. »Ich betrachte es als ein Zeichen der Zuneigung. Ich schulde dir sehr viel, Leon. Nach dem Brand bei *Triangle* hätte ich ohne dich nie überleben können.«

Leon wehrte Sanders Dank mit einer Handbewegung ab. »Gott segne dich, Sander! Ich liebe dich sehr; aber wenn es um Rußland und die Revolution geht, hast du nur Scheiße im Kopf.«

»Ich liebe dich auch, Leon; aber wir sind eben doch keine Zwillinge – wir denken nicht dasselbe.«

»Es kann lange dauern, bis wir uns wiedersehen«, sagte Leon.

Sander nickte grimmig.

Leon betrachtete die hölzernen Planken des Gehwegs. Er fand keine Worte mehr. Die beiden umarmten sich und küßten sich nach russischer Sitte auf die Lippen. Leon machte rasch kehrt und eilte zur Manhattan-Seite, ohne zurückzublicken. Sander sah ihm nach und wandte sich dann den Brooklyn Heights zu. Er ging langsam und fragte sich, ob er Leon jemals wiedersehen würde. Er wünschte, er hätte das Wodkaglas kräftiger an die Wand geworfen.

Für Sander war es nichts anderes als eine unerledigte Aufgabe. Für Tuohy schien es der reine Sport zu sein.

Falls Ortona überrascht war, sie zu sehen, ließ er es sich nicht anmerken. »Willkommen, ihr beiden! Wie gefällt euch New Jersey? Idyllisch, wie?

Was möchtet ihr trinken? Ich habe im Kühlschrank einen frischen Block Eis. Ich kann euch leicht etwas davon abschnippeln.«

Sander ließ sich ein Glas Mineralwasser mit Eis geben, und Tuohy probierte den Wodka, der, wie Ortona schwor, von einer serbischen Dame in Newark gebraut war. »Neulich sind wir wirklich ganz schön in die Klemme geraten«, sagte Ortona beiläufig zu Tuohy.

Tuohy sah sich um. »Wirklich schön hast du's hier.«

»Allerdings, nicht wahr?« stimmte Ortona zu. Er fühlte sich erleichtert. Offenbar hatte Sander keine Ahnung, wer ihn an die Bundesagenten verraten hatte.

»Gehören die Möbel dir, oder hast du sie mit der Wohnung zusammen gemietet?«

»Einiges davon gehört mir. Der Tisch mit der Glasplatte, die Teppiche, der Sessel, in dem du sitzt. Ich kaufe das Zeug billig direkt von den Schiffen.«

»Du weißt schon, wie man zurechtkommt«, bemerkte Sander.

Ortona zog bescheiden die Schultern hoch. »Was ist daran kriminell?« Er lächelte Sander und danach Tuohy an. »Also, was kann ich für euch tun?«

»Es geht um dieses Ding«, sagte Tuohy. »Die *Smith and Wesson* – wir brauchen sie noch einmal. Eine Expropriation, du verstehst.«

Ortona bohrte geistesabwesend mit einem Fingernagel im Ohr herum. »Ihr Bolschewisten fallt mir auf die Nerven. Ihr habt immer so hochtrabende Ausdrücke. Expropriation.« Er knurrte: »Wann braucht ihr sie?«

»Jetzt gleich«, sagte Sander.

»Jetzt gleich? Vielleicht braucht ihr jetzt gleich auch ein Maschinengewehr. Ich muß den Mann fragen, dem sie gehört. Ich muß ihn überzeugen, daß er sie mir zur Verfügung stellt.« Er sah Tuohy an. »Letztes Mal hast du mir vierundzwanzig Stunden gegeben, und auch da hat die Zeit nicht gereicht...«

Sander sagte nervös: »Wir müssen die Kanone noch heute haben. Es ist sehr wichtig.«

Tuohy fragte: »Wie wäre es mit der russischen Nagan?«

»Die ist so alt. Ich bin nicht sicher, ob sie wirklich geradeaus schießt.«

»Ich würde es als eine Gefälligkeit ansehen, Emilio«, sagte Sander hartnäckig.

Plötzlich merkte Ortona, daß man ihn auf die Probe stellte. Vielleicht hatte Sander ihn trotz allem im Verdacht. Wenn er sich nun weigerte, ihm die Pistole zu leihen, wäre das eine Bestätigung. »O. K., wenn das so ist –«

Ortona ging in das nächste Zimmer, zog ein in Stoff gewickeltes Paket unter der Matratze hervor, kam zurück und legte es auf den Tisch.

Tuohy blickte Sander an. Dieser schlug den Stoff auseinander und nahm die Waffe. Sie war alt, aber gut erhalten und wog schwer in der Hand. In den Falten des Tuchs lagen vier Patronen. Sander nahm eine, tat sie in die Kammer und spannte die Waffe.

»He, paß auf –«

Sander streckte den Arm aus, bis der Lauf Ortonas Brust berührte.

Ortona quollen die Augen heraus. »Du willst mir doch bloß angst machen«, sagte er tonlos.

»Bring es hinter dich!« sagte Tuohy.

»Um Christi willen!« schrie Ortona. »Ich mußte es ja tun. Sie haben mich an den Eiern gepackt und zugedrückt.« Er schaute sich wild um. »Was nützt es eurer verdammten Revolution, wenn ihr mich erschießt!«

»Los, mach schon!« knurrte Tuohy.

Sander biß sich auf die Lippen. Seine Hand, die die Pistole hielt, zitterte.

»Wenn ihr mich umbringt, werden sie einen anderen Dummen finden.« Ortona konnte kaum noch atmen. »Laßt mich leben; dann wißt ihr wenigstens Bescheid –«

Tuohy schüttelte mißbilligend den Kopf, schnappte sich von Sander die Waffe, stieß den Lauf dem sich krümmenden Mann tief in die Magengrube und zog ab. Das Geschoß ließ Ortona durch das halbe Zimmer fliegen und hinterließ in seiner Hemdbrust ein klaffendes Loch. Tuohy kniete sich neben dem Körper hin und fühlte nach dem Puls. Nichts. Dann legte er Ortonas Finger um den Kolben der Nagan und schaute zu Sander auf. »Hier liegt Atticus«, sagte er mit grimmigem Lächeln, »der wußte, wie man eine Sache ins reine bringt.«

Sander ging ins Badezimmer, kotzte in die Toilettenschüssel und zog die Spülung. Dann schlichen er und Tuohy sich aus der Hintertür, gingen die knarrende Holztreppe zur Straße hinunter und machten sich auf den Weg zum Anlegeplatz der Fähre.

Abschiede haben immer etwas Endgültiges; darum zögern Reisende den Abschied bis zum letzten möglichen Augenblick hinaus. Bei den Passagieren der *Christianiafjord* war es auch so. Tuohy erschien in einem gelben Taxi mit einer Eskorte von drei Mädchen und küßte sie zum Abschied mit Genuß gründlich ab. Trotzki kam erst, als schon Dampf aufgemacht war, und schickte selbst dann erst seine beiden jungen Söhne und seine Frau an Bord, während er in der Abfertigungsbude hockte und letzte, eilige Anweisungen an seine amerikanischen Freunde erteilte. Sander stand bei der Brücke und fühlte einen schmerzlichen Stich, als er sich daran erinnerte, wie er am Pier in Rotterdam zu seiner Mutter hinabgeschaut und nicht gewinkt hatte. Er hatte Maud gefragt, ob sie ihn zum Abschied herbegleiten würde; aber sie hatte kühl abgelehnt.

Der Kapitän der *Christianiafjord*, ein unglaublich dünner Mann mit einem Schopf blonden Haares, blickte ungeduldig auf die Schiffsuhr im Steuerhäuschen und auf die Gezeitentabellen, die mit Kreide auf eine kleine Tafel geschrieben waren, welche am Trennschott hing. Schließlich brüllte er auf norwegisch einem Matrosen einen Befehl zu, der sich über die Reling beugte und durch ein Megaphon zum Hauptdeck hinunterschrie. Alsbald packten ein halbes Dutzend Männer die Taue, die die Gangway hielten und zogen sie an Land. Trotzki sprang hinüber.

Tuohy postierte sich neben Sander, und gemeinsam beobachteten sie, wie Trotzki zum Hauptdeck heraufkletterte. »Siehst du die Brünette mit dem gekräuselten Haar da drüben?« fragte Tuohy. Er winkte, und sie winkte zurück. »Ihretwegen wäre ich beinahe dageblieben. Was für ein Körper! Jemand hat sie angeheuert, um bei einer Cocktailparty nackt auf einem Piedestal zu posieren. Bei der Gelegenheit habe ich sie kennengelernt.« Tuohy winkte wieder den drei Mädchen zu, die ihn zum Pier begleitet hatten. »Ich kann es kaum erwarten, bis ich meine Hände an die weiblichen Exemplare der russischen Spezies lege.«

»Gehst du eigentlich wegen der Mädchen oder wegen der Revolution dahin?«

Tuohy lehnte sich an die Reling und nahm sich eine Zigarette aus einem Silberetui. Er legte die Hände um die Flamme, um sie anzuzünden und inhalierte tief. »Natürlich glaube ich an die Dialektik und die historische Unausweichlichkeit des Klassenkampfes und all dieses Zeug. Aber es gibt noch wesentlich andere Seiten bei einer Revolution – sie verhilft zu größeren und besseren Erektionen.«

Unten nahmen die Arbeiter die letzten Taue von den Pollern, und die Matrosen auf dem Schiff zogen sie Hand über Hand ein. Ein Schlepper mit einem Tau am Bug der *Christianiafjord* begann, sie in den Hudson River hinauszuziehen. Einen Moment schien es Sander, als ob das Schiff vollkommen stillstünde und der Pier sich von ihm entfernte. Dann spürte er, wie das Deck unter seinen Füßen zitterte, als die gewaltige Schraube langsam ins Wasser griff. Mit schrillem Pfeifen warf der Schlepper die Leine los, und die *Christianiafjord* drehte sich in den Wind. Wimpel wurden aufgezogen. Der Maschinentelegraph klingelte im Steuerhäuschen.

Trotzki kletterte mit nach allen Seiten flatterndem Haar die Außenleiter zur Brücke empor, um einen besseren Blick auf die Stadt zu bekommen. »Ich möchte einen letzten Blick auf dieses Ungeheuer werfen«, sagte er zu Sander und Tuohy.

Das Schiff fuhr dicht am Ende eines Docks in der Fortieth Street entlang, das in den Hudson vorstieß. Sander konnte die einsame Gestalt eines Mannes erkennen, der auf einer Kiste beim letzten Poller stand. »Leon!« rief Sander und sprang auf den Ausguck, damit Leon ihn sehen konnte.

»Leon!« schrie er; aber seine Stimme wurde vom Wind fortgetragen.

Diesmal winkte Sander.

2. Buch

Petrograd, 1917

In Petrograd zu leben, ist, als ob man in einem
Sarge leben würde.

Ossip Mandelstam

Hübsch der Reihe nach ...

Im April erreichten riesige Wolkenbänke, die vom Finnischen Golf hereinkamen, die russische Metropole. Ströme von Regen prallten auf die Holzblöcke, mit denen viele Straßen gepflastert waren. Die Leute brummten nervös von einer »zweiten Sintflut«, und verschiedene orthodoxe Priester fragten von ihren Kanzeln herab, welche der um die Macht kämpfenden politischen Kräfte den Bau einer Arche organisieren würde.

An den Ufern der Newa trieben Kosaken mit schwarzen Umhängen ihre kümmerlichen Pferde in Haufen von auftauendem Müll und stocherten darin mit ihren langen, nadelartigen Lanzen. Gelegentlich spießten sie eine Ratte auf und hielten sie, noch zappelnd, hoch, als willkommene Fleischzulage. Hunderte desertierter Soldaten, manche davon betrunken, einige wahnsinnig, streiften durch die Nebenstraßen des Newski-Prospekts, der Prachtstraße von Petrograd. Sie zertrümmerten Fenster, plünderten Läden und schlugen jeden zu Brei, der ihnen Einhalt zu gebieten suchte.

Zwischen dem Finnischen Bahnhof und der Brücke über die Newa fuhr ein offener Militärlastwagen bei einem staatlichen Brotladen vor. Deserteure, die von zwei bärtigen Korporalen bewacht wurden, begannen Jutesäcke mit frischgebackenem Schwarzbrot auszuladen. Binnen Minuten verbreitete sich die Kunde durch die Nachbarstraßen, und es bildete sich eine Schlange, die sich über den Bürgersteig bis um die nächste Ecke hinzog. Die Frau des Ladeninhabers ging an den Wartenden entlang und schrieb den Leuten Zahlen auf die Hände, um Streitigkeiten über die Reihenfolge zu vermeiden, in der die Kunden bedient werden würden.

Vor Freude gackernd hinkte ein zahnloses altes Weib, dem ein zugeklappter englischer Regenschirm als Stock diente, aus dem Laden. Unter dem Arm trug sie einen Laib Brot. Ein barhäuptiger Soldat in

Zivilhosen schnappte ihr das Brot weg und rannte davon. Mit einer fast tierischen Stimme heulte die Frau: »Dieb! Dieb!« Die anstehenden Leute stimmten in ihren Ruf ein.

Vorbeikommende Fahrradtruppen nahmen die Verfolgung auf. Sie erwischten den Dieb an der Brücke, verdrehten ihm die Arme, bis die Knochen knackten, und brachten ihn zu dem Brotladen zurück.

»Was wollt ihr mit ihm anfangen?« fragte der eine Fahrradsoldat.

»Die Polizei rufen«, schlug jemand vor.

In der Schlange stand auch ein bolschewistischer Anführer. Sein Parteiname war Stalin. Er rief: »Wir brauchen keine kapitalistische Polizei. Wir brauchen Revolutionsjustiz!«

Alle stimmten begeistert zu. Die Soldaten präsidierten einem kurzen Kriegsgerichtsverfahren auf dem Bürgersteig. Der Dieb, dessen Arme schlaff herunterhingen, sank ohnmächtig zu Boden und wurde durch Ohrfeigen wieder zum Bewußtsein gebracht. Er bat um Milde. Er hätte eine Frau und ein Kind, jammerte er; das Brot sei für sie gewesen.

»Wenn er Brot haben wollte«, rief ein junger Mann mit selbstgemachten Krücken, »hätte er sich wie jeder andere anstellen müssen.« Die Umstehenden nickten zustimmend.

»Die Todesstrafe ist zu gut für so einen«, kreischte die zahnlose Alte, der das Brot gestohlen worden war.

»Genossen«, rief die Frau des Ladeninhabers, »dem Dieb sind die Arme gebrochen. Er hat seine Strafe weg.«

Stalin bemerkte: »Seine Knochen werden heilen, und er wird wieder stehlen.«

»Wir können hier nicht den ganzen Tag herumargumentieren«, sagte einer der Soldaten. »Alle, die ihn für schuldig halten und für Revolutionsjustiz sind, sollen eine Hand heben.«

Dutzende von Händen schossen hoch.

»Wer stimmt für unschuldig?«

Die Frau des Ladeninhabers hob die Hand, wandte sich dann aber achselzuckend ab.

»Das Ergebnis lautet auf schuldig«, rief der Soldat, der die Abstimmung geleitet hatte.

Mit wildem Geschrei stürzte sich die Menge auf den Verurteilten und trat ihn tot.

1

Während er vom Finnischen Bahnhof der Brücke über die Newa zustrebte, fühlte Sander benommen, wie Rußland ihn geradezu physisch anzog. Der Kleidersack über seiner Schulter schien kein Gewicht zu haben. Sander bückte sich, um den Boden mit seinen Händen zu berühren und lachte. »Ich bin wieder daheim.«

Tuohy war ihm zehn Schritte voraus und rief: »Willkommen bei Mütterchen Rußland!« Dann zeigte er auf die vor dem verlassenen Brotladen liegende Leiche des Soldaten. Die zahnlose alte Frau hatte sich über den Körper gebeugt und schlug mit ihrem zersplitterten Schirm schwach auf die gebrochenen Gliedmaßen. Sie jammerte bitterlich: »Den Dieb haben sie gefaßt, jemand hat sich mit meinem Brot davongemacht.«

Sander langte in die Tasche des knöchellangen Mantels, den er bei Maud auf dem Dachboden gefunden hatte. »Hier, Mütterchen.« Er reichte ihr das Stück Brot, das noch von dem Laib übriggeblieben war, den sie während ihres kurzen Zwischenaufenthalts in Helsinki gekauft hatten.

»He, das ist unser letztes Brot!« protestierte Tuohy.

Die alte Frau ergriff es und preßte es an ihren Körper. »Wer bist du, ein Messias, daß du Brot weggibst, als ob es weniger wert wäre als Gold?« Sie verbarg es tief in den Falten ihres Schals und machte mit der Spitze ihres Schirms über Sander das Zeichen des Kreuzes. »Geh mit Gott«, murmelte sie, durch diesen Akt von Edelmut verwirrt, »aber hüte dich vor den Bolschewisten!«

»Hast du gehört, was die alte Schlampe gesagt hat?« brüllte Tuohy, als sie die Newa überquerten. »Hüte dich vor den Bolschewisten! Haha! Wir sind Bolschewisten!«

Auf der Altpetersburger Seite der Newa fragte Sander einen Matrosen, der eine Karre mit Flugblättern schob, wo es zum Kschessinskaja-Palais ginge. Eine Doppelreihe frisch Eingezogener, offensichtlich Bauern, schlurfte vorbei. Ein orthodoxer Priester mit hohem rundem Hut und einem dicken Stab mit metallener Spitze blieb stehen und beschrieb das Zeichen des Kreuzes.

»Auserwählte Gottes«, rief er. »Verteidigt das heilige Rußland gegen den deutschen Satan.«

»Kanonenfutter!« entgegnete Sander mit lauter Stimme. »Ihr sorgt dafür, daß die Kapitalisten noch reicher werden!«

Das Gesicht des Priesters wurde krebsrot. Er stampfte mit seinem Stab dreimal auf die Pflasterklötze und spie aus. »Bolschewiki«, geiferte er und wandte sich ab. Nach einigen Schritte drehte er sich noch einmal um und schrie: »Christusmörder! *Juden*!«

Sie hatten keine Schwierigkeiten, das Kschessinskaja-Palais zu finden. Etliche Dutzend bolschewistische Rote Garden mit Gürteljacken, spitzen Arbeitermützen und roten Armbinden exerzierten auf dem nahe gelegenen Platz. Und ein riesiges rotes Spruchband quer über der weißgekalkten Front des Hauses trug in goldenen Lettern das bolschewistische Schlagwort: »Brot! Land! Frieden!«

Das Palais mit seiner prachtvollen Fassade, den kristallenen Leuchtern, Mahagonitreppengeländern und Marmorfußböden war einst die Stadtwohnung der berühmten *prima ballerina assoluta* Mathilde Kschessinskaja gewesen. Es war traditionell Sache der jungen Damen aus der Welt des Balletts gewesen, die Angehörigen des Zarenhauses in die Mysterien körperlicher Liebe einzuweihen. Die Kschessinskaja, eine kleine Frau, die stets tiefschwarz gekleidet war, hatte Nikolaus einstmals diesen zarten Dienst erwiesen. Nach der Abdankung des Zaren im vergangenen Monat hatten die Bolschewisten in Petrograd, die dringend ein passendes Hauptquartier brauchten, ihr Heim einfach »im Namen des Volkes« beschlagnahmt.

Jetzt trafen Sander und Tuohy in der geräumigen Eingangshalle auf eine geschäftige, junge Frau, die hinter einem einfachen Küchentisch saß. Sie hatte ein Kosakencape über die Schultern geworfen, ein Einkaufsnetz mit Zwiebeln lag zwischen ihren Füßen. Auf einer Karte, die gegen ein zinnernes Tintenfaß gelehnt war, stand ihr Name: Arischka. Tuohy räusperte sich. »Wir sind gerade in diesem Augenblick aus New York angekommen und haben wichtige Briefe für den Boß vom Genossen Trotzki dabei«, sagte er auf russisch.

»Ihr seid Amerikaner?« fragte die Frau und musterte sie ungläubig.

»Tatsächlich bin ich halb Ire und halb Russe«, sagte Tuohy. Er setzte sich auf die Tischkante und spielte mit dem Deckel des Tintenfasses. »Aber ich bin in Amerika groß geworden. Vielleicht könnten wir zusammen spazierengehen, wenn du Dienstschluß hast. Dann werde ich dir alles darüber erzählen. Wie wär's?«

»Der Boß ist im zweiten Stock, erste Tür links«, meinte die junge Frau und grinste. »Vielleicht macht es ihm ja Spaß, mit dir spazierenzugehen und etwas über Amerika zu erfahren.«

»Du weißt gar nicht, was du versäumst«, sagte Tuohy mit einem anzüglichen Lächeln.

»Los jetzt!« rief Sander ungeduldig von der Treppe her. Tuohy sagte auf englisch: »Sex ist bei einer Revolution so wichtig wie der Saft bei den Bäumen.« Er lachte Arischka über die Schulter zu und folgte Sander treppauf.

Sie passierten ein halbes Dutzend Soldaten, die sich in tiefem Schlaf auf dem Fußboden des Korridors zusammengerollt hatten, und kamen zu der Tür, die die junge Frau angegeben hatte. Sander klopfte an. Als niemand antwortete, öffnete er sie einen Spalt. In dem Raum war ein geschäftiges Treiben. Zwei Frauen – Lenins Schwestern – sortierten Zettel und teilten sie in drei Haufen auf. Zwei halbwüchsige Mädchen schnitten rote Bänder aus einem Stoffballen und steckten Nadeln hinein, damit man sie anstecken konnte. Einige Männer in Matrosenuniform stempelten und unterschrieben Passierscheine. In den Ecken des Zimmers schrien viele Männer in verschiedene Telephonhörer. Ein junger Mann mit fast gelber Haut brüllte wütend: »Petrograd braucht täglich einhundertundzwanzig Eisenbahnwaggons Mehl. Gestern haben wir nur neununddreißig bekommen.« Er schlug mit der Faust auf den Tisch. »Wir verlangen eine Erklärung.« Der junge Mann – er hieß eigentlich Wjatscheslaw Skrjabin, wurde aber Molotow genannt (*molot* bedeutet im Russischen »Hammer«) – hielt einen Moment inne und horchte. »Und ihr erwartet, daß wir euch diesen Scheiß abnehmen?«

Auf der anderen Seite des Zimmers saß ein untersetzter Mann hinter einem Tisch in einem hölzernen Drehstuhl und blickte aus dem Balkonfenster. Er nahm sich, ohne hinzuschauen, *semitschki*, getrocknete Sonnenblumensamen, aus einer Papiertüte, knackte sie mit den Zähnen auf und spuckte die Hülsen auf den Boden. Nach dem Haufen zu seinen Füßen zu schließen, mußte er das schon längere Zeit gemacht haben. Dann drehte er sich herum, bemerkte Sander an der Tür und winkte ihm, näher zu kommen.

Sander und Tuohy legten ihre Kleidersäcke in einer Ecke ab und gingen zu dem Tisch des Mannes hinüber.

Molotow schrie in das Telephon: »Noch eine andere Sache: Wir müssen um jeden Preis eine gute Show bieten, wenn Lenin im Finnischen Bahnhof ankommt. Wie viele Leute könnt ihr uns schicken?« Er horchte kurz. »Was soll das heißen: ›Jeder, der will, kann gehen.‹ Was ist das für eine Antwort?«

Der untersetzte Mann im Drehstuhl blickte erst Sander, dann Tuohy an und meinte schließlich: »Ihr glaubt wohl, in ein Irrenhaus geraten zu sein.« Er sprach Russisch mit einem starken georgischen Akzent, und Tuohy hatte Mühe, ihn zu verstehen. Dann spuckte er eine Hülse auf den Boden. »Nun, Tolstoi pflegte eine Geschichte zu erzählen. Er sah von weitem einen Mann, dessen Bewegungen nahelegten, daß er verrückt wäre. Als er näher kam, erkannte er, daß der Mann ein Messer wetzte.« Der stämmige Mann trommelte mit den Fingerspitzen auf der Tischkante. »Vielleicht sieht es nicht so aus; aber genau das machen wir hier – wir wetzen Messer.«

»Zweihundert«, donnerte Molotow in das Telephon, »lächerlich! Ihr müßt mit zwanzigmal soviel anrücken.«

»Was können wir für euch tun?« fragte der Mann im hölzernen Drehstuhl.

»Wir haben Empfehlungsbriefe von Trotzki«, erklärte Sander. »Wir wollen den Boß sprechen.«

»Der Boß bin ich«, sagte der Mann ganz einfach. Dann verzog er den Mund zu einem schwachen Lächeln und nannte seinen Namen: »Stalin.«

Sander hatte von diesem Mann gehört, der sein Leben dem Sturz des Zaren gewidmet hatte, nachdem er mit neunzehn Jahren von einem Priesterseminar geflogen war. Sein richtiger Name lautete Josef Dschugaschwili, seine georgischen Kumpel nannten ihn Soso (eine Kurzform von Josef). Er war es gewesen, der unter seinem Parteinamen Koba die berühmte »Expropriation« der Bank von Tiflis organisiert hatte, die mit einer Schießerei auf dem Hauptplatz der Stadt geendet und der Parteikasse dringend benötigte fünfhundert Rubel gebracht hatte.

Stalin (der Name bedeutete auf russisch »der Stählerne«) schob seinen Stuhl zurück und kam um den Tisch herum. Er fragte: »Wo sind diese Briefe?« Seine Augen verengten sich. Sander konnte sehen, daß sein Gesicht über dem dichten Schnurrbart Pockennarben aufwies. Sein linker Arm war kürzer als der rechte und schien ihm von der Schulter zu baumeln. Er war klein, trug eine Khaki-Uniform, die bis zum Hals zugeknöpft war, und dicke Zivilhosen, die in ausgetretene Lederstiefel mit besonders dicken Sohlen gestopft waren – offensichtlich sollten sie ihn größer erscheinen lassen.

Sander und Tuohy übergaben die Briefe. Stalin kratzte sich an der Nase und las sie nacheinander durch. Dann warf er sie auf den Tisch. »Wer von euch ist Alexander Til?« fragte er.

»Ich bin Til.«

»Irgendwie verwandt mit *unserem* Til?«

Sander nickte: »Er war der Vater meines Vaters.«

»Ihr Name ist eine bessere Empfehlung als ein Dutzend Briefe von Trotzki«, erklärte Stalin. »Ich will nicht um den heißen Brei herumreden: Ich hatte nie viel für ihn übrig. Ich habe Trotzki zum ersten Mal 1907 bei einem Kongreß in London getroffen, bei einem Empfang für einige englische Freunde. Ich war gezwungen, auf Parteikosten einen Smoking zu mieten, um wie eine aufgebahrte Leiche in diesem kapitalistischen Affenanzug auszusehen. Trotzki trug auch einen; aber er schien sich in seinem wohl zu fühlen. Er war sehr elegant, sehr ... intellektuell, wenn ihr versteht, was ich damit meine. Scheiße – ich wische mir den Arsch mit Artikeln, die solche Kaffeehausrevolutionäre schreiben wie Trotzki. Meistens verstehe ich überhaupt nicht, was er sagen will.« Stalin schnaubte verächtlich. »Nun schön, was sollen wir mit euch anfangen? Was habt ihr in New York für die Partei getan?«

Tuohy antwortete, ehe Sander zu Wort kam. »Wir haben Trotzki als Leibwächter gedient.«

Stalin nickte nachdenklich. »Wir organisieren ein Team von Leibwächtern, um unsere Leute zu schützen, die zu den Fabriken und Baracken hinausgehen, um unter den Massen Propaganda zu treiben.« Er holte einen Karton aus einem Schrankfach, nahm zwei brandneue deutsche Mauser-Parabellums mit angesetzten hölzernen Schulterstützen heraus und händigte sie Sander und Tuohy aus. Dann kritzelte er auf die Rückseite eines Briefumschlags eine Adresse, setzte seine Initialen darunter und gab Sander das Papier. Stalin sagte dazu: »Das ist ein von Genossen geführtes Haus. Da werdet ihr Betten und Verpflegung finden. Meldet euch morgen früh wieder!« Er heftete seine schmalen Augen auf Sander. »Wir werden sehen, wie leidenschaftlich Sie unserer Sache wirklich ergeben sind.«

Das Haus lag an der Ecke zwischen Schirokaja und Gasowaja und gehörte zu den architektonischen Kuriositäten von Alt-Petrograd. Leute in der Nachbarschaft, die von Reisen träumten, die sie nie verwirklichen konnten, hatten es »das Dampfboot« getauft. Es war im vorigen Jahrhundert von dem steinreichen Besitzer der Wolga-Dampfschiff-Gesellschaft erbaut worden. Die getäfelten Schiebetüren der Salons waren aus England importiert, der Springbrunnen im Haupteingang stammte aus Frankreich, die bunten Glasfenster in der Kapelle und der Marmor für die Kamine aus Italien, das Teakholz für die Treppe aus Ostindien, die Gobelins im Ballsaal aus Zentralasien und die Kandelaber aus Venedig. Nach dem Tode des Schiffsmagnaten kam das Haus in die Hände seines ältesten Sohnes, eines Syphilitikers, der es beim Kartenspiel an einen seiner Kumpane verlor, den jungen Prinzen Felix Jusupow. Dieser machte sich später dadurch einen Namen, daß er Rasputin erschoß, den ungebildeten »heiligen Pilger«, der in einer Person Beichtvater und politischer Berater der Zarenfamilie war. Um den Lärm der Pistole zu übertönen, hatte der Prinz eine Schallplatte mit dem Yankee-Doodle auf dem Grammophon laufen lassen. Danach mußte er emigrieren und überschrieb das Haus daher seiner Zwillingsschwester, für die er eine heimliche Leidenschaft empfand. Sie hieß Lili, war in Bolschewistenkreisen aber besser bekannt als die »rote Prinzessin« – sowohl wegen ihrer politischen Neigungen, als auch deswegen, weil im Russischen »rot« auch »schön« bedeutet.

Tuohy führte einen Freudentanz auf, als er das »Dampfboot« erblickte. »Wenn ich gewußt hätte, daß Revolutionäre so wohnen, dann wäre ich schon früher einer geworden.«

Sander klinkte das große schmiedeeiserne Tor auf und zog an der massiven Eichentür die Glocke. Die Tür öffnete sich, und eine muskulöse Frau mit aufgekrempelten Ärmeln und Seifenschaum an den Händen stand vor ihnen. Dahinter erblickte Sander Wäschestücke, die auf einer Leine hingen, welche quer durch die Eingangshalle gezogen war. Außerdem sah er ein halbes Dutzend Katzen, einige im Schlaf zusammengerollt, andere beim Spiel mit dem Korken einer Weinflasche beschäftigt. »Was gibt's?« fragte die Frau. Sie trocknete sich die Hände an der Schürze ab und musterte die beiden Männer auf den Stufen.

»Wir sind zu dieser Adresse geschickt von –«

Ein erstickter Schrei unterbrach Sander. Dann folgte ein zweiter. Beide drangen aus geschlossenen Doppeltüren hinter dem Eingang.

»Wer ist das glückliche Opfer?« fragte Tuohy.

Ein dritter Schrei, noch schriller als die vorhergehenden, drang durch die Doppeltüren.

»Vom Genossen Stalin«, fuhr Sander unsicher fort. »Er hat uns gesagt, daß wir hier Bett und Verpflegung finden würden.«

»Wenn das der Fall ist«, fuhr die Frau ungeduldig auf, »warum steht ihr dann hier herum wie Standbilder? Kommt herein und macht die Tür hinter euch zu! Und putzt euch die Stiefel auf der Militärdecke hier ab. Ihr könnt euch gleich merken, daß das ein Teil unserer Hausordnung ist; und wir legen großen Wert auf die Hausordnung. Zuwiderhandelnde werden vor das Hauskomitee gebracht.«

»Hier liegt Atticus. Er wurde erhängt, weil er es versäumt hatte, die

Schuhe abzuwischen«, spottete Tuohy auf englisch. »Wenn ich gewußt hätte, daß Revolutionäre so sterben, wäre ich nie einer geworden.«

»Ihr seid also Ausländer«, bemerkte die Frau mißtrauisch. »Wir haben hier schon einen Deutschen. Er ist Zahnarzt, daher das Geschrei. Was seid ihr denn für welche? Engländer? Italiener?«

»Wir sind Chinesen«, sagte Tuohy mit steinerner Miene.

»Wir kommen aus Amerika«, erklärte ihr Sander.

»Ich bin froh, daß wenigstens einer von euch anständig redet. Ihr müßt mit der Prinzessin sprechen. Sie hat die Versorgung unter sich und wird euch euren Schlafplatz zuweisen.«

Tuohy wurde aufmerksam. »Eine Prinzessin wohnt hier?«

Die Doppeltür glitt auf, und der deutsche Zahnarzt steckte seinen Kopf heraus. »Ihr beide, ja ihr, kommt bitte her!« Er winkte Sander und Tuohy. »Ich bin bei der entscheidenden Stelle und brauche einige kräftige Hände, um die Patientin festzuhalten.«

Sander und Tuohy lehnten ihre Kleidersäcke an eine Wand und folgten dem Zahnarzt in das Zimmer, wobei sie sich unter den trocknenden Wäschestücken ducken mußten. Ein mit Leder gepolsterter Friseursessel war auf dem Boden des Raumes angeschraubt, der früher einmal ein eleganter Salon gewesen sein mußte. Der Bohrer des Zahnarztes hing an einer Art Schlinge, die an der Decke festgemacht war. Er stand in Verbindung mit einem Getriebekasten, der seinerseits durch eine Reihe von Lederriemen mit der Hinterachse eines Fahrrades verbunden war, das auf einem hölzernen Ständer befestigt war. Ein stämmiger Teenager, der Sohn der Frau, die draußen im Springbrunnen Wäsche wusch, saß auf dem Fahrrad und wartete auf das Zeichen des Zahnarztes, in die Pedale zu treten und damit den Bohrer anzutreiben.

Im Zahnarztsessel saß die Prinzessin Lili Michailowna. Sie atmete durch den Mund, in der einen Backe steckte ein Wattebausch. Sie war Ende Zwanzig, hatte kurzes dunkles Haar, das sie immer wieder hinter das Ohr zurückschob. Ihre dunklen Augen hatten die Farbe einer Regenwolke. Ein angeschlagener Schneidezahn vermochte nicht ihr außerordentlich schönes Gesicht zu entstellen, das einen Tropfen Tatarenblut verriet – hohe Kinnbacken, eine ganz leicht abgeplattete Nase und eine kaum erkennbare Schrägstellung der Augen. Sie trug bunte weite Hosen und einen hautengen schwarzen Matrosenpullover mit Rollkragen, der über einer Schulter zugeknöpft war. Ihr Körper war lang, dünn, flach und hart. Ihre Haut wirkte durch den schwarzen Sweater besonders weiß. »Mist!« sagte sie, zog den Wattebausch aus dem Munde und spie etwas Blut in einen Blechteller.

»Vielleicht reicht das für heute«, meinte Otto Eppler, der Zahnarzt.

Die Prinzessin schüttelte den Kopf. »Ich möchte es lieber gleich überstanden haben. Was ist noch zu tun?«

»Ich muß das Loch mit einer Mischung aus Zinkoxid und gemahlenen Gewürznelken füllen, um die Wurzel zu betäuben. Dann werde ich eine bleierne Gewehrkugel Größe vier erhitzen, um die Stelle zu sterilisieren und weich zu machen. Danach muß das Loch nur noch zugestopft werden.«

»Ich verspreche, künftig nicht mehr zu masturbieren, wenn es nicht allzu weh tut«, erklärte die Prinzessin feierlich.

Tuohy sagte: »Das ist ein hoher Preis.«

Eppler nickte Sander und Tuohy zu. »Genossen, ihr haltet sie jetzt fest, ja? Wenn sie sich bewegt, werde ich die Kugel nicht hineinbringen können, und wir müssen die ganze Operation noch einmal wiederholen.«

Tuohy, der bei weitem der Stärkere von den beiden war, packte Lilis Stirn mit einem eisernen Griff und preßte sie auf die Lehne des Friseursessels. Sander drückte auf ihre Schultern. Lili machte die Augen zu und den Mund auf.

Der Zahnarzt setzte, um besser sehen zu können, eine andere Brille auf und begann, das Innere der Höhlung mit einem feinen Malpinsel zu bestreichen, den er von Zeit zu Zeit in eine Mischung in einem Wasserglas tauchte. Lili stöhnte leise. Der Zahnarzt zündete auf seinem Tisch eine Kerze an und hielt einen Teelöffel mit einer Gewehrkugel darin über die Flamme. Als er sie für heiß genug erachtete, ergriff er die Kugel mit einer Pinzette und drückte sie kräftig in das Loch, das er in den Zahn gebohrt hatte. Der Junge auf dem Fahrrad steckte sich einen Finger in jedes Ohr und verzog das Gesicht. Aus Lilis Kehle drang ein langer Schrei. Ihre von Schweiß feuchte Stirn stemmte sich gegen Tuohys Griff. Die kleinen Brüste hoben und senkten sich unter Sanders Händen.

Eppler flüsterte: »Jetzt bin ich beinahe fertig, ja?« Mit exakten Bewegungen hielt er die Spitze eines meißelartigen Instruments gegen die Kugel, die jetzt in dem Loch steckte, und schlug mit einem kleinen Hammer fest auf das andere Ende desselben. Aus Lilis Kehle drang ein rauher Schrei. Der Zahnarzt schlug noch einmal zu, und Lili schrie ein zweites Mal. Die Kristalle in den Armleuchtern an den Wänden klirrten.

Sander sagte: »Mehr hält sie nicht aus.«

Lili ächzte: »Hören Sie nicht auf ihn!«

Eppler sagte: »Also noch ein letztes Mal, ja?« Er setzte den Meißel an und schlug mit dem Hammer zu. Tränen traten Lili in die Augen. Noch ein

Schlag. Lili heulte vor Schmerz. Eppler blickte ihr in den Mund und nickte zufrieden. »Es sitzt. Ich muß euch in aller Bescheidenheit sagen, daß es gute Arbeit ist.«

Die Prinzessin hing erschöpft in dem Friseursessel. Als sie sich wieder einigermaßen gefaßt hatte, zwang sie sich zu einem matten Lächeln: »Wenigstens brauche ich jetzt nicht das Masturbieren aufzugeben.«

An diesem Abend sagte Lili, die am Tisch das Präsidium innehatte, zu Hippolyt Jewgenitsch Jefremow: »Sie sind der Älteste unter den Anwesenden. Sie müssen den Toast ausbringen.«

»Wenn ich mich an ihre Namen erinnern könnte«, rief der alte Mann über den Tisch – er war schwerhörig und merkte nicht, daß er laut sprach –, »würde ich gern den Toast ausbringen.«

»Auf die Namen kommt es nicht an, Opa«, rief die Frau, die beim Eingang Wäsche gewaschen hatte. Sie hieß Serafima Fjorodowna und war die Gattin von Sergeant Kirpitschnikow, der ihr gegenüber saß.

Der Junge, der auf dem Fahrrad für den Zahnarzt die Pedale getreten hatte, zupfte Serafima am Ärmel. »Mehr Salz, Mama!«

Serafima wandte sich an Sander, der neben ihr saß, und erklärte mit deutlichem Stolz: »Wir nennen den Jungen Melor. Das steht für ›Marx Engels Lenin organisieren die Revolution‹. Er wurde in Sibirien geboren, wohin der Zar uns nach der Erhebung von 1905 geschickt hatte.«

Sander sagte: »Melor ist ein sehr origineller Name.«

Serafima fuhr fort: »Sein richtiger Vater war ein Revolutionär. Er hat Sibirien nicht überlebt.« Sie deutete mit der Gabel auf Sergeant Kirpitschnikow. »Er ist der Stiefvater. Sein Name ist Pascha. Er war Sergeant, ehe er desertierte. Jetzt ist er ein Bolschewist.«

Der Sergeant, der das Georgskreuz deutlich sichtbar auf seinem offenen Rotgardistenwaffenrock trug, hielt stolz die linke Hand hoch. Auf deren Rückseite war der Name Pascha tätowiert – je ein Buchstabe auf einem Finger.

»Das Salz!« quengelte Melor.

»Da gerade von Salz die Rede ist«, sagte Appolinaria Antonowa, die große, graziöse Frau von Ronscha, dem Dichter. Sie eilte zur Anrichte, nahm eine kleine Platte, auf die sie etwas Schwarzbrot und Salz getan hatte, und stellte sie vor Sander und Tuohy hin. Schüchtern sagte sie: »Für unsere Neuankömmlinge. Das ist ein traditioneller russischer Brauch.«

Lili bemerkte kalt: »Hier sind wir darauf stolz, Traditionen zu brechen.«

»Liebe Lili Michailowna«, rief der Dichter vom anderen Ende des Tisches.

Er hatte ein hageres, blasses Gesicht, eine lange Hakennase, eine hohe Stirn und tiefe, dunkle Augen. Sein Spitzname lautete Ronscha, nach dem großen blaugrauen Häher, der wie er im Ural heimisch war. »Wenn ihr alle Traditionen brecht, bloß weil es Traditionen sind, dann wird es keinen Kitt mehr geben, um eure neue Gesellschaft zusammenzuhalten.«

»Vielleicht kann ich den Toast ausbringen, ohne ihre Namen zu kennen«, schrie Hippolyt.

»Ja, ja, tu es nur!« stimmte Otto Eppler, der deutsche Zahnarzt, zu.

Der alte Mann schob geräuschvoll seinen Stuhl zurück und stand unsicher schwankend auf. Wasja Timofejewitsch Maslow, der schlaksige Photograph, machte um den Tisch die Runde, um die Gläser randvoll mit Wodka zu füllen.

Der zweiundneunzigjährige Hippolyt schlug mit einem Messer an sein Glas, um Ruhe zu gebieten, und räusperte sich dann. »Als der älteste Revolutionär am Tisch ist es meine Aufgabe, mein Glas auf die beiden Genossen zu erheben, die zu uns gekommen sind, gekommen, um an der Revolution teilzunehmen, von Übersee, aus –«

»Aus Amerika, Opa«, fiel Serafima ein.

»Aus Amerika«, fuhr Hippolyt fort.

»Bravo, Opa!« rief Melor.

In die Augen des alten Mannes traten Tränen. Er sagte mit lauter Stimme: »Ich hatte einmal zwei Söhne. Aber ich habe sie in Sibirien verloren – den einen an Typhus, der andere ist erfroren.« Er hielt inne. Die Leute am Tisch sahen sich verlegen an. Der Greis sank in seinen Stuhl zurück und starrte in den Raum.

Alle schwiegen. Dann schlug Sergeant Kirpitschnikow mit der Faust auf den Tisch. »Prost!« brüllte er, warf den Kopf zurück und leerte sein Glas mit einem tiefen Schluck. Die anderen folgten seinem Beispiel.

Sander stand auf. »Für uns ist es wunderbar, wieder in Rußland zu sein und mit russischen Genossen das Brot zu brechen.«

»Genug geredet«, schrie Melor. »Wir wollen essen.«

Otto Eppler hob lachend den Deckel von dem Eintopf, der aus Kohl, Kartoffeln und einigen Pferdeknochen zubereitet war, die Serafima aus einem Mülleimer neben einer Offiziersmesse geholt hatte, und begann auszuteilen. Serafima drückte sich das Brot gegen die Brust und schnitt Scheiben ab. Schweigend aßen sie. Am anderen Ende des Tisches sprachen Ronscha und Appolinaria leise miteinander. »Das ist durchaus noch nicht alles«, sagte sie zu ihrem Mann. »Ich sage, daß alles in sich noch ein Wesen enthält, das sich der Beschreibung entzieht.«

»Wenn sich etwas der Beschreibung entzieht«, fragte Sander höflich, »wie ist es dann möglich, Worte zu finden, um es zu beschreiben?«

Ronscha hob leicht das Kinn und betrachtete Sander zum erstenmal aufmerksam. »Der Poet ist jemand, der das Wesen der Dinge in Zwischenräumen zwischen den Wörtern beschreiben kann.«

»Sie sind wahrscheinlich ein Dichter«, bemerkte Tuohy gut gelaunt.

»Und was bist du?« fragte Appolinaria Tuohy herausfordernd.

»Ich bin ein Revolutionär«, sagte dieser.

»Dann mußt du dich auf Pistolen verstehen«, meinte Sergeant Kirpitschnikow.

»Ich habe praktische Erfahrung mit beiden Enden einer Pistole«, erklärte Tuohy. »Und mein Freund auch.«

»Beide Enden?« Melor sah seine Mutter fragend an.

»Er meint, daß schon auf ihn geschossen wurde«, erklärte Serafima.

Lili blickte Tuohy direkt an. »Du nennst dich einen Revolutionär. Aber was gibt dir das Recht dazu? Hast du eine andere Vorstellung von Kunst? Hörst du Musik auf andere Weise? Machst du die Liebe anders? Hast du dich von der üblichen Weise, wie Männer mit Sex umgehen, freigemacht – Verführung, Erektion, Ejakulation, Schlaf? Liebst du Männer? Hast du mit Männern Geschlechtsverkehr, die du liebst? Masturbierst du ohne Schuldbewußtsein?«

»Du etwa?« fragte Tuohy zurück.

Die Prinzessin lächelte dünn. »Du wirst wohl nicht erwarten, daß ich darauf antworte; aber ich werde es trotzdem tun. Ich masturbiere immer, wenn mir danach zumute ist und ohne mich im geringsten schuldig zu fühlen. Ich habe es sogar schon mit meiner Maschinenpistole getrieben. Ich habe den Lauf in den Mund genommen und mit meiner Zungenspitze daran herumgespielt –«

»Bravo, Lili!« rief Ronscha, der Dichter. »Du bist wirklich ungeheuer.«

»Melor, du müßtest schon im Bett sein«, knurrte Serafima.

»Seit wann muß ein Kommunist zeitig im Bett liegen?« beklagte sich der Junge.

»Du hast aber noch nicht meine Frage beantwortet«, erinnerte Lili Tuohy. »Was gibt dir das Recht, dich einen Revolutionär zu nennen?«

Tuohy antwortete unbestimmt: »Was gibt allen hier am Tisch das Recht, sich Revolutionäre zu nennen?«

»Appolinaria und ich sind keine Revolutionäre«, erklärte Ronscha. »Revolutionen töten Menschen. Wir sind gegen das Töten von Menschen.«

Appolinaria rückte ein wenig näher an Ronscha heran und fügte hinzu:

»Was nach der Gewalt kommt, ist keine Gerechtigkeit, sondern noch mehr Gewalt.«

»Und die Zukunft?« fragte Sergeant Kirpitschnikow. »Was ist mit der Zukunft?«

Der Dichter sagte: »Die Zukunft wird die Propaganda inspirieren, so wie die Vergangenheit die Poesie inspirierte – und noch immer inspiriert.«

»Du mit deiner Poesie!« grunzte Sergeant Kirpitschnikow.

»Es ist nichts Schlechtes daran, wenn jemand die Sprache beherrscht«, bemerkte der Dichter ruhig.

Hippolyt lehnte sich zu Lili hin. »Worüber reden die da?«

»Sie diskutieren darüber, wer sich als Revolutionär bezeichnen darf«, brüllte sie ihm ins Ohr.

»Was mich angeht«, dröhnte der alte Mann, »so liegt mir die Revolution im Blut. Ich habe sie in den Eiern. Ich bin von jeher im Herzen Revolutionär gewesen. Ich habe den Verbannten des Zaren auf ihrem Weg nach Sibirien Brot zukommen lassen. Ich war nie etwas anderes.«

»Wie ist es mit dir, Alexander?« fragte die Prinzessin.

Sander begann zu sprechen und merkte, daß alle rings am Tisch, auch Ronscha und seine Frau, an seinen Lippen hingen: »Ich bin ein Revolutionär wegen meiner Überzeugung, daß wir jene respektieren müssen«, hier blickte er den Dichter direkt an, »die die Sprache *nicht* beherrschen, die sich nicht exakt ausdrücken können, sei es mit Worten, sei es in deren Zwischenräumen; die in ihrer Verzweiflung die geballten Fäuste zum Himmel erheben oder nervös an den Abzügen gestohlener Gewehre herumfingern. Mir scheint, daß sie uns etwas mitzuteilen suchen. Es ist unsere heilige Pflicht vor der Geschichte, vor der Vergangenheit *und* der Zukunft, hinzuhören. Und der Geschichte im richtigen Moment einen Stoß zu geben.«

Lieber Leon,

Grüße aus dem proletarischen Petrograd!

Dies ist eine rasche Mitteilung, damit Du weißt, wie es mir gelungen ist, in mein Gelobtes Land zu gelangen. Du wirst es kaum glauben; aber als ich den Bahnhof verließ, spürte ich die Anziehungskraft Rußlands durch meine Schuhsohlen hindurch. Das Rußland, das ich als Kind gekannt habe, ist nicht das Rußland, in das ich zurückgekehrt bin. Zuviel Zeit ist vergangen. Zuviel von Amerika ist in mein Blut gesickert. Ich will es Dir gestehen – manchmal fühle ich mich unbehaglich. Ich fühle mich wie ein Fremder in meiner Heimat.

Aber schließlich bin ich doch zu Hause!

Was Petrograd betrifft, so liegt ein deutlicher Hauch von Chaos in der Luft. (Ich habe heute morgen die Leiche eines Diebes gesehen, der auf der Straße totgetreten wurde.) Ich habe das unangenehme Gefühl, das Chaos könnte sich auf meinen Mund pressen wie ein mit Äther getränkter Wattebausch, und ich würde untergehen. Der Boden, der mich willkommen hieß, könnte sich unter meinen Füßen auftun.

Was für finstere Gedanken! Es ist spät, und ich bin erschöpft. Wir werden dem Chaos widerstehen, Leon. Große Dinge werden hier geschehen, das spüre ich in meinen Knochen.

In Liebe
von deinem Bruder
Sander

In der Ecke des Raumes, den Lili ihnen zugewiesen hatte, saß Tuohy auf seiner Pritsche und zog seine Stiefel und dicken Socken aus. Sander, von seinem ersten Tag in Petrograd erschöpft, kroch voll angekleidet unter verschiedene Militärdecken und legte den Kopf auf seinen zusammengelegten Mantel. Die Stimmen von Sergeant Kirpitschnikow und Serafima drangen von unten her durch die Dielen des Fußbodens. Sie waren in einem Zimmer direkt unter dem ehemaligen Salon, in dem Sander lag.

Pascha schrie: »Dichter oder nicht Dichter, für sie ist unter diesem Dach kein Platz. Sie haben Angst vor Gewalt.«

Serafima schrie zurück: »Lili sagt, seine Poesie wäre revolutionär; und es ist ihr Haus.«

»Ihr Haus«, mokierte sich der Sergeant. »Das ist eine bourgeoise Betrachtungsweise. Das Haus gehört allen.«

»Wenn es allen gehört«, erklärte Serafima triumphierend, »dann gehört es auch dem Poeten, ob er für Gewalt ist oder nicht.«

»Du redest nur Scheiße«, schrie Sergeant Kirpitschnikow.

Serafima brach in einen Strom von Tränen aus. Gequält sagte sie: »Wenn alles gesagt und getan ist, dann brauchst du mich nicht.«

»Ich brauche dich.«

»Ich wünsche zu Gott, es wäre so. Ich wünsche zu Gott, du wärst ein Krüppel und bräuchtest mich, um deine Knöpfe zuzumachen.«

»Hüte deine Zunge, Weib!«

Tuohy stampfte mit nacktem Fuß ein paar Male auf den Fußboden.

»Ruhe da oben!« brüllte der Sergeant. »Wir wollen schlafen.«

Plötzlich sagte Tuohy: »Hör mal, mir würde es nichts ausmachen, die Prinzessin da unten in die Finger zu bekommen.«

»Ich muß immer noch an die alte Dame denken, die auf den Körper des Diebes eingeprügelt hat«, gestand Sander.

Tuohy zog seine Zigarette aus der Spitze und trat sie auf den Dielen aus. »Revolutionen«, sagte er und wiederholte einen Satz, den Trotzki mehrfach ausgesprochen hatte, »darf man nicht mit Teeparties verwechseln.« Er legte sich auf der Matratze hin und zog die Decke bis ans Kinn hoch. »Dein Problem ist, daß du zwar bereit bist, für die Revolution zu sterben, aber nicht, auch für sie zu töten.«

Sander dachte: *Dein* Problem ist, daß du bereit bist, für sie zu töten, nicht aber, für sie zu sterben. Doch er schwieg.

»Du mußt es so sehen«, sagte Tuohy und drehte sich auf die andere Seite. »Der Dieb hat bekommen, was er verdiente. Und sein Tod wird anderen als Beispiel dienen.«

Nach einer Zeit, die ihm wie eine Ewigkeit erschien, verfiel Sander in eine Art Dämmerzustand. Er glaubte, wach zu sein, träumte aber in Wirklichkeit. Er konnte den Hufschlag einiger Pferde auf dem hölzernen Straßenpflaster hören. Ich muß mich vor den Kosaken verstecken, dachte er und kroch unter seine Decke. Dann hörte er Stimmen. Zwei Personen schrien sich an. Das müssen meine Eltern sein. Sie streiten, ob Mutter in Europa zurückbleiben soll oder nicht. »Niemals!« hörte er seine Mutter schreien – aber es war nicht die Stimme seiner Mutter. Es war vermutlich Serafima, die sich mit Sergeant Kirpitschnikow unten zankte. Sander öffnete ein Auge. Schwaches dunkelgraues Licht, das wie Nebel wirkte, drang durch das Fenster in dem schrägen Dach über seinem Kopf. Tuohy schnarchte auf seiner Matratze in der Ecke vor sich hin. Sander, jetzt hell wach, konnte immer noch die streitenden Stimmen hören. Sie kamen aber nicht unter dem Fußboden herauf, sondern aus größerer Entfernung. Eine hohe Männerstimme. Eine wütende Frauenstimme. »Nur über meine Leiche!« schrie sie. Jetzt erkannte Sander die Stimme. Sie gehörte der Prinzessin. »Niemals!« Eine Tür wurde zugeschlagen. Stiefel trampelten die Treppe hinunter. Die Vordertür knarrte in ihren Angeln. Eine Peitsche war zu hören. Dann wieder das Geräusch von Pferdehufen.

2

Nervös an einer selbstgedrehten Zigarette ziehend ging Stalin auf der Plattform unter den roten und goldenen Triumphbögen hin und her. In der Entfernung erblickte er den Scheinwerfer einer Lokomotive. Er schnippte seine Zigarette auf die Gleise und rief: »Er kommt.«

Ein riesiger, bärtiger Maat brüllte: »Matrosen, Achtung! Präsentiert das Gewehr!«

Alexandra Kollontai, eine Lenin nahestehende Bolschewistin, hob ihre Rosen hoch. Molotow holte eine Pfeife aus der Tasche und stieß damit drei lange Töne aus.

Der Zug, der mit roten Flaggen geschmückt war, fuhr langsam in den Bahnhof ein. Er bestand aus drei Personenwaggons; aus den Fenstern des mittleren Wagens blickten die beunruhigten Gesichter von Männern, Frauen und einem Kind.

»Ich sehe ihn!« schrie Stalin und rannte zu der entfernteren Tür des mittleren Wagens. Alexandra Kollontai raffte ihren Rock und sprintete neben Stalin los, als ginge es um ein Wettrennen. Lenin trat mit verwunderter Miene auf den Bahnsteig. Alexandra drückte ihm den Rosenstrauß in die Hände. Stalin schüttelte Lenin kräftig die Hand. Die Truppe der Leibwächter, die von Sergeant Kirpitschnikow angeführt wurde, bildete einen Ring um die Gruppe. Unter ihnen waren auch Sander und Tuohy.

Im Wartesaal intonierte die Kapelle die Marseillaise. Die Matrosen auf dem Bahnsteig stießen ihre Gewehrkolben auf das Pflaster und rissen sie dann auf Augenhöhe hoch.

»Also stehe ich doch nicht unter Arrest«, bemerkte Lenin trocken. Sein Gesicht war verzerrt, die Augen wirkten müde.

Mehrere andere führende Bolschewisten, darunter der eifrige Molotow, drängten sich durch die Leibwächter und schüttelten ihrem Führer die Hand. Lenin lächelte schwach und hob seine Arbeitermütze über den Kopf, um jene zu grüßen, die nicht näher an ihn herankommen konnten.

Sergeant Kirpitschnikow machte mit dem Finger ein Zeichen, und die Leibwächter scharten sich um Lenin. Von draußen drang ein donnernder Chor von Hurrarufen in den Finnischen Bahnhof. Sander kam es vor wie das Tosen einer Brandung.

Die Matrosen vergaßen alle Disziplin und warfen unter wildem Hochrufen ihre Mützen in die Luft. Lenin schwenkte die Rosen der Kollontai über dem Kopf und begab sich inmitten der Leibwächter in den kaiserlichen Wartesaal, in dem sich die Parteimitglieder drängten. »Ich grüße euch als die Vorhut der weltweiten proletarischen Armee«, rief Lenin mit hoher Stimme. Plötzlich erkannte er Hippolyt, löste sich aus seiner Leibwache und umarmte den alten Mann. »Also lebst du noch!« sagte er.

»Ich will noch die Revolution erleben, die du uns versprochen hast«, antwortete Hippolyt.

»Es wird jetzt nicht mehr lange dauern«, versicherte Lenin dem alten Manne.

Aus einer Ecke des Wartesaals schrie Lili: »Lang lebe unser Lenin!« Wasja Maslow nahm den Schrei auf: »Lang lebe unser Lenin, lang lebe unser Lenin!« Draußen fielen Hunderte ein und begannen, an die Fenster zu hämmern.

»Gehört das auch zum Programm?« platzte Lenin heraus.

Eine Scheibe zerbrach und noch eine. Der Lärm der Menge wurde lauter. »Du mußt zu ihnen sprechen«, sagte Stalin zu Lenin.

Sergeant Kirpitschnikow rief: »Einen beweglichen Keil bilden!« Die Leibwächter hakten ihre Arme ineinander und führten Lenin hinaus. Er trat durch die Tür des kaiserlichen Wartesaals in das gelblich trübe Licht der Scheinwerfer. Das Gebrüll der Menge erfüllte die Nacht. Arme reckten sich aus der Dunkelheit, um den Bolschewistenführer zu berühren und ihm die Hand zu schütteln. Jemand riß Lenin die Mütze vom Kopf. Der Keil kämpfte sich zu einem zehn Meter weiter abgestellten Panzerwagen durch. Dann hoben sie Lenin auf ihn hinauf. Er hielt eine kurze Ansprache.

Tuohy saß auf einer Stoßstange und klopfte an die Fahrerkabine. Der Motor des Panzerwagens brüllte auf. Sander, auf der anderen Stoßstange, winkte die Leute zur Seite. Für einen Moment sah er Lili im Scheinwerferlicht, deren Gesicht vor Aufregung glühte. »Alexander!« schrie sie; doch der Rest ihrer Worte ging unter, da der Wagen losfuhr.

Die Menge zerstreute sich, löste sich auf in Gruppen und Einzelpersonen. Arbeiter mit brennenden Fackeln liefen neben dem Panzerwagen her. Langsam bewegte sich der Wagen durch die Simbirskstraße und fuhr dann über die Samponijewski-Brücke zur Altpetrograder Seite der Stadt. An jeder Kreuzung hielt er kurz an, und Lenins Oberkörper tauchte im Geschützturm auf. Sofort sammelte sich eine Volksmenge; und Lenin, dessen Stimme durch die Anstrengung des lauten Sprechens schon angegriffen war, hielt noch eine kurze Ansprache.

»Liebe Genossen, Soldaten, Matrosen, Arbeiter! Ich grüße euch als die Vorhut der russischen Revolution!«

»Psst!«

Otto Epplers Kopf erschien an der Doppeltür, zusammen mit einer Flasche und zwei Wassergläsern. »Ich lade Sie zu einem Schlummertrunk ein, ja?« sagte der Zahnarzt förmlich und komplimentierte Sander in sein Arbeitszimmer. »Sie dürfen nicht ablehnen. Während ihr den König der Kommunisten begrüßtet, habe ich einem polnischen Diplomaten einen Zahn gezogen. Das hier ist die Bezahlung.« Er hielt Sander eine offene Flasche vor die Nase, damit er das Etikett lesen konnte. Sander verstand kein Französisch, nur das Wort »Cognac« war ihm bekannt. Eppler sagte: »Bald werde ich noch mehr davon haben. Ich soll ihm einen falschen Zahn aus Elfenbein anfertigen, eingelegt in eine Goldplatte.« Eppler rülpste. »Für die Genossen mache ich Zähne aus vulkanisiertem Gummi. Aber für jemanden, der mit französischem Cognac bezahlen kann, greife ich tief – ja? – in meinen Vorrat an Elfenbein und Gold. Warum nicht?«

Eppler ließ Sander in dem Friseursessel in der Mitte des Raumes Platz nehmen und setzte sich daneben auf einen Stuhl. »So. Was für einen Eindruck hat er auf Sie gemacht?«

Sander nippte an seinem Glas. Der Cognac war wirklich so gut wie der, den er bei Maud gekostet hatte. »In Petrograd wird alles anders werden – jetzt, wo er hier ist«, sagte er zu Eppler.

»Das ist auch genau meine Meinung. Alles wird anders werden. Soviel ist klar. Aber ob es besser wird? Vielleicht wird es ja auch schlimmer?«

»Unter welchem Gesichtspunkt?« fragte Sander. Es war schon spät, und er sehnte sich nach seiner Matratze.

»Unter dem Gesichtspunkt von uns Kommunisten, was sonst?« Eppler fuhr mit dem Zeigefinger nachdenklich um den Rand seines Glases. »Sie sind doch Leninist, ja?«

»Ich bin Bolschewist. Angesichts der hierarchischen Struktur der Partei macht mich dies zum Leninisten.«

»Genau!« rief Eppler triumphierend. »Wir sind Leninisten mangels anderer Möglichkeiten. Haben Sie je darüber nachgedacht, mein junger Genosse, was unser König der Kommunisten für die Partei getan hat?«

»Ich glaube, ich kann Ihnen nicht ganz folgen, Otto.«

Eppler rückte seinen Stuhl näher heran und senkte die Stimme. »Lenin hat die bolschewistische Partei zu einer Partei der Vorhut geformt, ja?«

Sander stimmte ihm zu. »Wir sind die Avantgarde – die Vorhut – des ganzen Proletariats. Was ist daran schlecht?«

Eppler legte einen Zeigefinger an den Mund. »Was ich sagen werde, bleibt in diesem Raum?«

Sander nickte.

Eppler dachte nach und sagte: »Eine Vorhut, die sich selbst dazu ernannt hat, kommt auf den Gedanken, sich für die Arbeiterklasse zu halten, in deren Namen sie spricht. Also meint die Vorhutpartei, für die ganze Arbeiterklasse sprechen zu können. Und das Zentralkomitee meint dann, für die Parteiorganisation sprechen zu können. Sie sehen, wohin das führt? Eines Tages wird sich ein einzelner Diktator an die Stelle des Zentralkomitees setzen.« Plötzlich hob Eppler den Zeigefinger an die Lippen. »Das ist es, was unsere Kritiker über uns sagen. Es versteht sich von selbst, daß ich persönlich kein Wort davon glaube, ja?«

3

Melor wickelte sorgfältig das Stück Bindfaden um den selbstgemachten hölzernen Kreisel und zog mit einem Ruck daran. Der Kreisel wirbelte über den Boden der Eingangshalle und stieß, sich immer noch drehend, gegen Sanders Stiefel.

»Wo sind die Leute alle?« fragte Sander.

»Der Genosse Zahnarzt ist in das Krankenhaus gerufen worden. Ein Notfall«, sagte der Junge knapp. Er schien schlechter Laune zu sein. Für Sander war klar, daß er ein ziemlich aggressiver Mensch war. Melor holte sich den Kreisel und wickelte die Schnur wieder darum. »Alle anderen, einschließlich seine Hoheit, der Dichter Ronscha« – seine Art, den Namen auszusprechen, verriet, daß zwischen ihnen keine Zuneigung bestand – »sind ausgeflogen – außer mir und Opa Hippolyt, der Durchfall hat und es nicht wagt, sich weit von der Toilette zu entfernen.« Der Junge riß an der Schnur, und der Kreisel wirbelte in einem langen, graziösen Bogen davon. »Möchten Sie vielleicht Bilder der Prinzessin sehen – ohne was an? Wasja hat sie aufgenommen. Und ich weiß, wo er sie aufhebt.«

»Ich brauche Faden, eine Nadel und ein paar Knöpfe«, sagte Sander.

Melor ließ nicht locker. »Sie hat keine Haare am Bauch.«

»Wie alt bist du?«

»Beinahe zwölf. Aber für mein Alter habe ich schon viel gesehen.«

»Das kann ich mir allerdings denken«, gab Sander zu. »Wo ist Hippolyts Zimmer?«

Der Junge deutete mit dem Kopf auf die zweite Etage.

Als Sander schon halb die Treppe herauf war, drehte er sich um und rief hinunter: »Was willst du werden, wenn du erwachsen bist?«

Melor verzog das Gesicht, während er überlegte. Dann sagte er mürrisch: »Was ich will, ist, daß ich ernst genommen werde.«

Hippolyt schlurfte vom Klo in sein Zimmer zurück. »Das fünfte Mal heute«, sagte er mit seiner lauten Stimme. »Ich bräuchte einen Korken.«

Sander fragte: »Haben Sie nicht etwa eine Nadel und Faden und ein paar Knöpfe?«

»Du mußt lauter sprechen«, rief Hippolyt.

Sander brüllte ihm ins Ohr: »Ich brauche einen Nadel und Faden und ein paar Knöpfe.«

»Wenn du so brüllen mußt, kommt es dir vor, als ob du weit weg von mir wärst, nicht wahr? Nun, zwischen uns liegen ja auch schätzungsweise siebzig Jahre.« Er gackerte wie eine Hexe. »Wie zum Teufel bin ich nur so schnell gealtert? Das möchte ich gern wissen. Nadel und Faden habe ich«, sagte Hippolyt. »Knöpfe können wir von einem alten Anzug nehmen, der mir zu weit geworden ist.«

Er schob Sander in sein Zimmer, wühlte in einem abgewetzten Koffer nach dem alten Anzug und begann, mit einem Rasiermesser mit Perlmuttergriff die Knöpfe abzuschneiden. »Hat mir früher gepaßt«, rief er. »Komische Sache, wie man zusammenschrumpft, wenn man älter wird.«

Sander sah sich um und war überrascht über die vielen Kalender an der Wand. Der alte Mann hatte offenbar jeden Kalender aufgehängt, dessen er habhaft werden konnte. Da war ein Bolschewikenkalender mit der Karikatur eines fetten Kapitalisten, der einen in die Form einer Zigarre gepreßten Arbeiter rauchte. Da war ein Kalender der lokalen Feuerwehr mit einer Zeichnung der modernsten Spritzen. Dann war da einer aus einem Rennstall mit Aquarellen von Pferden. Die Zentralbank hatte einen Kalender verteilt, der Illustrationen der verschiedenen Rubelnoten zeigte. Da war sogar ein englischer Kalender einer Dampfschiffgesellschaft, der den russischen um dreizehn Tage voraus war, die auf dem alten orthodoxen System beruhten. Sander konnte sich vorstellen, wie Hippolyt an jedem Monatsende die Runde machte und die Vorderseite bei jedem Kalender abriß. Dabei hatte er auch einen übersehen: es war ein Kalender aus Zentralasien mit dem Bild einer hübschen Bäuerin, die Baumwolle pflückte.

»Der hier steht noch bei Februar«, sagte Sander.

Hippolyt sagte: »Mir gefällt das Bild, nicht der Monat.« Er machte den letzten Knopf ab und legte eine Handvoll davon auf den Tisch. Dann brachte er ein kleines Nähbesteck mit verschiedenen Nadeln und Garnrollen zum Vorschein.

Sander fädelte eine Nadel ein und machte sich ans Werk, seinen Mantel zu reparieren. Hippolyt ließ sich in einem Lehnstuhl nieder, der noch Spuren von Eleganz zeigte. Er sagte: »Der Tod ist etwas, an das man in eurem Alter nicht denkt. Hier bin ich, zweiundneunzig Jahre alt; und keine Stunde vergeht, kein Atemzug geht durch meine Kehle, kein Furz kommt aus meinem Arsch, ohne daß ich denke, es könnte mein letzter sein – meine letzte Stunde, mein letzter Atemzug, mein letzter Furz. Nicht daß ich am Leben hinge um des Lebens willen – weit gefehlt. Die Bauern sagen, in hohem Alter ist man wie ein Schiffswrack; und dafür bin ich der lebende Beweis. Nein, mein Lieber, wofür ich atme und wofür ich furze, ist, lange genug zu leben, um noch zu sehen, wie die sozialistische Revolution über Europa hinfegt in der Weise, wie Lenin es mir versprochen hat.«

»Wann hat er Ihnen das versprochen?« fragte Sander interessiert.

»Das war in Sibirien, in meinem Dorf Schuschenskoje«, erzählte Hippolyt. »Das neue Jahrhundert war nur noch einen Steinwurf weit entfernt. Ich arbeitete an einem Staudamm. Da erschien ein politischer Verbannter, einer von diesen raffinierten Advokaten aus St. Petersburg, und fragte, ob ich ihm ein Zimmer vermieten könnte. Das war Wladimir Iljitsch. Er hatte dreieinhalb Jahre bekommen wegen illegaler politischer Aktivität. Ich nahm ihn natürlich auf. Ich habe in meinem Leben niemals jemandem eine Gefälligkeit verweigert. Er war erst etwa fünfundzwanzig, aber ich pflegte ihn *Starik* zu nennen, den Alten, weil sein Haar schon recht dünn wurde. Er verbrachte den ganzen Winter an meinem Ofen, las und kopierte Stellen in ein liniertes Notizbuch. Jesus, er war ein methodischer Hundesohn, dieser Wladimir Iljitsch. Ich erinnere mich noch daran, daß er in die Nadeln in seinem Nähzeug verschiedenfarbiges Garn eingefädelt hatte, damit er bei Bedarf immer das richtige zur Hand hatte.

Mir kommt das alles vor, als sei es gestern gewesen. Als das erste Tauwetter gekommen war, schirrte ich mein Pflugpferd an, und wir fuhren nach Minisinsk – ich, um die Pelze der im Winter in Fallen gefangenen Tiere für Saatgut einzutauschen, und er zu der Kneipe und dem rothaarigen Mädchen, von dem sich später herausstellte, daß es krank war –«

»Was fehlte ihr denn?« fragte Sander. Aber Hippolyt hatte das Thema gewechselt.

Er schaute auf die Photographien in billigen Rahmen, die auf einem dreibeinigen Tisch standen. Die Tränen traten ihm in die Augen. »Manchmal, das gebe ich zu, komme ich durcheinander. Ich meine, es wäre 1905, und die Arbeiter marschierten zum Winterpalais mit Ikonen und Bildern des Zaren. Ich weiß, daß das ein schlimmes Ende nehmen wird, und versuche, sie umzuleiten, ehe die Kosaken das Feuer eröffnen und das Blut den Schnee färbt. Aber niemand hört auf einen alten Mann, der zwölfmal am Tag aufs Klo muß –« Hippolyt Jefremow schüttelte verzweifelt den Kopf.

»Jetzt ist nicht 1905«, sagte Sander leise. »Es ist 1919. Diesmal werden die Dinge anders ausgehen.«

»Das sagst du!« knurrte der Greis ärgerlich. Plötzlich malte sich Erschrekken auf seinem Gesicht. Er stemmte sich aus dem Sessel und schlurfte durch die Tür zur Toilette.

4

Lili hatte Sander und Tuohy gebeten, zu ihr in den obersten Stock des Kschessinskaja-Palais zu kommen. Aus einem ovalen Fenster des kleinen Büros unter dem schrägen Dach hatte man bei gutem Wetter einen wunderschönen Blick auf Petrograd. Der Raum roch nach usbekischem Weihrauch und atmete eine Stimmung eleganter Unordnung. Grobe, handgemalte bolschewistische Plakate hingen an einer Wand neben Ikonen, die Lili von einem Scheiterhaufen neben einer Kirche geborgen hatte. Auf dem Fußboden lagen Dutzende von Karteikästen, die von Briefen und Telegrammen überquollen. Ein silberner Samowar und ein halbes Dutzend Kristallgläser standen auf einem Tisch. Unter dem ovalen Fenster stand ein kleines Zweipersonensofa, das aus der Messe des Clubs für englische Überseeoffiziere nahe dem Winterpalast gestohlen war. Die unscharfe Aufnahme eines jungen Mädchens mit rundem Gesicht, weiten verängstigten Augen und kurzem Lockenhaar war an eine Wand gepinnt. In einem Bücherregal standen einige Dutzend in Leder gebundene Bücher von Puschkin, Tschechow, Tolstoi, Gogol und Dostojewski.

Vor Jahren hatte Lili an einem von Leo Trotzki organisierten Schulungskurs für Revolutionäre in Bologna teilgenommen. Nach diesen drei Wochen verfügte sie über Grundkenntnisse im Codieren und Dechiffrieren. Die von ihr benutzte Methode war sehr einfach. Jedem Buch in ihrem Büro war ein Codewort zugeordnet. Wer ihr eine Nachricht zukommen lassen wollte, signalisierte mit Hilfe des Codewortes, welches Buch er verwendet hatte. Die Nachricht selbst bestand aus Zahlen, die für Buchstaben eingesetzt waren. Jeder Buchstabe im Klartext wurde in drei durch Striche getrennte Zahlen überführt. Die erste Zahl repräsentierte eine Seite in dem betreffenden Buch, die zweite eine Zeile darin, und die dritte einen Buchstaben in dieser Zeile. Codierung und Entschlüsselung waren ein mühsames Geschäft; aber wenn kein Außenstehender wußte, welches Buch benutzt wurde, konnte der Code nicht geknackt werden.

»Stalin wünscht, daß ich mit euch rede«, begann Lili sichtlich verlegen. »Es geht um folgendes: Sosehr es mir widerstrebt, das zu sagen, aber es scheint einen Verräter im Dampfboot zu geben.«

Tuohy sah Sander an. »Da bist du an die Richtigen gekommen. Verräter sind eine Spezialität von uns.«

Lili fuhr fort: »Es hat jemand einen Brief gestohlen, den Lenin an die Genossen hier geschickt hat, ehe er zurückkam. Heute morgen tauchte er Wort für Wort in einer rechtsgerichteten Zeitung auf. Natürlich erklären wir ihn für eine totale Fälschung; aber es ist Tatsache, daß Lenin diesen Brief geschrieben hat. Die Krupskaja hat ihn verschlüsselt mit Hilfe von Gogols *Toten Seelen*. Der Brief war spät am Tage angekommen, und ich habe ihn mit nach Hause genommen, weil ich einen Termin bei unserem Zahnarzt hatte. Als ich ankam, saßen gerade alle beim Abendessen. Ich aß hastig, ging nach oben, um den Brief zu dechiffrieren, und ließ ihn dann törichterweise auf einem Tisch in meinem Zimmer liegen, als ich hinunterging, um meinen Zahn behandeln zu lassen.«

»Wie kannst du sicher sein, daß der Verräter genau dieses Exemplar des Briefes gesehen hat?« fragte Sander.

»Es war bestimmt dieses Exemplar. Als ich den Brief entschlüsselte, habe ich den Namen eines deutschen Diplomaten falsch geschrieben, der Lenins Fahrt durch Deutschland arrangiert hat. Der Text, der am nächsten Tag in der Zeitung erschien, wies den gleichen orthographischen Fehler auf. Dies beweist, daß jemand mein Exemplar in die Hand bekommen hat. Es scheidet auch die Möglichkeit aus, daß es irgendwo anders passiert ist. Ich habe Stalin am nächsten Morgen den Brief gezeigt. Er hat ihn gelesen und dann im Aschenbecher verbrannt.«

»Womit nur noch das Dampfboot übrigbleibt«, sagte Tuohy.

»Da der Diebstahl stattgefunden hat, ehe ihr in Rußland angekommen wart, wissen wir, daß es keiner von euch gewesen sein kann«, erklärte Lili.

»Was erwartet Stalin von uns?« fragte Tuohy.

»Er dachte, ihr könntet damit beginnen, alle Zimmer zu durchsuchen.«

»Gab es irgendeine Diskussion darüber, was wir mit dem Verräter anfangen, wenn wir ihn finden?« fragte Tuohy.

»Eine solche Diskussion ist nicht erforderlich«, sagte Lili kalt.

Zusätzlich zu ihrem regulären Dienst als Leibwächter schafften es Sander und Tuohy im Laufe der nächsten Tage, alle Zimmer im Dampfboot zu durchsuchen. Tuohy war sichtlich enttäuscht, daß der einzige außergewöhnliche Gegenstand in dem von Ronscha und Appolinaria bewohnten Raum ein englisches Buch mit Reproduktionen indischer Tempelfriese war. Seit ihrer ersten Begegnung betrachtete er die beiden mit Mißtrauen. Sander fand in Wasja Maslows Zimmer einen Karton, der unter der Matratze versteckt war; aber er enthielt nur dutzendweise Photographien von Lilis nacktem Körper. Der alte Hippolyt besaß nur einige Dosen saure Gurken mit deutschen Etiketten und eine Übersetzung der amerikanischen Unabhängigkeitserklärung, bei der jemand auf den Rand gekritzelt hatte: »Klingt hochtrabend genug; aber daß alle Menschen gleich erschaffen sind, gilt in Amerika nur für die Weißen.« Lili hatte in einem Wäschekorb einen Dildo unter ihren Dessous versteckt, die übrigens, wie Tuohy mit Interesse feststellte, alle aus reiner Seide waren. Sergeant Kirpitschnikow hatte es geschafft, einen Karton mit bulgarischen Zigaretten hinter einem losen Stein im Kamin zu verbergen. Serafima hatte in einem alten Korsett einige Paar Seidenstrümpfe versteckt. Unter Melors Liege fand sich eine Ecke amerikanischen Kautabaks, ein österreichisches Bajonett, eine halbvolle Flasche italienisches Haarwasser und eine Photographie, die der Bursche offensichtlich aus der Sammlung von Wasja Maslow entwendet hatte. In Erinnerung an das abendliche Gespräch über Lenin durchsuchte Sander die Räume des Zahnarztes Otto Eppler besonders gründlich; doch er fand nur einen Vorrat an Elfenbein und Gold für die Anfertigung falscher Zähne und erstaunlicherweise auch ein Päckchen mit der Aufschrift »Cyan«.

Als Sander und Tuohy Stalin ihre Meldung machten, war er sehr ärgerlich, daß es ihnen nicht gelungen war, den Schuldigen zu entlarven. Er belehrte sie: »Bei dieser Affäre ist es wichtig, daß an dem Verräter ein Exempel statuiert wird, um andere zu entmutigen, die versucht sein könnten, in seine Fußstapfen zu treten. Zu diesem Zweck müßt ihr nicht unbedingt den schuldigen Teil finden; jeder beliebige wird genügen.«

Die Luft war schwer von Weihrauch. Dünne Wachskerzen flackerten in goldenen Armleuchtern. Ein junger Priester mit gelocktem Bart und in schwarzen Gewändern hielt sein Räuchergefäß aus Messing einer alten Frau hin. Diese bekreuzigte sich heftig mit Fingern, die so gekrümmt waren, als ob sie gerade eine Gans rupfen würde. Dann sank sie auf die Knie und streckte sich auf dem Boden aus, ihre Stirn auf die kalten Steine gepreßt als Zeichen völliger Unterwerfung unter die Kirche. Hinter einem Gitter in einem Alkoven stieg der dünne Klang eines Knabenchors zu den goldenen Kuppeln auf. Der Priester forderte Sander und Tuohy mit seinem Weihrauchfaß heraus, indem er es in ihre Richtung schwang und mit der freien Hand das Kreuzeszeichen machte; aber die beiden starrten herausfordernd zurück, und so wandte er sich anderen Besuchern der Kirche zu.

Sie waren Wasja Maslow, dem Photographen, auf Tuohys Verdacht hin in die Kirche gefolgt. »Wer auch immer sich wegen Lenins Brief in Lilis Zimmer geschlichen hat, er muß es eilig gehabt haben, wieder herauszukommen«, hatte er erklärt. »Was wäre also günstiger, als ihn rasch zu photographieren?«

»Stalin mag sagen, was er will – ich weigere mich entschieden, es Wasja anzuhängen, wenn er unschuldig ist«, sagte Sander.

»Ich will niemandem etwas anhängen. Ich sage bloß, daß er dadurch hochgradig verdächtig wird, weil er Photograph ist.«

Wenn sie sich auf Zehenspitzen stellten und über die Köpfe der Gläubigen blickten, konnten sie Wasja sehen. Er blickte durch seinen Sucher auf eine lebensgroße, bemalte Statue von Christus am Kreuz, die durch einen einzelnen Sonnenstrahl beleuchtet wurde, der aus einem Spalt hoch in der Mauer fiel.

Wasja verließ die Kirche, und Sander und Tuohy folgten ihm in diskretem Abstand, als er über die Nikolajewski-Brücke zu dem Universitätsgelände auf der Wasilewski-Insel ging. Er blieb stehen, um mit zwei Studenten zu plaudern, winkte dann einem anderen in einem Fenster zu und rief: »Ich komme gleich rauf.« Dann stürmte er in das Haus. In der Ferne intonierte das Glockenspiel auf den schlanken Türmen der Peter-und-Pauls-Festung »Gott segne den Zaren«. Das Volk hatte den Zaren zwar entthront, sie waren aber noch nicht dazu gekommen, die Melodie zu ändern.

»Warte hier!« sagte Tuohy. Er blickte auf das Fenster, aus dem der Student Wasja zugewinkt hatte. Es lag im vierten Stock, direkt über dem Eingang. Er ging die Trepen hinauf. Gruppen von Studenten in ihren Uniformen standen in der Halle herum und waren in Diskussionen vertieft. Tuohy hörte, wie jemand »April« als »lächerlich« bezeichnete, war sich aber nicht sicher, ob er den Monat oder Lenins These meinte. In der vierten Etage fand Tuohy eine Tür mit einem Messingschild STILLEBENMALEREI und darunter eine Karte geklemmt, auf der das Wort »Photographie« stand. Er öffnete die Tür. Der Raum war leer. Ein Dutzend Staffeleien standen vor einem kleinen, mit rotem Samt drapierten Podium. Licht strömte durch übergroße Fenster. Tuohy dachte schon, er hätte sich im Stockwerk geirrt, als er hinter einer geschlossenen Tür, über der eine rote Glühlampe brannte, ein ersticktes Stöhnen hörte. Ein zweites Stöhnen drang heraus. Tuohy, der sich für eine Art Experten in derlei Dingen hielt, identifizierte es als einen ausgesprochen sexuellen Laut. Mit verstohlenem Grinsen und voller Neugierde, in welchem Stadium der Nacktheit er das Mädchen da drin antreffen würde, ergriff er den Türknopf und riß die Tür auf.

Wasja küßte leidenschaftlich einen minderjährigen Kadetten. Dabei streichelte er seinen Nacken mit der einen Hand und die Schwellung in seinen engen Breecheshosen mit der anderen. Er warf den Kopf nach hinten, erkannte Tuohy und starrte ihn mit blankem Haß in den Augen an.

Zunächst erledigten sie die weniger ernsten Delikte. Serafima beschuldigte Hippolyt Jefremow, daß er das Wasserklosett mit Zeitungspapier verstopft hätte.

»Woher weißt du, daß ich es war?« kreischte der alte Mann.

»Du benutzt die Toilette schließlich am häufigsten!« schrie Serafima zurück.

»Das ist kein Beweis«, knurrte Hippolyt.

»Er hat recht«, sagte der neueste Pensionsgast des Dampfbootes, ein Zerstörungsexperte namens Aljoscha Schitkin. »Es hätte jeder von uns gewesen sein können.«

»Anklage fallengelassen mangels Beweisen«, sagte die Prinzessin vom oberen Ende des Tisches aus. »Was gibt es als nächstes?«

Als nächstes kam der Fall der vermißten Katze.

Lili sagte: »Es handelt sich um die graue mit dem weißen Fleck an der Spitze des rechten Ohres. Ich beschuldige niemanden, möchte aber gern wissen, was mit ihr geschehen ist.«

Der alte Hippolyt deutete boshaft an, daß wahrscheinlich Melor, der Sohn Serafimas, sie dem Metzger verkauft hätte, der Gerüchten zufolge Katzenfleisch als aus Frankreich importierte Kaninchendelikatesse ausgab.

Sergeant Kirpitschnikow trat nach einem Tritt von Serafima unter dem Tisch zu Melors Verteidigung auf. »Jemanden ohne Beweis anzuklagen«, sagte Pascha, »ist kennzeichnend für einen, der die neue Ordnung zerstört, anstatt an ihr zu bauen.«

»Ich ein Zerstörer!« rief Hippolyt. »Nach alldem, was ich für die Partei getan habe?«

Aljoscha Schitkin, ein magerer Mann mit sauber getrimmtem Kinnbart, der pausenlos Zigarren rauchte, sagte ruhig: »Es wird für unsere Partei und unser Land ein trauriger Tag sein, wenn jemand einen anderen denunzieren kann ohne den geringsten Beweis.«

»Es gibt einen Beweis«, schrie Hippolyt empört.

»Dann nenne ihn!« verlangte Appolinaria.

»Nun, die Katze fehlt!« schrie der Alte.

»Und das nennst du einen Beweis?« wetterte Serafima.

»Anklage fallengelassen mangels Beweises«, sagte die Prinzessin. »Was haben wir noch?«

»Was wir haben«, erklärte Otto Eppler, »ist die Anklage vom Genossen Tuohy gegen den Genossen Maslow.«

»Damit will ich nichts zu tun haben«, erklärte Ronscha, stand auf und wandte sich zur Tür.

»Ich auch nicht«, sagte Appolinaria . »Es ist widerlich, einen Mann wegen seiner sexuellen Neigungen in den Schmutz zu ziehen.« Sie folgte Ronscha und schlug die Tür des Speisezimmers hinter sich zu.

»Willst du wirklich damit weitermachen?« fragte die Prinzessin Tuohy.

Wasja Maslow starrte mit verzerrtem Gesicht gegen die Decke, ohne ein Wort zu sagen. Sander sagte leise zu Tuohy: »Das ist eine *Privatsache,* Atticus. Es geht niemanden etwas an. Niemand zieht dich zur Rechenschaft dafür, wie oder mit wem du ins Bett gehst.«

»Ein Homosexueller kann kein Bolschewist sein«, sagte Tuohy streng. »Mir gefällt das ebensowenig wie dir, aber ihr alle seid sentimental. Ihr wißt, was Lenin über Sentimentalität gesagt hat – er sagte, sie ist kein geringeres Verbrechen als Feigheit im Kriege.«

»Wenn du schon Lenin zitierst«, sagte Lili, »dann möchte ich dich auch an etwas anderes erinnern, was er gesagt hat. Liebe, worunter er eindeutig Sex verstanden hat, ist durch den Sozialismus geadelt.«

»Wenn das mit Wasja wahr ist«, sagte Hippolyt mit seiner dröhnenden Stimme, »dann ist es unmännlich und unbolschewistisch; und unser Hauskomitee sollte sich damit befassen, ehe die höheren Parteiorgane dazu eine Gelegenheit haben.«

»Warum sollen andere unsere schmutzige Wäsche in der Öffentlichkeit waschen?« stimmte Sergeant Kirpitschnikow zu.

»Es ist auch eine Frage der Sicherheit«, argumentierte Tuohy. »Wenn ich Wasja bei einem homosexuellen Akt ertappt habe, dann könnte ihn auch jemand anders erwischen; und dieser andere könnte die Information benutzen, um ihn zu erpressen – um ihn zu einem Spion für unsere Feinde zu machen.«

»Ich würde jeden umbringen, der mich zu erpressen versucht«, erklärte Wasja.

»Mir scheint«, meinte Aljoscha Schitkin, »daß die uns vorliegende Frage nicht ohne Interessse ist. Gibt es in unserem Modell des Sozialismus einen Platz für homosexuelle Liebe?«

Lili bemerkte: »Ihr alle wißt, was ich von Frauen halte, die es mit Frauen treiben, und von Männern, die das mit Männern tun. Ich folge Lenin, weil er uns frei machen will – von den ökonomischen, aber auch von den sexuellen Zwangsjacken.«

»Trotzdem«, schrie der alte Hippolyt, »bleibt ein Päderast ein Päderast...«

»Wenn jeder Sozialist ein Päderast wäre«, warf Serafima ein, »dann würde es keine Sozialistenbabys geben. Was würde dann aus dem Sozialismus werden?«

»Ich glaube an freie Liebe ebenso wie jeder andere«, sagte Pascha hartnäckig, »aber es fragt sich, was normal ist.«

»Und wer entscheidet das?« fragte Sander ruhig.

Wasja zischte: »Tuohy hier entscheidet darüber.«

Tuohy sagte unerschüttert: »Jemand muß entscheiden. Sonst kommt die Sache überhaupt nicht zu einer Entscheidung.«

»Wir entscheiden«, sagte Aljoscha Schitkin entschlossen, »gleich hier, gleich jetzt, bei dieser Sitzung unseres Hauskomitees.«

»Normal ist... was normal ist!« beharrte Sergeant Kirpitschnikow. Er blickte hilfesuchend auf Serafima, aber die schien unentschlossen zu sein.

Sander sagte: »Drüben in New York, in den miserablen Arbeitsräumen des jüdischen Ghettos dauert ein *normaler* Arbeitstag zwölf Stunden. Und ein *normales* Entgelt dafür beträgt drei oder vier Dollar. Und *normalen* Urlaub gibt es nicht. Für einen Arbeiter, der bei der Arbeit verletzt wurde, ist es *normal*, daß er ohne Lohn entlassen wird, bis er wieder imstande ist zu arbeiten.«

»Das ist eine treffende Anmerkung«, rief Aljoscha Schitkin. »Was für die einen normal ist, ist nicht unbedingt normal für andere.«

Sander fuhr fort: »Seht, das Ziel der Sozialisten ist es, eine Gesellschaft zu schaffen, eine Atmosphäre, in der Männer und Frauen ihr innerstes Selbst frei ausdrücken können. Wenn ein Mann fühlt, daß er einen anderen Mann lieben muß, um sich sexuell auszudrücken – wo ist da der Schaden, solange niemand gezwungen wird, dabei mitzumachen?«

Serafima sagte: »Es ist wahr, er hat niemandem geschadet...«

Sergeant Kirpitschnikow zuckte die Achseln. »In Sibirien fangen manche jungen Leute damit an, daß sie Hühner – entschuldigt den Ausdruck – ficken, weil nicht genug Frauen da sind. Das weiß jeder, aber niemand sagt, daß so etwas antisozialistisch wäre.«

»Kannst du lauter sprechen?« schrie Hippolyt.

Tuohy sagte: »Da ist immer noch die Frage der Sicherheit. Was wäre, wenn ihn jemand zu erpressen versuchte?«

»Wer kann ihn denn erpressen«, fragte Aljoscha Schitkin, »wenn wir alle wissen, daß er es mit Männern treibt, und sich darum den Teufel schert?«

»Ich schlage vor, daß wir darüber abstimmen«, erklärte Lili. »Alle, die meinen, daß in einer sozialistischen Gesellschaft Platz für homosexuelle Liebe ist, mögen die Hand heben.«

Sander, Aljoscha Schitkin und Lili erhoben sofort ihre Hände. Otto Eppler folgte eilig ihrem Beispiel. Serafima blickte auf Sergeant Kirpitschnikow, und dann hoben sie beide gleichzeitig die Hände. Hippolyt brüllte: »Da ich nichts verstehen kann, stimme ich mit der Mehrheit« und hob ebenfalls die Hand. Alle blickten auf Tuohy.

»Ich bin dagegen«, sagte er. »Ich glaube, ihr begeht einen Fehler.«

»Gut, das wäre überstanden«, sagte Aljoscha Schitkin erleichtert.

Draußen raunte Tuohy Wasja zu: »Das ist noch nicht das letzte Wort gewesen.«

Wasja erwiderte: »Leck mich doch am Arsch!«

5

Der aus der Fahrbereitschaft der Bolschewiki geholte Mercedes hatte schon bessere Tage gesehen. Ursprünglich hatte er einem reichen schwedischen Geschäftsmann gehört, der seine Frau und Kinder samt Gepäck auf einem Pferdeschlitten verstaut hatte und nach Wyborg geflohen war, sobald er von der Abdankung des Zaren gehört hatte. Der Wagen war am Ufer des zugefrorenen Kanals stehengeblieben und langsam verrottet. Ein bolschewistischer Mechaniker, der aus dem Sanitätskorps desertiert war, hatte behelfsmäßig einen Vergaser aus einem sorglos geparkten Pierce Arrow eingebaut und die verrostete Auspuffanlage durch eine aus einem beschädigten amerikanischen Lincoln ersetzt. Das Ergebnis war, daß der Mercedes fuhr; allerdings gab es häufig Fehlzündungen.

»Ich habe nicht verstanden, was du gesagt hast«, sagte Sander zu Lili nach einer besonders lauten Fehlzündung.

Sie hielt die Augen fest auf die Straße gerichtet. »Ich wollte dich gerade fragen, warum du mit mir nicht zurecht kommst. Jeder im Kschessinskaja-Palais und im Dampfboot akzeptiert mich als Genossin. Der Umstand, daß ich in einer aristokratischen Familie geboren wurde, ist ebenso unwichtig wie der Umstand, daß Pascha Kirpitschnikow in einer Bauernfamilie geboren wurde. Nur du scheinst mir meine Geburt vorzuhalten.«

»Wahrscheinlich«, hörte Sander sich sagen, »weil es mir schwerfällt zu glauben, daß jemand, der nie Armut erlebt hat, ein wirklicher Revolutionär sein kann.«

Der Mercedes spuckte schon wieder.

Lili holte einen offenen Militärlastwagen ein, der mit Rekruten voll besetzt war, die, als sie eine Frau am Steuer des Automobils hinter sich bemerkten, vielsagende Zeichen machten. »Hier hast du deine Bauern«, sagte Lili zu Sander, »direkt von den Höfen weg. Glaubst du wirklich, daß sie mehr darüber wissen, was ein Revolutionär ist, als ich?«

»Jeder von ihnen weiß mehr als du. Jeder von ihnen weiß, was Hunger ist, was es heißt, sich das Kreuz zu brechen, um die Ernte einzubringen, ehe das Wetter umschlägt – und alles nur, damit die Aristokraten, denen das Land gehört, das meiste davon konfiszieren.« Er konnte sich jetzt nicht mehr zurückhalten. »Du spielst mit der Revolution wie ein Kind mit einem neuen Spielzeug – immer in der Erwartung, daß sich dir etwas Besseres, Neueres, noch Aufregenderes bietet.«

Lili drückte ärgerlich auf die Hupe und fuhr an dem Lastwagen vorbei. »Du bist ein unglaublicher Snob«, sagte sie zu Sander. Nach einer Weile fügte sie hinzu: »Du bist wütend auf mich, weil du Angst hast zuzugeben, daß du mit mir ins Bett gehen möchtest.«

»Bum!« Der Mercedes knallte schon wieder. Einige Bäuerinnen, die magere Kühe mit langen Birkenstöcken an der Straße entlangtrieben, liefen ängstlich davon. Sander räumte müde ein: »Ich habe meine Komplexe, aber dein Körper gehört nicht dazu.«

»Nenne mir deine Komplexe, wenigstens einen!«

Sander blickte auf ihr Profil. Er konnte nicht bestreiten, daß sie außerordentlich schön war. »Ich bin von der zentralen Frage besessen, mit der sich jeder Revolutionär befassen muß – wieviel Leiden man der jetzigen Generation zumuten darf, damit künftige Generationen freier leben können.«

»Diese Frage interessiert mich auch«, sagte Lili.

»Sie *interessiert* dich nur. Sie *verfolgt* dich nicht. Sie *verzehrt* dich nicht.

Millionen werden qualvoll sterben oder qualvoll leben – und du bist nur *interessiert.*«

»Leute wie du sind gefährlich.«

»Leute wie ich sind gefährlich für Leute wie dich.«

Wasja, der auf dem Rücksitz geschlafen hatte, bewegte sich. »Sind wir bald da?«

»Schlaf weiter!« rief Lili. »Ich sag dir schon, wenn wir ankommen.«

An der Peripherie von Zarskoje Selo, rund dreißig Kilometer von Petrograd entfernt, hatte Lili die Fehlzündungen satt. Sie erklärte ihren Passagieren: »Von hier an gehen wir zu Fuß.« Sie ließen den Wagen im Schatten einer Tanne stehen und betraten die Stadt durch den Triumphbogen. Dann gingen sie an dem kleinen Holzhaus vorbei, in dem Puschkin nach seiner Heirat gewohnt hatte, passierten den langen, niedrigen Rokokopalast, den die Kaiserin Elisabeth hatte bauen lassen, um Versailles in den Schatten zu stellen, und kamen schließlich zum Alexander-Palast, der Sommerresidenz und dem gegenwärtigen Gefängnis des Zaren.

Ein militärischer Kontrollposten stand etwa hundert Meter vor dem Eingang. Die Prinzessin wies dem Soldaten, der außerhalb der niedrigen hölzernen Wachbude Dienst tat, ihren Paß vor. Der Mann drehte den Ausweis in seiner Hand. Es war offenkundig, daß er nicht lesen konnte. »Er ist vom Genossen Stalin unterzeichnet«, sagte Lili schließlich.

»Von dem Bolschewisten Stalin?« fragte der Soldat.

»Ja, von dem.«

»Ha! Dann seid ihr alle Bolschewisten. Ich bin auch Bolschewist – denke ich.«

Sander fragte: »Was heißt ›denke ich‹?«

Der junge Soldat lächelte breit und entblößte eine Reihe schlechter Zähne. »Als der bolschewistische Anwerber hier vorbeikam, habe ich in sein Notizbuch mein Zeichen gemacht. Er sprach davon, daß der Krieg beendet werden soll und die Bauern das Land bekommen werden.«

Der Wachmann läutete die Glocke, um den Offizier vom Dienst zu rufen. Ein Oberst kam herausstolziert und schlug ungeduldig mit einer Reitpeitsche an seine leinenen Breecheshosen.

Lili erklärte ihm: »Wir sind im Auftrag der bolschewistischen Repräsentanten im Sowjet hierhergekommen, um uns davon zu überzeugen, daß sich der Bürger Romanow, früher bekannt als Zar Nikolaus, zusammen mit den verschiedenen Mitgliedern seiner Familie wirklich hier befindet. Außerdem wollen wir feststellen, unter welchen Bedingungen sie hier leben. Besonders wichtig sind für uns dabei die Sicherheitsmaßnahmen.«

Der Oberst, der eine Narbe über dem rechten Auge hatte, zuckte zusammen, als er das Wort »Bolschewist« hörte, schwieg aber. Er setzte ein Pincenez auf und las den Paß, den Stalin als Mitglied des Exekutivkomitees des Sowjets unterzeichnet hatte. Dann drehte er sich auf dem Absatz um und verschwand wieder in dem Gelände, aus dem er gekommen war.

»Was sollen wir jetzt machen?« fragte Wasja und putzte die Linse seiner Krügener-Kamera mit einem Seidenlappen.

»Der ist verdammt grob, wenn ihr meine Meinung hören wollt«, sagte Lili.

»Sie müssen entschuldigen«, sagte der Soldat. Sein offenes Bauerngesicht starrte Lili verwundert an. Ihm war noch nie eine Dame begegnet, die wie ein Mann fluchte. »Der Oberst kommt aus einem Frontregiment, wo die Stabsoffiziere von Bolschewisten ermordet wurden – während der Erhebung gegen den, den wir jetzt Bürger Romanow nennen.«

Ein junger Leutnant, der eine weiße Feldbluse mit Gürtel trug, tauchte auf und winkte Lili und den übrigen zu.

»Ob wenigstens der mit uns Bolschewisten spricht?« murmelte Lili vor sich hin.

In dem Palast wurden Lili, Sander und Wasja in eine Wachstube geführt. »Bürger Romanow bittet Sie, ins Musikzimmer zu kommen«, sagte der junge Mann. Sein leichtes Lispeln verriet seine Herkunft. Er stammte offensichtlich aus den vornehmen Kreisen, in denen man es nicht nötig hatte, sich den Offiziersrang zu *erdienen*. Man *kaufte* ihn sich.

»*Bittet uns?*« Lili warf empört eine Haarsträhne zurück. »Ist sein Status hier so, daß er uns *bittet*, uns, die Repräsentanten des Petrograder Sowjets?«

Der junge Offizier biß sich auf die Lippe. »Das ist nur eine Redeweise. Seine Majestät... was ich sagen will, ist, daß Bürger Romanow sich vollkommen darüber im klaren ist, daß es sich um eine bindende Verpflichtung handelt, wenn ein Mitglied des Sowjets ihn zu sehen wünscht.«

Sie folgten dem jungen Offizier durch eine Flucht von Korridoren. Einmal passierten sie ein großes Erkerfenster mit Ausblick auf einen umzäunten Garten, in dem ein riesiger Matrose einen kleinen Jungen in einer Schubkarre herumfuhr. Sie konnten hören, wie der Junge entzückt quietschte, weil der Matrose so tat, als wolle er ihn auf den Boden kippen. »Das ist Kronprinz Alexej«, sagte Lili zu Sander. Auf der einen Seite des Gartens spielten drei Mädchen in weißen Spitzenkleidern Krocket. »Die mit dem Schläger ist Anastasia. Links davon ihre Schwester Marie. Hinter ihr die dritte Schwester, Tatjana.« Ein viertes Mädchen, das einen Hund an der Leine führte, kam durch eine kleine Tür in der Gartenmauer dazu. »Und die dort ist Olga.«

Die Augenbrauen des jungen Offiziers hoben sich überrascht. »Sie kennen die Mitglieder der königlichen Familie von Angesicht?«

Lili sagte: »Gerade darum wurde ich für diesen Auftrag ausgewählt.« Mit einem Blick auf Sander fuhr sie fort: »Als ich sehr jung war, verkehrte ich in aristokratischen Kreisen. Anastasia war eine Kindheitsbekanntschaft von mir. Sie hat einmal zwei Wochen Urlaub auf dem Gut meines Großvaters verbracht. Wir schliefen im gleichen Zimmer. Ein anderes Mal habe ich mit ihr und ihrer Familie im Winterpalast Tee getrunken.«

Der Mann, den man jetzt Bürger Romanow nannte, erschien pünktlich. Als die Uhr im Musikzimmer die Viertelstunde anschlug, riß ein Aufwärter die Doppeltüren auf, und der frühere Zar trat ein. Mit einer Handbewegung entließ er den Bediensteten, der rückwärts durch die Türen trat und sie lautlos hinter sich schloß.

»Bürger Romanow« war in den letzten Monaten beträchtlich gealtert und ähnelte kaum den Photographien, die Sander von ihm gesehen hatte. Sein Gesicht war hager, die Wangen eingefallen, die Schultern gesenkt. Seine Augen blinzelten kurzsichtig. Er trug gewöhnliche Militärhosen, die in eleganten Filzstiefeln steckten, und einen weißen Offizierswaffenrock mit schmutzigen Ärmeln. Schließlich verbrachte er einen großen Teil seiner Ausgangsstunden damit, Brennholz zu sägen, um sich körperlich fit zu halten. Als er sah, daß Wasja seine Kamera auf einem Stativ montierte, wandte er sich an den Leutnant und sagte vorwurfsvoll: »Wenn Sie mich davon in Kenntnis gesetzt hätten, daß Sie Aufnamen machen wollten, hätte ich mich umgezogen.«

»Die Photographien, Bürger Romanow«, erklärte Lili, »sind nicht zur Veröffentlichung bestimmt, sondern nur für Mitglieder des Sowjets, denen daran gelegen ist, zu sehen, daß Sie noch hier sind.«

»Wo sollte ich denn sonst sein?« fragte Nikolaus hochmütig. Er setzte sich auf einen Hocker vor dem Konzertflügel und machte eine halbe Drehung, so daß er seinen Besuchern, die in der Mitte des Raumes auf einem Polstersofa nebeneinander vor ihm plaziert waren, direkt gegenüber saß. Dann schlug er seine langen Beine übereinander, nahm eine Zigarette aus einem Silberetui und zündete sie an.

»Es hat Gerüchte gegeben«, meinte Lili. Sie wollte nicht aussprechen, daß der britische Gesandte in Petrograd Nikolaus Asyl in England angeboten hatte. Es hatte Pläne gegeben, die Mitglieder der königlichen Familie mit der Eisenbahn nach Murmansk zu schicken, wo sie ein britisches Kriegsschiff besteigen könnten. Im letzten Moment bekam der Sowjet davon Wind und entfachte einen Sturm des Protestes. Deshalb war Lili nach

Zarskoje Selo entsandt worden; sie sollte sich vergewissern, daß der Zar noch da wäre.

»Ich habe von diesen Gerüchten gehört, die behaupten, daß ich auf meinem fliegenden Teppich zu einem der Schlösser meines Vetters nach England geflogen wäre.« Nikolaus schüttelte den Kopf über die Absurdität dieses Gedankens. »Falls ich irgendwohin gehen könnte, würde ich mein Gut auf der Krim bei weitem vorziehen. Aber es ist ja klar, daß man mir in dieser Angelegenheit keinerlei Wahl lassen wird.« Nikolaus zog an seiner Zigarette und stieß den Rauch durch die Nase aus. »Ich möchte Sie fragen, was aus meiner Beschwerde geworden ist, die ich dem Oberst der Wachabteilung vorgestern übermittelt habe.«

Lili sagte: »Wir sind nicht hergekommen, um zu diskutieren –«

»Man hat mir erzählt, daß eine Bande von Soldaten dafür verantwortlich war«, fuhr Nikolaus schnell fort. »Sie haben Rasputins Sarg aus der Nische in der Kapelle gezerrt, den Körper herausgeholt, mit Petroleum getränkt und auf einem Scheiterhaufen verbrannt. Bisher ist es mir gelungen, diese Nachricht vor meiner Frau und den Kindern zurückzuhalten, aber schließlich werden sie es doch erfahren. Ach, der arme Rasputin! Es war nicht genug, ihn zu ermorden, man mußte auch noch seinen Leichnam schänden. Ich bestehe unbedingt darauf, daß die Verantwortlichen identifiziert und streng bestraft werden.«

»Bürger Romanow, bitte hierher schauen!« wies Wasja Nikolaus an. Der frühere Zar machte eine Vierteldrehung zur Kamera. Seine Augen waren mit schweren Lidern fast geschlossen; und Wasja drückte auf den Auslöser für das Phosphat. Der Lichtblitz ließ Nikolaus zusammenzucken.

Dann wandte er sich wieder Lili zu. »Was ist mit meiner Beschwerde?«

»Sie wird von den zuständigen Organen des Sowjets behandelt werden«, versicherte sie ihm. »Haben Sie irgendwelche Bemerkungen zu machen über die Art, wie Sie und Ihre Familie behandelt werden?«

»Bemerkungen? Nein, keine Bemerkungen. Jeder ist sehr höflich, sehr korrekt. Ich hätte gern mehr Bücher zu meiner Verfügung ...«

»Sind Sie und die Mitglieder Ihrer Familie bei guter Gesundheit?«

»Ich denke, Sie können sagen, daß wir gesund sind – ja.«

»Wie verbringen Sie hier Ihre Zeit?«

Sander merkte, daß Nikolaus Lili zuzwinkerte, als ob sie eine Erinnerung bei ihm geweckt hätte. »Ich säge Brennholz«, sagte Bürger Romanow. »Ich unterrichte den jungen Alexej in Geographie und Geschichte. Ich lese sehr viel ... Gehe ich falsch in der Annahme, daß Sie mir irgendwie bekannt sind? Haben wir uns schon einmal getroffen?«

Wasjas Blitzlicht zuckte durch den Raum, als er eine Profilaufnahme des früheren Zaren machte. Nikolaus fuhr zusammen und fragte Wasja: »Sind Sie fertig?«

Wasja begann, seine Kamera von dem Holzstativ abzunehmen und sagte zu Lili: »Ich habe alles.«

Bürger Romanow hatte, abgelenkt durch die letzte Aufnahme, seine Frage an Lili vergessen. »Wo war ich?« fragte er.

»Ich denke auch, daß das alles war«, sagte Lili dem jungen Offizier. Sie stand auf und machte sich auf den Weg zur Tür. Ihr abrupter Aufbruch sollte Nikolaus daran erinnern, daß er *ihretwegen* hier war. Sander stand auf, um ihr zu folgen.

Nikolaus war auf dem Klavierhocker sitzen geblieben und rief ihnen nach: »Wie lange soll ich hier noch als Gefangener gehalten werden? Können Sie mir wenigstens soviel sagen?« Er wurde plötzlich beredt. »Ich will nicht die neuen Autoritäten in Petrograd beleidigen, weit gefehlt. Aber welchem Zweck dient es ... Ich habe legal und formell abgedankt ... Auch für meinen Sohn ... Dem Jungen geht es sehr schlecht, wie Sie wissen ... Hämophilie ... Es wird uns schwer genug fallen, ein normales Leben zu führen ohne die Pflichten des Zaren ... Es ist nicht so, daß wir nicht gut behandelt würden ... Es ist die Ungewißheit ... ja, die Ungewißheit ... Die offene Feindseligkeit gegen unsere Person in gewissen Kreisen läßt uns nicht kalt ... Ich erhebe keine Beschuldigungen ... beklage mich nicht ... ich stelle bloß Tatsachen fest ...«

Zurück in der Wachstube, waren sie überrascht, auf einem Tisch Sandwiches und Cider zu sehen. Mehrere Offiziere, alle in weißen Waffenröcken mit Gürteln, lehnten an den Wänden. Einer von ihnen sagte: »Die Sandwiches sind für Sie.« Sander flüsterte Lili zu, sie sollten sich sofort auf den Weg machen, damit sie vor Einbruch der Dunkelheit zu Hause wären. Aber Lili meinte, man könnte dieses Zeichen von Gastfreundschaft nicht gut zurückweisen.

Als sie endlich zu dem Mercedes zurückkamen, entdeckten sie, daß ein Reifen platt war und das für den Wechsel nötige Werkzeug fehlte. Schließlich schaffte es Wasja, Werkzeug von dem Fahrer eines Militärlastwagens zu leihen, der Brennholz für die Wachbaracken lieferte; aber als sie den Reifen gewechselt und das Werkzeug zurückgegeben hatten, verschwand die Sonne schon hinter dem Birkenwald, der Zarskoje Selo umgab. Sie diskutierten, ob sie die Nacht über dableiben und erst am nächsten Morgen fahren sollten; denn eine Nachtfahrt konnte bei dem Straßenzustand leicht zu einem Achsenbruch führen. Wasja stimmte dafür, doch Lili und Sander hatten voneinander genug und waren dagegen. Also schaltete Lili die Scheinwerfer ein und nahm Kurs auf Petrograd, wobei sie das Automobil um die erkennbaren Schlaglöcher herumlenkte.

Sie waren gerade zehn Minuten unterwegs, als zwei gepanzerte Autos mit heulenden Sirenen an dem Mercedes vorbeirasten. Augenblicke später überholten sie ein Rolls-Royce und ein Pierce Arrow mit abgeblendeten Lichtern. Lili bremste ab, um dem von den rasenden Wagen aufgewirbelten Staub zu entgehen. »Allerhand Verkehr für diese Zeit«, bemerkte Wasja unbehaglich. »Was hat das wohl zu bedeuten?«

»Vielleicht ist in Petrograd etwas im Gange«, sagte Lili beiläufig; aber sie packte das Lenkrad fester und starrte geradeaus.

Und dann plötzlich fielen die Strahlen der Scheinwerfer des Mercedes an einer Straßenbiegung auf etwas sehr Konkretes. Zwei Panzerwagen waren in der Straßenmitte aufgefahren und blockierten sie. Dann flammten ihre Scheinwerfer auf und blendeten die Insassen des Mercedes. Lili schnappte nach Luft, bremste und schaltete den Rückwärtsgang ein; aber zwei weitere Autos donnerten aus einem Waldweg und drängten sich hinter den Mercedes, so daß dieser sich weder vorwärts noch rückwärts bewegen konnte. Sander zog seine Pistole aus der hölzernen Halterung und bemerkte, daß Lili in ihrer Manteltasche verzweifelt nach der ihren suchte.

Draußen drückte jemand auf eine Hupe. Unter Geschrei und Flüchen glitt ein halbes Dutzend Männer in weißen Waffenröcken auf beiden Seiten den Straßendamm herunter. Im Nu war der Mercedes von Männern umgeben, die mit Pistolen durch die Fenster zielten. Ein stämmiger Offizier hob ein Maschinengewehr. Sander sah den Lichtschimmer der Patronen in dem bis auf den Boden herabhängenden Munitionsgurt.

Wasja schrie vom Rücksitz aus: »Um Gottes willen, nicht schießen!«

Eine Stimme befahl: »Fenster herunterkurbeln und die Waffen herauswerfen!«

Lili fingerte an ihrer vernickelten Pistole. »Sie werden uns so oder so töten. Besser, wir verkaufen unsere Haut so teuer wie möglich.« Aber ihre Stimme klang unsicher. Sie blickte hilfesuchend auf Sander.

Der sagte: »Falls sie uns töten wollten, hätten sie schon aus dem Wald schießen können, als wir anhielten.«

»Sie haben zehn Sekunden Zeit, um zu tun, was wir gesagt haben«, rief die Stimme aus der Dunkelheit.

»Sie haben alles arrangiert. Die Sandwiches, den kaputten Reifen ...« Lili schüttelte verzweifelt den Kopf. »Hätten wir uns gleich auf den Rückweg gemacht, wie du wolltest –«

»Das konnten wir nicht ahnen«, sagte Sander.

Wasja schrie: »Ich ergebe mich.« Er packte den Griff und kurbelte das Fenster herunter. Ein Schwall eisiger Luft drang in den Wagen, als er seine Pistole auf den Boden warf. Lili zuckte resigniert die Achseln und folgte seinem Beispiel. Auch Sander warf seine Pistole aus dem Fenster. Die Türen sprangen auf. Rohe Hände zogen die drei aus dem Mercedes. Jemand lachte höhnisch. Ein Motor stotterte und sprang schließlich an. Der Offizier mit dem Maschinengewehr drückte die Mündung des Laufs in Lilis Brust und spie ihr ins Gesicht. Jemand schlug Sander einen dicken, mit Kieselsteinen gefüllten Wollstrumpf auf den Schädel.

Sander erwachte auf dem Boden eines Panzerwagens mit dem Gesicht nach unten, die Arme hinter dem Rücken an Handgelenken und Ellbogen gefesselt. Der Wagen fuhr in rasendem Tempo. Bei jedem Schlagloch schlug Sanders Gesicht auf den metallenen Boden. Er merkte, wie ihm Blut von der Wange hinunterfloß. Dann spürte er einen stechenden Schmerz im Kopf und wurde wieder ohnmächtig.

Als er das nächste Mal wieder zu Bewußtsein kam, stießen und zerrten ihn einige Offiziere eine Flucht steinerner Stufen hinunter. Er glaubte, irgendwo vor sich Lilis Stimme zu hören, wie sie sagte: »Leck mich, du Scheißkerl...« Aber die Welt drehte sich wieder wie Melors Kreisel, und er versank erneut in der Finsternis.

Beim nächsten Erwachen wußte er nicht genau, ob er wirklich bei Sinnen war oder noch immer träumte. Er war an einen Holzbalken gebunden und befand sich in einem Raum, der so dunkel war, daß er das Gefühl hatte, frei zu schweben. In seinem Kopf spürte er ein schmerzhaftes Hämmern. Ab und zu hörte er schlurfende Geräusche, als ob etliche Ratten zwischen ihren Löchern umherliefen. Schließlich vernahm er ein schwaches Stöhnen und flüsterte in die Finsternis: »Lili? Wasja?«

»Alexander?«

Das war Lilis Stimme. Aber er war so benommen, daß er nicht wußte, ob er sie wirklich gehört hatte.

Als er dann wieder wach wurde, spürte er, daß ihm jemand eiskaltes Wasser ins Gesicht spritzte. Eine Stimme flüsterte: »Trink!« Ein Schwamm wurde gegen seine knochentrockenen Lippen gedrückt, und Wasser tropfte ihm die Kehle herunter. Der Mann mit dem Schwamm flüsterte: »Und ob ich schon wandelte im finstern Tale...«

»Priester, leiere deine Gebete anderswo!« Wieder Lilis Stimme. »Hier kommen wir nicht mehr lebend raus«, sagte sie bitter.

»Nein, nein, sie beabsichtigen nicht, euch zu töten«, flüsterte der Priester. Als sich Sanders Augen an die Dunkelheit gewöhnt hatten, nahm er die Umrisse seiner Gestalt wahr. Der Priester sagte: »Sie wollen ... euch verwunden ... zwei von euch verwunden ... Der dritte soll die andern nach Petrograd zurückfahren ... Sie wollen die Bolschewisten schrecken.«

»Verletzen? Wie verletzen?« fragte Wasja; aber Sander hörte nicht mehr, was der Priester antwortete. Er sackte in seinen Fesseln zusammen und spürte, wie ihm wieder das Bewußtsein entglitt.

»Alexander!« rief Lili. »Alexan ... Al –«

Als er erwachte, warfen ein halbes Dutzend Petroleumlampen ein gelbes Licht in einen Raum, der voller Offizierskadetten in weißen Waffenröcken war. Sander stellte fest, daß er sich in einem Kohlenkeller befand. Auf einer Seite waren Verschläge voll Kohle, und über jedem befand sich eine hölzerne Rutsche, die zu einem kleinen Fenster mit Verschlußklappe führte. Wasja war an einen Balken gebunden, ebenso wie Lili und er selbst.

Ein Oberst, der einen krummen Kavalleriesäbel in seiner behandschuhten Hand hielt, ging auf Wasja zu. Der schluchzte: »Erbarmen, Erbarmen!« als der Oberst ihm die Knöpfe für die Hosenträger abschnitt.

Ein junger Offizier, der eine Petroleumlampe hielt, bemerkte, daß Sander die Augen offen hatte. »Der hier ist jetzt bei Bewußtsein«, meldete er.

»Dann soll er zusehen«, schnarrte der Oberst.

»Ihr seid Schweine!« schrie Lili und riß an den Stricken, die sie an dem Balken festhielten. »Einen Mann kaltblütig zu ermorden!«

Der Säbel des Obersts schlug die Knöpfe weg, die Wasjas Unterhose hielten. »Wer würde von einem weiteren toten Bolschewisten Notiz nehmen?« fragte er ironisch. Einige junge Offiziere kicherten. Die Spitze des Obristensäbels fuhr um Wasjas Penis herum. Er führte die Waffe mit der Präzision einer Rasierklinge. »Aber ein verwundeter Bolschewist ...«

Wasja starrte entsetzt auf den silbernen Säbel. »Sie wollen doch nicht etwa –? O Gott, Sie werden nicht –«

»Ein verstümmelter Bolschewist ...« Die Narbe über dem Auge des Obersten flammte rot auf.

»Sie sind ein Ungeheuer!« schrie Lili.

Der Oberst hob die Spitze von Wasjas Penis mit seinen behandschuhten Fingern und stieß mit dem Säbel nach unten.

»Aiiiiiiiiiii!«

Der Oberst wandte sich an die Offiziere, von denen einige blaß geworden waren. Ein sehr junger Leutnant erbrach sich in einen Kohlenkasten.

»Dies ist unsere Antwort an die Kompromißler, die den Krieg beenden wollen«, erklärte der Oberst. »Sie sind Feiglinge. Sie haben keinen Bedarf für ihre Männlichkeit.«

Mit der Säbelklinge durchtrennte er die Fesseln an Wasjas Händen. Der sank wie ein verwundetes Tier winselnd auf die Knie und drückte die Zipfel seines Hemdes auf die Wunde, um den Blutstrom zu stillen.

Jetzt wandte sich der Oberst der Prinzessin zu. Die Spitze seines Säbels schlug die obersten drei Knöpfe ihrer Bluse weg und schob sie dann so weit auseinander, daß eine weiße Brust freigelegt wurde. Der kalte Stahl streichelte ihre Brustwarze. Tief aus Lilis Kehle drangen unmenschliche Laute.

Sander zerrte an seinen Fesseln und suchte sich daran zu erinnern, was der Priester gesagt hatte ... zwei verwundet ... der dritte sollte sie nach Petrograd zurückbringen ... Sein Kopf schmerzte. Es war ihm, als sei sein Schädel zerbrochen und das Gehirn sickerte mit seinen Gedanken heraus. Dann hob sich der Nebel. Er wußte jetzt, was er zu tun hatte.

»Ihr Oberst ist geisteskrank«, sagte Sander mit matter Stimme. Die jungen Offiziere starrten ihn verwundert an. »Er ist auch ein Feigling«, hetzte Sander. »Er traut sich nur, eine Frau zu attackieren, die gefesselt und hilflos ist. Er hat nicht den Mut, einem Mann gegenüberzutreten.«

Lili starrte Sander an. »Du hast nicht das Recht, etwas auf dich zu nehmen, das mir zugedacht ist –«

Der Oberst, dessen Gesicht so im Schatten lag, daß nur das Glühen in seinen Augen zu erkennen war, wandte sich langsam von Lili ab.

Sander ließ nicht locker. »Du bist ein Sadist – ein Feigling«, schimpfte er, als der Oberst sich ihm näherte.

Lili schrie: »Komm zurück, du Schwein!« Aber sie sah, daß der Oberst seine Augen auf Sander gerichtet hatte. *«Ich verabscheue dich!«* schrie sie – doch damit meinte sie nicht den Oberst, sondern Sander.

»Mehr Licht hier!« befahl der Oberst knapp. Ein Offizier kam mit einer Petroleumlampe näher. Der Säbel des Obersten schnitt erst die Hosenknöpfe und dann die des Hosenschlitzes ab. Die Hose fiel zu Boden. Drüben stöhnte Wasja leise.

»Wenn du einer von diesen bolschewistischen Juden bist und schon beschnitten«, zischte der Oberst, »dann werde ich das ganze Ding abschneiden.«

Zitternd hielt der junge Offizier die Lampe näher an Sanders Penis. »Er ist tatsächlich Jude.«

Der Oberst ergriff die Lampe und stellte sie vor Sander auf den Boden. Dann langte er nach unten und packte Sanders Penis. »Erzähle deinen

Freunden in Petrograd«, schnarrte er, »daß wir jeden bolschewistischen Schwanz im ganzen Lande wegschnippeln werden.«

Sander machte den Mund auf und schrie; aber der Ton wurde durch eine Explosion überdröhnt – innerhalb oder außerhalb seines Kopfes? Dann hörte er ein Rauschen von Echos, das langsam erstarb. Nichts blieb als Finsternis –

6

Du mußt schon lauter sprechen, Söhnchen, wenn ich dich hören soll«, brüllte Hippolyt Jewgenitsch.

Melor getraute sich nicht zu schreien, weil er nicht wollte, daß jemand das Gespräch mithörte. Er legte sich die Hände um den Mund und trompetete die Worte in das Ohr des alten Mannes. »Möchten Sie ein Bild von der Prinzessin Lili kaufen, auf dem sie nichts anhat?«

Hippolyts Augen zogen sich mißtrauisch zusammen. »Wie könntest du an so was kommen?«

»Woher ich es habe«, erklärte Melor frech, »ist mein Geheimnis. Wollen Sie es also kaufen oder nicht?«

»Erst muß ich es sehen.«

Melor verzerrte das Gesicht, als ob er etwas darüber nachdächte, dann griff er zögernd unter sein Hemd und reichte Hippolyt die Photographie. Ein laszives Grinsen verzerrte die Runzeln des Greisengesichts. »Ich werde dir einen Rubel dafür geben«, erklärte er schließlich und begann in seiner Börse nach einem Geldstück zu suchen.

»Einen *stinkigen* Rubel!« Melors noch unentwickelter Handelsinstinkt empörte sich. »Das ist Ausbeutung... Ausbeutung...« Melor hatte Mühe, sich an das Wort zu erinnern. »Ja, Ausbeutung, das ist es. Ein Rubel! Dabei hat sie nicht einmal Schamhaare am Bauch.«

»Gut, dann zwei Rubel«, knurrte der alte Mann ärgerlich. »Ich kaufe es nur, weil es sich nicht in den Händen Minderjähriger befinden darf.«

»Sicher, Opa«, lachte Melor, steckte das Geld ein und rannte zur Tür. »Sie werden dem Proletariat schon keinen Steifen bescheren, das weiß ich doch.«

Hippolyt schob den Riegel vor die Tür, sobald der Junge weg war, und setzte sich am Fenster hin, um die Photographie zu studieren. Er hielt sie auf Armlänge von sich entfernt und blinzelte. Lili war eine heiße Nummer – ohne Zweifel. Ihre Augen mit der leichten asiatischen Schrägstellung blickten direkt in die Kamera. Die Brüste waren flach mit großen Warzen. Einem anderen Mann hätte das vielleicht nicht sehr gefallen, aber Hippolyt hatte immer etwas für Frauen mit kleinen Brüsten übrig gehabt. Was den Mangel an Schamhaar betraf, so erinnerte es Hippolyt jäh an die Zeit, wo er seine Unschuld verloren hatte. Er war damals zwanzig gewesen und hatte in der sibirischen Wildnis nach Gold gesucht. In dieser Zeit hatte er die uneheliche Tochter der Expeditionsköchin verführt, ein knochiges Mädchen, das behauptete, vierzehn zu sein, obwohl jedermann vermutete, daß sie ein oder zwei Jahre dazuschwindelte. Während er jetzt die Photographie von Lili anstarrte, suchte Hippolyt die Erinnerung an *jene* Erektion wachzurufen; aber selbst ein so einfacher Akt schien jenseits seiner Fähigkeit zu liegen. Nicht, daß er den Mißerfolg bedauerte. Vielmehr schien das der einzige Vorzug seines hohen Alters zu sein. Als er jung gewesen war, waren so viele Dinge – ja, alles! – von Sexualität durchtränkt gewesen. Diese extreme Abhängigkeit von Sex als Stimulans schwand mit dem Alter dahin. Die alltäglichen Ereignisse, erst recht die Menschen, erschienen in einem ruhigeren, gesünderen Licht. Er mochte Frauen wegen ihrer kameradschaftlichen Qualitäten und nicht wegen ihrer Konturen, ihrer Verfügbarkeit. Nicht mehr davon besessen, jede Frau, die ihm begegnete, in Gedanken zu entkleiden, konnte er jetzt wirklich darauf achten, was sie sagten. Immer vorausgesetzt, er vermochte es zu hören. Ach, wenn er nur genug Geld hätte, um sich das solide Hörrohr aus Messing zu leisten, das er auf dem alten Markt hinter der Kasan-Kathedrale gesehen hatte, dann müßte er die Leute nicht mehr bitten, lauter zu sprechen. Ein ganzes Gespräch mit anhören zu können anstatt einzelner Sätze, zu wissen, wofür er stimmte, und nicht bloß die Hand mit der Mehrheit zu heben – das wäre besser als alle früheren Erektionen zusammengenommen.

Er blickte noch einmal auf das Bild von Lili. Da kam ihm eine Idee. Warum war er nicht schon früher darauf gekommen? Eine Nacktphotographie der Schwester des Prinzen Jusupow, des Mannes, der Rasputin erschossen hatte, könnte manchem einiges wert sein. Lili selbst würde das nie herausfinden. Und selbst wenn, dann würde es ihr wohl nichts ausmachen, solange es um eine gute Sache ging.

Sorgfältig schob Hippolyt die Photographie in die innere Brusttasche seiner Jacke und begann, sich die hohen Schuhe zuzubinden. Hätte er an Gott geglaubt, was nicht der Fall war, hätte er gesagt, die Photographie der nackten Prinzessin sei ein Geschenk des Himmels.

Mit Ausnahme einiger alten Leute, die verfaulten Fisch aus den Mülltonnen holten, lag der Marktplatz hinter der Kasan-Kathedrale völlig verlassen da. Was an Gemüse, lebenden Hühnern und frischem Fisch aus der ländlichen Umgebung von Petrograd spärlich hereingekommen war, war längst verkauft. Man sah nur noch Stände, die gebrauchte Haushaltsartikel, Zügel, Sättel und Orden verkauften, welche hungrige Soldaten versetzt hatten. Hippolyt begab sich zu dem Stand mit dem soliden Messinghörrohr, nahm einige Walzen von einem automatischen Klavier in die Hand und fing an, sie in der Hand zu drehen.

»Befingern Sie die Ware nicht, wenn Sie kein Käufer sind!« krächzte der Händler hinter der Kasse, ein fetter Usbeke in einem ramponierten Geschäftsanzug und mit einer gestickten usbekischen Kappe auf dem Kopf.

»Sprechen Sie lauter!« rief Hippolyt mit der Hand am Ohr.

»Ich sagte, Sie sollen die Ware nicht anfassen«, schrie der Usbeke, »wenn Sie kein Käufer sind.«

»Wenn ich aber ein Tauschhändler wäre?« fragte Hippolyt hoffnungsvoll.

Der fette Mann fletschte die Zähne. »Alles hängt davon ab, was Sie zu bieten haben, nicht wahr?«

Hippolyt winkte den Usbeken in eine Ecke und zog die Photographie von Lili aus der Brusttasche. Der Usbeke setzte sich eine Brille mit goldener Fassung auf die Nase und studierte sie. Er pfiff leise durch die Zähne.

»Das ist eine Photographie der Prinzessin –« begann Hippolyt, aber der Usbeke schnitt ihm mit einer Handbewegung das Wort ab.

»Sie ist wertlos, aber ich werde Ihnen trotzdem eine Klavierrolle dafür geben.«

Hippolyt schüttelte energisch den Kopf. »Nein, nein –«

»Also zwei Rollen«, brüllte der Usbeke. »Aber das ist mein letztes Gebot.«

»Ich kann ein mechanisches Klavier nicht einmal hören«, sagte Hippolyt enttäuscht.

Jetzt dämmerte es dem Usbeken, was der Alte wirklich wollte. »Das Hörrohr ist mehr wert als eine Photographie.«

Hippolyt machte ein trauriges Gesicht. Er schob die Photographie wieder in die Jackentasche.

»Lassen Sie mich noch einmal sehen!« rief der Usbeke. Er hielt die Photographie ans Licht und betrachtete sie mit herausquellenden Augen. Seine fetten Nüstern schnupperten, als ob er einen Hauch des Parfüms einer Frau gewittert hätte. »Nur aus Respekt vor Ihrem hohen Alter und Ihrer körperlichen Verfassung bin ich mit dem Geschäft einverstanden«, rief der Usbeke.

Hippolyt ergriff das Hörrohr, polierte das Messing mit seinem Ärmel und hielt es zitternd ans Ohr.

»Hundert Jahre sollst du leben, alter Mann«, rief der Usbeke fröhlich und verbarg die Photographie in den Falten einer ledernen Brieftasche.

Auf Hippolyts Gesicht erschien ein strahlendes Lächeln. »Sie brauchen nicht zu schreien«, erklärte er dem Usbeken würdevoll. »Ich kann Sie sehr gut hören.«

Durch die Ritzen im Fensterladen drang Licht und erhellte langsam aufsteigende Staubpartikel. Eine Frauenhand wusch seine Stirn mit einem feuchten Lappen.

»Hat die Augen aufgemacht...«

»Hat Fieber...«

»Schädelbruch...«

»Müssen hoffen auf...«

»Wenn er bloß gesund wird, will ich auf Sex verzichten...«

»Alexander, kannst du hören...«

Sander schloß die Augen. Hinter den Lidern konnte er sehen, wie Abner zufaßte und das Mädchen, das er liebte, in den Tod stürzen ließ.

Jetzt flimmerndes Licht. Eine von Schatten belebte Wand.

Sein Kopf fühlte sich schwer an. Er langte mit einer Hand nach oben und fühlte... Bandagen. Vielleicht bin ich noch am Leben, dachte er. Er bewegte den Kopf auf dem Kissen. Eine Kerzenflamme kam in sein Blickfeld. Für jemanden, der erwartet hatte, nie wieder etwas zu sehen, war sie ungemein schön. Bei der Kerze stand eine Frau, die ihm ihren nackten Rücken zuwandte. Ihm dämmerte, daß das seine Mutter sein könnte. Wenn sie sich umdrehte, würde er sie fragen, warum sie nicht gewinkt hatte. Die Frau tauchte einen Schwamm in ein Becken und wusch sich unter den Achseln. Sie bewegte sich wie die Flamme. Wie die Flamme war auch sie wunderschön.

Die Kerzenflamme erlosch. Oder seine Augen schlossen sich. Er bildete sich ein, er könne die Flamme wieder anzünden, indem er die Augen öffnete. Er bemühte sich, sie zu öffnen, um die Flamme, die Frau zu sehen. Aber seine Lider schienen zu schwer zu sein... Er mußte sich begnügen mit der Erinnerung an die Flamme, an die Frau...

Vielleicht war es das, was den Tod ausmachte – immer und nur sich zu erinnern...

7

Arischka zog sich ihr Kosakencape über die Brüste, bis ihre Füße am unteren Ende des Bettes herausschauten. Sie drückte sich spielerisch gegen Tuohys Bein und betrachtete ihn kritisch. »*Newosmoschno*«, sagte sie.

»Das bedeutet unmöglich«, meinte Tuohy.

»Un-meg-lisch«, wiederholte Arischka kichernd.

Tuohy fragte: »Was noch?«

Sie sagte: »*Doloi woinu.*«

»Nieder mit dem Krieg!«

»Nider mit de Krick.«

Tuohy zupfte am Saum des Kosakencapes, bis ihre Brüste wieder zu sehen waren. »Laß nur, *druschok*, ich sehe mir gern deine Titten an«, sagte er.

»Erzähl mir was, Amerikanitz! Wann bist du zum erstenmal auf den Gedanken gekommen, daß du mit mir schlafen möchtest?«

»Nun, als ich dich zum ersten Mal hinter dem Tisch beim Eingang zum Kschessinskaja-Palais habe sitzen sehen«, erklärte Tuohy mit entwaffnendem Grinsen. »Ich sah den Sack Zwiebeln zu deinen Füßen, und mein Herz machte einen Sprung. Ich kann dem Geruch von Zwiebeln im Atem einer Frau nicht widerstehen.«

»Du bist ein unmöglicher Bursche«, meinte die junge Frau. »Du bist nie ernst.« Arischka machte eine kecke Kopfbewegung.

»Du bist ganz anders als mein Mann.«

»Und wo ist dein Mann jetzt?«

»An der Front«, sagte sie, plötzlich bekümmert. »Er ist ein bolschewistischer Agitator beim Vierhundertdreiundvierzigsten Regiment der Einhundertzehnten Division.« Ihre Augen schienen sich auf einen Gedanken zu konzentrieren. »Falls du jemals dies Regiment besuchen solltest, kannst du ihn nicht verfehlen. Er trägt langes Haar, das er im Nacken zu einem Knoten bindet. Er hat gelobt, sein Haar nicht schneiden zu lassen, solange russische Soldaten in einem kapitalistischen Krieg sterben.«

»Du liebst ihn doch, nicht wahr?«

»Natürlich liebe ich ihn!«

»Und du schläfst mit anderen Männern?«

Die junge Frau blickte Tuohy mutig an. »Natürlich schlafe ich mit anderen Männern. Ich bin dreiundzwanzig Jahre alt. Mein Mann ist schon seit achtundzwanzig Monaten weg.«

Als Tuohy sich am nächsten Morgen im bolschewistischen Hauptquartier zum Dienst meldete, wurde er in Stalins Büro beordert.

»Während sich manche anderen in den Cafés von Europa durchschlugen«, erklärte er gerade, als Tuohy die Tür des Raumes öffnet, »habe ich vier Jahre im nordsibirischen Tjurochan abgebüßt. Im Winter fiel die Temperatur auf minus vierzig Grad. Bei minus vierzig hören die Fingernägel auf zu wachsen. Die Scheiße friert, ehe sie den Boden erreicht. Wir pflegten von der gefrorenen Milch Stückchen abzuhacken und daran zu lutschen, bis sie im Munde schmolzen. Die Ankunft der jährlichen Wodkalieferung war das bedeutendste Ereignis des Jahres. Eine von einem Priester angeführte Prozession ging dem Wagen, der sie brachte, entgegen. Könnt ihr euch vorstellen, wie ich hinter einem Priester mit Kreuz marschiert bin? Nun, ich tat es. Scheiße – ich wäre auch gekrochen, um meine Wodkaration zu kriegen. Und jetzt nehmen wir den Tee ein wie die adligen Damen und Herren und diskutieren über Worte, als ob sie die Massen zur Revolution anspornen könnten und wir uns nur noch an ihre Rockschöße zu hängen brauchten.« In diesem Moment bemerkte Stalin Tuohy. Er packte ihn grob am Ellbogen und schob ihn aus dem Raum hinaus zum anderen Ende des Korridors.

»Man hat mir berichtet, daß Sie in New York einmal einen Verräter eliminiert haben.«

Tuohy zuckte nicht mit der Wimper. »Woher haben Sie diese Information?«

»Ich höre so manches. Es geht um folgendes: Wir haben in Petrograd einige Banken, durch die unsere deutschen Freunde über Stockholm Geld für uns einschleusen. Das geschieht im Namen eines Bolschewisten, der Alexinski heißt, Grigori Alexinski. Wir haben Grund zu der Annahme, daß Alexinski dabei ist, zu Kerenski überzulaufen. Wenn die provisorische Regierung diese Information in die Hände bekommt, sind wir geliefert.« Stalin kam zur Sache. »Alexinski kommt heute nachmittag mit der Bahn aus Moskau hier an. Er wird in einer Aktenmappe einige Familienjuwelen dabeihaben. Sie müssen sie unbedingt bekommen –«

»Ich verstehe nicht ganz – soll ich ihn berauben oder töten?«

»Beides. Auf diese Weise wird er sich nicht über den Diebstahl beklagen. Die Bauern haben ein Sprichwort: Ein Mann, der seinen Kopf verloren hat, jammert nicht über sein Haar.« Stalin ließ ein gutturales Lachen hören; es klang, als ob er sich räusperte. »Die Juwelen müssen Sie unbedingt in den Fluß werfen! Wenn die Aktenmappe weg ist, wird Raub als Motiv gelten, aber wir wollen nicht riskieren, daß die Juwelen bei uns gefunden werden. Sobald Sie das getan haben, müssen Sie verschwinden, bis Gras über die Sache gewachsen ist. Trotzki wird heute abend an die Front reisen. Ich habe es so eingerichtet, daß Sie als Leibwächter mitkommen.« Stalin neigte den Kopf und fügte hinzu: »Es wird nicht Ihr Schade sein.«

Da Stalin ihm eine genaue Beschreibung von Alexinski gegeben hatte, hatte Tuohy keine Mühe, ihn auszumachen, als der Nachmittagszug aus Moskau in den Bahnhof einfuhr. Der Bahnsteig wimmelte von Soldaten und Matrosen, die aus dem Urlaub kamen, sowie von Bäuerinnen mit großen Jutesäcken und einer Reihe schweigsamer Nonnen, deren Gesichter im Schatten ihrer spitzen Hauben unkenntlich waren und die eine Pilgerfahrt zu den heiligen Stätten von Petrograd machten. Alexinski war ein großer, magerer Mann, der einen Mantel mit Nerzkragen trug. Er hielt eine Aktenmappe an seinen Körper gepreßt und mühte sich mit einem schweren Lederkoffer ab.

Tuohy trat ihm in den Weg und sagte in respektvollem Ton: »Herr Alexinski, ich begrüße Sie im Namen des Justizministers der provisorischen Regierung, Alexander Kerenski. Hier, darf ich Ihnen mit dem Koffer helfen –«

Über Alexinskis Gesicht huschte eine Spur von Zweifel, dann aber lächelte er dankbar. »Wie aufmerksam von Kerenski. Aber woher wußte er, wann ich in Petrograd zurück sein würde?«

Tuohy nahm den Koffer hoch und ging im Gleichschritt neben Alexinski her. »Es gibt nur sehr wenig, worüber Kerenski nicht informiert ist«, sagte er leichthin.

Alexinski blickte Tuohy mißtrauisch an. »Sie sprechen Russisch mit leichtem Akzent.«

Tuohy erklärte: »Ich bin zur Hälfte Engländer.« Wie Stalin vorausgesehen hatte, schien diese Bemerkung Alexinskis Verdacht zu zerstreuen. Man wußte, daß die Engländer für Kerenski waren.

Draußen führte Tuohy Alexinski zu dem zweisitzigen Pierce Arrow, den er sich für diesen Anlaß »ausgeliehen« hatte. Er legte den Koffer in den Gepäckraum und hielt Alexinski, der immer noch die Aktenmappe unter den Arm geklemmt hatte, die Tür auf.

Alexinski lachte: »Sogar ein Automobil! Wie in alten Zeiten.«

»Sie sind eine sehr wichtige Person. Meine Vorgesetzten wollen alles menschenmögliche tun, damit Ihnen nichts zustößt«, erklärte Tuohy.

Er machte einen großen Umweg, fuhr durch ziemlich heruntergekommene Viertel und über abgelegene Seitenkanäle, aber immer in Richtung des Wyborg-Viertels. Alexinski musterte die ihm unbekannten schmalen Seitenstraßen. »Wohin bringen Sie mich eigentlich?« fragte er und gab sich Mühe, seine Stimme entspannt klingen zu lassen.

»Verzeihen Sie! Ich dachte, ich hätte es Ihnen gesagt«, erwiderte Tuohy scheinheilig. »Der Minister möchte Sie sofort sehen. Es geht um irgendwelche Bankkonten auf Ihren Namen. Er hat mich angewiesen, einen großen Umweg zu machen, um sicherzugehen, daß man uns nicht folgt.«

Tuohy bog in eine schmale, schlecht gepflasterte Nebenstraße der Tschukowastraße ein und dann auf einen Lehmweg hinter einer Reihe verlassener Stallungen. Als er den Pierce Arrow durch das offene Tor in einen leeren Stall fuhr, war es schon ziemlich dunkel geworden. Tuohy stellte den Motor ab. Alexinski fragte nervös: »Und wo ist Kerenski?«

»Er erwartet Sie in dem Raum über der Treppe.« Tuohy zog das Stalltor zu und verriegelte es von innen. Dann ging er auf Alexinski zu, der immer noch im Wagen saß.

Aus Alexinskis Gesicht war inzwischen der letzte Blutstropfen gewichen. Die Worte sprudelten aus ihm heraus. »Hören Sie, ich kenne Sie nicht, aber Sie haben ein ehrliches Gesicht. Vielleicht können wir uns irgendwie einigen. Das würde sich auch für Sie sehr lohnen und –«

Tuohy lächelte nur. »Bürger Alexinski, Sie machen sich völlig umsonst Sorgen. Glauben Sie mir, Kerenski wartet oben auf Sie.«

Tuohy öffnete die Tür, deutete auf die Treppe und lächelte abermals. »Sie lassen den Minister warten.«

Alexinski schaute sich unsicher um, stieg dann zögernd aus und sah auf die dunkle Treppe. An ihrem oberen Ende schien eine halbgeöffnete Tür seine Erwartung zu bestätigen. Er fragte Tuohy: »Sind Sie absolut sicher, daß er da ist?«

»Darauf haben Sie mein Wort.«

Alexinski trat auf die erste Stufe, zögerte und ging dann weiter. Die Stufen knarrten unter seinem Gewicht. Tuohy nahm sich eine Zigarette, stieß sie ein paarmal gegen die Schachtel und steckte sie in den Mund, ohne sie anzuzünden. Er zog den Revolver aus der hölzernen Halterung, zielte auf Alexinskis Rücken und drückte ab. Der Schuß donnerte in dem Stall wie ein Peitschenknall. Alexinskis Körper fiel durch die halboffene Tür auf den Fußboden, auf dem leere Bierflaschen und alte Illustrierte lagen. Tuohy ging die Treppe hinauf, zwei Stufen auf einmal. Er griff nach der Aktenmappe, drehte Alexinskis Körper mit dem Fuß auf den Rücken und packte sein Handgelenk, um nach dem Puls zu fühlen. Als er ihn spürte, schüttelte er verwundert den Kopf. Alexinskis Augen öffneten sich. Tuohy versuchte, ihm den Lauf seiner Pistole in den Mund zu rammen. Der verwundete Mann sah ihn mit flehenden Augen an und preßte die Zähne zusammen, als ob die Weigerung, den Mund zu öffnen, ihn retten könnte.

Tuohy befahl: »Bitte um dein Leben!«

Alexinski beging den Fehler, »Bitte!« zu sagen. Als sich sein Mund öffnete, schob Tuohy die Mündung des Laufes tief hinein. Alexinski würgte; aber Tuohy genoß den Moment und drückte nicht gleich ab.

»Genosse Alexinski, in Petrograd geschieht sehr wenig, wovon *Stalin* nichts weiß«, flüsterte er rauh.

Alexinskis Augen wurden glasig vor Angst. Tuohy juckten die Fingerspitzen vor Vergnügen. Mit einem matten Lächeln zog er ab.

Es war bereits dunkel, als Tuohy zu Fuß die Anitschkow-Brücke erreichte, deren trübe Bronzepferde sich von den letzten grauen Streifen im Westen abzeichneten. Tuohy blieb mitten auf der Brücke stehen, um sich zu vergewissern, daß ihn niemand beobachtete. Dann brach er das Schloß der Aktenmappe mit einem Taschenmesser auf und streute den Inhalt in das Dunkel hinab. Danach warf er die Tasche hinterher und begab sich auf dem kürzesten Weg zu Arischka.

»Amerikanitz, du bist zu grob mit mir«, beklagte sich Arischka, nachdem Tuohy ihr die Kleider heruntergerissen hatte und zur Attacke überging. Er brachte seinen Körper in eine Stellung, die sie zu etwas veranlassen sollte, was sie noch nie zuvor getan hatte. Aber sie weigerte sich. In ihrer offenen Art sagte sie: »Ich habe von so etwas gehört, aber es reizt mich nicht.« Tuohy ließ nicht locker. Arischka preßte die Zähne zusammen.

»Stell dich nicht so an!« rief Tuohy.

Arischka beging den Fehler zu sagen: »Bitte, Amerikanitz –« Tuohy erlebte, ohne auf Arischkas Panik zu achten, aufs neue die Ermordung Alexinskis, und gönnte sich schließlich mit leichtem Grinsen noch einmal den Genuß des Abdrückens.

Um Schlag Mitternacht erschien Tuohy bei dem aus drei Wagen bestehenden Konvoi, der am Ende des Ligowski-Prospekts am Moskauer Tor geparkt war. Trotzki, der eine Picknicktasche mit Würsten und Wein schleppte, erschien mit einigen bolschewistischen Agitatoren, und die Kolonne setzte sich Richtung Front in Marsch.

Trotzki war erst kürzlich nach Petrograd zurückgekehrt (die Briten hatten ihn von Bord der *Christianiafjord* geholt und einen Monat lang in Halifax interniert, ehe sie ihm erlaubten, nach Rußland weiterzureisen). Er rollte sich auf dem Rücksitz zusammen, stopfte sich Watte in die Ohren und versank in tiefen Schlaf. Tuohy fuhr, bis er merkte, daß er eindöste. Dann tauschte er mit einem der Agitatoren den Platz und schlief fest auf dem Beifahrersitz. Sein Kopf stieß jedesmal an das Fenster, wenn das Automobil ein Schlagloch erwischte.

In den folgenden Tagen lernte Trotzkis Kolonne das Ausmaß der Verwüstungen kennen, von denen Rußland heimgesucht worden war. Es war wesentlich schlimmer, als Tuohy sich vorgestellt hatte. Ganze Dörfer waren durch deutsche Granaten in Trümmer gelegt worden. Die Straßen waren verstopft von Flüchtlingen, die aus Angst vor einem deutschen Massaker ihre Besitztümer auf Karren geladen und sich nach Osten gewandt hatten. Gelegentlich passierte die Kolonne kleine Gruppen österreichischer Gefangener, die von der Front weggetrieben wurden. Einmal erblickten sie sogar einen deutschen Gefangenen mit Feldmantel und Pickelhaube.

Eines Abends spät biwakierte Trotzkis Schar bei einer mobilen Feldküche am Fluß gegenüber einem Hospital; und am nächsten Morgen ging Tuohy hinüber, um mit einer englischen Krankenschwester zu flirten, die er tags zuvor kennengelernt hatte. Er kam gerade rechtzeitig zum Begräbnis eines blutjungen Soldaten, der Schrapnellwunden erlegen war. Der Körper war in ein Tuch gewickelt und in einen Sarg gelegt worden. Ein Priester, der vom Dienst bei Begräbnissen heiser war, sprach seine Gebete über dem Sarg, in dem es von Fliegen wimmelte. Schließlich war jemand so intelligent, den Sarg zuzunageln. Tuohy schob sich näher an die englische Krankenschwester heran und konnte hören, wie die Fliegen im Sarg summten, um herauszukommen.

An diesem Nachmittag aßen sie bei einer mobilen Feldküche, neben der offene Backöfen aufgereiht standen. Aus deren dünnen Schornsteinen stieg Rauch empor. Später wurden die drei Automobile neben einer zerstörten Brücke auf einer Fähre über den Fluß befördert. Sie passierten Reihen von Stacheldrahtverhauen vor einem frisch ausgehobenen System von Schützengräben, die als Auffang für den Fall eines Durchbruchs an der Front gedacht waren. Hinter einer Scheune waren Hunderte von Gewehren gegen eine Mauer gestapelt, die Hälfte davon halb verrostet und unbrauchbar. Sie waren vom Schlachtfeld geborgen und für die frischen Rekruten dagelassen, die ohne Waffen ankamen. Die Kolonne kam an einer Gruppe ganz junger Soldaten vorbei, die sich unter dem Gewicht ihrer Gewehre und Tornister abquälten auf dem Wege zur Front, wo sie eine Kampfeinheit ablösen sollten.

Jedesmal, wenn die Kolonne auf eine Einheit stieß, stieg Trotzki aus dem Auto, kletterte auf eine Munitionskiste oder einen Sarg und geißelte die provisorische Regierung, weil sie es versäumte, Rußland aus dem Krieg zu entlassen. Aber Propaganda war nicht der Hauptgrund für diese Reise. Trotzki war losgeschickt worden, um die Stimmung der Truppe an der Front zu erkunden. Wenn es zu einer Entscheidung kam – würden die einfachen Soldaten die Handvoll Bolschewisten unterstützen, welche dem Krieg ein Ende machen wollte, oder ihre Offiziere, die die militärische Disziplin verstärken und den Krieg fortsetzen wollten?

Unerwartet erhielten sie eine Antwort auf diese Frage. Eines Abends saßen Trotzki und sein Gefolge mit Soldaten an einem Feuer, über dem ein Topf mit wäßriger Kohlsuppe hing. Das Regiment hatte Befehl erhalten, sich wieder zu den Schützengräben unmittelbar an der Front zu begeben. Der Sowjet des Regiments, in dem Bolschewisten das Sagen hatten, protestierte gegen den Befehl. Ein junger Bolschewist schrie: »Wir haben es satt, unser Blut zu vergießen, damit die Kapitalisten in Moskau und Petrograd immer reicher werden.«

Kurz darauf erschien der Regimentsoberst, ein hagerer Offizier mit ordensgeschmückter Brust. Er rief: »Männer, an dem Tage, als Deutschland Rußland den Krieg erklärte, sprach der Zar den Eid, den Alexander der Erste geleistet hat, als Napoleon im Jahre 1812 unsere Heimat überfiel.« Der Oberst hob den Kopf und begann zu rezitieren. »Ich schwöre feierlich ...«

Im Schatten hinter den Lagerfeuern stand eine Handvoll Soldaten auf und sprach die Formel mit.

»... daß ich niemals Frieden schließen werde ...«

Jetzt waren einige Dutzend Soldaten auf den Beinen, und die Stimme des Obersten verlor sich in dem Chor der Männer.

»... solange sich der Feind auf dem Boden von ...«

Da trat plötzlich der junge Bolschewist, der zuvor gesprochen hatte, aus dem Schatten und stieß dem Oberst ein Bajonett in den Bauch. Dann zog er es heraus und ging in aller Ruhe davon. Aus dem Waffenrock des Obersten spritzte Blut. Er schwankte und brach zusammen. Einige jüngere Offiziere, die von weitem zugesehen hatten, rannten zu ihren Pferden und galoppierten in die Nacht hinaus.

Die bolschewistischen Agitatoren aus Petrograd suchten Trotzki zu überzeugen, daß es klüger wäre, sofort zu verschwinden, und Tuohy pflichtete ihnen aus voller Überzeugung bei. Aber Trotzki war eisern. Er wollte beobachten, wie sich die Lage entwickelte.

Eine Stunde später hörte Tuohy das Motorengeräusch näher kommender

Automobile. Scheinwerfer stachen durch die Dunkelheit, und etwa ein Dutzend Panzerwagen, riesige Vehikel, die wie prähistorische Ungeheuer aussahen, umzingelten das Feldlager. Aus einem Sprachrohr ertönte eine Stimme: »Soldaten, ihr habt drei Minuten Zeit, um mit Ausrüstung und Gewehren anzutreten. Jeder, der diesem Befehl nicht gehorcht, wird erschossen.«

»Jetzt werden wir sehen«, sagte Trotzki ruhig, »ob sie für ihre Rechte kämpfen oder schmählich nachgeben werden.«

Für einen Moment wäre beides möglich gewesen, und Tuohy lockerte seine Pistole im Halfter und machte sich bereit, Trotzki unter eines der Automobile zu zerren. Dann standen etliche Soldaten auf und stellten sich vor den Scheinwerfern der Panzerwagen in Reih und Glied auf. Andere kamen hinzu, bis schließlich alle Soldaten des Regiments angetreten waren.

»Bajonette aufpflanzen!« befahl die Stimme.

Die Soldaten zogen ihre Bajonette aus den Scheiden und klemmten sie auf die Gewehre.

»Präsentiert das Gewehr!« befahl die Stimme.

Die Gewehre flogen nach oben. Vier Offiziere mit gezogenen Pistolen begannen die Front abzuschreiten. Einer von ihnen fuhr im Vorübergehen mit dem Finger über jedes Bajonett. Bei einem Bajonett wurde sein Finger blutig. Die Offiziere rissen den Soldaten roh aus der Reihe, nahmen ihm sein Gewehr ab und schleuderten ihn gegen einen Baumstamm. Ein Offizier schrie: »Soldaten, so wird es allen Rebellen gehen!« Mit diesen Worten hielt er seine Pistole auf Armeslänge, bis sie den Nacken des Soldaten berührte.

Der Soldat rief: »Genossen, lang lebe die Revolution.«

Eine Kugel durchfuhr seinen Hals.

»Zugführer«, brüllte ein Offizier, »übernehmen Sie das Kommando und schicken Sie diese Männer in die Schützengräben. Dies ist ein Befehl!«

In dem unheimlichen Licht aus den Panzerwagen hängten die Soldaten ihre Gewehre über die Schulter und marschierten trübselig in die Nacht hinaus.

Über das Geländes senkte sich vollkommene Stille. Trotzki, Tuohy und einige bolschewistische Agitatoren gingen zu dem Leichnam des exekutierten Soldaten. Er lag mit dem Gesicht nach unten vor dem Baumstamm. Tuohy sah mit Grausen, daß sein langes Haar im Nacken zu einem Knoten gebunden war.

»Welches Regiment war das?« fragte er einen der Agitatoren.

»Das Hundertdreiundvierzigste Regiment der Einhundertzehnten Division«, antwortete der Mann. »Warum?«

»Ach, nichts.«

Er begriff, daß der Tote Arischkas Mann gewesen war.

Der fette Usbeke, der das Messinghörrohr gegen die Photographie der nackten Prinzessin eingetauscht hatte, hielt diese in einer Schublade unter Verschluß und kam auf sie zurück, wenn seine Frau andeutete, daß sie in dieser Nacht auf Liebe Appetit hatte. Eines Tages feilschte er längere Zeit mit dem Burschen eines Kosakenobersten, der in den Besitz eines Briefchens mit Kokain gekommen war. Der Bursche zögerte, es gegen einen Sattel, der einst einem Großfürsten gehört hatte, sowie zehn Pfund Sterling einzutauschen. Also bot ihm der Usbeke noch die Photographie der nackten Frau an. »Der Mann, der das verkaufte, hat geschworen, daß es sich um eine echte Prinzessin handelt.«

Der Offiziersbursche fuhr mit dem Daumenballen über den Körper der Prinzessin, steckte dann mit zufriedenem Grunzen die Zehnpfundnote und die Photographie in seine Meldetasche, hing sich den Sattel über die Schulter und entfernte sich. Mit diesem Bild würde er den Oberst sicher auf andere Gedanken bringen können, wenn dieser wieder einmal betrunken war und Anstalten machte, ihn zu verprügeln.

8

Weiß wie das Leinen, das ihn bedeckte, saß Sander in einem großen Bett aufgerichtet da. Schwere graue Vorhänge waren vor die Fenster gezogen, weil das Tageslicht seinen Augen noch weh tat. Lili flößte ihm mit einem Löffel Hühnerbouillon ein, in die ein Eigelb gequirlt war.

»Tut dir dein Kopf noch weh?« Als er nicht anwortete, fragte sie leise: »Erinnerst du dich an das, was geschehen ist?«

Er erinnerte sich recht gut. »Der Oberst hat mir –«

»Ach, Alexander, du erinnerst dich nicht. Er hat nicht –«

Sander hatte jegliche Hoffnung aus seinem Herzen verbannt. Als sie zu sprechen begann, vergrub er instinktiv den Kopf in den Kissen.

»Du glaubst mir nicht?« fragte sie. »Dann schau doch selbst!« Sie riß das Laken weg.

Sander wandte den Kopf ab und schloß die Augen.

Lili schrie: »Wenn du nicht sehen willst, dann sollst du fühlen.« Sie nahm seinen schlaffen Penis in die Hand wie einen verwundeten Sperling. Mit der Fingerspitze begann sie ihn zu massieren. »Jetzt kannst du herschauen«, redete sie ihm ruhig zu. »Dreh den Kopf her! So ist es recht. Öffne die Augen!«

Sein Schädel klopfte schmerzhaft. Er glaubte, der Schmerz würde ihn blind machen. Dann richtete er sich ein wenig auf und öffnete die Augen.

Was er sah, bestätigte das, was er fühlen konnte.

Und dann verschwamm das Bild, und Sander begann zu schluchzen.

Als er imstande war zuzuhören, erzählte Lili, was sich in dem Kohlenkeller ereignet hatte. »Erinnerst du dich an den jungen Wachsoldaten bei unserer Ankunft – den, der sagte, er wäre Bolschewist? Er und seine Kameraden hatten schon seit Monaten mit ihren Offizieren Krach. Einer seiner Kameraden hat gesehen, wie wir in den Kohlenkeller hinuntergeschafft wurden. Daraufhin hielten sie hinter ihren Baracken eine Versammlung ab und entschlossen sich, uns zu helfen. Die erste Explosion, die du gehört hast, hat die Tür zum Kohlenlager aus den Angeln gerissen. Die anderen Explosionen, die du für Echos gehalten hast, waren Gewehrschüsse. Die Soldaten haben den Oberst und acht von den neun Offizieren erschossen. Den letzten haben sie für uns aufgehoben. Er sollte uns nach Petrograd bringen, wenn du transportfähig wärest.«

»Wie lange bin ich bewußtlos gewesen?«

»Heute ist es der zwölfte Tag. Wir haben aus Petrograd einen Arzt kommen lassen. Er sagte, du hättest eine Gehirnerschütterung, und meinte, daß du nach dem, was geschehen war, Angst haben würdest aufzuwachen. Du müßtest ganz ruhig liegen, dann würdest du wieder zu Bewußtsein kommen oder sterben.«

»Wo sind wir?«

»Ich habe ein Schlafzimmer im Palast requiriert. Du schläfst in dem Bett, das früher Zar Alexander dem Zweiten gehört hat.«

»Wenn Leon mich jetzt sehen könnte.« Dann fiel Sander noch etwas ein. »Und Wasja? Was ist mit dem?«

»Wasja hat dringend ärztliche Hilfe gebraucht. Ich habe ihn mit dem Wagen, der den Doktor hergebracht hat, nach Petrograd geschickt.«

Lili ergriff die Bouillontasse. »Genug geredet für einen Tag!« sagte sie. »Trink das! Du mußt wieder zu Kräften kommen.«

Mitten in der Nacht wachte er kurz auf. Sein Kopf schmerzte noch, aber nicht so schlimm. Das völlige Fehlen von Licht erweckte in ihm ein Gefühl, als ob er frei im Raum schwebte. Sein Puls raste. Das Herz begann wild zu schlagen. Dann merkte er, daß er sich nicht mehr in seinem Bett befand. Lili schlief in seinen Armen. Mit einer Hand umfaßte, bedeckte, schützte sie seinen Penis. Er versuchte, eine Erektion zustande zu bringen, um zu bestätigen, daß er ganz da war. Aber es mißlang. Er konnte Lilis feuchten, warmen Atem an seiner Brust fühlen. Er hielt eine Hand flach gegen die kühle Haut ihres Rückens. Also du bist die Kerzenflamme, dachte er. Dann merkte er, daß er das laut gesagt hatte. »*Schto?*« murmelte sie leise und bewegte sich. Dann versank sie wieder in einen tiefen, friedlichen Schlaf.

Mit jedem weiteren Tag wurde Sander stärker. Er schlief weniger und verbrachte mehr Zeit aufgerichtet im Bett. Wenn er aufstand, wurde ihm schwindlig. Aber dann vergingen diese Anfälle; und er fing an, im Zimmer umherzugehen. Er dachte an seine Arbeit in Petrograd und wollte wieder dorthin; aber als er dieses Thema mit Lili erörterte, schüttelte sie den Kopf. »Du brauchst noch Ruhe!« sagte sie.

Lili ließ ihn nur selten aus den Augen. In einen Sessel am Fenster gekauert, erzählte sie ihm eine Menge Dinge, über die sie bisher nie zu jemandem gesprochen hatte. Sie war bei ihren Großeltern mütterlicherseits auf dem Lande aufgewachsen. »Meine Großmutter war eine zarte Frau, die immer französisch sprach, Zigaretten mit Veilchenduft rauchte, um das, was Mr. Pasteur ›Keime‹ nannte, fernzuhalten, und jede Konversation, die sie für unpassend hielt, dadurch abschnitt, daß sie ein kleines Silberglöckchen läutete, das sie zu diesem Zweck bereithielt. Einmal, als ich dreizehn war, wagte ich es, eine körperliche Funktion zu beschreiben, die mir neu war, obwohl bereits die Glocke erklungen war. Meine Großmutter ließ mich zur Strafe unter eine eiskalte Dusche stellen. Mein Großvater war ganz anders. Er glaubte, daß *manche* Frauen eher wie Männer seien, und bestand darauf, daß ich wie ein Junge erzogen würde. Er heuerte einen polnischen Erzieher an und richtete eine Schule ein. In der Klasse waren neun Schüler. Ich war das einzige Mädchen.« Lili lachte leise.

»Die Jungen suchten mich die ganze Zeit herauszufordern. Sie behaupteten, daß ich das, was ich für mein Territorium hielt, verteidigte, ehe jemand eine Chance hatte anzugreifen. Ich glaube, das stimmte. Ich glaube, daß ich wirklich sehr aggressiv war. Die erste Person, mit der ich geschlafen habe, war der Lehrer. Wir waren beide jungfräulich, daher klappte es nicht so richtig. Ich hatte mir das Schamhaar abrasiert, weil ich meinte, der sichtbarste Beweis für mein Geschlecht sollte nicht verborgen sein. Er hatte nie zuvor weibliche Genitalien gesehen und war schockiert.«

»Warum bist du Sozialistin geworden?« fragte Sander ein andermal.

»Was mich bei Marx anzog, war nicht so sehr seine Lehre, daß der Staat absterben würde, als vielmehr sein Versprechen, daß unter dem Sozialismus die traditionelle bourgeoise Familie untergehen müßte. Nach meiner persönlichen Erfahrung, nach allem, was ich sehen konnte, erschien mir die Familie wie ein Gefängnis, in dem man eine lebenslängliche Strafe abbüßt. Als die Bolschewisten mich fragten, ob ich Kurierdienste für sie erledigen wollte, sagte ich sofort zu. Seither arbeite ich für sie in der einen oder anderen Funktion. Und ich bedauere es nicht.«

Im Verlaufe der Wochen fühlten sich Sander und Lili immer stärker zueinander hingezogen. Sander versuchte zu lesen; und wenn sein Kopf zu schmerzen begann, schloß er die Augen und döste. Wenn er wieder die Augen aufschlug, konnte er Lili sehen, die ihn von ihrem gewohnten Fensterplatz aus beobachtete. Sie lächelten sich ohne Worte zu, und er sank wieder in Schlaf.

Lili gelang es, bei den Mahlzeiten immer mit etwas Besonderem aufzuwarten: ein Krug gegorene Ziegenmilch, Pfannkuchen mit dicker Sahne darauf, Schafskäse, ein Stück gekochtes Huhn, einmal mit Kohl und Fleisch gefüllte Fleischtaschen und sogar eine Flasche grünlichen Weines aus Georgien. Die Soldaten, die ihnen das Leben gerettet hatten, durchsuchten offenbar die Nachbarschaft nach Delikatessen für Sander. Einmal deuteten sie gegenüber Lili an, daß einige Gerichte direkt von der Tafel des Bürgers Romanow kämen.

Und jeden Abend zog Lili sich aus, wusch sich beim flackernden Kerzenlicht mit dem Schwamm und kroch zu Sander ins Bett. Sie kuschelte sich in seine Arme, als ob sie dorthin gehörte, bedeckte seinen Penis schützend mit der Hand und schlief ein. Und jede Nacht bemühte er sich um eine Erektion, rief sie herbei wie einen Geist, der von den Toten auferweckt werden müßte. In diesen Nächten wuchs in ihm die Überzeugung, daß seine Manneskraft für immer gebrochen sei.

»Kein Grund zur Sorge, es wird schon werden«, versicherte Lili ihm eines Abends. Ihre so lange zurückgedrängten Emotionen waren aufgewühlt. »Du wirst wieder eine Frau lieben«, sagte sie entschlossen. »Du wirst mich lieben – jetzt.«

Im Dunkeln neigte sie ihre Lippen zu seinem Penis und küßte ihn langsam ins Leben zurück. Sie berührte ihn an Stellen, wo Frauen ihn schon früher berührt hatten – aber niemals auf diese Art. Seine Haut brannte. In der pechschwarzen Finsternis des Raumes schwebend hörte er, wie sie eine Zeile aus den Gedichten Majakowskis murmelte. Sie lud Sanders »Herz zum Fest des Körpers« ein. Er verschmolz mit ihrem Körper, bis er nicht mehr wußte, wo er aufhörte und sie anfing. Er verlor jedes Empfinden dafür, ob das Bett sich noch im Zimmer oder ob es im Universum schwebte. Er nahm nur noch sie wahr und klammerte sich an sie, als ob sie ihn vor dem Untergang bewahren könnte. Ihr Gesicht, ihre Brüste, ihre Schenkel wurden wund durch seine drei Wochen alten Bartstoppeln. Nach einer Weile merkte Sander, daß sie sich zurückhielt. Sie wehrte sich gegen den Orgasmus, als ob sie Angst hätte, sich selbst aufzugeben. »Hör auf!« verlangte sie in einem Ton, in dem Panik mitschwang. Ihr Gesicht verzerrte sich. »Hör auf!« bat sie einige Minuten später. »Wer gibt dir das Recht, mir dies anzutun?« flüsterte sie kurz darauf; aber Sander hörte sie überhaupt nicht.

Da preßte sie sich die Knie gegen die Brust und gab nach...

Vorsichtig löste Lili sich von ihm. Sie fürchtete, daß jede plötzliche Bewegung sie wieder davontragen würde. Sie sagte: »Ganz ehrlich – hältst du mich für eine gute Liebhaberin?«

Sander antwortete ruhig: »Wenn man eine Frau eine gute Liebhaberin nennt, so meint man damit ihr Geschick, den Liebesakt zu genießen. In dieser Hinsicht bist du eine gute Liebhaberin.«

Lili lächelte. Dann sagte sie nervös: »Die Männer haben keine Ahnung, wie es ist, durchbohrt zu werden. Eines Tages werde ich es dir zeigen müssen.«

Nachdem sie eine Weile geschlafen hatten, rüttelte Lili ihn wach und sagte: »Jetzt bist du dran.« Sie machte ihn steif und führte ihn nach und nach an die Schwelle. Dann stieß sie ihn mit einem Stoß ihrer Zunge hinüber. Als er einsank, rief sie mit Lachen und Liebe in der Stimme: »Du bist auch ein guter Liebhaber; aber kannst du eine Revolution machen?«

Der Frühling hing in der Luft wie Wäsche auf der Leine. Wie die Wäsche wurde er durch gelegentliche Böen trockener Luft bewegt und von schwachen Gartendüften getränkt. Der Regen fühlte sich warm an. Sander schnupperte an einem offenen Fenster den Frühling und dachte an die Revolution, für die er einen Ozean überquert hatte. »Aber kannst du eine Revolution machen?« hatte sie gefragt – halb im Scherz und halb im Ernst. Das war eine zutreffende Frage. Er glaubte so fest wie immer an seine Verpflichtung, die Verhältnisse in Ordnung zu bringen, wo immer er es konnte. Aber in diesem Schema gab es nur wenig Raum für Lili, für Liebe, für eine sexuelle Verbindung, die so intim war, daß schon diese *Intimität* an sich die Beteiligten erregte.

Lili dagegen hatte immer schon von einer eheähnlichen Verbindung geträumt – als Schutz gegen Einsamkeit und ein freudloses Alter. Jetzt, da

Alexander in ihr Leben getreten war, sah sie viele Dinge in einem anderen Licht. Sie hatte noch nie stark wie jetzt an ihrem Leben gehangen.

Und so liebten sie einander und lebten in Zarskoje Selo in den Tag hinein. Lili hatte die Politik aus ihrer beider Leben verbannt. Die einzige Uhr, nach der sie sich wie nach einem biblischen Gebot richtete, war der Hunger und das Verlangen nach einander.

Aber die Revolution drängte sich wie das Ticken der Uhr im Schlafzimmer wieder in ihr Bewußtsein.

Anfang Juni, als Sander wieder kräftiger geworden war, unternahm er mit Lili Spaziergänge in der Umgebung der Stadt. Lili schaffte es immer, für diese Anlässe ein Picknick zustande zu bringen – ein Stück krümeligen Ziegenkäse, einen Kanten Schwarzbrot, ein oder zwei Stangen Lauch, eine Prise Salz, eingewickelt in Zeitungspapier, und dünnen Wein, der am Flußufer gekühlt wurde, während sie und Sander sich auszogen und mit aller Kraft gegen den Strom schwammen. Einmal erreichte sie eine Untiefe vor ihm und drehte sich so um, daß sie ihm gegenüber darauf saß. Dann ließ sie ihn zwischen ihre Beine treiben, so daß die großen Lippen dazwischen sich in der Strömung wie eine zarte rosa Seeanemone wiegten. Danach ließen sie sich an der Sonne trocknen, teilten den Wein und fielen unter einem wilden Kirschbaum in Schlaf. Schließlich gingen sie wieder in die Stadt zurück, während die letzten blassen Farben des Abendrotes allmählich am Horizont verschwanden. Bei diesen Gelegenheiten pflegte der junge Wachsoldat ihnen die neuesten Gerüchte mitzuteilen.

»Haben Sie schon gehört, Fräulein Lili?«

»Wie bitte?«

»Genossin Prinzessin, würden Sie es glauben, wenn ich Ihnen erzählte ...«

Offensichtlich war die Revolution nur noch eine Frage der Zeit. In Petrograd hatte sich das berühmte Maschinengewehrregiment, einige zehntausend Männer, öffentlich für die Bolschewisten ausgesprochen. Die Arbeitermassen erlagen allmählich dem Zauber von Trotzkis scharfer Logik, die er fast jeden Abend vor einem Publikum verkündete, das sich in dem Modernen Zirkus drängte.

Es gab noch andere Gerüchte: Dieses oder jenes Regiment sollte zu der einen oder anderen Richtung tendieren; Kerenski sollte geprahlt haben, er hätte endlich einen Beweis dafür, daß Lenin im Sold der Deutschen stünde; der Zeuge, der Kerenski diesen Beweis liefern sollte, wäre auf ungewöhnlich grausame Art ermordet worden. Traf es zu, daß die Soldaten der Garnison in Kronstadt, die traditionell sehr radikal waren, mit einem Militäraufstand drohten? Auch Tuohy hatte dieses Gerücht erwähnt, als er sich brieflich nach Sanders Gesundheit erkundigte. Warum machte Kerenski eine Blitzreise an die Front, auf der er mit seiner gereizten Teenagerstimme über die Notwendigkeit eines Sieges über die Deutschen sprach? Bedeutete dies, daß eine neue Offensive bevorstand? Waren die Bolschewisten wirklich in der Lage, zwanzigtausend Mann Rote Garden zu mobilisieren? Zögerten die Deutschen den Angriff auf Petrograd hinaus, weil sie damit rechneten, daß es Lenin gelingen könnte, Rußland aus dem Krieg herauszuführen?

Sander und Lili hörten sich die Gerüchte an und zuckten die Achseln. Dann gingen sie in ihr Zimmer zurück, zogen die schweren Vorhänge zu, zündeten die Kerze an, wuschen sich gegenseitig im tanzenden Licht der Flamme und gaben sich erneut dem Liebesspiel hin, das ihnen unerschöpflich erschien ...

Als einmal plötzlich Besuch kam, zogen sie sich hastig an. Vorsichtshalber holte Sander seine Pistole, die ihm der Wachsoldat zurückgegeben hatte, aus ihrem Versteck unter einem Sofakissen hervor und steckte sie in den Gürtel. »Wer ist da?« fragte Lili, die sich mit den winzigen Perlenknöpfen einer hochgeschlossenen Bluse abmühte; aber der junge Soldat, der ihnen den Besuch meldete, mußte zugeben, daß er ihn nicht nach seinem Namen gefragt hatte.

Da es fast unmöglich war, Benzin zu bekommen, hatte der Besucher einen offenen Wagen benutzt, der von einer Troika aus drei Pferden gezogen wurde. Der Fahrer hatte nach Ansicht des Soldaten das Gespann mit außerordentlichem Geschick gelenkt. Während er das Pferd in der Mitte flott traben ließ und die beiden an der Seite mit auswärts gerichteten Köpfen in kurzem Galopp hielt, war er mit vollem Schwung in den Hof gesaust und hatte erst dicht vor der Wachstube die Zügel angezogen. Die vier Töchter von Zar Nikolaus waren oben an das Fenster geeilt, als sie den Hufschlag der Pferde und das Bimmeln der Silberglöckchen an den Zügeln hörten. »Jetzt könnten wir doch eine Spazierfahrt machen!« hatte Prinzessin Anastasia, die impulsivste der vier, fröhlich gerufen. Sie wurde aber von der Zarin gebieterisch vom Fenster weggezogen, die, wenn sie die Identität des Troikafahrers gekannt hätte, diesen sicher mit bloßen Händen erwürgt hätte.

»Felix! ... Ich stelle dir einen Genossen vor!« Lili war plötzlich verwirrt und wußte nicht, wie sie Sander einführen sollte. »Ein Genosse aus Petrograd ... und noch viel mehr.« Sie lächelte warm zu Sander hinüber. »Er heißt Alexander Til. Er ist mein Freund und Liebhaber und für mich ein Bruder wie du. Alexander, das ist mein Zwillingsbruder Felix.«

Sander erkannte, daß er Felix Jusupow gegenüberstand, dem Prinzen, der

Rasputin getötet hatte. Aber während Lili wie eine Prinzessin wirkte, die sich als Arbeiterin verkleidet hatte, hätte man Felix für einen Bauern halten können, der sich als Prinz verkleidet hatte. Er hatte grobe Gesichtszüge, seine Lippen waren zusammengepreßt, als hege er einen unausgesprochenen Groll gegen die Welt.

»Können wir sprechen, Lilionotschek?« fragte Felix fast weinerlich.

»Du kannst Alexander vertrauen«, wollte Lili gerade sagen, aber Sander war schon auf dem Wege zur Tür.

»Er will mit dir allein reden. Das ist ganz normal. Ich nehme es nicht übel.«

»Zumindest ist er diskret, dein augenblicklicher Liebhaber«, meinte Felix, nachdem sich die Tür zum Schlafzimmer hinter Alexander geschlossen hatte.

»Es ist durchaus möglich«, sagte Lili und nahm auf dem Sofa Platz, »daß dieser Augenblick ein Leben lang andauern wird.«

Felix lachte laut los. »Ich nehme an, du willst sagen, daß du in eine ernsthafte Liebesaffäre hineingestolpert bis. Nun – *tant mieux*« meinte er achselzuckend. Man sah ihm an, daß er kein Wort von dem glaubte, was sie sagte.

»Wie hast du herausgebracht, wo ich bin?« fragte Lili. Sie war nicht besonders entzückt, ihren Bruder zu sehen; besonders wenn sie an die häßlichen Szenen dachte, die er ihr in Paris und später im Dampfboot gemacht hatte.

Felix setzte sich dicht neben sie. »Ach, Lissik, was die Bolschewisten angeht, so habe ich den beglaubigten Status eines Revolutionärs: Felix Jusupow, der Mann, der Rasputin getötet hat. Natürlich habe ich diesen Bastard getötet, um den Zaren oder zumindest die Monarchie zu retten. Rasputin brachte das Zarenhaus in Verruf, und deshalb mußte er weg. Wenn ich zwischen meinem Stande und dem Pöbel auf den Straßen wählen müßte, würde ich immer zu meinem Stande stehen, glaub mir das!« Er lehnte sich zurück und heftete seinen Blick auf Lili. »Wie ich dich gefunden habe? Nun, ich habe bei den richtigen Stellen nachgefragt!« Er mimte ein Telephongespräch. »Hier Jusupow. Ja, *der* Jusupow. Ich wüßte gerne, ob Sie mir sagen können etc. etc. Lissik, wenn du wüßtest, wie sehr ich Telephongespräche hasse.«

Lili schwieg und blickte ihn erwartungsvoll an. Felix bemerkte ihren Blick und kam zur Sache.

»Ich bin gekommen«, sagte er, »um dich zu überreden, mit mir Rußland zu verlassen.«

»Rußland verlassen!«

»Lisjok, wir könnten uns in einem göttlichen Pariser *hôtel particulier* etablieren. Du könntest sogar das Kind mitnehmen; das würde mir nichts ausmachen. Wir könnten uns als Mann und Frau ausgeben, als Maler und Modell, oder, oder« – in seinem Eifer, sie zum Mitkommen zu veranlassen, suchte er komisch und überzeugend zugleich zu sein – »oder sogar als Bruder und Schwester, obwohl uns das natürlich niemand glauben würde, nicht wahr?« Er rückte noch näher an sie heran. »Du hast doch nicht vergessen, daß wir einmal ein Liebespaar gewesen sind, nicht wahr, Lissik?« flüsterte er.

Für Lili war das nur eine Grenze gewesen, die sie überschreiten mußte, um ihre Verachtung für alle Konventionen auszudrücken. Unmittelbar nach einer Affäre mit einem russischen Dichter hatte sie in Paris ihren Bruder getroffen und mit ihm geschlafen. So, wie sie es mit jedem anderen getan hätte, der sie höflich gefragt hätte. »Das ist ja schon eine Ewigkeit her«, sagte sie.

»Für mich nicht.« Er fiel auf die Knie und drückte seinen Kopf auf ihre Schenkel. »Lilionotschek, Liliotschek, meine Lilionysch, ich bin hergekommen, um dich zu retten. Falls du Rußland nicht verlassen willst, könnten wir uns auf meinem Landgut verstecken. Wenn Blut fließt, werden sie keinen Unterschied mehr machen zwischen einer Prinzessin und einer Exprinzessin. Irgendwann werden sie dich wegen deiner Herkunft an die Wand stellen.« Felix senkte die Stimme zu einem eindringlichen Flüstern. »Nimm das Kind, und dann verschwinden wir von hier. Am besten sofort!«

»Und was hast du gesagt?«

»Ich habe ›nein‹ gesagt.«

»Einfach ›nein‹?«

»Warum starrst du mich so an? Was gibt dir das Recht, mich ins Kreuzverhör zu nehmen?«

Sander wiederholte unerschüttert: »Nur ein einfaches Nein? Das war deine Antwort?«

Lili sah ihn an. »Ich habe gesagt, es käme nicht in Frage, daß ich dich verließe. Jetzt nicht. Niemals. Du und ich, wir gehören zusammen, Alexander.« Plötzlich wurde sie unsicher. »Vorausgesetzt, daß du es willst.«

Beide schwiegen einen Augenblick. Dann sah er sie fest an. »Ich will es«, sagte er einfach.

»Wenn es nicht so wäre, würdest du das sagen?«

Sander nickte.

»Aber irgend etwas quält dich.«

Sander nickte wieder.

Lili dachte schon, daß sie weiter in ihn dringen müßte, um zu erfahren, was ihn bedrückte; doch Sander streckte die Hand aus, ließ seine Finger durch ihr Haar gleiten und begann:

»Zwei Dinge... sind... heute nachmittag passiert.«

Er sagte das mit solchem Nachdruck, daß ihr fast das Herz aussetzte.

»Zwei Dinge?«

»Du entsinnst dich, wir haben gehört, daß Kerenski die Truppen an der Front hochgepeitscht hat. Jetzt ist eine enorme Offensive gestartet worden. Man sagt, daß einunddreißig Divisionen gegen die Österreicher an die galizische Front geschickt wurden. Die ersten Meldungen sprechen von großen Erfolgen.«

»Aber was geht das uns an, Alexander?«

Sander wirkte ungeduldig. »Wenn Kerenski einen großen militärischen Sieg zustande bringt, wird das seine Macht stärken, und er wird gegen Lenin und die Bolschewisten angehen. Wenn die Offensive aber mit einer Niederlage endet, wird das für uns der Moment sein, *uns* gegen Kerenski und die provisorische Regierung zu wenden.«

»Für *uns*?«

Sander sagte leise: »Wir sind Bolschewisten und Revolutionäre.«

»Was war das zweite, das passiert ist?« fragte sie.

»Das zweite ist, daß ich einen Brief von Leon bekommen habe. Du entsinnst dich, daß ich dir von ihm erzählt habe?«

»Der Leon, der nach Palästina auswanderte, um einen jüdischen Staat zu gründen?«

Sander nickte. »Dieser Leon.« Er zog einen Briefumschlag mit einem halben Dutzend Poststempeln aus der Tasche. »Er hat das Kschessinskaja-Palais als Adresse angegeben. Die haben den Brief an das Dampfboot weitergeschickt. Tuohy hat dafür gesorgt, daß einige Rotgardisten, die hierher abkommandiert wurden, ihn mitgebracht haben.«

Sander entfaltete den Brief und las:

Sander,

bis Du diesen Brief erhältst, werde ich schon auf dem Wege nach Palästina sein. Ich habe meine Freundin dazu überredet, ihre Apotheke in der Bronx für das zweifelhafte Vergnügen einer Reise ins Gelobte Land einzutauschen. So ist sie nun, wie die *Gojim* in Amerika zu sagen pflegen, meine Missus, und ich bin ihr Mister, und wir sind zusammen losgezogen, um für die Juden ein Heimatland zu schaffen. Sie sagt mir, ich sei verrückt; und ich bin mir nicht sicher, ob sie nicht recht hat. Doch mich tröstet der Gedanke, daß wahrscheinlich jeder, der einen Traum verfolgt, von Moses bis zu meinem Bruder Sander, irgendwann einmal ernsthaft an seiner geistigen Gesundheit zweifeln wird. Wie dem auch sein mag, jedenfalls haben wir uns auf den Weg gemacht, und ich bedaure nichts – höchstens, daß unser letztes Gespräch ein wenig unerfreulich war. Ich habe später darüber nachgedacht, besonders über die letzten Worte auf der Brooklyn Bridge. Ich fürchte, ich habe Dich gehen lassen, ohne deutlich zu machen, welchen Respekt ich für Dich empfinde. Das war die Botschaft, die ich Dir zukommen lassen wollte, als ich Dir vom Ende des Piers zuwinkte. Ich versuchte Dich bei unserem letzten Gespräch zu überzeugen, daß Dein Weg falsch wäre. Du hast nicht nachgegeben. Wenn ich jetzt daran zurückdenke, weiß ich nicht, wer recht hatte und wer nicht. Noch mehr: ich weiß nicht, welcher Weg zum Ziel führen wird. Aber gerade, weil ich das nicht weiß, möchte ich, daß du weißt, daß ich Dich nicht nur wie einen Bruder liebe, sondern daß auch ich das Andenken Abners in Ehren halte, das Dir eine moralische Verpflichtung ist. Ob Dein Weg zum Ziel führt oder nicht, sagt nichts darüber aus, ob Du, Sander, Dein Ziel erreichst oder nicht. Also: Vorwärts, jüdische Soldaten!

Sander lächelte wehmütig. »Da gibt es noch ein Postscriptum.«

Wie jeder, der nach Palästina geht, gebe auch ich meinen amerikanisierten Namen auf und nehme einen hebräischen an: Nachschon Ben Aminadav. Das war der dickköpfige Typ, der als erster Moses Aufforderung folgte, das Rote Meer zu durchschreiten, und auf diese Weise den anderen ein Beispiel gab.

»Das ist ein guter Brief«, sagte Lili zögernd. »Wer ist Abner?«

Sander drehte sich um und starrte aus dem Fenster. Dann erzählte er ihr von jenem Samstag im März 1911, dem Samstag des Brandes bei *Triangle*.

Sie schwiegen. Dann holte Sander tief Luft. »Ich weiß jetzt«, begann er behutsam, »daß wir zu unserer Revolution zurückkehren müssen.«

»Um unseretwillen oder um der Revolution willen?«

»Aus beiden Gründen«, erklärte Sander. Je länger er sprach, desto fester wurde seine Stimme. »Unseretwegen, weil wir einander gefunden haben und weil wir uns selbst und einander weniger hoch achten würden, wenn wir uns nicht daran hielten. Die Ideale unserer Liebe müssen auch für unser Leben gelten. Und so müssen wir zur Revolution zurück, weil es ohne Revolutionäre keine Revolution geben kann.«

9

Dank dem bolschewistischen Kontingent in Zarskoje Selo gelang es ihnen, nach Petrograd zurückzukehren. Die jungen Soldaten erschienen mit einem funktionierenden Automobil, einem französischen Renault, der genug Benzin getankt hatte, um sie bis Petrograd zu bringen. Der größte Mangel des Fahrzeugs – die beiden rückwärtigen Türen konnten nur von außen geöffnet werden – erwies sich als Vorzug: So bot sich die Möglichkeit, den Offizierskadetten, der den Angriff auf den Kohlenkeller überlebt hatte, zum Prozeß – und damit zur sicheren Exekution – zu transportieren.

Nun saß der Gefangene mit auf dem Rücken gefesselten Händen auf dem Rücksitz.

Sie hatten ungefähr die Hälfte der Strecke bis zur Hauptstadt zurückgelegt, als Sander nervös in den Rückspiegel blickte, um zu sehen, ob sie jemand überholen würde, und dabei das Gesicht des Offizierskadetten wahrnahm. Der Junge hatte langes, zartes blondes Haar und blonde Augenbrauen. Er starrte auf die Straße hinaus und biß sich so stark auf die Oberlippe, daß ihm Blut über das Kinn lief. In dem trüben Licht des Kohlenkellers hatte Sander die jungen Offiziere nur undeutlich wahrnehmen können. Jetzt sah er, daß es sich um ein Kind handelte: Er hatte sich noch nie rasiert. *Er weiß, welches Schicksal ihn in Petrograd erwartet. Er versucht, nicht daran zu denken, aber es gelingt ihm nicht. Er stellt sich den Pfahl in seinem Rücken vor, das angetretene Exekutionskommando. Er sucht sich zu entscheiden, ob er die Augenbinde annehmen soll oder nicht. Er bemerkt den leeren Sarg auf der einen Seite . . .*

»Denk nicht darüber nach«, flüsterte Lili. Wieder einmal hatte sie seine Gedanken gelesen. Ihre Hand legte sich sanft auf seinen Schenkel. »Was sie mit ihm machen ist nicht unsere Sache.«

Der Junge mußte gemerkt haben, daß sie über ihn sprachen, denn er platzte heraus: »Es war nicht meine Idee, das schwöre ich Ihnen. Ich glaubte, er wollte Sie nur erschrecken, nichts weiter.« Die Unterlippe des Jungen zitterte so stark, daß er kaum sprechen konnte. »Im Namen von allem – allem, was heilig ist – o Gott, bitte glauben Sie mir!«

Lili befahl: »Hören Sie auf zu winseln! Sie waren Manns genug, um einen anderen Mann zu foltern. Seien Sie jetzt Manns genug, das auf sich zu nehmen, was auch immer auf Sie zukommen wird.«

Zitternd gewann der Junge seine Selbstbeherrschung wieder. Er schüttelte sich eine Locke blonden Haares aus den Augen und sagte mit erzwungener Würde: »Ich ersuche Sie – ich bitte Sie, den Anstand zu haben, mich zu erschießen. Jetzt! Wenn ich schon sterben muß, will ich das bald hinter mich bringen.«

Sander erinnerte sich an die Geschichten von minderjährigen Soldaten an der Front, die wegen Ungehorsams entweder geprügelt oder erschossen wurden – je nach Laune ihrer Offiziere. Er kurvte um ein Schlagloch und ließ das Automobil scharf an der Straßenseite halten.

»Was machst du?« fragte Lili.

Sander öffnete die hintere Tür und zog den Jungen rauh heraus.

Der Offizierskadett sagte mit matter Stimme »Danke!« und stellte sich aufrecht hin, um die Kugel zu empfangen, um die er gebeten hatte. Erst als Sander ihn herumdrehte und das Seil, mit dem seine Handgelenke gefesselt waren, aufknüpfte, dämmerte ihm auf, daß er freigelassen werden sollte.

»Ich danke Ihnen von ganzem Herzen«, sagte der Junge. »Ich werde Ihnen das nie vergessen.«

Ohne ihn anzusehen, stieg Sander wieder in den Fahrersitz und raste davon. Hinter ihm wirbelte eine Staubwolke auf, die den Offizierskadetten einhüllte. Man konnte aber sehen, wie er über die angrenzenden Felder davonlief – für den Fall, daß seine früheren Bewacher es sich anders überlegten.

»In Rußland gibt es genug Tote« war alles, was Sander Lili als Erklärung zu bieten hatte.

»Ich liebe dich«, sagte Lili, »weil dein Gedächtnis so unbequem ist.«

Zuerst wollte sie ihn nicht einlassen. »Nach dem, was du getan hast, wagst du es noch, hier aufzukreuzen?« sagte sie eisig.

Tuohy hielt den Fuß in der Tür und betrachtete die Hälfte von Arischkas Gesicht, die er sehen konnte. Er sagte: »Ich habe mich hinreißen lassen.« Das kam heraus wie eine Erklärung und nicht wie eine Entschuldigung; aber bei Tuohy hatte eine Erklärung dasselbe Gewicht wie eine Entschuldigung. »Es wird nicht wieder vorkommen.« Es sei denn, dachte er, du hättest daran Geschmack gefunden.

»Bestimmt nicht«, stimmte Arischka mit bitterem Lachen zu.

»Schau«, sagte Tuohy, »Liebhaber sind impulsive Leute. Sie wissen meist gar nicht, was sie tun.«

Arischka erklärte: »Wahre Liebhaber zwingen Frauen nicht zu unnatürlichen Sexualakten.«

Tuohy hatte wichtigere Dinge mit ihr zu besprechen. Und er hatte nicht viel Zeit. Daher sagte er: »Arischka, mach die Tür auf!« Und dann erklärte er ihr, warum er gekommen war.

Sie nahm die Nachricht gefaßt auf. Es überrasche sie nicht, meinte sie, während nur ein kaum wahrnehmbares Zucken in einem Backenmuskel etwas über ihre wirklichen Empfindungen verriet. Sie fragte, was mit der Leiche geschehen sei; und Tuohy sagte es ihr. Sie hatten mit den Händen ein flaches Grab ausgehoben und ihn darin begraben. Er hielt ihr seine Hände mit den Handflächen nach unten hin, um ihr den Schmutz zu zeigen, der unter seinen Fingernägeln steckte. Sie nahm seine Hände, betrachtete sie lange. Dann sagte sie mit matter Stimme: »Also er ist tot. Und morgen werden wir alle tot sein.«

»Dann lebe für heute!« schlug Tuohy vor; aber sie zuckte nur stumm die Achseln, als ob sie sagen wollte, daß das Leben derzeit zu schwer wäre.

Dann bot sie ihm an, zum Essen zu bleiben. Sie hatte aus der Bolschewistenkantine etwas geräucherten Schinken besorgt und auf dem Schwarzmarkt Kohl und Enteneier erstanden. Aber Tuohy sagte, daß er anderswo erwartet würde.

Eine Frau – dachte sie. Tuohy sah diesen Gedanken in ihren Augen und erklärte, daß er den Auftrag habe, Lenin zu einer Hütte auf dem Lande in Finnland zu begleiten. Lenins Nerven seien strapaziert, hieß es; er brauche dringend Ruhe.

»Wirst du wiederkommen?« fragte sie und dachte daran, daß sie in Petrograd jeden Mann brauchten, wenn der Augenblick der Entscheidung da war.

Er versprach: »Ich komme zurück« und meinte dabei sie. Und zum ersten Mal in seinem Leben war es ihm damit ernst.

Der Kosakenoberst rahmte die Photographie der nackten Prinzessin ein und hängte sie innen an der Tür seiner Toilette auf. Jeden Sonntag nach dem Besuch der Messe in der Kapelle der Kaserne schloß er sich in der Toilette ein und masturbierte vor dem Bilde. Eines Sonntags lud der Oberst den

Kompaniekaplan zu einem Gläschen Schnaps vor dem Mittagessen in seine Wohnung ein. Nach seinem zweiten Schnaps entschuldigte sich der Kaplan und ging zur Toilette. Der Oberst errötete, als er an die Photographie dachte, die dort in ihrem Rahmen hing. Aber der Kaplan kam zurück, dankte dem Oberst überschwenglich für seine Gastfreundschaft und ging bald danach. Als der Oberst sich dann in der Toilette einschloß, um zu masturbieren, entdeckte er, daß der Rahmen noch an der Innenseite der Tür hing, die Photographie aber entfernt worden war.

Er spielte mit dem Gedanken, den Kaplan zur Rede zu stellen und des Diebstahls zu beschuldigen. Da aber jede Anklage zu einer Untersuchung führen müßte, hielt er es doch für klüger, die Sache stillschweigend zu übergehen.

Serafima nahm gerade trockene Wäsche von der Leine im Vorhof, als sie sah, wie ein Automobil durch das offene Eingangstor hereinkam. Sie stieß einen Schrei aus. Barfüßig, nur mit einem kragenlosen Hemd bekleidet, das bis zu den Knien reichte, rannte Sergeant Kirpitschnikow die Stufen herunter und schwenkte mit beiden Händen einen rostigen Säbel. Oben auf dem Absatz erschienen Aljoscha Schitkin mit einer riesigen Marinepistole und Wasja Maslow mit einem deutschen Gewehr. Melor, der für den Bohrer des Zahnarztes die Pedale getreten hatte, steckte seinen Kopf und ein österreichisches Bajonett aus der Tür des Behandlungsraumes.

»Was ist los, Weib?« rief Sergeant Kirpitschnikow wütend.

»Wie viele sind es?« rief Aljoscha Schitkin herunter.

Hippolyt Jefremow erschien mit seinem Hörrohr an der Tür zum Eßzimmer. »Hat sie endlich angefangen, die Revolution?« rief er. Obwohl er jetzt hören konnte, schrie er noch immer.

Dann stiegen sie aus, erst Lili, danach Sander, der ihr so dicht folgte, daß Appolinaria, die mit Ronscha oben an das Treppengeländer gerannt war, sofort erkannte, wie sie zueinander standen.

»Wie kannst du da so sicher sein?« flüsterte Ronscha.

Appolinaria flüsterte zurück: »Wenn sie bloß miteinander geschlafen hätten, würden sie sich berühren, um das kundzutun. Aber diese Nähe ohne Berührung – das ist ein Zeichen enger Verbundenheit.« Und sie fügte hinzu: »Wie bei uns, Liebster.«

Zu Ehren der Heimgekommenen lieferte jeder einen Beitrag zum Festmahl. Aljoscha kochte eine Brühe mit einigen Pferdeknochen und gab einige Handvoll gewürfelter Rüben, Karotten und Kartoffeln hinein, die er aufgespart hatte. Serafima bereitete Pfannkuchen mit dicker Schlagsahne zu, die sie in Petrograd bei einem finnischen Bauern gekauft hatte. Wasja steuerte zwei Flaschen polnischen Wodkas bei, die er vom Roten Kreuz bekommen hatte, als er das Hospital verließ. Ronscha kam mit einer dritten Flasche, die ein finnisches Etikett trug, das jeder für eine Fälschung hielt. Als Hippolyt noch eine Büchse saure Gurken anbrachte, ließ sich Ronscha, beschwipst vom Wodka, darüber aus, welche Schwäche Tolstoi für saure Gurken gehabt habe. Dutzende von Krügen seien auf den Regalen seines Arbeitszimmers anstelle von Büchern aufgereiht gewesen.

Nach dem Essen raffte Serafima, sehr zu Melors Leidwesen, ihren Rock übers Knie und grölte ein gewagtes kaukasisches Lied über eine junge Frau, die ihren Gatten am Strand zum Hahnrei machte. Ronscha rezitierte ein neues Gedicht. Als er fertig war, stand Lili abrupt auf. Hippolyt glaubte, sie würde eine Rede halten, und schlug mit einem Messer an sein Glas.

»Freunde«, erklärte Lili, »ich bin einfach erschöpft.« Sie wandte sich an Sander: »Komm zu Bett, mein Liebster!«

Appolinaria stieß mit dem Ellbogen Ronscha in die Rippen.

»Was habe ich dir gesagt?« flüsterte sie triumphierend.

Im Kschessinskaja-Palast wurde Lili von dem Mädchen, das während ihrer Abwesenheit den Chiffrierdienst übernommen hatte, mit offenen Armen empfangen. »Bin ich froh, dich zu sehen. Es ist eine Sintflut von Nachrichten eingegangen von den bolschewistischen Agitatoren, die der Garnison von Petrograd zugewiesen sind. Allein schaffe ich das nicht mehr.«

Lili blickte sich im Zimmer um. Es war kein Wunder, daß das Mädchen nicht mehr mitkam. Auf Tisch und Stühlen türmten sich aufgeschlagene Bücher. In den Ecken hatten sich Berge zusammengeknüllter Papiere angesammelt. Eine Flasche Nagellack war vom Tisch heruntergefallen und hatte auf einem in Leder gebundenen Buch und einigen Meldungen einen hellroten Fleck hinterlassen. Lili holte tief Luft. Ob es ihr gefiel oder nicht – sie war wieder zurück in der Revolution. »Was wir brauchen«, instruierte sie das Mädchen, »ist zunächst einmal ein wenig Ordnung. Fangen wir mit den Büchern an!«

Sander meldete sich zum Dienst in dem Kellerraum, in dem die Leibwächter eingeteilt wurden. In seiner Abwesenheit war die Mannschaftsstärke erheblich gestiegen. Über vierzig Männer waren dazu abkommandiert, die führenden Bolschewisten zu schützen, welche einen guten Teil ihrer Zeit mit Propagandaarbeit unter den Massen der Arbeiter und Soldaten verbrachten.

Sander wurde von den Kameraden, die ihn kannten, herzlich begrüßt. Die anderen, die von dem Amerikaner und seinem lebensgefährlichen Abenteuer in Zarskoje Selo gehört hatten, starrten ihn neugierig an.

An diesem Morgen waren alle damit beschäftigt, Gewehre auszupacken. Sie stammten aus einer Waffenkammer, deren Aufseher zu den Bolschewisten übergegangen war.

Der Kellerraum hatte hoch in der Wand ein kleines Fenster, das auf den Hof vor dem Palais hinausging. Einer der Leibwächter bemerkte, daß an diesem Morgen mehr Betrieb herrschte als üblich. Motorräder, manche mit Beiwagen, donnerten alle paar Minuten heran. »Da braut sich etwas zusammen«, meinte er trocken.

Im Verlaufe des Nachmittags schwärmten die Führer der Bolschewisten – Trotzki, Bucharin, Molotow, Sinowjew, Kamenew, Swerdlow – in verschiedene Viertel der Hauptstadt aus. Der Keller leerte sich rasch. Um vier Uhr wurde Sander in die Befehlszentrale im zweiten Stock befohlen. Stalin war gerade mit einem Stapel dechiffrierter Meldungen beschäftigt. »Sie haben sich mit der Rückkehr ganz schön Zeit gelassen«, meinte er zur Begrüßung. Sander setzte zu einer Erklärung an, doch Stalin winkte ungeduldig ab. »Die Matrosen wollen von Kronstadt nach Petrograd marschieren und sich vor dem taurischen Palast sammeln. Das Maschinengewehrregiment und die Arbeiter der Putilow-Fabrik sind bereit, sich mit ihnen zu vereinigen. Sie alle sind wütend wegen der Nachrichten von der Front. Die letzte Offensive hat mit einer totalen Niederlage geendet.« Stalin übergab Sander einen versiegelten Umschlag. »Sie gelten als einfallsreicher und zuverlässiger Genosse. Beweisen Sie es! Nehmen Sie sich ein Motorrad und bringen Sie Lenin diesen Brief. Er muß ihn noch heute nacht bekommen.«

Sander schrieb eine kurze Nachricht für Lili: »Bin wahrscheinlich einige Tage dienstlich unterwegs. Keine Gefahr. Ich liebe Dich. S.« Den Zettel gab er im Hinausgehen bei Arischka ab. Im Hof requirierte er ein Motorrad und setzte sich in den Beiwagen. Der Fahrer, ein Usbeke namens Tschuwasch, war an der Front Kradmelder gewesen und hatte im Hagel der deutschen Mörsergranaten gestanden. Er brauste los und donnerte mit Höchstgeschwindigkeit über Straßen und Wege; manchmal fuhr er sogar über freies Feld, um einzelne Militärlastwagen zu überholen. Es wurde Nacht; aber Tschuwasch ging nicht vom Gas herunter, obwohl der einzige Scheinwerfer am vorderen Stoßdämpfer von Schlamm verkleistert war und er fast nichts mehr sah.

Es war schon Mitternacht vorbei, als sie die finnische Grenze passierten. Dann donnerten sie in die kleine Stad Neivola, die in der Schleife eines Flusses eingebettet liegt. Tschuwasch legte sich sogleich in einer Scheune schlafen. Sander klopfte an mehrere Häuser, ehe oben jemand einen Fensterladen öffnete und ihm den Weg zu der Datscha wies, die Lenins Freund Bonsch-Brujewitsch gehörte. Sie lag, wie der Bauer mürrisch sagte, am anderen Ende des Ortes, das letzte Haus rechts.

Sander irrte eine Weile in der Finsternis umher, ehe er das Haus fand. Dann umkreiste er es auf der Suche nach einem Fenster ohne Läden, an dem er klopfen konnte. Plötzlich spürte er am Hinterkopf den Lauf einer Pistole. Eine ihm bekannte Stimme flüsterte auf russisch: »Eine Bewegung, und ich puste dir den Kopf weg.«

»Atticus!«

»Sander? Was machst du an diesem ungemütlichen Ort?«

Sander berichtete von der wilden Fahrt von Petrograd hierher und dem dringenden Brief an Lenin.

Tuohy weckte Bontsch-Brujewitsch, einen stämmigen, fröhlichen Mann mit schwarzem Bart und einer Stahlbrille, die er sogar beim Schlafen trug. Er hatte einige Zeit mit Lenin und der Krupskaja in Genf gelebt und war ein führender bolschewistischer Propagandist. Bontsch-Brujewitsch schraubte den Docht der Petroleumlampe höher und las mit wachsender Erregung den von Sander überbrachten Brief. »Das sollte ich ihm am besten sofort zeigen« war alles, was er sagte.

Er stieg die schmale Holztreppe zu Lenins Zimmer hinauf, und kurz danach hörten Sander und Tuohy Lenins Stimme: »Ich muß sofort zurückkehren.«

Tuohy fuhr mit einem riesigen siebensitzigen Paige an der Datscha vor. Bald danach kam Lenin mit hochgezogenen Schultern und ausdruckslosem Blick durch die Tür. Er würdigte Sander kaum eines Blickes, setzte sich zu Bontsch-Brujewitsch hinten in den Wagen, zog die Browning Automatic heraus, die er stets mit sich führte und legte sie auf die Knie, wobei sein Zeigefinger im Sicherungsbügel steckte. Sander auf dem Beifahrersitz und Tuohy, der am Steuer saß, wechselten Blicke. Sie fuhren los. Ab und zu beugte sich Lenin vor und klopfte Tuohy auf die Schulter. »Wie lange noch?« fragte er.

Langsam wurde es hell. Der Paige passierte einen Konvoi von Bauernwagen, die Kohlköpfe nach Petrograd fuhren. Kurz danach kreuzten sie die Grenze. Die diensttuenden Soldaten winkten sie durch, ohne die Papiere zu kontrollieren. Lenin sagte: »Wenn wir an die Macht kommen, werden wir alle Grenzen abschaffen. Die Menschen werden frei sein, zu kommen und zu gehen, wie sie wollen. Trotzki spricht immer von den Vereinigten Staaten von Europa. Warum nicht?«

10

Die alten Männer, die an den Uferstraßen Domino spielten, und die Bäuerinnen, die auf den zu den Kanälen hinabführenden Stufen Wäsche wuschen, hatten nie zuvor eine derartige Armada gesehen. Sie erschien mitten am Vormittag auf der Newa – eine Flottille von Lastkähnen und Schleppern und allem, was die Matrosen in ihre Hände hatten bekommen können. Da waren offene Segelschiffe, ein Fischerboot mit verstautem Fanggerät, der Postkutter, ein Kohlenschiff, dessen Rumpf zu vier Fünfteln unter Wasser lag. Auf dem Deck drängten sich die Matrosen, und immer wenn ihnen eine Bugwelle über die Füße spritzte, brachen sie in ein wildes Gelächter aus. Sogar das berühmte Segelschulschiff mit der barbusigen Seejungfrau am Bugspriet war beschlagnahmt worden.

Die Matrosen strömten in die Straßen an den Kais, formierten sich, marschierten auf das nahe gelegene Kschessinskaja-Palais zu. »Lenin! Lenin! Wir wollen Lenin!« riefen sie im Chor. Viele Matrosen trugen Gewehre und Munitionsgurte über der Schulter. Ihre Reihen wurden durch Arbeiter aus dem Wyborg-Distrikt verstärkt. Einen Kilometer weiter flußaufwärts strömten die Soldaten des Maschinengewehrregiments über die Litejni-Brücke. Ihnen waren Gerüchte zu Ohren gekommen, daß sie an die Front geschickt werden sollten, um den letzten Vorstoß der Deutschen zu parieren. Aus dem Narwa-Distrikt marschierten einige tausend Arbeiter der Putilow-Fabrik mit riesigen roten Fahnen auf dem Sadowaja-Prospekt heran. Gegen Mittag wimmelte es in den Straßen, Parks und Alleen rund um das bolschewistische Hauptquartier von Soldaten, Matrosen und Arbeitern. Sie kletterten auf Mauern und Bäume, um besser sehen zu können.

»Lenin! Lenin! Wir wollen Lenin!« skandierten sie.

In der zweiten Etage des Kschessinskaja-Palais schritt Lenin vor den zum Balkon führenden Fenstertüren auf und ab. Im Zimmer befanden sich Trotzki, Stalin, Sinowjew, Kamenew, Bucharin, Molotow, die Krupskaja, Lenins Mätresse Inessa Armand, seine beiden Schwestern, einige Anführer der Roten Garden und mit ihnen ein Dutzend einfache Bolschewisten. Sander stand dicht bei der Tür und tauschte mit Lili besorgte Blicke aus.

»Lenin! Lenin! Wir wollen Lenin!« brüllte die Menge wieder.

Lenin preßte eine Hand gegen die Stirn, um eine Migräne zu besänftigen. Er schob die Spitzengardine weg und blickte aus dem Fenster.

Er fragte: »Sind wir übereingekommen, loszuschlagen und alles aufs Spiel zu setzen, was wir bis jetzt aufgebaut haben? Oder lehnen wir die Aufforderung höflich ab – vielen Dank für die Bitte, aber wir haben eine ältere Verpflichtung – und verschwinden im Mülleimer der Geschichte?«

Trotzki, der an einer Wand lehnte und die Gläser seines Kneifers mit einem zerknitterten Taschentuch putzte, stimmte dafür, auf dem Kamm der Woge zu reiten. »Da draußen sind mindestens fünfzigtausend Mann. Viele davon sind bewaffnet. Ein Wort von dir, und sie marschieren auf den Taurischen Palast los. Jetzt wäre ein günstiger Augenblick, eine neue, aus Bolschewisten gebildete Regierung zu proklamieren.«

»Was ist mit den Soldaten, die den Taurischen Palast bewachen?« fragte Stalin.

Lenin nickte. »Ja . . . wer bewacht den Taurischen Palast? Nennt mir die Einheiten, die uns definitiv folgen, wenn wir die Macht übernehmen. In wessen Hand sind die Zeughäuser? Wo ist der Verpflegungsnachschub für Petrograd konzentriert? Ist für den Fall einer Gegenrevolution für die Sicherheit der Zugbrücken über die Newa gesorgt? Ist hinten alles vorbereitet für einen Rückzug im Falle des Mißlingens?«

Eine Handvoll Kies prasselte gegen ein Fenster. Lenin fuhr zusammen. Er muß sich entscheiden, dachte Sander.

Dann straffte sich Lenins Körper. »Ich werde den Demonstranten sagen, sie sollen ihre Forderungen der provisorischen Regierung vortragen. Falls Kerenski die Nerven verliert, füllen wir das Vakuum aus. Stalin, du gehst mit einigen Genossen auf die Straße und begleitest sie.« Er deutete auf die Massen vor dem Gebäude. »Öffnet die Türen! Ich werde jetzt zu ihnen sprechen.«

Lenin trat auf den Balkon, wo er vom tosenden Jubel der Massen empfangen wurde. Er schwankte leicht, als ob das Gebrüll ihn körperlich berührte. Dann richtete er sich auf, wobei er eine Hand vorn auf das Eisengeländer stützte. Noch ehe die Hochrufe abgeklungen waren, begann er zu reden. Seine ersten Worte gingen in dem Lärm unter. » . . . um es kurz zu machen – ich bin krank gewesen.« Nervös rückte er seinen Schlips zurecht. »Ich grüße euch«, begann Lenin wieder mit erschöpfter Stimme.

»Wir hören nichts, wir hören nichts«, riefen Matrosen von der anderen Straßenseite her.

»Ich grüße euch«, wiederholte Lenin, »im Namen der Arbeiter von Petrograd. Eure Forderungen – nach einem Ende des Krieges, nach Brot, nach Land, nach Freiheit – sind gerechte Forderungen. Die Zeit ist gekommen, daß ihr euch direkt an die Mitglieder der provisorischen Regierung wendet. Wenn sie eure Forderungen nicht erfüllen, dann werdet ihr wissen, was ihr zu tun habt.«

Die vorn in der Menge stehenden Menschen bewegten sich unbehaglich. Ein Arbeiter schrie: »Aber was sollen wir denn tun?«

»Sage uns, was zu tun ist!« rief ein anderer, der auf einen Baum geklettert war.

»Seht ihr nicht, Genossen, er traut sich nicht!« rief ein junger Maschinenschütze.

»Wir werden uns trauen!« brüllte ein stämmiger Matrose vom Verdeck eines geparkten Automobils herunter. »Auf zum Taurischen Palast!«

Ein Hornist der Marine setzte seine Trompete an die Lippen und ließ ein schrilles Signal ertönen. Die Matrosen bildeten Zwanzigerreihen und setzten sich in Bewegung. Die Soldaten vom MG-Regiment schlossen sich an, und hinter ihnen kamen die Massen der Arbeiter mit ihren roten Armbinden und über den Köpfen flatternden Fahnen. In strategischen Abständen bezogen Panzerwagen Stellung. Während Lenin noch unsicher vom Balkon herunterschaute, bewegte sich die lange Kolonne der Demonstranten vom Kschessinskaja-Palais fort.

Drinnen im bolschewistischen Hauptquartier organisierte Stalin rasch ein Kontingent, das mit den Protestierenden marschieren sollte. Dazu gehörten Sander, Lili, einige Distriktanführer der Roten Garden mit ihren Frauen, und ein wunderschönes, zigeunerhaftes sechzehnjähriges Mädchen namens Nadescha Allilujewa, die Tochter eines alten Kämpfers der Partei, der einst Stalin beherbergt hatte, als er aus dem Gefängnis entkommen war. Es gab Gerüchte, wonach Stalin, der seine Frau 1907 durch Tuberkulose verloren hatte, auf die junge Schönheit scharf war. »Haltet euch dicht beieinander«, warnte Stalin alle, »für den Fall, daß es Unruhe gibt. Laßt eure Pistolen nicht sehen! In Ordnung. Gehen wir!«

Für eine Parade war es ein fabelhafter Tag. Eine frische Brise kam vom Finnischen Meerbusen herein. Über den Köpfen zogen Wolkenfetzen quer zur Marschrichtung am Himmel dahin. Die Putilow-Arbeiter begannen, die Marseillaise zu singen. Die Frauen hakten sich unter und fielen hinter ihren Männern in Gleichschritt. Sie fingen an, die Internationale zu singen.

Entlang der Marschroute verstärkten sich die Reihen; Tausende von Arbeitern schlossen sich der Demonstration an. »Du hast doch recht gehabt, daß wir zurückkehren sollten«, rief Lili begeistert Sander zu. »Heute machen wir Geschichte.«

Sie überquerten die Troitzki-Brücke und zogen am Marsfeld vorbei, wo die Toten der Märzrevolution in einem Massengrab ruhten. »Paßt gut auf!«

rief Stalin, als sie in die Sadowaja-Straße einbogen. Sander sah, daß er die Dächer und hohen Fenster musterte. Stalin, der alte Straßenfuchs, erwartete offenbar Schwierigkeiten.

Und dann ging es los. Als die Maschinengewehrschützen die Kreuzung von Sadowaja und Apraksina erreichten, begann eine Glocke der nahe gelegenen Himmelfahrtskirche zu läuten. Einen Augenblick später wurde eine lange Salve von Maschinengewehrfeuer aus dem Apraksina-Palais auf die Marschierenden abgegeben. Sander hob den Kopf und sah, daß Dutzende von Scharfschützen auf den Dächern postiert waren. Frauen kreischten auf; Soldaten und Matrosen zerstreuten sich in der Straße.

»Disziplin wahren!« rief Stalin und zog die Pistole.

Ein Führer der Roten Garden, der neben Sander hergegangen war, schwankte und stürzte auf die Pflastersteine. Unter seinem Körper breitete sich eine Blutlache aus. Die Matrosen weiter vorn begannen wild zu schießen. Ein Panzerwagen raste mit heulender Sirene die Straße herauf, belegte die oberen Fenster mit MG-Feuer und zermalmte Verwundete unter seinen Reifen.

Sanders Alptraum war Wirklichkeit geworden. Er würde von den hinter ihm anstürmenden Matrosen totgetrampelt werden. In Gedanken erlebte er noch einmal die Situation im *Triangle*-Gebäude, als er vergeblich versuchte, die Treppe emporzusteigen, und von den angstvoll kreischenden Mädchen wieder hinabgestoßen wurde . . .

»In Deckung!« rief Stalin. Sander packte Lili am Arm, zusammen mit der ihr am nächsten befindlichen Frau, und zerrte sie in einen Torweg. Hinter ihnen stolperte ein Mädchen und fiel hin. Ihr Kopf schlug heftig auf den Bordstein. Vom Newa-Ufer her raste ein Panzerwagen auf sie zu. Sander stieß Lili und die andere Frau in die Einfahrt, kehrte dann um und riß das Mädchen aus der Bahn des Panzerwagens. Während er sie in den Torweg trug, flogen ihm die Splitter von MG-Geschossen um die Ohren.

Das junge Mädchen war bewußtlos. Sander legte sie dicht neben der hingekauerten Lili auf den Boden. Als er aufblickte, sah er, wie hinter ihm Stalins dunkles Gesicht auf das Mädchen starrte. Erst da wurde ihm klar, daß er Stalins Freundin gerettet hatte, die junge Nadescha Allilujewa. Stalin drückte sein Ohr an die Brust des Mädchens. Dann sah er Sander an. »Ich werde nie vergessen, was Sie getan haben, auch wenn ich hundert Jahre alt werde«, flüsterte Stalin eindringlich. Mit seiner gesunden Hand drückte er sich die Pistole ans Herz. Dann wandte er sich mit einem letzten bekümmerten Blick auf das Mädchen wieder der Straße zu und eilte zum Apraksina-Palais hin.

Schuhe, Gewehre, Patronenschachteln, Matrosenmützen, Fahnen, Glasscherben, Bänder aus einem geplünderten Nähladen bedeckten das Pflaster. Und dann waren da die Toten: Dutzende von Leichen, die in grotesken Stellungen am Boden lagen. Sander zog seine Pistole aus dem Halfter und eilte Stalin nach.

»Alexander!« schrie Lili aus dem Torweg, es schien, als ob sie ihr ganzes Leben in diesen Schrei gepreßt hätte. Aber mehrere Granaten, die etwas weiter entfernt auf der Straße explodierten, übertönten ihre Stimme.

Die Matrosen, die in das Apraksina-Palais gestürmt waren, entdeckten in einem Zimmer des Erdgeschosses eine ganze Familie, darunter einen Greis in einem Rollstuhl. Sie protestierten, daß sie nichts mit dem Angriff auf die Marschierer zu tun hätten, wurden aber aus der Vordertür gezerrt, an einer Mauer aufgereiht und von einem improvisierten Exekutionskommando erschossen. Andere Matrosen arbeiteten sich die Marmortreppe hinauf und stürmten in die Zimmer, wobei sie jeden töteten, der sich ihnen entgegenstellte. Auf dem Dach drängten sie einen verwundeten Scharfschützen in die Ecke, hoben ihn hoch und warfen ihn über die Brüstung.

Bald darauf kamen die Soldaten aus der Vordertür mit einem Gefangenen im Schlepptau. Es war ein alter Mann mit weißem Backenbart in einem »Affenanzug«, wie Stalin sagen würde. Sander vermutete, daß er entweder Butler oder Bankier sein mußte. Hinter ihm sprang eine Frau, wahrscheinlich seine Ehefrau, aus der Tür und warf sich gegen die Maschinengewehrschützen, die sie roh wegstießen. Sie führten den Alten auf die Straße und zwangen ihn niederzuknien.

»Wir müssen Gefangene machen!« schrie Sander. Aber der eine MG-Mann drückte dem Greis die Pistole an den Hinterkopf. Während Sander sich abwandte, hörte er einen scharfen Knall.

Die Schießerei begann abzuebben, und die Marschierer kamen aus den Torwegen und Häusern, in die sie eingedrungen waren, wieder auf die Straßen zurück. Ein Armeelastwagen fuhr langsam die Sadowaja entlang, und die Überlebenden hoben die Toten auf die Ladefläche. Ärzte vom MG-Regiment beugten sich über die Verwundeten. Stalin baute sich in der Straßenmitte auf und hob seine Pistole über den Kopf. Was von dem bolschewistischen Kontingent noch übriggeblieben war, scharte sich um ihn. Aus einer Seitenstraße hörte man einige Schüsse und danach eine lange Maschinengewehrsalve von einem Panzerwagen. Dann herrschte Stille – bis auf die wütenden Flüche der Matrosen. Die Marschierer formierten wieder ihre Reihen und wandten sich mit schußbereiten Gewehren und Maschinenpistolen abermals dem Taurischen Palast zu.

Diesmal sang niemand.

Sander hatte seine Pistole nach unten gerichtet und suchte mit den Augen die Dächer ab. Dabei schob er seine Finger zwischen die Lilis. Sie sagte leise: »Alexander, ich danke dir.«

»Wofür?« fragte Sander. Er sah unentwegt zu den Dächern empor, während sie die Straße hinabgingen.

»Ich danke dir, daß wir am Leben geblieben sind.«

Der Kaplan hatte einen jüngeren Bruder, der in der Unterabteilung für Propaganda des Ministeriums für öffentliche Information bei der provisorischen Regierung arbeitete. Dieser war ein großer Schürzenjäger und hatte große Mühe, seinen Bruder zu überzeugen, wie fromm er wäre. Der Kaplan seinerseits hatte ein gewisses sadistisches Vergnügen daran, seinen Bruder durch Demonstrationen seiner Weltlichkeit zu schockieren. Als er darüber nachdachte, was er seinem Bruder zum einundvierzigsten Geburtstag schenken sollte, erinnerte er sich daher an die Photographie, die er aus der Toilette des Obersten gestohlen hatte.

Der jüngere Bruder ereiferte sich mächtig über das Bild der nackten Prinzessin. Er sagte: »Wenn du das für einen Scherz hältst, so ist das gar nicht lustig. Ich werde es verbrennen.« Er legte die Photographie beiseite, wechselte dann das Thema und erzählte seinem Bruder, was an diesem Morgen passiert war. Der bolschewistische Mob war gegen die provisorische Regierung marschiert. Kerenskis Nerven hatten nicht versagt. Regierungstreue Truppen waren in die Stadt geeilt und den Aufrührern entgegenmarschiert. Dann hatte Regen eingesetzt, und der Mob hatte sich zerstreut. Kerenski würde die Situation ausnutzen, um mit Lenin und den Bolschewisten endgültig Schluß zu machen.

Als der Kaplan gegangen war, stellte der jüngere Bruder die Photographie an einer Lampe auf, goß sich einen Cognac ein und lehnte sich zurück, um das Getränk zu genießen und den Körper der Prinzessin zu studieren. Er mußte zugeben, daß es das originellste Geschenk war, das er je von seinem Bruder bekommen hatte.

11

Es gab keine Manöverkritik. Dafür hatten die Bolschewisten keine Zeit. Kerenski zog Kapital aus dem – wie er sagte – »Juli-Aufstand« und übernahm das Amt des Premierministers. Er etablierte sich in den Privatgemächern des Zaren im Winterpalais und zog seine antibolschewistische Kampagne auf. Es ergingen Arrestbefehle gegen Lenin und andere führende Bolschewisten wegen Anstiftung zu bewaffnetem Aufruhr. Kosaken stürmten die Geschäftsräume der *Prawda*, zerschlugen die Druckpressen und legten so das Hauptpropagandaorgan der Bolschewisten lahm. Lenin entfernte seinen auffälligen Schnurr- und Kinnbart. Er verbarg sich zunächst in der Wohnung von Stalins Freund Sergej Allilujew und wurde dann über die finnische Grenze gebracht.

Sander und Lili begaben sich direkt zum Dampfboot, um einen Kleidersack und Lilis alte, arthritische und halb erblindete Katze zu holen, ehe sie in ihr Versteck gingen. Im Eingang trafen sie auf Tuohy. Er las eine Notiz, die Ronscha und Appolinaria an die Vordertür geheftet hatten. Sie hatten sich davongemacht, da sie fürchteten, als Bewohner des Hauses irrtümlicherweise für Bolschewisten gehalten zu werden.

Im Dampfboot herrschte gähnende Leere. Die meisten Katzen waren verschwunden. »Wahrscheinlich hat Melor sie zur Aufbesserung der Fleischration verwendet«, meinte Lili bitter.

Plötzlich nahm Tuohy ein schlurfendes Geräusch über ihren Köpfen wahr. Er legte den Finger auf den Mund und flüsterte: »Das Haus ist nicht ganz so leer, wie ihr denkt«. Dann zog er seine Pistole und ging die Treppe hinauf. Auch Sander nahm seine Waffe in die Hand.

Lili suchte Sander zurückzuhalten. »Laß sein!« sagte sie. »Wir können auch ohne den Kleidersack ins Versteck gehen. Das ist nicht so wichtig.« Als Sander jedoch den Kopf schüttelte und Tuohy folgte, zog sie ihren nickelplattierten »Phallus«, wie sie ihre Pistole nannte, aus der Handtasche, schlüpfte aus den Schuhen und ging hinterher.

Am Ende des Korridors preßte Tuohy das Ohr gegen Lilis Tür. Sander spannte seine Pistole mit dem Daumen. Mit einem kräftigen Fußtritt stieß Tuohy die Tür auf und stürzte ins Zimmer. Lili und Sander folgten ihm.

Otto Eppler blickte von einem zum andern. Er stand vor Lilis Bett, auf dem all ihre Bücher und Briefe ausgebreitet lagen. »Ich dachte – wenn alle fortgingen – Sie würden nicht zurückkommen«, sagte er stockend.

»Sie haben sich geirrt«, erklärte Tuohy kalt.

»Also Sie haben Lenins Brief aus meinem Zimmer entwendet«, sagte Lili außer Atem. »Sie sind der Verräter im Dampfboot.«

Eppler ließ sich auf der Bettkante nieder und atmete tief. Dann sagte er: »Ich... ja, ich habe den Brief genommen.«

»Wer bezahlt dich?« fragte Tuohy.

Eppler war gekränkt. »Niemand bezahlt mich.«

»Aber Sie haben den Brief gestohlen und Kerenski gegeben,« sagte Lili.

»Ich habe es so eingerichtet, daß er ihm in die Hände fiel, ja.«

»Aber warum, Otto? Für wen arbeitest du?« fragte Sander.

Lili schrie wütend: »Im Namen welcher Sache verraten Sie uns?«

Eppler lächelte müde und sagte: »Im Namen des gesunden Menschenverstandes. Im Namen des reinen Marxismus. Im Namen der Millionen Menschen, die leiden werden, wenn dieser König des Kommunismus seinen Weg macht, ja?« Eppler wandte sich an Sander. »Damals, in der Nacht, als ich etwas zu viel getrunken hatte, habe ich Ihnen einiges erzählt. Sie erinnern sich, ja? Euer Lenin geht den falschen Weg des Kommunismus. Daraus wird nichts Gutes entstehen. Lenin setzt nur auf Eliten. Und er selbst – ja? – ist die Elite des Zentralkomitees. Die Diktatur des Proletariats wird die Diktatur eines einzigen Mannes werden.«

Sander erklärte: »In den Reihen der Partei gibt es Spielraum für Divergenzen, solange wir die Reihen schließen, wenn die Entscheidungen einmal gefällt sind.«

Eppler zuckte die Achseln. »Die Reihen schließen. Das höre ich dauernd. Die Reihen schließen. Kommunismus, mein junger Genosse, ist nicht ein aus einem einzigen Stück Stoff geschnittenes Segel.«

Tuohy sagte zu Sander: »Er ist ein Verräter und muß als Verräter behandelt werden.«

»Wer von euch wird mich also erschießen?« fragte Eppler mit traurigem Lächeln.

Tuohys Hand mit der Pistole zitterte nicht. »Wenn es einen wie ihn gibt, gibt es auch noch andere. Er ist Teil einer Konspiration. Wir müssen ihn den Genossen zum Verhör übergeben.«

Sander erinnerte ihn: »Die Genossen gehen in den Untergrund.«

Tuohy sagte: »Dann müssen wir ihn selbst befragen.« Er ging drohend auf Eppler zu und drehte seine Pistole um, so daß er sie jetzt am Lauf hielt.

Sander fragte sich im stillen: Habe ich doch auf das falsche Pferd gesetzt? Leon hatte gesagt, daß Rußland ihm das Herz brechen würde. Warum gingen ihm diese Worte nicht aus dem Kopf?

Eppler sagte: »Mein Freund, ich werde dir die Mühe ersparen, einen alten deutschen Kommunisten zu *befragen* – was für eine zarte Formulierung! –, der die Dinge anders sieht als ihr.« Mit einer raschen Bewegung holte er eine kleine Kapsel aus der Jackentasche, steckte sie in den Mund und biß zu.

Tuohy stürzte sich nach vorn.

»Ach, glaubtest du ... ich hätte nie gedacht, es würde ...« – Eppler schloß vor Schmerz die Augen – »nie enden, ja?«

Sander kniete sich neben Eppler hin. »Was würde nie enden, Otto?«

»Leben« hauchte Eppler. Dann atmete er ein letztes Mal aus und verschied.

Tuohy und Sander trugen Epplers Leiche nach unten und hoben sie in den Friseurstuhl in der Mitte seines Arbeitszimmers. Sander rückte ihm die Krawatte zurecht und faltete ihm die Hände im Schoß.

Tuohy sagte: »Vergiß nicht, daß er ein Verräter war.«

Sander widersprach ihm: »Er war ein Idealist. Er sah die Dinge aus einem anderen Blickwinkel.«

Tuohy sah Sander an. »Du hast aus der Sache mit Ortona nichts gelernt.« Mit mißbilligendem Kopfschütteln ging er nach oben, holte seinen Kleidersack und verschwand ohne ein Wort des Abschieds.

In ihrem Zimmer packte Lili einige Kleider, einen Marinerevolver und eine Handvoll Patronen in einen kleinen Strohkoffer. Sie nahm auch ihre Sammlung echt silberner Teelöffel – die man eventuell gut eintauschen konnte – und eine halbvolle Flasche Parfüm mit. An der Tür hielt sie kurz inne, um einen letzten Blick in das Zimmer zu werfen. Ihr Blick glitt über die vernagelten Holzkisten, die kleine französische Maschinenpistole beim Fenster und den silbernen Samowar. Ohne eine Spur des Bedauerns nahm sie die alte Katze auf den Arm und griff nach ihrem Kleidersack. Dann verließ sie das Dampfboot.

Es war Lili, die im Verlaufe eines raschen Ferngesprächs ihr Versteck organisiert hatte. Als Sander fragte, wohin sie gingen, verzog Lili nur das Gesicht und meinte kurz angebunden: »Kein Grund zur Besorgnis.« Aber sie bestand auf einem Umweg, wobei sie auch diesmal jede Diskussion ablehnte.

Sie gelangten zu einem baufälligen Kinderheim bei einer Kirche am Rande der Stadt. Die Nonnen, die es betrieben, waren Engländerinnen; und Lili hatte Muhe, sich an der Tür verständlich zu machen. »Ich will meine kleine Tochter sehen!« Doch eine ältere Nonne, eine beleibte Frau mit Pockennarben im Gesicht, erkannte Lili und bat sie herein.

»Sie sind gekommen, um Ludmilla mitzunehmen?« fragte die Nonne auf englisch. Als Lili sie nicht verstand, wandte sie sich enttäuscht an Sander. »Sprechen Sie zufällig Englisch?« Als er bejahte, atmete sie erleichtert auf und bat ihn zu übersetzen.

»Nein, ich will sie nicht mitnehmen«, antwortete Lili hastig.

»Sagen Sie ihr, daß das Mädchen eine Mutter braucht«, wies die Nonne Sander an, ohne ihre Mißbilligung zu verbergen.

Lili antwortete: »Ich kann keine Mutter sein.« Sie wandte sich an Sander. »Ich kann nicht einmal ein Kind in den Schlaf singen. Wenn ich es versuche, dann halten sie sich immer die Ohren zu. Frag sie, ob ich das Kind sehen kann. Es wird nur einen Augenblick dauern.«

Die Nonne seufzte, als ob sie das Gewicht des Kreuzes auf den Schultern trüge. Sie führte sie durch einen Korridor in ein Spielzimmer mit hoher Decke. Von den Wänden blätterte Farbe ab. Einige Fensterscheiben fehlten und waren durch Pappe ersetzt. Zwei Dutzend kleine Mädchen, alle in identischen grauen Kleidchen, spielten mit Puppen oder Bauklötzen oder malten auf große Bögen Packpapier, die an die Wand geheftet waren. »Da drüben ist sie«, sagte die Nonne kalt.

Lili ging auf ein kleines Mädchen zu, die gerade eine Zeichnung kolorierte. Sie zeigte einen mikroskopisch kleinen Fisch in einem riesigen Ozean. Sander kam das Gesicht des Mädchens bekannt vor: Die ängstlichen Augen, das runde Gesicht, das kurze Lockenhaar erschienen ihm vertraut. Dann fiel ihm ein, wo er es schon einmal gesehen hatte: auf einer Photographie, die an Lilis Boudoir an der Wand hing.

»Hier ist die nette Dame, die dich ab und zu besucht«, sagte die Nonne in unbeholfenem Russisch.

Das kleine Mädchen, das sieben oder acht Jahre alt sein mußte, sah Lili gar nicht ähnlich. Dann aber lächelte es und verwandelte sich wie durch Zauber in ein verblüffendes Ebenbild seiner Mutter. Die gleichen hohen Wangenknochen, die ganz leicht abgeflachte Nase, die leichte Schrägstellung der Augen, welche einen Tropfen Tatarenblut verriet. »Haben Sie mir etwas mitgebracht?« fragte das Kind arglos.

»Es ist nicht höflich, so etwas zu fragen«, tadelte die Nonne.

»Das macht nichts«, sagte Lili rasch. »Tatsächlich habe ich etwas für dich.« Und unverzüglich übergab sie dem Mädchen die alte, arthritische Katze.

»Was hat sie am Auge?« fragte das Kind.

»Sie ist auf dem Auge blind«, erklärte Lili.

»Was sagst du, wenn man dir etwas schenkt?« mahnte die Nonne. Sie betrachtete die Katze, als ob sie deren kulinarische Qualitäten abschätzte.

»Ich sage danke«, meinte das Mädchen fröhlich.

Sander bemerkte: »Das ist ein sehr hübsches Bild. Hast du es auch selbst gezeichnet?«

Ludmilla nickte schüchtern.

»Woran denkst du, wenn du Bilder zeichnest?« fragte Sander.

»Wer ist das?« fragte Ludmilla Lili flüsternd.

»Er ist mein Freund. Jetzt ist er auch dein Freund.«

Damit schien alles in Ordnung zu sein. »Wenn ich Bilder male«, erklärte Ludmilla Sander ernsthaft, »dann beginne ich mit einer Idee. Dann ziehe ich eine Linie darum herum.«

»Ich verstehe«, sagte Sander.

Als sie wieder draußen waren, sprach Lili einige Zeit kein Wort. Schließlich brachte sie heraus: »Ich glaube, ich bin dir eine Erklärung schuldig.«

»Du bist mir gar nichts schuldig«, sagte Sander abrupt. Eine Hundertschaft Kosaken galoppierte vorbei und wirbelte Staub auf. Als Sander Lili anschaute, waren ihre Augen feucht – ob vom Staub oder von einer Gefühlsregung, konnte er nicht sagen. Er schlug einen anderen Ton an und wiederholte mit sanfterer Stimme: »Du schuldest mir nichts. Wenn du soweit bist, wirst du es mir erzählen. Auf jeden Fall wird das nichts ändern.«

»Ich werde es dir erzählen, Sander, aber noch nicht jetzt. Ich wollte, daß du sie siehst, daß du weißt, wo sie ist. Falls mir etwas... zustoßen sollte... würde ich dich bitten...«

»Du willst, daß ich mich um sie kümmere.«

»Ich möchte nur, daß es jemanden in der Welt gibt, dem sie etwas bedeutet.«

Sander nickte. »Deine Tochter« – er merkte, daß ihm das Aussprechen dieses Wortes schwerer fiel, als er gedacht hatte –, »ich werde immer für deine Tochter dasein.«

Der Chef der Propaganda-Unterabteilung des Ministeriums für öffentliche Information studierte die Photographie der nackten Prinzessin durchs Vergrößerungsglas. »Ich verstehe, was Sie meinen«, murmelte er. »Ihr Gesicht ist sehr russisch, aber mit einem leichten orientalischen Zug in den Augen; das dürfte viele Männer ansprechen. Natürlich werden wir mit dem Körper etwas machen müssen –«

»Das versteht sich von selbst«, stimmte der Bruder des Kaplans zu.

»Ja, wirklich«, sagte der Chef der Unterabteilung Propaganda und zögerte, die Lupe aus der Hand zu legen. Schließlich schaute er hoch. »Wenn alles klappt, wie ich mir vorstelle, haben Sie sich ein Empfehlungsschreiben verdient. Das wäre im Moment alles.«

Der jüngere Bruder des Kaplans verließ das Büro und schloß geräuschlos hinter sich die Tür. Drinnen beugte sich der Chef wieder mit dem Vergrößerungsglas über das Bild. Er hatte noch nie Gelegenheit gehabt, aus solcher Nähe das Geschlecht einer Frau zu betrachten. »Darum dreht sich also der ganze Rummel«, sagte er laut.

»Nun«, fragte Lili besorgt, »was meinst du?«

»Was ich meine«, sagte Sander und schnupperte leicht in der Luft, während er sich mit einer Miene deutlichen Widerwillens umschaute, »ist, daß du recht hast. Hier wird uns niemand finden.« Er versuchte zu scherzen: »Niemand wird dazu Lust haben.«

Lili verzog auch das Gesicht. »Es ist verdammt übel hier, nicht wahr?«

Sander legte seine Sachen in eine Ecke und setzte sich auf die alte Matratze auf dem Fußboden. »Es ist besser, als auf die Gnade glühender Antibolschewisten angewiesen zu sein. Ich denke, man wird sich an den Geruch gewöhnen.«

Lili schob einige Gläser beiseite, in denen sich Fötusse befanden, um für ihren Kleidersack Platz zu schaffen. Dann zog sie ihre Flasche »Ideal«-Parfüm heraus, knöpfte sich das Hemd auf und spritzte es großzügig über Hals und Brüste. »Mindestens kannst du den Gestank vergessen«, murmelte sie, setzte sich auf die Matratze dicht neben Sander und zog seinen Kopf an ihre Brust.

Dank Lilis Freundschaft mit einem Arzt, der heimlich mit den Bolschewisten sympathisierte, waren sie in einem Kellerdepot eines wissenschaftlichen Instituts auf dem Angliski-Prospekt gelandet. »Hier werden Sie sicher sein«, hatte ihnen der Doktor, ein kahler, schmächtiger Mann mit Hasenscharte, versichert. Er hatte ihnen einen der beiden Schlüssel gegeben, die zur Tür paßten. »Schließen sie von innen zu! Die einzige Person, die hier herunterkommt, bin ich. Ich bin der Kustode für ›Teile‹«, fügte er grinsend hinzu.

Sander hatte begriffen, was er mit »Teilen« meinte, sobald er durch die Tür trat. Die Wände des Magazins waren vollgestellt mit hölzernen Regalen; und die Regale waren voller Gläser mit anatomischen Teilen in Formalin, einer farblosen Flüssigkeit, die, wie Sanders Nase schnell herausfand, einen hohen Prozentsatz an Formaldehyd enthielt. Da gab es Lebern, Lungen, Herzen, Eingeweide und Gehirne. Alle waren sauber beschriftet:

LEBER – 40JÄHRIG MÄNNLICH, oder GEHIRN 18JÄHRIG WEIBLICH. Ein Regal enthielt nur Herzen, angefangen von einem zwölf Wochen alten Embryo bis hin zu einem fünfundneunzigjährigen Mann am anderen Ende. »Wenigstens werden wir hier nicht so allein sein«, witzelte Lili und stellte einige Gläser mit den Herzen, Gehirnen, Lungen und Eingeweiden von Katzen auf dem Regal neben der Matratze zusammen, um ihre Lieblinge in der Nähe zu haben.

Bald gewöhnten sich Sander und Lili an das unwirtliche Versteck. Als erstes zogen sich sich jeden Morgen aus und wuschen sich unter dem einzigen Wasserhahn, der in das tiefe Waschbecken ging. Im Laufe des Vormittags erschien der Doktor mit Büchern, Zeitschriften und Gerüchten, sowie einigen Resten, die er aus der Verpflegungsstelle des Instituts besorgt hatte: ein halber Blumenkohl, eine Handvoll Gurken, etwas übriggebliebenes Brot. Lili und Sander gingen morgens, wenn die Straßen voll waren und sie am wenigsten Gefahr liefen bemerkt zu werden, abwechselnd hinaus und kauften auf dem Schwarzmarkt ein. Mit etwas Glück konnten sie einen Bauern finden, der geneigt war, einen von Lilis silbernen Teelöffeln gegen ein Stück gepökelten Schinken oder einen Sack Rüben einzutauschen.

Zu Anfang dachte Sander, daß das Milieu, ganz zu schweigen von dem Geruch, seinen Appetit dämpfen würde – sexuell und auch sonst. Seltsamerweise trat genau das Gegenteil ein. Lili, nackt bis zur Taille, übertäubte den Formaldehydgeruch mit üppigen Dosen von »Ideal« und führte herausfordernde »Gespräche« mit ihren »Herzen«, die auf den Regalen in Reihe standen. Dem Herzen eines fünfundzwanzigjährigen Mannes erzählte sie, welche Wirkung die Tatsache, daß sie sich das Schamhaar abzurasieren pflegte, auf ihn gehabt hätte. Ein neunundzwanzigjähriges Herz erinnerte sie daran, was hätte passieren können, wenn er weniger Gentleman gewesen wäre. Sie beschimpfte einen fünfundfünfzig Jahre alten Mann, weil er sie in Venedig hätte sitzenlassen, und dankte einem vierundvierzigjährigen Herzen dafür, daß es sie die feine Kunst gelehrt hätte, sich während des Liebesaktes ihren Phantasien hinzugeben.

Es war eine alte Gewohnheit von ihr, neue Liebhaber durch Geschichten über ihre Vorgänger zu reizen und zu testen. Jetzt sah sie Sander an, um zu sehen, wie er reagieren würde. Aber um seine Lippen spielte nur ein amüsiertes Lächeln; er nahm es als ... Theater. Das trieb Lili nur weiter an. Sie probierte herum, bis sie ein sechsundzwanzigjähriges Herz fand, dem sie den alten chinesischen Brauch erläuterte, sich den Mund mit Tee anzuwärmen, ehe man seinen Partner liebkoste. Im Augenwinkel beobachtete sie Sander, als sie ein neunundzwanzigjähriges männliches Herz aus dem Regal nahm und das Glas an ihre nackte Brust drückte. Dabei murmelte sie: »Du warst mein Dichter und mein Paris.«

Sander fragte sich, ob sie die Stadt meinte oder den Liebhaber der Helena.

Lili las seine Gedanken und sagte: »Die Stadt.«

»Wie kannst du wissen, was ich denke?«

Sie antwortete: »So wie du in meinen Körper eingedrungen bist, bin ich in deinen Kopf eingedrungen.« Sie wies auf die »Herzen« und fragte: »Bist du eifersüchtig?«

»Natürlich bin ich eifersüchtig«, erwiderte er.

»Du bedauerst, daß ich vor dir Liebhaber hatte? Damit werden doch alle neuen Liebhaber konfrontiert. Sag mir die Wahrheit!«

»Wenn ich mir vorstelle, daß du für andere Männer die Beine spreizt, wird es mir eng in der Kehle. Ich kriege kaum noch Luft. Aber deine ›Herzen‹, wie du sie nennst, die haben dich zu dem gemacht, was du bist. Und ich kann nur sagen: Gott sei Dank bist du so, wie du bist.«

Lili huschte auf seinen Schoß und in seine Arme. Sie knöpfte ihm das Hemd auf und griff hinein, um *sein* Herz zu streicheln. Leise sagte sie: »Ich möchte *dich* jetzt lieben.«

Später flüsterte sie ihm ins Ohr: »Jetzt gewöhne ich mich erst richtig an *unser* Wunder.« Und da sie immer wieder etwas wegnehmen mußte, wenn sie etwas gegeben hatte, fügte sie hinzu: »Von allen Herzen, die ich kennengelernt habe, mißfällt mir deines am wenigsten.«

12

Arischkas Nachricht kam direkt zur Sache.

Atticus, ich habe Deinen Brief bekommen. Die Antwort lautet nein. Um die Wahrheit zu sagen: ich bin mir nicht einmal sicher, ob ich Dein Angebot zu schätzen weiß. Du bist für meinen Geschmack zu heftig. Wir sind Revolutionäre, weil es keinen anderen Weg gibt; wir weinen über jeden vergossenen Blutstropfen. Bei Dir regt vergossenes Blut nur den Appetit an – in jeder Beziehung. Was Liebemachen angeht, so kann man mich leiten, aber niemals stoßen. Dein Körper ist in Ordnung, aber an Deinem Kopf müßte noch gearbeitet werden – und an Deiner Rechtschreibung. Mit Gruß unter Genossen – Arischka.

»Liebe Arischka«, begann Tuohy einen neuen Brief. Er blickte hinaus auf den Rasliw-See. Sein Bleistift schwebte über dem Blatt Papier, das er aus Lenins Notizbuch gerissen hatte. Eine Mücke beging den Fehler, sich auf Tuohys Handrücken niederzulassen. Er nahm den Stift zwischen die Zähne und zerquetschte sie mit der anderen Hand. Dann schnippte er mit einem Fingernagel den Körper fort und starrte den kleinen Blutfleck auf seiner Haut an. Er mußte zugeben, daß Blut seinen Appetit anregte. Aber was war daran schlimm? Er vergoß Blut auf Befehl und für eine gute Sache. Es war nicht so, daß er loszog und die erste Person ermordete, die ihm begegnete. Wie konnte er Arischka den Unterschied erklären? Besser, er versuchte es gar nicht erst. Er ersah aus ihrem Brief, daß sie darauf wartete, überredet zu werden. Ihr *Nein* war in Wirklichkeit ein *Vielleicht*. Warum hätte sie ihm sonst geschrieben, daß an seinem Kopf noch etwas getan werden müsse? Von seiner Rechtschreibung gar nicht zu reden. So schrieb er: »Glaube mir –«

Ich war glücklich, von Dir einen Brief zu bekommen, auch wenn ich mich nicht über seinen Inhalt gefreut habe. Ich werde hier vor Langeweile verrückt. L. hat Handschuhe mitgebracht, um die Mücken von seinen Händen fernzuhalten – ein Trick, den er während seiner Verbannung in Sibirien gelernt hat. Er hockt den ganzen Tag vor unserer Hütte und schreibt. Einmal am Tage kommt ein kleines Boot über den See mit Verpflegung, Briefen und Zeitungen. Dann nimmt es L.s Briefe mit für die Genossen, die nicht in Gefangenschaft sitzen. L. ist optimistisch. Er sagt, das Pendel wird zurückschwingen. Er badet zweimal am Tage und schrubbt sich gewisse Körperteile mit Schlamm. Aber er wirkt munter und gesund. Er kann sogar besser gehen. Was uns beide angeht, Dich und mich, so schlage ich ein Tauschgeschäft vor. Ich werde ernsthaft an meinem Kopf und meiner Rechtschreibung arbeiten, und Du wirst Dein »Nein« zurücknehmen und mir ein kameradschaftliches »Vielleicht« senden. Was meinst Du?

Und er unterschrieb: »Dein Genosse, der alles darum geben würde, wieder in Deinen Armen zu liegen. Atticus.«

Acht Tage später brachte das Boot neben anderen Dingen auch einen Brief von Arischka. Tuohy riß ihn auf. Er enthielt nur ein Wort: »Vielleicht.«

Mitte August setzten die Herbstregen voll ein. Die Nächte wurden unfreundlich. Lenin schlief nun stets in seinem Mantel; außerdem wickelte er sich einen Schal um den Kopf. Die Hütte war undicht. Sobald Tuohy ein Loch gestopft hatte, tat sich ein anderes auf. Eines Nachts geschah es dann, was sie alle gefürchtet hatten: Bei einem Wolkenbruch erschien ein Jäger und bat um Obdach. Lenin schob seine Bücher unter das Heu und gab vor zu schlafen. Tuohy, dessen Akzent auch nicht gerade der eines finnischen Bauern war, folgte seinem Beispiel. Sinowjew murmelte, daß sie Tagelöhner seien, die bei der Heuernte mithalfen. Der Jäger musterte sie alle mit unverwandtem Blick und ließ nie die Hand von seiner Flinte. Als der Regen nachließ, verschwand er ohne ein Wort des Dankes. Lenin entschied, daß es zu riskant wäre, in der Hütte zu bleiben.

Tuohy meldete dies am nächsten Tag den Männern, die mit dem Boot kamen. Sie beratschlagten, was zu tun sei. Ein Genosse aus Wyborg, der einer Liebhaberschauspielertruppe angehörte, besorgte für Lenin eine blonde Perücke. Wasja Maslow ruderte über den See, um ihn mit der Perücke für die falschen Papiere zu photographieren, die den Bolschewistenführer als Arbeiter von der Setroresk-Fabrik in Finnland ausweisen würden. Lenins neue Identifikationskarte lautete auf den Namen Konstantin Petrowitsch Iwanow.

In der Nacht des 21. August machte sich Lenin, geführt von einem ortkundigen Bolschewisten namens Jemeljanow, auf den Weg an die Front.

Tuohy begab sich nach Petrograd zurück. Arischka mußte seinen Schritt auf der Treppe erkannt haben, obwohl oder vielleicht gerade weil er immer zwei Stufen auf einmal nahm. Sie riß die Tür auf, ehe er dazu gekommen war anzuklopfen. »Hallo, Amerikanitz!« sagte sie schüchtern. Dann nahm sie seine Hände in die ihren, führte einen Finger an ihren Mund und küßte dessen Spitze.

Sie standen um die Staffelei herum und studierten das Gemälde der russischen Prinzessin mit einem Hauch von Asien in den Augen. Draußen, hinter dem Taurischen Palast, quälten einige Jungen streunende Katzen, die sie zu diesem Zweck eingefangen hatten. Aber die Männer in dem Raum waren zu sehr beschäftigt, als daß sie die Schreie, die aus den Kehlen der armen Tiere drangen, beachtet hätten.

Einer nach dem anderen nickte zustimmend. Der Minister befahl: »Lassen Sie so schnell wie möglich fünftausend davon drucken!« Dann wandte er sich dem nächsten Punkt zu – der Verbreitung eines gefälschten Briefes, der angeblich aus der Feder von W. I. Lenin stammen sollte und in dem er der deutschen Regierung dankte für die großzügige finanzielle Unterstützung bei seinem Bemühen, die provisorische Regierung zu stürzen und Rußland aus dem Krieg herauszuführen.

13

Und so warteten sie nun auf Anzeichen eines Umschwungs: Lenin in der Wohnung des kommunistischen Polizeichefs von Helsingborg; Stalin bei Allilujew im Roschdestwenski-Distrikt von Petrograd; Trotzki, der sich ergeben hatte, um einen Schauprozeß zu provozieren, im Kresty-Gefängnis; Kerenski in den Privatgemächern des Zaren im Winterpalais; Oberbefehlshaber Kornilow im Hauptquartier des Generalstabes am Ufer des Dnjepr.

Als Kornilow zu einer Staatskonferenz nach Moskau fuhr, machte er einen Abstecher nach Iwersk, um dort am Schrein der Jungfrau zu beten. Dieser Akt hatte symbolische Bedeutung: Er gehörte zum Krönungsritual des Zaren.

Kerenski ging vor dem Louis-Quinze-Schreibtisch des früheren Zaren auf und ab. Er tobte. »Kornilow hat das Herz eines Löwen und den Verstand eines Schafes. Er wird alles ruinieren!«

Lenin schrieb den Genossen in der Hauptstadt: »Kornilow wird wie ein heilsames Gift auf die Massen wirken. Sobald die Bedrohung offenkundig wird, werden wir uns als Hüter der Revolution in Erinnerung bringen.«

Anfang September befahl Kornilow dem Dritten Kavallerie-Corps und der Savage-Division den Marsch auf Petrograd. Dann gab er ein knappes Telegramm auf, in dem er den sofortigen Rücktritt Kerenskis und die Übergabe aller zivilen und militärischen Gewalt an ihn forderte.

Kerenski wies Kornilows Ultimatum zurück, entließ ihn als Oberbefehlshaber und entsandte ein halbes Dutzend Regimenter, um den Vormarsch auf Petrograd zu stoppen. Aber nachdem er alle geeigneten Vorkehrungen getroffen hatte, verlor er prompt die Nerven. Darüber besorgt, ob die Arbeiter in der Hauptstadt Kornilow aktiv Widerstand leisten würden, falls er soweit käme, lud Kerenski die Bolschewisten ein, sich an der Verteidigung Petrograds zu beteiligen.

Die Bolschewisten nahmen sofort an. Trotzki verließ das Gefängnis gegen eine Kaution von dreitausend Rubel. Zwanzigtausend Gewehre wurden an Fabrikarbeiter ausgegeben – zumeist Bolschewisten oder deren Sympathisanten. Bolschewistische Stoßtrupps rasten mit roten Fahnen auf den Kotflügeln durch die Stadt. Sie alarmierten Fabriken, verminten Brükken und inspizierten Straßenbarrikaden. Und das Wichtigste: der bolschewistischen Privatmiliz, den Roten Garden, wurde legaler Status gewährt, und sie wurden mit zwanzigtausend Gewehren und etlichen Maschinengewehren beliefert.

Kornilows Marsch auf Petrograd blieb stecken. Bolschewistische Eisenbahner rissen Schienen auf, um Truppenbewegungen zu verhindern. Bolschewistische Telegraphisten unterbrachen Kornilows Nachrichtenverbindungen. Das Dritte Kavallerie-Corps, eingeklemmt zwischen Pskow und Petrograd, gab das Spiel auf, verhaftete seinen kommandierenden Offizier – der prompt Selbstmord verübte – und unterstellte sich dem Befehl des Petrograder Sowjets.

Kerenski bediente sich aus dem Champagnervorrat des Exzaren im Winterpalais, um den Sieg zu feiern. Er ernannte sich selbst zum Oberbefehlshaber der Streitkräfte und ging aus der Kornilow-Affäre mit jeder Vollmacht eines Diktators hervor. Aber die Bolschewisten, die mit billigem Wodka feierten, hatten jetzt die Waffen, die sie brauchten...

Die Bolschewisten waren die Helden des Tages. Bolschewistische Kandidaten gewannen zu Tausenden bei den Wahlen für die Sowjets in den Fabriken und den militärischen Einheiten. Diese Sowjets schickten jetzt immer mehr Bolschewisten als ihre Repräsentanten in die Distriktsowjets. Fast über Nacht besaßen die Bolschewisten die Mehrheit in den entscheidenden Sowjets von Petrograd und Moskau.

Ende September war das Pendel in vollem Schwunge. Kornilow wurde in einem Kloster bei Bikow eingesperrt. Kerenski mußte sich darauf beschränken, Proklamationen herauszubringen, in denen er die bolschewistischen Arbeiter *bat*, die Waffen zurückzugeben, die ihnen während der Krise ausgehändigt worden waren. Und Lenin begab sich in die finnische Grenzstadt Wyborg, um rasch nach Petrograd eilen zu können, wenn die Ereignisse sich zuspitzten.

Der Militärlastwagen hielt an einer Ecke des Newski-Prospekts. Ein junger Offizier befahl: »Befestigt eines an der Mauer dort!«

Ein alter Soldat spritzte aus einem Eimer etwas Kleister mit einem klebrigen Pinsel auf die Backsteine. Der junge Kadett rollte das Plakat auf und drückte es flach an die Mauer. »Ist es gerade?« fragte er.

»Was macht das aus – gerade oder nicht?« grunzte der alte Soldat.

Der Offizier rief: »Es ist gerade.«

Der Maler aus der Unterabteilung für Propaganda des Ministeriums für

Öffentliche Information hatte den russischen Charakter des Gesichts seines Modells genau getroffen. Es war sogar eine leichte orientalische Schrägstellung in den Augen. Den Körper hatte er mit einer togaartigen Robe drapiert, die über eine Schulter fiel. Sie posierte vor einem königsblauen Hintergrund, auf dem mit weißen Lettern geschrieben stand: RUSSLANDS FRAUEN SAGEN NEIN ZUM BOLSCHEWISMUS.

Während er die Falten mit dem Handballen glättete, stellte sich der junge Kadett vor, daß seine Hände über den Körper der Frau fuhren. In Gedanken konnte er die Brüste unter der Toga fühlen.

»Beeilt euch, wir müssen weiter!« rief der Offizier. »Bis zum Abend müssen wir noch fünfzig Plakate kleben!«

Die Tage wurden immer kürzer. Der Himmel war stets trüb und wolkenverhangen, und ein eisiger Wind blies vom Finnischen Meerbusen herüber.

Aber das Smolny-Institut, an dem ungemütlichen Ende der Straßenbahnlinie etwa vier Kilometer vom Winterpalais entfernt, funkelte im Licht. Man sagte, es sähe von weitem aus wie ein Ozeandampfer. Der Sowjet von Petrograd war aus dem Taurischen Palast im Sommer ausgezogen, um der Konstituierenden Versammlung Platz zu machen, die die »provisorische« Regierung zugunsten einer »permanenten« ablösen sollte. Die Abgeordneten des Sowjets waren bei der Suche nach einem passenden Ort, wo sie sich niederlassen könnten, schnell auf das Smolny verfallen, das in einer engen Schleife der Newa lag. Es bestand aus einem früheren Kloster mit graziösen rauchblauen Kuppeln und einem kasernenähnlichen Institut, das für die Töchter des Adels errichtet worden war. Drinnen trugen die Zimmer noch die ursprünglichen Namensschilder aus Emaille: DAMENKLASSENZIMMER NUMMER 4 oder LEHRERBÜRO. Darüber waren jetzt von Hand geschriebene Zettel geheftet: FABRIKKOMITEES oder ZENTRALES ARMEEKOMITEE oder UNION SOZIALISTISCHER SOLDATEN.

In dem Maße, wie die Bolschewisten nach und nach den Sowjet von Petrograd beherrschten, wurde das Smolny immer mehr zu einer bolschewistischen Bastion. Die Sicherheitsmaßnahmen waren streng. Vor dem Haupteingang waren hinter Barrikaden aus Brennholz vier Schnellfeuer-Maschinengewehre installiert. Mehrere Panzerwagen waren auffällig unter den Bäumen im Hof geparkt. Rote Garden waren auf dem Dach postiert. Sie waren mit kleinen Bomben aus Wellblech bewaffnet, die mit *Grubit* gefüllt waren, das noch wirksamer sein sollte als Dynamit.

Zu jeder Tageszeit wartete eine lange Menschenschlange ungeduldig vor dem Eingang. Wachen ließen sie immer nur in Vierergruppen eintreten.

Drinnen mußten sie sich bei Arischka ausweisen und genaue Angaben über den Grund ihres Besuches machen. Erst dann erhielten sie Passierscheine.

»Komm, gehen wir essen«, sagte Tuohy zu Arischka, die gerade mit einem großen, bärtigen Arbeiter sprach.

»Ich bin von den Genossen der Obuchow-Fabrik geschickt worden«, erklärte der Mann. »Wir haben den Besitzer hinausgeworfen und an seiner Stelle ein Arbeiterkomitee eingesetzt. Aber wir wissen nicht, was wir als nächstes tun sollen.«

Arischka stempelte eine blaue Karte und händigte sie dem Manne aus, der mit der Mütze in der Hand vor ihr stand. Sie sagte ihm: »Sie müssen zum Zimmer des Fabrikkomitees im zweiten Stock.« Dann rief sie einem Mädchen mit Bubikopf zu: »Anja, kannst du mich ablösen? Ich will eine kurze Pause machen.«

Auf dem Weg zum Speisesaal stieß Tuohy Arischka in eine Nische. »Nicht hier, Amerikanitz«, schnaufte sie, machte aber keine Anstalten davonzulaufen. Sie sah sich um und sagte dann: »Als ich heute morgen aufwachte, habe ich dich vermißt. Dein Platz im Bett war noch warm.«

Tuohy sagte: »Ich mußte um sieben in Wyborg sein und wollte die Straßenbahn noch erwischen.«

»Wie ist es gegangen?« fragte Arischka.

Tuohy sagte: »Es macht mich immer nervös, wenn Trotzki ein Podium besteigt und zu den Arbeitern spricht, während es noch dunkel ist. Wir wären völlig hilflos, wenn es sich jemand in den Kopf setzen würde, ihn zu erschießen.«

»Amerikanitz, hör bitte auf!« bat Arischka, als Tuohy seinen Unterleib gegen den ihren preßte.

Tuohy lachte. »Du siehst sehr hübsch aus, wenn du rot wirst. Für eine Bolschewistin ist das ja auch die passende Farbe.«

»Du bist unmöglich«, erklärte sie. Dann nahm sie ihn bei der Hand und zog ihn zur Treppe.

»Wir sind hier drüben«, rief Sander, der Plätze für sie freigehalten hatte.

Tuohy kaufte zwei Essensmarken für vier Rubel und stellte sich mit Arischka an. An der Ausgabe tat eine fette Frau mit zwei blitzenden Silberzähnen *Schtschi*, eine Kohlsuppe, aus einem riesigen Kessel in ihre Blechnäpfe. Dann nahmen sie sich dicke Scheiben Schwarzbrot mit Butter und Holzlöffel und schoben sich durch die Menge zu dem langen Tisch, wo Sander und Lili saßen.

»Hier ist es zu laut zum Nachdenken«, rief Arischka und rutschte an das Ende der Bank. Ihr gegenüber schlangen zwei Rotgardisten ihre Suppe mit einer Begeisterung herunter, die daher rührte, daß sie seit einigen Tagen nichts mehr gegessen hatten.

»Also, was gibt es Neues?« fragte Tuohy.

Auf englisch antwortete Sander: »Lenins Brief.«

Die Genossen in Petrograd hatten von Lenin, der sich auf der finnischen Seite der Grenze befand, einen Brief erhalten, in dem er sie drängte, sofort einen bewaffneten Aufstand zu machen. Es käme nur darauf an, die wichtigen Gebäude und Brücken zu besetzen, argumentierte Lenin, dann würde Petrograd ihnen gehören.

In einem weiteren Brief, den Lili mit Hilfe von Tolstois *Beichte* entziffert hatte, schrieb er: »Die Krise steht unmittelbar bevor. Es wäre ein Verbrechen, länger zu zögern.«

Sander sagte: »Ich stimme ihm zu. In Amerika gibt es ein Sprichtwort: Man muß das Eisen schmieden, solange es heiß ist.«

»Wenn wir die Konstituierende Versammlung abwarten, können wir die Macht legal übernehmen«, entgegenete Lili.

Arischka meinte: »Warum einen Staatsstreich aufziehen, wenn es mit ein wenig Geduld möglich ist, dasselbe ohne Blutvergießen zu erreichen?«

»Ich bin für die Aktion«, versicherte Tuohy. Unter dem Tisch strich seine Hand über Arischkas Schenkel.

»Du bist immer für die Aktion«, bemerkte Arischka trocken.

Nach dem Dienst lud Tuohy sie zu einem Umtrunk in *Uncle Tom's Cabin* ein, eine schäbige Kneipe, die gegenüber dem Smolny lag. Während sich Tuohy durch das Gewühl drängte, um einen Tisch zu belegen, warf ein Rotgardist beim Hinausgehen eine Münze als Trinkgeld in eine Tee-Untertasse. Da tauchte aus dem Qualm ein junger Kellner auf. Er zeigte auf ein Schild an der Wand: JEDES TRINKGELD IST EINE KRÄNKUNG. Dann hielt er dem Spender die Untertasse hin. Dieser murmelte eine Entschuldigung und nahm sein Geldstück zurück.

»Was ich sagen will, ist folgendes«, erklärte Tuohy, als der Kellner schwungvoll zwei dampfende Gläser mit Tee auf den Tisch stellte, »es kommt nicht darauf an, daß man eine Mehrheit hinter sich hat, sondern daß man die Nerven hat, als eine von vielen Minderheiten die Macht zu ergreifen.«

Sander rührte nachdenklich in seinem Teeglas. »Eine Revolution kann jeder machen. Das große Problem ist es, zu erkennen, *wann* sie gemacht werden muß. Ist es zu früh, so verpufft sie. Ist es zu spät, so läßt sie sich nicht mehr lenken.«

»Was mir bei einer bolschewistischen Revolution Sorge bereitet, ist, daß sie zum Bürgerkrieg führen wird. Und ein Bürgerkrieg wird Rußland vernichten«, sagte Lili.

Tuohy entgegnete: »Vielleicht werden wir Rußland zerstören müssen, um es zu retten.«

»Es wäre ein Verbrechen, Rußland zu zerstören«, sagte Arischka tonlos.

Sander blies auf seinen Tee. »Ich glaube, Châteaubriand war es, der gesagt hat, daß Verbrechen in dieser Welt nicht immer ihre Strafe finden, Fehler dagegen schon. Es wäre ein Fehler, nicht jetzt loszuschlagen, wie Lenin es sagt.«

Einige Tische weiter, nahe der Schwingtür, die zur Küche führte, drängten sich vier Matrosen um einen kleinen Tisch und starrten durch den Raum hinweg auf Lili. »Ich sage euch, das ist sie.«

»Es gibt da eine gewisse Ähnlichkeit«, gab ein Matrose mit Brille zu.

Der erste Matrose ließ nicht locker. »Ich würde die Nutte überall erkennen.«

Ein anderer meinte: »Wenn sie es nicht ist, dann ist es ihre Zwillingsschwester.«

»Wenn sie es aber ist«, sagte der jüngste Matrose, der noch nicht einmal zwanzig war, »woher hat sie dann die Dreistigkeit, sich hierher zu trauen?«

»Gerade weil sie dumm genug war herzukommen, gibt es keinen Grund für sie hierzubleiben«, sagte der erste Matrose.

»Los, Kameraden!« sagte der Jüngste.

Die vier Matrosen schoben sich durch das Gedränge auf Lili zu.

»Wir bekommen Besuch«, sagte Tuohy und hob den Kopf. Der Ire in ihm witterte Ärger.

»Was können wir für euch tun?« fragte Sander höflich.

»Was ihr für uns tun könnt«, polterte der erste Matrose, »ist, diese Nutte« – dabei schaute er auf Lili herunter – »von hier wegzuschaffen. Dies ist eine anständige Arbeiterkneipe und kein Ort für Lakaien der provisorischen Regierung.«

Ein Raunen ging durch *Uncle Tom's Cabin.* Sander und Tuohy standen auf. Sander setzte seine Brille ab und steckte sie in die Jackentasche. Er sagte ganz ruhig: »Ihr irrt euch gewaltig, Genossen Matrosen.«

Tuohy ließ sein Jackett aufgehen, so daß sein Pistolenhalfter sichtbar wurde. In freundlichem Ton sagte er: »Warum geht ihr nicht alle an euren Tisch zurück, ehe wir es ernstlich krummnehmen.«

»Ihr könnt uns nicht bange machen«, sagte der eine Matrose angriffslustig und packte eine leere Weinflasche vom Nachbartisch am Halse. Die Leute in seiner Nähe rückten weg.

»Was wollt ihr eigentlich?« fragte Sander die Matrosen.

Der jüngste knurrte: »Tut doch nicht so, als ob ihr das Regierungsplakat nicht gesehen hättet. Darauf ist ihr Bild. Der Text lautet: ›Rußlands Frauen sagen *nein* zum Bolschewismus‹.«

»Mein Bild auf einem Plakat!« rief Lili. »Ihr müßt den Verstand verloren haben.«

Sander erklärte: »Diese Frau arbeitet schon seit langem für das Zentralkomitee der Bolschewistischen Partei. Sie ist dem Genossen Stalin persönlich bekannt. Ihre Loyalität steht außer Frage. Falls eine Ähnlichkeit zwischen ihr und einem Bild auf einem Plakat besteht, ist das reiner Zufall.«

Der erste Matrose blieb dabei. »Das ist kein Zufall. Es ist ihr Bild.«

Arischka rettete die Lage. »Genossen Matrosen«, sagte sie und pflanzte sich zwischen den Matrosen und ihren Freunden auf. »Ich arbeite jetzt seit vier Jahren für die Bolschewistische Partei. Es gibt in diesem Raum Leute, die mich kennen.« Sie blickte sich hilfesuchend um, und mehrere Personen nickten.

»Wir können für sie bürgen«, rief ein Artillerist mit Schnurrbart. »Wenn man ins Smolny will, muß man an ihr vorbei.«

Arischka fuhr fort: »Ich weiß, daß diese Frau eine anständige Bolschewistin ist. Glaubt mir, ihr irrt euch, wenn ihr denkt, daß sie irgend etwas getan hat, um der provisorischen Regierung zu helfen.«

»Vielleicht ist die Ähnlichkeit wirklich nur Zufall«, sagte der Matrose mit der Brille zu seinen Kameraden.

Da meinte der erste Matrose brummend: »Falls wir uns geirrt haben, ist das nicht unser Fehler. Das werdet ihr zugeben, wenn ihr das Plakat seht.«

»Wo können wir denn dieses berühmte Plakat finden?« fragte Sander.

Der Matrose mit Brille sagte: »Das klebt überall. Ihr müßt nur den Newski-Prospekt entlanggehen.«

14

Arischka kehrte auf ihren Posten am Eingang des Smolny zurück. Sander, Tuohy und Lili nahmen die Straßenbahn zurück in die Innenstadt und gingen zum Newski-Prospekt. Unweit der Kathedrale der Kasaner Mutter Gottes fanden sie, was sie suchten. Lili wurde blaß.

»Das *bin* ich«, flüsterte sie. »Aber wieso? Wer würde so etwas tun?«

Sander sah auf die mit winziger Schrift in der rechten unteren Ecke stehende Signatur des Malers. »Kennst du jemanden namens Zipin?«

Lili schüttelte den Kopf. »Ich habe nie jemanden kennengelernt, der so heißt.«

Tuohy sagte grimmig: »Vielleicht kennst du Zipin nicht, aber Zipin kennt bestimmt dich.«

Zipin kotzte in den Gully vor seinem Hause. »Jedesmal, wenn du etwas Geld in die Pfoten kriegst, haust du alles im ›Streunenden Hund‹ auf den Kopf«, beschimpfte ihn seine Freundin. »Statt Lokalrunden auszugeben, hättest du auch einmal an mich denken können. Ich hätte eines jener Pariser Kleider kaufen können, die die Zofe des Diplomaten verhökert hat.« Kapriziös fügte sie hinzu: »Ich sehe phantastisch aus in schwarzen Spitzen.«

Zipin schleppte sich hinter ihr die Eingangsstufen hinauf und schwankte durch die Tür. Mühsam stieg er die wackelige Treppe hoch, die in sein Atelier hinten im dritten Stock führte. »In diesem Scheißkorridor kann man nicht einmal die Hand vor den Augen sehen«, rief seine Freundin, die sich hinter ihm vortastete. An der Tür des Ateliers wühlte Zipin in seinen Taschen, bis er den Schlüssel fand. Dann zündete er ein Streichholz an, um das Schlüsselloch zu finden. In diesem Augenblick sah er, daß zwei Pistolen auf seinen Kopf gerichtet waren.

»Was –«

»Wo bist du, Schatz?« rief das Mädchen aus der dritten Etage.

Das Streichholz erlosch. Die beiden Pistolen preßten sich an Zipins Schläfe. Tuohy flüsterte: »Sprich zu ihr!«

»Ich bin hier oben«, sagte Zipin mit jämmerlicher Stimme.

Die Freundin rief: »Du wirst doch nicht schon wieder kotzen? Diesmal mußt du es aber selbst aufwischen.«

Keuchend erschien sie in der dritten Etage. »Mit dem Geld, das du heute abend rausgeschmissen hast, hättest du mir ein Paar italienische Schuhe kaufen können«, lamentierte sie in der Finsternis, »statt dessen muß ich meine mit Zeitungspapier ausstopfen, damit sie passen.«

Zipin steckte noch ein Zündholz an. Das Mädchen erblickte die beiden Männer mit Pistolen und schluckte. Tuohy befahl: »Bleib ruhig!«

»Was wollt ihr?« fragte Zipin, nachdem sie drin waren. Das gelbe Licht der Petroleumlampe ließ sein Gesicht wie Wachs erscheinen. »Falls ihr glaubt, daß ihr bei mir Geld holen könnt – ich habe alles heute abend im ›Streunenden Hund‹ ausgegeben.«

»Das stimmt leider wirklich«, sagte die Freundin rasch.

Sander fragte vorsichtig: »Das Geld, das du heute abend ausgegeben hast – hast du das für das Plakat der Regierung bekommen?«

Zipin fragte: »Auf welcher Seite steht ihr?«

»Wir stehen auf der Seite der Wahrheit«, sagte Tuohy freundlich. »Wenn du aufrichtig antwortest, passiert dir nichts. Wenn du uns aber für dumm hältst und anlügst –« Er fuhr sich mit dem Zeigefinger quer über die Kehle.

Sander wiederholte: »War das Geld, das du heute abend ausgegeben hast, für das Plakat?«

»Ja, für das Plakat«, nickte Zipin jämmerlich.

»›Rußlands Frauen sagen *nein* zum Bolschewismus‹ – wessen Idee war das?«

Zipin stöhnte: »Diese Parole haben *sie* fabriziert, nicht ich. Ich persönlich bin überhaupt nicht für oder gegen jemanden.«

Tuohy fragte mit gespielter Überraschung: »Du hast den Sturz des Zaren nicht unterstützt?«

Zipin war verwirrt. »Der letzte Zar war ein Tyrann, dem es nur recht geschehen ist.«

Tuohy tat empört: »Nikolaus war der Gesalbte Gottes, der von den Bolschewisten verraten wurde.«

Zipin wand sich: »Ich bin weniger gegen den Zaren, als gegen seine Frau, diese Deutsche.«

»Wer hat das Plakat in Auftrag gegeben?« fragte Sander.

»Der Chef der Unterabteilung Propaganda des Ministeriums für Öffentliche Information«, antwortete Zipin.

»Und wen hast du als Modell genommen?« fragte Sander weiter. Fast atemlos erwartete er die Antwort.

»Ich habe gar kein Modell gebraucht«, erklärte Zipin stolz.

Die Freundin sagte: »Was er sagt, ist wahr.«

»Wer hat dich denn gefragt?« fuhr Tuohy sie an.

»Hast du das Gesicht aus der Phantasie gemalt?« fragte Sander.

»Nicht ganz«, erklärte Zipin. »Ich habe nach einer Photographie gearbeitet, die mir der Chef der Unterabteilung für Propaganda gegeben hat.«

»Eine Photographie.« Sander und Tuohy sahen sich an.

»Ja, eine Photographie«, wiederholte Zipin leise.

»Du lügst«, sagte Sander.

»Zeige sie ihnen doch, um Gottes willen!« erinnerte die Freundin. »Vielleicht lassen sie uns dann in Ruhe.«

Zipin holte die Photographie von Lili hervor. Tuohy konnte nur einen kurzen Blick darauf werfen, ehe Sander sie hastig in die Tasche steckte.

»Das ist eine von Wasjas Aufnahmen«, sagte Sander.

»Wasja würde die aber nicht jemandem von der provisorischen Regierung verkaufen«, wunderte sich Tuohy.

»Warum fragen wir nicht den Chef der Unterabteilung Propaganda des Ministeriums für Öffentliche Information, woher *er* das Bild bekommen hat?« schlug Sander vor.

Der Chef der Unterabteilung für Propaganda, der in der Straße neben dem Ministerium residierte, bestritt zunächst, irgend etwas mit dem Plakat zu tun zu haben. Aber als Sander ihn von dem Geständnis des Malers in Kenntnis setzte, rückte er mit der Information heraus, daß er die Photographie von einem seiner Mitarbeiter bekommen hatte, dessen Namen und Anschrift er anzugeben bereit war, als Tuohy ihn einen Blick auf seine Pistole werfen ließ, die im Schulterhalfter steckte. Der Untergebene seinerseits gab sich abwechselnd wütend und ahnungslos, bis er begriff, daß er sich aus der Klemme befreien könnte, wenn er Sander und Tuohy auf seinen älteren Bruder verwies, den Kaplan, der ihm das Bild zu seinem einundvierzigsten Geburtstag geschenkt hätte. Der Kaplan kam gerade von einem Begräbnis eines Offiziers, der aufgrund einer Wette bei einer nächtlichen Orgie ein Wodkaglas zerstampft und verschluckt hatte. »Ja«, sagte der Kaplan, »ich habe die Photographie hinter der Toilettentür unseres Regimentsobersten gefunden.« Der Oberst wurde durch einen Boten, der behauptete, von der Militärkommission des Exekutivkomitees zu kommen, ins Smolny bestellt. Er erklärte zunächst, nie einen Blick auf die in Rede stehende Photographie geworfen zu haben. Erst als man ihn darauf hinwies, daß an der Front dringender Bedarf für einen Regimentsoberst seiner Qualifikation bestünde, erinnerte er sich plötzlich daran, daß sein Bursche die Photographie von einem fetten Usbeken bekommen hatte, der seinen Stand auf dem Markt bei der Kasaner Kathedrale hatte. Der Usbeke stellte sich dumm, bis er begriff, daß die Leute, die ihn befragten, sich den Teufel um das Kokain scherten. Dann schnaufte er: »*Die* Photographie.« Und er beschrieb den alten Mann, der sie bei ihm gegen ein Messinghörrohr eingetauscht hatte.

»Hippolyt!« rief Sander.

»Na so etwas, der alte Drecksack«, sagte Tuohy.

Hippolyt, der wieder sein Zimmer im Dampfboot bezogen hatte, fiel es schwer zu verstehen, was Sander sagte, obwohl dieser direkt in sein Hörrohr brüllte. Als er begriff, daß Sander ihn verdächtigte, die Photographie *gestohlen* zu haben, wurde er deutlich. »Stehlen! Ein Bolschewist stiehlt nicht. Nur gelegentlich erleichtere ich die Ausbeuter etwas.«

»Woher hast du sie dann bekommen, Alter?«

»Ich habe sie von Melor gekauft, diesem kleinen Gauner.«

Gemeinsam warteten sie alle – seine Mutter Serafima, Sergeant Kirpitschnikow, Hippolyt, Lili, Arischka, Tuohy und Sander – auf den Jungen, bis er mit einem in Zeitungspapier gewickelten Katzenbein auftauchte.

»Was schaut ihr mich alle so an?« winselte der Junge. »Ich sage euch, es ist ein Kaninchenbein. Ich habe es von einem Burschen bekommen, der es aus dem Keller eines reichen Kapitalisten hat, welcher Kaninchen züchtet.«

»Und die Photographie, die du mir verkauft hast«, kreischte der alte Hippolyt und schwang sein Hörrohr vor Melors Gesicht, »woher hast du die bekommen?«

Sergeant Kirpitschnikow schnallte seinen Gürtel auf und begann, ihn aus den Schlaufen seiner Militärhosen zu ziehen.

»Ich habe nichts Böses gewollt«, jammerte Melor. »Ich schwöre – nein! Ich fand sie zufällig unter Wasjas Bett«, murmelte er. »Und da der lieber Jungen mag als Mädchen, dachte ich mir, daß er sie bestimmt nicht mehr brauchen würde.«

Hippolyt brüllte: »Du bist ein dreckiger kleiner Dieb, der gestohlene Sachen verkauft.«

Sergeant Kirpitschnikow sagte: »Auch unter Sozialisten brauchen Kinder ab und zu eine anständige Tracht Prügel.«

Sander nahm dem Sergeant den Gürtel ab und erklärte: »Ich werde mich darum kümmern.« Damit führte er Melor nach hinten in den Hof, ließ ihn seine Hosen ausziehen und sich über die niedrige Kiste beugen, die dem ursprünglichen Besitzer des Dampfboots zur Aufbewahrung von Gartengerät gedient hatte.

Melors Geschrei war einige Häuserblocks weit zu hören.

»Eigentlich hast *du* die Prügel verdient«, sagte Sander zu Lili, als sie allein waren.

»Wenn du das wirklich so ernst meinst,« erwiderte sie, »warum nimmst du nicht deinen Gürtel ab und versuchst es?«

»Hättest du nicht für diese Photographien posiert, hätte Melor nie eine davon in die Hände bekommen, und es hätte auch kein Plakat gegeben.«

»Hör nur, was du da redest! Jemand stiehlt eine Photographie, und ich bin schuld, weil es ein Bild von mir ist.«

»Wenn es *nur* ein Bild von dir wäre, hätte Melor sich nicht die Mühe gemacht, es zu stehlen. Es war eine Photographie deiner Fotze.«

»Meine Fotze gehört *mir*«, erwiderte Lili in einem gereizten Ton. Er erkannte, daß er zu weit gegangen war.

»Ich meinte bloß –« fing er an.

»Du meintest bloß«, unterbrach sie ihn eisig, »daß jetzt, wo wir miteinander schlafen, du der Besitzer meiner Fotze bist. Bei all deinem feinen Gerede bist du wie jeder andere – erhebst Besitzanspruch auf das Organ, das du fickst.«

»Ich dachte, das Glück wäre gegenseitig«, sagte Sander mit nervösem Lachen.

»Das war es. Das ist es«, sagte Lili sanft. »Aber ich behaupte nicht, deinen Pimmel zu besitzen, weil ich ab und zu daran lutsche. Ach, Sander, worum streiten wir uns eigentlich? Willst du mir das sagen?«

»Wir streiten«, murmelte er, »weil ich sehr erschrocken war, als ich dein Gesicht auf dem Plakat sah. Einige von unseren Leuten könnten auf die Idee kommen, daß du auf der anderen Seite stündest.«

»Das ist doch ein Witz«, sagte Lili. »Niemand nimmt solche Sachen ernst.«

Sander nahm es aber doch sehr ernst. Als er erklärte, was er vorhatte, bestand Sergeant Kirpitschnikow darauf, ihm zu helfen. »Sei vorsichtig, Pascha!« rief Serafima von einem Fenster herab, als sie sich auf den Weg zu der Druckerei machten.

»Die Kapitalisten sollen vorsichtig sein!« rief Sergeant Kirpitschnikow fröhlich zurück. Er zog den Kragen seines Militärmantels hoch und fiel in Gleichschritt mit Sander und Tuohy.

Außer einer frühen Morgenpatrouille von Fahrradsoldaten und ein paar Fußgängern, die im Nebel nur undeutlich zu sehen waren, begegnete ihnen niemand. Die drei Männer begaben sich zu Fuß in eine verfallene Gegend, die einen Steinwurf vom Newski-Prospekt entfernt war. Über der Tür eines alten Hauses hing eine Lampe aus Wellblech. Die beschädigte Skulptur eines Pferdekopfes stand in einer Nische der Stallmauer im Hofe. Eine Militärambulanz, die von Plakaten bedeckt war, fuhr gerade von der Laderampe weg, als sie ankamen.

»Wir suchen Brikin«, sagte Sander zu dem Arbeiter an der Laderampe.

»Brikin kommt gewöhnlich nicht in aller Herrgottsfrühe«, sagte der Arbeiter mürrisch. Er wischte sich die Hände an seiner von Druckfarbe beschmierten Schürze ab. »Er ist schließlich der Besitzer.«

Sander hatte erwartet, daß Brikin nicht da sein würde. Er erklärte: »Wir kommen von der Unterabteilung Propaganda des Ministeriums für Öffentliche Information. Man hat uns hergeschickt wegen der Plakate mit der Aufschrift ›Rußlands Frauen sagen nein zum Bolschewismus‹.«

Der Arbeiter lachte laut los, als ob Sander ihm einen Witz erzählt hätte. »Wegen der Plakate kommt ihr?«

»Was ist daran so komisch?« fragte Sergeant Kirpitschnikow.

»Wenn jeder von euch so viele davon mitnehmen würde, wie er hochheben kann, würden immer noch zwei- oder dreitausend Stück übrigbleiben.«

Sander war darauf gefaßt gewesen, daß es mehr wären, als sie wegtragen konnten. »Können wir sie wenigstens sehen?«

»Es geht mich persönlich nichts an«, sagte der Arbeiter vorsichtig, »aber wenn ihr von der provisorischen Regierung seid, komme ich vom Monde.«

»Wie kommst du darauf?« fragte Sergeant Kirpitschnikow in scharfem Tone.

»Nun also – erstens trägst du ein kleines rotes Bändchen am Aufschlag«, sagte der Arbeiter. Kirpitschnikow sperrte den Mund auf; tatsächlich hatte er vergessen, das Band abzunehmen.

Der Arbeiter fuhr mit einem Kopfnicken zu Tuohy hin fort: »Und den hier mit dem Walroßbart habe ich erst gestern mit diesem Trotzki gesehen.«

»Das reicht«, sagte Tuohy auf englisch. Er langte durch seine *Duschegretschka*, einen »Seelenwärmer« aus Schafsfell, nach seiner Pistole.

Sander hielt ihn zurück. »Vielleicht kommen wir wirklich nicht von der provisorischen Regierung. Ändert das etwas, soweit du betroffen bist?«

»Soweit ich betroffen bin, könnt ihr auch vom Mond kommen«, lachte der Arbeiter. »Heutzutage kommt jeder vom Mond. Warum sollte das bei euch anders sein?«

»Wo sind die Plakate?« fragte Sergeant Kirpitschnikow.

»Wenn ihr mir die Hände hinter dem Rücken fesselt und mit einer Pistole auf meinen Kopf zielt, will ich sie euch gern zeigen.« Er hielt ihnen ein Stück Seil hin. Tuohy band ihm achselzuckend die Hände auf dem Rücken zusammen. Dann zog er seine Pistole, spannte sie und zielte auf den Kopf des Mannes.

»Vom Spannen der Waffe war nicht die Rede«, beschwerte sich der Arbeiter.

Sander nickte. Tuohy sicherte die Pistole. Der Arbeiter sagte: »So ist es schon besser. Folgt mir!« Er führte sie hinter zwei riesige Druckpressen, die mit ohrenbetäubendem Gerassel Flugblätter ausspieen. »Deutsche Rotationsmaschinen«, schrie er durch den Lärm der Pressen. »Der letzte Schrei. Mit Stereotyp-Zylindern, falls euch das etwas sagt. Sie drucken fünfzehn Stück in der Minute.«

Mehrere Arbeiter in Overalls mit Flecken aus Druckerschwärze beobachteten die Prozession, ohne ein Wort zu sagen. Der Lagerraum, eine hohe Backsteinhalle hinter dem Hauptgebäude, war voller flacher Ballen. Der Arbeiter zeigte auf sie und sagte: »In jedem sind einhundert Plakate.«

Sander fragte: »Wie viele wurden insgesamt gedruckt?«

»Die Pressen liefen für fünftausend. Seit drei Tagen wurden jeden Morgen zweihundert versandt. Bleiben viertausend und einhundert. Vorgestern sind eintausend mit der Bahn nach Moskau transporiert worden. Also bleiben noch dreitausend und einhundert.«

Sander wandte sich an Tuohy: »Im Druckraum habe ich einige Kannen Schmieröl gesehen.«

Gleich danach spritzten Tuohy und der Sergeant Öl über die Ballen.

Der Arbeiter empfahl: »Am besten macht ihr die Fenster auf, damit der Rauch abzieht und Luft hereinkommt.«

»Das hört sich so an, als ob du so etwas schon einmal gemacht hättest«, sagte Pascha, während er die Fenster aufriß.

Der Arbeiter erklärte stolz: »Man hat uns schon viermal niedergebrannt. Einmal waren es die Linken, das zweite Mal die Rechten, das dritte Mal die Matrosen von Kronstadt; und einmal war es ein Unglücksfall, als eine Gaslampe explodierte.«

Sergeant Kirpitschnikow zündete ein Streichholz an und hielt die Flamme an einen Ballen. Es gab ein Zischen, und die Ballen standen in Flammen. Die vier Männer zogen sich rasch zurück. Tuohy schloß hinter ihnen die Tür.

In diesem Augenblick erschienen drei junge Kadetten der Militärakademie an der Laderampe. Sie waren gekommen, um sich ihre morgendliche Ration zum Plakatieren in der Stadt abzuholen.

Sie sahen den Arbeiter mit auf dem Rücken gebundenen Händen und Tuohys Pistole und bemerkten, daß unter der Tür zum Lager Rauch herausdrang. Der eine zog einen übergroßen Revolver aus dem Halfter und drückte ab; aber die Waffe versagte. Tuohy gab einen Schuß ab, und die Kadetten drückten sich aus der Tür hinaus.

»Hierher!« rief Sander und rannte zu einem anderen Ausgang.

Als Kirpitschnikow sich umdrehte, um ihm zu folgen, stolperte er über ein Stromkabel und fiel in eine der deutschen Druckerpressen. Die Finger seiner rechten Hand wurden in die Rollen für den Papiertransport gequetscht. Der Sergeant schrie vor Schmerz laut auf. Der Arbeiter, dem die Hände gebunden waren, riß mit einem Fußtritt den elektrischen Stecker aus der Steckdose an der Wand. Die Presse kam brummend zum Stehen. Sander band dem Sergeanten einen Stoffetzen um den Unterarm, um den Blutstrom zu stillen. Kirpitschnikow wurde vor Schmerz ohnmächtig. Sander und Tuohy hoben ihn hoch und trugen ihn auf die Straße. Tuohy hielt das erste Automobil an, das vorbeikam, und befahl dem Fahrer, sie zum Anglo-Russischen Krankenhaus am Newski-Prospekt zu bringen. Nach einem Blick auf die zermalmte linke Hand des Sergeanten entschied sich der Arzt für eine Amputation. Während er in den Operationssaal gerollt wurde, öffnete Kirpitschnikow ein Auge und bemerkte Sander.

»Die verfluchten Deutschen haben mich mit einer ihrer Pressen erwischt«, brummte er. Dann dachte er daran, daß er das Wort »Pascha« auf die Finger der verletzten Hand tätowiert hatte, und klagte: »Jetzt werde ich jedem meinen Namen sagen müssen.«

Sander überbrachte Serafima die Nachricht. Wider alles Erwarten nahm sie sie sehr gefaßt auf. Nachdenklich sagte sie: »Jetzt wird er mich wohl brauchen, um ihm das Hemd zuzuknöpfen.«

15

Zu Anfang November war Petrograd ein Meer von Schlamm. Im Smolny verlegte man Planken, weil mit den Stiefeln so viel Matsch hereingetragen wurde. Nur eines konnte dieser Misere ein Ende setzen: der erste kräftige Schneefall. Die Menschen sehnten sich danach fast ebensosehr wie nach dem Ende des Krieges. Man war sich allgemein einig, daß der Krieg noch ewig weitergehen könnte, daß aber der erste Schnee nicht mehr weit sei. Alte Leute mit Rheumatismus behaupteten, sie könnten seine Nässe schon in den Gelenken spüren. Als der Schnee dann wirklich kam, sagten sie mit erwartungsvollem Schmatzen, er würde die Stadt mit einer weichen, weißen Daunendecke begraben. Petrograd würde stiller und ruhiger werden. Das gelegentliche Krachen eines Gewehres, wenn ein Scharfschütze eine Turteltaube herunterholte, würde so harmlos klingen wie das Knacken eines durch die Schneelast brechenden Zweiges.

Die Droschkenkutscher würden mit steifgefrorenen Bärten und Augenbrauen ihre Wagen gegen Schlitten austauschen, und die Fußspuren der Passanten würden sich auf den Straßen kreuzen.

Und wenn der erste Schnee recht bald käme und sich als tief genug erweisen würde – vielleicht konnte er dann sogar den Enthusiasmus für jene Sache dämpfen, die seit Wochen in der Luft lag: der Aufstand der Massen.

»Was machst *du* denn hier?« fragte Lili, als sie die Eingangstür vom Dampfboot öffnete und ihren Zwillingsbruder Felix entdeckte, der sich elegant die Fingernägel in dem Springbrunnen abspülte.

»Meine Hände waren . . . schmutzig«, antwortete er mit rauher Stimme. »Ich muß mit dir reden. Ich muß unbedingt« – er blickte mit halb geschlossenen Augen und zur Seite geneigtem Kopf zu ihr auf – »mit dir reden.«

»Worüber?« fragte Lili frostig. Das letzte, was sie wünschte, war eine Szene mit Felix. Sie fragte sich, ob Sander an diesem Abend nach Haus kommen würde. In den letzten Tagen hatte sie nur sehr wenig von ihm gesehen. Er war immer im Einsatz. Eine endlose Zahl von Meldungen mußte überbracht werden, während Trotzki seine Fühler in der Stadt ausstreckte.

»Lissik, Lisjok, Lilinotschek!« bettelte Felix und trocknete seine Finger an den Reithosen ab. »Wärmst du immer noch deinen Mund mit Tee an, ehe du Liebe machst?«

»Du hast getrunken«, sagte Lili kalt. Sie ging auf die Treppe zu, aber Felix stürzte vor, um ihr den Weg zu versperren.

Er winselte: »Ich habe das Plakat gesehen. Ich habe die Kurve deiner Brüste unter der Toga gesehen.« Er versuchte ihr an die Brust zu fassen; aber sie wich zurück.

»Wenn du mich anrührst«, erklärte sie ihm, »werde ich um Hilfe schreien.«

»Schrei nur, wenn es dir Spaß macht!« Felix legte die Hände an den Mund und kreischte mit hoher Stimme: »Hilfe, Hilfe!«

Er versuchte zu lachen, aber es kam nur ein Krächzen aus seinem Munde. »Du siehst, meine Schwester, mein Schatten, meine Lissik, hier ist niemand außer einem Jungen und einem tauben alten Mann.« Er beugte sich vor und drückte ihr die Hände auf den Rücken. Sein Gesicht war nur wenige Zentimeter von ihrem entfernt. Er stank nach Knoblauch. »Ich bin gekommen, um dich zu retten«, erklärte er. »Eines Tages wirst du mir danken. Ja, du wirst auf die Knie fallen, um deine Dankbarkeit auszudrücken.«

»Ich brauche nicht gerettet zu werden, Felix.«

»Es wird eine Revolution geben«, flüsterte er eindringlich. »Jedermann spricht davon. Euer Lenin ist aus Finnland zurückgekommen. Er hat eine Geheimsitzung eures Zentralkomitees einberufen. Erst haben sie gezögert. Aber euer Lenin ist ein flotter Redner. Raffiniert. Wie ein Verkäufer auf dem Jahrmarkt. *Teper ili nikogda,* hat er ihnen gesagt: Jetzt oder nie. Er hat sie herumgekriegt. Einen nach dem andern. Jeder spricht davon. Die Bolschewiki werden versuchen, die Macht zu übernehmen. Wenn sie Erfolg haben, werden sie dich auf dem Plakat erkennen und an einem Laternenpfahl aufhängen. Wenn sie unterliegen, werden Kerenskis Leute dich aufhängen, zusammen mit den anderen überlebenden Bolschewisten. Siehst du nicht ein, Lili, daß nur ich dich retten kann?«

Lili zappelte in seinem Griff, bekam eine Hand frei und griff in ihrer Schultertasche nach der kleinen Pistole, die sie immer bei sich trug. In diesem Augenblick trat ein Mann vor und drückte ihr einen großen, mit Äther getränkten Wattebausch auf Mund und Nase. Felix packte ihre freie Hand am Gelenk und verdrehte sie, damit sie die Waffe fallen lassen sollte. Lili schwand das Bewußtsein, doch sie schaffte es noch, auf den Abzug zu drücken. Der Knall schien aus einem anderen Raum, ja aus einer anderen Welt zu kommen...

»Vertraue mir!« keuchte Felix ihr ins Gesicht, als sie in den Armen des Mannes mit dem Wattebausch zusammensank.

Sander erschien mit fahlem Gesicht plötzlich an Tuohys Tisch in der Kantine. Aljoscha Schitkin, der Sprengstoffexperte, folgte ihm. »Ich brauche deine Hilfe, Atticus«, sagte Sander ruhig. Tuohy bemerkte seinen Gesichtsausdruck und erkannte, daß die Sache dringend war. »Wir sehen uns später«, rief er seinen Genossen am Tisch zu und folgte Sander und Aljoscha.

Während sie in einem requirierten Lastwagen aus Petrograd hinausfuhren, erzählte Sander, was geschehen war.

»Wieso kannst du sicher sein, daß sie mit Gewalt entführt wurde?« fragte Tuohy.

Sander sagte: »Melor hat den Schuß gehört. Er war geistesgegenwärtig genug, vom Treppenabsatz herunterzuschauen. Da sah er, wie Felix und noch ein anderer Mann sie wegschleppten. Sie sei bewußtlos gewesen.«

»Vielleicht hat der Kleine die ganze Sache erfunden«, meinte Tuohy ohne Überzeugung.

Aljoscha sagte: »Wir haben ein Einschußloch im Fußboden entdeckt. Daneben lag ein mit Äther getränkter Wattebausch.«

»Aber warum sollte ihr Bruder sie entführen?« wollte Tuohy wissen.

Aljoscha erklärte: »Serafima hat mir gesagt, daß er sie schon seit Jahren belästigt. Er pflegte mitten in der Nacht aufzutauchen, sternhagelvoll, in seiner Troika. Hat die ganze Nachbarschaft aufgeweckt. Schlug an das Tor, bis sie aufmachte. Dann schrie er sie an; und wenn das nicht half, fiel er auf die Knie und fing an zu jammern.«

»Was wollte er denn?« fragte Tuohy.

»Er ist in sie verliebt. Er wollte, daß sie mit ihm käme.«

Tuohy fragte: »Wo wohnt er?«

Aljoscha sagte feierlich: »Das wirst du gleich sehen.«

Einer Legende zufolge soll das kleine Kloster oberhalb der Dudergof-Seen die Stätte gewesen sein, wo der falsche Dmitri sorgfältig auf den Thron vorbereitet wurde. Nach dem mysteriösen Tod von Boris Godunow im Jahre 1605 hatten die Bojaren ihren Prätendenten eilends nach Moskau gebracht und zum Zaren aller Reußen gekrönt. Aber die Herrschaft Dmitris dauerte nicht lange genug, um ihn im Kreml heimisch werden zu lassen. Ebenso über seinen Katholizismus aufgebracht wie über seine Sünden (der falsche Dmitri hatte eine Schwäche für Gruppensex) erstürmte eine Volksmenge das Allerheiligste und ermordete ihn. Dann verbrannte man seine Leiche, lud die Asche in eine Kanone und schoß diese in Richtung auf Polen ab.

Es war eine jener »hellen Nächte«, in denen alle Gegenstände zweidimensional wirken. Sander konnte die Silhouette des Klosters sehen, während er zusammen mit Aljoscha, Tuohy und den vier Kameraden, die sie hinten auf dem Lastwagen mitgebracht hatten, über die flache Ebene schritt. Es sah aus wie der gemalte Hintergrund in einem Stummfilm.

In offener Schützenlinie passierten sie einen Stall mit Pferden und ein Nebengebäude, in dem rostige Pflüge zu sehen waren. Dann schlichen sie sich um eine große freie Halle herum. Darin erblickten sie drei prächtige Pferde, die an eine Troika geschirrt waren. Felix pflegte Tag und Nacht Pferde im Geschirr zu halten, damit er zu jeder Zeit in die Weite hinausrasen konnte, wenn ihm danach war. Sander, Aljoscha und Tuohy duckten sich an der Ecke des Schuppens, um sich zu orientieren. Rechts vom Kloster konnten sie die Schemen von Männern ausmachen, die um einige Lagerfeuer saßen. »Das sind wahrscheinlich die Deserteure, die er als seine Privatarmee gedungen hat«, flüsterte Aljoscha.

»Was glaubst du, wie viele es sind?«

»Schwer zu sagen. Ein Dutzend. Höchstens zwei.«

Das Erdgeschoß des Klosters wirkte verfallen und finster. Einige Fenster in der ersten Etage standen offen. Aus dem einen ertönte der blecherne Klang eines Klavierautomaten und das Lachen von Männern. Aljoscha kauerte sich in dem Schuppen hin, um die Zündschnüre an den Dynamitstangen anzubringen, während Sander von der Ecke aus geduckt das Haus im Auge behielt. Er fühlte sein Herz laut klopfen. Das Atmen fiel ihm schwer.

Eine Tür im Erdgeschoß flog auf, und ein betrunkener Wächter stolperte aus dem Kloster heraus. Er öffnete den Hosenschlitz und pinkelte in die Nacht, die Hände in die Seiten gestemmt. »Iwan!« schrie er aus Leibeskräften. »Iwan, du Pfeife, komm her und halte mir den Schwanz beim Pissen!«

In einem Fenster des ersten Stocks erschien eine Gestalt. Eine männliche Stimme rief herunter: »Laß dir doch von einer der Huren dabei helfen!«

»Iwan, Liebling«, rief der Wärter auf dem Rückweg zum Kloster und suchte mit Fistelstimme ein ärgerliches Weib zu imitieren, »du hast mir noch nie etwas abgeschlagen. Hast du etwa einen Neuen gefunden?«

Aljoscha kroch zu Sander zurück und klopfte auf seinen Ranzen. Die Dynamitstangen waren einsatzbereit. Sander schaute zum Kloster und sagte: »Ich weiß, wie wir es machen.«

Zehn Minuten später ging die erste Dynamitladung hoch, während Aljoscha und zwei der Kameraden vom Lastwagen die Deserteure bei den Lagerfeuern angriffen. Es gab ein Aufflackern von Gewehrfeuer, dann zwei weitere Explosionen, noch mehr Gewehrschüsse und Geschrei, als Aljoscha die Leute zum Waldrand hin wegscheuchte. Tuohy brannte eine Zündschnur an und schleuderte eine Dynamitstange durch ein Fenster im ersten Stock des Hauses. Dann rannte er hinter Sander her, der mit gezogener Pistole die breite Steintreppe hinaufstürmte. Dicht hinter ihm folgten zwei weitere Kameraden mit schußbereiten Gewehren. Tuohys Dynamitstange explodierte nicht; aber ihr bloßer Anblick bewirkte, daß die jungen Gardeoffiziere und die drei Huren in Korsetts voller Panik aus dem Raum flohen, der einst die prachtvolle Bibliothek des Klosters gewesen war. Ein Gardeoffizier mit losem Hemd und offener Hose riß ein mächtiges Schwert aus der Scheide und hob es gegen die Angreifer. Da ertönte ein Gewehrschuß, danach noch einer; und der Offizier wurde an die Wand geschleudert. Blut spritzte aus einem klaffenden Loch in seiner Schulter. Die anderen Offiziere, verwirrt, betrunken, unfähig klar zu sehen, ergaben sich.

Während die beiden Kameraden und Tuohy die Gefangenen in Schach hielten, rannte Sander von Zimmer zu Zimmer, trat die Türen ein und schrie, so laut er konnte: »Felix, wo steckst du? Wenn du ihr nur ein Haar gekrümmt hast, bist du ein toter Mann!«

Er erreichte einen Raum, der offensichtlich Felix' Schlafzimmer sein mußte, nach dem Prachtbett in der Mitte und einem halben Dutzend Regierungsplakaten von Lili zu schließen, die an den Wänden hingen. Hier fand er einen alten Mann, der die Stiefel der jungen Offiziere putzte. »Wo ist der Prinz?« schrie Sander und zielte mit schußbereiter Pistole auf den Alten. Aber der blickte überhaupt nicht von seiner Arbeit auf. Sander raste weiter. Er stieß zerstreut mit dem Fuß die Kleider weg, die die Gardeoffiziere in den Zimmern zurückgelassen hatten, und erreichte schließlich wieder die Treppe. Dort stand Tuohy gerade über einem knienden Gardeoffizier und preßte ihm die entsicherte Pistole an den Schädel.

»Er hat sie zum Winterpalais gebracht«, keuchte der Offizier. »Ich schwöre es beim Haupt meiner Mutter.«

Aljoscha kam die Treppe heraufgerannt, in der einen Hand eine Pistole, in der anderen eine Dynamitstange; eine dünne Zigarre baumelte zwischen seinen Lippen. »Habt ihr sie gefunden?« rief er.

»Er hat sie zum Winterpalais gebracht«, antwortete Tuohy.

Aljoscha sah Sander an. »Das dürfte ein wenig schwieriger einzunehmen sein als ein Kloster.«

16

Die Nachricht verbreitete sich im Smolny wie ein Lauffeuer. An diesem Morgen hatte Trotzki seinen Genossen vom Zentralkomitee persönlich Pistolen ausgehändigt. Sogar der beschränkteste Bolschewist begriff, was das zu bedeuten hatte. Die Vorbereitungen für den Aufstand waren abgeschlossen. Alle Einheiten des Militärs und der Roten Garden waren an ihren Ausgangspunkten und warteten nur noch auf das Zeichen Trotzkis, um zu marschieren.

»Hast du von Sander gehört?« fragte Arischka Tuohy.

»Keinen Ton. Er hat sich seit Tagen nicht mehr im Dampfboot blicken lassen. Er ist irgendwo außerhalb und sucht nach ihr.«

»Warum gibt Trotzki nicht Befehl zum Losschlagen?« fragte Arischka.

Tuohy erklärte: »Er wartet auf eine Provokation von seiten der provisorischen Regierung.«

Am Nachmittag war es dann soweit.

»Habt ihr das Neueste gehört?« platzte Arischka heraus. »Kerenski hat seinen Zug gemacht. Wenn Trotzki auf eine Provokation gewartet hat, so hat Kerenski sie ihm auf einem silbernen Tablett geliefert.«

Kerenski hatte erklärt, daß ein »Zustand der Insurrektion« bestünde, hatte Lenin zum Verbrecher erklärt und die Festnahme von Trotzki und den anderen Mitgliedern des Militärischen Revolutionskomitees angeordnet. Regierungstruppen hatten die Telephonzentrale, das Postamt und die Bahnhöfe besetzt, Offizierskadetten richteten Befehlsstände an den wichtigsten Kreuzungen der Stadt ein, hielten Automobile an und durchsuchten sie nach Waffen. Außerdem waren die großen Newabrücken hochgezogen worden.

Trotzkis Kommandozentrale wirkte jetzt wie ein Tollhaus. Militärische Befehlshaber diskutierten vor dem riesigen Stadtplan an der Wand. Jemand brüllte in ein Telephon: »Die Brücken müssen um jeden Preis wieder heruntergelassen werden!« Trotzki stand an einem Fenster. »An alle militärischen Einheiten der Garnison von Petrograd«, diktierte er erregt. »Tagesbefehl Nummer eins. Der Petrograder Sowjet ist in Gefahr! Sie werden hiermit angewiesen, Ihr Regiment einsatzbereit zu machen. Erwarten Sie weitere Befehle! Jedes Zögern wird als Verrat gegen die Revolution angesehen werden.« Trotzki wartete, bis der Schreiber nachkam. »Haben Sie das? Schicken Sie sofort eine Kopie an jedes Regiment. *Mehr Ruhe, bitte!*« Trotzki ging zur Karte hinüber und schwenkte die Arme. »Schickt das Ismailowski-Regiment zum Baltischen Bahnhof! Laßt die Wolinskis und Pawlowskis zu der Troitzki- und der Liteini-Brücke vorrücken...«

Hohläugig und unrasiert umkreiste Sander das Winterpalais. Er ging am Jordan-Eingang am Newa-Ufer vorbei, von wo aus die Zaren die Wasser der Newa jeden Januar gesegnet hatten, vorbei am Millionaja-Portal, das von einigen hundert Mädchen eines Frauenbataillons bewacht wurde, vorbei am Kommandeurs-Portal, wo Kosaken und ein Detachement der Militärschule Oranienbaum postiert waren. Er schaute auf die endlosen Fensterreihen des Palais und fragte sich, hinter welchem davon sie sich wohl befinden könnte. Wenn sie jetzt getötet würde, jetzt, wo ihre kühnsten Träume in Erfüllung zu gehen schienen...

Die Straßen rings um das Palais wimmelten von Rotgardisten und Arbeitern, als die Bolschewisten auftauchten. Sander begegnete bei seinen Wanderungen einigen Genossen vom Kschessinskaja-Palais. Sie waren hundemüde, aber guter Laune. Der Taurische Palast war eingenommen worden, sagten sie. Postämter, Bahnhöfe und Telephonzentrale waren ohne einen Schuß in die Hände der Bolschewisten gefallen. Zahlreiche Lagerhäuser waren unter ihrer Kontrolle. Überall schmolzen die Regierungstruppen zusammen. Gut nach Mitternacht bemerkte Sander, daß der Kreuzer *Aurora* mitten in der Newa vor Anker ging. Seine Scheinwerfer überstrichen die Nikolajewski-Brücke und die Fassade des Winterpalais.

Und immer noch zog Sander seine Runden um das stille Gebäude.

Im Smolny gingen im Zimmer siebzehn allmählich Meldungen ein. Matrosen von der *Aurora* waren in der Dämmerung gelandet und hatten die Nikolajewski-Brücke heruntergelassen. Die Rotgardisten und Soldaten, die auf der Wasilewski-Insel warteten, waren ausgeschwärmt, um das Marilinski-Palais einzunehmen. Ein bolschewistischer Stützpunkt an der Stadtgrenze hatte einen Wagen mit zwei Männern aufgehalten, die nach Finnland wollten: ein Schwede namens Nobel, der eine Fabrik in Petrograd hatte, und ein finnischer Armeeoffizier namens Mannerheim.

Lenin, der den Weg von seiner Wohnung ins Smolny zu Fuß zurückgelegt hatte, nahm Trotzki beiseite, um zu besprechen, wie sie die Beamten der Regierung nennen sollten, die sie am Morgen bilden würden.

»Alles, nur nicht Minister«, meinte er. »Das ist ein so häßliches Wort.«

Trotzki schlug vor, sie Volkskommissare zu nennen.

»*Volkskommissare*«, wiederholte Lenin und nickte. »Das könnte gehen.«

Einer von Trotzkis Kommandeuren stürzte herein. Er rief: »Wir haben soeben telephonisch die Bestätigung erhalten: Kerenski ist aus dem Winterpalais geflohen. Sein Pierce Arrow wurde gesichtet, wie er auf der Landstraße nach Pulkowo in Richtung Pskow fuhr.«

Lenin fragte: »Wie steht es mit dem Winterpalais? Ist es schon gefallen?«

Trotzki vermied Lenins Blick. Alles in der Stadt *außer* dem Winterpalais war gefallen.

Lenin kniff die Augen zusammen, um seinen Ärger zu beherrschen. Er klagte: »Wenn ein Punkt übrig bleibt, um den sich unsere Feinde scharen können, können wir alles verlieren. Das Palais muß *sofort* gestürmt werden! Ist das klar?«

In den Straßen um das Palais drängten sich Hunderte von Rotgardisten zusammen und warteten auf den Beginn des Angriffs.

»Wie spät ist es?« fragte ein junger Matrose.

Ein Rotgardist zündete ein Streichholz an und schaute auf seine Taschenuhr. »Es ist fast zehn.«

»Könnt ihr bitte etwas lauter sprechen?« rief eine Stimme.

»Hippolyt!« schrie Sander und blickte sich um, bis er die Gestalt des alten Mannes gewahrte. »Ich bin es, Alexander Til.«

Hippolyt brüllte: »Ich kann kein Wort verstehen von dem, was du sagst. Vor lauter Aufregung habe ich mein Hörrohr verloren. Du mußte lauter sprechen, wenn du willst, daß ich dich verstehe.«

In diesem Augenblick explodierte eine purpurrote Leuchtkugel über dem Winterpalais. Dies war das Signal für den Kreuzer *Aurora*, der auf der anderen Seite des Palastes vor Anker lag. Seine Kanone donnerte los, und auf das Dach des Palais regneten Schrapnelle herab. Die sechs Fünfzehnzentimeter-Feldkanonen der Naryschkin-Bastion auf der Peter-und-Pauls-Festung traten in Aktion. Ein riesiger Panzerwagen polterte über den Platz und nahm die Verteidiger unter Maschinengewehrfeuer. Weiße Funken spritzten von der Fassade, als die Salven Splitter von den Mauern rissen. Fenster zerbarsten. »Hat die Schießerei begonnen?« rief Hippolyt. Er nahm ein Gewehr hoch und gab in Richtung auf den Palast mehrere Schüsse ab.

Jetzt eröffneten Matrosen und Rotgardisten das Feuer. Hinter Barrikaden aus Brennholz schossen die Verteidiger zurück. Nach einiger Zeit trat plötzlich eine Unterbrechung in der Schießerei ein. Drüben öffnete sich quietschend das Hauptportal, und mehrere hundert Kosaken vom Vierzehnten Don-Regiment ritten heraus.

»Macht euch bereit zum Gegenangriff, Jungs!« rief ein Matrose und pflanzte sein Bajonett auf.

Aber die Kosaken machten gar keinen Gegenangriff; sie gaben die Verteidigung des Palastes auf. In Viererreihen verschwanden sie in Richtung Newski-Prospekt. Ein vielstimmiges Hurrageschrei hallte über den Platz, und die Matrosen und Rotgardisten nahmen den Angriff wieder auf. Einige tollkühne Matrosen rannten über den Platz und warfen Handgranaten auf die Verteidiger. Tief geduckt lief eine Gruppe Rotgardisten zum Kommandanten-Portal. »Sie bringen Dynamit an«, sagte jemand. Einen Moment später gingen die Rotgardisten in den Torwegen in Deckung. Eine Explosion zerriß die Nacht und sprengte das Portal auf. Von rechts kam der schrille Ton einer Trompete. Die Matrosen und Rotgardisten stießen Hochrufe aus und rückten vor. »Vorwärts!« brüllte ein Matrose. Vorgebeugt und mit blitzenden Bajonetten liefen die Angreifer auf die Holzbarrikaden zu. Aus dem Palais hörte man eine Gewehrsalve. Etliche Gestalten stolperten und fielen mit dem Gesicht nach unten auf die Pflastersteine. Die Angreifer stauten sich unsicher an der Alexandersäule.

Plötzlich kam Hippolyt schwankend die Reihen entlang. Er krächzte: »Macht kehrt, Jungs, oder die Kosaken werden schießen! Das nimmt ein schlimmes Ende, sage ich euch. Der Zar wird ihnen befehlen zu schießen. Es wird Blut auf dem Schnee geben –«

Sander schrie: »Dies ist nicht 1905, Hippolyt. Diesmal werden wir gewinnen.«

Der Alte hörte ihn nicht. Er rief: »Die Ikonen werden euch nicht beschützen. Macht kehrt, ehe es –«

Vom Palast her bellte ein Maschinengewehr. Hippolyt riß die Arme hoch und kippte vornüber. Sander rannte zu der Stelle, wo er hingestürzt war. »Wir haben nicht mehr 1905«, schrie er, als er den alten Mann in seinen Armen hielt.

»Du mußt –« Hippolyt hustete etwas Blut aus, »lauter sprechen, wenn ich –«

Sein Kopf fiel zurück und hing schlaff zur Seite.

Sander legte Hippolyt sanft wieder auf das Pflaster und schaute hoch. Die Matrosen und Rotgardisten hatten kniend eine unregelmäßige Schützenlinie gebildet. Sie feuerten und luden fieberhaft. Eine Pfeife schrillte. Sie sprangen auf und rannten zu dem noch fünfzig Meter vor ihnen befindlichen Palais. Sander zog seine Pistole aus dem Halfter und stürzte hinter ihnen her.

Die Kadetten, die den Haupteingang verteidigten, waren verschwunden, als sie dort ankamen. Mit wildem Freudengeschrei kletterten die Angreifer über die hölzernen Barrikaden und drängten sich über den Korridor die breite Marmortreppe hinauf. Inmitten eines Meeres von Matrosen sah Sander Tuohys Kopf herausragen. Überall gab es Stapel von weggeworfenen Gewehren, zerbrochenem Geschirr und demoliertem Mobiliar. Auf dem Parkettfußboden lagen reihenweise schmutzige Matratzen. Haufen von Zigarettenstummeln, leeren Sardinenbüchsen und zerbrochenen Weinflaschen häuften sich in den Ecken. Einige Rotgardisten brachen Kisten mit ihren Gewehrkolben auf. Ein Arbeiter rannte mit einer Bronze-Uhr vorbei. Ein anderer, der sich eine Straußenfeder kokett an die Mütze gesteckt hatte, schwang einen silbernen Kerzenleuchter mit einem kaiserlichen Wappen darauf. Sander erblickte kurz Melor, wie er mit einem Arm voll seidener Nachtgewänder davonrannte.

»Genossen«, rief ein Hauptmann der Rotgardisten, »rührt nichts an! Dies ist Eigentum des Volkes.«

Die Matrosen und Rotgardisten stürmten durch die Korridore und schwärmten dann in die umliegenden Zimmer aus. Aljoscha Schitkin sauste vorbei, seine Tasche mit Dynamit baumelte ihm an der Hüfte.

»Hast du Lili oder Felix gesehen?« schrie Sander.

»Keine Spur von ihnen«, schrie Aljoscha zurück. »Hier gibt es Hunderte von Zimmern.«

An einer Kreuzung von zwei Korridoren stieß Sander beinahe mit einer Gruppe von Pawlowski-Soldaten zusammen, die aus der entgegengesetzten Richtung kamen. Einer von ihnen rief: »Das Palais gehört uns!« Irgendwo in der Nähe explodierte eine Granate, dann eine zweite. Zwei Kadetten mit Schirmmützen, die ihre Augen und ihre Angst verdeckten, trabten vorüber. Sie trugen einen Kameraden, dem Blut aus einer Kopfwunde spritzte.

Sander stürmte einen Korridor entlang und stieß in der großen weißen Halle, die einst der Prunkspeisesaal der Romanows gewesen war, auf eine Barrikade aus Möbeln. Dann lief er durch den Tjomny-Korridor, von dessen Wänden die Portraits russischer Generale starrten, durch die Rotunde und den Arabischen Saal in die Malachitkammer, in der alle Säulen, Kamine, Tische und Vasen aus dem grünen Stein des Uralgebirges hergestellt waren.

Matrosen und Rotgardisten drängten in den Saal und richteten ihre Pistolen und Gewehre auf die Minister der provisorischen Regierung, die um einen großen Tisch saßen. Einige hielten Kristallgläser mit silbernen Untersätzen in den Fingern.

Sander erblickte Tuohy auf der anderen Seite des Raumes. Er rief: »Irgendein Zeichen von Lili?«

Tuohy schüttelte den Kopf.

Ein bolschewistischer Befehlshaber, Antonow-Owsejenko, der eine Matrosenjacke und einen breitrandigen Künstlerhut trug, hob die Hand, und alle verstummten. Dann rief er: »Ich bin Antonow, Repräsentant des Militärischen Revolutionskomitees. Ich erkläre alle Mitglieder der provisorischen Regierung für verhaftet.«

Die Matrosen und Roten Garden brüllten Zustimmung.

»Hurra!« krächzte ein Matrose. Die anderen nahmen den Ruf auf; er verbreitete sich nach draußen in die Halle, die Gänge und die großen Zimmer des Romanow-Palastes, bis der ganze Bau unter dem Schrei zu erzittern schien.

Sander drängte sich durch das Gewühl zurück in den Arabischen Saal und zwängte sich dann durch eine Tür in der Wandverkleidung eine schmale Treppe hinauf in ein anderes Stockwerk, wo er einen Raum nach dem anderen durchkämmte – in der Hoffnung, daß er hinter jeder Tür, die er aufmachte, Lili entdecken würde. Er kam an Matrosen vorbei, die Lederkoffer wegschleppten, und an Kadetten mit Kindergesichtern, die sich ergeben wollten. Ein stämmiger Arbeiter mit Bart stapfte mit einer Kiste voll Weinflaschen vorbei. Sander kam durch einen gekachelten Raum mit eingelassener Badewanne. In dem kleinen angrenzenden Zimmer fiel er fast über zwei Rotgardisten, die den großen Porzellanofen, mit dem das Badewasser erhitzt worden war, abzumontieren suchten.

In einem Gang, der mit Hunderten von Kavalleriesäbeln dekoriert war, blieb Sander an einem offenen Fenster stehen. Vier Matrosen kamen hinzu. »Schau mal!« sagte einer von ihnen und zeigte auf das Hauptportal des Palastes unter ihnen. »Sie karren die provisorische Regierung in den Knast.«

Ein anderer legte die Hände an den Mund und schrie hinunter: »Tod den Ministern der Regierung!«

Vom Platz her erklangen Rufe: »Hängt die Bastarde auf!« und »An den Galgen mit ihnen!«

Sander sagte: »Genossen, das Proletariat sinnt nicht auf Rache.« Aber trotzdem fehlte es seiner Stimme an Überzeugung; und ihm dämmerte der Gedanke, daß, wenn Lili tot wäre, Rache genau das wäre, was er erstrebte.

»Scheiße!« knurrte ein anderer Matrose und wandte sich enttäuscht vom Fenster ab.

Sander begab sich in das oberste Geschoß des Winterpalais, wo die Bediensteten untergebracht waren, und jagte durch ein Gewirr von kleinen, niedrigen Räumen. Hier gab es keine Plünderer, weil die Dinge, die es sich lohnte zu stehlen, in den unteren Etagen waren. Die dünnen Zwischenwände waren bepflastert mit Photographien des Zaren und seiner Familie. Über jedem Bett hing ein Kruzifix aus Metall oder Holz.

In einem Durchgang gab es eine Bewegung. Eine Frau kreischte auf, aber ihr Schrei brach abrupt ab. Sander drängte sich durch eine Schar Rotgardisten zu einer Tür. Drinnen waren zwei noch minderjährige Matrosen mit Gewehren im Anschlag. Ihnen gegenüber, mit dem Rücken zum Fenster, stand Felix. Er hielt den rechten Arm um Lilis Hals und drückte sie vor sich als Schild. Mit der linken Hand preßte er ihr einen großkalibrigen Kavallerierevolver an die Schläfe.

Felix erblickte Sander, und ein wüstes Gelächter drang aus seiner Kehle. Er schrie: »Bring ihnen etwas bei! Revolutionen triefen vor Blut. Es spielt keine Rolle, von wem. Sag ihnen, daß sie schießen sollen – und fertig. Dann kannst du noch zwei weitere Leichen auf den Scheiterhaufen werfen.«

Sander befahl den Matrosen mit zitternder Stimme: »Nehmt die Gewehre herunter, Genossen!«

Die beiden Burschen sahen sich an. Ihre Gewehrläufe senkten sich. Sander schaute auf Lili und fixierte dann Felix mit den Augen. Er sagte: »Wenn sie stirbt, dann stirbst auch du.« Er ging einen Schritt auf Felix zu.

»Komm nicht näher!« warnte ihn Felix.

»Bleib weg!« sagte Lili. »Da kann man nichts machen.«

»Was will er?« fragte Sander. »Was willst du, Felix?«

Felix lachte wieder kehlig auf. »Es sind diese jungen Herren, die etwas von mir wollen. Sie tragen nicht einmal Handschuhe, und da wollen sie *mich anfassen*. Mich, Felix Jusupow! Einen Prinzen! Ich möchte nur in Ruhe gelassen werden. Kerenski wird mit den Kosaken bald zurück sein. Er wird das Palais und die Stadt zurückerobern. Lenin wird von einem passenden Laternenpfahl baumeln. Und Lili und ich werden nach Paris gehen.«

Sander trat noch einen Schritt auf Felix zu. Er sagte: »Sie liebt dich nicht. Sie liebt mich.«

»Du lügst. Lissek, sag ihm, daß er lügt.«

Lili zögerte. Sander nickte.

Schließlich sagte Lili: »Er spricht die Wahrheit.«

Sander spürte, wie Felix erbebte. Haßvoll starrte er Sander an.

»Lügen!« sagte Felix matt. »Lügen!« bellte er. Dann nahm er die Reiterpistole von Lilis Kopf weg, um sie auf Sander zu richten.

Sofort fuhr Lili mit dem Kopf nach unten und biß mit aller Kraft in den Arm ihres Zwillingsbruders. Felix schrie auf. Sander sprang vor, packte die Hand, welche die Waffe hielt, und drückte sie nach oben. Ein Schuß entlud sich. Sander rammte seinen anderen Arm Felix ins Gesicht. Sofort waren die beiden jungen Matrosen neben ihm und warfen Felix zu Boden, während Lili sich seinem Griff entwand.

Felix schluchzte: »Lisjok, Lisjonysch, Liliotscheck! Meine Schwester, mein Schatten, meine Litschik!«

Felix jammerte immer noch, als sie ihn wegzerrten. Seine Füße schleiften am Boden, seine Stimme rief: »Lilionotschek, Lissik, sie *fassen mich an!*«

Sander legte den Arm um Lilis zitternde Schulter. »Es ist vorüber«, sagte er ihr.

»Und die Revolution?« fragte sie mit matter Stimme.

Sander lächelte. »Die ist auch vorüber. Wir haben gewonnen.«

Lenin lächelte. »Also ist es wahr. Das Winterpalais ist gefallen.«

Tuohy bestätigte das. »Ich war im Malachitsaal, als sie sich Antonow-Owsejenko ergaben. Hier ist der Beweis.« Er holte aus der Tasche seiner Pelzweste ein Kristallglas in silberner Fassung, das auf dem mit Fries bedeckten Tisch gestanden hatte.

Kamenew goß etwas Wodka in das Glas und schlug vor: »Wir wollen auf den Sieg des Sozialismus trinken.«

Trotzki sagte: »Trinken wir auf den Sieg des Proletariats!«

»Laßt uns trinken auf den Sieg der Avantgarde des Proletariats, der bolschewistischen Partei, und ihren Anführer, Wladimir Iljitsch«, sagte Stalin.

»Wir wollen einfach trinken«, sagte Lenin.

Jeder lachte glücklich. Einer nach dem andern erhoben alle im Zimmer Anwesenden das Glas und nahmen einen kleinen Schluck. Stalin war der letzte in der Reihe. »Auf den Erfolg unserer Revolution!« rief er, warf den Kopf zurück und trank das Glas leer. Dann nahm er das Glas aus der silbernen Fassung und warf es gegen den Kamin.

Das Kristall sprang ein paarmal hoch, ohne zu zerbrechen, und rollte dann ins Zimmer zurück.

Die Bolschewisten starrten schweigend auf das nicht zerbrochene Glas. Stalin bemerkte: »Wie die Bauern sagen, gibt es mehrere Arten, ein Ei zu zerbrechen.« Mit rohem Lachen ging er hin und zermalmte das Glas unter seinem Stiefelabsatz in kleine Splitter.

Zigarettenrauch füllte den großen Ballsaal des Smolny wie Nebel. Alle paar Minuten kletterte jemand auf das Podium und bat die Genossen, nicht zu rauchen. Die Nichtraucher stimmten ihm laut zu. Aber die Raucher machten weiter.

Lenin begab sich auf das Rednerpodium. Die Delegierten des Sowjets jubelten ihm entgegen. Viele schwenkten Gewehre und aufgepflanzte Seitengewehre, denn Kerenskis Gegenangriff konnte jeden Moment erfolgen.

»Len-in, Len-in« skandierte Tuohy mit den anderen. Er hob Arischka hoch, damit sie besser sehen konnte.

In schäbigen Schuhen und Hosen, die ihm zu lang waren, mit stoppligem Kinn und vom Rauch tränenden Augen wartete Lenin die Hochrufe ab. Die Ovationen dauerten einige Minuten.

Sander sah aus einer Ecke zu, den Arm um Lili gelegt, und dachte darüber nach, wie weit Lenin es in so kurzer Zeit gebracht hatte. Noch vor vierunddreißig Wochen hatte er in Armut in Zürich gelebt. Jetzt regierte er Rußland.

Lenin ergriff das Geländer des Rednerpultes und schaute über die Köpfe der Zuhörer. Mit angespannter Stimme erklärte er: »Wir werden jetzt darangehen, die sozialistische Ordnung zu schaffen.«

Arischka versuchte, Tuohys Kopf wegzuziehen. »Nicht mehr, Amerikanitz. Bitte, hör auf!«

Aber Tuohy war stärker als sie. Nach einiger Zeit sagte sie: »Du tust mir weh.«

»Ich könnte dich die ganze Nacht lang lieben«, maulte Tuohy, als er widerwillig von ihr abrückte.

»Das hast du schon«, sagte Arischka. »Wir müssen eine Weile schlafen.« Sie rollte sich herum, so daß sie ihm den Rücken zuwandte, und seufzte: »Gott sei Dank haben wir nicht jeden Tag Revolutionen. Ich glaube nicht, daß ich noch eine weitere überleben könnte.«

Ronscha hatte seinen Wintermantel über das kleine Mansardenfenster genagelt und kletterte vom Stuhl herunter.

Sie konnten noch hören, wie die Roten Garden ihre Gewehre in die Luft abfeuerten, während sie jubelnd durch die engen Straßen unter ihrem Fenster zogen.

Apollinaria sagte von der Couch aus: »Der Mantel wird das Licht abhalten, aber wie ist es mit den Geräuschen?«

Ronscha schüttelte verzweifelt den Kopf. »Nichts kann Schall abhalten außer Taubheit.«

Apollinaria rückte auf der schmalen Liege weiter, und Ronscha schlüpfte neben ihr unter die Decke. »Ich mag es, wenn sich unsere Körper berühren«, flüsterte sie. »Und unsere Seelen auch.«

Aber Ronscha war mit seinen Gedanken woanders. Er sagte: »Die neue Ordnung wird sicher mit der Poesie Schluß machen. Wir beide müssen uns auf die Möglichkeit gefaßt machen, daß sie auch mit den Dichtern Schluß macht.«

»Du bist zu pessimistisch«, sagte Appolinaria. »Unter den Bolschewisten gibt es viele, die idealistisch sind. Lilis Freund Sander zum Beispiel.«

Drunten in der Straße spannten etliche Rotgardisten ihre Büchsen und schossen in die Nacht hinaus. Ronscha schloß erschöpft die Augen. Er sagte: »Die Idealisten werden nicht viel länger am Leben bleiben als die Dichter.«

Sie hatten eine Feier im Dampfboot geplant – Pfannkuchen, zerlassene Butter, Wodka – aber nach Hippolyts Tod war niemand dazu in Stimmung. In der Morgendämmerung zogen Sander und Lili ihre Mäntel an und machten einen langen Spaziergang durch die stille Stadt. Keiner von beiden sprach. Es gab wohl zu viel zu sagen.

Sie schlenderten über den Platz des Winterpalais, vorbei an Posten, die sich an kleinen Feuern wärmten. Sander zeigte die Stelle, wo Hippolyt gefallen war. Lili bemerkte etwas geronnenes Blut auf dem Boden und berührte es mit den Fingerspitzen.

Vom anderen Ende des Platzes her ratterte ein Wagen mit nur einem Rad am Palais vorbei. Einige Posten langten nach ihren Gewehren, lachten dann aber, als sie sahen, was es war. Die Flanken des Pferdes troffen von Schweiß, und Schaum floß aus dem Maul. Unter den Hufen sprühten Funken, und die Achse schlug mit dem nackten Ende auf die Pflastersteine.

»Wie schön«, jubelte Lili. »Es ist wie unsere Revolution, Alexander. Wild, unartikuliert, unaufhaltsam!«

Sander kämpfte gegen ein Gefühl der Verzweiflung an, das plötzlich in ihm aufstieg. Das Pferd verschwand am anderen Ende des Platzes.

»Was ist mit dir, Alexander?« fragte Lili, als sie seinen Gesichtsausdruck bemerkte.

Sander sagte: »Ich habe den Klang von Pferdehufen nie leiden können.« Er verzog das Gesicht. Er war sich nicht sicher, ob er sich erinnerte . . . oder in die Zukunft schaute.

3. Buch

Unterwegs nach Jekaterinburg, 1918

So wie die Engländer eine besondere Gabe für Humor besitzen, so haben die Russen eine für Grausamkeit. Das ist eine besondere, kaltblütige Grausamkeit, die die Grenzen des Leidens auslotet, das Menschen ertragen können ...

Maxim Gorki, in dem in der Sowjetunion nie veröffentlichten Buch von 1922:
Über den russischen Bauern.

Aktuelles vom Tage . . .

Danach ließ sich ganz Petrograd vollaufen. Matrosen brachen in den Weinkeller des Zaren ein. Trotzki befahl dem Preobraschenski-Regiment, das zu den diszipliniertesten in der Garnison der Hauptstadt zählte, die Keller zu bewachen. Das ganze Regiment ließ sich vollaufen. Die Pawlowskis bezogen Stellung um das Palais und ließen sich vollaufen. Bolschewisten aus anderen Regimentern wurden hergebracht und ließen sich vollaufen. Kommandeure der Roten Garden übernahmen ihre Aufgabe und ließen sich ebenfalls vollaufen. Bald darauf kam es zu einem Volksauflauf vor dem Palais. Soldaten mit Panzerwagen wurden losgeschickt, um die Menge zu zertreuen. Auch sie schwankten bedenklich. Die Sowjets ließen die Eingänge zu den Kellern vermauern. Aber die Leute rissen die Backsteine aus den Fenstern und kletterten hinein. Lenin befahl, die Keller zu überfluten. Die Feuerbrigaden, die diesen Befehl ausführen sollten, ließen sich vollaufen. Ein Kommissar wurde mit Sondervollmachten zum Tatort geschickt. Auch er war sehr bald sternhagelvoll.

Schließlich gelang es den Bolschewisten, den Inhalt der Weinkeller in den Fluß zu pumpen. Die Newa färbte sich rot vom Wein. Bauern, die am Ufer Kohl verkauften, sahen darin ein böses Omen. Sie sagten, die Newa würde noch einmal rot werden; aber dann von Blut.

1

Der Zug kroch in den Tunnel und blieb mitten darin stehen. Wasja Timofejewitsch Maslow stöhnte: »Jesus, nicht schon wieder!« Er drückte die Tasche mit den Kameras in dem stockfinsteren Abteil fest an sich. Sander, der auf der Holzbank neben Lili gequetscht war, berührte in der Dunkelheit ihr Knie. Er fühlte, wie ihre Fingerspitzen leicht über sein Handgelenk strichen. Mit einigen Stößen und dem Quietschen von Metall auf Metall setzte sich der Zug wieder in Bewegung. Minuten später dampfte er aus dem Tunnel hinaus in den hellen, blendenden Sonnenschein und passierte den Obelisk neben der Strecke, welcher die Grenze markierte, wo Europa aufhörte und Asien anfing.

»As-ia-tika«, sagte ein Bauer und buchstabierte langsam das Wort auf der Tafel. Dann erfaßte er den Sinn von dem, was er gelesen hatte. Er sprang auf und stieß die Absätze seiner Schuhe aus Birkenrinde zusammen.

Weiter hinten im Zug nahmen andere seinen Ruf auf, als ihr Abteil an dem Monument vorbeifuhr. »Asiatika! Asiatika!«

»Ich bin noch nie in Asien gewesen«, sagte Sander zu Lili. »Das Wort klingt so magisch wie früher für mich als Kind ›Amerika‹.«

»Ich bin in Asien aufgewachsen«, erwiderte Lili. Sie befingerte die Kameenbrosche mit dem roten Stein in der Mitte, die unter dem obersten Knopf ihrer Bluse angesteckt war. »Ich liebe dich«, fügten ihre Lippen lautlos hinzu. Sander lächelte etwas verlegen und nickte ihr rasch zu.

»Wohin fahren Euer Gnaden denn?« fragte die Bäuerin, die ein großes Glas mit Blutegeln auf den Knien balancierte.

Wasja antwortete: »So Gott will, nach Jekaterinburg.«

»Ist es nicht in Jekaterinburg, wo unsere neuen Herren den Zaren gefangenhalten?«

Die Blicke von Sander und Lili begegneten sich. »Das wird erzählt«, sagte er zu der Frau. Um weiteren Fragen zu entgehen, wandte er sich zum

Fenster und sah zu, wie zwei barfüßige Bauernkinder und eine Ziege mürrisch von einem Hügel aus die vorbeifahrende Lokomotive betrachteten.

Um Mittag fuhr der Zug über eine rostige Stahlbrücke, die einen breiten Strom überspannte. Bauern standen in den überfüllten Abteilen auf und zogen feierlich ihre Mützen vor Mütterchen Wolga. Bald danach ertönten drei kurze Pfeifsignale von der Lokomotive, und der Zug kam mit metallischem Kreischen, das einem kalte Schauer über den Rücken jagte, zum Stehen. Ein Rotgardist lief an den Wagen entlang und rief: »Zeit für Holz, alles raus!«

Die kräftigen Männer, darunter Sander und Wasja, stellten sich bei einem Viehwagen für Sägen und Äxte an. Dann rutschten sie die Böschung herunter und machten sich an die Birken längs der Strecke heran. Die Männer sägten die Stämme in meterlange Stücke und stapelten sie auf dem Pritschenwaggon hinter der Lokomotive auf, während die Frauen im Birkenwald nach Pilzen suchten. Dann mußte man noch zwanzig Minuten warten, während der Lokomotivkessel mit dem frischen grünen Holz beschickt wurde. Lili schleuderte ihre Schuhe weg, raffte den Rock bis zu den Knien und watete in den klaren, flachen Fluß. Am Ufer breitete Sander seine Karte aus und versuchte festzustellen, wo sie sich befanden.

»Was wäre, wenn die Weißen Jekaterinburg einnehmen, ehe wir dort ankommen?« rief Lili vom Fluß her.

»Was wäre wenn? Was wäre wenn?« rief Sander zurück und sah seinen Vater vor sich, wie er bedrückt auf und ab ging und sagte: »Was wäre, wenn der Zar beschnitten wäre oder wenn Juden nicht eine Frage mit einer Gegenfrage beantworten würden?«

»Das ist keine Antwort«, rief Lili ihm zu.

Ehe Sander in eine Diskussion verwickelt werden konnte, ertönten von der Lokomotive wieder drei Pfiffe. Sander krabbelte die Böschung zu den Waggons hinauf. Lili folgte ihm. Dann setzte der Zug seinen langen, mühevollen Weg durch die Birkensteppe fort, die schon hinter Moskau bei den pistaziengrünen Mauern der Klöster von Sagorsk begann und sich nach Norden und Osten unvorstellbar weit dahinzog.

Trotzki hatte Sander von seiner Arbeit als Übersetzer im Kommissariat für Auswärtige Angelegenheiten entbunden und mit Lili als Chiffriersekretärin und Wasja als offiziellem Photographen nach Jekaterinburg und dem Ipatijew-Haus im Zentrum dieser Stadt entsandt, das als Gefängnis für Nikolaus II., seine Frau und ihre fünf Kinder diente.

Als sie am Jaroslawer Bahnhof angekommen waren, erlebten sie das Chaos des russischen Bürgerkriegs. Es gab keine festen Fahrpläne für die Züge, und sie mußten mit Hunderten anderer Leute auf dem Bahnsteig kampieren. »Wir werden nie rechtzeitig ankommen«, sagte Lili ängstlich nach sechzehn Stunden. Sie mußte schreien, um die aus dem Bahnhofslautsprecher dröhnende Stimme zu übertönen, die zum dutzendsten Male an diesem Tage Majakowskis jüngstes Gedicht rezitierte: »Befehl Nummer zwei an die Armee der Künste.«

... Genossen,
gebt uns eine neue Form der Kunst,
einer Kunst,
die die Republik aus dem Schlamm ziehen wird.

Sander sprach mehrmals mit dem bolschewistischen Eisenbahner, der dem Komitee vorstand, das den Bahnhof betrieb; aber der zuckte nur müde die Achseln und sagte, er könne keinen Zug herbringen, selbst wenn die Reisevollmacht, die man ihm unter die Nase hielt, von Gottvater persönlich unterschrieben und vom Heiligen Geist gegengezeichnet wäre.

Schließlich hatten Sander, Lili und Wasja sich in einen Zug gekämpft und saßen nun in einem völlig überfüllten Abteil. An den Stationen drängten sich Massen hustender, spuckender und fluchender Bauern mit großen Jutesäcken, die darum kämpften, in den Zug zu kommen, ganz gleich, wohin er führe. Sander, der das Treiben von einem Fensterplatz aus beobachtete, kam es so vor, als ob sich die ganze Bevölkerung Rußlands auf den Bahnhöfen versammelt hätte.

Ihr Zug, der von einer uralten Lokomotive gezogen wurde, wurde stundenlang auf Nebengleisen abgestellt, einmal sogar für einen ganzen Tag. Die Bolschewisten, die in diesem Juli den Eisenbahnverkehr leiteten, gaben später zu, daß sie ihn einfach vergessen hätten. Manchmal kamen Züge mit Verurteilten vorbei – Rechtsanwälten, Fabrikbesitzern, Bankiers –, die in offene Viehwagen gepfercht waren und zum Ausheben von Schützengräben geschickt wurden. Einmal sahen sie Trotzkis berühmten Panzerzug mit seinen stahlbewehrten geschlossenen Waggons und Maschinengewehren auf den Dächern vorbeirasen. Einige Stunden später, als sie in einer langgezogenen Kurve um eine Bergflanke bogen, kamen sie an einem noch rauchenden Dorf vorbei, und rasch verbreitete sich in den Wagen die Kunde, daß Trotzkis Panzerzug es mit Maschinengewehrfeuer zerstört hätte, um eine Bauernrevolte zu ersticken. Die filigranartigen Holzrahmen um die

Fenster hingen in Splittern von den buntbemalten Häuschen, und Pferde, Kühe, Ziegen und etliche Menschen lagen mit dem Bauch nach oben auf den ausgefahrenen Wegen. Eines Tages erblickte Sander am frühen Morgen eine Einheit, die vor einem zerstörten Kloster Pferde requirierte. Und als die letzten Sonnenstrahlen durch einen entfernten Birkenwald blitzten, kamen sie durch einen geplünderten Bauernhof, wo drei Menschen an den Balken aufgehängt waren. Jeder Leiche war ein Schild auf die Brust geheftet mit der Aufschrift: TOD DEN SPEKULANTEN. Ein kurzsichtiger Rotgardist in einer Lederjacke mit Gürtel, der am Vortag einen Bauern aus dem Abteil gejagt und dessen Platz eingenommen hatte, blinzelte durch das kaputte Fenster auf die Leichen und zitierte einen Satz Stalins, der in Moskau kursierte: »Eine Revolution ist kein Sonntagsspaziergang.«

Dieser Ausspruch Stalins erschien Sander unvereinbar mit Lenins Idealismus: »Wir werden jetzt darangehen, die sozialistische Ordnung zu schaffen.« In den beschwingten Tagen, nachdem die Bolschewisten die Macht übernommen hatten, schien alles und jedes im Bereich des Möglichen zu liegen. Da noch niemand zuvor eine sozialistische Ordnung aufgebaut hatte, diskutierten die Genossen darüber, wie man das machen sollte. Niemand, nicht einmal Lenin, diktierte Entscheidungen. Jeder hatte eine Meinung und äußerte sie. Es bildeten, spalteten und reorganisierten sich Gruppen im Zuge der offenen und äußerst lebhaften Debatte. Schließlich stimmte man ab und fügte sich dem Mehrheitsbeschluß.

Es mangelte nicht an großartigen Entwürfen. Als Moskau und eine Reihe anderer großer Städte an die Revolutionäre fiel, schlug jemand vor, die sozialistischen Außenposten durch riesige Zeppeline zu verbinden, von denen jeder Hunderte von Passagieren und Tausende Tonnen Fracht befördern könnte. Die Befürworter dieses Projekts schlugen vor, die Friedhöfe in Ankerplätze für die Zeppeline umzugestalten. Stalin brachte die Idee vor, demobilisierte Soldaten für den Bau moderner Untergrundbahnsysteme arbeiten zu lassen. Irgend jemand dachte allen Ernstes daran, in den Zentren der Großstädte rotierende Türme aus Eisen und Glas zu errichten. An diesen Gebäuden sollten riesige Freiluftbildwände angebracht werden, auf denen Filmnachrichten und sozialistische Parolen projiziert werden könnten. Diese Parolen würden nicht von schwerfälligen Propagandisten verfaßt werden, sondern von Dichtern des Landes, die nach Majakowskis Vorbild ein Arbeitspensum zu erfüllen hätten wie jeder andere Proletarier. »Warum sollte die Literatur ein eigenes Reservat haben?« erklärte Majakowski, der jeden Abend durch rauhe, zugige Fabriken zog und seine Gedichte vor verwunderten Arbeitern deklamierte.

Konfrontiert mit der ungeheuren Aufgabe, die vor ihnen lag, verloren manche Genossen die Nerven. Als ein alter Bolschewist namens Teodorowitsch erfuhr, daß er zum Kommissar für Verpflegungsnachschub ernannt worden war, erinnerte er sich plötzlich an sein Asthma und reiste in einen sibirischen Kurort. Man mußte ihn mit Gewalt an seinen Schreibtisch zurückholen und zu den sich dort auftürmenden Problemen.

Teodorowitsch hatte allen Grund zur Panik. Die Versorgungslage war verzweifelt. Die Tagesration war in Petrograd auf hundert Gramm Brot und gelegentlich einen Heringskopf reduziert worden.

Fast jedes Vorhaben weckte Leidenschaften und strapazierte die Nerven. Das galt auch für das Parteirestaurant. Mit der Begründung, daß Kommunisten mit verantwortungsvollen Aufgaben oft die Energie fehlte, ihnen gerecht zu werden, brachte eine Handvoll Genossen eine Petition in Umlauf, in der ein Restaurant ausschließlich für Parteimitglieder gefordert wurde. Während sich diese Kunde durch das Smolny verbreitete, bildeten sich zwei Gruppen. Tuohy gehörte zu den Befürwortern der Petition. Wenn die Avantgarde des Proletariats nicht die physische Kraft hätte, um ihre Führungsaufgabe zu erfüllen, so sagte er, als er den Antrag weitergab, würde es der Arbeiterklasse bestimmt nicht gelingen, eine neue Gesellschaft zu erbauen. Sander erfuhr durch Arischka von dem Plan und organisierte prompt eine Petition *dagegen*. »Ihr versteht nicht, um was es in der Revolution geht, wenn ihr ein Restaurant nur für Parteileute aufmachen wollt«, protestierte er entrüstet. »In den alten Tagen pflegten die herrschenden Klassen zu sagen: ›Der Mangel wird unter den Bauern geteilt werden‹. Wir haben diese Revolution gemacht, damit die Knappheiten, ebenso wie später einmal der Überfluß, gleichermaßen unter allen geteilt werden.«

»Alexander hat vollkommen recht«, erklärte Lili rundheraus.

»Wenn sie ein Restaurant für Parteileute schaffen«, sagte Arischka unsicher, »dann ist das nur ein Behelf auf Zeit, bis die Nahrungslage ausgebügelt ist.«

»Wir Kommunisten tragen die Hauptlast des Kampfes« betonte Tuohy. »Ein eigenes Restaurant ist das mindeste, das man uns geben kann.«

Sander sagte: »Damit schaffen wir einen Präzedenzfall. Wenn wir den Parteileuten heute besondere Vorrechte geben, wer weiß, was wir morgen tun werden, wenn einmal Überfluß herrscht.«

»Unterschreib hier!« verlangte Tuohy von Arischka. Sie weigerte sich, herumkommandiert zu werden, und bemerkte kühl: »Die Bolschewisten haben den Frauen das Stimmrecht gegeben. Ich stimme mit Alexander.« Und sie unterschrieb unter Lilis Namen.

Schließlich landeten die beiden Gesuche auf Lenins Schreibtisch. Er wog die Argumente beider Seiten ab und gab schließlich denen recht, die ein spezielles Restaurant forderten. »Die arbeitende Klasse kann nicht in der Vorhut der Revolution marschieren ohne ihre Aktivisten«, überlegte er. »Und die Aktivisten müssen versorgt werden. Ich bin der Meinung, daß ein solches Restaurant geschaffen werden soll.«

So geschah es dann auch. Sander jedoch weigerte sich beharrlich, diesen Ort zu betreten.

Auch als die Bolschewisten bereits fünf Monate an der Macht waren, die Hauptstadt nach Moskau verlegt und sich im Kreml etabliert hatten, mußte Sander immer noch an die Geschichte mit dem Restaurant denken. Lili versuchte ihm Mut zu machen und sagte: »Du kannst nicht über Nacht eine neue Gesellschaft zustande bringen. Du mußt ihr Zeit lassen, mein Schatz.«

Aber Zeit war genau das, was der Revolution fehlte. Lenin war gezwungen worden, einen demütigenden Friedensvertrag mit den Deutschen zu unterzeichnen, weil sonst nichts die teutonischen Horden gehindert hätte, ihren Vormarsch fortzusetzen. Die russischen Armeen waren, verlockt durch die Aussicht auf Landverteilung, dahingeschmolzen. Die Weißen Garden besetzten unter dem Kommando von Kornilow und Denikin das Land am Don. Ihre Reihen wuchsen von Tag zu Tag, da ihnen scharenweise Monarchisten, frühere Armeeoffiziere, rachsüchtige Antisozialisten, Grundbesitzer und Abenteurer zuliefen. Die Kosaken von Orenburg sammelten sich um ihren Ataman und beteiligten sich bald am Kampf gegen die Bolschewisten. Amerikanische, kanadische und italienische Truppeneinheiten waren in Murmansk gelandet. Reste einer tschechischen Division, die während des Krieges weit ins Landesinnere vorgestoßen war, hatten sich gegen die Bolschewisten gewandt. Vorausabteilungen der Japaner waren in Wladiwostok gelandet. In Moskau kratzte Trotzki in größter Eile eine Armee aus Rotgardisten, Matrosen und Fabrikarbeitern zusammen, um sich der Flut entgegenzustemmen; aber die Erfolgsaussichten waren düster.

Vor der bolschewistischen Revolution hatte Lenin die wenig bekannte marxistische Lehre vom Absterben des Staates wieder aufleben lassen. Danach sollten Armeen, Polizeikräfte und Bürokratien nach und nach verschwinden, sobald die Bolschewisten die Macht übernommen hätten. Dies hatte Lenin versprochen. Nach der Revolution sprach er zwar noch immer über das Absterben des Staates, verschob aber dieses erfreuliche Ereignis in eine späte Zukunft, »wenn auf der Erde keine Möglichkeit zur Ausbeutung mehr bestünde«. Armeen wurden aufgestellt, um die Revolution vor ihren äußeren Feinden zu verteidigen. So erschien es auch nur logisch, daß die Bolschewisten einen Monat nach dem Fall des Winterpalais darangingen, eine Geheimpolizei zu organisieren, um die Revolution vor ihren inneren Feinden zu schützen. Es gab keine Gegenstimmen. So wurde die Allrussische Außerordentliche Kommission zur Bekämpfung von Konterrevolution und Sabotage gegründet. Sie wurde alsbald unter den Anfangsbuchstaben »Tsch.K.« (gesprochen: Tscheka) bekannt. Das Politbüro ernannte Felix Edmundowitsch Dscherschinski, einen schmalgesichtigen, glutäugigen polnischen Kommunisten, zum ersten Chef der Tscheka. Und Lenin selbst gab ihm die Dienstanweisung. »Bedenke, das Gut der Revolution ist das höchste Gesetz.« Dabei wanderte sein Geist schon zum nächsten Punkt der Tagesordnung.

Tuohy ging neben dem vordersten Lastwagen hin und her. »Könnt ihr nicht dafür sorgen, daß sie schneller aufladen?« fragte er einen Mann im *Prodotrjad*, der Abteilung für Requirierung von Lebensmitteln.

Der Tschekist, ein junger Rekrut mit blonden Stoppeln am Kinn und einem nadelartigen italienischen Maschinengewehr im Arm, rief den Fabrikarbeitern, die aus der Hauptstadt mitgekommen waren, zu: »Wie lange noch, Genossen?«

»Zehn Säcke, höchstens fünfzehn«, schrie einer der Arbeiter zurück. »Was machen wir mit den Tieren?«

»Die nehmen wir mit«, sagte Tuohy dem Rekruten.

»Wir nehmen sie mit«, rief der Rekrut den Fabrikarbeitern zu.

Tuohy musterte die sieben Kulaken – relativ wohlhabende Bauern, die eine oder zwei Kühe besaßen und gelegentlich andere anheuerten, um ihnen in den Feldern zu helfen –, die an einer Scheune lehnten. Es schien ihnen ziemlich gleichgültig zu sein, was um sie herum vorging. Sie drehten mit ihren schwieligen Fingern dicke Zigaretten und strichen mit Zündhölzern über ihre Stiefelsohlen, um sie anzustecken. Sie hatten sich einem sowjetischen Erlaß widersetzt, wonach sie den größten Teil ihrer Ernte dem Staat abzuliefern hätten.

Dscherschinski hatte Tschekatrupps aufs Land geschickt, um die Durchsetzung zu erzwingen. Tuohy stand jetzt einem solchen Trupp vor, der aus drei anderen jungen Tschekisten, einem Dutzend für diesen Anlaß mobilisierten Fabrikarbeitern, zwei Personen- und zwei Lastwagen bestand. Ihre Tätigkeit war reine Routine. Sie fuhren in ein Dorf, versammelten alle männlichen Einwohner über zwölf Jahre und veranlaßten die armen Bauern, die »reichen« zu denunzieren. Danach war es ein Kinderspiel, die

Kulaken dazu zu bringen, daß sie angaben, wo sie die Ernte versteckt hatten. Wenn eine Pistole an den Kopf eines Sohnes gedrückt wurde, so löste das gewöhnlich dem Vater die Zunge.

»Das Getreide haben wir«, sagte ein Arbeiter und stemmte einen Jutesack auf den Lastwagen. Einige andere zogen fünf Lämmer und zwei Ferkel an Stricken aus der Scheune und hoben sie in den Wagen. Die letzten Arbeiter kamen aus einem Hause mit einem Faß Gurken, einer Kiste mit Würsten und einer Wanne voll Butter.

Von der anderen Seite des Flusses aus, unweit einer verkrüppelten Eiche, beobachteten vierzig oder fünfzig arme Bauern stumm, was geschah. An der Scheune sprachen die Kulaken miteinander. Sie schoben einen großen Kerl auf Tuohy zu; aber der verlor die Nerven und ging zur Gruppe zurück. Sie drängten ihn wieder vorwärts.

»Genosse Tschekist!« rief er.

Tuohys Schnurrbart zuckte vor Vergnügen. »Du möchtest mir sagen, wo noch mehr Getreide versteckt ist?«

»Euer Gnaden haben alles Getreide genommen.«

»Los, frag ihn!« grunzte ein anderer Kulak hinter ihm.

Der große Kulak nahm seinen Mut zusammen und ging noch einen weiteren Schritt auf Tuohy zu. »Euer Gnaden haben auch das ganze Saatgut genommen.«

»Das werden wir an sozialistische Vögel in Moskau verfüttern«, sagte Tuohy. Die drei jungen Tschekisten, welche die Kulaken bewachten, lachten.

»Euer Gnaden, wenn es kein Saatgut gibt, wird es in der nächsten Saison auch keine Ernte geben. Wenn es keine Ernte gibt, wird nichts dasein, was Ihr konfiszieren könnt.«

Hinter Tuohy kletterten die Fabrikarbeiter in die Kabinen der Lastwagen und in ein Automobil. Sie starteten die Motoren und gingen auf die dreckige Fahrspur, die neben dem Fluß verlief.

Ein junger Tschekist zeigte mit einer Kopfbewegung auf die Kulaken. »Was sollen wir mit denen machen?«

Tuohy schaute zu den armen Bauern hinüber, die von der anderen Seite des Flusses aus zusahen. »Wir werden sie für unsere Revolution arbeiten lassen.«

Als ein älterer Kulak dies hörte, hob er ein wenig das Kinn. »Wir werden nicht für die arbeiten, welche unser Korn konfiszieren. Wenn ihr unser Getreide wollt, dann müßt ihr es kaufen – und nicht mit wertlosem Papiergeld, das ihr wie Briefmarken druckt.«

Die beiden Lastwagen und das Automobil verschwanden hinter einer Kurve. »Du *wirst* unserer Revolution dienen«, sagte Tuohy ganz sachlich, »als ein Exempel für andere.« Er nickte den drei jungen Tschekisten zu. Der mit dem Maschinengewehr im Arm schwenkte den Lauf, bis er auf die Kulaken zeigte.

Der große Kulak erhob die Arme wie ein Priester, der eine Volksmenge segnet. »Euer Gnaden verstehen nichts von Saatgut«, sagte er.

Der junge Tschekist drückte den Abzug.

In der Kirche Aller Leidtragender, vom Kreml aus gegenüber der Moskwa, wiegten sich Gläubige mit dünnen, schimmernden Kerzen in den Händen zum Rhythmus der Choralmusik. Ikonen blinkten auf den Marmorsäulen. Weihrauch stieg aus silbernen Räucherfässern, die die Priester in den schwarzen Roben schwangen. Um Mitternacht bahnte sich der langbärtige Metropolit in bestickten Gewändern seinen Weg an den Tscheka-Agenten mit Lederjacken vorbei und erklärte vom Altar aus mit lauter Stimme: »Christus ist Antibolschewist!« Seine Worte hallten durch die gewölbten Kuppeln der kalten Kirche wider. Einige Tschekisten in der Nähe der Tür fingen an zu lachen. Von oben setzte Glockengeläut ein.

Weiter hinten in der Kirche wandte Appolinaria sich Ronscha zu. Ihre Wangen glühten, ihre Augen funkelten im Licht der Kerze, die sie hielt. Sie flüsterte: »Mein Herz, mein Leben, meine Liebe« und gab ihm den dreifachen Kuß der Trinität, den Puschkin »Auferstehungskuß« genannt hatte.

Als sie später in das feuchte Kellergelaß zurückkehrten, das sie bewohnen durften, weil Ronscha als Türhüter des Gebäudes arbeitete, fragte Appolinaria: »Glaubst du, daß wir noch einen weiteren Auferstehungskuß erleben werden?«

»Das weiß nur Gott«, murmelte Ronscha, der seit Tagen nichts mehr gegessen hatte.

»Die Kommunisten sagen, daß es keinen Gott gibt«, bemerkte Appolinaria bitter. »Vielleicht haben sie schließlich doch recht.«

»Wenn es keinen Gott gibt«, erwiderte Ronscha mit einem Zitat von Dostojewskis Iwan Karamasow, »dann ist alles erlaubt.«

2

Nahe dem Bahnhof war gerade ein schwungvoller Bauernmarkt in vollem Gange, als der Zug nach achtzehneinhalb Tagen Fahrt endlich in Jekaterinburg einfuhr, einer provinziellen Bergwerkstadt auf dem asiatischen Abhang des Uralgebirges. Der Anblick der verhältnismäßig gutgekleideten Stadtbevölkerung, der stämmigen Bäuerinnen in übergroßen Männerstiefeln, die auf alten Waagen Mohrrüben, Zwiebeln und Kohl zumaßen und die Preise auf Rechenbrettern ermittelten – all das erinnerte Sander an den »Schweinemarkt« in der Hester Street. Ihm wurde deutlich, daß er Amerika *vermißte*, dieses Land mit seiner lässigen Unordnung, seiner rauhen Formlosigkeit und vor allem seinen unbegrenzten Möglichkeiten. Und er dachte fast gegen seinen Willen: Wenn die Revolution doch nur dort passiert wäre!

Lili bemerkte den Ausdruck seiner Augen. »Wo bist du?« fragte sie ruhig.

Sander schüttelte sich, als ob er die Erinnerung verscheuchen wollte. Aber Lili ließ nicht locker. »Wo bist du?«

»Ich bin in Amerika«, sagte er ein wenig streitlustig. Er erwartete nicht, daß sie ihn verstehen würde. »Ich hatte einen Tagtraum. Ich wünschte, die Amerikaner hätten revoltiert und nicht die Russen.«

Lili verstand das als persönliche Zurückweisung. »Ich dachte, gerade Rußland war es, wonach du dich gesehnt hast. Komm doch zur Vernunft!«

Wasja, der den Wortwechsel mitgehört hatte, brummte, daß man es sich eben nicht aussuchen könne.

»Wasja hat recht«, bemerkte Lili. »Die Revolution ist eben nun einmal hier passiert, und wir müssen das Beste daraus machen.«

»Vielleicht«, sagte Sander in einem Tone, der verriet, daß er keineswegs überzeugt war.

Wasja ging hinüber zu dem Waggon der bolschewistischen Agitatoren am Rande des Marktplatzes und fragte ein junges Mädchen mit einem roten Halstuch, wie man zur Wosnesenski-Avenue käme. Das Mädchen wies Richtung Stadtzentrum, während sie einem Bauern ein Exemplar von Lenins letztem Traktat anzudrehen suchte. Der steckte aber seine Hände stur in die Hosentaschen und brummte, er könne gar nicht lesen.

Früher hatte Jekaterinburg sich eines öffentlichen Verkehrssystems gerühmt, aber in den Monaten nach der Revolution waren die Pferde entweder verspeist oder für die Rote Kavallerie requiriert worden; und die Busse waren nebeneinander in einem öffentlichen Park abgestellt und zu Baracken für neue bolschewistische Rekruten umfunktioniert worden. Also machten sich Sander, Lili und Wasja zu Fuß auf den Weg in die Stadt. Sie kamen an vielen großen Häusern mit eleganten Fassaden und Fenstern vorbei, die nicht mit Brettern vernagelt waren. Zwanzig Minuten später wandten sie sich nach rechts in die Wosnesenski-Avenue. Kurz darauf erblickten sie direkt vor sich das Ipatijew-Haus. Das zweistöckige Gebäude mit der weißen Stuckfront hatte dem Professor Nikolai Ipatijew gehört, bis die Bolschewisten es für »besondere Zwecke« beschlagnahmten. Der »besondere Zweck«, um den es sich handelte, war die Gefangenhaltung des Bürgers Nikolai Romanow, seiner Frau, ihrer vier minderjährigen Töchter und ihres an Bluterkrankheit leidenden Sohnes, sowie des Familienarztes und ihrer letzten Bediensteten.

Vor der Einquartierung der Zarenfamilie hatten die Bolschewisten vor der Fassade einen hölzernen Palisadenzaun errichtet, so daß von der Straße aus nur das Dach und einige zugemauerte Fenster des oberen Stockwerks zu sehen waren.

Wasja stellte sein Stativ mitten in der Straße auf und fing an, seine Kamera einzustellen, um eine Aufnahme des Hauses zu machen. Am Eingang des Palisadenzauns erschien ein Wachtposten, um zu sehen, was vor sich ging. Ein Dutzend Kinder marschierten in loser Formation um die Ecke. Sie trugen Holzstöcke über den Schultern, als ob es Gewehre wären, und führten ein anderes Kind mit, das die Hände auf dem Rücken hatte. Die Kinder stießen ihren »Gefangenen« gegen den Zaun und stellten sich dann in Reihe ihm gegenüber auf. »Zielt!« rief einer der Jungen, und sie hoben ihre Stöcke gegen den »Verurteilten« hoch. »Feuer!« befahl der Junge. Die anderen ahmten das Geräusch von Gewehrfeuer nach. Der Gefangene am Zaun sank im Schmutz zusammen. Der Soldat, der vom Tor aus zuschaute, lachte. Wasja stellte seine Kamera neu ein und drückte auf den Auflöser.

Das Kind, welches »exekutiert« worden war, sprang auf und begann, sich den Schmutz aus den Kleidern zu klopfen.

»Nächstes Mal«, jammerte der Junge, »muß ein anderer der Zar sein.«

Lili, die in der hellen Sonne stand, schob ihren Arm unter den von Sander. »Hoffentlich sind wir nicht zu spät hierhergekommen, um die Entscheidung zu beeinflussen«, meinte sie.

Sander spürte die Feindseligkeit, sobald er über die Schwelle ins Zimmer drei des Hotels *Amerika* trat, das dem Ipatijew-Haus an der Straße schräg gegenüberlag. Als er die von Moskau mitgebrachten Instruktionen vorlegte, wurde es nur noch schlimmer.

»Wir haben unseren Entschluß bereits gefaßt«, sagte Alexander Bjeloborodow, ein harter Revolutionär, der Vorsitzender des Ural-Sowjets war.

Kommissar Jakov Jurowski, der Tscheka-Agent, dem das Ipatijew-Haus und die Zarenfamilie unterstellt waren, kippte seinen Sessel gegen die Wand zurück und fixierte Sander mit mißtrauischem Blick. »Nichts, was du uns erzählst, kann etwas an der Tatsache ändern, daß die Weißen ihren Griff auf Jekaterinburg verstärken. Wenn der Wind in der passenden Richtung bläst, kannst du ihre Kanonen hören.« Er schnalzte mit der Zunge über seinen eigenen Witz. »Unsere Jungs fallen zurück. Es ist nur eine Frage der Zeit, bis die Weißen die Stadt einnehmen.«

Man hörte, wie einmal an die Tür geklopft wurde. Bjeloborodow rief müde: »Herein!« Ein Offizier der Roten Garden, mit schmutziger Uniform, stampfte ins Zimmer und übergab ihm einen Zettel. Bjeloborodow runzelte die Stirn, als er ihn las. »Erlaubnis erteilt«, sagte er dem Offizier, »unter der Bedingung, daß sie die Brücke sprengen, ehe sie sich zurückziehen.«

Als sich die Tür hinter dem Mann geschlossen hatte, schüttelte Bjeloborodow finster den Kopf. »Du siehst, daß wir keine Chance haben«, sagte er zu Sander. »Die Hughes-Linie ist gefallen, nachdem die Weißen uns rückwärtig abgeschnitten haben. Deine Chiffrierdame kann von heute bis zum Nimmerleinstag Meldungen verschlüsseln – keiner von uns kann sich irgendwie mit Moskau in Verbindung setzen. Die Instruktionen, die du überbracht hast, sind klar. Trotzki teilt uns mit, welche Option er vorziehen würde, aber er überläßt es uns, die endgültige Entscheidung zu treffen auf Grund der Lage, wie wir sie sehen.«

Jurowski sagte tonlos: »Der Zar muß sterben.«

»Ihr könntet versuchen, ihn zu evakuieren«, argumentierte Sander. »Trotzki hält einen öffentlichen Prozeß für wünschenswert. Die Welt muß Gelegenheit bekommen, seine Verbrechen kennenzulernen. Nur dann kann das Todesurteil ausgeführt werden, ohne daß die ausländische Presse uns als Mörder hinstellt.«

Bjeloborodow schüttelte wieder den Kopf. »Ob der Prozeß in Jakaterinburg stattfindet oder in Moskau mit Trotzki als Ankläger, die Welt wird es auf jeden Fall Mord nennen. Lieber gleich ein Ende machen, als zu riskieren, daß Nicki in die Hände der Weißen fällt. Wenn Nicki tot ist, kann es keine Restauration geben.«

»Nicki und der Junge«, verbesserte ihn Jurowski.

»Nicki und der Junge«, stimmte Bjeloborodow zu.

»Ihr wollt den Jungen auch exekutieren?« fragte Sander. »Selbst wenn die Weißen ihn in die Hände bekommen, er ist zu krank zum Regieren.«

»Er ist nicht zu krank, um nicht Dokumente zu unterschreiben, die man ihm vor die Nase hält«, entgegnete Bjeloborodow ärgerlich. »Es hat keinen Sinn, weiter zu diskutieren. Wir haben unseren Entschluß gefaßt.«

Draußen auf der Straße wieherte müde ein Pferd. Hinter der Tür konnte man hören, wie ein Kellner einen Karren mit Speisen über den Korridor rollte. Sander nickte grimmig. »Was ist mit den Frauen?«

Jurowski zog eine silberne Taschenuhr heraus und schaute darauf. »Was soll mit den Frauen schon sein? Dies ist nicht der Zeitpunkt für bürgerliche Gefühlsduselei.«

Sander fühlte sich plötzlich erschöpft. »Darf ich mich setzen?«

Bjeloborodow nickte auf einen Stuhl hin.

»Trotzki hatte wegen der Frauen gewisse Bedenken«, sagte Sander. »Alexandra ist eine Prinzessin des deutschen Hauses Hessen. Sie ist eine Cousine des Kaisers und die Schwester von Großherzog Ludwig. Die Deutschen haben wiederholt ihre Besorgnis um ihre Sicherheit ausgedrückt. Es besteht die Möglichkeit, daß sie die Exekution des Zaren als russische Angelegenheit ansehen. Aber es läßt sich nicht sagen, wie sie auf die Exekution einer deutschen Prinzessin oder ihrer Töchter reagieren werden. Wenn sie einen Vorwand haben wollen, um den Friedensvertrag zu brechen und uns anzugreifen, dann liefern wir ihnen den damit. Denkt sorgfältig nach, ehe ihr uns wieder in einen Krieg mit den Deutschen stürzt!«

Bjeloborodow und Jurowski betrachteten die Schale mit Obst auf dem Tisch. Sander blickte zum Fenster hinaus auf das Ipatijew-Haus. Von den Ziegeln des Dachs blitzten Sonnenreflexe. Schließlich ergriff Bjeloborodow das Wort. Er sagte nachdenklich: »Selbst wenn das Schlimmste passiert und sie in die Hände der Weißen fällt, kann sie deren Sache nicht dienlich sein. Sie ist eine deutsche Prinzessin, keine russische.«

Jurowski legte nachdenklich das Gesicht in Falten. »Morgen geht von hier ein Zug ab mit Goldbarren von der hiesigen Bank. Ich denke, wir könnten die Frauen damit nach Perm schicken und uns die Sache noch einmal durch den Kopf gehen lassen.«

Bjeloborodow wandte sich an Sander. »Wir werden Trotzki auf halbem Wege entgegenkommen. Wir werden die Frauen evakuieren, aber nicht die Männer.«

Die Lichter des Speisesaales im Erdgeschoß des Hotels *Amerika* brannten, und die Tische waren in einem Halbkreis angeordnet. Bjeloborodow, Jurowski und einige andere bolschewistische Kommissare saßen hinter den Tischen gegenüber der verzierten Doppeltür, durch welche der Angeklagte eintreten würde. Etwa zwanzig Personen, darunter Sander, Lili und Wasja, schauten von Stühlen entlang der Wand aus zu. Genau um acht Uhr abends – man konnte hören, wie eine englische Standuhr in der Halle die Stunde schlug – wurde die Doppeltür aufgerissen, und Nikolaus Romanow, umgeben von vier Wachen, betrat langsam den Raum.

Nikolaus war in Jekaterinburg fünfzig Jahre alt geworden, wirkte aber mindestens fünfzehn Jahre älter. Seine Haut war aschfarben und hatte eine wächserne Oberfläche. Sein sauber getrimmter Bart hatte graue Strähnen, und seine hellblauen Augen waren durch dicke Tränensäcke getrübt. Er trug ein militärisches Khakihemd mit dem Georgskreuz über der Brusttasche, Khakihosen und alte Filzstiefel. Mit unsicheren Schritten näherte er sich seinen Richtern, bis er im Zentrum des Halbkreises stand. Hinter ihm schlossen die Wachen die Tür und stellten sich mit dem Rücken zu ihr auf.

Bjeloborodow räusperte sich. »Nikolaus Romanow«, erklärte er, »Sie sind vor das Militärtribunal des Ural-Sowjets beordert, um auf die gegen Sie erhobenen Anklagen zu antworten, nämlich: daß Sie geheime Kontakte gepflegt haben, daß Sie Ihre Abdankung widerrufen wollen, daß Sie –«

Tief aus der Kehle des Zaren kam ein leiser, rasselnder Ton. »Ihre Wachen haben unser letztes Leinen entwendet. Ihre Aufseher verspotten meine Töchter, wenn sie auf die Toilette gehen. Auf die Wände, an denen sie vorbeikommen, sind Obszönitäten gekritzelt. Diese und andere Ungehörigkeiten müssen korrigiert werden . . . sofort.«

Die Kommissare hinter den Tischen sahen sich an. Bjeloborodow nahm das Wort: »Nikolaus Romanow, was können Sie zu Ihrer Verteidigung sagen?«

Bei dem Wort »Verteidigung« straffte der frühere Zar die Schultern und hob das Kinn. Dann zog er die Luft so heftig ein, daß sie zwischen seinen Vorderzähnen ein pfeifendes Geräusch erzeugte, und flüsterte: »Also so weit ist es gekommen. Wir stehen vor Richtern, die das Urteil schon gefällt haben.«

Von seinem Platz an der Wand aus bemerkte Sander, daß die Beine des früheren Zaren zitterten. Bjeloborodow mußte das auch gesehen haben, denn er rief: »Einen Stuhl für den Angeklagten!« Sander stand auf und trug Nikolaus Romanow seinen Stuhl hin. Der frühere Zar aller Reußen sah auf den Stuhl hinunter; aber anstatt sich darauf zu setzen, stützte er sich nur mit einer Hand auf die Lehne und wandte sich den Richtern zu. »Sprechen Sie Ihr Urteil. Ich werde Ihnen zeigen, wie ein Zar stirbt.«

Die Richter besprachen sich leise einige Minuten lang. Bjeloborodow hätte das Spiel gern noch länger hingezogen, aber Jurowski zeigte eine entschlossene Miene und drängte auf ein rasches Ende. Bjeloborodow gab achselzuckend nach. Er sagte: »Nikolaus Romanow, das Militärtribunal des Ural-Sowjets befindet Sie schuldig der Anklagen, die gegen Sie erhoben wurden, und verurteilt Sie zum höchsten Strafmaß. Das Urteil ist morgen, am 16. Juli 1918, in der Frühe zu vollstrecken. Die Gerichtssitzung ist geschlossen.«

Die Sonne bahnte sich ihren Weg durch einen leichten Dunst, der den Horizont verschleierte. In der Hitze aufgewirbelter Staub sammelte sich vor dem Ipatijew-Haus. Aus der Ferne hörte man ein Donnern; doch der Himmel war wolkenlos. »Die Weißen kommen näher«, bemerkte Lili leise.

Bjeloborodow kam aus der Vordertür und ging zu Jurowski, der Browning- und Nagan-Pistolen an das Feuerkommando ausgab. »Er hält sich besser als die Frauen«, sagte Bjeloborodow. Mit dem Kopf wies er auf ein vergittertes Fenster im Erdgeschoß. »Sie bringen ihn jetzt in den Keller. Machen wir rasch weiter! Gott weiß, wie er reagieren wird, wenn sie nach ihm den Jungen anbringen.«

Aus dem Kellerraum, der für die Exekution vorgesehen war, kam ein erstickter Laut. Dann ein zweiter, lauterer, und danach schrie eine Männerstimme in höchster Panik: »*Njet!*«

Jurowski ließ die Kammer seiner Pistole einschnappen und führte Bjeloborodow und die Soldaten ins Haus.

In dem Haupteingang der Palisade, die das Ipatijew-Haus von der Wosnesenski-Avenue abschirmte, trat Sander gegen einen Kieselstein, der eine kleine Staubwolke aufwirbelte. Lili schob ihren Arm unter den seinen. »Die Entscheidung wegen des Jungen ist objektiv korrekt. Trotzki wird erfreut sein, wenn er hört, daß sie die Frauen wegschaffen.«

Aus dem Keller drang eine gedämpfte, ungleichmäßige Salve von Pistolenschüssen. Ein Dutzend Vögel, die auf dem Dach des Ipatijew-Hauses gesessen hatten, flog auf. Sander preßte die Lippen zusammen. Irgendwo oben kreischte eine Frau. Das Geschrei ebbte ab in einem Schluchzen. Ein einzelner Schuß erklang. Und noch einer. Die Wachen rings um den Palisadenzaun, die auf das vergitterte Kellerfenster gestarrt hatten, nahmen ihren Dienst wieder auf.

»Wir sind Erbauer«, flüsterte Lili grimmig. »Aber ehe man bauen kann, muß man einreißen.«

Sander zitierte einen Ausspruch von Marat, der oft in bolschewistischen

Kreisen angeführt wurde, und sagte: »Wehe der Revolution, die nicht genug Mut hat, um das *ancien régime* zu enthaupten!« Dann wandte er sich mit einem sehr nachdenklichen Gesichtsausdruck ab.

Lili, die ihn genau beobachtete, war sich nicht sicher, ob es ihm gelungen war, sich selbst zu überzeugen.

Im Verlaufe des Vormittags kam das Grollen der weißen Artillerie immer näher, und ganz Jekaterinburg schien zum Bahnhof zu rennen in der Hoffnung, durch Zureden oder Schmiergeld noch den letzten hinausfahrenden Zug zu bekommen. Wo vor zwei Tagen der Bauernmarkt gewesen war, herrschte jetzt ein Gewimmel von Männern, Frauen und Kindern. Der Bahnhof selbst war von Rotgardisten umstellt, die ihre auf den Gewehren steckenden Bajonette benutzten, um die Menge zurückzuhalten. Die Leute in der vordersten Reihe schwenkten heftig Pässe, die längst abgelaufen waren, und boten den Soldaten Goldmünzen, silberne Kerzenleuchter oder Samowars aus Messing an. Hinter ihnen drängten sich neue Wellen, drückten nach vorn und brüllten über die Köpfe der Leute vor ihnen hinweg, um zu erfahren, was das für eine Stockung war.

»Wir werden nie durch dieses Gedränge kommen«, rief Lili Sander zu, als sie den Mob vor sich sahen.

»Wir hätten uns von Bjeloborodow in seinem Auto mitnehmen lassen sollen«, jammerte Wasja. Seine Augen quollen hervor aus Angst, wieder in die Hände der Weißen zu fallen. »Wir hätten uns gestern abend aufmachen sollen, anstatt bis zur Exekution herumzutrödeln.«

Sander sagte: »Nur keine Panik! Sie müssen die Leute, die Pässe haben, durchlassen. Los!«

Aus der Wosnesenski-Avenue hörte man das Geheul einer von Hand betriebenen Sirene. Drei Automobile fuhren auf den Bahnhof zu, und Sander mußte Lili vor ihnen beiseite reißen. Der erste und dritte Wagen waren offene Limousinen, in denen alle Sitzplätze und Trittbretter vollgestopft waren mit Rotgardisten, die Pistolen gezückt hatten. Der Wagen in der Mitte, eine geschlossene Renault-Limousine, hatte übertünchte Fenster, so daß es unmöglich war zu sehen, wer darin saß.

»Das müssen die Romanowfrauen sein für den Zug nach Perm«, sagte Sander. Er nahm Lili bei der Hand und rannte im Verkehrsschatten des Konvois los. So konnten sie fast hundert Meter zurücklegen, ehe sich die Menge wieder schloß. Sie drängten sich mit den Schultern durch den Mob und schafften es schließlich, den Ring aus Soldaten um den Bahnhof zu erreichen.

»Wir haben Plätze für den Zug«, rief Sander einem jungen Offizier zu und hielt die drei Pässe hoch, die sie bei ihrer achtzehneinhalbtägigen Fahrt von Moskau benutzt hatten.

Der Offizier rief zurück: »Seit Mitternacht gelten blaue Pässe nicht mehr. Nur mit roten Pässen kann man den Bahnhof betreten.«

»Wir sind Bjeloborodow bekannt«, argumentierte Sander. »Er hat uns nichts von einer Änderung der Pässe gesagt.« Aber der Offizier, der mit einer Frau zu tun hatte, die ihm ein Baby in die Arme drücken wollte, hörte gar nicht mehr hin.

Sander wandte sich an Lili und Wasja. »Laßt uns herumgehen zur anderen Seite des Bahnhofs. Vielleicht haben wir Glück und finden Bjeloborodow.«

Sie gingen um den Marktplatz herum, überquerten die Gleise und kamen so zur Frachtseite des Bahnhofs; aber nur, um wieder auf eine Reihe von Rotgardisten zu treffen. Hinter ihnen konnte Sander den Zug sehen. Aus dem langen, geraden Schornstein der Lokomotive kräuselte Rauch empor. Aus einem Rohr neben einem Rad zischte Dampf. Hinter der Lokomotive waren ein mit Holz beladener Pritschenwaggon und zwei Güterwagen mit Rotgardisten, die an den Seitentüren Maschinengewehre in Stellung gebracht hatten. Die acht Personenwagen waren schon von Leuten überfüllt, die es irgendwie geschafft hatten, durch die militärische Absperrung zu gelangen. Einige Passagiere warfen ihre Koffer auf das Dach und kletterten hinterher. Etwa in der Mitte des Zuges befand sich ein Personenwagen mit zugemalten Fenstern. Bjeloborodow stand in Khakiuniform bei den Stufen am einen Ende des Waggons. »Da ist er!« schrie Sander. Er riß den Mund auf, um den Chef des Ural-Sowjets zu erreichen, aber seine Stimme wurde durch das schrille Pfeifen der Lokomotive übertönt. Bei diesem Signal schwang sich Bjeloborodow auf das Trittbrett und verschwand im Innern des Wagens. Der Zug ruckte an. Die Leute auf der anderen Seite des Bahnhofs heulten voller Verzweiflung, da ihnen klar war, daß der letzte Zug Jekaterinburg jetzt ohne sie verließ. Auch die Rotgardisten blickten dem Zug bedrückt nach. Sie wurden zurückgelassen, um den vorrückenden Weißen ein Rückzugsgefecht zu liefern.

Als der Zug Geschwindigkeit aufnahm und hinter einer Kurve verschwand, senkte sich eine schreckliche Stille über den Bahnhof. Irgendwo in der Ferne ertönte Kanonendonner. Manche Leute schauten zum Himmel auf in der Hoffnung, Gewitterwolken zu erblicken, denen sie das Geräusch zuschreiben könnten. Aber der Himmel war strahlend blau.

Sander, Lili und Wasja verbrachten die nächsten drei Tage zusammengedrängt im Hotel »Amerika« und hörten, wie die Kanonen immer näher kamen. Sie versuchten, einen Plan zu machen, um aus Jekaterinburg herauszukommen. Dies war eine Transportfrage. Alle Fahrzeuge, ob bespannt oder motorisiert, waren von den Roten Garden beschlagnahmt, die zur Verteidigung der Stadt zurückgelassen worden waren. Sander schlug sogar einmal vor, die dreihundert Kilometer nach Perm zu Fuß zu gehen; aber sie erfuhren, daß rings um die Außenbezirke von Jekaterinburg Kontrollposten eingerichtet waren. Jeder einsatzfähige Mann ohne roten Paß mit dem Stempel der lokalen Tscheka lief Gefahr, als Deserteur angesehen und auf der Stelle erschossen zu werden. Und rote Pässe gab es nur in Zimmer drei, dem Tschekabüro, welches mit einem Vorhängeschloß zugesperrt war, seit der letzte Zug mit den meisten Tschekisten aus Jekaterinburg die Stadt verlassen hatte.

Als im Hotel die Nachricht einging, daß die ersten Stoßtrupps der Weißen in den östlichen Vororten eine Schützenlinie eingerichtet hätten, hielt Sander den Augenblick für gekommen, sich zu verstecken. Sie nahmen ihre Habseligkeiten und dazu noch einen Karton voller Büchsen mit Verpflegung, den sie aus der Speisekammer des Hotels entwendet hatten, und gingen eine Allee hinter dem *Amerika* entlang. Hunderte von Wohnungen und Häusern waren von ihren Inhabern aufgegeben worden, da diese fürchteten, in Straßen- und Häuserkämpfe zu geraten. Nicht weit von dem Hotel, an der Kreuzung von Wosnesenski- und Asiatika-Avenue bemerkte Lili eine Wohnung im Obergeschoß, deren Fensterjalousien geschlossen waren. Sie brachen an einer Hintertür das Schloß auf und stiegen eine Treppe hinauf, die vermutlich für Dienstboten bestimmt gewesen war. Sander stemmte das Fenster über der Küchentür auf, sprang herunter und ließ die anderen ein.

»Dies ist genau das, was wir brauchen«, sagte Sander und betrachtete in dem trüben Licht die schweren, mit Schutzbezügen verhüllten Möbel. Wasja hatte inzwischen die Küche inspiziert und meldete, daß er einen Sack mit Hafer, eine Regal voller Konserven und einige Flaschen mit bulgarischem Wein entdeckt hätte.

Lili spähte durch die Ritzen der Jalousie und beobachtete die Straßenkreuzung drunten, wo weiße Kavallerie vorbeizog. Als Lili sich umwandte, schien alles Blut aus ihrem Gesicht gewichen zu sein. Sander las ihre Gedanken. »Sie haben weder die Zeit noch die Leute, um jede Wohnung in Jekaterinburg zu durchsuchen«, tröstete er sie – und sich selbst.

Zwei Tage vergingen. Ab und zu hörten sie einzelne Salven von Gewehrfeuer oder das Rattern eines Maschinengewehrs. Einmal, als sie durch die

Ritzen schaute, erblickte Lili etwa fünfzig gefangene Rotgardisten, die mit Stricken um den Hals über die Avenue getrieben wurden. Ein andermal sah Wasja mehrere offene Automobile vorbeifahren, in denen tschechische Soldaten saßen, die Lanzen mit aufgespießten Menschenköpfen hochhielten. Dieser Anblick deprimierte ihn so sehr, daß er fortan zumeist zusammengerollt auf einer Pritsche in einem kleinen Raum neben der Küche lag.

Nachts liebten sich Sander und Lili in einem der Doppelbetten im herrschaftlichen Schlafzimmer. Und die gelegentlich heraufschallenden Hufschläge, die durch die Straßen von Jekaterinburg hallten, schienen nur die Intensität zu erhöhen, mit der sie einander erfreuten. Die Leidenschaft war für sie zu einem Gegenmittel gegen Panik geworden.

Eine Woche nach ihrer Ankunft hatten sie keine Kohlen mehr und begannen, das Feuer im Küchenherd mit zerbrochenen Stühlen zu ernähren. Sie beschränkten sich auf eine Mahlzeit am Tage. Sie dünsteten Hafer in einem Topf, mahlten die aufgequollenen Körner, preßten sie durch ein Sieb und fügten Wasser und Wein hinzu. Sander rechnete aus, daß sie bei diesem Tempo genug zu essen haben würden, um es mindestens eineinhalb Monate auszuhalten. Bis dahin würde die Stadt hoffentlich durch einen roten Gegenangriff zurückerobert werden.

Es gäbe absolut keinen Grund, erklärte er Wasja eines Abends, als dieser sich bitter über das Eingesperrtsein beklagte, daß jemand von ihnen es riskieren sollte, auf die Straße zu gehen.

Dennoch war Wasja am nächsten Morgen verschwunden.

3

Das ist ein alter Trick, den ich in Sibirien aufgeschnappt habe«, sagte Sergeant Kirpitschnikow. Er kniete neben dem noch minderjährigen Melder, der Stiefel und Strumpf ausgezogen hatte, und spie auf die große Nadel, in der ein dicker Hanffaden steckte. Pascha wies mit dem Stumpf seiner linken Hand auf die enorme Blase an der Fußsohle des Jungen. Eine Handvoll Scharfschützen, die dem Zuge zugeteilt waren, standen herum. Tuohy und andere Tschekisten ließen die Beine von dem Rande des Frachtwaggons baumeln, der Trotzkis beide Automobile beförderte, und stimmten ein obszönes Lied an, um – wie Tuohy spöttisch erklärt hatte – die Schmerzensschreie der Patienten zu übertönen.

»Es wird also weh tun?« fragte der junge Melder Sergeant Kirpitschnikow.

Einer der Offiziere, die frisch aus Moskau gekommen waren, rezitierte einige Zeilen von Gogol, um den Jungen zu reizen. »Wenn jemand sterben muß, stirbt er auf jeden Fall. Wenn er überleben soll, überlebt er auf jeden Fall.«

»Mach weiter mit der Operation«, rief Tuohy vom Waggon herunter. »Eine Blase hat noch niemanden umgebracht.«

»Man zieht die Nadel und den dicken Faden durch die Blase. So«, sagte Sergeant Kirpitschnikow. Der junge Melder machte eine Grimasse und drehte den Kopf weg. »Dann schneidet man den Faden ab, so.« Der Sergeant klappte die Klinge seines Taschenmessers mit den Zähnen auf und schnitt mit seiner guten rechten Hand den Faden ab. Dann klopfte er dem Jungen auf den Rücken. »Du kannst jetzt zu deiner Einheit zurückkehren. Morgen kannst du, wenn du noch am Leben bist, den Faden herausziehen. Es wird so sein, als ob es die Blase nie gegeben hätte.«

Trotzkis Panzerzug war während einer Gefechtspause in der vorangegangenen Nacht in Swjaschsk angekommen. Jekaterinburg war in die Hände der Tschechen und Weißgardisten gefallen; und Kasan, die letzte bedeutende Stadt am Ostufer der oberen Wolga, war kurz danach besetzt worden. Anfang August 1918 war die militärische Lage kritisch. Die Front zerbröckelte. Rote Einheiten desertierten oder zogen sich beim ersten Anzeichen eines Vorrückens der Weißen zurück. Falls es den Tschechen, die sich um Kasan neu formierten, gelänge, die Wolga zu überqueren, könnte sie nichts mehr daran hindern, über die offene Ebene nach Moskau vorzudringen. Und das würde das Ende von Lenin und der bolschewistischen Revolution bedeuten.

Obwohl er keinerlei militärische Erfahrung besaß, wurde Trotzki zum Kriegskommissar ernannt. Er hatte einen Eisenbahnzug mit Stahlplatten und Sandsäcken ausgerüstet, Maschinengewehrtürme auf den Dächern der geschlossenen Waggons installieren lassen und die Waggons, die inzwischen so schwer waren, daß der Zug zwei Lokomotiven brauchte, mit rund hundert Scharfschützen besetzt. Außerdem war der Zug mit Munition, Gewehren, Maschinengewehren und Granaten, Funkausrüstung, Verpflegung, medizinischen Vorräten, motorisierten Spähwagen, Treibstoffbeständen, Tabak zur Verteilung an die Truppe und sogar einer Druckpresse ausgestattet.

Dieser Zug fuhr in die Krisengebiete, in denen die Weißen die Oberhand zu gewinnen drohten. Dort entsandte Trotzki »Landetruppen«, die den bedrängten Einheiten der Roten zu Hilfe eilten. Danach machte der Zug wieder Dampf auf und brauste zu dem nächsten Ort, an dem es brannte. An jeder Verzweigung oder Kreuzung versammelte Trotzki die frischen bolschewistischen Rekruten, meist Fabrikarbeiter, die noch Zivil trugen und den fünfzackigen roten Stern auf ihre Hemden genäht hatten, und hielt ihnen eine aufputschende Rede. Er stellte den Kampf als einen Kreuzzug dar und die Rekruten als »Mitstreiter bei dem historischen Versuch, eine neue Gesellschaft zu schaffen«. Um die Kampfentschlossenheit der Roten Armee zu stärken, stieß er die Warnung aus: »Falls sich irgendeine Einheit ohne Befehl zurückzieht, wird als erster der Kommissar erschossen werden und als zweiter der Kommandeur.«

Im Kommandowagen seines bei Swjaschsk haltenden Zuges hatte Trotzki verschiedene Landkarten ausgebreitet und bemühte sich, die militärische Lage zu analysieren, als ein Bote die Böschung entlanggaloppiert kam. Trotzki beugte sich aus einem Fenster, um die Meldung entgegenzunehmen: Die Weißen hatten mehrere Schiffsladungen Truppen über die Wolga gebracht und waren nördlich von Swjaschsk gelandet. Die ihnen gegenüberstehenden bolschewistischen Truppen hatten ihre Stellungen ohne einen Schuß aufgegeben. Die Lage war verzweifelt. Wenn die Weißen nicht sofort zurückgeworfen würden, konnten sie ihren Brückenkopf auf dem Westufer der Wolga aufbauen, und der Weg nach Moskau wäre offen.

Trotzki ließ alle Mann bewaffnet antreten, einschließlich der Köche und Telegraphisten. Scharfschützen und Tschekisten bildeten die Vorhut der Roten, die nun vorstießen, um den Weißen den Weg zu versperren.

Früh am Nachmittag hatte Trotzki seine »Landetruppe« in Stellung gebracht. Mit drei Hupsignalen aus seinem Automobil gab er das Zeichen zum Angriff.

Tuohy, der in einem Entwässerungsgraben parallel zur Wolga dahinrobbte, hatte Schwierigkeiten, sich und sein Gewehr über Wasser zu halten. Er dachte an Arischka, die in einem hübschen trockenen Bett in Moskau liegen durfte, und wünschte sich, er wäre wieder bei ihr. Er überlegte, ob sie ihm wohl treu war. Als ihr Mann im Krieg gewesen war, hatte sie sich durch Tuohy verführen lassen. Warum sollte sie sich jetzt anders verhalten? Der Gedanke, daß Arischka ihre Beine für einen anderen Mann auseinanderspreizen könnte, bedrückte ihn sehr. Falls sie untreu gewesen ist, so beschloß Tuohy, dann werde ich den Mann aufspüren und umbringen. Laut sagte er: »Hier liegt Atticus Tuohy, der den Heldentod starb, während seine rechtmäßige Gattin die Moral der Truppen hinter der Front gestärkt hat.«

Von links her blitzten Feuerstöße, als die Scharfschützen die Stellungen der Weißen unter Beschuß nahmen. Von einer Anhöhe aus schossen die Weißen zurück. »Siehst du einen der Schufte?« flüsterte der Tschekist, der hinter Tuohy herkroch. Ein Maschinengewehr bestrich die Position der Weißen. Der Tschekist hinter Tuohy erhob sich auf ein Knie und schoß blind los. Weiter oben brachen drei Weiße aus der Deckung eines bäuerlichen Geräteschuppens hervor und rannten auf den Fluß und die an Land gezogenen Lastkähne zu. Der Tschekist hinter Tuohy spannte seine Nagan und nahm sich erst den einen und dann den zweiten vor. Tuohy sprang auf und stürmte geduckt zum Flußufer. Er erreichte es, als der dritte Soldat den Kahn vom Ufer wegdrückte, indem er sich auf eine lange Stange stützte. Die beiden sahen einander für einen Moment an. Tuohy hob sein Gewehr in Schulterhöhe, zielte genau und drückte ab. Die Waffe versagte. Er spannte noch einmal und drückte erneut ab, mit dem gleichen Ergebnis. Trotzdem schwankte der Soldat für einen Augenblick, richtete sich dann aber wieder auf und stemmte sich wieder gegen die Stange.

Hinten, nahe dem Drainagegraben, explodierten mehrere Granaten, und Sergeant Kirpitschnikow führte die Scharfschützen mit heiserem Gebrüll zu einem Angriff gegen die restlichen Weißen. Trotzki hatte seine Leute angewiesen, keine Gefangenen zu machen. Als die Weißgardisten mit erhobenen Händen aufstanden, wurden sie niedergemäht.

Am Wolga-Ufer zog Tuohy seine schwere Pistole aus dem Halfter und zielte mit beiden Händen auf den Jungen, der auf dem Floß zu entkommen suchte. Dann drückte er ab. Die Pistole sprang hoch und schlug gegen seine Hände, wodurch sie ihm die Sicht nahm. Als er die Pistole senkte, war das Floß, das in einer Gegenströmung langsam flußaufwärts trieb, leer.

An diesem Abend rechnete Trotzki auf einer Lichtung bei seinem Panzerzug mit der Bolschewistenkompanie ab, die vor den Weißen davongelaufen war. Trotzki präsidierte selbst dem Standgericht. Der Kommissar und der Kommandeur der Kompanie wurden mit aufgepflanzten Bajonetten vor den Küchentisch gedrängt, hinter dem Trotzki saß. »Ihr seid Feiglinge und Verräter an der Sache der Weltrevolution!« schrie Trotzki. »Ihr kennt die Strafe, die euch erwartet. Habt ihr irgend etwas zu sagen, ehe ich das Urteil fälle?«

Der Kommissar, ein ernster junger Mann Mitte Zwanzig, brachte ein trauriges Lächeln zustande. »Ich habe nichts zu meiner Verteidigung zu sagen. Ich war bereit, für die Revolution zu sterben, als ich die juristische Schule verließ, um in die Armee einzutreten. Ich bin immer noch bereit, für die Revolution zu sterben.«

Der Kommandeur, ein früherer zaristischer Offizier um die Vierzig, trat an den Tisch. »Ich habe ihnen befohlen, standzuhalten und zu kämpfen«, sagte er zu Trotzki mit verschleierter Stimme. »Es war nicht meine Schuld, daß sie nicht gehorchten.«

»Besser von ihnen getötet zu werden, als von uns«, zischte Trotzki. Er erhob die Stimme. »Ich verurteile den Kommissar und den Kommandeur zum Tode durch ein Exekutionskommando. Das Urteil ist sofort zu vollstrecken. Außerdem befehle ich, daß jeder zehnte erschossen wird. Das Urteil ist sofort zu vollstrecken. Die Sitzung ist geschlossen.«

Tuohy, der dienstälteste Tschekist am Platze, ging über die Lichtung, bis er dem ersten Soldaten in der ersten Reihe gegenüberstand, einem Veteranen mit einer großen Narbe an der Stelle, wo sich das Ohr befunden haben mußte. »Du«, sagte Tuohy. Der Mann schaute auf, spuckte auf den Boden und trat kühn vor. Tuohy zählte die Reihe ab und sah, wie sich Erleichterung auf den Gesichtern der Männer breitmachte, an denen er vorbeiging. Beim elften Soldaten, einem siebzehnjährigen Jungen, sagte er: »Du.«

Der Junge wandte sich nach links und rechts um Hilfe und schaute dann wieder Tuohy an. »Warum ich?« winselte er. »Ich bin nur gelaufen, weil die anderen gelaufen sind. Ich will nicht sterben!«

»Hör auf zu jammern und tritt vor!« befahl Tuohy.

Der Junge wischte sich mit dem Handrücken die Nase und hinkte nach vorn. Da erkannte Tuohy ihn plötzlich. Es war der junge Melder, dem Sergeant Kirpitschnikow die Blase entfernt hatte.

In der hohlen Stille der Lichtung ging Tuohy weiter durch die Reihen und zählte jeden zehnten ab, bis sechsundzwanzig Soldaten für die Exekution ausgesucht waren. Alle bekamen Schaufeln und wurden angewiesen, am Ende des Waldrandes einen Graben auszuheben. Als sie fertig waren, wurden die Schaufeln wieder eingesammelt und die verurteilten Männer am Rande des Grabens mit gefesselten Füßen aufgereiht. Die Scharfschützen brachten vor ihnen ein Maschinengewehr in Stellung und legten den Patronengurt ein mit einem metallischen Klicken, das durch die Lichtung schallte. Einige der Verurteilten begannen zu weinen. Der frühere zaristische Offizier machte das Kreuzeszeichen vor seiner Brust. Der junge Kompaniekommissar reckte sich empor und tat einen tiefen Atemzug, der sein letzter war.

Trotzki sagte zu denen, die in Hörweite waren: »Für eine eitrige Wunde muß ein rotglühendes Eisen benutzt werden.« Und er nickte den Scharfschützen am Maschinengewehr zu.

Als er daranging, die Revolution zu bewaffnen, begriff Trotzki, daß die neue Rote Armee nicht von Soldatenkomitees geführt werden könnte, die darüber abstimmten, ob man angreifen oder sich zurückziehen sollte. Um über die Weißen zu triumphieren, brauchte seine Armee ganz dringend ein Offizierkorps. Die einzigen verfügbaren Offiziere mit Erfahrung hatten unter dem Zaren gedient. Schließlich gestattete Trotzki einigen zwanzigtausend früheren zaristischen Offizieren, in den Reihen der Roten zu dienen – ein Umstand, der sehr viel Mißstimmung und Besorgnis darüber hervorrief, ob diese Männer loyal bleiben würden. Trotzki selbst teilte diese Bedenken und traf Vorsichtsmaßnahmen. Er ließ Listen der Frauen und Kinder seiner zaristischen Offiziere aufstellen, um Sabotageakten entgegenzuwirken. Und er schuf ein duales Befehlssystem, durch das den Offizieren bolschewistische Kommissare an die Seite gestellt wurden. Kein Befehl war gültig, sofern er nicht von beiden unterzeichnet war – ein Geniestreich, der der noch nicht flüggen Roten Armee die militärische Erfahrung gab, Bürgerkrieg zu führen, und die politische Erfahrung, die Revolution zu verteidigen.

Deshalb wurde Sergeant Kirpitschnikow von dem Panzerzug abkommandiert und als Kommissar dem zweiunddreißigsten Petrograder Schützenbataillon zugewiesen, das sich am Westufer der Wolga gegenüber Kasan eingegraben hatte. »Das Problem ist, daß unsere Leute nicht aggressiv genug sind«, sagte Trotzki dem Sergeanten, als er seine Ernennung unterzeichnete. »Sie sind Gefangene des bolschewistischen Glaubens an die historische Unausweichlichkeit unserer Sache geworden. Sie denken, daß sie, um zu gewinnen, lediglich zu überleben brauchen.«

Sergeant Kirpitschnikow erkannte aus Trotzkis Ton, daß die Aufgabe des Kommissars darin bestand, den Truppen und ihren Offizieren einen Tritt in den Hintern zu geben. Sobald er in der Kommandantur der Roten in einem Gutshaus hinter der Front angekommen war, zwang er den kampfesmüden Bataillonskommandeur zum Handeln.

»Wollen Sie etwa, daß ich Spähtrupps *über* den Fluß schicke?« fragte der Kommandeur ungläubig.

Sergeant Kirpitschnikow antwortete energisch: »Wenn wir Leute über den Fluß schicken, werden die Weißen denken, daß wir viel stärker sind, als es tatsächlich der Fall ist.«

Der Offizier befolgte den Rat seines neuen Kommissars – mit verblüffendem Erfolg. Der erste Stoßtrupp brachte zwei Gefangene mit, wodurch die Moral der Roten gestärkt wurde, und einen Überläufer, der die Kopie einer Karte hatte, auf der die Stellungen der Weißen auf dem Ostufer der Wolga eingetragen waren. Trotzki studierte die Karte und befahl eine Reihe von gezielten Vorstößen über den Fluß, die den Weißen Verluste brachte und den Roten Zeit gab, aus den Städten Rekruten herbeizuschaffen.

In dem Maße, wie die Roten zuversichtlicher wurden, gewannen auch ihre Vorstöße auf das andere Ufer an Schlagkraft und Tempo. Sergeant Kirpitschnikow »bemutterte«, wie er es lachend formulierte, seinen Kommandeur stets bei diesen nächtlichen Vorstößen. Auf dem Gesicht des Offiziers zeichnete sich Kampfesmüdigkeit ab; aber sein Kommissar ließ ihm keine Wahl. Nachdem eines Nachts ein weißer Vorposten bei einer Mühle überrannt worden war, schlug der Sergeant vor, sie sollten noch vor der Morgendämmerung Verstärkungen heranführen und die Stellung für einen oder zwei Tage halten. »Was sagen Sie dazu, Dmitri? Trotzki wird sehr erfreut sein, auf jener Seite der Wolga einen Brückenkopf zu haben.«

»Sie sind ein verrücktes Huhn, Pascha«, antwortete der Kommandant, »aber warum eigentlich nicht?«

Wie erwartet, reagierten die Weißen mit großer Heftigkeit auf die Anwesenheit von Roten auf »ihrem« Ufer. Bei Tagesanbruch fanden sich die bolschewistischen Einheiten umzingelt und in der Minderzahl. Zwei Tage lang trotzten sie den Angriffen der Weißen. Weder der Kommandeur noch sein Kommissar kamen zum Schlafen. Die Nerven waren überreizt. Der Kommandeur gab Pascha die Schuld für ihre prekäre Lage. Sergeant Kirpitschnikow wies darauf hin, daß er in militärischen Angelegenheiten nur Vorschläge machte, der Komandant aber die Befehle erteilte. Als er die glasigen Augen des Kommandanten sah, stieg in dem Sergeanten der Verdacht auf, er könne zu weit gegangen sein.

Sie beschlossen, in der kommenden Nacht auszubrechen. Mit auf dem Fußboden ausgelegten Zuckerstücken stellten sie die militärische Lage nach. Man würde eine Sperrformation aufstellen, sagte der Kommandeur und schob ein Stück Zucker in Position, um die Flanke zu schützen, während das Gros des Expeditionskorps – hier manövrierte er mit anderen Zuckerstücken – über eine Schlucht zum Fluß gelangen würde. »Irgendwelche Fragen?« sagte er und drückte sich eine Hand an die Wange, um ein Zucken zu unterdrücken.

Als sie aufbrachen, bemerkte der Kommandant, dem vor Erschöpfung fast die Augen zufielen, wie der schwachsinnige Bauer, der in der Mühle lebte, die Zuckerstücke einsammelte. »Ein Spion!« schrie er. »Der nimmt die Zuckerstücke, um für die Weißen unseren Schlachtplan zu rekonstruieren.«

Sergeant Kirpitschnikow sagte: »Dmitri, er hat den Zucker nur an sich genommen, um ihn zu essen.«

»Er muß erschossen werden«, beharrte der Kommandeur. »Und die Zuckerstücke müssen sofort aufgegessen werden.«

Die Offiziere schauten verwirrt von ihrem Kommandeur zu ihrem Kommissar hin. Sergeant Kirpitschnikow winkte einen jungen Offizier mit hellroten Breeches heran und sagte ihm, während er heftig mit dem rechten Auge zwinkerte: »Führen Sie den Bauern hinaus und erschießen Sie ihn! Und verteilen Sie den Zucker an die Männer!«

Der Bauer, der unartikuliert vor sich hin wimmerte, wurde aus dem Raum gezerrt. Kurz darauf erklang ein Schuß. Sergeant Kirpitschnikow ließ seinem Kommandeur ein, wie er meinte, väterliches Lächeln zukommen. Er dachte: Es ist nicht seine Schuld. Ein Mann kann nur ein gewisses Maß ertragen. Sobald wir wieder in unseren Stellungen sind, werde ich ihn zur Erholung in die Etappe schicken.

Der Sergeant und der Kommandeur gingen nach draußen. Die Nacht duftete nach dem wilden Thymian, der an der Schlucht wuchs. Auf dem Kiesweg zur Mühle lag der Körper des schwachsinnigen Bauern. Aus einer häßlichen Kopfwunde sickerte Blut. Der Mann lebte noch. Einige junge Offiziere standen um den Körper herum und kauten eifrig Zuckerstücke. Der junge Offizier mit den roten Breeches trat zu Sergeant Kirpitschnikow und grüßte zackig. Er sagte: »Ich habe Ihren Befehl ausgeführt, Genosse Kommissar.«

Sergeant Kirpitschnikow blickte auf den Körper des Bauern und die Offiziere, die den Zucker aßen. Dann sah er zum Kommandeur hinüber und trat dicht an den Offizier heran, der den Befehl ausgeführt hatte. Er flüsterte ihm zu: »Ich habe doch geblinzelt!«

»Was haben Sie getan?« fragte der Offizier verwundert.

»Ich habe mit einem Auge gezwinkert«, polterte Sergeant Kirpitschnikow. »Daraus hätten Sie erkennen sollen, daß der Befehl nicht ernst gemeint war.«

»Ich habe es für ein nervöses Zucken gehalten«, sagte der Offizier leise.

Um sie herum verschlangen die anderen Offiziere den Rest des Zuckers. Zu ihren Füßen zuckte der Bauer noch einmal und lag dann still.

»Jetzt werden die Weißen niemals unsere Pläne erfahren«, sagte der Kommandeur mit Genugtuung. Dann lachte er wild in die duftende Nacht hinaus.

4

Hinter einem polierten Mahagoni-Schreibtisch, der vor kurzem noch einem bolschewistischen Kommissar gedient hatte, musterte ein schmächtiger Oberst mit einer Binde über einem Auge die vor ihm stehenden demütigen Gestalten. »Ich möchte euch beglückwünschen«, sagte er ohne erkennbaren Enthusiasmus und fixierte mit seinem gesunden Auge nach und nach jeden einzelnen Mann, »weil ihr so vernünftig gewesen seid, dem gottlosen Bolschewismus abzuschwören. Ihr werdet aber verstehen, daß wir, ehe wir euch uneingeschränkte Amnestie gewähren können, einen Beweis eurer Loyalität verlangen.«

Ein großer Bauer ergriff das Wort. »Euer Gnaden, man hat uns gesagt, daß wir für die Weiße Armee eingezogen werden würden. Geben sie mir ein Gewehr, und ich werde Ihnen meine Loyalität beweisen.«

Der Oberst unterdrückte ein Gähnen. Dies war der vierte Haufen von Überläufern in dieser Woche. »Wir werden euch keine Gewehre geben, solange wir nicht sicher sein können, in welche Richtung ihr damit zielen werdet.«

»Was sollten wir also tun, um unsere Loyalität zu zeigen?« fragte ein anderer Überläufer, ein Fabrikarbeiter.

»Laßt euch von eurer Phantasie leiten«, sagte der Oberst scherzend. »Wir brauchen Informationen über die Roten. Wir möchten wissen, was sie als nächstes vorhaben. Vor allem aber brauchen wir Denunziationen. Je größer der Fisch ist, den ihr uns liefert, desto eher werden wir geneigt sein, zu glauben, daß ihr wirklich einen inneren Wandel vollzogen habt.«

Wasja meldete sich. »Was wird mit denen geschehen, denen es nicht gelingt, Sie von unserer Aufrichtigkeit zu überzeugen?« fragte er so leise, daß der Oberst ihn kaum verstehen konnte.

Die Gesichtsmuskeln des Obersten verzogen sich zu einem müden Lächeln. »Die werden wir erschießen«, erklärte er.

Sie pumpten eine Wanne voll Wasser, wuschen einander mit dem Schwamm und stellten sich dann an ein offenes Fenster, um von der warmen Brise ihre Körper trocknen zu lassen. Irgendwo in der Wosnesenski-Avenue heulte ein Hund den Mond an. Sonst herrschte völlige Stille. Anstatt ins Schlafzimmer zu gehen, legten sie auf dem Fußboden vor dem offenen Fenster Kissen aufeinander und begannen sich in sehnsüchtiger Hingabe zu lieben. Jede Gewalttätigkeit war so fern, wie es nur der Liebesakt zu bewirken vermag.

»Es gibt so viele Möglichkeiten, sich zu lieben«, flüsterte Lili Sander ins Ohr.

Sander flüsterte zurück: »Wenn wir sie alle ausprobiert haben, werden wir neue erfinden.«

Danach sanken sie dort, wo sie lagen, in tiefen Schlaf. Deshalb hatten weder Sander noch Lili eine Pistole in Reichweite, als die Tür aus den Angeln gesprengt wurde.

Bewaffnete Männer stürmten in die Wohnung. Gasfackeln verbreiteten ein grelles Licht; Schatten tanzten über die Wände. Lili wurde roh gegen eine Wand geschleudert. Sie suchte ihre Augen mit einem Unterarm zu schützen und schrie: »Alexander!« Dann hörte sie, wie etwas Schweres gegen etwas Weiches stieß und ein Mann vor Schmerzen aufstöhnte. Unterwäsche, ein Rock, ein Hemd, Strümpfe und ein Paar Schuhe kamen aus der Dunkelheit geflogen und landeten vor ihren Füßen. Während die Männer stumm zuschauten, zog Lili sich an. Eine sanfte Stimme wies sie an, sich umzudrehen, und eine Kapuze wurde ihr über den Kopf gezogen. Ihre Handgelenke wurden mit einer Schnur hinter ihrem Rücken gefesselt.

»Meine Hände sind taub«, beklagte sie sich, als sie die Treppe hinuntergeführt wurde.

»Der Rest deines Körpers wird auch bald taub sein«, antwortete die sanfte Stimme.

Es folgte eine kurze Fahrt im Automobil, während der ihre Häscher kein Wort sprachen. Man hörte, wie sich schwere Türen öffneten. Dann vernahm sie ihre eigenen Schritte auf einer engen Wendeltreppe. Sie ging durch endlos wirkende Korridore. Schließlich wurde ihr die Kapuze abgenommen und die Schnur von den Handgelenken abgeschnitten. Eine Tür öffnete sich, und sie wurde in einen Raum gezwängt, der so klein war, daß sie sich kaum rühren konnte. Sie versuchte, die Hände zu heben, um ihre Gelenke zu massieren, aber dazu reichte der Platz nicht. Sie erkannte, daß sie sich in einer Art von Sarg befand, der hochkant gestellt war. »Laßt mich raus!« schrie sie, bedauerte aber sofort, daß sie ihren Häschern die Genugtuung gegeben hatte, ihr Gejammer zu hören. Also schwieg sie und überlegte. Aus diesem Gefängnis würde man sie mit großer Sicherheit erst wieder herauslassen, wenn sie zu einer winselnden Bittstellerin geschrumpft war, die ihnen alles sagen würde, was sie wollten, bevor man sie exekutierte.

Sie tat mehrere tiefere Atemzüge, wodurch ihre Brüste gegen die Vorderwand ihres Gelasses gedrückt wurden, und suchte ihre Muskeln zu entspannen. Ihre Füße fühlten sich schon jetzt schwer an; aber sie hatte keine Möglichkeit, sie zu entlasten. Die Zeit verging. Falls ich jemals hier herauskomme, gelobte sie sich, werde ich Sex völlig aufgeben. Sie fühlte den Drang, Wasser zu lassen, bekämpfte ihn aber mehrere Stunden lang. Dann hatte sie stechende Schmerzen in den Fußgelenken, die sich allmählich immer weiter ausbreiteten, bis sie laut zu stöhnen anfing und dabei erkannte, daß sie schon längere Zeit gestöhnt hatte. Ihre Blase schien zu bersten und sie konnte sich nicht mehr zurückhalten. Der Urin rann ihr die Beine herunter in die Schuhe, so daß sie unter dem Eindruck der völligen Erniedrigung in Tränen ausbrach. Dann hörte sie auf zu schluchzen und beschloß, sich zu töten, indem sie den Kopf gegen eine Wand schlug. Aber diese befand sich so nahe, daß sie schließlich nur fürchterliche Kopfschmerzen spürte. Ein unerträglicher Schmerz stach durch ihre Beine und kroch über ihren Rücken hinauf. Schließlich war er so stark, daß sie nicht mehr klar denken konnte. Allmählich verbreitete sich völlige Taubheit in ihrem Körper, so wie es die sanfte Stimme vorhergesagt hatte. Dann wurde sie ohnmächtig.

Als Lili wieder zu sich kam, war sie an eine Pritsche in einem Gefängnishospital gefesselt und schaute auf das Gesicht eines mageren Mannes mittleren Alters mit gewichstem Schnurrbart, dessen Enden korkzieherartig gedreht waren. Der Mann studierte den Inhalt einer Akte und summte beim Umblättern vor sich hin.

Dann blickte er zu ihr herunter. »Gestatten Sie mir, daß ich mich vorstelle«, sagte er mit der sanften Stimme, die Lili bereits kannte. »Ich bin Ermittler Solokow von der Kriminalabteilung des Oberkommandos für das Uralgebiet. Sie sind Lili Michailowna Jusupowa, eine Bolschewistin und die Schwester des Felix Jusupow, der Rasputin getötet hat.« Lili öffnete den Mund, aber der Ermittler schnitt ihr grob das Wort ab. »Wir haben Ihre Reisedokumente in dem Futter der Jacke Ihres Liebhabers entdeckt. Wir wissen, wer Sie sind. Wir wissen auch, warum Sie nach Jekaterinburg gekommen sind. Aufgrund dieser Dokumente hätten Sie und Ihr Freund Til kurzerhand erschossen werden können. Sie beide wurden aber am Leben gelassen, um auf meine Fragen zu antworten. Sobald ich sicher bin, daß Sie mir keine weitere Information geben können, werden Sie beide exekutiert werden.«

Lili entrang sich ein rauhes Lachen. »Warum sollten wir Ihnen dann noch irgend etwas sagen?«

»Nun, liebe Dame, wir werden Sie so weit bringen, daß Sie Ihren Tod herbeisehnen. Sie und Ihr Freund Til werden mich bitten zu glauben, daß Sie nichts mehr zurückhalten, damit ich Sie mit dem Befehl zu Ihrer Hinrichtung belohnen kann.« Solokow winkte zwei Ordonnanzen in langen Ärztekitteln herbei. »Gebt ihr zu essen und bringt sie dann zurück in ihre Zelle!«

Mit nachschleifenden Füßen wurde Lili wieder die enge Wendeltreppe hoch und über die endlosen Korridore gezerrt und dann wieder in das schrankgroße Gelaß geworfen, wobei die zufallende Tür gegen ihre Schulterblätter stieß.

»O Alexander!« seufzte Lili; und die Tränen flossen ihr von den Wangen in den Mund. Sie schmeckte die Salzigkeit des Elends und schöpfte Mut aus dem Geschmack. Sie gelobte, dem Untersucher Solokow kein Wort zu sagen.

Vielleicht, so meinte sie, gab es in der Welt nur eine bestimmte Menge an Leid. Je mehr Pein sie erlitt, desto weniger Leid würde für Alexander übrigbleiben. Dieser Gedanke bestärkte sie in ihrer Entschlossenheit. Achtundvierzig Stunden lang ertrug sie nun die Schmerzen, die durch ihren Körper flossen, ihn wie eine siegreiche Armee besetzt hielten, ihn aufzehrten... bis schließlich all ihre Gedanken nur noch um das eine Wort »Schmerz« kreisten.

»Haben Sie genug?« fragte ihr Bewacher, nachdem er die Tür geöffnet hatte. Er mußte sie hochstemmen, weil die angeschwollenen Beine ihren Körper nicht mehr trugen. »Sind Sie bereit, mit dem Untersucher Solokow zu sprechen?«

Lili schaffte es, den Kopf zu schütteln, der sich so schwer anfühlte wie nie zuvor. Der Mann legte sie auf den Boden, wischte ihr das Gesicht mit kaltem Wasser ab und goß ihr eine Kelle mit einer suppenartigen Flüssigkeit in die Kehle. Dann öffnete er ihre Bluse, drückte ein Ohr an ihre Brust und horchte auf ihren Herzschlag. »Sie haben schon mehr ausgehalten als die meisten«, sagte er, bevor er sie wieder in den Kasten zurücktrug. »Aber noch niemand hat nach drei Dosen durchgehalten.«

Lili wußte, was ihr bevorstand. Wenn ihr Körper weitere Tage durchhielt, würde der Schmerz, der sich wie ein Schraubstock um ihren Körper zusammengezogen hatte, sie in den Wahnsinn treiben. Untersucher Solokow würde nichts aus ihr herausbringen außer dem Plappern eines Idioten. Sie hatte schon jetzt Mühe, ganze Sätze zu bilden, Gedanken zu ordnen und sich länger als einen flüchtigen Augenblick auf irgend etwas zu konzentrieren.

In den folgenden achtundvierzig Stunden gab es Millionen flüchtiger

Augenblicke, jeder einzelne noch schmerzhafter als der vorangegangene. Lili konnte fühlen, wie sie sich dem Abgrund näherte. Feuchtigkeit tropfte von den Stummeln, die einst ihre Beine gewesen waren; aber sie begriff nicht, daß sie uriniert hatte. O Gott, Alexander, wo bist du? In ihrer Phantasie reichte sie ihm eine Hand. Komm, laß uns zusammen in den Wahnsinn springen! Sie konnte das Gewicht seines Schattens über ihr spüren. Aber dann vergaß sie seinen Namen. Sie konnte ihn rufen, aber nicht mehr bei seinem Namen.

»Wie heißt du?« schrie sie in die Stille ihres Raumes.

Die Tür tat sich wieder auf. Die Ordonnanz legte sie auf den eiskalten Fußboden. »Der Name Ihres Freundes ist Alexander«, flüsterte er ihr ins Ohr. »Sein Leiden ist unbeschreiblich. Sie können ihn davon erlösen, wenn Sie dem Untersucher Solokow sagen, was er wissen will. Wenn Sie Ihren Freund lieben, so ersparen Sie ihm weitere Qualen. Der Tod wird eine Erlösung für ihn sein.«

»Ja«, murmelte Lili mit geschwollenen Lippen. Ihre Stimme war unkenntlich. »Der Tod wird eine Erlösung für ihn sein. Bringen Sie mich zu Untersucher Solokow!«

Die unterschiedlichsten Geräusche erfüllten den Raum. Abgehacktes Husten, Winseln, Seufzen, Stöhnen, geflüsterte Gespräche, das Schurren von Gliedmaßen über den Boden, wenn verurteilte Gefangene, männlich und weiblich gleichermaßen, sich zum Pinkeln zu dem allgemeinen Eimer schleppten. Einmal hörten sie sogar das unmißverständliche Geräusch einer Liebesszene, als ein Paar in der Nacht vor seiner Hinrichtung zum letzten Mal die geschundenen Körper vereinte. In einer entfernten Ecke der Zelle massierte Sander Lilis Fußgelenke, um den Muskelkrampf zu mildern.

»Versuche, nicht daran zu denken!« flüsterte er.

Lili biß sich auf die Lippen und stöhnte: »Es kommt wieder.«

»Nein, nein.« Er massierte ihre Füße noch kräftiger. »Versuche, deine Muskeln zu entspannen.«

»Hier kommt es«, schrie Lili, und Sander konnte fühlen, wie sich ihre Muskeln unter seinen Fingerspitzen verkrampften. Lili warf den Kopf zurück und schrie vor Schmerzen auf. Die anderen Gefangenen, die mit ihrem eigenen Elend zu tun hatten, kümmerten sich nicht darum.

Allmählich wurde Lilis Atem wieder gleichmäßiger.

Sander sagte, während er immer noch ihre Beine massierte: »Sprich mit mir. Sag mir, was dich veranlaßt hat, mit Solokow zu sprechen.«

»Sie sagten mir, daß du schrecklich littest. Sie sagten mir, das einzige, um dich vor noch mehr Leiden zu bewahren, sei meine Kooperation. In diesem Falle würden sie dich erschießen, anstatt dich weiter zu quälen.« Ein sarkastisches Lachen kam aus Lilis Kehle. »Es erschien mir ganz vernünftig. Wie war es mit dir?«

»Sie ließen mich einen Blick auf dich werfen, als sie dich aus dem Kasten holten«, sagte Sander mit stockender Stimme. »Dann sagten sie mir, daß du dich weigerst nachzugeben, so daß ich nachgeben müßte, damit sie dich erschießen und damit deinem Leiden ein Ende machen könnten. Ich war verzweifelt. Dein Leiden zu beenden erschien mir wichtiger, als Solokow Widerstand zu leisten.«

Lili und Sander waren zu sechzig oder siebzig anderen Gefangenen in einen großen Lagerraum außerhalb des Hauptzellenblocks verlegt worden. Die hoch in der Wand befindlichen Fenster waren zugemauert worden; Luft kam nur durch die Sprünge in den Scheiben eines Oberlichtes herein. In dem ständigen Zwielicht wirkten die in dem überfüllten Kerker hingestreckten Gefangenen wie Schatten; und nur die Geräusche, die von ihnen ausgingen, erinnerten daran, daß sie lebendige Menschen waren. Jeden Tag wurden etwa fünfzehn neue Schatten in den Raum geworfen. Und jeden Morgen erhoben sich einige Schatten von ihren Plätzen längs der Mauer und begaben sich zu der Tür, wo ein Wächter eine Namensliste verlas. Eine Gestalt in langen Priestergewändern stimmte ein Totengebet an, als sie hintereinander die Welt des Zwielichts verließen. »*Gospodi pomilui, Gospodi pomilui* – Herr, erbarme Dich, Herr, erbarme Dich« sang er mit tiefer Stimme. Sander, der mit dem Rücken an die Säule gelehnt dasaß, wurde an die Krönungsszene in *Boris Godunow* erinnert, wo der Chor sein verzweifeltes »*Gospodi pomilui*« sang. Aus dem Hof unten drangen gedämpft die Befehle eines Offiziers herauf. Dann hörten Sie eine scharfe Gewehrsalve.

»Ich habe die Kamee deiner Mutter verloren«, sagte Lili. »Sie müssen sie mir bei der Verhaftung abgenommen haben.«

»Das ist nicht wichtig«, log Sander. Ihm war, als hätte er die letzte Verbindung zu seiner Mutter verloren.

Nach einer Weile stöhnte Lili: »Ich habe immer gewußt, daß es so enden könnte.« Sie berührte in der Dämmerung Sanders Gesicht mit dem Daumenballen und betastete die Striemen und Wunden. »Aber ich habe nie geglaubt, daß es wirklich passieren würde. Wir haben nicht genug Zeit gehabt, Alexander.«

Sander lachte im stillen. »Ganz gleich, wieviel Zeit wir gehabt hätten, es wäre nie genug gewesen.«

»Ich bin nur traurig, daß wir gemeinsam sterben. Aus eigensüchtigen

Gründen habe ich gewünscht, daß du mich überlebtest. Jetzt wird es niemanden geben, der sich um meine Tochter kümmert.«

»Es muß doch irgendwo einen Vater geben.«

Verlegenes Schweigen. Lili sagte zögernd: »Sie wurde in Paris gezeugt. Ehrlich gesagt, ich weiß nicht, wer der Vater ist.« Sie starrte ins Halbdunkel und suchte Sanders Miene zu erkennen. »Vielleicht war es Ronscha, vielleicht auch mein Bruder Felix.« Wieder langes Schweigen. Dann brach es aus Lili heraus: »Haßt du mich, Alexander, weil ich mit meinem Bruder geschlafen habe?«

In der Nähe löste sich ein Schatten von der Wand und schlurfte über den Boden zum Eimer. Sander wandte sich wieder Lili zu. »Du bist eine Revolutionärin. Der Weg einer Frau zur Revolution ist anders als der eines Mannes. Frauen müssen eine Periode sexueller Erkundung durchmachen, um innerlich frei zu werden. Ich habe dir nichts vorzuwerfen, Lissik.«

Sie sprachen leise weiter. Im Laufe der Nacht mischte sich Verzweiflung in ihre Stimmen. Sie spürten, wie ihnen die Zeit unter den Fingern zerrann.

»Alexander, ich liebe dich«, flüsterte Lili leidenschaftlich. »Ich liebe deinen Körper und ich liebe deinen Kopf und ich liebe die Art, wie du die Augen zukneifst, wenn du mißmutig bist, und ich liebe es, wie du mir dein gesundes Ohr zuwendest, und ich liebe deine moralische Rigorosität.« Sie lächelte schwach. »Ich kann den Gedanken nicht ertragen, daß du stirbst.«

»Ich liebe dich auch«, sagte Sander schlicht. »Alles an dir. Manchmal habe ich das Gefühl, als ob ich du wäre.«

»Du wirst sehen«, flüsterte Lili und streifte mit den Lippen sein gesundes Ohr. »Wenn die Zeit gekommen ist, werde ich sterben wie ein Mann.«

Sander erschauerte. »Ich fühle mich alt. Alt und erschöpft. Und ohne Hoffnung.«

Sie sprachen noch immer miteinander, als der Wächter am Morgen die Tür öffnete und rief: »Lili Michailowna Jusupowa, Alexander Jonkelewitsch Til!«

An der Steinsäule ergriff Sander für einen Augenblick Lilis Handgelenk. Dann standen sie beide auf und gingen zur Tür, wobei sie vorsichtig über die ausgestreckten Beine der anderen Gefangenen hinwegschritten. Sie kamen an dem Priester vorbei, der sein »*Gospodi pomilui, Gospodi pomilui*« murmelte, und traten zwischen die im Korridor vor dem Kerker aufgereihten Wachen.

Lili hatte Mühe mit ihren geschwollenen Füßen. Darum legte Sander einen Arm um ihre Taille, als sie durch die endlosen Gänge schritten. Aus den Zellen längs der Korridore ertönten Zurufe.

»Spuckt ihnen ins Gesicht!« rief ein Gefangener.

»Die Revolution wird siegen!« schrie ein anderer.

»Haltet das Tor zur Hölle offen – ich komme bald nach!« rief eine Frau mit hysterischem Kichern.

Sie gingen die enge Wendeltreppe hinunter und traten durch eine niedrige Tür gebückt in einen Hof hinaus. Sander sah sich nach dem Erschießungskommando um. Der Wachoffizier las seine Gedanken. »Erschießen ist für die gewöhnlichen Bolschewisten vorgesehen. Ihr Tod wird langsamer sein.« Er nickte einem in der Nähe geparkten Kleinlaster zu.

Lili war etwas zurückgeblieben. Sander schaute ihr in die Augen und sagte: »Komm!«

»Nein.«

»Bitte, komm!«

Lili schüttelte den Kopf.

Der Offizier stieß sie vorwärts. Sander ergriff ihren Arm und zog sie zum Wagen. Sie sträubte sich. »Was tust du? Laß mich los!«

Man zog ihnen Kapuzen über die Köpfe. Die Hände wurden auf dem Rücken gefesselt, und sie wurden grob hinten in den Lastwagen gestoßen. Hinter ihnen stiegen noch zwei Wächter ein, und der Wagen fuhr los. Sander, der dicht neben Lili auf der Bank saß, konnte ihre Angst fühlen. Ihre Oberschenkel und ihre Schultern zitterten.

Eine halbe Stunde später hielt das Auto mit quietschenden Bremsen an. Die hinteren Türen wurden geöffnet; rohe Hände packten Sander und Lili. Man nahm ihnen die Kapuzen ab. Sander blickte auf Lili. Sie warf den Kopf zurück, um eine Haarsträhne aus dem Auge zu bekommen. Einen Moment lang dachte er, sie hätte sich mit der Lage abgefunden. Als aber ein Soldat nach ihrem Arm griff, fuhr sie zurück, und ein Schrei entrang sich ihren Lippen, wie er nur von einem Tier in Todesnot kommen konnte.

Sie befanden sich auf einem Feld, durch das auf einem Damm Eisenbahngeleise liefen. Jekaterinburg befand sich jenseits eines Waldes; aus der Ferne schlug von der Turmuhr einer Kirche die Stunde. Ein junger Offizier mit langem, zartem Blondhaar und blonden Augenbrauen trat herzu und grüßte den Wachoffizier. »Von hier an übernehmen wir sie«, sagte er. Der Wachoffizier und seine Männer wirkten erleichtert. Sie stiegen wieder in den Lastwagen – der Offizier vorn, die beiden Soldaten hinten – und fuhren davon.

Der junge Gardeoffizier mit dem feinen blonden Haar starrte Sander an, bemüht, seine Aufmerksamkeit zu erregen. Sanders Augen weiteten sich: Er kannte den Offizier von irgendwoher.

»Nun macht schon weiter!« befahl der Offizier den vier Soldaten, die hinter ihm warteten. Lili sank matt auf die Knie und wimmerte. Zwei Männer griffen ihr unter die Arme, hoben sie auf die Füße und zogen sie hinter Sander her.

Lili schrie: »Alexander, hilf mir!«

Sander sah über die Schulter, wie Lili über den Boden geschleift wurde. Er schaute auf den Offizier, der ein paar Schritte hinter ihm herging. Ihm war, als ob er ihm zunickte – oder bildete er sich das nur ein? Sein Herz begann zu klopfen.

Sie erklommen die Böschung und überquerten die Schienen. Lili keuchte entsetzt und wäre hingefallen, wenn die beiden Soldaten sie nicht gestützt hätten. Sander wurde beinahe übel.

Nach beiden Richtungen, soweit man sehen konnte, waren verwesende Hände an die Schienen gebunden. Sie waren von durchfahrenden Zügen an den Gelenken amputiert worden; und die verurteilten Gefangenen waren die Böschung hinabgetaumelt und verblutet. Ungefähr hundert Leichen lagen über das Feld verstreut, alle ohne Hände, grau und leblos.

Ein Soldat zwang Lili, sich auf den Bauch zu legen. Während er ihr einen Fuß in den Rücken preßte, zerschnitt er die Schnur an ihren Händen. Dann zog er ihr die Hände über den Kopf, so daß die Gelenke sich auf der Schiene kreuzten und die Hände sich auf der einen Seite befanden, der Körper aber auf der anderen Seite der Böschung lag. Schnell wurde ihr wieder eine Schnur um die Handgelenke gelegt, die diese auf der Schiene festspannte. Dann wandten sich alle vier Soldaten Sander zu. Er leistete keinen Widerstand, als sie ihn auf den Bauch warfen und die Hände auf der Schiene festbanden.

Sein Kopf war dicht bei dem Lilis. Er konnte die Merkmale äußerster Angst in ihren Pupillen erkennen, wagte aber nicht, ihr Hoffnung zu machen.

Der junge Offizier ließ sich neben Sanders Kopf auf ein Knie nieder. »Sie erkennen mich, wissen aber nicht, woher. Sie haben mir einmal das Leben geschenkt – damals, als Sie mich von Zarskoje Selo zur Exekution bringen sollten. Jetzt gebe ich Ihnen beiden dafür das Leben zurück.« Er zog ein kurzes Schwert und schnitt die Schnur durch, welche Sanders Handgelenk festhielt. »Der Zug kommt erst in einer Viertelstunde. Warten Sie ein wenig, um sicher zu sein, daß wir fort sind, ehe Sie sie losbinden und losrennen. Das ganze Gebiet ist in den Händen der Weißen. Wenn Sie noch einmal gefaßt werden, kann ich nichts mehr für Sie tun.«

Sander brachte ein »Danke« heraus.

Der Offizier zuckte die Achseln. »Ihre Revolution ist eine Katastrophe für Rußland. Millionen werden sterben. Ich bete zu Gott, daß Sie verlieren.« Er stand auf, wischte sich mit einer behandschuhten Hand den Staub von den Knien und verschwand hinter dem Bahndamm.

Lili wandte sich langsam Sander zu. Ihr Gesicht zeigte Streifen von Tränen und Schmutz. Sie spie Dreck aus dem Munde und starrte ihn überwältigt an. »Was für ein Geschenk ist doch das Leben!« sagte sie und begann still zu schluchzen.

5

Sander konnte sehen, daß Lili geistig verfiel. Sie konnte sich nur für kurze Zeit konzentrieren; die meiste Zeit über wirkte sie völlig geistesabwesend. Beim Anblick eines blutig gekratzten Mückenstichs konnte sie in Tränen ausbrechen. Und wenn sie einmal angefangen hatte zu weinen, konnte sie stundenlang mit krampfhaft zuckendem Körper und blind von Tränen hinter Sander herstolpern.

Sie war zerbrochen wie ein Teller.

Später lag Lili zusammengerollt hinter der Hecke am Rande einer Schlucht, die den Bauern als Müllkippe diente. Sie zuckte im Schlaf zusammen.

Nachts machten sie sich auf den Weg. Ihr Ziel war die dreihundert Kilometer entfernte Stadt Perm. Sie durchwanderten die Nächte bis zur Morgendämmerung und suchten sich dann ein Versteck zum Schlafen. Unterwegs ernährten sie sich von Pilzen und Pflanzenwurzeln und dem, was sie in verlassenen Häusern und Scheunen fanden.

Kaum eine Nacht verging, ohne daß sie auf aufgeblähte und verwesende Kadaver stießen, Opfer der Banden, die das Land durchstreiften. An einem Morgen hatten sie sich bei einem See in einem Sumpf versteckt und sahen, wie Bewaffnete acht Gefangene – man konnte nicht erkennen, ob es Weiße oder Rote waren – auf einen langen Steg am Ufer trieben, ihnen Steine an die Hälse banden und sie mit den Spitzen ihrer Bajonette in das tiefe Wasser stießen. »Falls wir entdeckt werden«, sagte Lili, »mußt du mir mit dem Messer, das wir gefunden haben, das Handgelenk aufschneiden.« Sander schärfte die Klinge an einem flachen Stein und nickte, um sie zu beruhigen. Aber nachdem er den Leichnam einer Frau gesehen hatte, die geknebelt, vergewaltigt und erwürgt worden war, war er sich nicht mehr sicher, was er in einem solchen Falle wirklich tun würde.

»Wir werden es nie bis Perm schaffen«, jammerte Lili eines Tages, als sie in den verbrannten Nebengebäuden eines einst blühenden Gutshofes nach Nahrung suchten. Ringsum war alles zerstört worden – Geflügelkäfige, Schweinekoben, Kuh- und Pferdeställe.

Von dem Herrenhaus des Gutes, das auf einer Anhöhe hinter den Wirtschaftsgebäuden am Ende einer Akazienallee errichtet worden war, war nur noch ein Flügel erhalten. Sander stöberte dort herum und fand ein Stück Vorhang, das Lili als Schlafunterlage diente. In den rauchgeschwärzten Ruinen des Hauses fand Sander eine Büchse Halwa, ein zerbrochenes Glas, worin sich noch ein paar saure Gurken befanden, und eine Blechbüchse voller Jodkristalle. Er ließ sich nahe Lili in einer Ecke nieder, tat das, was er gefunden hatte, in seinen improvisierten Rucksack, legte sein rostiges Messer neben sich und schlief ein. Die Hitze war erdrückend. Zwei Fliegen, die um sein gesundes Ohr brummten, weckten ihn auf, aber er scheuchte sie fort und sank, gegen die Wand gelehnt, erneut in tiefen Schlaf.

Die Spitze eines Säbels, die ihn an der Kehle kitzelte, brachte ihn wieder zu Bewußtsein. Er riß die Augen auf. Sein Körper erstarrte. Einige Dutzend halbnackte Kinder aller Größen und Altersstufen waren leise in den Flügel des Herrenhauses geschlichen. Ihre Körper waren mit Schmutz und Geschwüren bedeckt. Die älteren von ihnen – sie konnten kaum zwölf Jahre alt sein – hatten Lili und Sander umzingelt und bedrohten sie nun mit Reitersäbeln, die so schwer waren, daß die Kinder sie mit beiden Händen anfassen mußten.

»*Besprisornye*«, murmelte Sander. »Bleib ganz ruhig.«

Ehe sie Moskau verließen, hatten sie von den *Besprisornye*, den Verwahrlosten und Heimatlosen gehört. In der *Prawda* war ein Artikel über die Banden halbverhungerter Waisen gewesen, die das Land durchstreiften, Dörfer terrorisierten, stahlen oder mordeten, um zu überleben. Es war sogar angedeutet worden, daß manche dieser Kinder sich dem Kannibalismus ergeben hätten.

Sander hörte das Scharren nackter Füße, als die Kinder ihrem Anführer Platz machten. Er hatte ein Tuch um die Lenden gebunden und das Pelzcape einer Frau über eine Schulter geworfen. Auf seinem erhobenen Handrükken saß ein Jagdfalke. Der Anführer, der höchstens fünfzehn Jahre zählen konnte, musterte die beiden Gefangenen mit starren Taubenaugen, während er zerstreut eine Laus aus seinem Haarschopf holte und zwischen den Fingernägeln zerdrückte. Irgendwo hinter ihm weinte ein Baby. Ein anderes Kind fing an, ihm leise etwas vorzusingen. Der Führer zeigte mit dem Kopf auf Sanders rostiges Messer. Ein junges Mädchen mit Brandnarben auf der Brust ergriff es und steckte es in ihren Gürtel. Zwei Kinder wühlten in einem Sack aus Zeltstoff und holten eine lange Kette heraus, die sie ein paarmal um Sanders Brust und Handgelenke schlangen.

Der Anführer schaute auf Lili. »Wenn du nicht tust, was wir dir sagen, werden wir deinen Freund zerteilen und kochen.« Er blickte über die Köpfe der Kinder, die ihm am nächsten standen und sagte: »Holt die Babys her!«

Sechs junge Mädchen, nackt bis auf zerrissene Unterhöschen und mit Schichten von Krätze auf der Haut, drängten sich durch die Menge. Jedes hatte ein Kleinkind auf dem Arm. »Wir haben sie gestern gefunden«, erklärte der Anführer, »in einem Dorf, das die Weißen niedergemetzelt hatten. Sie werden sterben, wenn sie keine Milch kriegen. Unsere Mädchen habe keine Brüste, aber du hast welche. Säuge unsere Babys, und wir werden dich und deinen Freund verschonen.

Lili schluckte und blickte auf Sander. »Ich habe keine –«, begann sie, als sie sein fast unmerkliches Kopfnicken bemerkte. Die *Besprisornye* dachten offenbar, daß jede Frau mit Brüsten auch Milch haben müßte. Lili erschauderte. »Gebt mir immer nur eines auf einmal«, sagte sie, knöpfte ihr Hemd auf und legte sich das erste Kind an die Brust.

Das Baby schob seinen winzigen Mund über die Warze, war aber zu schwach, um zu saugen. Einige *Besprisornye* hockten um Lili herum und sahen genau zu. Ein Kind, das höchstens vier Jahre alt sein konnte, fing an zu weinen. Ein älterer Junge holte eine große goldene Uhr aus einem Sack und drückte sie dem Kind ans Ohr.

»Tick-tick«, kicherte das Kind. »Tick-tick.«

Lili gab das erste Baby ihrer Betreuerin zurück und bekam von ihr ein zweites, das eitrige Geschwüre am Kopf hatte. Es begann, an der Brust zu saugen und heulte, als die Warze keine Milch gab. Aber es saugte weiter, bis Lilis Brustwarze wund war. Lili zuckte sammen und setzte das Baby ab. Aber die Kinder um sie herum sprangen auf. Zwei der älteren drückten ihre Reitersäbel Sander an die Kehle.

Schaudernd nahm Lili das Kind wieder auf und reichte ihm ihre andere Brust.

Im Verlaufe des Nachmittags hatte sie allen Babys ihre Brust gegeben. Der Anführer griff in einen Beutel aus Zellstoff und reichte Stücke geräucherten Fleischs herum. Danach bildeten zwanzig Besprisornye einen Ring und begannen, *Koschka-Mischka* – Katz und Maus – zu spielen. Es ging darum, daß die »Katze« von innen den Ring durchbrechen und die »Maus«

fangen mußte, ein abgemagertes achtjähriges Mädchen, das außen um den Ring lief.

Anfangs war das Spiel ganz lustig; Die »Katze«, ein kräftiger zwölfjähriger Junge, wurde von den Kindern im Ring immer wieder zurückgestoßen. Jeder Ausbruchversuch rief bei den an den Seitenlinien zuschauenden *Besprisornye* wildes Gelächter hervor. Dadurch wurde die Katze angespornt und warf sich mit mehr Gewalt gegen die verschränkten Arme. Je heftiger sie auszubrechen suchte, desto lauter wurde das Gelächter. Schließlich senkte die Katze den Kopf und rammte einem der jüngeren Kinder ihren Kopf in die Brust. Dieses prallte mit einem Schmerzensschrei zurück. Die Katze sprang durch die Lücke auf den Rücken der Maus, packte mit beiden Händen ihr Haar und fing an, ihren Kopf auf dem Steinboden zu stoßen.

»Um Gottes willen, laßt ihn aufhören!« schrie Lili aus der Ecke des Raumes.

»Es ist doch nur ein Spiel«, rief der Anführer der *Besprisornye* zurück und streichelte seinen Falken.

Die an den Wänden hockenden Kinder begannen rhythmisch zu klatschen. Bei jedem Schlag stieß die Katze den Kopf der Maus auf den Boden. Lili wandte sich ab und schloß die Augen, aber die Tränen flossen ihr trotzdem herunter.

Bei Sonnenuntergang sammelten die *Besprisornye* ihre Sachen und die Babys ein und verschwanden in der Nacht. Sie ließen zwei Babys zurück, die im Laufe des Tages gestorben waren. Mitten im Zimmer lag in einer Blutlache der Körper der »Maus«.

Mit von Schlamm geschwärzten Gesichtern brach der Stoßtrupp zwei Stunden nach Sonnenuntergang auf. Alle vierzehn drängten sich in zwei Fischerkähnen zusammen und lenkten die Boote stromaufwärts. Als sie einige Kilometer von der weißen Geschützstellung am Steilufer der Wolga entfernt waren, gingen sie an Land.

Der Führer, ein junger Bauer, der auf dem Ostufer des Stromes bei Kasan aufgewachsen war, führte den Stoßtrupp. In einem Überlaufgraben für Hochwasser näherte sich die Gruppe einer Stelle, an der ein Lagerfeuer brannte. Tuohy streckte seinen Kopf über den Grabenrand und zählte die Silhouetten. Er stieß seinen Nachbarn an und hielt zwei Finger hoch. Dann schickte er zwei Tschekisten nach vorn. Sie zogen Messer aus den Gürteln, robbten los und verschwanden hinter der Grabenböschung. Tuohy horchte in die Nacht hinein. Eine leichte Brise raschelte durch das Gestrüpp. Ein Frosch quakte. Dann hörte man ein leichtes Stampfen von Füßen, die über den feuchten Boden liefen. Am Feuer sprangen einige Männer auf. Danach war es wieder still.

»Vorwärts!« flüsterte Tuohy, und zusammen mit seinen elf Männern bewegte er sich die Böschung hinauf auf die Geschützstellung der Weißen zu. Als sie näher kamen, konnte Tuohy hören, wie jemand in einem Eimer Blechteller abwusch. Tuohy machte einem der Tschekisten ein Zeichen. Der Mann, der mit dem Abwaschen beschäftigt war, summte vor sich hin. Plötzlich verstummte er. Tuohy deutete auf die beiden Kanonen, deren hochgerichtete Läufe sich vom Nachthimmel abhoben. Dann kroch er mit einigen Tschekisten vorwärts, bis er die Barrikade aus Sandsäcken erreicht hatte. Nun erhob er sich langsam, bis er in den Unterstand blicken konnte.

Darin waren sieben Männer; vier schliefen, die anderen drei spielten, mit dem Rücken an Munitionskisten gelehnt, Karten im Schein einer Öllampe. Tuohy duckte sich wieder und wartete, bis die anderen Tschekisten sich am zweiten Unterstand niedergekauert hatten. Dann zog er sein Messer aus dem Gürtel. Die anderen folgten seinem Beispiel.

»Jetzt!« flüsterte er, schwang sich über die Barrikade und sprang hinter einem der Kartenspieler herunter, dem er sein Messer in die Brust stieß. Um ihn herum ertönten die unterdrückten Schreie der anderen Weißen, die keine Gelegenheit mehr hatten, Widerstand zu leisten.

Tuohy stand auf und schaute zum zweiten Unterstand. Ein Tschekist tauchte auf und bückte sich zu Tuohy herab. »Er gehört uns«, flüsterte er.

Zwei Tschekisten, die etwas von Kanonen verstanden, präparierten die Stücke so, daß sie explodieren mußten, wenn jemand sie abfeuern würde. Tuohy nahm die Lampe und ging auf den Rand des Steilufers. Er blickte auf die Wolga hinab und beschrieb mit der Lampe einen großen Bogen. Von unten her, wo eines der vier bolschewistischen Kanonenboote lag, wurde das Signal erwidert.

Die vier Boote fuhren um das Vorgebirge herum in die lagunenartige Bucht vor der Stadt Kasan. Die weiße Flottille – ein Ölkahn, zwei Flußdampfer mit Maschinengewehren und Kanonen sowie ein halbes Dutzend Kanonenboote – lag ungefähr zweihundert Meter direkt vor Trotzkis improvisierter Armada vor Anker.

Dieser Sieg verschaffte den Roten die Kontrolle über den Fluß. Nun war der Weg frei für einen Frontalangriff gegen die weißen Truppen, die Kasan besetzt hielten.

Perm, eine Stadt mit sechzigtausend Einwohnern, die auf dem europäischen Ausläufer des Urals liegt, rühmte sich einer Konzerthalle mit einem venezianischen Kronleuchter, der so groß war, daß kein vernünftiger Mensch darunter sitzen mochte. Es gab einen öffentlichen Park mit einer aus Paris importierten Reitanlage für zwölf Pferde. Das örtliche Bestattungsinsitut verfügte über vier in England hergestellte motorisierte Leichenwagen, von denen allerdings drei von den Tschekisten am Ort für Gefangenentransporte requiriert worden waren. Die Kirche hatte eine mit Gold verkleidete Kuppel. Einige der größeren Gebäude waren mit Aufzügen ausgestattet. Und manche der größeren Straßen waren sogar gepflastert.

Ende August 1918 wimmelten die Straßen von Perm von Flüchtlingen. Es waren so viele, daß die Soldaten an den Zugangsstraßen es längst aufgegeben hatten, nach Personalpapieren zu fragen und einfach jeden durchwinkten, der nicht bewaffnet war. Als Sander und Lili sich durch die Außenbezirke bewegten, fühlten sie sich wie in einem Strom davongetragen. Je enger die Straßen wurden, desto rascher schien die Menge zu fließen. »Beeilt euch«, rief eine Frau ihren Freundinnen zu, als sie sich an Sander vorbeidrängte. »Sonst verpassen wir das Vergnügen.« Vorn blokkierte ein Militärparadeplatz mit niedrigem Holzzaun die Straße. Vor der Revolution hatten die Rekruten beim Exerzieren den ganzen Rasen ruiniert. Von der aufgeregten Menge mitgezogen, schob Sander Lili zu einem Platz am Zaun. Gegenüber waren bei einer Backsteinmauer sechs Priester in langen schwarzen Gewändern an Pfähle gebunden. Ein Exekutionskommando aus zwanzig jungen Soldaten ging den Priestern gegenüber in Stellung. Der sie befehligende Offizier zog sein Schwert aus der Scheide. Der eine Priester rief laut: »Der Fluch des Herrn wird über das Haupt eines jeden kommen, der einen Priester erschießt. Ihr werdet in der Hölle braten!«

»Fertig!« befahl der Offizier.

Ein Gemurmel erhob sich unter den Menschen, die von dem niedrigen Zaun aus zusahen. Die Frau neben Sander sagte: »Gestern haben sie sich geweigert zu schießen, aber es waren Jungen von hier. Jetzt haben sie Usbeken geholt.«

Lili schmiegte sich an Sander und sagte matt: »Ich kann kein weiteres Morden mehr ertragen.«

Sander legte ihr einen Arm um die Schulter und zog sie in die Menge zurück. Mehrere Personen drängten sich sofort nach vorn, um ihre Plätze einzunehmen. Während er Lili durch die Menge zerrte, konnte Sander hören, wie die Gewehre gespannt wurden.

»Zielt!« schrie der Offizier.

Lili riß ihre Hand aus Sanders und hielt sich mit beiden Händen die

Ohren zu. Ihr schossen Tränen in die Augen. Sander drückte ihren Kopf an seine Brust. Sie zitterte heftig.

»Feuer!« bellte der Offizier.

Die Salve donnerte. Lili schrie auf. Köpfe drehten sich um. »Ist sie etwa gegen die Liquidation der Ausbeuter?« fragte ein Arbeiter mißtrauisch.

Sander wollte sagen: Sie ist gegen Töten. Sie hat zu viel Blut fließen sehen. Aber er wußte, daß es unklug war, sich hier auf einen Disput einzulassen. Sie hatten keine Papiere, nichts, womit sie sich ausweisen konnten. So drehte er dem Arbeiter den Rücken zu und zog Lili mit sich. Sie machten sich auf die Suche nach dem Büro der Tscheka.

Zwischen Polizeisperren in Fünferreihen stehend hatten sich Hunderte von Flüchtlingen vor dem Hauptquartier der Tscheka angesammelt. Ein Tschekist in Lederjacke mit Pistolentasche an der Seite stand auf der obersten Stufe, setzte ein Sprachrohr an den Mund und verlas den neuesten Erlaß. »Auf Befehl des Sowjets von Perm«, verkündete er, »wird jeder, der Nahrungsmittel hamstert, auf der Stelle erschossen. Auf Befehl des Sowjets von Perm wird jeder, der ohne Genehmigung Feuerwaffen mit sich führt, auf der Stelle erschossen. Auf Befehl des –«

»Was ist mit den Lebensmittelkarten, die ihr für heute versprochen habt?« schrie ein Mann zum Tschekisten hinauf.

Der brüllte zurück: »Lebensmittelkarten werden morgens zwischen neun und elf ausgegeben.«

Eine Frau rief: »Ich stehe seit dem frühen Morgen hier. Es waren so viele vor mir, daß ich nicht bis zur Tür gekommen bin.«

»Kommen Sie morgen um neun wieder«, wies sie der Tschekist an. Er schaute wieder auf das Papier in seiner Hand. »Auf Befehl des Sowjets von Perm wird jeder, der einen Volksfeind bei sich aufnimmt, auf der Stelle erschossen. Auf Befehl des Sowjets von Perm –«

Hinten in der Menge hörte Sander mit wachsendem Ärger die aus dem Sprachrohr tönenden Erlasse mit. Er dachte an die Brutalität der Weißen, die ihn und Lili gefangengenommen hatten. War es nicht so, daß die einander bekämpfenden Parteien sich immer ähnlicher wurden? Er wollte dies Lili mitteilen, aber ein Blick auf ihr Gesicht überzeugte ihn, daß sie nicht imstande war, über solche Dinge zu sprechen. »Komm weiter!« Er zog sie von dem Gelände weg. »Es muß einen Hintereingang geben.«

»Ich bin am Ende meiner Kräfte«, flüsterte Lili.

»Deine Kräfte sind unerschöpflich«, sagte Sander und versuchte, möglichst überzeugend zu klingen. Aber er glaubte selbst nicht so recht an das, was er sagte.

Der Hintereingang des Amtsgebäudes wurde von einem halben Dutzend Usbeken bewacht, deren russischer Wortschatz sich auf »*Njet, njet*« zu beschränken schien. Um seine Worte zu unterstreichen, schwenkte der Usbeke eine große deutsche Pistole.

Hinter ihnen, am oberen Ende der Straße, heulte eine Sirene auf. Zwei Autos mit Tschekisten auf den Trittbrettern donnerten die Straße entlang und hielten vor dem Gebäude. Die Tschekisten sprangen von den Trittbrettern, stießen Sander und Lili grob weg und bildeten ein Spalier zur Tür. Von hinten näherte sich einer der Leichenwagen des Bestattungsunternehmens. Kommissar Bjeloborodow, immer noch in seinem Waffenrock und mit Reitstiefeln, stieg aus der Beifahrertür. Er blickte forschend die Straße runter und klopfte dann zweimal an die hinteren Türen des Leichenwagens. Sie gingen auf, und zwei Letten zerrten ein junges Mädchen auf die Straße. Sie blutete aus Schnittwunden im Gesicht und auf dem Oberkörper. Ihre gestickte weiße Bluse war mit Blut beschmiert und an einer Schulter zerrissen. Die Letten stießen sie in das Amtsgebäude.

Lili legte ihren Mund Sanders ans Ohr. »Hast du sie erkannt?«

»Warum?«

»Das war die Zarentochter Anastasia.«

»Bist du sicher?«

Lili nickte.

Über die Köpfe der Tschekisten hinweg rief Sander: »Genosse Bjeloborodow!«

Bjeloborodow drehte sich um, erkannte Sander und machte eine lässige Handbewegung. »Laßt sie durch!« befahl er.

Der Kommisaar versorgte sie mit Geld, Ausweisen, Verpflegungsgutscheinen und Reisepapieren für den nächsten Zug nach Westen, der in fünf oder sechs Tagen fahren sollte. Inzwischen brachte er sie in einem Mittelklassehotel unter, das dem Amtsgebäude gegenüber lag. Dann schickte er ihnen einen Koffer mit konfiszierter Kleidung aufs Zimmer.

Die Kleider hatten reichen Leuten gehört und waren von guter Qualität. Sander dachte, daß Lili sich darüber freuen würde; aber ihre Unterlippe zitterte, als sie sich ein Kleid vorhielt. Es war, als ob ihre Weiblichkeit zu einem anderen Leben gehörte, das unwiederbringlich verloren war.

Endlich entschloß sie sich, Hemd und Hose eines Mannes anzuziehen. »Die sind wenigstens sauber«, sagte sie. Dann nahmen sie in der Kellerkantine des Amtsgebäudes eine Mahlzeit ein. Als sie fertig waren, kam ein Tschekist herein, übergab ihr eine Notiz, daß sie sich gleich nach dem Essen im zweiten Stockwerk einzufinden hätte.

»Wir haben eine Gefangene und brauchen eine Frau, die sie bewacht, während der Arzt ihre Wunden untersucht«, erklärte Bjeloborodow, als sie oben erschienen. »Ich dachte, daß deine Freundin uns hier behilflich sein könnte.«

Sander wollte gerade sagen, daß Lili äußerst erschöpft sei, aber sie fiel ihm ins Wort. »Ich werde helfen, wenn ich kann«, versicherte sie Bjeloborodow und folgte ihm durch eine bewachte Tür in ein anderes Büro.

Anastasia lag ausgestreckt auf einem Ledersofa. Eines ihrer Augen war geschwollen von den Schlägen, die sie bekommen hatte. »Der Doktor ist schon unterwegs«, sagte Bejeloborodow. Er ging und ließ Lili mit der Gefangenen allein.

Lili kniete sich neben dem Sofa hin und ließ ihre Finger durch Anastasias verfilztes braunes Haar gleiten, das mit einer Schere kurzgeschnitten war. »Anastasia«, flüsterte sie. »Ich bin Lili Michailowna. Erinnerst du dich an mich? Du hast einmal im Sommer das Gut meines Großvaters besucht. Wir sind zusammen die Alleen entlanggefahren.«

Anastasia öffnete ihr gesundes Auge. »Lissik? Bist du es wirklich?«

Lili preßte die Lippen zusammen. Sie fürchtete, wieder in Tränen auszubrechen. »Wer hat dir das angetan?«

»Oh, Lissik, ich bin geflohen, aber sie haben mich erkannt und hierhergebracht. Die anderen sind in einem Keller unweit von hier untergebracht. Mutter glaubt, daß die Bolschewisten uns erschießen werden, wie sie es mit Vater und dem armen Alexej gemacht haben. Ich habe mit einem Wärter geflirtet und bin geflohen, als er schlief. Ich habe es über die Kama und in die Wälder geschafft. Ich bin tagelang herumgelaufen, aber die Letten haben mich gefunden und geschlagen. Werde ich sterben, Lissik? Werden sie mich erschießen?«

Hinter einer anderen Tür, die zu einem Korridor führte, hörte man Schritte. Lili rückte schnell von dem Sofa weg. Ein Schlüssel drehte sich im Schloß, und ein Mann mittleren Alters mit einer ledernen Ärztetasche kam herein. Er setzte sich auf die Sofakante und fühlte Anastasias Puls. Dann zog er ein großes weißes Taschentuch heraus, legte es Anastasia auf die Brust und preßte sein Ohr auf ihr Herz. Anastasia wandte Lili den Kopf zu, die einen Finger auf den Mund legte. Der Arzt untersuchte die Schnitte und Beulen auf Anastasias Gesicht und Schultern. Dann knöpfte er ihr die Bluse auf und sah sich die Schwellungen auf Brüsten und Rippen an. »Tut das weh?« fragte er und prüfte jede Rippe mit den Fingerspitzen. Anastasia schüttelte jedesmal den Kopf. »Sie werden leben, junge Dame«, erklärte der Doktor. Dann holte er aus seiner Tasche Jod und Watte und betupfte die offenen Schnitte und Abschürfungen. Schließlich stand er auf. »Ich lasse ein Glas Goulardsches Bleiwasser da und etwas Bromsalz«, sagte er zu Lili. »Mischen Sie beides in einem Glas lauwarmen Wassers und geben Sie ihr jede Stunde vier Teelöffel davon. Das wird den Schmerz mildern und sie beruhigen.«

Er wollte gerade gehen, da setzte sich Anastasia auf dem Sofa auf und sagte feierlich: »Vielen Dank, Doktor!« Sie hielt ihm die rechte Hand hin mit dem Handrücken nach oben. Die langen, zarten Finger, für die die Romanowschen Frauen berühmt waren, hingen lässig herab. Widerstrebend ergriff der Arzt ihre Hand und beugte den Kopf. Anastasia fuhr fort: »Ich bin Großfürstin Anastasia, die Tochter von Nikolaus dem Zweiten.«

Der Arzt ließ ihre Hand fallen und prallte zurück, als ob seine Patientin eine ansteckende Krankheit hätte. »Ich will nicht wissen, wer Sie sind.« Dann wandte er sich an Lili. »Ich habe kein Wort von dem gehört, was sie gesagt hat. Sie sind meine Zeugin. Sie hat Fieber und phantasiert.« Der Arzt nahm seine Tasche und eilte, ohne noch einen Blick auf das Mädchen auf dem Sofa zu werfen, aus dem Zimmer.

Als sich die Tür hinter ihm schloß, konnte Lili hören, wie der Schlüssel wieder umgedreht wurde.

Bjeloborodow kam durch die Tür herein, die in das innere Büro führte. Er schaute auf Anastasia, die wieder erschöpft auf das Sofa zurückgefallen war. »Kannst du auf sie aufpassen, bis wir entscheiden, was wir mit ihr machen? Ich werde dafür sorgen, daß eine der Tschekistenfrauen dich ablöst.«

Als Bjeloborodow weg war, ging Lili wieder zu Anastasia, die leise schluchzte. »Sie werden mich erschießen«, flüsterte sie. »Ich habe nichts verbrochen, außer daß ich die Tochter des Zaren bin.«

»Vielleicht werden sie dich nach Moskau bringen und den Deutschen übergeben zum Austausch für einige Sozialisten in deren Gefängnissen«, sagte Lili hoffnungsvoll.

Anastasia lachte bitter. »Denkst du, sie werden mich mit diesen Striemen ausliefern? Du hättest sehen sollen, wie sie die Mutter und meine Schwestern behandeln. Ich sage dir, die haben nicht die Absicht, uns freizulassen.« Anastasia ergriff Lilis Arm. »Hilf mir, Lissik! Ich habe Todesangst.«

Lili sah Anastasia an und erkannte die Furcht in ihren Augen. Es war ihr, als blicke sie in einen Spiegel. Sie zwang sich, ihre eigenen Emotionen zu beherrschen, und unterhielt sich flüsternd mit Anastasia.

Schließlich erschien die Frau eines Kommissars, um Lili abzulösen. Im Hotelzimmer erzählte Lili Sander, was Anastasia gesagt hatte. Er hörte sie mit großer Betroffenheit an und erklärte schließlich: »Ich werde mit Bjeloborodow sprechen.«

»Aber sofort!« verlangte Lili. Ihre Stimme klang hysterisch überreizt.

»Es ist schon spät.«

»Bitte, gleich!« Und ganz ruhig sagte sie noch: »Man wird sie erschießen. Das spüre ich in meinen Knochen.«

Sander konnte sehen, daß Lili ihre eigene Exekution durchlebte, und sagte rasch: »Ich werde tun, was ich kann.«

Er hatte Mühe, Bjeloborodow zu erreichen – es dauerte fast eine Stunde, bis er ihn fand –, und als er schließlich vor ihm stand, hatte er Mühe zu Wort zu kommen. »Ich bitte dich, fang nicht wieder mit den deutschen Frauen an!« warnte ihn Bjeloborodow. Er fuhr sich mit der Hand über das Gesicht, als wolle er eine Fliege verscheuchen. »Die Sache mit den Frauen hängt mir schon zum Halse raus. Da draußen tobt der Bürgerkrieg, die Weißen versuchen Perm einzuschließen. Wir müssen verdammt schnell einige Entscheidungen treffen. Und – bitte erwähne nicht den Namen Trotzki in meiner Gegenwart. Trotzki ist so beschäftigt damit, in Kasan den Helden zu spielen, daß er keine Zeit hat, auf unsere Bitten um Anweisungen zu antworten. Zur Hölle mit Trotzki! Zur Hölle mit diesen deutschen Weibern!« Bjeloborodow senkte die Stimme: »Genosse Til, du hast nicht die geringste Ahnung davon, welche Verantwortung auf meinen Schultern lastet.«

Sander sagte noch: »Es geht immerhin um Leben und Tod –«

»Heutzutage geht es nur noch um Leben und Tod«, erwiderte Bjeloborodow. Dann machte er eine verdrossene Handbewegung. »Und was heißt hier deutsche Frauen? Es sind russische Frauen, Weib und Töchter eines russischen Verbrechers, der für seine Missetaten hingerichtet wurde.«

Sander konnte sehen, daß er die Sache nur noch schlimmer machte. Er beschloß, es noch einmal zu versuchen, wenn Bjeloborodow sich beruhigt hatte. Als er zur Tür ging, stürzten zwei Tschekisten in das Büro.

»Sie ist fort«, platzte der eine heraus.

»Hat sich in Luft aufgelöst«, schrie der andere Tschekist.

Bjeloborodow sprang auf. »Wie ist das möglich? Die Tür zum Korridor sollte doch immer abgeschlossen sein.«

»Es ist die Tat eines Verräters«, meinte der erste Tschekist. »Jemand muß den Schlüssel von seinem Haken im vorderen Büro gestohlen und die Tür aufgeschlossen haben.«

»Wer war bei dem Mädchen?« fragte Bjeloborodow.

»Dimitrows Frau Tanja«, antwortete der Tschekist. »Sie sagt, daß sie für fünf Minuten herausgegangen ist, um auf die Toilette zu gehen. Als sie zurückkam, war die Tür offen und das Mädchen weg.«

»Darüber werde ich mit Tanja selbst sprechen«, erklärte Bjeloborodow und stürmte an Sander vorbei aus dem Zimmer.

In den folgenden Stunden durchkämmte eine Abteilung Letten die ganze Stadt auf der Suche nach der verschwundenen Anastasia. Bjeloborodow verhörte jeden, der Zugang zu dem Schlüssel gehabt haben konnte: die Tschekisten, die im Vorzimmer des Büros arbeiteten, deren Sekretäre, die Melder, die an jenem Tage dagewesen waren und die vier Frauen – einschließlich Lili –, die Anastasia bewacht hatten.

Sanders Magen hatte sich bei der Nachricht von Anastasias Verschwinden zusammengekrampft. Falls Lili in die Sache verwickelt war, würden die Tschekisten keine Gnade kennen. Er rannte ins Hotel zurück, erzählte ihr von der Neuigkeit und blickte dabei forschend in ihr Gesicht. Aber ihre Augen hatten einen leeren, völlig abwesenden Ausdruck.

Er begleitete sie zum Tscheka-Hauptquartier und wich nicht von ihrer Seite, während sie auf ihre Vernehmung wartete. Ihr gegenüber saß eine Frau, die Lili plötzlich zulächelte. Lili nickte müde zurück. »Ich glaube, wir sind uns schon einmal begegnet«, rief die Frau fröhlich herüber. »Ich habe ein gutes Gedächtnis für Gesichter.«

»Kennst du sie?« fragte Sander ruhig.

Lili schüttelte den Kopf. »Ich habe sie noch nie gesehen.«

»Es wird mir schon wieder einfallen, wo wir uns gesehen haben«, bemerkte die Frau und sah Lili mit gerunzelter Stirn an.

Schließlich wurde Lili in Bjeloborodows Büro befohlen. Zehn Minuten später kam sie wieder heraus. »Er hat gesagt, ich könnte vorläufig ins Hotel zurückgehen«, berichtete sie Sander. Er nahm ihren Arm, und sie gingen zur Treppe.

Die Frau, die Lili zu kennen glaubte, sah ihr nach und schüttelte verwirrt den Kopf. Dann erstarrte sie. Ihre Augen weiteten sich, der Mund klappte auf. Sie *hatte* Lili schon einmal gesehen – auf einem Plakat, in Petrograd, vor der Revolution! Sie erinnerte sich sogar an die Parole des Plakats: RUSSLANDS FRAUEN SAGEN NEIN ZUM BOLSCHEWISMUS.

»Ich muß sofort den Genossen Bjeloborodow sprechen«, sagte sie einem der Wächter an der Tür. »Ich weiß, wer Anastasia zur Flucht verholfen hat.«

Lili saß auf der Kante des ungemachten Bettes und drehte ein Stück Stoff zwischen den Fingern. Sie sah Sander mit stumpfem Blick an.

»Wo ist sie?« flüsterte Sander.

»Wo ist wer?«

»Du weißt, wen ich meine. Wenn wir sie zurückbringen, könnte es dir vielleicht gelingen, die Leute zu überzeugen, daß du nicht wußtest, was du tatest – nach dem, was du erlebt hast.« Er schüttelte Lili an den Schultern. »Um Gottes willen, Lili, du mußt es mir sagen. Wo ist sie?«

In diesem Moment hörten sie, wie Stiefel die Holztreppe des Hotels heraufstampften. Sander neigte sein gesundes Ohr der Tür zu und blickte dann erschrocken auf Lili.

»Warum?« fragte er.

Lilis Augen wurden glasig.

Die stampfenden Füße erreichten ihre Etage. Lilis Gesichtsmuskeln verkrampften sich zu einem sonderbaren Lächeln. »Es ist zu spät. Es war schon lange für mich zu spät.« Sie biß sich in die Unterlippe. »Oh, Alexander, es gibt Zonen an deinem Körper, an die ich noch nicht herangekommen bin!«

Ein halbes Dutzend Tschekisten, angeführt von dem erregten Bjeloborodow, stürmte in das kleine Zimmer. »Lili Michailowna Jusupowa«, japste Bjeloborodow, »ich verhafte Sie« – er mußte einen Augenblick Luft holen – »ich verhafte Sie im Namen des Ural-Sowjets wegen Hochverrats.«

6

Es war kein Prozeß im üblichen Sinne. Es wurden keine Beweismittel vorgebracht, denn es bedurfte keiner. Kommissar Bjeloborodow zählte mit ausdruckloser Stimme die Verbrechen auf, die die Angeklagte eingestanden hatte. Dann sprach er das Urteil. Sander wurde schwindlig, er fürchtete, ohnmächtig zu werden.

». . . von einem Haken an der Wand den Schlüssel für den Raum gestohlen . . . die Angeklagte Anastasia von ihren Plänen unterrichtet . . . besagte Lili Michailowna Jusupowa, die auf einem antibolschewistischen Plakat abgebildet war, das in den Tagen vor der Revolution überall in Petrograd . . .«

Lili saß totenbleich auf einer Bank zwischen den beiden bärtigen Tschekisten. Ihre Augen streiften über die Wände und die Decke des behelfsmäßigen Gerichtssaales. Schließlich verurteilte Bjeloborodow sie »zu der

Höchststrafe...... dieses Urteil ist von den Tscheka-Behörden in Perm zu vollstrecken.«

Sander hielt Bjeloborodow im Korridor vor dem Gerichtssaal fest. »Sie ist unseren Spitzenleuten in Moskau persönlich bekannt«, beschwor er ihn. »Sie hat ihr Leben riskiert, um Nachrichten und Gelder zu Lenin in die Schweiz zu bringen. Ich bitte dich, laß mich nach Moskau telegraphieren...« Sander mußte sich beherrschen, um den Kommissar nicht bei den Rockaufschlägen zu packen und zu schütteln. »Du mußt bedenken, was die Weißen ihr in Jekaterinburg angetan haben. In ihrem Inneren ist etwas zerbrochen.«

Bjeloborodow zuckte ungeduldig die Achseln und wies mit einer müden Kopfbewegung zur Treppe. »Du kannst es ja versuchen. Ich werde dir vierundzwanzig Stunden geben. Danach wird die Angelegenheit in den Händen der Genossen liegen, deren Aufgabe es ist, Urteile zu vollstrecken.«

Bjeloborodow schrieb ihm eine Ermächtigung, und Sander rannte damit in der Hand bis zum Bahnhof. Er zwang seine zitternden Finger, den Text in Druckbuchstaben niederzuschreiben, damit der Beamte ihn ohne Schwierigkeit lesen konnte. »Persönlich für Genossen Lenin«, wiederholte der Hughes-Mann, dem die Brille von der Nase gerutscht war, und murmelte den weiteren Inhalt der Nachricht herunter, ohne das geringste Interesse für deren Inhalt zu zeigen. »Sie ist eine unserer Besten, eine aufrechte Bolschewistin. Wenn wir unsere Revolutionäre bei jedem momentanen Ausrutscher töten – wer wird dann noch übrigbleiben, um Revolution zu machen? Und schließlich sollte niemand zweimal hingerichtet werden. In Anbetracht früherer Verdienste und ihrer Leiden für unsere Sache ist Milde gerechtfertigt. Ich bitte um Antwort, ehe die Frist von vierundzwanzig Stunden abläuft. Til.« Der Beamte sah Sander an und versprach: »Es wird innerhalb einer halben Stunde über die Leitung gehen.«

»Ich werde auf Antwort warten.«

»Sie sollten besser nach Hause gehen und schlafen«, meinte der Mann. »Wenn Sie warten, kommt die Antwort auch nicht schneller. Die Telegramme laufen stoßweise hier ein. Der nächste Schwung ist um Mitternacht fällig. Aber bis dahin werden sie keine Zeit haben zu antworten. Der darauffolgende Schub kommt erst morgen früh um acht.«

»Ich werde warten«, beharrte Sander. Er ließ sich auf einer Holzbank im Gepäckraum hinter dem Hughes-Büro nieder und sah zu, wie die große Uhr über der Tür die letzten Stunden von Lilis Leben wegtickte.

Unter einem löcherigen Poncho in einem engen Graben vor der Stadtgrenze von Kasan zusammengekauert pries Wasja Timofejewitsch Maslow sein Schicksal, daß er noch am Leben war. Er wußte allerdings, daß sich dieser erfreuliche Zustand jeden Augenblick ändern konnte. Die Roten zogen ihren Ring um Kasan immer enger.

Drei Tage Dauerregen hatten Wasjas Graben in ein Schlammbett verwandelt. Der Schlamm hatte einen Vorteil – er absorbierte die Explosionen der roten Mörser, ehe sie viel Schaden anrichten konnten. Aber jedesmal, wenn Wasja sich bewegte, konnte er Wasser in den zu großen Stiefeln quietschen hören, die die Weißen ihm nach seiner Desertion überlassen hatten. Mit solchen Unbequemlichkeiten beschäftigt, dachte er in diesen Tagen immer weniger an Sander und Lili. Es tat ihm leid, sie verraten zu haben. Doch er redete sich ein, daß ihr Schicksal – sie waren bestimmt auf der Stelle erschossen worden – unvermeidlich gewesen wäre. Krieg war die Hölle, und Bürgerkrieg war noch schlimmer.

Über das Feld, welches die Gräben der Weißen von denen der Roten trennte, schickte ein Signalhorn einige dumpfe Töne in die Luft. Wasja hörte, wie die roten Mörser ihre Morgenration gegen die weißen Linien abfeuerten. Tief gebückt lief ein junger weißer Fähnrich die Frontlinie entlang. »Haltet euch bereit!« befahl er mit von Aufregung erfüllter jugendlicher Stimme. »Sie werden jeden Augenblick herüberkommen.«

Das Mörserfeuer wurde heftiger. Wasja legte ein Magazin in die Kammer seiner Nagan und erhob sich, um über den Grabenrand zu blicken. Sie rückten in ungerader Schützenlinie vor, duckten sich und stampften durch den Regen und den Schlamm, wobei ihre Füße bei jedem Schritt so tief einsanken, daß sie sie nur mit Mühe wieder herausziehen konnten.

Auf beiden Seiten von Wasja legten die Weißen ihre Gewehre auf den weichen Rand des Grabens und zielten. Wasja feuerte mehrmals in den strömenden Regen. Der scharfe Geruch von Schießpulver stach ihm in die Nase; seine Augen tränten. Vor ihm schlug eine Mörsersalve im Erdreich ein und explodierte. Ein Schlammregen ergoß sich über ihn; er konnte nichts mehr sehen. Er hörte die stampfenden Schritte der anstürmenden Roten und versuchte verzweifelt, sich den Schlamm aus den Augen zu reiben. Als er wieder etwas sah, erblickte er zwei stämmige Rote, die sich ihm näherten. Dann sah er, wie seine Kameraden zu beiden Seiten sich mit hochgehobenen Händen ergaben. Instinktiv tat er dasselbe.

Die zweiundzwanzig in dem Scharmützel gefangenen Weißen wurden über die sumpfigen Felder zum Wolgaufer getrieben und in kleinen Gruppen auf die andere Seite gebracht. Dort wurde ihnen befohlen, eine Marschsäule zu bilden, und so marschierten sie mit im Nacken gefalteten Händen über einen schlammigen Weg und mehrere Felder zu dem auf einem Rangiergleis abgestellten Panzerzug Trotzkis. Eine Gruppe Tschekisten erwartete sie vor einem geschlossenen Güterwaggon, der zu einer Feldküche umgebaut worden war. Dann trat ein Kommissar vor die Gruppe der Gefangenen. »Männer«, rief er mit rauher Stimme, »der Wind schlägt um. Dies ist eure Chance, euer Schicksal mit der siegreichen Seite zu verbinden und in den glorreichen Kampf zur Schaffung einer besseren Welt einzutreten. Wir nehmen jeden Mann auf, ohne Fragen zu stellen. Mit einer Ausnahme: Rote, die zu den Weißen übergelaufen sind, werden erschossen.«

Wasja schaute starr geradeaus. Er war erst zehn Tage zuvor an die Front gekommen und kannte kaum einen der Leute, die mit ihm zusammen gefangengenommen wurden. Die Chance, daß ihn einer der Roten erkennen würde, war gering. Ihm war es inzwischen gleichgültig, wer gewinnen würde. Er sehnte sich nur nach dem Tage, an dem der Krieg vorbei sein würde und er zu seinen Kameras zurückkehren könnte. Er würde wieder ein Modell finden wie Lili, eine Frau mit weißer Haut und langen Beinen und diesem gewissen Etwas.

»*Sdrawstwujtje,* Wasja Timofejewitsch.«

Wasja stand in der hintersten Reihe der vor dem Kommissar aufgereihten Gefangenen. Er wendete den Kopf und schaute auf den Tschekisten, der hinter ihm herangekommen war.

»*Sdrawstwujtje,* Tuohy.«

In seinem Arbeitszimmer im Kreml machte sich Lenin an den Haufen eingegangener Telegramme, die in einem Korb lagen. Seit Monaten hatte er nicht mehr gut geschlafen, und nun war ein neuer Migräneanfall im Anzug. Er massierte sich die Schläfen mit Daumen und Zeigefinger. Das erste Telegramm kam von einer Bauerndelegation der Stadt Jefremow, die um Lenins Intervention wegen der Einrichtung einer Entlausungsanstalt bat. Das Ersuchen war von dem örtlichen Kommissar abgelehnt worden, der ein Städter war und keine Ahnung von Läusen hatte, wie die Bauern sagten. Lenin machte eine Notiz auf den Rand des Telegramms: »Sorgt dafür! Entweder wird die Laus den Kommunismus besiegen, oder der Sozialismus wird die Laus erobern.«

Im zweiten Telegramm, das von zwanzig Arbeitern einer Maschinenwerkstatt in Petrograd unterzeichnet war, wurde darüber geklagt, daß der Bolschewist, der mit der Leitung ihrer kollektivierten Fabrik beauftragt war, diese ruinierte. Lenin vermerkte: »Den Manager durch jemanden ersetzen, den die Arbeiter benannt haben. Merkt euch, daß Revolutionäre nicht gegen Irrtümer gefeit sind.«

Dann war da ein dicker Haufen von Telegrammen, in denen Frauen darum baten, daß ihre Söhne vom Dienst in der Roten Armee befreit werden sollten, um bei der Ernte zu helfen. Lenin notierte: »Abgelehnt. Sollen die Frauen die Landwirtschaft besorgen, während die Männer kämpfen.«

Zuletzt kamen Telegramme von verschiedenen Leuten, die um Milde baten für einen Sohn oder Gatten, der wegen des einen oder anderen Vergehens zum Tode verurteilt war. Diese hob Lenin sich immer bis zum Schluß auf. Er bemühte sich, jeden Fall nach seiner Art zu beurteilen. Nun holte er tief Luft und begann mit der Lektüre des ersten Telegramms, als eines der Telephone auf seinem Schreibtisch klingelte. Es war sein Sekretär, der ihn daran erinnerte, daß der Wagen wartete, um ihn zu der verstaatlichten Michelson-Fabrik in dem Vorort Serpuchowo gegenüber der Moskwa zu bringen. Die Telegramme mußten warten.

An diesem Abend des 30. August fiel Rauhreif auf Moskau. Die Temperatur sank plötzlich, und die wenigen Leute, die nach Einbruch der Dunkelheit im Freien waren, froren jämmerlich. Inessa Armand, Lenins Freundin, wollte, daß er pelzgefütterte Galoschen anzöge. Aber er lehnte ab: Schließlich sei es ja nicht Winter. Als er dann sprach, bedauerte er, nicht ihrem Rat gefolgt zu sein.

Als Lenin danach zum Ausgang ging, suchten verschiedene Arbeiter ihm die Hand zu schütteln. Da tauchte plötzlich ein dunkelhaariges Mädchen Ende Zwanzig vor ihm auf. »Für mich«, schrie sie hysterisch, »sind Sie ein Verräter an der Revolution.« Dann zückte sie blitzschnell einen kleinen Revolver und feuerte dreimal aus unmittelbarer Nähe.

Lenin wurde im Automobil eilends zum Kreml gebracht. Mit Hilfe seiner Sekretäre schaffte er es, bis zu seiner Wohnung im zweiten Stockwerk zu gehen. Dort brach er auf einem Stuhl im Korridor zusammen. Der herbeigerufene Arzt berichtete nach der Untersuchung, daß der Puls des Bolschewistenführers schwach, aber gleichmäßig wäre. Er konnte mit den Fingerspitzen die in Lenins Hals steckende Kugel fühlen. Das dringendste Problem war ein Bluterguß in der linken Brusthöhle, der Lenins Herz nach rechts gedrückt hatte. Der Arzt sagte, mit Ruhe und intensiver Pflege gäbe es eine Möglichkeit, daß der Bolschewistenführer durchkäme. Im Augenblick könne man nur abwarten.

Der Telegraphenbeamte schüttelte Sander wach. »Da kommt ein langes Telegramm aus Moskau herein. Es kommt außer der Reihe und muß darum wichtig sein. Vielleicht ist es das, worauf Sie warten.«

Sander folgte dem Mann in das Dienstzimmer, wo ein Schreiber mit Kopfhörern die eingehende Nachricht auf einen Block schrieb. Sander sah ihm über die Schulter und spürte, wie ihm eine unglaubliche Schwäche in die Glieder kroch. Er mußte sich an der Tischkante festhalten, um nicht umzukippen. Die Nachricht lautete: »An alle Sowjetbehörden. Lenin durch Mordversuch arbeitsunfähig. Unsere Antwort auf Weißen Terror wird Roter Terror sein. Die Nachhut unserer Armeen muß von weißen Elementen gesäubert werden, die gegen die Arbeiterklasse konspirieren. Es darf kein Schwanken und keine Unentschlossenheit bei der Ausführung dieses Befehls geben.« Die Nachricht war unterzeichnet: »Auf einstimmigen Beschluß des Politbüros.«

Sander ließ sich von dem Auto, das den Befehl des Politbüros dem Ural-Sowjet überbrachte, mitnehmen. Die vierundzwanzig Stunden waren fast abgelaufen, und Bjeloborodow war erleichtert, daß Sander von ihm nichts weiter verlangte, als die Erlaubnis zu einem kurzen Besuch bei Lili. Er schrieb ein paar Worte auf einen Zettel, und Sander lief zu dem zwei Blocks entfernten Lagerhaus, das zum Gefängnis umfunktioniert war.

Vor dem Eingang wurde er von einem Mann mit nur einem Arm und einem Bein angehalten, der etwas verhökerte, das in kleinen Umschlägen verpackt war. Der Mann schnaufte: »Wenn Sie einen verurteilten Gefangenen besuchen, dann wird es den Tschekisten gleichgültig sein, ob sie Ihrem Freund dies zustecken.« Mit einem krächzenden Lachen fügte er hinzu: »Das erleichtert ihnen nur erheblich die Arbeit.«

Sander kaufte ein Päckchen, fast ohne sich darüber klar zu sein, was er tat.

Drinnen passierte er mehrere Kontrollposten und stand dann vor einem kleinen, mit Maschendraht vergitterten Fenster. Licht kam nur von einer einzigen Glühbirne, und die Augen brauchten etwas Zeit, um sich daran zu gewöhnen. Noch ehe er sie erkennen konnte, stellte er sie sich vor, mit ihrer wächsernen Gesichtsfarbe, ihrem Zittern, wenn sie die Kontrolle über ihren Körper verlor, ihren eingefallenen und verängstigten Augen. Dann sah er das verzerrte, graue Frauengesicht, das er kaum wiedererkannte.

Ihre Augen schlossen sich für einen langen Moment, als sie in seinem Gesicht las, daß es keine Begnadigung geben würde. Sie war vor Angst fast wahnsinnig. Sie wußte jetzt, daß das, was sie fürchtete, eintreten würde. »Also werde ich sterben«, sagte sie mit tonloser Stimme.

Sander öffnete den Mund, merkte aber, daß er außerstande war zu sprechen. Er war gekommen, um Lebewohl zu sagen, und jetzt brachte er kein Wort heraus. Er starrte sie an und prägte sich ihr Bild hinter dem Drahtgitter ein . . .

»Meine Tochter«, murmelte Lili. »Wirst du dich um sie kümmern?«

Sander nickte traurig.

»Rette Anastasia, wenn du kannst!«

Wieder nickte er.

Lilis Kinnmuskeln zuckten. Sie biß sich in die Unterlippe und preßte ihre Fingerspitzen durch das Drahtgitter. »Was wirst du ohne mich anfangen?« fragte sie mit fast unhörbarer Stimme.

Sander berührte ihre Fingerspitzen mit den seinen. Er schloß die Augen, doch die Tränen strömten ihm unaufhaltsam die Wangen herunter.

»Mein armer Liebling«, stöhnte Lili. Sie beugte sich vor und sagte dann mit fester Stimme: »Wir haben nie geträumt, daß so viel Blut fließen würde. Aber darum ist es um so wichtiger, daß die Revolution gelingt. Welch schreckliche Vergeudung, wenn es nicht so wäre.«

Er konnte sich nicht einmal zu einem Nicken zwingen.

Hinter Lili öffnete ein Wachposten die Tür. »Die Zeit ist um.«

»Meine Zeit ist abgelaufen«, flüsterte Lili. Ihre Stirn preßte sich gegen das Gitter. »Ich habe solche Angst.«

Sander erinnerte sich an den zusammengefalteten Umschlag in seiner Tasche. Immer noch außerstande, ein Wort zu sprechen, drückte er ihre Fingerspitzen, um ihre Aufmerksamkeit zu erregen, und schob ihr den Umschlag durch das Gitter zu. Sie klemmte ihn in ihre Handfläche. Eine Haarsträhne fiel ihr über ein Auge. »Ich weiß, was das ist. Die anderen Gefangenen träumen alle davon, so etwas zu bekommen.«

»Kommen Sie, meine Dame,« befahl der Wächter an der Tür.

Lili stemmte sich von ihrem Schemel hoch und sah Sander an. Ihre Lippen waren leicht geöffnet, als ob sie noch etwas sagen wollte. Dann wandte sie sich abrupt um und verschwand durch die Tür, die hinter ihr geschlossen und verriegelt wurde.

Sanders Augen hafteten noch lange an der Tür, durch die sie verschwunden war . . .

Die Exekutionen begannen wie üblich in der Morgendämmerung, als ob der Beginn eines Tages die passende Zeit wäre, um ein Leben zu beenden. In Moskau wurde die Attentäterin Fanny Kaplan durch einen Genickschuß hingerichtet.

Am Ufer der Wolga bei Kasan gab man vierunddreißig roten Soldaten, die zu den Weißen übergelaufen und dann wieder gefangen worden waren, Schaufeln und befahl ihnen, ihre eigenen Gräber auszuheben. Danach wurden die Verurteilten angewiesen, sich am Rande des Massengrabes so hinzuknien, daß ihre Körper hineinfallen würden. Tuohy, der sich freiwillig gemeldet hatte, schritt die Reihe der knienden Männer ab und »verteilte« Kugeln, »eine an jeden Kunden«, wie er sagte. Nach jeweils sechs Schüssen gab er die leere Parabellum einem Tschekisten hinter ihm zum Nachladen. Dann wandte sich Tuohy wieder der Reihe der knienden Männer zu und fuhr mit der Exekution fort.

Wasja Timofejewitsch Maslow war der viertletzte Mann. Er hörte, wie das hohle Krachen der Pistolenschüsse näher kam und roch den Duft der frischen Erde, die auf seine Leiche wartete.

Nach dem dreißigsten Schuß gab Tuohy dem Tschekisten wieder die leere Parabellum. Als dieser nachgeladen hatte, wandte er sich Wasja zu und zog mit dem Daumen den Schlagbolzen zurück, so daß sein Opfer das Arbeiten des Mechanismus hören konnte, der es töten würde. Er drückte das Ende des Laufes gegen Wasjas Schädelbasis – und wartete. Einige an der Seite zuschauende Tschekisten tauschten verwunderte Blicke aus. Wasja versuchte krampfhaft an eine Frau zu denken, die er geliebt hatte. Und Tuohy wartete immer noch. Wasja wimmerte: »Um Gottes willen, mach ein Ende!« Doch Tuohy rührte sich nicht. Wasja stöhnte vor Todesangst und erinnerte sich jetzt daran, wie sehr er Tuohy haßte.

Und Tuohy, der seine Gedanken las, drückte ab.

In Perm gingen ein halbes Dutzend Tschekisten hintereinander in den Keller des Berjosin-Hauses an der Obwinskaja-Straße. Die Fenster waren schon längst mit Brettern vernagelt worden, und das einzige Licht kam von einer Talgkerze. Die Zarin Alexandra, die Witwe von Nikolaus II., und ihre Töchter Marie, Olga und Tatjana schliefen auf dem Fußboden. Die Zarin spürte die Anwesenheit der Männer und richtete sich abrupt auf. Als sie die Pistolen sah, öffnete sie den Mund und wollte schreien. Dann dachte sie an die schlafenden Mädchen und unterdrückte den Schrei. Tatjana merkte, wie ihre Mutter sich aufrichtete, und blickte auf. Die Augen des Mädchens weiteten sich in Entsetzen. Die Zarin legte einen Finger an die Lippen, damit Tatjana nicht die beiden anderen Mädchen aufweckte. Dann bekreuzigte sie sich. Tatjana tat dasselbe mit heftig zitternder Hand. Dann wandte sie sich ab und preßte sich die Hände an die Ohren, während die Tschekisten zu schießen begannen.

Zwei Blocks weiter wartete Lili Michailowna Jusupowa mit hundert anderen in einem langen, dunklen, muffigen Korridor im Obergeschoß des von den Tschekisten zum Gefängnis umgestalteten Lagerhauses. Die Exekutionen hatten frühmorgens begonnen, aber es waren so viele Gefangene zu erledigen, daß sie um Mittag noch andauerten. Tschekafunktionäre hielten eine kurze Besprechung ab und beschlossen, daß es keine Mittagspause geben sollte – weder für die Vollstrecker, noch für die verurteilten Gefangenen.

Die Gefangenen schoben sich, immer zu zweit und mit hinter dem Rücken gefesselten Händen, auf die beiden Lastenaufzüge am anderen Ende des langen Ganges zu. In jeder Aufzugskabine stand ein Tschekist mit mehreren Pistolen und einem Karton Munition. Diese Männer waren beide kokainsüchtig. Ihre Lider waren halb geschlossen, die Augen gerötet und die Bewegungen schlapp, als ob sich alles unter Wasser abspielte. Der größere von ihnen galt als menschenfreundlich, da er seine Opfer mit einem einzigen Genickschuß erledigte. Von dem anderen hieß es, daß er ein Sadist sei, der sich für seinen Bruder rächte, weil dieser von den Weißen zu Tode gefoltert worden war. Man sagte, daß er zuerst dicht an einem Ohr vorbeischoß, ehe er die Opfer umbrachte.

Die Exekutionen gingen im Schneckentempo weiter, das durch den Rhythmus der beiden im Tandem arbeitenden Aufzüge bestimmt wurde. Ein Vollstrecker zog einen Gefangenen zu der offenen Kabine. Im Keller angekommen, drückte er ihn gegen einen behelfsmäßig erstellten Haufen von Sandsäcken, die von Blut troffen, und erschoß ihn. Dann fuhr er mit dem leeren Aufzug nach oben, während die andere Kabine mit dem anderen Vollstrecker und einem anderen Gefangenen herunterkam. Während die Aufzüge in Bewegung waren, luden Gruppen von Tschekisten den Körper des jeweils letzten Opfers auf eine Schubkarre und fuhren ihn zu einem Lastwagen, der an der Laderampe stand.

Lili hatte Sanders Kokain zu sich genommen, ehe sie ihre Zelle verließ, und fühlte fast sofort die Wirkung. Ihr Körper schien zu schweben, und die Zeit schien sich so zu verlangsamen, daß es ihr vorkam, als hätte sie bis zur Exekution noch eine ganze Weile zu leben. Neben ihr stand ein alter Jude, der sich ihr sogar leise vorstellte. Als er den glasigen Ausdruck ihrer Augen bemerkte, wandte er sich ab und begann, mit verhaltener Stimme jiddische Gebete zu rezitieren.

Lili lockerte die Bande, die sie an die Erde fesselten, und ließ ihre Gedanken umherschweifen. Sie sah, wie ihr Großvater ihr zuredete, etwas zu essen, konnte aber nicht sehen, was es war. Sie sah sich im Liebesspiel mit jemandem in Paris, konnte aber nicht sehen, wer es war. Sie erblickte sich selbst für einen Augenblick über jemandes Geschlechtsorgan gebeugt und bemüht, es wieder zum Leben zu erwecken, konnte aber nicht sehen, ob sie Erfolg hatte. Andere Bilder flimmerten vor ihren Augen wie bei einem Film, der aus der Transporteinrichtung gesprungen ist. Sie erinnerte sich, gehört zu haben, daß man in den letzten Sekunden noch einmal sein ganzes Leben durchlebte. Aber es waren nur Fragmente, die vor ihrem inneren Auge vorüberzogen ...

Lili öffnete die Augen und sah, daß nur noch acht Gefangene vor ihr waren. Ihr Herz begann rascher zu schlagen. Sie versuchte noch einmal, die Zeit zu verlangsamen, sie ganz anzuhalten. Sie dachte: Stell dir vor, daß du auf den Moment deines Todes zugehst und dann die Zeit anhältst. Man konnte den verbliebenen Rest eines Lebens in den letzten Augenblick hineinpressen ...

Der offene Aufzug erschien im Obergeschoß, und der Vollstrecker packten den alten Juden am Hemd und zog ihn taumelnd vorwärts. Aus den Tiefen des Gebäudes drang das Krachen von drei Pistolenschüssen durch den Aufzugschacht empor. In dem Winkel ihres Bewußtseins, der noch klar war, erkannte Lili, daß der Sadist geschossen hatte. Dann setzte sich der Aufzug mit dem alten Juden nach unten in Bewegung. Lili beugte sich vor und sah zu, wie seine Glatze verschwand. Sie überlegte, ob sie in den Schacht sollte; dann aber verwarf sie den Gedanken, da sie noch soviel Zeit hatte. Eine zweite Lebenszeit verging, bis der andere Aufzug oben angekommen war. Der Tschekist hatte die Ärmel bis zum Ellbogen aufgekrempelt und Schweißtropfen auf der Unterlippe. Er griff nach Lilis Hemd. Seine dicken Finger krochen im Zeitlupentempo voran. Ganz langsam krallten sie sich in ihr Hemd zwischen zwei Knöpfe, berührten eine Brust und zogen sie zum Aufzug. Während seine Finger noch in ihrem Hemd gegen ihre Brust gepreßt waren, starrten seine blutunterlaufenen trüben Augen in ihre, deren Lider fast geschlossen waren.

Von unten kam irgendwoher der leichte Knall eines einzelnen Pistolenschusses. Jetzt bin ich an der Reihe, dachte Lili. Der Aufzug senkte sich unter ihren Füßen. Der Vollstrecker und die Delinquentin, beide getragen von einer Wolke Kokain, glitten ihrem Schicksal entgegen, der eine bestrebt, sich zu beeilen, damit er endlich zum Mittagessen käme, die andere bemüht, die verbliebenen Augenblicke dauern zu lassen – für immer ...

Leon hatte ihn vorgewarnt, daß Rußland ihm das Herz brechen würde, und so war es gekommen. Sander betrachtete eine alte Haarbürste, die Lili benutzt hatte, und die zwischen den Borsten hängenden Haare. Er war von der Leere ihrer Abwesenheit überwältigt. Lili war wie sein Bruder Abner zu einem Produkt seiner Phantasie geschrumpft.

Alles, was ihm von ihr geblieben war, war die Erinnerung. Er konnte sich ihr Gesicht vorstellen, mit dem Hauch von Asien in den Augen. Mit einiger Mühe konnte er sich sogar vormachen, daß er ihren Körper röche. Aber dann erinnerte ihn sein Gehirn daran, daß sie nur noch in diesem Gehirn existierte... Und die Bilder verblaßten so schnell, wie sie gekommen waren. Dann starrte er in eine Leere, und die Verzweiflung kroch in ihm hoch. Er wollte sein Gesicht in die schmutzige Matratze vergraben und schluchzen – ihretwegen, die in die Geborgenheit des Todes entschwunden war, und seinetwegen, weil er in dieser Welt so einsam war ohne sie.

Eine Dämmerung, die unwirklich wirkte wie Ruß, senkte sich über Perm. Auf der Pritsche im Hotelzimmer des obersten Stockwerks unter dem Dachboden ließ Sander den Ruß auf sich niedergehen. Für einen Augenblick war es ihm, als ob er daran ersticken müßte, und er holte tief Luft durch den Mund, um nicht ohnmächtig zu werden. Von oben her drang ein schlurfendes Geräusch, als ob dort Ratten im Kreis herumliefen. *Rette Anastasia, wenn du kannst*, hatte sie ihm gesagt; und er hatte sich selbst damals gewundert, warum Lili glaubte, daß er in der Lage sein könnte, Anastasia zu retten. Wieder hörte er das Geräusch über seinem Kopf. Er öffnete die Augen und musterte die Decke. Da bemerkte er zum erstenmal die Umrisse einer Falltür über dem Toilettentisch in der Ecke des Zimmers.

Sander stützte sich auf einen Ellbogen und horchte mit seinem gesunden Ohr. Einige Minuten lang hörte er nichts. Aber dann knarrte eine Diele, als ob ein Gewicht sich darauf verlagert hätte.

Sander schalt sich selbst einen Idioten, steckte eine Kerze an und kletterte auf den Toilettentisch, stellte sich dann darauf und bückte sich unter die Falltür. Mit einer Hand stieß er sie auf und steckte seinen Kopf und die Kerze durch die Öffnung. Die Flamme flackerte in einem Luftzug und erlosch beinahe. Aber dann erholte sie sich wieder, und Sander sah ein junges Mädchen, das ihn mit riesengroßen Augen anstarrte. Dann führte sie eine Hand an den Mund, um einen Schrei zu ersticken, und Sander bemerkte ihre langen, graziösen Finger. Er flüsterte einen Namen.

»Anastasia?«

»Wo ist Lili Michailowna?«

Einen kurzen, heftigen Augenblick lang haßte Sander Anastasia so sehr, daß es ihm einen Stich in die Magengrube gab. Wenn sie nicht dagewesen wäre, wäre Lili noch am Leben. Aber dieses Gefühl verging. Er begriff mehr denn je, was Lili dazu getrieben hatte, dem Mädchen zu helfen. Das war keine Parteinahme für ihren Stand. Für sie war einfach der Punkt erreicht gewesen, wo sie kein Leid mehr ertragen konnte, sei es ihr eigenes oder das eines anderen Menschen. Ein Tropfen zuviel läßt ein Glas mit Wasser überlaufen.

»Bitte«, wiederholte Anastasia, »wo ist Lili Michailowna?«

»Sie ist fortgegangen. Sie hat mir aufgetragen, mich um Sie zu kümmern.«

Sander sprach mit ihr eine Zeit lang ganz ruhig, um ihr Vertrauen zu gewinnen. Dann half er ihr, aus dem Boden ins Zimmer zu klettern. In den frühen Morgenstunden planten sie ihre Flucht. Mit einer Nagelschere schnitt er ihr das Haar ganz kurz, als ob sie Läuse oder Kopfgrind gehabt hätte. Als die Form ihres Schädels deutlich wurde, sah sie fast wie ein Junge aus. Sie legte ihre eigenen Kleider ab und zog eine Bluse und einen Rock aus dem Kleiderfundus an, der Lili zugeteilt worden war. Aber es war immer noch etwas an ihr, das königlich wirkte. »Ihre Hände verraten Sie«, entschied Sander. Und er riet ihr, sich die Nägel ganz kurz zu schneiden und Schmutz darunterzureiben.

In der Dunkelheit des frühen Morgens gab er ihr alles Geld, das er entbehren konnte, zusammen mit Lilis Ausweispapieren, der Reisevollmacht und Essensbezugsscheinen. Anastasia studierte die Dokumente und sah dann Sander ruhig in die Augen. »Also ist sie tot«, sagte sie mit tonloser Stimme.

Sander schwieg.

Lange vor Morgengrauen verließen sie das Hotel, gingen auf Zehenspitzen an dem Beamten vorbei, der in einem Sessel in der Halle schlief, und schlugen durch die dunklen, feuchten Straßen von Perm die Richtung zum Bahnhof ein. Sander wollte Anastasia begleiten; aber sie bestand darauf, allein zu gehen. Sie tat ein paar Schritte und kam dann noch einmal zurück. »Mein Gedächtnis entschwindet. Es gibt Augenblicke, in denen ich nicht genau weiß, wer ich bin. Ich werde zu niemandem von Ihnen sprechen, aber ich will für Sie beten auch dann, wenn ich mich nicht mehr an Sie erinnern kann. Sie haben mir niemals Ihren Namen genannt, und ich frage Sie auch jetzt nicht danach. Wer immer Sie auch sind, ich danke Ihnen.« Sie hätte ihm beinahe ihre Hand zum Kuß gereicht, beherrschte sich dann aber und blickte ihn mit einem traurigen Lächeln an. Dann wandte sie sich um und ging zum Kontrollposten.

Sander sah von weitem, wie ein Soldat mit einer Laterne ihre Papiere kontrollierte und sie weiterwinkte. Sander passierte denselben Kontrollpunkt und fand schließlich einen Platz in dem Zug nach Moskau. Er fragte sich, ob Anastasia auch in diesem Zug wäre.

Er sah sie nie wieder.

7

Die Kirche in den Außenbezirken von Petrograd war dem Erdboden gleichgemacht worden, aber das angrenzende baufällige Kinderheim existierte noch, allerdings war es noch verfallener als zuvor. Die englichen Nonnen, die es betreut hatten, waren verhungert. Sie hatten das wenige, was sie an Nahrung hatten, den Kindern gegeben. Jetzt waren einige russische Nonnen an ihre Stelle getreten.

»Sie wollen also ein Kind adoptieren«, sagte die Oberin, eine gebrechliche, ausgezehrte alte Frau.

Dabei sah sie ihn durch eine Brille an, deren Gläser so dick wie Schaufensterscheiben waren, und konnte ihn trotzdem nicht deutlich erkennen. Sie saß an einem einfachen Küchentisch, der als Schreibtisch diente, und sah nicht so aus, als hätte sie die Kraft aufzustehen. Sander hatte den Eindruck, daß sie zerbrechen würde, wenn man zu laut mit ihr spräche.

»Nicht irgendein Kind, sondern ein bestimmtes. Es heißt Ludmilla Jusupowa. Ich war ein Freund... ein sehr enger Freund ihrer Mutter.«

»Die Mutter ist tot?« fragte die Oberin.

»Ja, tot. Im Bürgerkrieg.«

Die Oberin griff an ein großes schwarzes Kruzifix, das an ihrem dürren Hals hing. »Zum ersten Male in der Geschichte ist die Lebenserwartung menschlicher Wesen größer als die eines Goldfischs, nämlich fünfzig Jahre. Aber nicht in Rußland.« Sie zeigte auf Sanders Stock. »Ich sehe, daß Sie verwundet worden sind. Haben Sie Schmerzen?«

»Manchmal. Aber die Ärzte sagen, daß mir das im Laufe der Zeit weniger ausmachen würde.«

»Auf welcher Seite haben Sie gekämpft?«

»Spielt das eine Rolle?«

Die Mutter Oberin zog ihre runzligen Lippen zusammen. »Natürlich ist das von Bedeutung. Sogar gewaltig. Die eine Seite ist für Gott, die andere dagegen.«

»Ich habe für die Bolschewisten gekämpft«, sagte Sander. Er meinte, sie hätte ein Recht darauf, es zu erfahren. »An der Südfront. In Nowotscherkassk. In Rostow, in Jusowska und im Donezbecken. Am Schluß kämpfte ich auf der Krim. Ich wurde in den letzten Tagen des Bürgerkriegs verwundet.«

»Wie?«

»Ich war bei der Artillerie. Eine Granate funktionierte nicht, aber bei all dem Rauch haben wir das nicht gemerkt. Wir rammten eine zweite Granate in den Lauf, hinein in die erste, die noch drin steckte. Beide explodierten. Die beiden Ladeschützen verbrannten. Ich bin mit einem Schrapnell im linken Bein davongekommen.«

»Möge Gott in seiner unendlichen Weisheit und Güte Ihnen verzeihen, daß Sie auf der falschen Seite gekämpft haben«, sagte die Oberin einfach. »Ich bin dazu nicht imstande. Die Bolschewisten sind Abschaum. Sie haben Rußland ruiniert.«

»Es hat sehr viel Leid gegeben«, stimmte Sander zu. »Aber wir versuchen, eine bessere Gesellschaft zu bauen.« Er bemühte sich, optimistisch zu klingen. »Die Verhältnisse werden bestimmt besser werden.«

Die Oberin brachte ein trauriges Lächeln zustande. »Wir leben in schlimmen Zeiten. Es gibt Leute, die sagen, Gott wäre tot. Aber Gott lebt, er prüft uns nur.«

»Was ist nun mit dem Kind?«

»Das Kind«. Die Oberin seufzte. »In diesen Tagen kommen nicht viele, um Kinder zu adoptieren. Die Leute haben es schwer genug, sich selbst zu ernähren.«

Sander wirkte erleichtert. »Sie werden also keine Einwände erheben?«

»Einwände? Bei Gott – nein. Wir müssen jede Woche Dutzenden von Kindern die Aufnahme verweigern. Dann kriechen sie in Keller und sterben vor Hunger. Jetzt können wir wenigstens eines davon aufnehmen.«

Zwanzig Minuten später führten zwei Nonnen das kleine Mädchen in das Zimmer. Es trug einen formlosen grauen Mantel über einem formlosen grauen Kleid und Überschuhe, die aus einem alten Teppich geschneidert waren. In einem Papiersack trug es seine gesamte weltliche Habe: einige alte Unterhosen, einen Sweater, der an den Handgelenken ausgefranst war, eine Bluse, ein Kruzifix aus Pappe und eine selbstgemachte Puppe.

Sander erkannte sie sofort, als sie durch die Tür kam. Seit er sie das letzte Mal gesehen hatte, war sie größer und magerer geworden. Sie sah wie Lili aus, sogar jetzt, wo sie nicht lächelte. In ihrem Gesicht waren jene unverkennbaren asiatischen Züge: hohe Backenknochen, die flache Nase und eine ganz leicht mongolische Schrägstellung der dunklen, nachdenklichen Augen. Die Ähnlichkeit machte es Sander schwer zu sprechen.

»Wie alt bist du?« fragte er das Mädchen nach einem Moment.

Ludmilla schaute auf die Oberin, die ermutigend nickte. »Fast elf«, sagte das Mädchen schüchtern.

»Malst du immer noch so hübsche Bilder?«

»Die Kinder haben jetzt weder Farbe noch Papier«, fuhr die Oberin dazwischen und sah Sander anklagend an.

»Und was machst du den ganzen Tag?« fragte Sander das Mädchen.

»Ich bete«, sagte sie leise.

»Sprich lauter! Er beißt dich nicht.«

»Ich bete.«

»Sage dem netten Herrn, wofür du betest!« verlangte die Oberin.

»Ich bete zu Jesus, daß er mich behütet. Ich bete um Frieden, aber auch um Farbe und Papier.«

Sander beugte sich zu ihr herab. »Ich war ein guter Freund deiner Mutter.« Er studierte das Gesicht des Mädchens und fragte sich, ob er vielleicht einen Fehler beging. Er fragte sich, ob er mit diesem Mädchen, das ihn ständig an Lili erinnern würde, unter einem Dach würde leben können.

»Sie hat mich gebeten, daß ich mich um dich kümmern soll. Wenn du willst. Möchtest du mit mir kommen?«

»Wenn Sie es wünschen.«

Sander richtete sich mit Hilfe seines Stocks wieder auf.

»Wo werden Sie leben?« fragte die Oberin.

»In Moskau. Ich habe eine Wohnung gemeinsam mit vier Familien. Die Behörden richten Schulen ein. Ludmilla wird mit Kindern ihres Alters die Schule besuchen.« Er wandte sich an das Mädchen: »Es wird Farbe und Papier geben.«

»Wird Jesus es uns geben?«

»Der Staat wird allen Kindern Farbe und Papier geben«, erklärte Sander.

Die Oberin runzelte die Stirn, als ob sie seine Eignung, ein Waisenkind zu adoptieren, anzweifelte. »Wenn es Farbe und Papier gibt«, sagte sie energisch zu Ludmilla, »dann ist allein Jesus dafür verantwortlich. Der Staat nimmt kleinen Kindern nur Dinge weg.«

Ludmilla hielt ihren Papiersack noch fester. Sander bückte sich und nahm ihre Hand. Sie fühlte sich kalt und feucht an. Es berührte ihn, daß das Kind Angst haben würde, von hier fortzugehen. »Magst du Katzen gern?« fragte er spontan.

»Zum Spielen oder Essen?« fragte das Mädchen ganz ernsthaft.

»Zum Spielen, als Haustiere.«

Auf Ludmillas Gesicht erschien ein unendlich trauriges Lächeln. »Meine Mutter hat mir eine Katze gebracht, als sie mich das letzte Mal besucht hat. Die war auf einem Auge blind. Die Schwestern haben sie sofort gekocht, als sie fort war. Weil meine Mutter die Katze gebracht hatte, bekam ich ein besonders großes Stück. Katzen sind weich und haben einen Pelz. Ich glaube, ich hätte gern eine als Haustier; aber wir müßten sie einsperren, damit niemand sie kochen kann.«

»Komm!« sagte Sander. »Wir werden nach Moskau gehen und uns nach einer Katze für dich umsehen.«

In Moskau herrschte die nachwinterliche Tauperiode. Die gepflasterten Straßen waren feucht und rutschig, die ungepflasterten schlammbedeckt und aufgeweicht. Die Leute schleppten so viel Dreck in die Wohnungen, daß die Kommunistische Partie plante, in den Eingangsräumen Gemüsebeete anzulegen – so jedenfalls lautete ein aktueller Witz. Nahe dem Kasaner Bahnhof peitschten Bauern die Flanken ihrer halbverhungerten Pferde, welche Wagenladungen mit frisch geschnittenem Birkenholz beförderten, das für dicke Vorhangstoffe eingetauscht werden sollte, aus denen man Hemden und Röcke machen konnte.

Ein Tscheka-Automobil mit Chauffeur fuhr langsam die Tschkalow-Straße entlang, während die beiden Fahrgäste im Fond nach dem Haus Nummer zweiundvierzig suchten. Der Wagen passierte eine Reihe von Läden, deren Namensschilder übermalt und durch Ziffern ersetzt worden waren. Dann hielten sie vor einem Wohnhaus aus der Jahrhundertwende. »Das muß es sein«, sagte Arischka. »Es liegt zwischen vierzig und vierundvierzig.«

»Ich komme nachher wieder«, sagte Tuohy zu dem Fahrer. Er blickte ihm über die Schulter und notierte den Stand des Kilometerzählers auf der Rückseite eines Briefumschlages, damit der Fahrer nicht in Versuchung käme, private Fahrten zu unternehmen, während er auf ihn wartete.

»Wem schadet es, wenn er nebenbei etwas anderes macht?« flüsterte Arischka gereizt, als sie ausstiegen.

»Das ist eine Verordnung«, sagte Tuohy.

»Der Wagen gehört der Regierung. Der Treibstoff gehört der Regierung. Wenn er Taxi fahren will, soll er seinen Beruf wechseln.«

»Es sind schwere Zeiten, Amerikanitz.«

»Laß uns nicht wieder streiten«, sagte Tuohy. Er hob den einen Karton aus dem Gepäckraum und gab ihn Arischka. Dann nahm er den anderen, größeren selbst und folgte ihr unter das Portal und durch den Hof. Vor der rückwärtigen Tür hatte sich eine Pfütze mit Ölschaum darauf gebildet; und eine Planke war darübergelegt, damit die Hausbewohner ein und aus gehen konnten, ohne nasse Füße zu bekommen. Tuohy und Arischka gingen die schmale Holztreppe hinauf. Ein Kind mit Rotznase prallte fast mit ihnen zusammen; aber sie drückten sich rasch an die Wand, um es vorbeizulassen. Dann gingen sie weiter bis zum dritten Stockwerk empor. Tuohy klopfte mit dem Ellbogen an die zweite Tür links.

Man hörte Schritte im Korridor hinter der Tür. »Einen Moment«, rief eine Frau. Sie zog den Riegel weg und öffnete die Tür einen Spalt. Als sie Arischka erblickte, riß sie sie auf.

»Serafima!« rief Arischka, beugte sich vor und drückte ihr feuchte Küsse auf beide Wangen.

»Was hat euch aufgehalten?« fragte Serafima ungeduldig. »Ihr seid hier die letzten. Ist es euch gelungen, einen Kuchen zu bekommen?«

»Alles, was die Tscheka an Verpflegung da hatte, waren Plätzchen.« Arischka setzte ihren Karton ab und entfernte die Verpackung. Zusammen mit Serafima arrangierten sie elf Plätzchen auf einem Tablett und steckten in jedes ein großes Streichholz.

»Bitte«, bat Arischka Tuohy vor der Tür zu Sanders Zimmer, »keinen Streit mit Ronscha!«

»Wenn er sich nicht mit mir anlegt, werde ich mich nicht mit ihm streiten.« Tuohy hielt die Flamme seines Feuerzeugs an die Enden der Streichhölzer.

»Rasch, ehe sie herunterbrennen!« sagte Serafima. Dann traten alle drei durch die Tür und sangen: »Alles Gute für dich, alles Gute zum Geburtstag, alles Gute, liebe Ludmilla, zum Geburtstag für dich!« Sander, Aljoscha Schitkin, Ronscha, Appolinaria, Sergeant Pascha Kirpitschnikow und Melor stimmten ein, und zum Schluß applaudierten alle heftig.

»Wünsch dir etwas und blas sie dann aus!« sagte Sander zu Ludmilla.

»Ohne auf die Plätzchen zu spucken«, rief Melor, jetzt ein stämmiger Bursche von fünfzehn Jahren.

Ludmilla schaute wie benommen auf die brennenden Zündhölzer.

»Jetzt mußt du eine Rede halten!« rief Melor vergnügt. Er war etwas eifersüchtig auf die Aufmerksamkeit, die Ludmilla genoß.

»Ich weiß nicht, was ich sagen soll«, meinte Ludmilla schüchtern.

»Sag nur, was dir gerade in den Kopf kommt!« schlug Apollinaria vor.

»Ich bin sehr glücklich, elf zu sein. Ich hoffe, daß ich eines Tages zwölf werde.«

Alle lachten. Dann setzte sich Tuohy neben Sander auf das Bett. »Ich habe für euch zwei Kartons mitgebracht. Etwas Speck und Schmalz, ein Stück geräucherten Schinken, einige Büchsen mit Sardinen, etwas Öl zum Kochen, eine oder zwei Dosen mit trockenen Biskuits. Und als Krönung des Ganzen: zwei Flaschen georgischer Wein und eine Büchse mit rotem Lachskaviar.«

»Danke, Atticus.«

Mitten im Zimmer probierte Ludmilla eine Wollmütze auf, die Apollinaria mit der Wolle eines alten Sweaters gestrickt hatte. Ronscha schaute auf eine Zeichnung von Lili, die Sander über seinem Bett aufgehängt hatte, und dann wieder auf das Kind. Er schüttelte den Kopf. »Die Ähnlichkeit ist geradezu unheimlich«, sagte er zu Apollinaria.

Serafima merkte, wie Melor Apollinaria anstarrte, und stieß ihn warnend mit dem Fuß an. Er zuckte die Achseln und schaute weg. Aber als Serafima wieder wegschaute, blickte er wieder auf Apollinaria.

Aljoscha Schitkin fragte: »Kann ich ihr jetzt mein Geschenk geben?« Er ging in den Korridor hinaus und kam mit einem Karton zurück, in den an der Seite Löcher gemacht waren. Alle außer Melor drängten sich zusammen, um zu sehen, wie Ludmilla ihn aufmachte. Sie hob unsicher den Deckel hoch und machte große Augen. »Oh«, sagte sie. Dann steckte sie die Hände in den Karton und holte ein kleines Kätzchen heraus.

»Jetzt mußt du ihr nur noch einen Namen geben«, sagte Aljoscha.

»Ich werde sie... Lili nennen«, beschloß das Mädchen.

Sander wandte sich rasch ab, und er brauchte einige Zeit, bis er sich wieder gefangen hatte. Dann öffnete er eine von Tuohys Weinflaschen und reichte Wassergläser herum. Ronscha, der hager und ziemlich kahl geworden war, stand auf und erhob sein Glas. Seine Augen hatten rote Ränder. Da es keine Kohle und kein Brennholz gab, war der Kellerraum, in dem er mit Apollonia wohnte, ungeheizt, und beide hatten schon seit Monaten keine Nacht mehr durchgeschlafen. »Ich schlage vor, wir trinken auf die Bewohner des alten Dampfbootes, die bei unserer kleinen Wiedersehensfeier fehlen,« sagte Ronscha. »Auf Hippolyt Jewgenitsch, auf Lili Michailowna, auf Otto Eppler und auf Wasja Timofejewitsch. Mögen sie in Frieden ruhen!«

»Ich trinke auf Lili und Hippolyt«, rief Tuohy durchs Zimmer. »Aber ich will verdammt sein, wenn ich auf die anderen beiden trinke. Die waren Verräter.«

Sander sagte: »Wie kommst du darauf, daß Wasja ein Verräter war?«

»Ich habe seinen Namen einmal auf einer Liste gesehen«, sagte Tuohy sofort. »Er wurde gefangengenommen, als er für die Weißen bei Kasan kämpfte.«

»Das hast du bisher nie erwähnt«, sagte Sander überrascht. »Was ist mit ihm geschehen?«

Tuohy schloß die Augen, um anzudeuten, daß man so etwas nicht vor einem elfjährigen Mädchen erörtern sollte.

»Bist du sicher?« fragte Sander auf englisch.

»Ich habe es nicht selbst gesehen«, sagte Tuohy. »Aber Deserteure, die wieder gefangen wurden, hat man immer erschossen.«

Ronscha sagte: »Jetzt, wo sie tot sind, solltet ihr das alles vergeben und vergessen.«

»Im Gegenteil«, erwiderte Tuohy scharf. »Wir dürfen weder vergeben noch vergessen. Ihr Schicksal muß eine Lehre sein für andere, die die Revolution verraten könnten.«

Serafima jammerte: »Amerikanitz, du hast es doch versprochen ...«

Melor sagte: »Ich stimme Tuohy zu.« Dann blickte er voller Verachtung auf Ronscha. »Einmal ein Klassenfeind, immer ein Klassenfeind.«

Apollinaria beugte sich zu Ronscha und flüsterte ihm etwas ins Ohr, aber er schüttelte nur den Kopf. »Auch wenn Tuohy für die Tscheka arbeitet, sehe ich keinen Grund, ihm nicht zu sagen, was ich denke.«

Aljoscha Schitkin versuchte, das Thema zu wechseln. »Sander, du warst auf der Krim, als die letzten Weißen ins Meer zurückgejagt wurden. Stimmt es, daß die Kosaken an der Küste ihre Pferde erschossen haben, ehe sie sich nach Konstantinopel einschifften?«

»Sie haben sie erschossen, und wir haben sie gefressen.«

Melor sagte: »Ich mag Pferdefleisch.«

Arischka flüsterte mit Tuohy. Der sagte laut: »Wenn er nicht anfängt, werde ich es auch nicht tun.« Dann wandte er sich an Sander. »Da wir gerade über Pferdefleisch sprechen – hast du von der Bande gehört, die wir erwischt haben, als sie Würste für den Schwarzmarkt herstellte? Die *Prawda* sagte, sie stellten die Würste aus Pferdefleisch her; aber das stimmte nicht. Tatsächlich haben sie frisch ausgegrabene Leichen verarbeitet.«

Sergeant Kirpitschnikow riß die Augen auf und sah Serafima an. »Woher hast du die Würste bekommen, die wir letzte Wochen gegessen haben?«

Serafima hielt sich die Finger vor den Mund. »An einer Straßenecke. Von einem Mann mit einem Koffer.«

Arischka hielt einen halb fertig gestrickten Pullover an Ludmillas Körper, um die Größe zu prüfen. »Können wir nicht zur Abwechslung von etwas Angenehmem sprechen?«

Aljoscha wandte sich an Tuohy: »Was sind die letzten Neuigkeiten aus der Wirtschaft?«

»Die werden auch nicht erfreulich sein«, murmelte Ronscha vor sich hin.

Tuohy sagte: »Jetzt, wo der Bürgerkrieg vorbei ist und alle Interventionisten fort sind, sagt die Partei, daß die Verhältnisse besser werden müssen.«

Ronscha erklärte: »Die wirtschaftliche Lage ist verheerend. Es wird viel weniger Kohle, Eisen und Stahl produziert als vor der Revolution. Das Geld ist wertlos geworden. In manchen Fabriken werden die Arbeiter mit dem entlohnt, was sie herstellen – wenn sie Schuhe produzieren, kriegen sie Schuhe und müssen versuchen, sie für Lebensmittel einzutauschen. Aber es gibt keine Lebensmittel. Die Bolschewisten haben den Bauern fast alles weggenommen, einschließlich Saatgut. Typhus und Cholera greifen um sich. Fabriken schließen aus Kohlenmangel. Arbeiter werden im Betrieb vor Hunger ohnmächtig. Es gibt nicht genug Tschekisten, um sie alle durch Ohrfeigen wieder zum Bewußtsein zu bringen. Es gibt jetzt sechshunderttausend Mitglieder der bolschewistischen Partei in Rußland, aber die sind von der allgemeinen Bevölkerung vollkommen isoliert. Wenn morgen freie Wahlen stattfänden –«

»Ein großes *Wenn*«, spottete Apollinaria.

»– dann würdet ihr Bolschewisten weggefegt werden. Der einzige Grund dafür, daß ihr noch an der Macht seid, ist der, daß ihr die Armee kontrolliert und die Polizei.«

Ronschas angesammelte Emotionen brachen hervor wie ein aufgestauter Fluß, der über seine Ufer tritt. Sander sah verlegen weg. »Aber ihr kontrolliert nicht die Dichter«, sprudelte Ronscha weiter mit zitternden Händen und Tränen in den Augen, »selbst wenn ihr keinem gestattet, etwas zu veröffentlichen.«

»Wenn ihr nicht publiziert werdet«, sagte Tuohy kalt, »dann deswegen, weil es in der Gesellschaft, die wir erbauen, keinen Platz für negatives Denken gibt.«

»Wofür es in dieser eurer Gesellschaft keinen Platz gibt, ist die Wahrheit«, sagte Ronscha ärgerlich. »Alle, die die Wahrheit verkünden, werden zum Schweigen gebracht.«

»Majakowskis Poesie wird in der *Prawda* gedruckt«, gab Tuohy zurück. »Anders als andere Leute, die vorgeben, Dichter zu sein, läßt er seine Poesie für die Revolution arbeiten.«

»Um seine Poesie für die Massen einfach genug zu machen«, erklärte Ronscha, »hat Majakowski sie der Bilder entkleidet, die ihr ihre Kraft verliehen haben.«

Apollinaria stimmte zu. »Er hat seine Poesie der Poesie entkleidet. Man kann in dem Schweigen zwischen seinen Worten nichts hören.« Dann fügte sie hinzu: »Jeder Idiot weiß, daß Parolen nicht dasselbe sind wie Poesie.«

»Ich meinerseits«, erklärte Melor munter, »mag Parolen lieber als Poesie.«

»Brot, Land und Frieden – darauf kommt es an!« donnerte Sergeant Kirpitschnikow.

Ronscha schwenkte angewidert die Hand. »Alle eure Parolen können nicht die Tatsache verhehlen, daß ihr Terroristen seid.«

Jetzt war Tuohy in Fahrt. »Wir haben den Terror nicht erfunden.« Er deutete mit seiner Zigarettenspitze auf Ronscha, als wäre es eine geladene Pistole. »Wir tun nur, was Iwan der Schreckliche oder Peter der Große oder die Mongolenhorden zu ihrer Zeit gemacht haben. Wir bekämpfen Terror mit Terror.«

»Ihr seid süchtig nach Terror geworden«, entgegnete Ronscha. »Ihr braucht eine tägliche Dosis, um zu funktionieren. Ihr werdet diese Sucht nie aufgeben.«

Einen Augenblick lang konnte man hören, wie Tuohy und Ronscha schwer atmeten – wie Boxer, die darauf warteten, den nächsten Schlag zu landen. Sergeant Kirpitschnikow rief in einem ungewohnten Anfall von Humor: »Ich erkläre Atticus Tuohy zum Sieger durch technischen Knockout.« Alle lachten. Sogar Ronscha mußte schmunzeln.

Sander fragte Tuohy: »Wie steht es mit Lenins Gesundheit?«

»Je weniger man darüber spricht, desto besser«, erwiderte Tuohy auf englisch.

Später, als Ronscha und Apollinaria gegangen waren, führte Sander Tuohy in die gemeinsame Küche. Er flüsterte: »Es sieht sehr schlecht aus.«

»Sicher wird Trotzki seine Nachfolge antreten«, sagte Sander nachdenklich.

Tuohy sagte: »Meines Erachtens gehört Stalin die Zukunft. Er schleust in aller Ruhe seine Leute in die Partei ein. Sehen wir es ehrlich: Trotzki ist neben Stalin harmlos. Stalin *ist* die Partei. Ich habe gehört, daß der alte Koba einige Professoren angewiesen hat, jedes Wort zu katalogisieren, das Lenin zu Papier gebracht hat. Auf diese Weise wird er das Evangelium nach Lenin verkünden können, um alles zu rechtfertigen.«

Sander sah aus dem Fenster. Er hatte vor einer Woche eine Postkarte von Leon bekommen. Sein Stiefbruder lebte jetzt in einem Kibbuz in der Nähe von Haifa. Er beschrieb in einer winzigen Handschrift, die in jede Ecke der Karte noch Worte preßte, das Leben als jüdischer Bauer. Sander fragte sich, was Leon wohl von der russischen Revolution hielt. Würde es aufwärts gehen, wie die Partei behauptete? Oder würden die Bolschewisten in einer freien Wahl hinweggeschwemmt werden, wie Ronscha meinte? Unten im Hof stellten zwei alte Männer mit Mänteln und Schals einen Klapptisch auf, um Domino zu spielen. Ludmillas Kätzchen scharrte in der Schachtel mit Erde, die man für sie auf dem Flur unter der Spüle aufgestellt hatte.

Das Schweigen zwischen ihnen war Tuohy unangenehm. Er räusperte sich, aber Sander starrte weiter aus dem Fenster.

Schließlich sagte Tuohy: »Wie verbringst du deine Tage?«

Sander wandte sich wieder dem Zimmer zu. »Nicht schlecht. Einer von denen, mit denen wir die Wohnung teilen, arbeitet für das zentrale Holzkollektiv. Er wird mit Brennholz bezahlt, und wir können in der Asche kochen, wenn wir etwas zum Kochen haben.«

»Und das Bein?«

Sander klopfte mit der Hand an seinen Oberschenkel. »Ich bin noch glimpflich davongekommen.« Er schüttelte den Kopf, wie um einige unerfreuliche Gedanken abzuwehren. »Es heißt, daß im Bürgerkrieg Millionen gestorben sind. Jetzt aber muß das Töten aufhören.«

Tuohy schüttelte den Kopf. »Sander, du wirst allmählich weich. Du bist zu sanftmütig. Es muß noch viel getan werden, um die neue Ordnung herzustellen.«

4. Buch

Moskau, 1935

Die Leute sind still.

Alexander Puschkins letzte
Regieanweisung in *Boris Godunov*

Ereignisse vom Tage

Begräbnisse

Moskau erlebte den strengsten Winter seit Menschengedenken. Aber Stalin, mit einer Tragestange der Bahre auf seiner gepolsterten rechten Schulter, spürte die Kälte nicht. Seine Wangen glühten vor Erregung, seine Augen waren munter, fast wie im Fieber. Die Dinge entwickelten sich besser, als er zu hoffen gewagt hatte. Trotzki, sein Erzrivale, war nicht einmal zum Begräbnis erschienen. Stalin hatte ihm einen falschen Termin genannt, und Trotzki war in der Annahme, daß er nicht mehr rechtzeitig hier sein könnte, in Tiflis geblieben. So war es auch richtig, dachte Stalin. Wie die Bauern sagen: »Lieber einer Leiche ein Klistier verpassen, als mit einem Juden zu speisen.«

Lenin war einen großen Teil des Jahres 1922 krank gewesen. Er hatte an einer Reihe von Schlaganfällen gelitten, die ihn partiell lähmten und es ihm erschwerten, zusammenhängend zu reden. An einen Rollstuhl gefesselt war er in ein Erholungsheim der Regierung gebracht worden. Die wenigen Genossen, denen es gestattet wurde, ihn zu besuchen, kamen erschüttert zurück.

Am 21. Januar 1924 stieg Lenin's Temperatur jäh an. Er fiel in Koma und starb abends um sechs Uhr dreißig. Sein Körper wurde nach Moskau zurückgebracht und im Säulensaal feierlich aufgebahrt. Während vier eiskalter Tage gingen Hunderttausende schweigend an dem offenen Sarg vorbei. Heute, am Neunundzwanzigsten, wurde er mit gebührendem Pomp in dem provisorischen hölzernen Mausoleum beigesetzt, das auf dem Roten Platz dicht an der Kremlmauer errichtet worden war. Endgültig sollte die Leiche dann einbalsamiert und in einem bleibenden Mausoleum aus Marmor zur Schau gestellt werden.

Einige Mitglieder der Alten Garde fanden diese »Apotheose« unpassend. Sie flüsterten, daß Lenin selbst so etwas nie zugelassen hätte. Der Dichter Majakowski veröffentlichte dazu sogar ein Gedicht:

Ich fürchte daß
Prozessionen
und Mausoleen
die anerkannte
Statue der Verehrung
in öliger Salbung
ertränken könnten –
Lenins Schlichtheit.

Nun, laß sie murren, dachte Stalin. Er, Koba, hatte mehr Kontakt zu dem einfachen Volk als die Caféhausbolschewisten mit Kneifern auf ihren jüdischen Nasen. Er wußte, daß die abergläubischen Massen eine Ikone brauchten, zu der sie beten konnten. Er würde aus Lenin diese Ikone machen. Er würde ihren Hunger nach dem Übernatürlichen stillen.

Zuerst mußte er mit einer üblen Sache fertig werden: mit Lenins Testament, einem Brief, den Lenin sorgfältig, Silbe für Silbe, in den Tagen vor seinem Tode diktiert hatte. Die Krupskaja ließ unter Mitgliedern des Zentralkomitees schon Kopien kursieren. »Stalin ist zu roh«, hatte Lenin geschrieben. »Ich schlage vor, ihn seiner Stellung zu entheben und durch jemanden zu ersetzen, der toleranter, loyaler, höflicher und rücksichtsvoller gegenüber seinen Genossen ist.«

Er aber würde sich als geistigen Erben des gefallenen Führers präsentieren. Wo Stalin stand, da war Leninismus! Er würde seine Rede vor dem Kongreß mit einem Treueschwur beginnen. *Wir geloben dir, Genosse Lenin...*

Diejenigen, die dagegen waren, würde er schon zwingen, sich zu fügen...

Ronscha kletterte auf den Sockel der Statue und half dann Apollinaria herauf, damit sie einen besseren Blick hätte. Auf der Bolschaja Poljanka drängten sich die Menschen.

»Vielleicht war ich zu streng gegen ihn«, meinte Ronscha. Als der Lastwagen vor ihm anhielt, nahm er die Mütze ab und verneigte sich vor dem Sarg.

Am Tage vor seinem Tode im Alter von sechsunddreißig Jahren hatte man gehört, wie Wladimir Majakowksi, der feurige Poet, ausrief: »Nein! Jeder antwortet mir mit Nein. Überall Nein.« Um zehn Uhr morgens am 14. April 1930 hatte er in seinem Zimmer in der Ljubjanski-

Passage eine Pistole genommen und sich die einzige Kugel im Magazin ins Herz geschossen. Zuvor hatte er ein Gedicht geschrieben:

Leben und ich sind quitt
und es hat keinen Sinn
aufzurechnen
gegenseitige Wunden
Leiden
und Ausrutscher.
Viel Glück euch allen!

Majakowskis offener Sarg war drei Tage lang bei der Schriftstellerunion ausgestellt gewesen; und halb Moskau defilierte vorbei, um von dem Optimisten Abschied zu nehmen, der die bolschewistische Revolution als Morgenröte einer neuen Kulturepoche begrüßt hatte.

Der Arbeiter, der am Tag des Begräbnisses den Sarg zum Krematorium fuhr, hatte offenbar keine Erfahrung mit Leichenzügen. Er fuhr zu schnell und ließ Zehntausende von Trauergästen hinterher rennen.

Ronscha, der von dem Sockel der Statue aus zuschaute, hatte dafür seine eigene Deutung. »Majakowski war immer ungeduldig. Das war seine dominierende Eigenschaft. Er trat in die Revolution ein, als wäre sie ein Haus. Er stürmte durch die Türen, riß Fenster auf, deklamierte seine Zeilen à la Whitman. Er hielt nie inne, um Luft zu schöpfen...« Ronscha schwieg einen Augenblick, dann fügte er hinzu: »Vielleicht wird es mir einstmals ähnlich ergehen wie ihm.«

Stalin fehlte bei der kleinen Gruppe, die hinter dem geschmückten Leichenwagen an den Gräbern von Gogol und Tschechow und an dem neuen Grabstein mit der Inschrift »Majakowski« vorbeizog und vor der frisch ausgehobenen rechteckigen Grube verharrte. Es gab keinen Gottesdienst und keine Segenssprüche. Zivilpersonen in gewöhnlichen blauen Anzügen und blauen Regenmänteln senkten den Sarg in die Grube. Der Vater der Verstorbenen, der Altbolschewist Sergej Allilujew, der Lenin im Juli 1917 einige Tage lang in seiner Wohnung versteckt hatte, nahm eine Handvoll Erde und warf sie auf den Sarg. Die anderen folgten seinem Beispiel. Ein Mann in blauem Regenmantel mit Gürtel nickte den Totengräbern zu. Hastig schaufelten sie Erde auf den Sarg, denn sie wußten: Je schneller sie begraben würde, desto besser.

Die offizielle Version, wie sie in der *Prawda* veröffentlicht wurde, lautete, daß Stalins zweite Frau, Nadeschda Allilujewa, an Bauchfellentzündung gestorben wäre. Aber jeder, der Beziehungen zu höheren Kreisen hatte, kannte die Wahrheit. Die Ehe zwischen Stalin und der zweiundzwanzig Jahre jüngeren Nadeschda war von Anfang an stürmisch gewesen. Mitte der zwanziger Jahre war sie nach einem besonders heftigen Krach mit den Kindern in die Wohnung ihrer Eltern nach Leningrad geflohen. Aber Stalin, inzwischen der unumstrittene Führer der Partei (Trotzki war aus der Partei und aus dem Lande gejagt worden), hatte sie zur Rückkehr gezwungen. Zu Beginn der dreißiger Jahre begann Nadeschda Kunstfasertechnik in der Moskauer Industrieakademie zu studieren. Dort erfuhr sie von den Leiden, die der erste, 1929 begonnene Fünfjahresplan verursacht hatte, und von der großen Hungersnot von 1931, deren bloße Erwähnung als Staatsverbrechen galt. Vor allem hörte sie von der Kollektivierung der Landwirtschaft, die ihr Gatte in Angriff genommen hatte. Die Partei hatte beschlossen, alle relativ wohlhabenden Bauern, die sogenannten Kulaken, zu liquidieren und alle anderen zwangsweise in Kolchosen zu schicken, wo sie mit dem Wirkungsgrad von Arbeitern an einem Fließband tätig sein sollten. Der einzige Haken war aber dabei, daß die Bauern ihr Vieh getötet, ihre Ernte verbrannt und ihre Gerätschaften zerstört hatten, anstatt sie den Kollektiven zu übereignen. In dieser Zeit starben etwa sieben Millionen Bauern – durch Genickschuß oder Verbannung nach Sibirien oder infolge der durch Stalins Politik verursachten Hungersnot.

Nadeschda, als Tochter glühender Revolutionäre, sprach ihren Gatten auf die Kollektivierung an, aber der verbot ihr den Mund mit der Bemerkung, daß die Frau ins Bett gehöre. Ein anderes Mal sagte er zu ihr: »Ich verstehe nicht, worüber sich die Bauern zu beklagen haben. Jeder hat das Recht auf vier Quadrat-*Arschin* Land. Das reicht, um ein Grab auszuheben.« Dabei klatschte er sich vor Vergnügen auf die Schenkel.

Als im Herbst 1932 die Vorlesungen wieder begannen, bemerkte Nadeschda, daß verschiedene ihrer Freunde fehlten. Man flüsterte, sie wären inhaftiert, weil sie über riskante Themen gesprochen hätten. Nadeschda versank in tiefe Depressionen.

Bei einem Bankett im Kreml anläßlich des fünfzehnten Jahrestages der bolschewistischen Revolution rief Stalin ihr vom oberen Ende des Tisches grob zu: »He du, trink doch!«

»Wage es nicht, mich mit ›he‹ anzuschreien!« erwiderte Nadeschda und rannte davon. An diesem Abend, dem 8. November 1932, erschoß sich Nadeschda mit einer kleinen Waltherpistole. Sie war einunddreißig Jahre alt.

Der Hauswart fand sie am nächsten Morgen in einer Blutlache. Schließlich brachte jemand den Mut auf, Stalin zu wecken, der in dem kleinen Zimmer mit Telefon neben dem Eßzimmer schlief.

»Josef, Nadja weilt nicht mehr unter uns!«

Mit ihrem Tode war das letzte Band, das Josef Wissarionowitsch Dschugaschwili, allgemein bekannt als Stalin, mit anderen Menschen verband, zerrissen. Freunde der Familie, die meisten mehr Nadeschda zugeneigt als Stalin, stellten allmählich ihre Besuche ein. Es gab keine lebhaften *Gorodki*-Wurfspiele mehr auf dem Rasen vor dem Haus, bei denen Stalin komisch ein Auge zukniff, wenn er zielte. Er war nun noch mißmutiger und launischer als früher und zog sich hinter die Mauern des Kreml zurück. Dort, umgeben von Speichelleckern, plante er die Vernichtung seiner »Feinde.« Er hatte sich immer halb im Scherz mit Iwan dem Schrecklichen verglichen. Jetzt konstatierte er ohne eine Spur von Humor, daß Iwan in der Überzeugung, seine Frau wäre vergiftet worden, jeden in seiner Umgebung bestraft hätte, um sicher zu sein, daß der wahre Schuldige nicht ungeschoren bliebe.

Auch Stalin dachte, seine Frau wäre vergiftet worden – mit Haß gegen ihn! Und wiederum durfte der Schuldige nicht ungestraft davonkommen ...

Um diese Zeit hat Lady Astor bei einem privaten Besuch Stalin in jener freimütigen Weise, mit der Briten den Teufel herausfordern, gefragt: »Wann werden Sie aufhören, Menschen zu ermorden?«

Der Dolmetscher erstarrte. Stalin bestand auf Übersetzung der Frage. Dann antwortete er in seiner lässigen Art: »Wenn es nicht mehr nötig ist.«

Stalin erreichte den Säulensaal, kurz bevor der Sarg geschlossen wurde. Umgeben von Leibwächtern ging er durch den Saal zur Bahre. Die Mitglieder des Politbüros, die Stalin »seine Kinderchen« nannte, machten ihm Platz. Stalin trat an den offenen Sarg und blickte auf die Leiche. Dann, offensichtlich von Rührung übermannt, beugte er sich vor und küßte Sergej Kirow auf die Wange.

Kirow, der Parteichef von Leningrad, war als möglicher Nachfolger Stalins im Gespräch gewesen. Um es noch schlimmer zu machen, hatte sich Kirow in politischen und strategischen Fragen gemäßigt gezeigt. Es gab Gerüchte, daß viele führende Parteimitglieder Stalin als Generalsekretär der Partei absetzen und dieses Amt dem jungen Leningrader übertragen wollten – wenn nicht bei diesem Kongreß, dann beim nächsten.

Schließlich brachten die Delegierten nicht den Mut auf, sich Stalin entgegenzustellen, aber sie bedachten Kirow mit frenetischem Beifall, der deutlich für seine Beliebtheit sprach.

Elf Monate später schritt Kirow durch die Korridore des Smolny, der Leningrader Parteizentrale, als ihn jemand mit einem Naganrevolver in den Rücken schoß. Als Stalin von dem Mord erfuhr, eilte er in einem Sonderzug von Moskau herbei, um persönlich »die Fäden des Verrats« in der Affäre zu entwirren.

»*Die* haben mich dazu gezwungen«, antwortete ein verkommener und versoffener »Genosse« namens Nikolajew, als Stalin ihn persönlich wegen des Mordes verhörte. »Man hat mich monatelang Schießübungen machen lassen. *Die* sagten mir, daß...«

Sein Gebrauch des Wortes »die« gab Stalin den Vorwand für eine drakonische Säuberung. Noch in derselben Woche wurden siebenunddreißig Leningrader »Weißgardisten«, einschließlich des unglücklichen Nikolajew, zum Tode verurteilt wegen terroristischer Akte gegen Funktionäre des Sowjetregimes. In Moskau kamen weitere dreiunddreißig Opfer hinzu. Anschließend wurden Sinowjew und Kamenew, zwei Altbolschewisten, die an der Oktoberrevolution teilgenommen und später Stalin bei seinem Aufstieg zur Macht geholfen hatten, wegen Anstiftung zum Terror zu Gefängnisstrafen verurteilt. Ihnen wurde später noch einmal der Prozeß gemacht, und sie wurden hingerichtet. Allmählich verbreitete sich die Welle der Verhaftungen über das ganze Land. Allein in Leningrad wurden über dreißigtausend Personen binnen weniger Monate nach der Ermordung Kirows eingesperrt.

Jede Verhaftung endete mit einem Geständnis, und jedes Geständnis führte zu einer neuen Welle von Verhaftungen. Schließlich hatte Stalin die Alte Garde der Bolschewisten fast bis auf den letzten Mann ausgerottet. Hunderttausende wurden erschossen, Millionen wurden in Lager nach Sibirien geschickt. Nur wenige Menschen überlebten. Die Große Säuberung, wie sie genannt wurde, ging allmählich nur deshalb zu Ende, weil die Gefängnisse nicht mehr Menschen aufnehmen konnten. Aber mittlerweile würden auch die Verräter, die

Nadeschda mit Haß gegen ihren Gatten vergiftet hatten, der gerechten Strafe zum Opfer gefallen sein ... So dachte Stalin.

Während die Viehwaggons die Gefangenen in Richtung »Asiatika« und nach Fernost beförderten, machte eine Vierzeiler die Runde. Er wurde nicht laut gesungen, sondern nur geflüstert.

He, frische Tomaten –
He, grüne Gurken?
Väterchen Stalin
Ließ Kirow abmurksen.

1

Schneekristalle schwebten fast den ganzen Tag herab wie winzige Fallschirme. Sander hinkte über den schmutzigen Gehsteig. Er und Ludmilla waren froh, daß sie in der Petrowka-Straße wohnten, einem der wenigen Häuserblocks in Moskau, die so aussahen, als wären sie aus dem alten St. Petersburg hierher verpflanzt worden.

Ludmilla war es gewesen, die die Wohnung ausfindig gemacht hatte. »Sander, du wirst es nicht glauben«, hatte sie atemlos gerufen, nachdem sie zur Mittagszeit von der Akademie hergelaufen war, um sicher zu sein, daß er den Weg gefunden hätte. Und dann hatte sie die beiden Zimmer beschrieben, die die Eltern ihrer besten Freundin gerade aufgegeben hatten. Deren Vater, ein Professor für Französisch an der Universität, war vom NKWD verhört worden. Er hatte den Vorfall als Warnung verstanden und sich entschlossen, nach Frunse zurückzukehren und dort eine Stelle als Führer in einem Museum anzunehmen.

Sander und Ludmilla hatten ihre alte Wohnung in der Tschkalow-Straße vor Monaten verloren, als das Haus dazu verurteilt wurde, einem neuen Krankenhaus Platz zu machen. Sie hatten ihre Möbel bei Freunden ausgelagert – die Schmusecouch bei Tuohy und Arischak, den amerikanischen Schreibtisch mit Rolljalousie bei Sergeant Kirpitschnikow und Serafima, den Spiegelschrank bei Ronscha und Apollinaria, die vier Küchenstühle und den zusammenklappbaren Bridgetisch bei Aljoscha Schitkin und den goldgerahmten mannshohen Spiegel bei einer Filmschauspielerin namens Mascha, mit der Sander ein ziemlich lockeres Verhältnis hatte. Sie hatten sich angewöhnt, die Leute nach den Möbeln zu benennen, die sie aufbewahrten. So lebten sie wie Zigeuner zwei Wochen beim »Spiegelschrank« und zwei Tage beim »Jalousietisch«, weil weder Sander noch Ludmilla es lange mit Melor aushielten. Nachdem sie die Wohnung in der Petrowka-Straße gefunden hatten, mußte Sander die entsprechenden Formulare in drei Ausfertigungen ausfüllen und dem entsprechenden Bürobeamten in dem entsprechenden Amt aushändigen; aber er hatte nie darauf gehofft, daß sie die Wohnung bekommen würden. Ludmilla hatte hinter Sanders Rücken Tuohy gebeten, seinen Einfluß geltend zu machen. Ein Telefonanruf von ihm genügte, und sie hatten die Wohnung.

Sander stampfte mit seinen Stiefeln auf den Boden, um den Schnee loszuwerden, schloß die Haustür auf und schaute in die offene Holzkiste unter dem Briefschlitz. Gewöhnlich fanden sich darin einige Bücher für den alten Juden, der im Erdgeschoß wohnte. Gläubige Juden deponierten die Bücher auf der Türschwelle, als ob es verlassene Waisen wären. Wenn sie dünn genug waren, schoben sie sie durch den Schlitz in den Briefkasten. Sie wußten, daß der alte Jude jedes Buch, in dem der Name Gottes stand, als heilig ansah; also durfte es nicht vernichtet werden. Sander vergnügte sich einmal damit, daß er die Stapel zählte. Er schätzte, daß im Haus etwa zwölftausend Bände verteilt sein müßten – im Keller hinter dem Verschlag für Kohlen, an einer Wand des zu ihrer Wohnung führenden Ganges, an dem Gang zur gemeinsamen Toilette, unter der Küchenspüle, ganz zu schweigen von dem Zimmer des Alten. Den oben wohnenden Nachbarn war die Schrulligkeit des Mannes nur recht, weil sie angesichts der Menge vorhandener Bücher beliebig viele wegnehmen konnten, um ihr Herdfeuer anzuzünden oder ganze Bände in die Kachelöfen zu stecken, wenn es keine Kohle gab.

Sander fand einige Briefe in dem Kasten. Er sah sie durch und zog einen heraus, der an ihn adressiert war. Auf dem Umschlag war keine Briefmarke, also mußte er persönlich abgegeben worden sein.

»Bist du es, Alexander?« Ludmilla lehnte sich über das Geländer im zweiten Stock. »Beeile dich! Ich muß dir eine Menge Dinge erzählen. Ich sehe, du hast kein Gemüse bekommen.« Sie schloß die Wohnungstür hinter ihm und half ihm aus dem Mantel. »Du sollst es als erster erfahren«, sagte sie und sah ihn ernst an.

»Was erfahren?«

»Es geht um folgendes«, sagte sie. »Ich habe wieder einmal Schluß gemacht. Ich weiß, daß ich gesagt habe, diesmal wäre es anders; und so war es auch wirklich. Aber ich habe herausgefunden, daß er ein Gesuch unterzeichnet hat gegen die Zeichenlehrerin, die diesen Witz über den Papagei erzählt hat – du weißt, den von dem Mann, dem sein Papagei entflogen war und der dann den NKWD angerufen hat, um die Verlustanzeige zu erstatten und zu erklären, daß er nicht die Ansichten des Vogels teile. Deshalb habe ich mit ihm gebrochen. Trotzdem werde ich sicher eine Woche brauchen, bis ich darüber hinweg bin. Wahrscheinlich werde ich unausstehlich sein. Heute habe ich einen anderen Witz gehört –«

»Sprich leiser!« warnte sie Sander.

»Der alte Mann ist fast taub. Und selbst wenn er mich hören könnte, würde er nicht wissen, worüber ich rede. Ihn interessieren allein Kosaken und Pogrome und Bücher mit dem Namen Gottes darin. Wie ich sehe, hast du unten ein paar gefunden. Gib mir eines für das Feuer heute abend!«

Sander hängte seinen Hut an einen Haken in der Diele und trat hinter Ludmilla in den Wohnraum, der zugleich sein Schlafzimmer war. Ludmillas alte arthritische Katze lag zusammengerollt im Körbchen und schlief fest.

»Nun also der Witz«, meinte Ludmilla und kicherte. Sander lächelte bei ihrem Anblick. Wenn sie aufgeregt oder vergnügt war, wurde die Ähnlichkeit mit Lili in ihrem Gesicht besonders deutlich. Irgendwie wurde er nie müde, sie anzuschauen, ganz gleich, in welcher Stimmung sie gerade war. »Der Witz geht so«, sagte Ludmilla. »Ein Mann sagt zu einem anderen, daß ein Flugzeug mit dem ganzen Politbüro an Bord verunglückt wäre. Der andere fragt, ob es Gerettete gegeben hätte. Der erste Mann antwortet: ›Rußland‹. Das Flugzeug mit dem Politbüro ist abgestürzt, und *Rußland* war gerettet.«

»Ich hoffe inständig, daß du keine solchen Witze weitererzählst. Du solltest sie dir nicht einmal anhören.«

Ludmilla legte sich auf den Teppich neben dem Korb und fing an, die Katze zu kraulen, die sich nicht rührte. »Ich mache mir Sorgen um dich, Alexander. Früher hast du ab und zu ordentlich gelacht.«

»Die Zeiten haben sich geändert.«

»Niemand kann *dir* vorwerfen, die Sowjetmacht nicht zu lieben.«

»Heutzutage genügt es nicht, die Sowjetmacht zu lieben. Es kommt darauf an, daß sie *dich* liebt.«

Ludmilla sagte ruhig: »Was sich verändert hat, bist du, Alexander. Kennst du die Zeilen der Achmatowa?« Sie schob sich eine Haarsträhne aus den Augen – Lilis Geste! – und zitierte:

> *... Gesichter zerfallen*
> *... Furcht blickt aus den Augen der Menschen.*

Als sie sah, wie grimmig er dreinschaute, wechselte sie abrupt das Thema. »Was steht in dem Brief?« fragte sie und wies auf den Umschlag in seiner Hand.

Sander riß ihn auf und blickte auf die Unterschrift. »Er kommt vom Spiegelschrank.«

»Eines Tages wirst du noch Unannehmlichkeiten haben wegen des Gebrauchs von Codenamen«, reizte ihn Ludmilla. »Man wird dich für einen Spion halten oder so etwas.«

Sander las die Nachricht und sagte: »Es ist eine Einladung.« Ludmillas Augen leuchteten auf. Sie verehrte Ronscha und liebte es, wenn er seine neuen Gedichte vortrug. Aber Sander dämpfte rasch ihren Enthusiasmus. »Du bist nicht eingeladen.«

»Was heißt das – ich bin nicht eingeladen?«

Sander zuckte die Achseln. »Nur die alte Besatzung vom Dampfboot ist eingeladen. Apollinaria sagt ausdrücklich, daß ich dich nicht mitbringen soll.«

Ludmilla zog einen Schmollmund. »Das ist aber nicht nett von ihr.«

Sander war von der Einladung überrascht. Daß Ronscha ein neues Gedicht vortragen würde, ging klar daraus hervor. Auch Tuohy, der jetzt ein führender NKWD-Mann war, würde dabei sein; also konnte Ronschas neues Gedicht nicht subversiv sein. Das Gesetz des Landes besagte ausdrücklich, daß jeder, der eine antisowjetische Bemerkung hörte, den »Volksfeind« anzeigen müßte oder die gleiche Strafe wie der Sprecher zu gewärtigen hätte. Sander hielt es für wahrscheinlicher, daß der Dichter sich doch hatte überreden lassen, endlich die obligatorische »Ode an Stalin« zu verfassen, die man von allen Schriftstellern verlangte, sofern sie etwas zu veröffentlichen hofften. Bis jetzt hatte Ronscha sich dagegen gesträubt. So war er auf die paar Rubel angewiesen, die er für die Übersetzung französischer und italienischer Gedichte oder für Reiseberichte bekam, die er in verschiedenen Zeitungen veröffentlichte. So beschränkten sie sich auf eine kümmerliche Mahlzeit am Tage und warteten auf die Apokalypse ... Sie hausten in einem Verschlag, der zu einem Zimmer umgestaltet worden war; die Löcher in den Planken hatten sie mit Zeitungspapier verstopft und eine Militärdecke über die Tür genagelt, um den eisigen Luftzug abzuhalten.

»Um Gottes willen, komm schnell herein!« rief Apollinaria und hielt die Decke zur Seite, damit Sander gebückt in den Raum treten konnte. »So, damit sind wir vollzählig.«

Sander warf seinen Mantel auf den Pfosten in der Ecke und schüttelte allen die Hände.

Serafima machte für Sander Platz auf dem Bett und flüsterte: »Es wird etwas ganz Besonderes stattfinden. Sie haben sogar ein Bankett organisiert.«

Apollinaria, die in der Küche verschwunden gewesen war, stieß mit dem Fuß die Tür auf und erschien mit einem Tablett voller Speisen. Ronscha kam hinterher mit zwei Flaschen Wodka und zwei Flaschen georgischen Weins. Alle riefen »Ah!« und »Oh!« »Wer ist denn gestorben?« fragte Melor.

Ronscha, der einen schwarzsamtenen Bratenrock mit schwarzer Hose und einer schwarzen Schleife trug, nickte Sander zu und erklärte mit bedeutungsvollem Lächeln« »Niemand ist gestorben . . . bis jetzt. Dies ist ein Abschiedsessen . . .« Sander fand, daß Ronscha noch hinfälliger aussah als bei ihrer letzten Begegnung. Sein Haar war schütter geworden und mittlerweile fast weiß. Seine Hand zitterte, als er den Wodka einschenkte.

Apollinaria, die ein knöchellanges schwarzes Samtkleid trug, begann *Sakuski* – kleine Stücke Schwarzbrot mit Heringshäppchen und Zwiebeln darauf – auszuteilen. Außerdem gab es mit Gemüse gefüllte Maultaschen und winzige süße Gurken. Sie entschuldigte sich: »Es ist nicht viel, aber heute ist es schon ein Festmahl, wenn es eben reicht.«

»Der Hering ist himmlisch«, sagte Serafima und bat um mehr.

»Wo hast du das alles her?« fragte Aljoscha Schitkin und rollte zerstreut sein Zigarrenblatt in ein Stück Zeitungspapier.

Ronscha antwortete: »Jeder weiß, daß, metaphysisch gesprochen, Moskau tiefer gelegen ist als das übrige Land. Darum haben die Dinge die natürliche Neigung, nach Moskau zu strömen.«

Tuohy zog die Augen unmerklich zusammen. »Ich dachte, dies sollte eine gesellschaftliche Veranstaltung sein.«

»Es *ist* eine gesellschaftliche Veranstaltung«, sagte Ronscha. »Ich habe eine Ode verfaßt. Genau gesagt, eine Ode auf Stalin. Apollinaria hat versucht, es mir auszureden, aber ich habe es trotzdem getan. Ich dachte, es wäre passend, wenn diejenigen von euch, die die Revolution damals im Dampfboot mit so großer Hoffnung begrüßt haben, auch meine Leser sein würden.«

»Laut vorlesen wird nicht genügen«, stellte Tuohy fest. »Du wirst sie drucken müssen.«

Apollinarias Augen blickten zornig. »Ich glaube nicht, daß irgend jemand daran interessiert sein wird, Ronschas Ode auf Stalin zu veröffentlichen. Als reine Lyrik betrachtet ist sie nicht so gut.«

Melor, der ein zweireihiges Jackett mit Nadelstreifen und einen fest geknoteten Schlips trug, bemerkte: »Wenn du schlau gewesen wärst, hättest du sie schon vor Jahren geschrieben.«

»Ein Gedicht«, entgegnete Ronscha nachdenklich, »erblickt nur dann das Licht der Welt, wenn niemand verhindern kann, daß es geboren wird. Mit diesem bin ich lange schwanger gegangen.«

»Ich meine«, sagte Apollinaria feierlich, »daß wir es endlich hinter uns bringen sollten.« Sie setzte sich steif auf einen Küchenstuhl.

Ronscha setzte sich eine Brille auf die Nase und holte ein Blatt Papier aus der Brusttasche. Selbst mit der Brille mußte er es auf Armeslänge von sich fernhalten, um die Worte erkennen zu können. »Hört zu!« sagte er und blickte hilfesuchend auf Apollinaria. Er schien den Mut zu verlieren. Aber sie ermutigte ihn durch ein leichtes Nicken. Dann senkte er seine Augen auf das Papier und begann langsam und deutlich vorzulesen:

Wir leben, taub für das Land unter uns,
Zehn Schritte weiter hört niemand, was wir sagen.

Alles, was wir hören, ist der Kreml-Ersteiger,
Der Mörder und Bauernschlächter.

Seine Finger sind fett wie Raupen,
Und die Worte fallen endgültig wie Bleigewichte von seinen Lippen.

Sein Kellerasselschnurrbart ist tückisch,
Und seine Stiefelspitzen schimmern.

Um ihn eine Meute dünnhalsiger Führer –
Scharwenzelnder Halbmenschen, mit denen er spielt.

Sie wiehern, schnurren oder jaulen,
Und er schwatzt und zeigt mit dem Finger.

Eins nach dem andern ersinnt er Gesetze, die fliegen
Wie Hufeisen an den Kopf, das Auge oder das Gemächt.

Und jeder Mord ist ein Genuß
Für den Osseten mit breiter Brust.

Als er geendet hatte, sprang Tuohy auf und knirschte: »Ich nehme an, du weißt, was du tust.« Er begann nach seinem Mantel zu suchen, der unter denen der anderen auf dem Fußboden lag.

Melor sah Ronscha mißtrauisch an. Er begriff, daß etwas sehr Spektakuläres vorgefallen war, war sich aber nicht ganz sicher, um was es da ging. Serafima bemerkte den Zweifel in seinen Augen. »Verstehst du nicht, worüber er gesprochen hat? ›Kreml-Ersteiger... Mörder und Bauernschlächter!‹«

Sergeant Kirpitschnikow zischte: »Um Gottes willen, fang nicht an, dieses verdammte Gedicht zu wiederholen! Sie werden dich unter Anklage stellen – wegen seiner Verbreitung.«

Serafima warf Apollinaria vor: »Wie konntet ihr uns nur in eine solche Lage bringen? Nach allem, was wir zusammen durchgemacht haben.«

Ronscha faltete das Blatt zusammen und steckte es wieder in die Brusttasche. Sander sah, daß seine Hände zitterten. Dann sagte er zu Serafima: »Ihr braucht nichts weiter zu tun, als dem Buchstaben des Gesetzes Genüge zu leisten – den Dichter wegen seines abscheulichen Verbrechens anzuzeigen. Damit identifiziert ihr nur einen weiteren Volksfeind, der in den Reihen der Intelligentsia lauert. Die Behörden haben Erfahrung mit solchen Dingen. Sie werden untersuchen, ob das Gedicht das Leben unseres Kreml-Ersteigers bedroht.«

Melor dämmerte, was geschehen war. Er brach los: »Dein Gedicht über den Genossen Stalin ist eine Blasphemie. Und was noch schlimmer ist: Du würdest nicht gewagt haben, es laut vorzutragen, wenn du nicht durch hochgestellte Personen geschützt würdest.«

»So ist es recht«, ermutigte Ronscha Melor. »Suche nur nach den Mitverschwörern, mein Junge.«

Aljoscha Schitkin drückte seine Zigarre auf einer Untertasse aus und stand auf. »Du hast beschlossen, Selbstmord zu begehen«, sagte er ganz ruhig. »Du hast diese Art gewählt. Wir alle werden dich anzeigen müssen, um uns selbst zu retten.«

»Ihr alle müßt eure Wahl treffen«, stimmte Ronscha zu.

Sander ging als letzter. Als die Tür sich hinter Aljoscha geschlossen hatte, versuchte er aufzustehen. Er massierte sein lahmes Bein, griff dann das Kopfbrett des Bettes und zog sich hoch. Apollinaria war schluchzend zusammengebrochen. Ronscha legte einen Arm um sie und flüsterte ihr ins Ohr. »Jetzt ist es vorbei«, hörte Sander ihn sagen.

Sander schlüpfte in seinen Mantel. Er zögerte vor der Decke an der Tür. Ronscha sah auf. Ihre Blicke begegneten sich. Sander sagte sehr förmlich, ohne eine Spur von Ironie: »Es war sehr rücksichtsvoll von euch, nicht Ludmilla einzuladen.«

Ronscha nickte.

Sander betrachtete den Dichter, seine feingeschnittenen Züge, die zarten Linien, die von den Augenwinkeln ausgingen, seine Falkennase, die tiefliegenden Augen und die ungekämmten Haarbüschel, die von seinem Kopf nach allen Richtungen abstanden. Seltsamerweise wirkte er völlig normal und gesund.

Apollinaria wischte sich die Augen an ihrem Samtärmel ab. »Ich danke dir, daß du gekommen bist«, sagte sie zu Sander.

Als Sander mit dem Arm die Decke zurückschlug, rief Ronscha: »Ich mußte meinen Standpunkt klarstellen, sonst hätte ich mich Stück für Stück selbst aufgegeben. Sicher kannst du das verstehen.«

»Du bist dir doch klar darüber, daß er total verrückt ist.«

»Wenn er verrückt ist, ist es eine göttliche Torheit.« Sander schlug den Kragen hoch, denn es war bitterkalt. »Vielleicht gibt es eine Hölle für Dichter, aber er wird nicht darin schmoren.«

Tuohy fragte nach kurzer Pause: »Gehe ich für dich zu schnell?«

»Ein bißchen.«

Tuohy verlangsamte seinen Schritt. Dann schaute er über die Schulter, um sich zu vergewissern, daß sein Wagen ihm noch folgte. Das Automobil fuhr langsam in diskretem Abstand hinter ihnen her. Tuohy blickte Sander an. »Ich wollte mich vergewissern, daß du keine Dummheit begehst.«

Sander zuckte die Achseln.

»Schau«, sagte Tuohy, »du bist ihm nichts schuldig! Es war eine Sauerei, daß er uns dies angetan hat.«

»Atticus, er hat nichts weiter getan, als ein Gedicht vorgelesen! Er hat keine Bombe auf Stalins Auto geworfen und keine Staatsgeheimnisse verraten – sofern du es nicht als Verrat eines Staatsgeheimnisses ansiehst, wenn man Stalin einen Bauernschlächter nennt.«

Tuohy schüttelte finster den Kopf. »Du redest so, als ob es eine Wahlmöglichkeit gäbe. Melor wird ihn bestimmt anzeigen. Und Pascha auch, denn er ist ein aufrechter Mensch, der keine antisowjetische Bemerkung dulden würde! Aljoscha und Serafima werden ihn denunzieren, um sich selbst zu schützen.«

»Und du auch?«

»Selbstverständlich.« Tuohy stieß beklommen die Luft aus. »Wenn ich es nicht täte, würde man auf meinen Grabstein schreiben: ›Hier liegt Atticus Tuohy, ein Arschloch, das es nicht geschafft hat, noch einen weiteren Tag zu kämpfen‹.«

Sander entgegnete: »Jedesmal, wenn wir ein Stück von uns selbst aufgeben, sagen wir, daß wir es täten, um noch einen weiteren Tag leben und kämpfen zu können. Das ist eine sehr bequeme Ausrede. Wir leben. Aber irgendwie schaffen wir es nie, noch einen weiteren Tag zu kämpfen. Verdammt noch mal, Atticus, ich habe einen ebenso starken Selbsterhaltungstrieb wie jeder andere. Aber irgendwo muß ich die Grenze ziehen; einmal ist der Punkt erreicht, wo ich das verteidigen muß, was von mir noch übrig geblieben ist.«

»Eine Grenze zu ziehen ist ein Luxus, den du dir in Rußland nicht leisten kannst, wenn du überleben willst«, sagte Tuohy leise.

Sander ließ nicht locker: »Wir haben keine Revolution gemacht, um Menschen dafür zu töten, daß sie Gedichte schreiben.«

»Bedenke, was von unserer Revolution abhängt. Es gibt keine Alternative«, erklärte Tuohy hartnäckig.

»Schöne Alternative! Sieh dich doch nur um, Atticus! Jeden Tag verschwinden Leute. Bücher verschwinden von den Regalen. Porträts verschwinden von den Wänden und hinterlassen Flecken an den Stellen, wo sie jahrelang gehangen haben. Photographien verschwinden aus den Alben. Alte Briefe verschwinden aus den Schubladen, weil wir nicht wagen, sie aufzuheben, da der Schreiber sich über Stalin nachteilig geäußert haben könnte. Gästelisten werden vernichtet, sobald der letzte Besucher zur Tür hinaus ist.« Sander warf den Kopf zurück und tat einen tiefen Atemzug, um die eisige Kälte in Kehle und Lungen zu genießen. »Selbst wenn ich es wollte, sehe ich keinen Weg, Ronscha anzuzeigen. Vielleicht ist er Ludmillas Vater.«

Tuohy blieb stehen. »Hat Lili dir das gesagt?«

Sander nickte. »Sie hatte in Paris ein Verhältnis mit ihm.«

»Darum also hat sie ihn im Dampfboot aufgenommen. Sie schützte den Vater ihres Kindes.« Tuohy dachte kurz darüber nach. »Soweit ich sehe, ändert das nichts.« Er blickte auf die Armbanduhr und winkte dem Fahrer. »Ich hatte draußen auf dich gewartet wegen der alten Zeiten«, sagte er.

»Das weiß ich zu schätzen, Atticus.«

»Denk über das nach, was ich gesagt habe!«

Der Wagen war herangekommen, und der Fahrer stieg aus, um die hintere Tür aufzuhalten.

Tuohy warf einen Blick auf den Fahrer. »Macht es dir etwas aus, wenn wir uns nicht die Hand geben?«

»Ich verstehe.«

»Du würdest mir einen Riesengefallen tun, wenn du dieses Gespräch niemandem gegenüber erwähnen würdest.«

»Du kannst dich auf mich verlassen.«

»Bis zum nächsten Mal«, sagte Tuohy. Er bückte sich in den Rücksitz des Automobils. Die Tür schlug hinter ihm zu. Einen Augenblick später schwenkte der Wagen auf die Fahrbahnmitte und verschwand auf der von Schnee bedeckten Straße.

Sander ging nicht direkt nach Hause. Er stieg an der Gorki-Straße in einen anderen Omnibus und ging dann vom Weißrussischen Bahnhof die zwei Blocks zu den neuen Wohnkomplexen, die dahinter aufragten. Die letzten hundert Meter waren noch ohne Straßenbelag, und er mußte wie ein Seiltänzer auf den Brettern gehen, die den Entwässerungsgraben überbrückten. Hinter der Eingangstür war der Nachtwächter über seinem Tisch zusammengesunken. Eine leere Flasche billigen Weines und ein schmutziges Glas standen vor ihm. Sander ging auf Zehenspitzen vorbei, stieg zum zweiten Stock hoch und läutete an der letzten Tür des Ganges. Kurz darauf sah er Licht unter der Tür hervorscheinen. Dann hörte er, wie Mascha näher kam. »Wer ist da?« rief sie; und Sander bemerkte die Angst in ihrer gepreßten Stimme. Er konnte sogar hören, wie sie den Atem einzog, als sie ein Ohr an die Tür drückte und auf Antwort wartete. Sander war sich bewußt, daß die Leute heute mit besonderer Intensität *horchten.* Vollkommen gesunde Russen mit optimaler Sehkraft hatten den empfindlichen Gehörsinn von Blinden entwickelt. Sie vernahmen das entfernte Quietschen von Automobilbremsen in der nächtlichen Stille, Männerschritte im Treppenhaus, mochten sie noch so gedämpft klingen, das Klopfen an einer Tür, die zwei Stockwerke tiefer lag, geflüsterte Abschiedsworte und leises Schluchzen derer, die zurückblieben.

»Ich bin es«, murmelte Sander, die Lippen an die Tür gedrückt.

Mascha entfernte die Sperrkette und riß die Tür auf. »Hast du mich erschreckt!« schimpfte sie und ließ ihn herein. Dann schloß sie rasch wieder die Tür, ärgerlich und zugleich erleichtert.

Sie hatten sich vor zwei Jahren kennengelernt. Mascha war eine recht bekannte Filmschauspielerin und hatte sich mit Sander, der als Übersetzer bei der sowjetischen Nachrichtenagentur TASS arbeitete, zusammengetan, um die Untertitel für einen amerikanischen Film herzustellen und sich dadurch ein Zubrot zu verschaffen.

»Du hast mir wirklich einen Schrecken eingejagt.« Mit diesen Worten klemmte sie sich eine russische Zigarette zwischen die Lippen und zündete sie an. Hinter einer Rauchwolke erklärte sie: »Ich habe es aufgegeben, amerikanische Zigaretten zu rauchen. In diesen Tagen kann man nicht vorsichtig genug sein. Warum bist du also gekommen?«

»Ich könnte in eine brenzlige Situation geraten«, sagte Sander vorsichtig.

Aus Maschas Gesicht schien das Blut zu weichen. Sie sank in einen Sessel, und ihre Augen blickten ihn verängstigt an.

»Ich habe mir etwas ausgedacht, um dich zu schützen«, sagte Sander. »Deshalb bin ich gekommen.«

Mascha beugte sich vor. »Wie denn?«

»Ich möchte, daß du einen Brief schreibst, in dem du mit mir brichst. Datiere ihn zurück auf deinen Aufenthalt in Leningrad vor drei Monten. Ich werde dir sagen, was du schreiben mußt – etwas in dem Sinne, daß du zu dem Eindruck gekommen wärest, daß ich für den Kommunismus oder den Genossen Stalin nicht so begeistert wäre, wie es sein sollte. Ich werde den Brief in meinen Schreibtisch legen. Wenn ich verhaftet werde, wird man ihn bestimmt finden. Falls sie dir Fragen stellen, mußt du diese Rolle weiterspielen. Als zusätzliche Sicherheit werde ich einen Brief an dich schreiben, der eine Antwort auf deinen Brief darstellt. Ich werde zum Beispiel schreiben, daß ich etwa deine Verehrung für Stalin naiv fände. Dann bist du aus dem Schneider.«

»Wäre es nicht besser zu sagen, daß ich dich überhaupt nicht kenne?«

»Man hat uns zusammen gesehen.«

»Glaubst du wirklich, daß die Sache mit den Briefen funktionieren wird?«

»Ja.« Sander zögerte einen Moment. »Mascha, dafür mußt du mir aber einen Gefallen tun.«

Ihre Augen blinzelten.

»Hast du noch diese Wohnung in Alma Ata?«

Mascha begann, an einem Fingernagel zu knabbern.

»Du hast mir einmal erzählt, du hättest gern jemanden, der sich darum kümmern würde, aber du hättest Angst, daß man dich als Kapitalistin ansehen könnte, wenn du jemanden ganztägig beschäftigen würdest.«

Mascha nickte.

Sander fuhr fort: »Ich glaube, ich kenne eine Frau, die das machen würde. Sie braucht einige Distanz zwischen sich und Moskau. Hör zu, Mascha, ich werde dich schützen – wenn du sie schützt. Du brauchst ihr nichts zu bezahlen, daher kann man dir auch nicht vorwerfen, daß du jemand ausbeutest. Du kannst ihr die Wohnung leihen und das niemandem gegenüber erwähnen. Sie wird sich dafür um sie kümmern, während sie Forschungen für ihre Dissertation betreibt.« Sander schien jetzt mehr zu sich selbst zu sprechen. »So könnte sie für einige Jahre untertauchen. Die Forschungsarbeit wird ziemlich lange dauern. Je länger, desto besser.«

Er hatte daran gedacht, einfach zur Arbeit zu gehen und Ludmilla eine Nachricht zu hinterlassen. Aber dann ließ er diesen Gedanken fallen.

Er hatte in der Nacht kein Auge zugedrückt, fühlte sich aber nicht im geringsten müde. Er duschte, rasierte sich, zog frische Kleidung an und goß etwas Ersatzkaffee auf. Dabei ließ er die Tür offen, in der Hoffnung, daß das Aroma sie früher als sonst wach machen würde. Schließlich kam sie barfuß in einem alten Bademantel in sein Zimmer und fuhr mit den Fingern durch ihr nackenlanges Haar, um etwas Ordnung hineinzubringen. »Was meinst du, Alexander, rechtfertigt der Zweck die Mittel?« fragte sie schläfrig und kuschelte sich in einen Sessel.

»Das kommt darauf an«, sagte er ausweichend.

»Auf was?«

»Es kommt darauf an, was für Zwecke und was für Mittel du meinst. Daher müßte die Frage anders formuliert werden. Rechtfertigt ein bestimmter Zweck ein bestimmtes Mittel?«

Ludmilla ließ diese Worte wirken. Dann schüttelte sie nachdenklich den Kopf. »Das funktioniert nicht. In der realen Welt muß man manchmal ein bestimmtes Mittel bewerten, ohne genau zu wissen, welches Ergebnis dabei herauskommen wird. Damit bin ich wieder bei meiner ursprünglichen Frage. Also: Rechtfertigen die Zwecke im allgemeinen ihre Mittel?«

Sander zuckte ungeduldig die Achseln. »Theoretisch könnte man sagen, daß sie es manchmal tun und manchmal nicht. Warum fragst du?«

»Darüber wurde gestern abend beim Komsomol der Kunstakademie gesprochen«, erklärte Ludmilla lachend. »Später, bei der Diskussion, fragte jemand, wieso alle die Saboteure und Spione, die man heutzutage erschießt, zuvor immer auf hohe Posten gesetzt wurden. Die Funktionärin druckste einige Zeit herum und sagte dann, daß die Saboteure und Spione zuvor weder sabotiert noch spioniert hätten. Sie hätten vielmehr gute Arbeit geleistet, um sich in höhere Stellungen einzuschleichen, damit sie dann sabotieren und spionieren könnten. Ich mußte mich sehr zusammennehmen, um nicht laut loszulachen.« Ludmilla rieb sich den Schlaf aus den Augen. »Die sind doch komplett verrückt, nicht wahr?« Ohne auf eine Antwort zu warten, fragte sie: »Wie war es gestern abend bei Ronscha?«

»Ich wollte mit dir gerade über das reden, was gestern bei Ronscha passiert ist.«

Etwas in seiner Stimme mußte sie alarmiert haben, denn sie wirkte sofort hellwach. »Was...?«

»Es geht um folgendes«, begann Sander und erzählte ihr von Ronschas Gedicht.

Einen Augenblick lang schwiegen beide. Dann fragte Ludmilla: »War Melor da?«

Sander nickte.

Ludmillas Augen verengten sich. »Der kleine Schuft wird ihn wahrscheinlich denunzieren.«

»Nicht nur Melor, auch Atticus und die anderen werden ihn denunzieren, um sich zu schützen.«

»Und du, Alexander, was wirst du tun?«

»Ich werde tun, was ich schon längst getan haben sollte. Ich werde das tun, was Ronscha von mir erwartet hat, als er mich einlud, der erste Leser seines Gedichts zu werden.«

Ludmilla sagte heftig: »Ich hasse Ronscha dafür, daß er dich in diese Lage gebracht hat.«

Sander zog einen Stuhl zu ihr hinüber und setzte sich. Ihre Knie berührten sich beinahe. Er sprach sehr leise, fast flüsternd zu ihr. »Ronscha hat mir nichts angetan. Ich selbst tue mir dies an. Ronscha hat mich an etwas erinnert, das ich vergessen hatte – nämlich, daß jeder Mensch Stellung beziehen muß. Ich habe meine Wahl getroffen. Die Art, wie Ronscha das kleine Gedicht vorgetragen hat, war selbst ein Stück Poesie. Er demonstrierte, daß Rußland ein Land geworden ist, wo jeder verzweifelt bemüht ist, lieber ein Komplize als ein Opfer zu werden. Jeder – außer ihm. Und außer mir. Und wenn er durchhält und ich auch, dann wird sich vielleicht etwas ändern. Vielleicht werden auch andere sich weigern, das Spiel länger mitzumachen, und sich gegen das Unrecht stellen.«

In Ludmillas Augen funkelten Tränen. »Ich kann ohne dich nicht leben, Alexander. Hast du daran gedacht?«

Er nahm ihre Hände in die seinen. Sie waren kühl und feucht. »Ich habe die ganze Nacht an fast nichts anderes gedacht«, sagte er. »Vor langer Zeit war sich deine Mutter darüber klar, daß sie entweder Komplize oder Opfer sein würde. Sie hatte Angst vor dem Sterben; aber sie rang sich doch zu einer Entscheidung durch. Ich konnte ihr nie sagen, wie sehr ich sie bewunderte. Ich habe sie vor ihrer ... Exekution gesehen ... Es ging mir wie jetzt dir ... Ich folge ihr jetzt nach.«

Ludmilla fragte mit tonloser Stimme: »Wie kann ich dir helfen?«

»Du kannst mir helfen, indem du weggehst.«

»Weggehen? Wohin?«

Sander erzählte ihr von Maschas Wohnung in Alma Ata. Niemand würde Fragen stellen, wenn eine junge Frau sich um eine Wohnung kümmerte und Forschungen über die Kunst Zentralasiens anstellte. Selbst wenn jemand Nachforschungen anstellte, würde sie so schnell niemand mit einem Volksfeind namens Til im fernen Moskau in Verbindung bringen.

Ludmilla kniete sich neben dem Körbchen hin und kraulte die alte Katze unter dem Kinn. Dann schaute sie zu Sander auf.

»Und wann muß ich gehen?«

»Heute noch. Sofort!«

»Was wird mit Ronscha passieren?«

Sander warf ihr nur einen Blick zu. Sie vergrub ihr Gesicht in dem Fell der Katze. Als sie sprach, war ihre Stimme verschleiert.

»Wenn ich denke, daß ich heute morgen einen neuen Witz für dich bereit hatte.«

»Erzähl ihn ruhig!« sagte Sander leise.

Ludmilla lächelte in Tränen. Sie wagte nur, leise zu flüstern. »Ich habe in der Jugendzeitung gelesen, daß der Kulturminister die Gründung von Quartetten mit zehn Mann angeordnet hat. Das ist wahr. Ich schwöre es. Alles Sowjetische muß größer sein, um besser zu sein. Daher Quartette mit zehn Mann!«

Irgendwie konnte keiner von beiden lachen.

Wenn er sich zusammennahm, konnte Sander sehr methodisch vorgehen. Er hatte ein Taxi angehalten, Ludmillas beide Koffer eingeladen und das Mädchen damit zum Bahnhof geschickt. Dann ging er daran, systematisch alle Spuren zu verwischen, die dem NKWD helfen könnten, sie aufzuspüren. Er ging mehrere Photoalben und Briefumschläge voller Bilder durch und verbrannte jedes Bild von Ludmilla. Dann beseitigte er alle Briefe und Postkarten, die er ihr im Laufe der Jahre geschrieben hatte – sie befanden sich in einer Schuhschachtel unter ihrem Bett – und die wenigen, die sie an ihn geschrieben hatte. Danach verbrannte er ihre Schulhefte und ihre Zeugnisse. Er versteckte ihre Bücher im Keller unter einem Stapel von Büchern des alten Juden, in denen der Name Gottes vorkam. Er verbrannte ihre englisches Wörterbuch, ihre englische Grammatik und die beiden Hefte des *Life*-Magazins, die sie bekommen hatte, als sie in einem Sommer als Reiseführerin gearbeitet hatte. Er verbrannte ihren Kalender mit den Randnotizen – «S's Geburtstag« oder »R's erste Lesung«. Er verbrannte sogar ihre Sammlung von alten Theaterbillets. Während er all dies tat, überlegte er, was er ihnen erzählen würde. Sie hatte sich in einen Jungen verliebt. Es hatte einen Krach gegeben, sie hatte ihre Sache gepackt und war mit ihm abgehauen. Nein, er hatte nicht die leiseste Idee, wer der Junge war. Nein, er wußte auch nicht, wohin sie gegangen waren.

Das Schwerste hatte Sander bis zuletzt aufgehoben. Er nahm einen Teelöffel braunes Rattengift aus einer Schachtel in einem Regal im Badezimmer, mischte es im übriggebliebenen Reis und Fisch zu einer Kugel und legte sie in den Teller neben dem Körbchen der alten Katze. Die Katze verfolgte ohne Blinzeln alle seine Bewegungen. Sander hatte das Gefühl, daß sie genau verstand, was geschah. Nun gut, sie hatte ein langes Leben gehabt. Das war mehr, als in diesen Tagen die meisten Menschen erwarten durften.

Im weiteren Verlauf des Morgens nahm er den Bus zur Innenstadt und begab sich in sein Büro. Seit acht Jahren hatte Sander für die TASS gearbeitet, die kurz nach der Revolution gegründete Sowjetische Nachrichtenagentur. TASS erschien in drei Versionen: *grün* mit sorgfältig geprüften Nachrichten, die für die Öffentlichkeit bestimmt waren; *weiß* mit detaillierteren Meldungen, die täglich an Staatsministerien und diverse Parteifunktionäre gingen; und *rot* mit den Meldungen, die nur für die Spitzen von Regierung und Partei bestimmt waren. Sanders Arbeit bestand darin, die *New York Times* und die Londoner *Times* zu lesen, die täglich als Diplomatengepäck eingingen, um die wichtigsten Nachrichten für die rote TASS zu übersetzen und zusammenzufassen. Als er sich an seinen Schreibtisch setzte und die letzte Nummer der Londoner *Times* aufschlug, kam ihm in den Sinn, daß er noch nicht alle Brücken hinter sich abgebrochen hatte. Er konnte immer noch eine einzeilige Denunziation schreiben und in den Briefkasten der Vorhalle stecken. Sie würden ärgerlich auf ihn sein, weil er sie mit der Post geschickt hätte, anstatt telefonisch Meldung zu erstatten. Aber er wäre gerettet. Und wem wäre geschadet? Es würde ihnen nur etwas mitteilen, das sie sowieso schon wußten. Ronscha würde nie herausbekommen, wer ihn denunziert hatte – und wer nicht. Ludmilla würde freudestrahlend aus Zentralasien zurückeilen mit irgendeinem ulkigen Zeitungsausschnitt – etwa, daß der Sowjetische Gesundheitskommissar den Blinddarm zu einem »bourgeoisen atavistischen Anhängsel« erklärt hätte, das sich jeder Kommunist herausoperieren lassen müßte, oder ähnlichem Blödsinn. Er konnte beinahe Ludmillas ansteckendes Lachen hören, wenn sie durchs Zimmer stürmte. Bei etwas Glück würde die Katze die Kugel aus Reis und Fisch in ihrem Teller verschmäht haben und wäre noch am Leben. Und Sander könnte »leben, um noch einen weiteren Tag zu kämpfen«, wie Tuohy es formuliert hatte.

Das erschien alles so einfach und so logisch. Sander zermarterte sein Gehirn. Machte er sich nicht selbst zum Narren? Es war ja nicht so, daß er Ronscha *retten* konnte, indem er ihn nicht anzeigte. Ronschas Schicksal war entschieden.

Sander nahm ein Blatt Papier aus der Schreibtischschublade. Er hatte noch nie eine Denunziation verfaßt. Er betrachtete die Decke des Raumes und überlegte, wie er sie am besten formulieren könnte.

Die Kollegin am Nachbartisch, eine Frau Mitte Dreißig, zupfte Sander am Ellbogen. »Ich glaube, ich habe etwas für die rote TASS von morgen gefunden«, sagte sie leise. Sie hielt einen Artikel hoch, den sie aus einer der Berliner Zeitungen ausgeschnitten hatte, die sie regelmäßig las. »Erkennen Sie die wieder?«

In den Artikel war die schlechte Photographie einer mageren jungen Frau eingefügt, mit hagerem Gesicht und dunklen, zauberhaften Augen. Sander konnte noch die Stimme der Frau auf der Photographie hören, wie sie ihm sagte: »Meine geistige Gesundheit schwindet... Ich will für Sie beten auch dann, wenn ich mich nicht mehr an Sie erinnern kann.«

Es war ohne Zweifel Anastasia, die ihn aus der deutschen Zeitung anstarrte.

»Was für eine unglaubliche Geschichte«, sagte die Kollegin vom Nachbartisch. »Die Frau behauptet, Anastasia zu sein, die Tochter des Zaren Nikolaus. Sie sagt, sie wäre aus Rußland entkommen, nachdem ihr Vater erschossen wurde. Sie hat Jahre in deutschen Irrenanstalten verbracht. Manche sagen, sie wäre eine Schwindlerin. Aber sie spricht Russisch und scheint intime Details über das Leben der Zarenfamilie zu kennen – Spitznamen und dergleichen. Das kann doch aber nicht wahr sein, oder doch? Da muß es irgendein Kapitalistenkomplott geben von Leuten, die das Geld in ihre Finger bekommen möchten, das der Zar in den Schweizer Banken deponiert hatte. Trotzdem meine ich, daß wir den Artikel verteilen sollten. Was meinen Sie, Alexander? Alexander – Sie haben überhaupt nicht zugehört!«

Damit war alles entschieden. Lili hatte es geschafft, ihm eine Botschaft aus der Vergangenheit zu senden. Der Versuch, das Leben Anastasias zu retten, war auch eine hoffnungslos sentimentale Aktion gewesen. Die Chancen, daß sie lebendig herauskommen würde, hatten eins zu einer Million gestanden. Und doch war sie jetzt in Deutschland.

Sander zerknüllte das Blatt Papier auf seinem Schreibtisch. Wie bequem es doch war, zum Komplizen von Machthabern zu werden, um die eigene Haut zu retten. Gut, er mochte hoffnungslos sentimental sein, aber diese Sentimentalität diente wenigstens einer guten Sache.

Als Sander an diesem Abend wieder nach Hause kam, sah er sogleich nach der Katze. Sie lag leblos in ihrem Körbchen. Der Kloß aus Reis und Fisch war verschwunden. Er legte ein Handtuch über den Körper des Tieres und holte einen kleinen Pappkoffer aus dem Schrank und packte einige Sachen hinein, die er brauchen könnte, falls er sie mitnehmen dürfte: zwei Paar wollene Socken, etwas Unterwäsche, ein Reservehemd, ein Handtuch, ein Stück Seife, eine Packung Zahnpulver und eine Zahnbürste. Ein Rasiermesser kam nicht in Frage; solche Dinge nahmen sie einem sofort weg, damit man sich nicht selbst töten konnte, bevor sie einen töten wollten. Dann schaute er sich im Zimmer um. Er freute sich, daß er daran gedacht hatte, Ludmilla die Zeichnung von Lili mitzugeben. Einen Schnappschuß von Lili vor der Kremlmauer steckte er in die Jackentasche.

Sander spürte jetzt, daß er seit sechsunddreißig Stunden nicht geschlafen hatte. Er machte das Licht aus, entledigte sich seiner Stiefel und kroch völlig angezogen ins Bett. In seinem Kopf wirbelten so viele Bilder durcheinander, daß er sich ganz benommen fühlte. Nun, gleich würde er einschlafen. Aber ein Winkel seines Gehirns würde wach bleiben, bestrebt, das leiseste Kreischen von Automobilbremsen wahrzunehmen, das Stampfen von Schuhen mit dicken Sohlen auf der Treppe und das Klopfen an seiner Tür...

Ronscha hatte den Morgen damit verbracht, Bündel seiner Gedichte und Korrespondenz einigen Freunden zur Aufbewahrung zu geben. Am Nachmittag ging er mit Appolinaria in die nahe gelegene Bibliothek, die er in seiner Jugend eifrig besucht hatte. Sie gingen untergehakt und sprachen nur wenig – meist von Vergangenem. Ronscha sagte unter anderem: »Erinnerst du dich, wie ich zum ersten Mal den Mut aufbrachte, dich zu küssen. Du hast den Kopf abgewandt und gesagt: ›Ich lebe nicht in meinen Lippen. Wer mich küßt, verfehlt mich‹.«

Appolinaria erwiderte: »Ich hatte keine Erfahrung mit körperlicher Liebe. Du hast mich die Dinge anders sehen lassen.«

Während sie an dem Puschkindenkmal vorbeigingen, überlegte Ronscha: »Es ist recht einfach gewesen, in Rußland ein Dichter zu sein. Der Staat – sei es der Zar oder ein Kommissar – ragt so hoch auf, daß er zum offenkundigen Feind wird. Wir Dichter waren immer gegen sie.«

Am Abend kehrten sie in die Baracke zurück und füllten zwei Kleidersäcke mit Reservekleidung und Toilettenartikeln. Appolinaria tat noch ein dünnes Bändchen von Ronschas früher Lyrik sowie Stricknadeln und Wolle in ihren Sack. Ronscha zögerte lange, ehe er ein Buch aus den selbstgebauten Regalen auswählte. Er liebte Gogol und bewunderte Pasternak, die Zwetajewa und die Achmatowa. Seine Finger streichelten die Rücken von Büchern, die er wohl nie wieder sehen würde. »Dante, Marlowe, Milton,

Defoe, Byron, Kipling hatten eines gemeinsam – sie waren alle Spione!« Er schwankte vor einem Band Baudelaire, schlug ihn aufs Geratewohl auf und las laut einige Zeilen eines Gedichts. Dann sagte er: »Baudelaire glaubte, daß ihn jedes Gedicht einen Orgasmus kostete.«

»Das war nie dein Problem«, erwiderte Appolinaria.

Ronscha nickte zustimmend. »Und Marlowe hat geglaubt, ihn koste jeder Orgasmus einen Tag seines Lebens.« Er lächelte schwach.

Appolinaria wandte den Blick ab. Er sollte ihre Tränen nicht sehen.

Schließlich entschloß Ronscha sich, einen Band mit Gedichten von Puschkin mitzunehmen. Das Buch war so klein, daß er es in die Jackentasche stecken konnte, und die Gedichte waren so atemberaubend schön, daß sie ihn für den verbliebenen Rest seines Lebens beglücken könnten.

Den Mantel über die Schultern geworfen nahm Ronscha neben seiner Frau auf dem Bett Platz und wartete.

2

Der Tunnelschild war durch brüchigen Kalkstein vorgetrieben worden, als er plötzlich am Morgen auf eine unterirdische Wasserader stieß. Es hatte keine Vorwarnung gegeben. In der einen Minute ging alles nach Plan; der Vorarbeiter der Schicht hatte sogar telefonisch angekündigt, daß er erwartete, sein Soll zu erfüllen. Im nächsten Augenblick spritzte eiskaltes Wasser durch die Ritzen und ertränkte siebenunddreißig der vierundvierzig Männer im Schacht. Die Ingenieure schlossen rasch einen weiteren Kompressor an, erhöhten den Überdruck im Tunnel auf zwei Atmosphären – doppelt soviel, wie die Norm betrug. Langsam begannen die Pumpen des Wassers Herr zu werden. Aber die sieben Überlebenden und die siebzehn Männer, die zur Bekämpfung der Überflutung eingesetzt worden waren, bekamen Magenkrämpfe, weil sich in ihrem Blut Stickstoffblasen bildeten. Die Ingenieure baten um Genehmigung, sie herauszuholen, aber der dem Moskauer U-Bahnprojekt vorstehende Chefassistent, ein stämmiger vierzigjähriger Ukrainer namens Nikita Chruschtschow, lehnte ab. Er tobte: »Das ist der zweite Unfall innerhalb von drei Tagen. Jedesmal, wenn die Bastarde nasse Füße bekommen, sollen wir ihnen Händchen halten.« Er deutete mit seinem dicken Zeigefinger auf Tuohy. »Die ruinieren den ganzen Schacht, indem sie sich als Ingenieure aufspielen. Machen

Sie ihnen folgendes klar: Ich verlange, daß der Schild in jeder Schicht einen vollen Meter vorgetrieben wird. Ein Zentimeter weniger wird als Sabotage angesehen!«

Tuohy war der höchste NKWD-Mann bei dem U-Bahnprojekt. Man hatte ihm diesen Job zugewiesen wegen seines kurzen Gastspiels an der Bergbauschule und seiner Erfahrung beim Bau des ersten New Yorker U-Bahntunnels vor vielen Jahren. Theoretisch hätte er imstande sein sollen, den Vortrieb zu inspizieren und mit einem Blick zu erkennen, wer zu langsam arbeitete. In der Praxis aber zählte nicht das Wissen Tuohys über Tunnelbau, sondern seine Menschenkenntnis.

Und seine Menschenkenntnis bestand darin, zu wissen, daß die Leute durch Angst hypnotisiert waren: Sie fürchteten, ihre Namen könnten eines Tages auf der Liste erscheinen, die jeden Abend über Stalins Schreibtisch ging und die er mit seinen Initialen in der oberen rechten Ecke zu »besiegeln« pflegte.

Am nächsten Tage wurde jeder, dessen Name auf der Liste stand, in der Morgendämmerung erschossen.

Vor dem Tode Kirows hatte sich der Terror in Sowjetrußland größtenteils gegen wirkliche Feinde gerichtet: Kulaken, Menschewiki, Sozialrevolutionäre, Gutsbesitzer, Kapitalisten – kurzum gegen Leute, die das Regime hätten stürzen können, wenn sie die Macht besessen hätten. Seit Kirows Tod aber war der Terror willkürlich geworden. Er traf bolschewistische Veteranen, Funktionäre, die ihren Aufstieg Trotzki zu verdanken hatten, Revolutionäre, die Stalin noch in den Tagen jugendlicher Unerfahrenheit gekannt hatten, eine Menge von Stalin persönlich nahestehenden Leuten, die den Fehler begingen, sich für andere Opfer der Säuberung einzusetzen.

Der Wahnsinn hatte eine Methode. Leute, die der Säuberung entgingen, quälten sich mit eingebildeten Verratshandlungen und gingen eifriger als zuvor wieder an ihre Arbeit, um ihre Schuld zu verbergen.

Tuohy watete in einem Paar hüfthoher Fischerstiefel durch knietiefes Wasser zu der hölzernen Plattform, die den Ingenieuren als vorgeschobener Befehlsstand diente. Einer von ihnen, ein bärtiger Mann mittleren Alters mit echt jüdisch klingendem Namen, breitete auf dem Arbeitstisch einen feuchten Plan aus. »Direkt über dem Kalkstein befindet sich eine Kruste aus Jura-Ton«, brüllte er über das Donnern der Kompressoren hinweg. »Unser Schild hat offenbar einen unterirdischen Fluß angezapft und nach oben in die Tonkruste abgelenkt.« Er zeigte mit einem von Schlamm beschmutzten Finger auf einen Seitenriß des Tunnels.

»Der Ton quillt auf«, rief ein zweiter Ingenieur. »Wenn wir den Druck im

Tunnelkopf nicht aufrechterhalten, wird der Ton die äußere Verschalung zerdrücken.«

»Ich sehe nicht, worin das Problem liegt«, rief Tuohy ungeduldig zurück. »Erhöht den Druck noch weiter, wenn es nötig ist«, fuhr er fort, »und behaltet ihn bei, bis der Tunnelkopf von Wasser frei ist und die Männer die Verschalung mit Zement verstärkt haben!«

»Zement braucht vierundzwanzig Stunden, um sich zu setzen«, rief der jüdische Ingenieur. Seine Stimme war heiser, weil er schon den ganzen Tag hatte schreien müssen. »Bis dahin sind die Männer, die darin arbeiten, tot.«

Tuohy brüllte: »Habt ihr eine Alternative anzubieten?«

Die beiden Ingenieure schauten sich an und schweigen.

Tuohy schrie: »Genosse Chruschtschow ist wütend wegen dieser Verzögerung. Angenommen, ihr könnt den Tunnelkopf von Wasser frei machen und die Verschalung mit Zement sichern, wie weit werdet ihr dann in dieser Schicht vorangekommen sein?«

»Vielleicht einen halben Meter«, schrie der jüdische Ingenieur. »Vielleicht weniger.«

»Dann muß die nächste Schicht eineinhalb Meter schaffen, um aufzuholen«, rief Tuohy.

»Das ist unter diesen Bedingungen unmöglich«, schrie der jüdische Ingenieur.

»Wenn ihr größere Risiken eingeht, könnt ihr eineinhalb Meter schaffen.«

»Es gibt Grenzen für das, was wir tun können«, wandte der zweite Ingenieur ein.

»Der Genosse Stalin hat beschlossen, der Welt zu zeigen, was sozialistische Arbeiter und sozialistische Technik zu vollbringen vermögen«, schrie Tuohy zurück. »Erzählt mir also nicht, daß es Grenzen gibt für das, was ihr tun könnt! Wenn ihr die Quoten nicht schafft, werden wir Ingenieure finden, die es können.«

Gerade, als Tuohy am nächsten Morgen den Tunnel inspizierte, begann man, die Arbeiter herauszuschaffen, die in der Drucksektion des Tunnelkopfes gewesen waren. Die ersten vierzehn wurden auf Brettern herausgetragen. Sie waren tot. Man sah an ihren verzerrten Gliedern, daß sie nicht ohne Schmerzen gestorben waren. Weitere acht Arbeiter kamen auf Bahren heraus. Sie wimmerten vor Schmerz und japsten vor Atemnot.

Im NKWD-Hauptquartier, gegenüber dem Büro Chruschtschows, diktierte Tuohy seinen Bericht. Es hatte eine Panne gegeben, das war klar. Das Wasser hätte nie einbrechen dürfen; und danach hätte man es wirksamer herauspumpen müssen. Wenn die hölzerne Verschalung mit dem quellenden Ton fertig geworden wäre, hätten die Männer sie nicht mit Zement verstärken müssen. Offenbar versuchte einer der beiden U-Bahningenieure, das Projekt zu sabotieren. Vermutlich erhielt er seine Anweisungen von den Deutschen. Seine sofortige Verhaftung wurde befohlen. Tuohy erwartete, daß das schriftliche Geständnis des Mannes binnen vierundzwanzig Stunden auf seinem Schreibtisch liegen würde.

Ein junger NKWD-Rekrut, der erst kürzlich aus der Ukraine nach Moskau versetzt worden war und bemüht war, sich zu bewähren, fragte Tuohy, welcher der beiden Ingenieure wegen Sabotage angeklagt werden sollte.

»Einer von beiden«, antwortete Tuohy. »Das spielt keine Rolle. Sie haben beide an diesem oder jenem Schuld. Der, den wir nicht verhaften, wird um so mehr bemüht sein, uns von seiner Unschuld zu überzeugen.«

Der Rekrut ging zur Tür, um den Befehl auszuführen. Tuohy rief ihm nach: »Ich meine, man sollte den Juden verhaften. Vermutlich hat er mehr Schuld als der andere.«

Im Laufe der Jahre war Tuohys Gesicht voller geworden – ebenso wie sein Bauch. Er näherte sich jetzt seinem fünfundvierzigsten Geburtstag und trug das Haar nicht mehr in der Mitte, sondern seitlich gescheitelt. Dadurch konnte er es schräg nach hinten klatschen, um eine Stelle zu bedecken, an der sein Haar dünn geworden war. Doch er war immer noch scharf auf Frauen. Er hatte zahlreiche Affären gehabt. Frauen versäumten nur selten eine Gelegenheit, mit einem Tschekisten zu schlafen. Nachdem sie seinen Orgasmus überstanden hatten, pflegten sie zu wichtigeren Dingen überzugehen. »Es geht um den Mann meiner Schwester«, flüsterte ihm eine Frau ins Ohr. »Er wurde am Mittwoch voriger Woche verhaftet. Sie beschuldigen ihn, die Butterproduktion sabotiert zu haben. Glaub mir, er ist vollkommen unschuldig. Jeden Tag hat er vom Genossen Stalin in den verehrungsvollsten Ausdrücken gesprochen. Da liegt ein offenkundiger Irrtum vor.«

Bei solchen Gelegenheiten – und es gab deren viele – machte Tuohy sich die Mühe, den Namen des Mannes auf einem Zettel zu notieren. Aber das einzige, was er tat, war, daß er die Mätressen wechselte. Er wollte auf keinen Fall das Risiko eingehen, mit Verwandten von Leuten in Verbindung gebracht zu werden, die die Butterproduktion sabotierten.

Falls Arischka von seinen Eskapaden wußte, machte sie ihm keine Szenen – und Tuohy wußte ihre Diskretion zu schätzen. In Anbetracht der Wände des Neubaus, in dem sie wohnten, hätte es gleich die ganze Nachbarschaft erfahren.

Trotz der dünnen Wände lebten Tuohy und Arischka für sowjetische Verhältnisse äußerst komfortabel. Sie hatten eine Wohnung von fünfundsechzig Quadratmetern für sich allein, konnten über einen Wagen mit Chauffeur verfügen, hatten Zugang zum Einkaufsgeschäft der Tscheka und das Recht auf kostenlosen Urlaub in einem Erholungsheim der Tscheka am Schwarzen Meer.

Als Tuohy von der Baustelle heimkam, ließ er seine hüfthohen Stiefel beim Pförtner, damit er sie abspülte und im Heizungsraum trocknete. Am Aufzug hing wieder das Schild »Außer Betrieb«. Seit sie eingezogen waren, war er mehr defekt als in Ordnung gewesen. Also mußte er fünf Treppen hinaufsteigen, was seine Laune keineswegs verbesserte. Als er eintrat, hörte er Arischkas Nähmaschine brummen. Dann hörte das Geräusch abrupt auf, und Arischka erschien an der Tür zum Schlafzimmer.

»Ich habe überall angerufen. Wo bist du gewesen?« fragte sie zornig.

»Ich war unten im Tunnelvortrieb und habe den Schaden von der gestrigen Überflutung inspiziert.«

»Dein Assistent sagte, du wärst dort um vier weggegangen. Jetzt ist es fünf vor acht.«

Tuohy nahm sich vor, mit dem Assistenten zu sprechen. »Ich bin beim Hauptquartier vorbeigegangen, um einige neue Richtlinien zu erhalten. Was soll dieses Verhör?«

Arischka senkte die Stimme. »Warum gibst du nicht zu, daß du bei deiner Geliebten gewesen bist? Mir ist das ganz gleich.«

»Wenn es dir ganz gleich ist, warum bringst du es dann zur Sprache?«

Arischka drehte sich um und ging ins Zimmer zurück. »Ich habe heute morgen zufällig beim Hauptpostamt Serafima getroffen«, sagte sie über die Schulter. »Wir bezahlten beide unsere Telefonrechnungen. Sie hat mir erzählt, was vorgestern abend bei Ronscha passiert ist. Jetzt verstehe ich, warum er mich nicht eingeladen hat. Er wollte mich schützen. Er wußte, daß ich in Schwierigkeiten geraten würde, wenn ich ihn nicht denunzierte. Amerikanitz, wie konntest du das tun?«

Tuohy lockerte die Krawatte und öffnete den obersten Hemdenknopf. Dann sagte er: »Ronscha wußte, was er tat.«

Arischka wandte sich wieder Tuohy zu. »Es geht nicht nur um Ronscha. Es geht auch um Alexander. Und um dich und mich. Ich bin heute in der Petrowka-Straße gewesen. Die Wohnung war leer. Einige Männer in blauen Anzügen warfen die letzten alten jüdischen Bücher auf einen Lastwagen. Sie brachten sie mit einer Schubkarre heraus – alle diese Bücher mit dem Namen Gottes darin!«

Tuohy platzte heraus: »Du hast hoffentlich niemanden nach Sander gefragt?«

»Ich bin doch nicht verrückt.«

Tuohy atmete erleichtert auf und sagte: »Sander wurde vorgestern nacht abgeholt. Jetzt suchen sie noch Ludmilla.«

Arischka sagte: »Kannst du nicht ein gutes Wort für ihn einlegen? Mein Gott, Amerikanitz, er ist unser ältester Freund! Du weißt, daß er kein Volksfeind ist. Was passiert nur in diesem Lande? Er hinkt immer noch wegen dem Schrapnell im Bein.«

»Sprich leise!«

»Ich habe seit fünfzehn Jahren meine Stimme zurückgehalten!« erwiderte Arischka. »Alle haben sie fünfzehn Jahre lang geschwiegen. Ihr denkt wohl, daß der Staat untergeht, wenn jemand seine Stimme erheben würde?«

Sie sank schluchzend in einen Sessel. Ihre Wut war übergekocht; und jetzt war nur noch ein Bodensatz an Kummer übriggeblieben. Sie sagte: »Ich verlasse dich, Amerikanitz. Ich kann das nicht länger ertragen.«

Im Laufe der Jahre hatte sie ihm schon ein halbes dutzendmal gedroht, ihn zu verlassen. Jedesmal hatte er es ihr ausgeredet. Aber jetzt merkte auch Tuohy, daß der Bogen überspannt war. Sie hatten schon lange die Reserven an Zuneigung verbraucht, die noch übrig gewesen waren.

»Gibt es einen anderen Mann?« fragte Tuohy. »Nicht, daß das einen Unterschied machen würde, aber ich bin neugierig.«

Arischka schüttelte heftig den Kopf. »Nein, es gibt keinen anderen Mann in meinem Leben. Es ist nur die Leere unserer Beziehung.«

Sie vollzogen die Trennung wie zivilisierte Menschen. Tuohy half ihr beim Einpacken der Schallplattensammlung und überließ ihr großzügig die Victrola, die ein deutsches Erzeugnis war und auf dem Schwarzmarkt ein Vermögen erbracht hätte. Er trug ihre Koffer, die Victrola und die Nähmaschine zum Taxi hinunter und gab dem Fahrer zehn Rubel. Als das Taxi losfuhr, wandte sie das Gesicht ab, damit Tuohy nicht durch das Fehlen von Tränen gekränkt würde. Am nächsten Morgen streute er das Gerücht aus, sie wäre nach Leningrad gefahren, um sich um ihre kranke Mutter zu kümmern. Er wollte nicht, daß man annähme, sie wäre verhaftet worden.

Später nahm einer von Tuohys Assistenten ihn beiseite und übergab ihm einen gelben Aktenordner. Darin waren in Fotokopien der Personalausweis eines Journalisten namens Lifschitz, Arkadij Jeremejewitsch, sein Parteiausweis mit der Nummer 345233, eine Wohngenehmigung für Moskau und ein Empfehlungsschreiben an den Herausgeber der *Komosomolskaja Prawda* vom Herausgeber einer Lokalzeitung in Kiew. Außerdem fand sich darin noch eine grobkörnige Photografie, die einen hageren Mann mit bekümmertem Gesicht zeigte.

»Bist du sicher, daß er es ist«, fragte Tuohy.

Der Assistent nickte. »Seit Monaten haben in der Mittagszeit zwei- oder dreimal im Monat Zusammenkünfte stattgefunden. Ich habe auch das Taxi ausfindig gemacht – nach der Zulassungsnummer, die Sie mir gegeben haben. Der hat sie bei Gorki abgesetzt, gleich hinter dem Majakowski-Platz. Genosse Lifschitz wohnt zusammen mit zwei anderen Paaren dort gleich rechts um die Ecke.«

»Ein Jude also«, murmelte Tuohy und studierte das Photo seines Nebenbuhlers.

»Da gibt es noch etwas«, sagte der Assistent. »Der Herausgeber der Kiewer Zeitung, der den Empfehlungsbrief unterschrieben hat, wurde exekutiert wegen Beteiligung an einem trotzkistischen Zentrum, das die Ukraine von der Sowjetunion abzutrennen sucht.«

»Womit auch Lifschitz zum Mitglied eines trotzkistischen Reservezentrums wird, das die Ukraine von der Sowjetunion abzutrennen sucht.«

Tuohys Assistent lächelte.

Tuohy grinste zurück.

»Greift ihn in der Straße auf!« befahl Tuohy. »Und laßt ihm die Wahl: Er kann eingestehen, zu einem trotzkistischen Reservezentrum zu gehören, das Befehle ausführt, um unsere Presse zu infiltrieren, oder er kann zu den Vortriebsarbeitern kommandiert werden, die im Tunnelkopf den Sozialismus aufbauen. Entweder – oder.«

Arischka saß schon an dem Ecktisch im Speiseraum, als Tuohy hereinkam. Sie schien höchst erregt zu sein. »Es war nett von dir, daß du gekommen bist, Amerikanitz«, sagte sie und rutschte auf den Platz ihm gegenüber.

»Du solltest endlich aufhören, mich in der Öffentlichkeit so zu nennen. Hast du schon bestellt?«

Sie schüttelte den Kopf. »Du bestellst für mich.«

Tuohy betrachtete die Speisekarte und winkte dem Kellner. »Für den Anfang zweimal Nummer sieben. Als Hauptgericht werden wir beide Nummer siebenunddreißig nehmen.«

»Heute gibt es keine Nummer siebenunddreißig«, sagte der Kellner, ein alter Mann mit stoppeligem Kinn und Speiseflecken auf dem zerknitterten schwarzen Abendjackett. Dabei lächelte er und entblößte zwei silberne Zähne.

»Dann einundvierzig, aber für mich ohne Broccoli.«

»Einundvierzig gibt es auch nicht, und Broccoli auf keinen Fall.«

Tuohy war das Spiel leid. »Was schlägst du vor?« fragte er sarkastisch.

»Hundertdrei.«

»Also hundertdrei. Zweimal. Und eine Flasche georgischen Wein.«

»Was macht der U-Bahnbau?« fragte Arischka beiläufig.

»Prima«, sagte Tuohy mit Begeisterung. »Wir beweisen, daß sozialistische Arbeiter alles können, was die Kapitalisten vermögen. Und sogar besser. Der erste Streckenabschnitt wird noch vor dem Sommer den Betrieb aufnehmen. Die Bahnhöfe werden wie Museen aussehen. Sie werden es schaffen, daß die U-Bahnen in London und Paris dagegen wie Scheißhäuser wirken.«

Der alte Kellner schlurfte mit dem Wein zurück, den er mühsam entkorkte und dann mitten auf den Tisch stellte. Tuohy füllte Arischkas Glas und sein eigenes.

»Auf all die guten Jahre, die wir gehabt haben«, sagte Arischka und hob ihr Glas.

»Auf die guten Jahre«, stimmte Tuohy zu. Er fragte sich, wann sie wohl auf Lifschitz zu sprechen kommen würde.

Später, draußen auf der Straße, fragte Tuohy: »Kann ich dich irgendwo absetzen?«

Arischka sagte: »Ich kann ebensogut zu Fuß gehen!« Sie schob ihren Arm unter den Tuohys. »Leiste mir für einen oder zwei Blocks Gesellschaft. Es wird dir guttun, etwas frische Luft in die Lungen zu bekommen.«

Eine Zeit lang schwieg Arischka. Tuohy verstand recht gut, daß sie ihren Mut zusammennehmen mußte. Schließlich sagte sie: »Amerikanitz, ich habe dich noch nie um einen solchen Gefallen gebeten ...«

»Höre auf, mich Amerikanitz zu nennen! Wenn ich dir helfen kann, will ich es versuchen.«

Arischka nickte befangen. »Die Familie, bei der ich lebe, hat einen Freund, einen Journalisten bei der *Komsomolskaja Prawda*, Parteimitglied sei vierzehn Jahren. Ein anständiger Bolschewist und ein aufrechter Mensch. Gestern vor einer Woche ...«

Sie biß sich auf die Unterlippe. Tuohy sagte: »Was ist gestern vor einer Woche passiert?«

»Das ist es eben. Niemand weiß, was geschah. Er hat sein Büro um sieben verlassen und wurde nie wieder gesehen. Wir haben in den Krankenhäusern nachgefragt. Wir haben sein Verschwinden der örtlichen Miliz gemeldet. Sie konnten nichts herausbringen. Er ist wie vom Erdboden verschluckt.«

»Hatte er irgendwelche Freundinnen – eine, mit der er davongelaufen sein könnte?«

Arischka schüttelte unmutig den Kopf.

»Lag etwas vor in seiner Vergangenheit? Irgendwelche Verbindungen, die ihn kompromittiert haben könnten?«

Arischka schwieg einen Augenblick. Dann sagte sie sehr leise: »Er wurde von einem Verleger in Kiew protegiert, der als Trotzkist erschossen wurde.« Und sie fügte heftig hinzu: »Dieser Freund aber hat auf Trotzki gespuckt! Vom Scheitel bis zur Sohle war er Stalinist. Wenn eine Rede von Stalin in der *Prawda* abgedruckt wurde, hat er jedes Wort gelesen. Manchmal hat er ganze Sätze unterstrichen. In der Nacht vor seinem Verschwinden hat er bis zwei Uhr früh Stalins *Geschichte der Kommunistischen Partei* gelesen. Sie liegt noch aufgeschlagen auf seinem Bett, falls du mir nicht glaubst.«

Tuohy verzichtete darauf, sie zu fragen, woher sie wußte, daß er bis morgens um zwei im Bett gelesen hatte. Er holte einen Stift und ein Stück Papier aus der Tasche. »Gib mir seinen Namen.«

»Lifschitz. Arkadij Jeremejewitsch Lifschitz.«

»Ich werde sehen, was ich herausfinden kann.«

Arischka küßte ihn auf die Wange. »Ich danke dir, Amer-« Sie brach ab. »Ich danke dir. Ich danke dir von ganzem Herzen.«

Der Alarm kam um zwölf Uhr zwanzig telefonisch vom Tunnelkopf. Chruschtschow stürmte herein. »Wie kann das passieren – Feuer im Schacht? Jedesmal, wenn ich euch den Rücken zuwende, nutzt das irgendein Saboteur aus!«

Tuohy wurde losgeschickt, um Näheres zu erfahren. In einer vorderen Sektion des Schachtes erklärten der Vorarbeiter der Schicht und einige Ingenieure mit rußgeschwärzten Gesichtern die Lage. Im Caisson war ein Feuer ausgebrochen. Es hatte sich rasch ausgebreitet, weil die komprimierte Luft reich an Sauerstoff war. Der Vorarbeiter hatte auf eigene Initiative den Luftdruck reduziert. Deshalb waren am Vortriebsende, beim Caissonschild, Schlamm und eine Art brauner Flüssigkeit in den Schacht gesickert. Zwölf Männer waren an Rauchvergiftung gestorben. Drei weitere waren vom Schlick lebendig begraben worden. Die Überlebenden waren in Panik aus dem Caisson geflohen.

Tuohy sah die Überlebenden trübselig auf Kisten in einer düsteren Ecke des Tunnels sitzen, wo keine elektrische Beleuchtung installiert war. Einige von ihnen waren zusammengesunken und husteten.

Tuohy gab seine Anweisungen. Der Schichtvorarbeiter wurde verhaftet, weil er ohne Ermächtigung den Luftdruck gesenkt hatte. Es konnte sein, daß er das Feuer selbst verursacht hatte, um eine Entschuldigung dafür zu haben, den Druck herabzusetzen und den Schlamm eindringen zu lassen. Die einzige wichtige Frage war, für wen er arbeitete. Für die Deutschen? Für ein Trotzkistenzentrum? Tuohy erwartete, daß das Geständnis bis zum Abend auf seinem Schreibtisch lag.

Was die Arbeiter betraf, die aus dem Caisson geflohen waren, so konnten sie zurückkehren und ihre Anstrengungen verdoppeln, um das Soll der Schicht – einen Meter Vortrieb – zu erfüllen. Sonst würden sie ähnliche Anklagen zu gewärtigen haben. Die Kompressoren würden sofort wieder in Gang gesetzt werden. Der Luftdruck war auf zwei Atmosphären Überdruck zu erhöhen. Natriumsilikat und Calciumchlorid mußten durch perforierte Röhren in den Boden um den Schild herum eingepumpt werden. Die Chemikalien würden den Schlick verfestigen und weitere Lecks verhindern. Dann könnten die Arbeiter den Schlamm herausbringen, der sich im Caisson angesammelt hatte, und mit dem Vortrieb fortfahren.

Einer von Tuohys Männern führte den Vorarbeiter ab. Ein anderer, jener, der sich bewähren wollte, kam herüber und hielt eine Ansprache an die Überlebenden. »Für den Genossen Stalin, für die Sache des Sozialismus – geht wieder hinein und zeigt der Welt, zu welchen Leistungen das Proletariat fähig ist!« rief er.

Keiner der Überlebenden rührte sich. Einer brummte: »Der Caisson ist voll Rauch. Es wird Stunden erfordern, den herauszupumpen. Wer jetzt hineingeht, kommt nicht mehr lebend heraus.«

»Der Tunnel ist eine Todesfalle«, knurrte ein anderer Mann.

Tuohy faßte ihre Weigerung, wieder an die Arbeit zu gehen, als offene Meuterei auf. Die Überlebenden wurden paarweise gefesselt und, bewacht von uniformierten NKWD-Truppen mit Maschinenpistolen, zum Verhör und zur Bestrafung aus dem Tunnel geführt.

In seinem Hauptquartier tobte Chruschtschow wegen der Verzögerung und befahl eine Reserveschicht an die Arbeit.

Später konnte Tuohy zufällig eine Liste der Männer sehen, die an Rauchvergiftung gestorben oder im Schlick lebendig verbrannt waren. Darunter befand sich ein gewisser Lifschitz, Arkadij Jeremejewitsch.

An diesem Nachmittag rief Tuohy Arischka in ihrem Büro an. »Was deinen Freund angeht...«

Er hörte, wie Arischka am anderen Ende der Leitung nach Luft schnappte.

»Hast du etwas erfahren?«

»Ich konnte keine Spur von ihm entdecken«, sagte Tuohy. Er lachte leicht in den Apparat. »Wahrscheinlich wird er in einem oder zwei Tagen mit irgendeiner Geschichte auftauchen, daß er für die *Komsomolskaja Prawda* in einem geheimen Auftrag fort gewesen sei.«

Arischka war so verzweifelt, daß sie sich an jeden Strohhalm klammerte. »Meinst du wirklich?«

»Ich bin sicher.«

»Hier liegt Atticus Tuohy«, sagte Tuohy zu sich, nachdem er aufgelegt hatte, »der auf seinem Totenbett ehrlich sagen konnte, daß er keine Feinde hatte – er hatte sie alle umgebracht!«

3

Sander hatte es gelernt, die Zeit totzuschlagen. Er hatte gelernt, selbst die unwichtigste Tätigkeit auf eine mehr oder weniger angenehme halbe Stunde auszudehnen. Das Zusammenlegen seiner Decke, das Umdrehen seines Strohsacks, das Ausfegen seiner Zelle, das Auswaschen seines Toiletteneimers, sein »Spaziergang« (fünf Schritte hin, fünf Schritte zurück, bis sein schlimmes Bein weh tat) – konnten einen ganzen Morgen ausfüllen. Eine vergnügliche Stunde widmete er der Jagd nach Läusen in seinem Schamhaar und ihrem Zerquetschen zwischen dem Daumennagel und der Wand. Ein bestimmter Zeitraum, gewöhnlich die Stunde nach dem Mittagessen, war dafür reserviert, die Vergangenheit Revue passieren zu lassen. Er lag auf seiner Pritsche flach auf dem Rücken und schloß die Augen. So beschwor er ein bestimmtes Ereignis herauf und rekonstruierte es bis ins kleinste Detail. Er durchlebte noch einmal das Pogrom, bei dem Adler mit Petroleum begossen und von Kosaken angezündet wurde; die Fahrt nach Amerika; die Abreise nach Rußland, Leon, der vom Ende der Piers gewinkt hatte; und immer und immer wieder die Liebesspiele mit Lili. Den vergangenen Nachmittag und den ganzen heutigen Tag hatte er mit der Beobachtung eines endlosen Stroms von Ameisen verbracht, der sich von dem zugekalkten Fenster hoch oben in der Wand der Zelle über den Steinfußboden bis zu der schweren Metalltür mit dem Guckloch hinzog. Die Wächter mußten Sander durch das Loch auf Händen und Knien gesehen haben; denn vor der Ausgabe des Abendessens erschien einer von ihnen mit einer Flitspritze und vernichtete die ganze Kolonie.

Sander reagierte darauf wie auf den Tod eines Familienangehörigen und verfiel in eine Depression, so tief wie am Tage seiner Verhaftung. Das Verschwinden der Ameisen rief bei ihm den Gedanken hervor, daß seine eigene Auslöschung ebenso mühelos erfolgen würde, weil die Leute, die sie routinemäßig ausführten, sie für eine einfache sanitäre Maßnahme halten würden.

Sander beschloß, die Angelegenheit mit seinem Nachbarn zu erörtern, einem Militärplaner, der davor gewarnt hatte, daß in dem wahrscheinlichen Falle eines deutschen Angriffs die Rote Armee vor dem technisch überlegenen Feind zurückweichen und sich auf die Weite des Raumes verlassen müsse. »WARUM BIST DU EINGESPERRT?« hatte Sander an die Wand geklopft, als er den Militärplaner »kennenlernte«. Die Gefangenen hatten einen einfachen Code entwickelt, der das Alphabet in fünfundzwanzig Quadrate teilte – fünf senkrecht und fünf waagerecht – und durch eine zweistellige Zahl den jeweiligen Buchstaben angab.

»VERFRÜHTER ANTIFASCHISMUS« lautete die zurückgeklopfte Antwort. »HA HA HA.«

Sander holte seinen »Klopfnagel« aus dem Toiletteneimer heraus und begann: »BIST DU DA?«

»WO SOLLTE ICH SONST SEIN? HA HA HA.«

»MEINE ZELLE WURDE VON AMEISEN BESUCHT ABER SIE HABEN SIE GETÖTET.«

»ICH KANN DIE FLITSPRITZE VON HIER AUS RIECHEN. ES GIBT KEINE SOZIALISTISCHERE GEMEINSCHAFT ALS EINE AMEISENKOLONIE. WÄCHTER HABEN WAHRSCHEINLICH ANWEISUNG VON DEN DEUTSCHEN ERHALTEN DIE EINE AMEISENKOLONIE AUS DER SOWJETUNION ABKOMMANDIEREN WOLLTEN. DEUTSCHE AMEISEN HABEN WOHL SEZESSIONISTISCHE TENDENZEN GEZEIGT ABER KOLONIE IM GANZEN WAR GLÜHEND STALINISTISCH. TOD GANZER KOLONIE WIRD JEDOCH LEHRE SEIN FÜR ANDERE AMEISEN MIT SEZESSIONISTEN IN IHRER MITTE. TOD DER FLITSCHÜTZEN WIRD LEHRE SEIN FÜR ANDERE WÄCHTER IN DEUTSCHEM SOLD. KURZUM JEDER MITBETROFFENE WAR IRGENDWIE SCHULDIG. HA HA HA.«

Sander klopfte zurück: »WELCHE FORTSCHRITTE MACHT DEIN GESTÄNDNIS?«

»WIR ARBEITEN DARAN. JEDESMAL WENN ICH ÜBER EIN DATUM ODER EIN DETAIL STOLPERE ZEIGEN SIE MIR PHOTOGRAPHIE MEINES DREIZEHN JAHRE ALTEN SOHNES UND ERINNERN MICH DASS TODESSTRAFE NACH SOWJETGESETZ AUF JE-

DEN ÜBER ZWÖLF ANWENDBAR IST. ICH VERDOPPLE MEINE ANSTRENGUNGEN. WAS IST MIT DIR?«

»ICH SAGE IHNEN WEITER DIE WAHRHEIT.«

»SIE WOLLEN NUR WAHRHEITEN DIE SIE BENUTZEN KÖNNEN.«

Sander wollte gerade eine Antwort klopfen, aber sein Nachbar unterbrach ihn. »VERPFLEGUNGSWAGEN KOMMT. WELCHEN WEIN DENKST DU WERDEN SIE HEUTE ABEND SERVIEREN. HA HA HA.«

Sander preßte sein gesundes Ohr an die Tür. Er konnte den Karren draußen hören. Der »Briefschlitz« unten in der Tür ging auf, und ein Blechteller mit wässeriger Kohlsuppe wurde hindurchgeschoben. Seltsamerweise klappte der Schlitz nicht wie sonst zu. Sander bückte sich, bis sein Ohr den Fußboden berührte, und schaute durch den Schlitz. Er konnte zwei gummibereifte Räder des Wagens sehen und die dickbesohlten Schnürschuhe des Mannes, der ihn schob. Der Beamte schien sich zu bücken. Dann wurde etwas durch den Schlitz geschoben. Danach klappte die Öffnung zu.

Sander griff hin – und hielt ein Buch in der Hand.

In den sieben Wochen und vier Tagen seit seiner Verhaftung war ihm kein Buch unter die Augen gekommen. Das einzige gedruckte Erzeugnis, das er zu sehen bekam, waren die getippten Blätter mit der Zusammenfassung seines letzten Verhörs, die er zu Beginn jeder nächsten Sitzung zu unterschreiben hatte. Er schlug die Titelseite des Buches auf und bemühte sich, etwas zu entziffern. Der letzte Schimmer trüben Lichts, das bei Tag durch die zugekalkte Fensterscheibe fiel, war verschwunden. Sander schaute auf die nackte elektrische Birne, die ganz oben mitten in der Zelle hing. Der Glühfaden schien matter als sonst, als hinge er an einem regelbaren Widerstand, den jemand heruntergedreht hätte. Selbst wenn er direkt unter der Lampe stand, konnte er nur mit Mühe erkennen, was auf der Titelseite stand. Die Buchstaben verschwammen ihm vor den Augen. Er nahm die Brille ab, putzte sie sorgfältig mit dem Jackenärmel und setzte sie wieder auf, wobei er achtgab, nicht die Schramme hinter seinem Ohr zu reizen. Er konnte die Schrift immer noch nicht lesen. Durch das Leben in der ständigen Düsternis der Zelle war sein Sehvermögen schwächer geworden, soviel war sicher. Sander zog den Toiletteneimer heran, stellte ihn umgedreht auf den Boden und trat darauf, um der Glühbirne näher zu sein. Mit gewaltiger Anstrengung konnte er einige Buchstaben erkennen. »T-h-e A-d-v-e-n-t-u-r-e-s...«

Die Abenteuer von Tom Sawyer von Mark Twain! Eine englische Ausgabe... Sanders Herz klopfte heftig gegen die Rippen. Ihm war, als würde seine Brust explodieren. Benommen taumelte er von dem Eimer herunter und mußte die Arme wie ein Seiltänzer ausbreiten, damit er nicht das Gleichgewicht verlor. Er schlug die erste Seite auf und hielt das Buch auf Armeslänge über den Kopf, um möglichst viel Licht darauf zu bekommen. Seine Lippen bewegten sich beim Lesen. Die Buchstaben verschwammen. Die Stimme in seinem Kopf verlor sich. Er hob die Augen und sah wieder zur Glühlampe. Hatte er Halluzinationen? Oder war sie noch schwächer als zuvor?

»SIE HABEN MIR EIN BUCH GEGEBEN«, signalisierte Sander aufgeregt zu seinem Nachbarn.

»HÜTE DICH VOR BOLSCHEWISTEN AUCH WENN SIE DIR GESCHENKE BRINGEN«, antwortete der unbekannte Freund.

In Gedanken durchlebte Sander noch einmal seine Verhaftung. Er war endlich im Bett eingeschlummert, als er das leise Geräusch einer Autokupplung vor dem Fenster hörte. Handelte der Fahrer auf Anweisung, wenn er die Kupplung schleifen ließ? In der Dunkelheit – die Leuchtzeiger der Uhr auf dem Nachttisch zeigten fünfundzwanzig nach zwei – sprang Sander aus dem Bett und blickte auf die Straße hinunter. Eine schwarze viertürige Limousine stand vor dem Haus. Aber niemand war ausgestiegen. Sander glaubte zu sehen, wie sich die Gardinen an einem Fenster gegenüber bewegten. Auf der ganzen Petrowka mußten Leute das Auto beobachten.

Um zwei Uhr fünfzig kam ein städtischer Brotlieferwagen langsam heran und hielt hinter der Limousine. Wie auf ein Signal sprangen zehn Männer mit breitkrempigen weichen Filzhüten aus den beiden Fahrzeugen. Der hohle Widerhall zugeschlagener Türen dröhnte durch die Straße. Unten klopfte eine Faust an die Eingangstür.

Sander setzte sich auf das Bett und begann, sich die Schuhe zuzuschnüren. Es war seltsam, daß man auf seine Verhaftung warten konnte in der festen Überzeugung, daß sie unvermeidlich war und sich dann doch wunderte, wenn es dazu kam. Von allen Leuten in der Petrowka – warum gerade ich? Er suchte sich einzureden, daß es Scharen von Personen geben mußte, die ebenso schuldig waren. Mit bitterem Lachen berichtigte er sich: Es *gab* Scharen, und sie waren ebenso *unschuldig*.

Sander hörte Füße die Treppe heraufstampfen. Es war ein Augenblick Stille, dann wurde heftig an seine Tür geklopft. Er holte tief Luft, dann ging er zur Tür, schob den Riegel zurück und öffnete.

»Alexander Til?«

Sander nickte. Sein Herz klopfte wild.

»Gemäß einer Anweisung, die der Generalstaatsanwalt des Moskauer

Stadtsowjets erlassen hat«, sagte der NKWD-Mann mit völlig tonloser Stimme, »sind Sie hiermit festgenommen.« Damit legte er ihm Handschellen an.

Einige der Agenten blieben zurück, um Sanders Wohnung zu durchsuchen; die anderen nahmen ihn in ihre Mitte und brachten ihn hinunter zu dem Brotlieferwagen. Die beiden Hintertüren wurden aufgerissen, und Alexander kletterte mit Unterstützung des einen Wächters auf eine Holzbank im Innern. Ihm gegenüber saßen zwei NKWD-Leute. Der Lieferwagen startete.

Während der Fahrt durch die leeren Moskauer Straßen geriet der Wagen einmal ins Schleudern, wobei die Hinterräder den Randstein streiften. Niemand sagte ein Wort. Zwanzig Minuten später hielt der Wagen an. Sander konnte ein quietschendes Geräusch hören; wahrscheinlich wurde ein Tor geöffnet. Dann fuhr der Wagen wieder an, machte eine volle Kehrtwendung und stieß zurück. Wieder das quietschende Geräusch; das Tor schloß sich hinter ihnen. Die beiden NKWD-Leute, die Sander gegenüber saßen, machten die Türen hinten auf und kletterten hinunter. Einer nickte Sander zu. Sander sprang heraus und landete mit seinem vollen Gewicht auf seinem gesunden Fuß. Ein Agent faßte ihn fest am Oberarm und führte ihn durch eine Tür und einen langen Gang in einen kahlen, grell erleuchteten Raum. Dann holte er einen kleinen Schlüssel aus der Manteltasche und schloß die Handschellen auf. Sander rieb sich die Gelenke.

Der Mann befahl: »Ausziehen! Alle Kleidungsstücke auf den Fußboden legen!«

Der Raum war nicht geheizt. Sander zögerte. »Wie lange werde ich warten müssen?«

»Ausziehen!« wiederholte der Mann im gleichen Ton. »Kleidung zusammengefaltet auf den Boden legen! Los!«

Sander zog Schuhe und Strümpfe aus und entkleidete sich. Er legte seine Sachen auf dem Fußboden zusammen und stellte sich auf den Kleiderhaufen, um nicht an den Füßen zu frieren.

Nach einer Weile ging die Tür auf, und zwei Männer in Weiß kamen herein. Der eine hielt eine Taschenlampe in der Hand. Er befahl: »Bücken, Gesäß spreizen!«

Sie untersuchten seinen Körper ganz methodisch, schauten in jede Öffnung, wo eine Giftpille oder eine Rasierklinge versteckt sein konnte. Ein uniformierter Wärter kam herein mit einer Art von grauem Schlafanzug. »Sie werden Ihre Unterwäsche, Ihr Unterhemd, Ihre Strümpfe, Ihre Schuhe ohne Senkel und diese Sachen tragen«, sagte er und warf den »Schlafanzug« Sander vor die Füße.

Da die Hosen keine Bänder hatten, mußte Sander sie mit einer Hand festhalten, damit sie nicht herunterrutschten. Er schlurfte hinter dem Wärter einen Korridor entlang und eine Treppe hinauf. Dann kamen sie an einem Kontrollpunkt vorbei, wo ein anderer Wärter in Uniform jeden registrierte, der in der einen oder der anderen Richtung hindurchkam.

Sanders Zelle lag ganz am Ende eines langen Gefängnisblocks. Das zermürbende metallische Klicken, als sich die schwere Tür hinter ihm schloß, erschütterte ihn bis aufs Mark. Er hatte sich innerlich darauf vorbereitet, die Gefangenschaft zu ertragen. Er hatte sich – komme, was wolle – entschlossen, seinen Gefangenenwärtern mit Würde zu begegnen. Aber als er jetzt mitten in der kalten, engen Zelle stand, mit einem Blechlöffel in einem dreckigen Suppennapf aus Blech und einem Toiletteneimer als Gesellschaft, war er von dieser Isolierung überwältigt. Er war, wie er dem jüdischen Jungen damals in New York gesagt hatte, bereit, sein Blut für den Sozialismus zu vergießen. Jetzt aber war ihm klar, daß er einen schrecklichen Fehler begangen hatte. Der alte Hippolyt, Otto Eppler, Lili, Wasja – sie waren dahin. Ronscha saß vielleicht in der Nachbarzelle ... All dies Leid, all dies vergossene Blut – und wofür?

Sander betrachtete mit bitteren Gefühlen die Wände seiner Zelle. Eine dünne Schicht von Schimmel bedeckte die Steine. Vielleicht war Ronscha in der Nachbarzelle. Sander fühlte das Bedürfnis, mit ihm zu reden, ihm zu sagen, er verstünde, was der Dichter ihn hatte lehren wollen, indem er ihn der Prüfung unterzog. Er schlurfte in die Ecke, ergriff den metallenen Löffel und fing an, Zahlen auf die Wand zu klopfen. Das alte Gefängnisalphabet war wie eine geläufige Fremdsprache. 2 + 5 = W; 5 + 1 = E; 2 + 4 = R. »WER?«

Längere Zeit kam keine Antwort. Doch dann hörte er ein entferntes Klopfen. Er drückte sein gesundes Ohr an den Schimmel und zählte die Schläge. Sie besagten: »NIKOLAUS SALMANOWITSCH RUBASCHOW.«

Sander konnte ein leises Lachen nicht unterdrücken. Rubaschow war ein berühmter Altbolschewist, dessen Bild hundertmal in der *Prawda* erschienen war. Er hatte Stalin geholfen, dahin zu kommen, wo er jetzt war. »GESCHIEHT DIR RECHT«! klopfte Sander zurück. »WARUM BIST DU EINGELOCHT?«

Sander hörte, wie Rubaschow zu antworten begann. Wahrscheinlich schlug er mit der Metallfassung seines Kneifers gegen die Wand. »POLITISCHE UNSTIMMIGKEITEN.«

»BRAVO!« antwortete Sander. »DIE WÖLFE FRESSEN SICH GEGENSEITIG.«

Der schmallippige Befrager, der sich bei der ersten Sitzung als Genosse Schilow vorgestellt hatte, öffnete das Dossier und reichte Sander die maschinengeschriebene Zusammenfassung der vorangegangenen Sitzung herüber. Dann faltete er die Hände im Nacken, lehnte sich im Sessel zurück und studierte seinen Gefangenen mit den geduldigen Augen eines Menschen, der wußte, wie die Dinge enden würden – nur nicht wann.

Sander beugte sich vor, nahm die Blätter und bemühte sich, die Maschinenschrift zu lesen. Schließlich schüttelte er den Kopf und sagte zu Schilow: »Ich kann das nicht unterzeichnen.«

»Warum nicht?«

Sander wandte Schilow sein gesundes Ohr zu, um seine Frage verstehen zu können. »Ich kann nichts unterschreiben, was ich nicht lesen kann.«

»Ihre Augen sind schlechter geworden«, bemerkte Schilow. »Wodurch haben Sie sie strapaziert?«

»Als ob Sie das nicht wüßten.«

Schilow nahm ein Vergrößerungsglas aus einer Schublade und gab es Sander. Damit konnte er die beiden Seiten durchlesen. Dann schrieb er seinen Namen unten auf jedes Blatt.

Schilow klemmte die beiden Blätter in das Dossier und legte dieses in die oberste Schublade. Dann sagte er: »Wir waren gestern bei dem Punkt stehengeblieben, wo Sie Ihre Beziehung zu Trotzki in New York beschrieben.«

»Ich hatte keine *Beziehung* zu Trotzki in New York.«

»Laut der Erklärung des Genossen Tuohy haben Sie sich mehrfach in den Stadtteil begeben, wo Trotzki wohnte, um mit ihm zu sprechen.«

»Das war nicht *mehrfach*, das war *einmal*.«

»Einmal. Öfters. Das läuft aufs gleiche hinaus. Sie bestreiten nicht, die Begegnung herbeigeführt zu haben?«

»Es war ganz natürlich, daß ich den berühmten Trotzki kennenlernen wollte.«

»Worüber haben Sie gesprochen?«

Sander rieb sich die Stirn mit Daumen und Zeigefinger. Wieder spürte er rasende Kopfschmerzen. Morgen würde er keine Zeile mehr lesen, ganz gleich, was für ein Buch man ihm durch den Spalt schöbe. Das ruinierte seine Augen.

»Trotzki hat Ihnen einen persönlichen Empfehlungsbrief an den Genossen Stalin in Petrograd mitgegeben. Und er hat Ihnen Name und Anschrift eines Mannes gegeben, der Sie mit falschen Papieren versorgte, damit Sie das Land verlassen konnten. Hat er Sie rein zufällig für all dies ausgewählt oder wollte er nicht vielmehr einen seiner Parteigänger in eine Schlüsselposition bringen?«

»Meine Loyalität«, sagte Sander müde, »hat immer der Partei gegolten und der Revolution. Sie war nie einer besonderen Person zugewandt.«

Schilow zischte befriedigt durch die Zähne. »Jetzt kommen wir etwas weiter. Sie geben zu, daß Ihre Loyalität nie einer bestimmten Person gegolten hat. Dies bedeutet, daß sie auch nie dem Genossen Stalin gegolten hat, obwohl Stalin der Führer der Partei ist. Dies erklärt, wieso Sie eine verächtliche Attacke gegen den Genossen Stalin über sich ergehen ließen – eine Attacke, die geradezu eine Hymne für antisowjetische Elemente in unserer Mitte gewesen ist – ohne dies den zuständigen Behörden zu melden.«

»Ich habe mit angehört, wie ein Gedicht verlesen wurde, ein Gedicht, verfaßt von jemandem, der am Ende war und wollte, daß das Regime ihn tötete. Seit wann ist das Anhören eines Gedichts eine Verletzung sowjetischen Rechts?«

»Ich möchte Sie noch einmal daran erinnern«, sagte Genosse Schilow geduldig, »daß ich hier die Fragen stelle. Sie behaupten also, daß Sie zu der Zeit, als Sie die Verlesung eines aufrührerischen Gedichtes mit angehört haben, keine Kontakte zu dem trotzkistischen Sabotagezentrum unterhalten haben, das in Moskau operiert?«

»Ja.«

»Machen wir weiter«, sagte der Befrager. »Zu Ihrer Mission nach Jekaterinburg während des Bürgerkrieges. Wer hat Sie für diesen Auftrag bestimmt?«

Sander fuhr sich mit den Fingern durchs Haar und behielt ein Büschel davon in der Hand. Der Befrager schob einen Aschenbecher über den Tisch, und Sander legte das Büschel hinein. Sander gab zu: »Meine Anweisungen und mein Marschbefehl waren vom Genossen Trotzki unterzeichnet.«

»Also führten Sie wieder einmal die Anweisungen des Genossen Trotzki aus. Und da wollen Sie uns weismachen, daß das reiner Zufall wäre.«

»Zu der Zeit, da Trotzki meine Befehle unterschrieb, war er Kriegskommissar. Er hat an Tausende Befehle erteilt, und niemand wurde als Verräter angesehen, weil er ihnen gehorchte. Im Gegenteil: Wer ihnen nicht gehorchte, wurde als Verräter angesehen und erschossen!«

»Nach Jekaterinburg hat Sie eine Chiffrierspezialistin namens Lili Michailowna begleitet. Sie war die Zwillingsschwester des Prinzen Jusupow«, fuhr der Befrager sanft fort. Er zog eine Photografie unter seinem Löscher hervor und hielt sie hoch. Sander beugte sich vor und blinzelte. Er erkannte, daß es ein Bild von Lili war. Er wollte nach der Photografie greifen, aber Genosse Schilow schob sie wieder unter den Löscher. »Sie hatten mit dieser Frau intime Beziehungen. Leugnen Sie das?«

Sander sagte nichts.

»Ist das dieselbe Lili Michailowna, die als Volksfeindin erschossen wurde, weil sie einer wichtigen Gefangenen die Flucht ermöglicht hat?«

Wieder blieb Sander still. Wie konnte er nach siebzehn Jahren erklären, wie sehr Lili auf dem Höhepunkt des grausamen Bürgerkriegs gelitten hatte und daß sie sich deshalb entschlossen hatte, gegen das Morden zu rebellieren?

»Soll ich die Frage wiederholen?«

Sander schüttelte den Kopf. »Lili Michailowna wurde dafür erschossen, daß sie jemandem geholfen hatte, nicht erschossen zu werden. Aber ich sehe keinen Zusammenhang zwischen diesem Ereignis und dem Vorfall mit dem Gedicht.«

»Es gibt eine Verbindung zwischen den beiden Ereignissen«, erklärte der Befrager. »Wir werden ihn schon noch gemeinsam herausfinden, verlassen Sie sich darauf.«

»WIE GING ES GESTERN ABEND?« klopfte Sanders Nachbar am nächsten Morgen.

»GENAU WIE ÜBLICH. ICH LIEFERE IHNEN NOCH NICHT DIE WAHRHEITEN DIE SIE BRAUCHEN. WIE IST ES MIT DIR?«

»MIR FALLEN FALSCHE DETAILS EIN ÜBER MEINE GEHEIMEN TREFFEN MIT AGENTEN DES BRITISCHEN SECRET SERVICE. DARUM HABEN SIE MIR DIE EIER MIT EINER ZANGE GEQUETSCHT. ICH DANKTE IHNEN ÜBERSCHWENGLICH FÜR IHRE HILFE. SCHMERZ REGT DAS GEDÄCHTNIS SEHR AN. HA HA HA HA.«

4

Gleich am Tage seiner Verhaftung hatten sie ihm seinen Puschkin weggenommen, aber er konnte Teile davon auswendig. »Stalin kann kein Genie sein«, murmelte er. Seine Lippen waren von den Schlägen geschwollen, zwei oder drei Zähne waren locker, das Sprechen war schmerzhaft für ihn, aber es war ihm ein Bedürfnis, sie noch weiter zu reizen.

»Wieso«, fragte der Vernehmungsbeamte mit den blutunterlaufenen

Augen. Der andere, der kaum ein Wort sagte, aber um so heftiger zuschlug, blickte Ronscha mit einem erwartungsvollen Grinsen an.

Ronscha stöhnte vor Schmerz. Sie hatten seinen nackten Körper wie eine ägyptische Mumie in feuchtes Segeltuch gewickelt und dann mit warmen Decken zugedeckt. Als das Segeltuch trocknete, zog es sich um seinen Körper zusammen wie ein Schraubstock. Zuerst fühlte es sich an, als ob ihn jemand fest in die Arme nähme. Dann begann es zu schmerzen. Schließlich wurde die Pein unerträglich, besonders in der Gegen der Rippen, die gebrochen oder gequetscht waren. Solange er noch atmen konnte, vermochte er auch noch zu schreien. Dann würde er ohnmächtig werden.

Jetzt erinnerte er sich wieder an das Zitat. Es stammte aus Puschkins Versstück »Mozart und Salieri«.

Genie und Verbrechen sind unvereinbar...

»Stalin kann kein Genie sein«, wiederholte Ronscha langsam, »weil Genie und Verbrechen unvereinbar sind.«

Der Vernehmungsbeamte schüttelte mißbilligend den Kopf. Der andere Mann trat dich an Ronscha heran und schlug ihm mit der flachen Hand ins Gesicht. Der Kopf des Dichters prallte gegen die Wand. Lichtblitze zuckten ihm vor den Augen; und für einen Moment dachte er, der Raum wäre explodiert. Der Schmerz war so stark... er konnte nicht mehr denken... plötzlich Finsternis... der Schmerz ließ nach... er würde emigrieren... überall waren Dichter Emigranten geworden... Puschkin würde auf ihn warten... Puschkin würde ihn schützen...

Mit einem Eimer eiskalten Wassers brachten sie ihn wieder zu Bewußtsein. Ronscha brauchte einige Zeit, bis er wußte, wo er war und – *wer* er war.

In den letzten Tagen hatte er jegliches Zeitgefühl verloren. Es fiel ihm schwer, sich zu erinnern, in welcher Reihenfolge sich die Ereignisse abgespielt hatten. War er gefoltert worden, ehe man ihn verhaftet hatte oder danach? Hatte er es geschafft, sein Gedicht auf Stalin zu rezitieren, ehe er es schrieb? Er scheute sich zu fragen. Sie würden ihn für einen Narren oder – noch schlimmer – einen Verrückten halten. Er selbst wußte, daß er nicht verrückt war. Er hatte nur den Sinn für die Aufeinanderfolge der Ereignisse verloren.

Der Vernehmungsbeamte mit den blutunterlaufenen Augen übernahm die Rolle des Krankenwärters und half Ronscha in seine Kleider. Das war eine lange, ausgedehnte Angelegenheit. Mit einem Bein nach dem anderen in die Pyjamahosen zu steigen, sie hochzuziehen, das Oberteil des Pyjamas zuzuknöpfen, das waren Tätigkeiten, die große Konzentration erforderten.

Dann half ihm der Vernehmungsbeamte auf einen Stuhl, setzte ihm die Brille auf und reichte ihm das getippte Geständnis. Während Ronscha es las, öffnete der Mann einen Füllhalter und steckte die Kappe auf das hintere Ende. »Sie brauchen nur Ihren Namen darunter zu setzen, und alles ist vorbei«, sagte er mit fast zärtlicher Stimme. »Es wird einen Prozeß geben, in dem Sie Ihr Geständnis bestätigen. Dann gehen Sie nach Zentralasien für höchstens fünf Jahre. Schließlich war es ja nur ein Gedicht.«

Ronscha wußte, daß der Mann mit den blutunterlaufenen Augen log. Sie hatten seinen Körper böse zugerichtet. Er würde damit nie zu einem öffentlichen Geständnis auftreten können. Sobald er unterschrieb, würde er in den Keller geschafft werden, wo die Mauern so dick waren, daß sie das Geräusch von Genickschüssen dämpften. Mehr als einmal war Ronscha versucht gewesen, ihnen nachzugeben und dieser Tortur ein Ende zu setzen. Aber er hielt sich immer im letzten Moment zurück. Ein Poet lebte nicht in der Gegenwart. Er lebte in der Zeit. Er war allen Dichtern gegenüber verantwortlich – jenen, die vor ihm gelebt hatten, und jenen, die nach ihm kommen würden. Daher durfte er kein falsches Geständnis unterschreiben. Auch diese poesielose Ära mußte ihren Anteil an Poesie haben; jemanden, der sich nicht dem Kreml-Ersteiger beugte und vor den Halbmenschen, die sich um ihn drängen. Er wußte, daß seine einzige Hoffnung auf Erlösung darin bestand, daß er seine Folterknechte dazu trieb, ihn zu töten ...

Ronscha streckte die Hand nach dem Füllhalter aus. Der Beamte mit den blutunterlaufenen Augen drückte ihn ihm in die Hand. Ronscha glättete das Papier auf dem Tisch, beugte sich mühsam darüber und kritzelte eine Unterschrift darauf.

Die beiden Männer tauschten triumphierende Blicke aus. Der Schläger riß das Papier an sich. »Er hat unterzeichnet mit *Franz Kafka*«, meinte er dann enttäuscht.

»Wer ist das – Franz Kafka?« fragte der andere gereizt.

»Vielleicht ist er ein Mitverschwörer«, vermutete der Schläger knurrend.

»Sie strapazieren meine Geduld«, sagte der Vernehmungsbeamte mit den blutunterlaufenen Augen. »Ich frage Sie noch einmal: Wer ist dieser Franz Kafka?«

Ronscha versuchte, ein Lachen zustande zu bringen. Der Schläger trat an den Stuhl heran und boxte den Dichter in den Magen. Ronscha kippte vornüber.

»Wir wollen wissen, wer dieser Franz Kafka ist.«

Es folgten weitere Schläge. Ronscha ging wieder zu Boden. Er spürte die

Schläge kaum mehr. Er war gegen Schmerzen unempfindlich geworden. Die Fragen drangen ihm wie Tropfen ins Ohr...

Hamlets Vater war durch Tropfen im Ohr getötet worden. Wenn er etwas Glück hatte, würde es ihm auch so gehen.

»Sagen Sie uns, wer Franz Kafka ist!«

»War es ein hochrangiger Bolschewist, der das von Ihnen verlesene Gedicht gegen Stalin verfaßt hat?«

Ehe er endgültig das Bewußtsein verlor, hörte Ronscha, wie der Vernehmungsbeamte mit den blutunterlaufenen Augen zu dem Schläger sagte: »Wir müssen herausbekommen, wer dieser Franz Kafka ist, oder wir bekommen eine Menge Ärger.«

Als er wieder zu sich kam, lag er auf seinem Strohsack in der Gemeinschaftszelle hingestreckt. Madame Subina beugte sich über ihn und wischte ihm das geronnene Blut mit einem Stück Seide ab, das sie von ihrem Unterrock abgerissen und mit Speichel befeuchtet hatte. Sie hielt eine grobe Militärdecke schützend über ihr dünnes Sommerkleid, das mit weißen Narzissen bedruckt war. Man hatte sie im vorigen August auf der Straße aufgegriffen und dann »vergessen«.

Ronscha versuchte, die Lippen zu bewegen, aber sie waren zu sehr angeschwollen: Er dachte an Appolinaria, und Tränen strömten über sein Gesicht. Er wollte sprechen, aber Madame Subina legte einen Finger an den Mund. »Nicht reden. Sparen Sie Ihre Kräfte.«

Die Gemeinschaftszelle bot eine tröstliche Annehmlichkeit, die Ronscha zu schätzen wußte: Sie ermöglichte ein relativ reichhaltiges kulturelles Leben. Mittags öffnete der Wärter die Tür und warf einen Stapel von Toilettenpapier herein – Blätter, die aus beschlagnahmten Büchern gerissen waren –, und die Gefangenen versammelten sich alsbald in der Mitte der Zelle, um herauszufinden, ob mehrere aufeinanderfolgende Seiten dabei waren. Dann organisierten sie nach dem Mittagessen eine »Lesung«. Gegen Abend trafen sich die Insassen zur täglichen Lektüre, die in Ronschas Ecke abgehalten wurde, damit er teilnehmen konnte. Vor zwei Wochen hatte ein berühmter Meeresbiologe eine blendende Vorlesung über Plankton gehalten. Am Vortage hatte ein Experte für Fossilien, ein früherer Kurator am Naturgeschichtlichen Museum Moskau, eine Theorie erläutert, nach der die Erde alle sechsundzwanzig Millionen Jahre verheerende Katastrophen erlebt hatte, durch die ganze Tierarten ausgerottet worden waren.

»Vielleicht ist dies eine Erklärung für das, was jetzt in Rußland passiert!« rief ein bekannter jüdischer Radiokomiker begeistert. »Die sechsundzwanzig Millionen Jahre, von denen Sie sprechen, sind wahrscheinlich jetzt gerade wieder einmal um. Stalin verrichtet nur die Arbeit der Natur. Diesmal ist die auszurottende Species offenbar die menschliche Rasse.«

In der folgenden Nacht wurde der Komiker zur Vernehmung geholt. »Haltet mir meinen Strohsack warm«, hatte er bühnenmäßig geflüstert, als er zur Tür ging. »Ich werde die Behörden von dieser Theorie mit den sechsundzwanzig Millionen Jahren in Kenntnis setzen.«

Als Ronscha am nächsten Morgen aufwachte, war der Platz des Komikers immer noch leer. Er kam nie in die Zelle zurück.

Zwei Abende später holten die Befrager wieder Ronscha. »Gott segne Sie!« flüsterte Madame Subina, als sie ihm auf die Füße half.

»Da alles erlaubt ist, glaube ich nicht mehr, daß Gott existiert«, sagte Ronscha. »Aber Gott möge auch Sie segnen!«

Damit ergriff er ihre Hand und drückte seine geschwollenen Lippen darauf.

Man brachte ihn wieder in das gleiche Verhörzimmer. Der Mann mit den blutunterlaufenen Augen winkte Ronscha zu dem Stuhl in der Mitte des Raumes. Obwohl der Dichter eine langärmlige Gefangenenjacke über seinem Hemd trug, schauerte er unwillkürlich zusammen. In der vorangegangenen Nacht hatte Madame Subina ihm zugeflüstert, daß er hohes Fieber hätte. Aber der Vernehmungsbeamte faßte das Erschauern als Zeichen von Furcht auf. Er zog seinen Stuhl direkt vor den von Ronscha und begann: »Schauen Sie, wie wäre es, wenn wir zu einem Kompromiß kämen? Jegor und ich müssen nun einmal ein Geständnis vorweisen, sonst würde man uns mangelnde Aufmerksamkeit oder sogar Konspiration vorwerfen.«

Ronscha zuckte abermals zusammen, und der Mann nickte befriedigt. »Wie wäre es, wenn wir die Anklage wegen unmittelbaren Kontakts zum trotzkistischen Zentrum fallen ließen? Wie wäre es, wenn wir uns darauf einigen, daß Sie zugeben, Sie hätten versucht, durch die Verlesung des Gedichtes einen Kontakt zu Gleichgesinnten aufzubauen? Mit anderen Worten – es war die erste Stufe von Konspiration. Sie haben nur die Fühler ausgestreckt, um andere zu finden, mit denen Sie sich zusammentun könnten. Dann würden Sie mit einem blauen Auge davonkommen. Was meinen Sie dazu?«

Ronscha stöhnte: »Darf ich Sie etwas fragen?«

»Fragen Sie nur!«

»Ich habe gehört, daß an Lenins Stelle eine Wachspuppe im Mausoleum liegt. Ich möchte gern wissen, ob das so ist.«

Der Vernehmungsbeamte mit den blutunterlaufenen Augen stand auf und schob seinen Stuhl zur Seite, damit sein Kollege eingreifen konnte. Der Schläger schlenderte zu Ronscha hin und musterte ihn – etwa so, wie ein Schneider Maß bei einem Kunden nimmt. Dann schlug er zu. Der Hieb landete auf der Nase des Dichters und zerschmetterte den Knochen und den Knorpel. Ronschas Kopf fuhr zurück. Der Stuhl, auf dem er saß, kippte um. Sein Kopf schlug auf den Steinboden. Er hustete Blut.

Der Schläger richtete den Stuhl wieder auf und setzte Ronscha wieder darauf, wobei er ihn auf Armeslänge von sich abhielt, um nicht mit Blut bespritzt zu werden.

»Du hast ihn zu heftig geschlagen«, sagte der andere bekümmert. »Er kann nichts mehr sehen.«

»Ich habe ihn so geschlagen, wie ich es immer getan habe«, protestierte der Schläger.

»Können Sie mich hören?« rief der Mann mit den blutunterlaufenen Augen

Durch einen Nebel aus Schmerz konnte der Dichter seine Stimme vernehmen, aber sie schien von jenseits eines Flusses zu kommen. Hatte er endlich den Styx überschritten? Falls ja, bliebe nur noch ein kleines Stück Weges übrig. Obwohl es furchtbar schmerzhaft war, versuchte Ronscha die Lippen zu bewegen. »Identifikation von Moral ... mit einem einzelnen Führer ... ob Hitler oder Stalin ... ist ein Rückschritt ... ein Rückschritt zu ... kindischem ... Infantilismus«, sagte er.

Er schloß die Augen und wartete auf den Schlag. Der traf ihn über seinem rechten Auge. Ronscha merkte, daß er hintenüber kippte. Das Summen in seinem Ohr wurde zu einem Dröhnen. Er stand auf dem anderen Ufer des Styx, direkt unter einem Wasserfall. Er fühlte, wie sein Herz jäh aufhörte zu schlagen.

5

Die zwei Männer, die im Theater auftauchten, waren so gut gekleidet, daß Mascha sie für Filmleute hielt. Sie legten ihre Mäntel säuberlich zusammengefaltet über die Lehnen von Sesseln in der zwölften Reihe des leeren Zuschauerraums und nahmen Platz, um bei der Probe zuzusehen.

»Du gehst zu forsch ran, Mascha«, rief der Regisseur von der ersten

Reihe aus. Er war ein eifriger junger Mann, der sogar in Innenräumen eine getönte Brille trug. »Du mußt bedenken, daß du ihn gerade erst getroffen hast.«

»Ich dachte, es käme darauf an, ihn merken zu lassen, daß ich interessiert bin«, entgegnete Mascha. Sie stand mit in die Hüften gestemmten Händen vor dem Regisseur und beobachtete im Augenwinkel die beiden Filmleute. Es war keine Einbildung; sie schienen sich wirklich sehr für sie zu interessieren.

»Du kannst ihn merken lassen, daß du interessiert bist, aber nicht auf so aufdringliche Weise. Es kommt darauf an, das Selbstvertrauen der neuen sowjetischen Frau auszudrücken, ohne dabei ihr elementares Gefühl für Schicklichkeit zu opfern. Fangt noch einmal an, wo Jewgenij dich fragt, ob sein Gesuch um Aufnahme in die Partei schon bearbeitet wurde.«

Mascha setzte die vom Stück vorgeschriebene Brille auf und wandte sich dem Schauspieler zu, der den Jewgenij spielte.

»Es tut mir leid, Sie zu belästigen«, begann er.

»Sie belästigen mich durchaus nicht«, antwortete Mascha munter. Sie suchte ihre Stimme sachlicher klingen zu lassen als vorher. »Dazu bin ich ja hier.«

»Ich möchte gern wissen«, fuhr Jewgenij mit angemessenem Zögern fort, »ob mein Gesuch zur Aufnahme in die Partei schon bearbeitet worden ist.«

»Wie ist Ihr Name?«

»Kotin. Jewgenij Sergejewitsch Kotin.«

Mascha ließ ihre Augen etwas größer werden. »Der Flieger? Der neben dem in der Arktis festsitzenden Eisbrecher gelandet ist?«

Jewgenij lächelte bescheiden.

»Ich habe mir doch gedacht, daß ich Sie irgendwoher kenne! Ich habe Ihr Bild in der *Prawda* gesehen.« Mascha ließ eine Note sexueller Erregung in ihre Stimme einfließen. »Das Bild, wo Genosse Stalin Ihnen den Orden angesteckt hat.« Jetzt ging sie zu ihrem rauchigen Register über; wenn die beiden Männer im Publikum eine Filmrolle für sie hatten, würden sie unbedingt beeindruckt sein. »Erzählen Sie doch! Wie ist er *wirklich*?«

Jewgenij dachte kurz nach, ehe er antwortete. »Er blickt einem direkt ins Auge. Sein Händedruck ist fest und aufrichtig – der Händedruck eines Arbeiters. Er hat mir Fragen gestellt nach meinem Flugzeug, nach der Navigationsausrüstung, nach dem Spezialfahrwerk, mit dem ich auf dem Eis gelandet bin, nach dem Funktionieren von Treibstoff mit hoher Oktanzahl bei niedrigen Temperaturen. Alles zeigte, daß er für die technischen Aspekte der Luftfahrt ein Experte ist. Ich will Ihnen etwas sagen, das ich noch niemandem erzählt habe – ich habe viel besser geschlafen, nachdem ich den Genossen Stalin getroffen habe. Das Schicksal unseres Landes liegt in guten Händen.«

»Das ist besser«, rief der Regisseur. »Das ist viel besser.«

Später kamen die beiden Filmleute mit den Mänteln über den Armen in Maschas Garderobe. Die Tür war offen, trotzdem klopften sie an. »Bitte eintreten!« rief Mascha.

Der eine Mann blieb an der Tür stehen. Der andere kam höflich lächelnd näher und hielt ihr eine Visitenkarte hin. Mascha erwartete, er würde sich als Mitglied der Sowjetischen Produzentenunion ausweisen. Dann erkannte sie die Buchstaben NKWD. Ihr erster Gedanke war, Gott zu danken, daß sie saß. Ihr zweiter war, daß sie sie von ihrer Unschuld überzeugen müßte. »Ich schwöre es auf einen ganzen Haufen von Bibeln«, platzte sie heraus und hielt dann inne. »Ich glaube nicht an Gott«, stotterte sie. »Das mit den Bibeln war nur so eine Redensart. Aber ich schwöre, daß es sich um einen schlechten Scherz gehandelt hat. Es war einfach geschmacklos.«

Der Mann, der ihr seine Karte gezeigt hatte, fragte: »Was war ein Scherz?«

»Das kleine Liedchen, das ich gestern abend bei der Party gesungen habe. Ich hatte ziemlich viel getrunken –«

»Welches Liedchen?«

Mascha holte tief Luft. Sie wußten offenbar genau Bescheid, sonst wären sie nicht hier. Sie wollten sie auf die Probe stellen. Die beste Taktik war, ihnen alles zu erzählen und sie von ihrer Ehrenhaftigkeit zu überzeugen. Was war sie doch für eine Närrin gewesen! Sie hatte getrunken, war aber nicht betrunken gewesen. Sie hatte eine Schau abgezogen für den Bühnenautor, der sie fragte, ob sie schon einmal als Chansonsängerin aufgetreten wäre. Als Antwort hatte sie sich à la Marlene Dietrich über ein Klavier gelehnt, einen Arm zurückgebogen, um ihre Brüste unter der Seidenbluse zur Geltung zu bringen und einen Zweizeiler losgelassen, der als »Moskau-Blues« bekannt war.

Dem NKWD ist der Kleister ausgegangen –
Ich habe seit Wochen keine Post mehr empfangen.

»Das ist nicht der Grund dafür, daß wir Sie behelligen müssen«, versicherte ihr der erste NKWD-Mann gutgelaunt.

»Wir können ebensogut einen Spaß verstehen wie jeder andere«, meinte der Mann an der Tür.

Mascha sank in ihren Sessel zurück. »Warum sind Sie dann hier?«

»Wir wissen, daß Sie mit einem Mann intim gewesen sind, der bis vor kurzem bei TASS gearbeitet hat. Sein Name ist Alexander Til.«

Mascha schenkte ihnen ihr unschuldigstes Lächeln. »Alexander und ich haben vor Monaten miteinander gebrochen.«

»Aber Sie haben ihn gekannt?«

Sie nickte schwach.

»Ich fürchte, wir werden Sie bitten müssen, mit uns zu kommen. Wir wollen Ihnen einige Fragen über ihn stellen.«

»Bin ich verhaftet?«

»Sagen wir, Sie sind festgenommen«, antwortete der Mann an der Tür. »Wenn Sie aufrichtig antworten, wenn Sie jedes Mißverständnis aufklären, werden Sie sehr bald wieder zu Hause sein.«

In ihrem Büro hingen die beiden Männer ihre Mäntel und den von Mascha auf Holzbügel an der Rückseite der Tür und begannen dann, sie mit endlosen Tassen Kaffee und endlosen Fragen zu traktieren. Wo genau hatte sie Til kennengelernt? Worüber hatten sie gesprochen? Wer waren seine Freunde? Was war die Beziehung zwischen ihm und seiner Stieftochter? Wer hatte der Stieftochter nahe genug gestanden, um sie zu verstecken? Einmal fragte der Mann, der immer wieder Maschas Kaffeetasse nachfüllte, ob Til »normal« gewesen sei.

»Normal in welcher Beziehung?«

»Sexuell normal.«

Mascha wandte die Augen ab, um das fundamentale Gefühl der neuen Sowjetfrau für Schicklichkeit zu demonstrieren. »Ja«, hauchte sie.

Den ganzen Nachmittag über blieb sie bei der Tarnstory, die sie und Sander aufgebaut hatten. »Ich habe ihm den Brief geschrieben, weil ich mich nicht dem Schmerz aussetzen wollte, mit ihm persönlich Schluß zu machen«, erzählte sie ihnen. Dann ließ sie ihre Stimme wieder in das rauchige Register absinken, von dem sie wußte, daß die meisten Männer es unwiderstehlich fanden. »Ich fühlte mich zu ihm hingezogen, weil ich dachte, er wäre ein aufrechter Revolutionär, der sein Leben für die Partei lassen würde. Als ich entdeckte, daß es nicht so war, machte ich Schluß.«

Der eine NKWD-Mann griff in einen Aktenordner und holte ein Blatt Papier heraus. »Ist dies der Brief, von dem Sie sprechen?«

»Er ist es«, rief Mascha aufgeregt. »Das ist mein Brief. Jetzt, wo Sie ihn mir zeigen, fällt mir ein, daß er mir sogar geantwortet hat.«

Der NKWD-Mann brachte auch diesen Brief zum Vorschein. »Wir haben uns die Freiheit genommen, Ihre Wohnung zu durchsuchen, ehe wir ins Theater kamen.«

Draußen wurde es dunkel. Der eine Mann stand auf und schaltete die Deckenbeleuchtung ein. Dann tat er etwas, was Mascha eine Gänsehaut verursachte. Er ging vom höflichen »Sie« zu dem vertraulichen »du« über, das bei einem Verhör gewollt drohend und beleidigend klang.

»Du bist nicht sehr hilfreich«, beklagte er sich leise.

»Ich glaube, es ist das beste, wenn du hier die Nacht verbringst«, meinte der andere. Auch er duzte sie. »Überschlaf es! Vielleicht wirst du dir morgen mehr Mühe geben.«

Zwei NKWD-Soldaten in Uniform führten Mascha in einen Umkleideraum mit langen, niedrigen Holzbänken und Metallhaken für Kleidungsstücke an der Wand.

»Ausziehen!« befahl der eine.

Die beiden Soldaten standen lüstern da und grinsten sie mit breiten Bauerngesichtern dumm an. »Worauf wartest du?« fragte der eine.

»Ich warte darauf, daß ihr euch wie Gentlemen benehmt und hinausgeht.«

»Wenn du dich nicht selbst ausziehst, werden wir es tun«, warnte sie der Soldat mit dem breitesten Grinsen.

»Das würdet ihr nicht wagen«, sagte Mascha und wich vor ihnen zurück. »Schon gut, schon gut«, schrie sie und hielt eine Hand hoch. Wütend über eine derartige Demütigung drehte sie sich um und fing an, ihre Kleidung abzulegen.

»Unter die Dusche mit dir!« befahl der eine uniformierte Wärter.

Mit einer Hand ihre Brüste und mit der anderen ihr Schamhaar bedekkend tappte sie barfuß zwischen den Wärtern durch einen Bogengang in einen großen, kalten, weißgekachelten Raum mit einem Dutzend Duschdüsen zu beiden Seiten der Wände. Der eine Soldat warf ihr ein Stück dunkle braune Seife zu, die nach Teer roch. Um es aufzufangen, mußte Mascha Brüste und Schamhaar freigeben. Die beiden Soldaten lachten vergnügt. Tränen rannen Mascha über das Gesicht. »Hör auf zu plärren!« befahl der eine Soldat und zeigte mit einem Kopfnicken zur nächsten Brause.

Mascha probierte den Hahn links. Nichts kam heraus.

»Es gibt nur kaltes Wasser«, sagte der andere Wärter, und beide lachten über ihren Gesichtsausdruck. »Kalt ist gut für die Brustwarzen«, fügte der Wärter hinzu. »Da stehen sie gleich stramm.«

Wieder im Garderoberaum fand Mascha, daß ein bärtiger Mann in einem weißen Ärztekittel auf sie wartete. Zwischen seinen aufgesprungenen Lippen baumelte eine von Speichel feuchte Zigarette. Er hatte an der rechten Hand einen engen, durchsichtigen Handschuh und hielt in der linken eine

Batterielampe. »Umdrehen und die Fußgelenke fassen, ohne die Knie zu beugen!« befahl er mit gelangweilter Stimme.

Mascha verstand sofort, was er vorhatte. Sie wich bis an die eiskalte Wand zurück. »Niemals!« flüsterte sie wütend. »Lieber sterbe ich.«

Der Sanitäter winkte den beiden Soldaten zu. Sie drängten sich von beiden Seiten neben sie. »Bitte!« wimmerte sie, als sie zulangten und ihre Handgelenke packten. Der Sanitäter riß mit einem Tritt ihre Beine auseinander, ließ sich auf ein Knie nieder und steckte einen Finger in ihren After und dann zwei Finger in ihre Scheide. Mascha erstickte fast an einem Schrei und brach auf dem Boden zusammen.

»Sie ist sauber«, sagte der Sanitäter.

Danach gaben ihr die beiden Soldaten ein dunkles Baumwollkleid, das nach Desinfektionsmitteln roch, ein Paar hinten offene Pantoffeln und eine alte Militärdecke, die nach Erbrochenem stank. Dann nahmen sie ein peinlich genaues Inventar ihrer Kleidung auf – »Ein seidener Büstenhalter, rosa; ein Paar baumwollene Unterhosen, rosa, mit von Hand eingestickten Initialen am Saum« – und verlangten, daß sie es unterschrieb. Danach führten sie Mascha, die zwischen ihnen in den offenen Pantoffeln dahinschlurfte, durch einen Korridor zu einem winzigen Raum, in dem sich außer einem Toiletteneimer nichts befand. Der Eimer war voll. »Schlaf gut!« rief der eine Wärter lachend und schlug die Tür hinter ihr zu.

»Um Gottes willen, kommt zurück!« schrie Mascha an der verschlossenen Tür. Sie schlug mit der Faust dagegen, bis ihr die Hand weh tat. Dann wickelte sie sich in die übelriechende Militärdecke, sank in einer Ecke des pechschwarzen Raumes auf den Boden und schrie aus vollem Halse.

Sie versuchte zu schlafen, aber der Gestank des Eimers und der Decke sowie die durch ihren Kopf rasenden Gedanken hielten sie wach. Mitten in der Nacht schlug unweit von ihrer Zelle eine schwere Tür zu. Nach einer Weile hörte sie deutlich, wie jemand an die Wand ihrer Zelle klopfte; aber sie wußte nicht, was das zu bedeuten hatte, und klopfte nicht zurück.

Am nächsten Morgen gaben ihr dieselben uniformierten Wärter ihre Kleidung zurück, bestanden darauf, daß sie sich anhand der Verzeichnisse vergewisserte, daß nichts fehlte und ließen sie eine Quittung unterschreiben. Sie durfte sich dann ohne Zuschauer anziehen und wurde durch die Gänge wieder in das Zimmer geführt, in dem die beiden NKWD-Männer auf sie warteten. Der eine bot ihr höflich einen Stuhl an. Der andere kam mit einer dampfenden Tasse Kaffee und einem frischen Brötchen.

»Zucker?« fragte er.

»Bitte zwei Stück.«

»Entschuldigung, daß ich die Finger nehme.«

Er ließ zwei Stücke in ihre Tasse fallen. Sie rührte mit einem kleinen Löffel um; und als der Kaffee etwas abgekühlt war, begann sie, ihn in kleinen Schlucken zu trinken. Der NKWD-Mann drängte sie nicht. Als sie fertig war, nahm er Tasse und Untertasse wieder fort.

»Ich danke Ihnen«, sagte sie.

»Es war ja nur eine Tasse Kaffe«, sagte der Mann mit freundlichem Lächeln.

Der andere NKWD-Mann, der hinter dem Schreibtisch saß, räusperte sich. »Haben Sie« – er redete sie wieder mit »Sie« an – »während der Nacht überlegt, ob Sie uns noch etwas mehr über Alexander Til erzählen können?«

»Ja«, antwortete Mascha, »das habe ich.«

Vom Fenster über dem Ausguß in der Küche konnte Ludmilla die Bergkette sehen, welche die Stadt Alma Ata beherrscht. Die Gipfel waren das ganze Jahr von Schnee bedeckt. Der Bauer, der ihr den Kumyß, die leichtgegorene Stutenmilch, verkaufte, behauptete, man könne vom höchsten Gipfel aus bis China blicken.

Sie öffnete die kleine Tür des Kochherdes und warf eine halbe Schaufel Kohle ein; dann tat sie eine Prise Salz in die Suppe aus Heringsköpfen, die auf dem Herd köchelte. Nach der Suppe würde sie die Heringe essen, die sie in süßen Essig eingelegt hatte, mit einem Brei aus ungemahlenem Roggen. Das war alles sehr wenig appetitanregend.

Ludmilla nahm gerade die Heringsköpfe aus der Suppe, als sie Schritte auf der Treppe hörte. Wahrscheinlich Wanka, dachte sie, der Sohn des Paares auf der zweiten Etage, der oft heraufkam, um ihr zu sagen, daß im Radio Schostakowitsch oder Prokofjew gespielt wurde. Dann hörte sie, wie eine schwere Faust gegen die Tür hämmerte. Jetzt wußte sie, daß es nicht Wanka sein konnte. Wieder wurde energisch gegen ihre Tür geklopft.

»Jetzt ist es also passiert«, sagte sie laut und bemühte sich, die Angst zu überwinden, die ihr beinahe die Kehle zuschnürte. Dann ging sie mit entschlossenen Schritten zur Tür, um zu öffnen.

Wie bei anderen Päckchen zuvor, hatte Arischka eine Stunde damit verbracht, dieses hier zu packen. Sie hatte es mehrere Male gewogen, um sicher zu sein, daß es auch nicht um das Gewicht einer Feder über der erlaubten Grenze lag. Sie hatte jedes Stück auf der vervielfältigten Liste abgehakt, als sie es hineintat: ein wollenes Hemd, zwei Paar wollene Socken, ein Paar

Schuhe, ein Unterhemd, eine Zahnbürste, fünf Stück Seife, ein Pfund Würste, ein Pfund Käse, ein Pfund Brot und ein Pfund Äpfel. Sie wußte, daß Arkadij nicht rauchte, hatte aber drei Unzen Tabak und etwas Zigarettenpapier und Zündhölzer hinzugetan in der Annahme, daß er dies zum Tausch mit anderen Gefangenen würde brauchen können.

Jetzt wartete sie, das Päckchen an die Brust gedrückt, mit Hunderten anderer Frauen vor dem Butyrskaja-Gefängnis an der Nowoswobodskaja-Straße im nördlichen Teil der Moskauer Innenstadt. An diesem Morgen blies ein eisiger Wind, und die Frauen hatten sich alle Tücher über die Köpfe gebunden. Die bunten Farben und Muster bildeten einen scharfen Kontrast zu der grauen Farbe des Himmels und dem trüben Charakter des Anlasses. Sie standen geduldig und stumm in der Reihe, obwohl sie wußten, daß es Stunden dauern konnte, bis sie die grüne Tür erreichten, an der ein kleines Schild mit der Aufschrift *Nachfragebüro* befestigt war.

Die meisten Frauen hielten die Köpfe unter ihren Tüchern gesenkt und die Augen fest auf die Füße der Person vor ihnen gerichtet. Gelegentlich begegneten Arischkas Augen denen einer anderen Frau, und es kam zu einem verständnisvollen Zublinzeln, wie es unter Menschen passiert, die sich absolut fremd sind, aber das gleiche Leid tragen.

Arischka hatte fast zwei Stunden lang angestanden, als sie merkte, wie eine Frau weiter vorn sie anstarrte. Arischka nickte leicht zurück. Die Frau gab ihren Platz in der Schlange auf und kam auf Arischka zu.

»Um Gottes willen, erzähle Pascha niemals, daß du mich hier gesehen hast«, flüsterte Serafima Fjodorowna.

»Natürlich nicht«, flüsterte Arischka zurück. Sie deutete auf das Päckchen in Serafimas Händen. »Für wen ist das?«

Serafima antwortete noch leiser: »Für Sander. Er ist jetzt schon mehr als zwei Monate da drin. Alles wegen eines Gedichts. Es war antisowjetisch und so weiter; aber ich meine, daß der Verfasser bestraft werden sollte und nicht jemand, dem er es vorgelesen hat. Wenn ich Pascha dies sage, wird er wütend auf mich. Er sagt, Frauen sollten sich aus solchen Sachen heraushalten.« Serafima blickte auf Arischkas Päckchen. »Für wen stehst du an?«

»Für einen Freund.« Arischka lächelte traurig. »Er ist vor einem Monat verschwunden. Ich hoffe immer noch, daß es sich um einen Irrtum handelt.« Sie fing an, ganz leise zu schluchzen. »Das Schlimmste ist, niemand will sagen, wo er ist. Also bin ich von Gefängnis zu Gefängnis gegangen und habe bei jedem eine Schachtel mit dem Namen darauf hinterlassen. Jeden Tag, an dem ich mich freimachen kann, besuche ich ein anderes Gefängnis. Lefortowo und Lubjanka habe ich schon hinter mir.«

»Kann dein Verflossener dir nicht helfen?« fragte Serafima.

»Er hat es versucht, konnte aber nichts herausfinden.«

»Nun, vielleicht ist er ja in Butyrskaja«, sagte Serafima hoffnungsvoll. »Vielleicht sind er und Sander Zellnachbarn.«

Gegen Mitte des Nachmittags waren Arischka und Serafima bis in das Nachfragebüro vorgedrungen. Hinter dem Tisch standen zwei Frauen und wogen jedes Päckchen auf einer Metzgerwaage, die an einer Kette von der Decke herabhing. Dann trugen sie in ein großes Buch die Namen von Absender und Empfänger ein.

Eine der Frauen wog Serafimas Päckchen und machte die entsprechenden Eintragungen. Die andere nahm Arischkas Päckchen und kontrollierte den Namen auf einer maschinengeschriebenen Liste. »Wir haben hier keinen Lifschitz, Arkadij Jeremejewitsch«, sagte sie zu Arischka und schob das Päckchen über den Tisch zurück.

Arischka schob es wieder hin. »Könnten Sie es trotzdem annehmen, nur für den Fall?«

Die Frau schüttelte ärgerlich den Kopf. »Wir nehmen nur Päckchen an für Gefangene, die auf der Hauptliste stehen.« Sie blickte an Arischka vorbei und rief: »Die nächste!«

Arischka rührte sich nicht. »Bitte«, beharrte sie. »Im Lefortowo und im Lubjanka haben sie mein Päckchen auch angenommen, obwohl sie seinen Namen nicht im Verzeichnis hatten.«

»Das kommt gar nicht in Frage«, sagte die Frau hartnäckig.

In ihrer Verzweiflung begann Arischka lauter zu werden. »Ich bitte Sie, von Frau zu Frau. Was macht es aus, wenn Sie mein Päckchen annehmen?«

Die andere Frau hinter dem Tisch griff zum Telefon.

»Komm!« bat Serafima. Sie schob ihren Arm unter den von Arischka und zog sie zur Tür.

»Verschwindet hier, ehe ich die Wache rufe!« schrie die Frau am Telefon.

»Sieh es als eine gute Nachricht an!« versuchte Serafima Arischka zu sagen, als sie über den Hof zurückgingen. »Es bedeutet, daß er nicht hier ist.«

Arischkas Stimme stieß einen kaum unterdrückten Schrei aus. »O Arkadij, wo bist du?«

Etliche Frauen in der Warteschlange blickten auf, als sie den Schrei hörten. Sie hoben aber nicht die Köpfe.

»Sei stark!« rief jemand, als Serafima Arischka vorbeischob.

»Habe Vertrauen!«

»Bring keine Kinder zur Welt!«

Aljoscha Schitkin schritt gedankenverloren die Straße entlang. Es war einer der ersten milden Abende dieses Frühjahrs. Jeden Tag konnten die ersten Knospen auf den Bäumen erscheinen, die nicht als Brennholz abgesägt worden waren; und wenn Moskau keinen späten zusätzlichen Frost erlebte, würden sie schließlich sogar aufblühen. Als Aljoscha um die letzte Ecke bog, bemerkte er Licht in seinem Zimmer im zweiten Stock. Bei den hohen Strompreisen vergewisserte er sich aber immer, daß es ausgeschaltet war, wenn er ging. In der Vorhalle blieb er stehen, rollte sich eine Zigarre und entzündete sie an der Glut von der, die er noch im Munde hatte. Dann ging er die Treppen zum zweiten Stockwerk hinauf und betrat sein Zimmer.

Keiner der beiden Männer, die auf ihn warteten, stand auf, als er hereinkam. Einer von ihnen hielt ihm eine Karte hin, die Aljoscha stirnrunzelnd betrachtete. Dann wies er auf einen Stuhl. Aljoscha fragte: »Darf ich erst meinen Mantel aufhängen?«

»Hängen Sie ihn über eine Stuhllehne!« befahl ein NKWD-Mann mit aufgedunsenem rotem Gesicht. »Sie werden ihn möglicherweise heute noch brauchen.«

Aljoscha kehrte den beiden den Rücken zu und hängte den Mantel in den Schrank. Dann erst setzte er sich.

Der zweite Agent war jünger als der erste, und seine kurzen gedrungenen Hände erinnerten Aljoscha an eine Zeile aus Ronschas Gedicht: »Seine Finger sind fett wie Raupen.« Mit seinen fetten Fingern holte der Agent einen braunen Regierungsumschlag aus der Brusttasche, entnahm ihm zwei maschinengeschriebene Blätter und reichte sie Aljoscha.

»Wollen Sie, daß ich das lese?«

»Wir wollen, daß Sie es unterschreiben. Wenn Sie es vorher lesen wollen, haben wir nichts dagegen.«

Aljoscha studierte die beiden Seiten genau. Dann blickte er auf. »Davon ist kein Wort wahr. Kein einziges.«

Der rotgesichtige Agent seufzte. »Sie haben Ihre Pflicht erfüllt, als Sie die Sache mit dem antisowjetischen Gedicht gemeldet haben. Til hat das versäumt. Warum wollen Sie ihn jetzt schützen?«

»Ich habe den Dichter angezeigt, weil sein Gedicht antisowjetisch war. Wenn ich wüßte, daß Til einen antisowjetischen Akt begangen hätte, würde ich auch ihn anzeigen. Aber ich werde nichts erfinden. Das hier« – Aljoscha schlug mit der Hand auf die beiden Blätter – »ist einfach unwahr. Ich habe nie gesehen, daß er mit diesem Mann gesprochen hat. Und er hat nie versucht, mich in eine Verschwörung hineinzuziehen. Er hat nie etwas von den Dingen gesagt, von denen hier die Rede ist. Jedenfalls nicht zu mir.«

Der jüngere NKWD-Mann stand auf, ging zum Fenster und schaute hinaus. Der Rotgesichtige schnaubte geräuschvoll durch die Nase. Dann sagte er ruhig: »Sie haben eine saubere Akte. Niemand klagt Sie wegen irgend etwas an. Aber die Partei bittet Sie, ein Papier zu unterschreiben, das sie benötigt. Rußland ist umgeben von Feinden. Wir müssen Exempel statuieren, um Verräter zu entmutigen, ehe sie eine Chance haben, das Land und die Partei zu verraten.«

Aljoscha schwieg.

Der Mann am Fenster drehte sich um und fixierte ihn. »Wir können es auch mit anderen Methoden versuchen.«

Aljoscha stand auf. »In Ordnung. Gehen wir.«

Die beiden NKWD-Männer wechselten Blicke. Der jüngere ging zu Aljoscha, schlug ihm beiläufig die Zigarre aus dem Mund, drückte ihn roh gegen die Wand und durchsuchte ihn. »Er ist sauber«, sagte er dann zu seinem Kollegen.

Er holte Aljoschas Mantel aus dem Schrank, prüfte ihn auch und warf ihn ihm zu. Dann holte er ein Paar Handschellen hervor und hielt sie ihm hin.

Aljoscha schien den Mut zu verlieren. Er fragte: »Kann ich diese Papiere noch einmal sehen?«

Der jüngere Agent knurrte und griff in die Brusttasche. »Sie sparen allen eine Menge –« Ehe er den Satz beenden konnte, trat Aljoscha einen Schritt vor und schlug ihn mit aller Gewalt in den Magen. Dann stieß er ihn gegen den zweiten Mann, der sich an eine Stuhllehne klammerte, um nicht hinzufallen. Aljoscha stürzte aus dem Zimmer und rannte die Treppen hinunter in die Halle. Er konnte die beiden NKWD-Männer brüllen hören, als er die Haustür aufstieß und in die Nacht hinauslief.

Der Mann, der die Kirche bewachte, war überrascht, als Aljoscha vor ihm auftauchte. »Ich dachte, ihr würdet die Kirche erst übermorgen sprengen?«

»Sie haben den Termin vorverlegt«, behauptete Aljoscha. »Die Kräne werden schon bald verfügbar, daher können sie früher mit den Aufräumarbeiten beginnen.«

»Na schön, das ist eure Sache«, sagte der Wächter und schloß die Tür zu dem Zaun auf, der um die Kirche herum gezogen war.

Aljoscha schickte den alten Mann heim und sicherte die Tür des Zaunes von innen mit einem Vorhängeschloß. Direkt unter dem gütigen Jesus stehend, der die Mittelkuppel des Gebäudes schmückte, drehte er sich eine

Zigarre und begann, Rollen von Leitungsdraht abzuspulen und auf dem Boden auszulegen. Die feine Kunst des Abreißens von Kirchen hatte sich geändert seit der Zeit, als er noch Dynamitstangen einsetzte und Zündschnüre so schnitt, daß sie in der richtigen Reihenfolge explodierten. Jetzt kam das Dynamit in kompakten rechteckigen Patronen. Jede davon hatte zwei Enden. Man band die Packungen an die Basen der tragenden Säulen und verdrahtete sie mit der Zentralkonsole, die mit einer Batterie und einer Zündfolgevorrichtung versehen war. Man konnte die Ladungen alle gleichzeitig oder hintereinander zünden. Und man konnte eine Verzögerung einbauen, damit der Mann, der den Schalter umlegte, Zeit hatte, eine Zigarre anzuzünden und sich vor der ersten Explosion in Sicherheit zu bringen.

Aljoscha brauchte zwei Stunden, um die Explosivpakete mit der Zentralkonsole zu verbinden, und eine weitere halbe Stunde, um die Anschlüsse noch einmal zu kontrollieren. Er stellte die Zündfolge so ein, daß alle Ladungen im gleichen Augenblick hochgehen würden, und drehte den Verzögerungsknopf auf Null. Dann rollte er seinen letzten bulgarischen Tabak in ein Stück Zeitungspapier. Dann begann draußen ein Lautsprecher zu quaken.

»Schitkin«, brüllte eine Stimme. »Sie haben eine Minute, um mit erhobenen Händen herauszukommen.«

Aljoscha hielt das Ende seiner neuen Zigarre an den Rest der alten zwischen seinen Lippen. Dann schnippte er den Stummel fort und nahm genußvoll den ersten Zug.

»Sie haben noch dreißig Sekunden«, warnte der Lautsprecher.

Aljoscha atmete aus und blickte durch den Rauch zu dem gütigen Jesus empor, der die Arme ausgebreitet hatte, als ob er herabschwebte. Hinter ihm blähte sich die Kuppel wie ein Fallschirm, der seinen Sturz abbremste. Aljoscha hatte den Eindruck, daß der Mund Jesu sich zu einem mitleidigen Lächeln verzogen hatte.

Dann hörte er den Klang von Schmiedehämmern, die die rostigen Angeln der hölzernen Tür im Zaun bearbeiteten. Einen Augenblick später wurde die Tür aufgedrückt, und eine Menge uniformierte NKWD-Truppen stürmte mit erhobenen Gewehren auf die Kirche zu. Hinter ihnen kamen die beiden NKWD-Agenten, die letzte Nacht bei ihm eingedrungen waren. Beide hatten Pistolen in den Händen.

»Sie hätten unterschreiben sollen, als Sie noch die Chance hatten«, rief der rotgesichtige Agent. Einige Soldaten knieten sich hin und legten auf Aljoscha an.

Aljoscha, der dicht bei der Konsole hockte, genehmigte sich noch einen letzten Zug aus seiner Zigarre.

Dann schloß er den Kontakt.

6

Sander war zwei volle Wochen lang nicht zum Verhör gerufen worden. Er hatte keinen Fuß aus der Zelle gesetzt, keine menschliche Stimme vernommen und keinen Kontakt zu anderen Menschen gehabt außer natürlich mit seinem Zellnachbarn. »WAS MACHEN DEINE AUGEN?« klopfte der Nachbar eines Morgens an die Wand.

»SCHLIMMER! NADELSTICHARTIGE SCHMERZEN IN DER PUPILLE! WAS GIBT ES NEUES VON DEINEM PROZESS?«

Der Nachbar klopfte zurück: »MEINE FAMILIE WAR HIER! ALLES SIEHT SO NORMAL AUS. SOGAR ICH. HA. STAATSANWALT WYSCHINSKI FRAGTE OB ICH VON MEINEN BEFRAGERN GEFOLTERT WORDEN WÄRE. ICH SAGTE ICH WÄRE ES GEWESEN DER SIE GEQUÄLT HÄTTE WEIL ICH SEIT ZWEIEINHALB MONATEN GESTÄNDNIS VERWEIGERE.«

Sander versuchte, seinen Nachbarn aufzumuntern. »WENN DER PROZESS GUT VERLÄUFT KÖNNEN DIE URTEILE MILDE SEIN.«

»ICH HABE KEINE ILLUSIONEN. DIE GEFÄNGNISSE SIND ÜBERFÜLLT DIE FRIEDHÖFE SIND NUR HALB VOLL. HA HA HA.«

Obwohl er seinen Kerkermeistern nicht die Genugtuung verschaffen wollte, es zuzugeben, vermißte Sander sein nächtliches Verhör sehr. Seine Fassung zu bewahren, wenn er sich mit dem Vernehmungsbeamten stritt, war für ihn eine nützliche Übung geworden, das geistige Äquivalent zu den langen Spaziergängen in seiner Zelle, zu denen er sich jeden Morgen zwang. Ohne die nächtlichen Sitzungen zogen sich die Tage und Stunden endlos in die Länge.

Physisch verfiel Sander rasch. Sein Haar fiel in großen Büscheln aus. Ein leichter Flaum begann auf den kahlen Stellen seines Kopfes zu wachsen. Seine Augen waren schlimmer denn je. Er litt unter ständigen Kopfschmerzen und gelegentlichen Anfällen von Benommenheit, die sich zu Übelkeit und einmal sogar bis zum Erbrechen steigerten. Man schob ihm immer noch Bücher durch den Schlitz; und sein Nachbar warnte ihn mehrfach, daß sie offenbar sein Sehvermögen ruinieren wollten. Sander widerstand oft einige Zeit; dann aber gab er auf, kletterte auf den umgedrehten Toiletteneimer und hielt das Buch auf Armlänge hoch – in dem Bemühen, bei dem trüben Licht der schwachen Glühlampe die unscharfen Wörter zu erkennen, die vor seinen Augen tanzten.

Eines Morgens erwachte Sander mit einem besonders schlimmen Kopfschmerz. Der Fourier mit dem Rollkarren sammelte durch den Schlitz den Blechnapf vom Frühstück ein. Sander begann in seiner Zelle hin und her zu gehen. Er war entschlossen, bis zum Mittagessen volle vier Kilometer zu schaffen, wenn sein Bein auch noch so schmerzte. Er hatte sich auch vorgenommen, den Tag über seine Augen nicht anzustrengen und das Buch nicht anzurühren, das der Mann an diesem Morgen durch den Schlitz geschoben hatte. Plötzlich aber hörte er, wie die Riegel an der Tür zurückgeschoben wurden. Ein junger Wärter mit frischem Gesicht, den Sander noch nie gesehen hatte, winkte ihm mitzukommen.

Sander durchzuckte panische Angst, und er schnappte unwillkürlich nach Luft. Exekutionen pflegten morgens stattzufinden, Verhöre nachts. Waren sie des Spiels überdrüssig geworden und hatten beschlossen, ein Ende zu machen?

Sander suchte im Gesicht des Wärters einen Hinweis, fand aber keinen. Am Ende des langen Ganges wurde Sander, der in seinen hohen Schuhen ohne Senkel dahinschlurfte und seine Pyjamahose festhielt, nach links dirigiert. Einen Moment lang setzte sein Herzschlag aus: Zu Verhören war es immer nach rechts gegangen! Sie kamen an eine Tür mit Glasfenster. Ein Wärter auf der anderen Seite öffnete und trug ihre Namen in seinem Verzeichnis ein. Dann gingen sie eine schmale Treppe hinunter.

Zwei Etagen tiefer führte der Wärter Sander durch eine Tür und dann durch ein Labyrinth gut beleuchteter Gänge zu einer anderen Tür mit einer Holzbank davor. Er machte Sander ein Zeichen, sich hinzusetzen und baute sich mit dem Rücken zur gegenüberliegenden Wand auf. Allmählich beruhigte sich Sanders Herzschlag. Es sah nicht so aus, als ob sie ihn gleich erschießen würden. Zumindest nicht an diesem Morgen.

Einige Minuten später kam ein Kalfakter aus der entgegengesetzten Richtung des Korridors herbei. Als er den Gefangenen auf der Bank sah, tat er etwas, das Sander wie ein Wunder berührte: Er sprach ihn direkt an. Was er sagte, war noch erstaunlicher.

»Es tut mir leid, daß ich Sie warten ließ. Kommen Sie bitte in mein Büro –«

Sander schaute auf den Wärter. Der nickte zustimmend. So folgte er dem Mann in den Raum und achtete darauf, daß er die Tür hinter sich offen ließ. Er schaute sich um und stellte fest, daß er sich in einem ziemlich ordentlichen ärztlichen Behandlungszimmer befand. Der Fußboden und die Wände waren fleckenlos sauber. Der Kalfakter winkte ihn zu einem Sessel mit hoher, gerade Lehne. Dann öffnete er einen großen Schrank und legte etwas auf einen Tisch, das nach optischem Gerät aussah. Er erklärte: »Ich werde Ihre Augen untersuchen. Sie können mir vertrauen. Ich habe vor dem Weltkrieg in Berlin studiert und in Moskau praktiziert bis . . . na, sagen wir, ich habe in Moskau viele Jahre lang praktiziert.«

Der Arzt hatte Schwierigkeiten, Sanders Augenlid mit dem Daumen umzudrehen. Jedesmal, wenn er es versuchte, zuckte Sanders Kopf zurück. Er erinnerte sich an den versoffenen deutschen Arzt, der das Lid seiner Mutter mit einem Stiefelknöpfer zurückgezogen und dann erklärt hatte, er hätte Anzeichen für ein Trachom gefunden. Aber durch reine Beharrlichkeit schaffte es der Kalfakter schließlich doch, Sanders Augen zu untersuchen. »Leiden Sie an Kopfschmerzen?« fragte er. »Benommenheit? Intermittierenden Schmerzen der Netzhaut? Hmm. Überrascht mich nicht. Ihre Augen zeigen deutliche Symptome von Vitaminmangel. Wann haben Sie zum letzten Mal Ihre Sehkraft prüfen lassen?«

Sander sagte, er hätte vor ungefähr drei Jahren eine neue Brille bekommen.

»Ihre Augen haben sich seitdem erheblich verschlechtert«, sagte der Arzt. Er setzte Sander seine Brille auf und hing eine Kontrolltafel an die gegenüberliegende Wand. »Halten Sie ein Auge zu und lesen Sie die mittlere Zeile«, verlangte er.

Sander beugte sich vor und versuchte, die Zeile scharf zu bekommen. »Ich kann nicht.«

Der Arzt steckte zwei Linsen in eine Wechselfassung und setzte sie Sander anstelle seiner Brille auf. »Versuchen Sie es jetzt mit der mittleren Zeile!«

Sander sagte: »Es ist besser, aber immer noch unscharf.«

Der Arzt ersetzte die Linsen durch zwei andere. Sander riß vor Erstaunen den Mund auf, und er las begeistert laut vor: »R-S-P-F-I!«

»Wann bekomme ich eine neue Brille?« fragte Sander, als er das Zimmer verließ.

Der Arzt sagte: »Ich darf nur verordnen. Andere müssen Ihnen die Brille beschaffen.«

»Wo warst du heute morgen?« klopfte Sanders Nachbar an diesem Nachmittag an die Zellenwand.

»Ich wurde zu einer Augenuntersuchung gebracht.«

»HA HA HA. SEHR LUSTIG. IM ERNST WO WARST DU? ICH HABE MIR SORGEN GEMACHT.«

»EINE AUGENUNTERSUCHUNG WIRKLICH. WIE WAR DER MORGEN BEIM GERICHT?«

»ICH WAR GLÄNZEND! ICH HABE GESTANDEN JAPANISCHE AGENTEN IN STOCKHOLM GETROFFEN ZU HABEN OBWOHL ICH NIE DORT GEWESEN BIN. ICH HABE DAS LOKAL BIS ZUR FARBE DES TISCHTUCHS BESCHRIEBEN. MEIN BEFRAGER STRAHLTE VOR STOLZ. STAATSANWALT WYSCHINSKI FRAGTE MICH WIE ICH DAZU KOMMEN KONNTE MEIN VATERLAND ZU VERRATEN. ICH ANTWORTETE DASS WIR DANK DER INSPIRIERTEN FÜHRERSCHAFT VON STALIN EIN NEUES RUSSLAND HÄTTEN ABER LEIDER KEINE NEUEN RUSSEN. HA HA.«

Sander klopfte: DU SOLLTEST NICHT VOR GERICHT WITZE MACHEN. DAS BRINGT DIR NUR ÄRGER.«

»DEN HABE ICH SOWIESO SCHON. HA HA HA HA HA HA HA HA HA.«

In dieser Nacht begannen die Verhöre wieder.

Als Sander den Raum betrat, in dem die Verhöre stattfanden, erblickte er Melor, der ihn von der anderen Seite des Tisches aus anstarrte.

»Melor! Was machst du hier?« Dann dämmerte es Sander. »Serafima hat gesagt, daß du etwas Wichtiges machst, aber sie sagte nie, was. Jetzt verstehe ich, warum sie nicht damit herausrücken wollte.«

»Hinsetzen!« befahl Melor Sander mit einer knappen Handbewegung.

»Was ist mit meinem alten Befrager?« fragte Sander.

»Genosse Zhilow«, informierte ihn Melor mit selbstgefälliger Genugtuung, »ist verhaftet worden – wegen Beteiligung an einer antisowjetischen trotzkistischen Verschwörung. Er hat es nicht geschafft, von dir ein Geständnis zu erlangen.«

»Das bringt dich in eine schwierige Lage«, sagte Sander. Er genoß schon das Hin und Her bei dem Verhör. Die Zeit verging, ohne daß man es merkte. »Wenn ich weiter jede Verbindung zu dem berüchtigten trotzkistischen Zentrum bestreite«, fügte er lächelnd hinzu, »dann werden sie wohl zu dem Schluß kommen, daß auch du ein Mitglied der Verschwörung bist.«

Melor grinste zurück, obwohl sein schwammiges Gesicht keine Spur von Wohlwollen zeigte. »Im Gegenteil, die Verhaftung meines Vorgängers bringt *dich* in eine schwierige Lage. Wir sind uns beide darüber im klaren, daß ich im Interesse meiner eigenen Sicherheit nicht versagen darf.«

Sander grinste spöttisch: »Was wirst du machen, etwa ein Geständnis aus mir herausprügeln?«

Melor schob seinen Stuhl zurück und holte ein dickes Dossier aus einer

Schublade. »Wir sind keine Ungeheuer«, versicherte er und schlug das Aktenbündel auf. »Wir sind Psychologen. Wir suchen nach den psychologischen Hebeln, die euch dazu bringen, Verbrechen einzugestehen, die ihr begangen habt oder zu begehen fähig seid.«

»Ihr seid wahnsinnig«, sagte Sander. »Du und andere deinesgleichen schicken Zehntausende unschuldiger Menschen in den Tod.«

Wieder lächelte Melor. Er schien sehr selbstsicher zu sein. »Du sprichst zu mir von Zehntausenden. Jedes Jahr, seit die Geschichte begann, sind Millionen unschuldiger Menschen durch imperialistische Kriege, Epidemien und Hungersnöte getötet worden. Wir Stalinisten haben versprochen, die Welt neu zu ordnen, Kriege, Epidemien und Hungersnöte auszurotten. Wenn wir bei diesem Prozeß eine parasitäre Bauernschaft liquidieren müssen – sei es drum! Wir sind keine Weiber.« Er richtete einen Finger auf Sander. »Du hättest in New York bleiben sollen. Eine Revolution ist nichts für Leute mit schwachen Nerven.«

»Oder moralischen Skrupeln.«

Melor kicherte. »Das Individuum ist nichts, die Partei ist alles. Der Zweck heiligt die Mittel. Das ist unbestreitbar.«

Sander lehnte sich in seinem Stuhl zurück. »Als du noch ein Kind warst, habe ich dich einmal gefragt, was du als Erwachsener werden möchtest. Ich entsinne mich, daß du gesagt hast: ›Ich will ernst genommen werden.‹ Zumindest nimmst du dich selbst ernst.«

»Ich habe auch noch Erinnerungen an das Dampfboot«, gab Melor zurück. »Du warst damals auch ganz von dir selbst eingenommen – der Idealist, der heimgekehrt war, um für die gute Sache zu kämpfen. Aber als wir das Winterpalais stürmten, bist du durch die Hallen gerast wie ein brünstiger Hund auf der Suche nach seinem Weibchen. Ich habe mich freiwillig gemeldet, dich zu verhören, nicht nur weil es ein wichtiger Fall ist; nicht nur, weil du Til heißt und die Leute sich für dein Schicksal interessieren werden. Ich nehme es dir übel, daß du Ronscha nicht angezeigt hast. Noch heute gibt es Leute, die flüstern, dieser dreckige Verräter wäre ein Held, ein großer Dichter. Ich weiß das besser. Darum brauche ich dein Geständnis. Um Ronscha bloßzustellen. Aber ich greife den Dingen vor.«

Melor zog drei maschinengeschriebene Blätter aus der Akte und legte sie über den Tisch hinweg Sander vor. »Lies das!« befahl er.

»Ich kann nicht, mein Sehvermögen hat gelitten.«

»Beinahe hätte ich die Brille vergessen.« Melor nahm aus einer Schublade ein Brillenetui, holte eine neue Brille mit runden Gläsern in Stahlfassung heraus und hielt sie ihm hin. »Sieh zu, ob diese besser ist als deine alte.«

Sander zögerte. Er konnte hören, wie der Gefangene in der Nachbarzelle ihn gewarnt hatte: »Hüte dich vor den Bolschewisten, selbst wenn sie Geschenke bringen!«

»Nimm sie nur. Sie beißt dich nicht.«

Sander setzte seine alte Brille ab und klemmte sich die neue über die Ohren. Sofort wurde die Welt scharf. Sogar seine Kopfschmerzen schienen nachzulassen. Er nahm die Blätter und las die Unterschrift, die auf der dritten Seite stand. Dann las er Tuohys Aussage von Anfang bis Ende durch. Wie hatte man ihn nur dazu bringen können, einen solchen Haufen von Lügen zu unterschreiben!

Melor bemerkte: »Du kannst sehen, daß das Beweismaterial gegen dich zwingend ist.«

Sander sagte: »Natürlich ist nichts davon wahr. Ich habe diesen Mann nie getroffen. Ich bin in dem erwähnten Restaurant gewesen, aber vor Jahren, um die Hochzeit von Atticus und Arischka zu feiern. Du bist auch da gewesen. Und was meinen Versuch betrifft, Stalin zu ermorden, so steht sein Wort gegen meines. Und ich bestreite es.«

»Du bestreitest aber nicht, den Decknamen ›Spiegelschrank‹ für den verstorbenen Verräter Ronscha gebraucht zu haben?«

Sander schaute weg und atmete einige Zeit ruhig vor sich hin. Dann nahm er die Brille ab und massierte mit Daumen und Mittelfinger seine geschlossenen Augenlider. »Also ist Ronscha tot.« Er öffnete die Augen wieder und sah Melor an. »Das überrascht mich nicht. Die Verlesung seines Gedichtes war eine Form von Selbstmord.«

»Du leugnest nicht, den Decknamen ›Bridgetisch‹ für den verstorbenen Saboteur Aljoscha Schitkin gebraucht zu haben?«

»Aljoscha ist also auch tot?«

»Vor seiner Verhaftung wegen antisowjetischer Aktivitäten hat er Selbstmord begangen, was seine Schuld beweist. Du bestreitest nicht, den Decknamen ›Spiegel‹ für deine Geliebte, die Schauspielerin Mascha, benutzt zu haben?«

»Ich kann diese Decknamen erklären«, sagte Sander verzweifelt. »Als wir unsere Wohnung in der Tschkalow-Straße verloren, mußten wir unsere Möbel bei Freunden unterbringen. Also fingen Ludmilla und ich an, jeden nach dem Möbelstück zu benennen, das er für uns aufbewahrte. Jesus, wir haben sogar deine Mutter und Pascha als ›Rollschreibtisch‹ bezeichnet!«

»Das ist mir bekannt«, sagte Melor gleichmütig. »Sergeant Kirpitschnikow wird über die Bedeutung von ›Rollschreibtisch‹ befragt werden.«

»Pascha ist dein Stiefvater!«

Melor sagte: »Wenn mein rechter Arm antisowjetischer Aktivität schuldig wäre«, – er lächelte kalt – »dann würde ich ihn abschneiden.«

»Das traue ich dir zu.«

Melor hielt die offene Hand hin: »Die Brille, bitte.«

»Darf ich sie nicht behalten?«

»Wenn du dein Geständnis unterschreibst. Nicht früher.«

»WIE WAR DIE VERHANDLUNG GESTERN?« klopfte Sander an die Wand, als er wieder in seiner Zelle war.

»HA HA HA HA HA HA HA HA HA!

»BIST DU BEI SINNEN?«

»HA HA HA HA HA HA HA HA HA HA HA HA HA HA HA.«

Melor reichte Sander die Brille über den Tisch. Sander setzte sie auf und begann, durch den Nebel seiner Kopfschmerzen das Geständnis von Sergeant Kirpitschnikow zu lesen. »Das ist eine Lüge«, murmelte er erschöpft. »Das auch« und noch einmal: »Auch das. Wie hätte ich an einer geheimen strategischen Sitzung des Trotzkistenzentrums in Petrograd teilnehmen können, wenn ich in jenem Monat in Alma Ata einen Film übersetzt habe?«

»Es ist möglich, daß das Gedächtnis dem Sergeanten einen Streich gespielt hat und das Datum falsch ist. Niemand ist vollkommen.«

»Ich leugne das Ganze«, sagte Sander leise. Er hob eine Hand zur Stirn und versuchte, den Schmerz wegzumassieren, aber er blieb.

»Die Brille, bitte«, sagte Melor und hielt die Hand hin. Sanders Nachbar klopfte: »HEUTE SIND SIE ZU WEIT GEGANGEN.«

»WIESO?

»ICH GEBE ZU EIN SPION ZU SEIN. ICH GEBE ZU EIN SABOTEUR ZU SEIN. ICH GEBE ZU AGENT EINES INTERNATIONALEN KAPITALISTEN-KOMPLOTTS ZU SEIN DAS DAS ERSTE ARBEITERPARADIES DER WELT VERNICHTEN WILL. ABER WYSCHINSKI ÜBERTREIBT WENN ER MICH ÖFFENTLICH ANKLAGT FÜR HITLER UND DEUTSCHLAND ZU KONSPIRIEREN. SCHLIESSLICH BIN ICH DOCH JUDE.«

Sander klopfte zurück: »IM GEGENTEIL DU SOLLTEST ES ZUGEBEN. DER VORWURF IST SO ABSURD DASS ER DIE GLAUBWÜRDIGKEIT DEINES GESTÄNDNISSES UNTERGRÄBT.«

Es folgte eine lange Pause. Dann: »DARAN HATTE ICH NICHT GEDACHT.«

»Ehe der wahnsinnige Kriminelle Ronscha starb«, sagte Melor eines Nachts zu Sander, »hat er einen Mitverschwörer identifiziert. Leider waren die beiden Vernehmungsbeamten trotzkistische Agenten, die eingeschleust waren, um die Untersuchung zu Fall zu bringen und die wahren Verbrecher zu decken. Als es so aussah, daß der Dichter kooperieren würde, haben sie ihn totgeprügelt. Selbst da versuchte er noch, den Mann anzugeben, der die Verbindung zwischen ihm und dem trotzkistischen Zentrum herstellte. Die beiden Befrager behaupteten hartnäckig, sein Name wäre Kafka gewesen; aber das war eine durchsichtige Lüge. Schließlich aber haben sie zugegeben, daß der Verbrecher Ronscha den Namen Til genannt habe.« Melor schob ein einzelnes Blatt Papier zusammen mit dem Brillenetui über den Tisch. »Lies selbst!«

Sander zweifelte keinen Augenblick, daß das Geständnis der beiden Befrager seinen Namen nannte, aber er setzte die Brille trotzdem auf, um ein paar kostbare Momente lang die Schärfe des Sehens genießen zu können.

»ICH HABE GETAN WAS DU VORSCHLUGST. ICH HABE GESTANDEN HITLER PERSÖNLICH ZU BERICHTEN.«

»WIE WAR DIE REAKTION?«

»MEIN SOHN NANNTE MICH DEN ABSCHAUM DER MENSCHHEIT.«

»BEDAURE DIR EINEN SCHLECHTEN RAT GEGEBEN ZU HABEN.«

»NICHT DEIN FEHLER. ICH WEISS JETZT DASS ICH NICHTS SAGEN KANN WAS SIE NICHT GLAUBEN. MORGEN WERDE ICH MICH ALS JUNGFRÄULICH GEBOREN BEZEICHNEN. SOLLTE ABER VIELLEICHT DOCH NICHT MEINE ALTE MUTTER IN VERLEGENHEIT BRINGEN. HA HA HA HA HA.«

Sander begann die ersten Anzeichen von Ungeduld bei seinem Befrager festzustellen. Er überlegte, ob man Melor einen Termin gesetzt hatte, um das verlangte Geständnis zu bekommen.

»Du brauchst dir nicht den Kopf darüber zu zerbrechen, was du gestehen sollst«, versicherte ihm Melor eines Nachts. »Ich werde dir bei den Details helfen.« Er schob einige maschinengeschriebene Blätter über den Tisch, zusammen mit dem Brillenetui.

Sander setzte die Brille auf und brütete über den Seiten.

Dann blickte er auf. »Die üblichen Erfindungen . . . Wer hat das geschrieben?«

Er schaute auf die Unterschrift. Das Protokoll war von Mascha unterzeichnet. Er hoffte, daß man seiner Miene nichts anmerken konnte und daß Mascha ihren Teil der Abmachung eingehalten hatte.

»Wyschinksi verlangte die Todesstrafe für alle Angeklagten. Das Auditorium auch. mein Sohn hat gerufen: Tod den trotzkistischen Verrätern! Ich verfluche mich meinen Sohn schlecht erzogen zu haben.«

»Es ist nicht leicht in Russland Kinder aufzuziehen.«

Melor hatte schon sehr früh im Leben begriffen, daß das einzige Verbrechen im Leben war, sich erwischen zu lassen. Er hatte einige Katzen der Prinzessin auf dem Schwarzmarkt verkauft und dafür Würste gekauft; und Serafima war stets entzückt gewesen, wenn er ihr erzählte, er hätte sie in einem Abfalleimer hinter dem Haus eines reichen Juden gefunden. Der Diebstahl der Nacktaufnahme von Lili hätte sich auch gelohnt, wenn der alte Hippolyt sie nicht für ein Hörrohr eingetauscht hätte.

Melor hatte das Dampfboot geliebt. Er hatte jede Ecke davon ausgekundschaftet, von dem Schlupfwinkel der hinteren Laube bis zu den geheimen Winkeln des Dachbodens, wo es von Fledermäusen wimmelte.

Eines Nachts hatte er an Paschas versteckter Wodkaflasche genippt. Danach fühlte er sich noch abenteuerlustiger als sonst und schlüpfte in die winzige Besenkammer unter der Treppe, von der aus man durch ein Guckloch ins Badezimmer blicken konnte. Lange Zeit wartete er vergeblich. Plötzlich hörte er Holz knacken. Jemand kam die Treppe über seinem Kopf herunter. Er drückte ein Auge ans Gucklock. Die Tür des Badezimmers ging auf, und das elektrische Licht an der gegenüberliegenden Wand wurde eingeschaltet. Er konnte hören, daß jemand Holz in den Badeofen tat. Und dann kam Appolinaria in Sicht. Sie war nackt und trug einen kleinen Holzeimer mit heißem Wasser, den sie in die kupferne Wanne schüttete. Dann wandte sie sich um und füllte ihn noch einmal aus dem großen Becken über dem Ofen.

Appolinaria bewegte sich wie eine Ballerina. Sie setzte erst einen Zeh auf und glitt dann bei jedem Schritt auf die Fersen nieder. Ihr Haar, das sie immer in sorgfältig geflochteten Zöpfen trug, hing lose herunter. Melor stellte mit Bewunderung fest, daß es ihr fast bis zur Taille reichte. Sein Atem kam in lautlosen Stößen.

Nachdem sie die Wanne mit mehreren Eimern Wasser gefüllt hatte, betrachtete Appolinaria sich in dem Spiegel, der an einem Nagel über dem Guckloch hing. Melors Herz klopfte so heftig, daß er fürchtete, es könnte ihn verraten. Sergeant Kirpitschnikow würde Appolinarias Schreckensgeschrei hören, ihn aus dem Verschlag ziehen und mit seinem Militärgürtel windelweich schlagen.

Appolinaria drehte sich um und stieg in die Wanne. Sie kniete sich hin und begann sich den Hals und die flachen Brüste mit einem Schwamm zu waschen. Melor griff zwischen die Knöpfe seines Nachthemds und fing an, seine Erektion zu befummeln.

Abermals hörte er ein Knacken über sich: Eine weitere Person kam die Treppe herab. Dann klopfte jemand leise an die Tür des Badezimmers. Appolinaria stieg aus der Wanne, ging zur Tür und schob den Riegel zurück. Dann setzte sie sich wieder in die Wanne. Ronscha, nackt und knochig, trat ein und goß noch einen Eimer heißes Wasser in die Wanne, bevor auch er hineinstieg. Sie wandte ihm den Rücken zu. Er nahm einen Schwamm und begann sie zu waschen. Dann beugte er sich dicht an sie und drückte ihr seine Lippen auf den Nacken. Seine rechte Hand glitt über ihre Schulter und begann, ihre winzigen, fast unsichtbaren Warzen mit dem nassen Schwamm zu liebkosen.

In dem Verschlag stieß Melor seine Erektion mit wonnevollem Schmerz in die Wand, kippte dann auf den Fußballen rückwärts und atmete tief durch den offenen Mund, um kein Geräusch zu machen. Danach beugte er sich wieder vor und schaute erneut durch das Loch. Er konnte sehen, daß die beiden ernst miteinander sprachen. Offenbar stritten sie sich über etwas. Mit dem Auge am Loch konnte Melor durch die dicke Mauer nicht hören, was sie sagten. Und wenn er das Ohr ans Loch hielt, konnte er zwar mithören, was sie sagten, aber nicht Appolinarias Brüste sehen. Also wechselte er ab – zehn Sekunden fürs Auge, zehn Sekunden fürs Ohr.

»Ehe es zu spät ist«, bat sie mit verhaltener Stimme.

»Das kommt gar nicht in Frage«, antwortete Ronscha gereizt. »Ich könnte fern von Rußland nie Gedichte schreiben.«

»Wenn die Bolschewisten an die Macht kommen, werden sie schließlich ihre Dichter umbringen.«

»Welche Ehre, in einem Lande zu leben, wo man seine Dichter ernst genug nimmt, um sie zu töten –«

Melor hielt wieder das Auge ans Guckloch. Sie redeten tonlos weiter.

»– wenigstens Moskau«, drängte sie.

»Wir wollen sehen, was zuerst passiert.«

»Vielleicht wird Kerenski sie wegfegen. Dann können wir in Frieden leben.«

»Wenn Kerenski gewinnt, müssen wir sie so beschützen, wie sie uns all diese –«

Melor schaute durch das Loch. Jetzt hatte sie ihn umarmt, und ihre Lippen küßten sein Ohr. Melor horchte wieder.

»– du und und sie in Paris?«

»Weniger als nichts.« Ronscha schien verärgert. »Wir haben uns einen Augenblick lang geliebt. Dann ging dieser Augenblick vorbei.«

Melor drückte sein Auge an das Loch und beobachtete die beiden in der kleinen Kupferwanne. Ronscha wandte den Kopf. Er schien Melor direkt ins Auge zu blicken. Erschrocken prallte Melor zurück. Dabei stieß sein Kopf gegen den Stiel eines Scheuerbesens und kippte diesen mit hörbarem Geräusch gegen die Treppe. Melor erstarrte. Er konnte hören, wie die Tür des Badezimmers geöffnet wurde. Einen Augenblick später riß Ronscha die Tür des Verschlages auf. Er sah das Guckloch und starrte wütend auf Melor hinunter. Allmählich entspannten sich seine Gesichtszüge. »Geh in dein Zimmer!« sagte er schließlich zu ihm.

»Werden Sie es Pascha erzählen?« flüsterte der Junge.

Ronscha schüttelte den Kopf.

»Werden Sie mich nicht schlagen?«

Wieder schüttelte Ronscha den Kopf. »Jeder Junge hat irgendwann einmal dasselbe getan wie du. Tu es nicht wieder!«

Als Melor später über den Vorfall nachdachte, begriff er, daß er ein Wendepunkt in seinem Leben gewesen war. Was ihn so tief getroffen hatte, war das Gefühl äußerster Demütigung. Ronscha hatte ihn auf frischer Tat ertappt, aber er hatte den Jungen nicht ernst genug genommen, um ihn zu bestrafen.

Ernst genommen zu werden – das wurde seine fixe Idee.

Sander hörte, wie in der Nähe eine Metalltür zugeschlagen wurde. Das bedeutete, daß sein Nachbar in seine Zelle zurückgekehrt war.

Sander klopfte. »Sie werden mich in wenigen Minuten zum Verhör holen.«

»Falls es dich interessiert sie haben mir ein HM gegeben.«

HM stand für »Höchstmaß an Strafe«. Sein Nachbar war also zum Tode verurteilt worden.

»Bin sehr traurig. Wann?«

»Tagesanbruch. Du wirst wahrscheinlich bei Besprechung sein. Ha. Denke dies ist unsere letzte Unterhaltung.«

»Trage es mit Würde wenn du kannst.«

»Würde scheint mir nicht wichtig. Beabsichtige zu rufen lang lebe Stalin wenn sie schiessen wegen der minimalen Chance dass es meiner Familie helfen kann.« Der Nachbar machte eine Pause. Dann: »Ich höre sie kommen dich zu holen. Lebwohl für immer. Lass uns einander im

Jenseits zuklopfen. Ha. Letzter Rat von einem verfrühten Antifaschisten. Was du auch tust« – Sander hörte, wie die Riegel an seiner Tür weggezogen wurden, und sein Nachbar begann rasend schnell zu klopfen »Tu es nicht verfrüht. Ha ha ha ha ha ha ha ha ha ha.«

»Du siehst bekümmert aus«, bemerkte Melor, als Sander sich hinsetzte.

»Ich trauere um Rußland.«

»Sehr dramatisch«, sagte Melor sarkastisch. »Ich denke, wir fangen wieder einmal von vorn an.« Er öffnete das dicke Dossier auf seinem Tisch und zog ein Blatt heraus mit dem Vermerk »Chronologie«. »Du wurdest durch den Verbrecher Trotzki 1917 in New York ausgewählt...« Seine Stimme tönte weiter. Sanders Geist wanderte. Er dachte an seinen Zellnachbarn, der auf das Morgengrauen wartete. »...Zurückgekehrt nach Rußland auf dem gleichen Schiff wie der Verbrecher Trotzki...« Seine Gedanken gingen zurück nach Jekaterinburg, und er fragte sich, wie Lili wohl ihre letzte Nacht verbracht hatte. »... auf direkten Befehl des Verbrechers Trotzki bist du nach Jekaterinburg gefahren...« Sander dachte an den Zug, der aus dem Tunnel raste und das enorme Schild Asiatika, das auftauchte, wobei alle applaudierten und »Hoch!« riefen. »Verriet ihre Partei durch Unterstützung einer wichtigen Gefangenen...«

Melor hörte auf zu lesen und begann Interpretationen anzubieten, die Sander ablehnte. Dann las er weiter. Schmerzen bohrten sich in Sanders Stirn. Er versuchte, die Augen zu schließen, aber das schien nur noch mehr zu schmerzen. Das Verhör ging weiter. Papiere wurden über den Tisch gereicht, zusammen mit der magischen Brille.

»Lügen«, sagte Sander müde. »Alles Lügen.«

Dann schaute Melor plötzlich auf seine Armbanduhr, stand auf, schaltete die Deckenbeleuchtung und die Schreibtischlampe aus und öffnete die stählernen Blenden an dem einzigen Fenster des Zimmers, so daß die ersten grauen Lichtstreifen an dem noch nachtdunklen Zimmer zu sehen waren.

Aus dem Hof drang das Geräusch von Männerschritten herauf. Melor blickte zum Fenster hinaus. Sander horchte. Eine Metalltür wurde geöffnet. Ein Offizier brüllte ein unverständliches Kommando. Eine hysterische Stimme schrie: »Lang lebe –« Der Schrei wurde durch eine Salve abgeschnitten, die wie ein einziger Schuß klang. Melor schloß die Metallblenden und das Fenster und drehte die Lampen wieder an.

»Wem, denkst du, hat er wohl ein langes Leben gewünscht?« fragte Melor und setzte sich wieder an den Tisch. Er zuckte die Achseln. »Wahrscheinlich Trotzki. Wo waren wir doch?«

Sander hätte gern geschrien, daß der Exekutierte Stalin ein langes Leben wünschen wollte, aber das wäre natürlich lächerlich gewesen.

»Lies das hier!« sagte Melor und schob Sander noch ein anderes Stück Papier zu, zusammen mit der Brille.

Sander setzte die Brille auf und erkannte sofort, daß es kein weiteres Geständnis war. Es war ein Gerichtsurteil. Da war jemand zu fünfundzwanzig Jahren Zwangsarbeit verurteilt worden. Er suchte den Namen des Angeklagten. Und er fand ihn.

Mascha hatte ihren Teil der Vereinbarung gebrochen. Sie hatten Ludmilla aufgespürt.

»Sie wurde in einer Wohnung in Alma Ata verhaftet«, sagte Melor. »Sie wird eine alte Frau sein, wenn sie herauskommt. Vorausgesetzt, daß sie überhaupt so lange lebt.«

»Ist das schon rechtsgültig?«

»Der Prozeß ist für morgen anberaumt. Es ist noch Zeit für mildernde Umstände, um den Vollzug zu beeinflussen.«

Er griff wieder nach Ludmillas Urteil und gab Sander ein anderes Papier. »Ich, Alexander Til, gestehe freiwillig, daß ich die folgenden Verbrechen begangen habe«, hieß es dort. »Ich bin Mitglied eines antisowjetischen trotzkistischen Zentrums gewesen, das die Ermordung des Genossen Stalin plante und den Zusammenbruch der sozialistischen Ordnung ...«

»Du bist doch ein intelligenter Mensch«, sagte Melor ruhig. »Was macht es für einen Unterschied, wenn du dich zu Anklagen bekennst, die nicht präzise sind? In deinem Herzen weißt du, daß du verräterische Gedanken gehegt und verräterische Fragen gestellt hast. Du wirst eine große Last los sein, wenn du dich zu diesen Anschuldigungen bekennst.«

»Was wird dann mit Ludmilla geschehen?«

»Wir werden sie in den Teich zurückwerfen. Uns interessieren nur die großen Fische.«

Sander rieb sich mit der Hand den Flaum auf seinem Schädel. »Was wird mit mir geschehen?«

Auf Melors Gesicht zeigte sich ein höchst eigenartiges Lächeln. »Strafe«, sagte er mit offenkundiger Überzeugung – Sander begriff, daß nur ein Idiot Melors Aufrichtigkeit hätte bezweifeln können – »ist Sühne. Leute, die Verbrechen begehen, müssen bestraft werden. Es ist demütigend, wenn man keine angemessene Strafe für seine Vergehen erhält.«

Melor öffnete einen Füllhalter und legte ihn vor Sander auf den Tisch. »Natürlich kannst du die Brille behalten, sobald du unterschrieben hast«, meinte er.

Sander ergriff die Feder, um das letzte, was noch von ihm verblieben war, aufzugeben.

Es gab einige Diskussionen darüber, ob man einen öffentlichen Prozeß veranstalten sollte. Der Name Til war in den Kreisen der Revolutionäre bekannt; der Prozeß gegen seinen Enkel würde Aufmerksamkeit erregen. Sein Schicksal würde für andere als Exempel dienen. Aber schließlich gaben hochgestellte Persönlichkeiten den Gedanken auf. Sie waren sich nicht sicher, ob er mitmachen und sein Geständnis öffentlich wiederholen würde. Man beschloß, sein Geständnis zu veröffentlichen und sich seiner in einem nichtöffentlichen Verfahren zu entledigen.

Die Verhandlung dauerte vier Minuten. Sogar das war noch lange. Die drei Männer in Uniform, die hinter dem Tisch saßen, schoben sich das Geständnis zu. Dann steckten sie die Köpfe zusammen und sprachen leise. Sander, der mit Handschellen vor ihnen stand, sah zu dem großen hölzernen Ventilator auf, der langsam die Luft über seinem Kopf bewegte.

»Ich sehe nicht, was für eine Wahl wir haben«, sagte der eine Richter.

»Sind alle dafür?« fragte ein anderer.

Drei gelbe Bleistsifte wurden hochgehalten. Der Richter in der Mitte schaute Sander zum ersten Male an. »Gemäß den entsprechenden Beschlüssen des Zentralkomitees und den entsprechenden Artikeln des Strafgesetzes, insbesondere des Gesetzes vom 1. Dezember 1934, verurteilt das Sondertribunal des NKWD Sie zu dem höchsten Strafmaß.«

Die Wärter hinter Sander griffen nach seinen Ellbogen, aber er schüttelte sie ab. Wenn er dazu imstande war, wollte er in Würde hinausgehen.

Stalin schaute auf die Zeiger der Uhr auf dem Kaminsims. Es war noch nicht ganz elf Uhr dreißig. Der englische Botschafter hatte sich für Mitternacht angesagt. Er war einer jener Diplomaten der alten Schule, die in Nadelstreifenanzügen aus der Saville Row und mit einer übertrieben diskreten goldenen Kette über der Weste erschienen, an der sicher eine Repetieruhr von Patek Philippe hing. Es würde einige Minuten belangloser Konversation geben, wobei der Botschafter beiläufig darauf hinweisen würde, daß er aus einer alten Familie stammte. Als ob nicht ein jeder Mensch aus einer alten Familie stammte! Auch er, Josef Wissarionowitsch Dschugaschwili, kam aus einer alten Familie, obwohl sein Vater nur ein Schuhmacher aus Gori gewesen war, der ihn im Suff gezeugt hatte. Was eine alte Familie alt machte, war, daß einige ihrer Mitglieder Aufzeichnungen der direkten Linie führten. Alte Familie – alles Krampf, dachte er.

Stalins Sekretär klopfte an und steckte den Kopf ins Zimmer. Vom sowjetischen Botschafter in Berlin war eine Meldung gekommen. »Dringend an Stalin. 7. März 1936. Kanzler Hitler hat Reichstag informiert, daß er Klauseln des *Diktats* von Versailles verwirft, die eine entmilitarisierte Zone auf der deutschen Seite der französisch-deutschen Grenze fordern. Deutsche Truppen besetzen Berichten zufolge die größeren Städte der Rheinzone.« Stalin sog ungeduldig an seiner Zigarette. Er fragte den Sekretär, ob die Franzosen etwas unternommen hätten. Nein. Sie hatten nur eine Urlaubssperre angeordnet und ihre Grenztruppen in Alarmbereitschaft versetzt. Aber sie hatten weder mobilisiert noch waren sie marschiert.

Stalin hatte den Eindruck, daß Herr Hitler raffinierter war, als ihm irgend jemand zugetraut hatte. Er verstand sich auf Psychologie. Er hatte einen Sinn für die wesentlichen Schwächen der kapitalistischen Länder. Er wandte das an, was die Bauern »Salami-Taktik« nannten; er nahm sich das, was er haben wollte, scheibchenweise. Die Rheinzone war der erste Happen. Wenn er damit Glück hatte, und Stalin hielt das für wahrscheinlich, dann würde Hitler sich nach einem anderen wohlschmeckenden Bissen umsehen – etwa dem Sudetenland oder einer Scheibe von Polen. Sein Appetit würde ihn unweigerlich bis an die sowjetische Grenze führen. Und dann würde es Krieg geben.

Die westlichen Demokratien, und besonders der Engländer Churchill, würden behaglich zurückgelehnt das Schauspiel genießen, wie sich die Sowjetunion und Deutschland gegenseitig an die Kehlen fuhren. Vielleicht würden sie sogar der Seite helfen, die im Begriff war zu verlieren, um den Aderlaß zu verlängern. All dieses hübsche Gerede über Bildung einer Allianz, um Hitler im Zaum zu halten! Frankreich, verschanzt hinter seiner Maginot-Linie, England hinter seinem Kanal, Amerika, verschanzt hinter seiner unerschütterlichen Naivität – keiner von denen würde einen Finger rühren, um Rußland zu helfen. Die Bauern hatten ein Sprichwort: Niemand jammert, wenn sein Nachbar Zahnschmerzen hat.

Stalin hatte noch Zeit, um die Sowjetunion stark zu machen, ehe Hitler sich nach Osten wandte. Alle diejenigen, welche sich beim ersten Rückschlag gegen ihn erheben könnten, mußten liquidiert werden. Die Ränge der Partei mußten gesäubert werden. Die Armee mußte gereinigt werden, da sie immer noch nicht Stalins Armee, sondern noch immer Trotzkis Armee war. Wenn Hitler zuschlug, durfte es keine Verschwörer mehr im Lande geben. Keinen einzigen. Dann könnte Rußland den Deutschen so begegnen, wie einst Alexander Newski den deutschen Ordensrittern, und sie zu Paaren treiben. Die Bauern sagen, daß ein Pferdegespann so stark ist wie das schwächste Pferd, und oft genug töteten sie das Tier, welches die Leistung der anderen minderte.

Auch Stalin würde diejenigen töten, welche die Leistung der Nation minderten.

Stalin wußte, daß es in Rußland nicht nur Bremser, sondern auch leidenschaftliche Feinde des Volkes gab. Jeden Tag gingen im Kreml Hunderte von Briefen ein, die Stalin verfluchten, seine Mutter verfluchten, weil sie ihn geboren hatte, und seinen Vater, der den Samen geliefert hatte. Sie drohten ihm und prophezeiten, daß er ewig in der Hölle schmoren würde, wenn es vorbei wäre. Nun gut, er, Stalin, würde die Hasser und Bremser begraben; er würde sie begraben und auf ihren Gräbern tanzen, um die Erde auf ihren vermodernden Leichen festzustampfen.

Stalins Sekretär erschien an der Tür: »Möchten Sie die Liste vor oder nach dem Besuch des englischen Botschafters durchgehen?«

»Vorher«, sagte Stalin. Der Sekretär übergab ihm eine Mappe mit einigen maschinengeschriebenen Blättern. Stalin legte sie auf den mit einer Glasplatte abgedeckten Schreibtisch, setzte die Brille auf und schaltete die Lampe ein.

Dann öffnete er die Mappe und begann, die Liste durchzugehen. Viele der Namen kannte er. Beim zehnten Namen stutzte er. War das nicht der zweite regionale Parteisekretär, der ihm 1926 bei einem Essen grob gekommen war? Auch der folgende Name kam ihm bekannt vor. War das nicht der Parteiorganisator aus Tiflis, der die Hälfte seiner Zeit damit verbrachte, weibliche Rekruten für die Partei zu gewinnen, und die andere Hälfte damit, sie zu verführen. Nun, er würde bekommen, was er verdiente.

Stalins Auge glitt weiter die linke Spalte hinunter, dann die mittlere hoch, dann die rechte wieder hinunter. Das war eine langweilige Arbeit, aber er hatte es sich zum Prinzip gemacht, jeden Namen zu lesen, ehe er seinen Anfangsbuchstaben auf die rechte obere Ecke der Seite setzte. Da war ein Kirow-Mann, der in den Garderoberäumen auf dem Siebzehnten Parteikongreß gegen ihn gesprochen hatte, um ihn dann im Plenum bis in den Himmel zu loben. Noch ein Name auf der zweiten Seite kam ihm bekannt vor. Hatte es da nicht noch einen Bruder gegeben? Der eine hieß Konstantin, der andere Pawel oder Pjotr. Beide hatten in den frühen Zwanzigern in Trotzkis Sekretariat gearbeitet. Aber nur Konstantin stand auf der Liste. Er mußte einen Vermerk machen, was mit dem anderen Bruder geworden wäre. Wenn Konstantin ein Verräter war, war der andere sicher auch schuldig. Und selbst, wenn das nicht der Fall war, würde er sich möglicherweise jetzt zu den Antistalinisten schlagen, um seinen Bruder zu rächen.

In der letzten Spalte der Seite erkannte Stalin einen anderen Namen wieder: Alexander Til. Nachdenklich blickte er auf. Es war doch Til gewesen, der im Kugelregen Nadeschda aus der Bahn eines Panzerwagens gezogen hatte, als der bolschewistische Aufmarsch in den Julitagen vor der Revolution in einen Hinterhalt geraten war. Stalin hatte befürchtet, sie wäre tot, bis er ein Ohr an ihre Brust gelegt und ihren Herzschlag vernommen hatte. Er entsann sich, daß er Til angeschaut und gesagt hatte: »Was du getan hast, werde ich nie vergessen, auch wenn ich hundert Jahre alt werden sollte.«

Andere hatten später Nadeschda vergiftet, sie gegen ihren legalen Gatten aufgehetzt und in den Tod getrieben; aber Til hatte sein Leben gewagt, um sie zu retten. Also! Stalin nahm einen Füllfederhalter mit roter Tinte und strich Tils Namen säuberlich durch. Dann schrieb er an den Rand: »Ein Patriot. Wie kommt sein Name hierher? Den ganzen Fall revidieren!«

Stalin schloß die Liste ab, besiegelte jede Seite mit seinem Anfangsbuchstaben und gab die Mappe dem Sekretär zurück. Er konnte im äußeren Büro Stimmen hören. Das war sicher der englische Botschafter, der mit ihm über Hitlers Vorrücken in die Rheinzone und über kollektive Sicherheit sprechen würde. Stalin drückte seine Zigarette aus und legte den Aschenbecher in eine Schreibtischschublade. Dann stopfte er eine Pfeife und zündete sie an. Er wußte, daß Pfeiferauchen einen Mann nachdenklich und geduldig aussehen läßt. Dann machte er den obersten Knopf seines Waffenrocks zu und stand auf. Er freute sich, daß er die Stiefel mit der dicken Einlegesohle angezogen hatte. Es lag ihm daran, Besuchern ins Auge zu blicken; und er haßte es, wenn er dabei nach oben schauen mußte.

An der Tür wurde geklopft. Er zog an seiner Pfeife, schickte eine wohlriechende Rauchwolke in die Luft und rief freundlich: »Herein!«

7

Begräbnisse (ohne Leichen)

Appolinaria stand über die Pfanne auf dem einflammigen Gasherd gebeugt, rührte in Scheiben geschnittene Zwiebeln und getrocknete Pilze in den übriggebliebenen Reis und sprach mit der Pfanne. Ihr langes Haar, das im Gefängnis wegen Grind abgeschoren worden war, wuchs langsam wieder nach. »Was meinst du?« fragte sie die Pfanne und hörte auf zu rühren, um die Antwort zu vernehmen. Dann lachte sie. »Ich hatte Tolstois Frau vergessen. Sie sagte, sie hätte *Krieg und Frieden* siebenmal mit der Hand geschrieben. Aber das war ein Kinderspiel gegenüber dem, was ich tue. Sonja hat *Krieg und Frieden* nur kopiert, mein Lieber. Sie hat es nicht *auswendig gelernt.* Du siehst den Unterschied? Ich habe dein Werk in meinem Kopf gespeichert. Dreihundertdreiunddreißig vollständige Gedichte, nicht gerechnet die Variationen – Version eins, Version zwei und dergleichen. Und dann sind da die Entwürfe, Gedichte, die du angefangen, aber nie vollendet hast – und die, welche du vollendet, aber nie herausgebracht hast. Alexander kommt nach dem Essen zu der Zeremonie. Wenn du etwa mit ihm reden willst, so sei höflich. Er hat dich denunziert, aber erst, nachdem du tot warst.«

»Bist du sicher, daß du es wirklich durchführen willst?« fragte Sander beim Eintreten. Er stellte die Frage, noch ehe er sie begrüßt und sich nach ihrem Befinden erkundigt hatte.

»Du siehst nicht gut aus«, stellte Appolinaria fest. Sie zog für ihn einen Stuhl heran.

»Gefängnisfarbe. Man sagt, es dauert ein Jahr, um sie loszuwerden.«

»Ich werde es ausführen«, erklärte Appolinaria. »Ronscha ist nicht dagegen. Er denkt genau wie ich, daß wir seinen Tod mit einer Zeremonie feierlich begehen müssen. Da sie mir seinen Leichnam nicht überlassen wollen, habe ich keine andere Wahl.« Appolinaria zeigte ein trauriges Lächeln. »Ich habe es mir so ausgedacht. Ich bin nach meiner Entlassung aus dem Gefängnis fast verrückt geworden. Ich zerbreche mir den Kopf, kann aber nicht herausfinden, warum sie mich haben gehen lassen. Vielleicht war es ein Versehen. Und vielleicht könnte ich auf den Gedanken kommen, mich umzubringen. Wenn seine Gedichte nur in meinem Kopf existieren und nirgendwo sonst, wird das für mich ein Grund sein, am Leben zu bleiben. Vielleicht sogar geistig gesund zu bleiben.«

In ihrem Plan gab es, wie Sander zugeben mußte, eine Art verrückter Logik. Also zogen sie den Koffer unter dem Bett hervor; und Sander reichte, auf dem Küchenstuhl stehend, die Pappschachteln vom Dach des Schranks herunter. Appolinaria hatte zwei Wochen damit verbracht, bei den Freunden rund um Moskau die Papiere einzusammeln, die Ronscha bei ihnen hinterlegt hatte. Jetzt machte sie den Koffer auf und stapelte die Papiere – Blätter aus linierten Notizbüchern, geprägte Briefbögen aus Pariser Hotels, Servietten, Theaterkarten, Visitenkarten, alle mit Ronschas Gedichten in kleiner, schräger Handschrift darauf – vor dem Porzellanofen auf, dessen Rohr in die Wand und dann in den Schornstein hineinführte. Sander knüllte einige Blätter zusammen und steckte sie in den Ofen. Dann öffnete er einen kleinen Rost am Boden und entzündete ein Streichholz. Er blickte zu Appolinaria auf, ob sie ihren Entschluß geändert hätte. Sie biß sich auf die Lippe, schluchzte und nickte ihm zu. »Um Gottes willen, steck es doch an!«

Sander hielt das Zündholz an das Papierknäuel. Flammen schlugen hoch. Appolinaria kniete sich neben ihn auf den Boden. Sie begannen gemeinsam, Ronschas künstlerische Erzeugnisse der letzten zweiundzwanzig Jahre ins Feuer zu werfen. Das Zimmer wurde warm. Sander zog sein Jackett aus. Die Papierstapel auf dem Fußboden schrumpften zusammen. Sander las die erste Zeile jedes Gedichts, ehe er es verbrannte. Appolinaria schloß die Augen, legte den Kopf zurück und rezitierte den Rest des Gedichtes, wobei sie sogar angab, an welcher Seite Ronscha sich nicht zwischen zwei Worten hatte entscheiden können.

Es war schon ziemlich spät am Nachmittag, als Sander das letzte Blatt verbrannte – es handelte sich um eine Seite, die aus einem englischen Reiseführer der Schweiz gerissen war und die Überschrift trug: »Persönliche Bemerkungen«. Ronscha hatte quer darüber geschrieben: »Das einzige Paradies ist das *verlorene Paradies* – Proust.«

Als der Ofen sich abgekühlt hatte, öffnete Sander den Rost und schöpfte mit den Händen die Asche in einen Tonkrug mit weiter Öffnung, der ausgewaschen war, aber immer noch nach sauren Gurken roch. Appolinaria versiegelte die Urne mit Wachs. »Seine Gedichte rotieren in meinem Kopf wie Galaxien«, sagte sie. »Mir wird schwindlig davon.«

Sander zog wieder seine Jacke an und half Appolinaria in einen Mantel aus Baumwolle. Er klemmte sich die Urne unter den Arm, und sie verließen zusammen die Wohnung. Sie gingen vier Blocks weiter zur Bushaltestelle, fuhren bis zum Ende der Linie und begaben sich dann aufs Land, vorbei an den vorfabrizierten Wohnblocks, die mitten in den beackerten Feldern aufragten. Sander gab mit seinem lahmen Bein das Tempo an, und Appolinaria zügelte ihren Schritt, um mitzuhalten. Schließlich erreichten sie einen Birkenwald, durchschritten ihn und standen dann an dem steil abfallenden Ufer der Moskwa. »Einen besseren Platz könnten wir nicht finden«, sagte Appolinaria.

Sander gab ihr die Urne. Appolinaria öffnete sie und holte eine Handvoll Asche heraus. »Asche zu Asche, Staub zu Staub oder was auch immer«, murmelte sie. Ihre Augen funkelten. Sie blickte auf zu den strahlendweißen Wolken. »Liebster Ronscha«, schrie sie, »wenn du uns von einem

Ecktisch irgendeines himmlischen *Streunenden Hundes* aus zusiehst, dann nimm dies bitte auf als einen Akt der Liebe!« Damit begann sie, die Asche in ihr Haar zu streuen, eine Handvoll nach der andern, bis die Urne leer war und der Blick auf den drunten fließenden Strom durch den zu ihm hinabtreibenden Ruß verschleiert war.

»Jetzt ist er tot«, erklärte Appolinaria ruhig. »Jetzt kann ich anfangen, ihn richtig zu betrauern.«

»Ich mache mir selbst Vorwürfe«, sagte Sergeant Kirpitschnikow. Er schüttelte seinen schweren Kopf und schlug mit dem Stumpf seiner linken Hand auf den Küchentisch. »Ich hätte ihn öfter verprügeln sollen.«

Serafima sagte: »Ich hätte ihn an dem Tage zusammenstauchen sollen, als er in jener Lederjacke nach Haus kam und sagte, daß er für dieselben Leute arbeitete wie Atticus Tuohy.« Sie wischte sich mit einem Ende ihres Schals Tränen aus den Augenwinkeln. »Im Grunde war er ein guter Junge, Pascha. Er hat meinen Geburtstag nie vergessen.«

Sergeant Kirpitschnikow knurrte: »Er hat an deinen Geburtstag gedacht, weil ich ihn daran erinnert habe.«

Damit stand er auf, ging zum Herd und rührte die Suppe mit einem großen Holzlöffel um. Dann blickte er zu Sander hinüber und räusperte sich. »Da gibt es was, das ich dir sagen muß.«

Sander ahnte schon, was kommen würde. »Du schuldest mir keine Erklärungen«, sagte er. »Jeder weiß, daß du gezwungen warst, es zu tun.«

»Sag es ihm trotzdem!« wies Serafima Pascha an.

Der Sergeant räusperte sich noch einmal. »Reden oder Entschuldigungen sind nicht gerade meine Stärke. Aber ich halte es für nötig, dir zu sagen, daß ich nicht stolz bin auf das, was ich getan habe. Wenn du beschlossen hättest, nie mehr mit mir zu sprechen, könnte ich das völlig verstehen. Melor hat mich vorgeladen und mir alle Beweismittel gegen dich vorgelegt. Und dann war da die Sache mit dem ›Rollschreibtisch‹, deinem ›Decknamen‹ für mich. Melor sagte, wir könnten uns nur retten, wenn wir reinen Tisch machten. Es wäre unsere einzige Chance.«

»Ich verstehe«, sagte Sander. »Ich trage dir nichts nach.«

Aber der Sergeant mußte alles loswerden. »Als er mir dann das Papier vorlegte, da habe ich – das ist die gottverdammte Wahrheit – das verfluchte Ding nicht einmal gelesen. Ich fragte ihn, wo ich unterschreiben müßte und unterschrieb.« Pascha holte tief Luft durch seine enormen Nasenlöcher. »So war das. Ich schäme mich, dir das zu erzählen, aber ich mußte es los werden.«

Sander nickte. Alle schwiegen eine Weile. Pascha setzte sich wieder an den Küchentisch. »Eßt doch«, forderte Serafima die beiden Männern auf.

»Ich habe keinen Hunger«, sagte der Sergeant und schob seine Schüssel weg. »Vielleicht später«, meinte Sander. Dann wandte er sich an Pascha. »Wie habt ihr von der Sache mit Melor erfahren?«

Serafima fing wieder an zu weinen. Der Sergeant füllte Sanders Glas und sein eigenes mit Wodka. »Er kam immer am Mittwoch zum Essen«, begann der Sergeant.

»Ja«, pflichtete Serafima bei. »Er brachte Päckchen mit von seiner Verpflegungsstelle. Speck. Schinken. Manchmal Butter. Manchmal Süßigkeiten.« Sie schluchzte. »Ich sage dir, er hat sich mehr um mich gesorgt, als er sich anmerken lassen wollte.«

Pascha fuhr fort: »Als er am Mittwoch nicht auftauchte, begann sie sich Sorgen zu machen. Ich dachte, er könnte mit einem Mädel unterwegs sein, aber Serafima gab keine Ruhe, bis ich zu seiner Wohnung ging. Er hatte eine kleine Wohnung ganz für sich allein. Als ich um die Ecke bog, merkte ich sofort, daß etwas nicht stimmte. Da waren zwei Autos und ein Lastwagen; und einige Männer in blauen Anzügen schleppten Kisten und stapelten sie in den Lastwagen. Sie nahmen keine Möbel mit. Und sie wirkten auch nicht wie Umzugsleute.«

Serafima nahm den Faden auf: »Als er nach Hause kam und mir das erzählte, glaubte ich, einen Herzanfall zu bekommen. Wir haben den ganzen Donnerstag auf eine Nachricht gewartet. Du kannst dir vorstellen, in welcher Verfassung ich war. Am Freitag morgen wollte ich entweder herausfinden, was mit ihm passiert war, oder mich umbringen.«

»Ich war dagegen, daß sie ging«, sagte der Sergeant.

Aus Serafima brach es heraus: »Wenn eine Mutter spürt, daß ihr Sohn in Not ist, geht sie für ihn durchs Feuer.«

Sander versuchte sich vorzustellen, wie sie auf die Eingangstür des Butyrskaja-Gefängnisses losgegangen war und verlangt hatte, ihren Sohn zu sehen. »Sie werden den entsprechenden Dienstweg gehen müssen«, hatte der Wächter wohl gesagt. Aber Serafima, die im Laufe der Jahre zugenommen hatte und wirklich ziemlich korpulent geworden war, hatte sich an dem armen Mann vorbei in den Hof gedrängt. Sander konnte sich vorstellen, wie sie die Fenster da oben gemustert und geschrien hatte: »Melor, ich bin's, deine Mutter Serafima. Komm sofort heraus!«

»Ich habe es nicht einmal bis zur Eingangstür geschafft«, flüsterte Serafima. »Außer mir waren noch viele andere Mütter da, es müssen über fünfzig gewesen sein, alle auf dem Bürgersteig zusammengequetscht, damit der Verkehr nicht behindert wurde. Manche schluchzten, manche waren wütend, aber alle bereit, für ihre Söhne durchs Feuer zu gehen.«

Sergeant Kirpitschnikow fuhr fort: »Ich habe dann seinen Namen in der Zeitung gesehen. Gewöhnlich lese ich dieses Zeug nicht, aber nach der Sache mit Melor ... Du mußt diese Ankündigung auf den Innenseiten der *Prawda* über die Verhaftung des Polizeichefs gesehen haben. Noch vor einer Woche brachten sie von ihm ein Bild, auf dem er neben dem Genossen Stalin stand; und der Text bezeichnete ihn als Stalins rechte Hand. Und plötzlich erweist sich die rechte Hand als ein deutscher Spion! Weiter unten in dem Artikel listeten sie sechsundzwanzig rangniedrigere Funktionäre auf, die vor Gericht gestellt und überführt worden waren und ... und ... du weißt, worauf ich hinaus will ... und Melors Namen –«

»Mein kleiner Melor ein Agent des Imperialismus!« schrie Serafima. »Kannst du so etwas glauben? Ein Agent des Imperialismus! Mein Melor!«

Sergeant Kirpitschnikow griff in die Tasche seines Waffenrocks und holte einen aus der *Prawda* gerissenen Artikel heraus. Melors Name war mit Bleistift unterstrichen.

Serafima sagte: »Ich habe immer davon geträumt, seinen Namen gedruckt zu sehen. Aber Gott weiß, daß ich ihn nicht auf diese Weise gedruckt sehen wollte.«

Sergeant Kirpitschnikow lag mit einer Erkältung im Bett, bestand aber doch darauf, daß Serafima gehen sollte. Also erschien Sander und begleitete das, was die Damen scherzhaft seinen »Harem« nannten, ins Kino. Der Zuschauerraum war überfüllt, und sie mußten sich ganz nach vorn setzen, um zusammenbleiben zu können. Die Wochenschau begann mit einigen kurzen Sequenzen: Man sah, wie Panzer der Roten Armee einen Fluß durchquerten, wie sowjetische Sportler über Hürden setzten und ein Unterseeboot durch eine Schicht Polareis stieß. Dann folgte eine lange Sequenz über die Eröffnung eines Teilstücks der Moskauer U-Bahn. Ein Zug mit Fähnchen vor dem ersten Wagen fuhr in eine strahlend erleuchtete Station ein. Die Türen gingen auf. Stalin selbst, lächelnd und bescheiden in die applaudierende Menge winkend, trat auf den Bahnsteig. Er betrachtete die Reihe von Marmorsäulen und nickte beifällig.

Dann, während die Kamera Stalins Blick über die gewölbten Decken und kassettierten Nischen folgte, erklärte der Sprecher, die Bahnhöfe seien wahre Paläste des Volkes mit Mosaiken und Fresken, mit emaillierten Basreliefs und farbigen Glasbildern. Dies demonstriere, was sozialistische Arbeiter vollbringen könnten, wenn sie ans Werk gingen.

Dann kam eine Szene mit einem stämmigen Mann, der als N. Chruschtschow vorgestellt wurde. Man sah, wie ihm Stalin den Leninorden an die Brust heftete, weil er die Arbeit der »Freiwilligen« geleitet hatte, die die Tunnels gruben. Arischka, die neben Sander saß, sagte ruhig: »Sag, was du willst, das ist eine große Leistung. Ich kann es kaum erwarten, mit einem dieser schicken Züge zu fahren.«

»Psst!« flüsterte ein Mann hinter Arischka.

Die Szene wechselte. Man sah fünfzehn Männer mit Anzügen und Krawatten, die auf dem Bahnsteig in einer Reihe angetreten waren. Stalin schritt die Front ab, steckte jedem Mann einen Orden an das Revers und schüttelte ihm die Hand.

Die Subdirektoren des U-Bahn-Projekts, so erklärte der Sprecher, empfingen ein persönliches Dankeswort des Genossen Stalin für ihren beispiellosen Einsatz bei der Erschaffung des modernsten U-Bahn-Systems der Welt, das die U-Bahnen in Städten wie New York, Paris oder London in den Schatten stelle.

Ludmilla zupfte Sander am Ärmel. »Ist das nicht Onkel Atticus?«

Der siebente Mann in der Reihe war mindestens um einen Kopf größer als alle um ihn herum. Sein Zeigefinger strich nervös über den großen Walroßschnurrbart, als Stalin herantrat, um ihm den Orden anzuheften.

»Ganz recht, das ist Atticus«, flüsterte Sander.

Das Unterfangen, sich tief durch den wegrutschenden schwammigen Boden unter Moskau zu graben, sei eine höchst gefährliche Aufgabe gewesen, tönte die Stimme des Sprechers. Trotz unglaublichen Sicherheitsmaßnahmen seien Arbeiter verletzt worden. Einige hätten sogar ihr Leben für den Bau dieses wunderbaren U-Bahn-Systems hingegeben. Die Tunnels, verkündete die Stimme dramatisch, seien zu ihren Gräbern geworden, die U-Bahn zu ihrem Denkmal.

Sander nahm den Rest der Wochenschau kaum wahr. Der Anblick von Tuohy, wie er durch Stalin dekoriert wurde, hatte ihn tief getroffen. Er hatte nicht die Denunziation vergessen, die Atticus unterschrieben hatte, die Lügen, die er erfunden hatte, den Enthusiasmus, mit dem er sie ausgeheckt und aufgezählt hatte. In den fünf Monaten seit Sanders Entlassung aus dem Gefängnis hatte Atticus nichts von sich hören lassen. Sander hatte darin ein Schuldeingeständnis gesehen – bis er Tuohys breites Gesicht und schlaues Grinsen in der Wochenschau erblickte. Es war das Lächeln eines Menschen, den das System aufgefressen hat.

Als Sander in dieser Nacht wach im Bett lag, fühlte er sich wie nach der Rückkehr von einem Begräbnis. Es war ihm klar, daß die U-Bahn-Tunnels unter Moskaus Straßen in Wirklichkeit ein Massengrab waren. Außer den Körpern der Arbeiter, die in Erdrutschen und Verschüttungen eingeschlossen waren, lagen auch noch andere Dinge dort begraben: der letzte Rest seiner Freundschaft mit Atticus Tuohy, dem Manne, der mit ihm aus Amerika gekommen war; ferner die sehnsüchtige Hoffnung, daß die Revolution, bei der er mitgeholfen hatte, doch noch Rußland zu dem gelobten Lande machen könnte. Lili hatte gesagt: »Wir haben nie gedacht, daß es soviel Blutvergießen geben würde; aber gerade deshalb ist es um so wichtiger, daß die Revolution gelingt.« Sander hatte an diese Worte geglaubt, sie hatten ihm Kraft gegeben – selbst dann noch, als er gezwungen wurde, ein falsches Geständnis zu unterschreiben, um Ludmilla zu retten.

Nun sah er ein, daß kein vernünftiger Mensch sich weiter an diese Hoffnung klammern konnte. Also ließ er sie fahren. Er entließ sie in die Luft und sah sie wie einen Luftballon aufsteigen, bis sie nur noch ein winziger Punkt am Himmel war. Und dann entschwand sie endgültig. Und Sander blickte auf zu den Schatten, die eine Straßenlaterne an die Decke warf und versank in Trauer: um Rußland und um sich selbst...

5. Buch

Moskau, 1952

Der russische Despotismus achtet nicht nur die Ideen und Gefühle für nichts, sondern er kämpft auch gegen die Vernunft und triumphiert in diesem Kampfe; denn die Vernunft hat bei uns keinen Fürsprecher.

Custine
Lettres de Russie, 1839

Meine Zukunft ist meine Vergangenheit.

Englisches Epitaph vor Teil II von Anna Achmatowas *Poem ohne Held*

Ereignisse vom Tage

Die Bauern hatten schon irgendwie recht gehabt, stellte er fest, wenn sie behaupteten, daß die Zeit Flügel hätte. Es war jetzt zwanzig Jahre her, seit seine Frau gestorben war, vergiftet von Schurken und Saboteuren und, wie er jetzt wußte, von Zionisten, die das zu zerstören suchten, was er mühsam aufgebaut hatte. Er hatte den Geburtstag durch einen Besuch ihres Grabes beim Nowodewitschi-Kloster begangen. Er hatte kurz auf die gewaltige Marmorbüste geschaut mit der Inschrift »Für Nadeschda Allilujewa von einem Mitglied der kommunistischen Partei. J. Stalin.« Wieder in Blischni brachte Stalins Haushälterin Waletschka ihm ein Glas warme Milch mit zwei Stück Zucker in der Untertasse. Er süßte die Milch und setzte sich müde in seinen Lieblingssessel unter der großen Photographie von Nadeschda. Die Waletschka legte ein Holzscheit auf das Feuer und fachte mit dem Blasebalg die Flammen an. Dann stellte sie das Radio an. »Musik hat der Doktor verordnet«, sagte sie nachdrücklich, als er mürrisch abwinkte.

»Erwähne vor mir nicht das Wort ›Doktor‹«, knurrte Stalin unwillig. »Das ist alles ein Haufen von Kosmopoliten und Zionisten.« Aber er ließ sie gewähren, als der Ansager ankündigte, daß die Judina spielen würde.

Er hörte der Musik zu, nippte an der warmen Milch, schaute auf die Photographie von Nadeschda und ließ seine Gedanken zu den frühen gemeinsamen Jahren zurückschweifen. Er hatte sie grob behandelt, das stimmte; aber schließlich war er ja zu jedermann grob gewesen. Wie diese deutsche Zarin vor der Revolution an Nikolaus geschrieben hatte: »Rußland liebt es, die Peitsche zu spüren – das ist seine Natur.«

Die Musik endete. Stalin griff sofort zum Telefon. »Gebt mir den leitenden Kommissar des Radiokomitees«, befahl er.

Ein paar Augenblicke später meldete sich der Kommissar.

»Genosse«, sagte Stalin, »ich habe gerade eben im Radio gehört, wie die Judina ein Stück gespielt hat. Können Sie mir sagen, was das war?«

Der Kommissar sah seine Programmnotizen durch. »Das war Mozarts Klavierkonzert Nummer zweiunddreißig«, meldete er Stalin.

»Ah, Mozart. Natürlich. Schicken Sie mir morgen früh ein Exemplar der Aufnahme.«

Der Kommissar schien zu zögern.

»Gibt es da ein Problem?« fragte Stalin knapp.

»Keineswegs«, antwortete der Kommissar rasch. »Ich sorge dafür, daß die Platte morgen früh in Ihren Händen ist.«

In seinem Büro im Funkhaus legte der Kommissar auf. »Das war Stalin persönlich«, sagte er mürrisch zu seiner Assistentin. »Er hat gehört, wie die Judina im Radio das zweiunddreißigste Klavierkonzert von Mozart gespielt hat und will eine Platte davon haben.«

»O mein Gott«, jammerte die Assistentin und sank in einen Sessel. »Es war ein Live-Mitschnitt. Davon gibt es keine Schallplatte.«

Der Kommissar berief eine Zusammenkunft von Abteilungsleitern ein, um die Krise zu meistern. »Ich erwarte Vorschläge«, sagte er zu ihnen.

Einer schlug vor, sie sollten sich alle umbringen, aber niemand lachte. Der für das Programm verantwortliche Genosse meinte, man solle Stalin eine Aufzeichnung geben, in der die Judina etwas anderes spielte, und zugeben, daß das Konzert live gewesen wäre. Der Kommissar rang die Hände. »Genosse Stalin ruft persönlich an und will eine Schallplatte haben; und ihr erwartet, daß ich ihm sage, es gibt keine. Das ist völlig unmöglich.«

Dann aber schien ihm eine Idee gekommen zu sein. Er kniff die Augen zusammen. »Wir werden eine Platte machen, auf der die Judina Mozarts zweiunddreißigstes Klavierkonzert spielt!«

Im Laufe der Nacht alarmierte der Kommissar die Judina und holte das Orchester ins Funkstudio und begann. Die Hand des ersten Dirigenten zitterte so, daß er das Orchester nicht leiten konnte. Ein zweiter Dirigent wurde aus dem Bett geholt und eilends ins Studio geschafft. Aber auch er war zu nervös. Also wurde ein dritter besorgt, dem man aber nicht sagte, für wen die Aufnahme bestimmt war. Der schaffte es dann.

Um sechs Uhr morgens nahmen die Techniker von der Matrize eine einzige Platte ab. Sie wurde in die einzige Hülle gesteckt, die man während der Nacht gezeichnet und gedruckt hatte.

Im Morgengrauen fuhr der Kommissar nach Blischni hinaus und übergab die Platte einem Leibwächter, der sie der Waletschka gab. Sie legte sie neben Stalins Teller auf den Eßtisch.

Als Stalin zum Frühstück erschien, war er überrascht, die Platte dort zu finden. Er hatte vergessen, daß er nach ihr verlangt hatte.

1

Das letzte auf der Welt, das Nachschon Ben Aminadav wollte, war ein Empfang. »Das gehört zur Tradition«, versicherte ihm der Minister mit stoischem Achselzucken. »Das ist ein deprimierender Posten. Wir geben einen aus für Neulinge, damit sie sich nicht vorkommen, als wären sie auf dem Mond gelandet.« Der Minister schrieb etwas auf einen Block und schob ihn über den Tisch. Er hatte geschrieben: »Zu Ihrer Tarnung und für Ihren Auftrag ist es besser, durch die diplomatischen Missionen zu gehen und jedermann, auch Ihre eigenen Leute, glauben zu machen, daß Sie der Rechtsberater für Handelsangelegenheiten sind.«

Nachschon riß das Blatt zusammen mit dem darunter befindlichen ab und verbrannte beide in einem Aschenbecher. Er zwang sich zu einem zögernden Lächeln und folgte dem Minister hinunter in den Speisesaal im Erdgeschoß. Die neun Israelis und ihre Frauen drängten sich um eine lange Tafel mit Sakuski. Sie hatten schon eine Weile getrunken und waren ungewöhnlich heiter. Jemand drückte Nachschon ein Glas Wodka in die Hand. Der Minister räusperte sich. »Ich stelle Ihnen Nachschon Ben Aminadav vor, unseren neuen Rechtsberater für Handelsangelegenheiten.«

»Willkommen in Moskau«, sagte der Berater für kulturelle Angelegenheiten.

»Willkommen, willkommen«, echoten die anderen.

»*L'chajjim*«, sagte der Minister und erhob sein Glas. »Auf das Leben!« Er vermied Nachschons Blick.

»*L'chajjim*«, wiederholte Nachschon mit grimmigem Lächeln. Er nickte nachdenklich und goß seinen Wodka herunter.

»Was sind Ihre Eindrücke von Moskau?« fragte jemand.

»Er ist erst heute nachmittag angekommen«, sagte der Minister hastig.

Nachschon sagte: »Was man als erstes bemerkt, sind die Warteschlangen. Wo man hinsieht – Schlangen.«

»Meistens wissen sie noch nicht einmal, für was sie anstehen«, sagte ein weißhaariger Diplomat. »Sie sehen eine Schlange und reihen sich ein in der Annahme, daß sie sowieso alles brauchen könnten, was da verkauft wird.«

»Rußland«, sagte eine Frau mit schriller Stimme, »ist vielleicht ein Arbeiterparadies, aber es ist noch kein Paradies für Käufer.«

Alle lachten.

Der Berater für kulturelle Angelegenheiten sah Nachschon durch seine Zweistärkenbrille an. »Woher sagten Sie genau, daß Sie gekommen sind?«

»Ich habe es noch nicht gesagt. Aber ich komme aus Tel Aviv.«

Jemand wollte ihm Wodka nachschenken, aber Nachschon hielt die Hand über sein Glas.

Ein Attaché fragte: »Ist dies Ihr erster Posten im Ausland?«

Nachschon nickte auf eine Weise, die man als ja oder nein auffassen konnte.

»Sie müssen Feinde in hohen Stellungen haben«, sagte ein Chiffrierbeamter. »Ich meine, weil Sie nach Moskau kommen.«

Wieder lachten alle.

»Das waren genug Fragen für heute«, erklärte der Minister. »Unser neuer Kollege ist zweiundsiebzig Stunden unterwegs gewesen. Er muß sich etwas erholen und braucht Schlaf.«

Nach dem Empfang führte der Chef der Dienststelle, der offiziell als ein Untersekretär fungierte, Nachschon in das Allerheiligste, ein Zimmer, das die Nachrichtenleute zum Chiffrieren und Dechiffrieren benutzten. Er drehte an dem Zahlenschloß eines Safes. »Das kann aber auch bis morgen warten, wenn Sie erschöpft sind«, meinte er.

Nachschon schüttelte ungeduldig den Kopf.

Der Dienststellenchef – er hieß Mordechai Schapiro – zog die Tür des Safes auf und holte einen Aktenordner heraus. Sie setzten sich beide an den großen Küchentisch, an dem die Chiffrierleute zu arbeiten pflegten.

Nachschon fragte: »Können wir hier drin frei sprechen?«

Schapiro nickte. »Dies ist der einzige Ort in dem Gebäude, wo wir sprechen können.« Er löste die Verschnürung und öffnete die Akte.

»Mein Gott, da ist nicht viel drin«, sagte Nachschon. »Was habt ihr denn zwei Jahre lang getan?«

Schapiro erwiderte: »Bitte, halten Sie Ihre Kritik zurück, bis Sie eine Woche hier gelebt haben.«

»Sicher, die Lage ist verzweifelt«, meinte Nachschon.

Schapiro zog eine Grimasse. »Es ist uns gelungen, den Kommissar zu identifizieren, der für die Umsiedlung von Minderheiten zuständig ist –«

Nachschon machte eine verächtliche Handbewegung. »Wenn ihr euch eines Kommissars entledigt, tritt ein anderer an seine Stelle. Was habt ihr über den Mann selber?«

Schapiro schnaufte. »Meistens verläßt er den Kreml durch das Borowitzki-Tor. Sie benutzen vier identische schwarze SIS 101. Vermutlich gepanzert. Sie pendeln hin und her, überholen einander. Selbst wenn man weiß, in welchem Wagen er sitzt, wenn er den Kreml verläßt, weiß man nicht, in welchem er sitzt, wenn er zum Arbat kommt. Der Konvoi fährt sehr schnell. Alle Verkehrsampeln am Arbat und weiter hin auf der Bolschaja Dorogomilskowskaja und der Moschaisk-Chaussee werden für ihn auf Grün geschaltet. An jeder Kreuzung befinden sich Milizen und Polizeiautos. Ich persönlich halte es für unmöglich, unterwegs irgendwo an ihn heranzukommen.«

»Was geschieht danach?«

»Danach biegt der Konvoi vor dem letzten Wohnblock nach links ab zu einer Regierungsstraße, die für zivilen Verkehr gesperrt ist. Ich habe mit einem Jugoslawen gesprochen, der ein paarmal dort gewesen ist. Die Straße ist gewunden wie ein Darm; sie klettert in scharfen Kurven durch einen Wald von schwarzen Kiefern und weißen Birken. In Abständen sind hier Milizen postiert. Es gibt zwei Sperren. In dem Zaun ist ein großes hölzernes Tor. Dann kommt eine lange Avenue, die bei der Datscha endet. Von Tür zu Tür, vom Kreml bis zur Datscha, sind es knapp zwanzig Kilometer.«

Schapiro breitete eine Karte aus und verfolgte die Route mit dem Radiergummi-Ende eines Bleistifts. »Die Datscha heißt Blischni und liegt in Wolynskoje, also südwestlich von Moskau. Hier.«

Nachschon schloß die Augen und rieb sich die Lider mit den Fingerspitzen. Dann öffnete er sie und studierte längere Zeit die Karte. Er schüttelte den Kopf. »Was wißt ihr über die Datscha?«

Schapiro seufzte. »Der äußere Bereich wird von Doppelposten mit Hunden abgeschritten. Drinnen befindet sich ein bewaffnetes Lager. In Nähe des Hauptgebäudes steht ein sechseckiges Wachhaus mit Hunderten von Elitesoldaten, die jederzeit einsatzbereit sind. Über den ganzen Park sind Suchscheinwerfer, Erdminen und Stolperdrähte verteilt.«

»Manchmal kommen aber doch Leute hinein, um ihn zu besuchen«, sagte Nachschon sarkastisch.

Schapiro ignorierte Nachschons Ton. »Sogar die Mitglieder des Politbüros werden gefilzt«, erklärte er geduldig. »Sie müssen dem Offizier vom Dienst ihre Aktenmappen aushändigen. Ein Stauffenberg würde nie durch diesen Sicherheitsring kommen.«

Schapiro holte eine Packung amerikanischer Zigaretten aus der Jackentasche und bot Nachschon eine an.

Nachschon sagte: »Würde es Ihnen etwas ausmachen, nicht zu rauchen? Rauch reizt meine Augen. Wie sieht es drinnen aus? Wo schläft er?«

»Da ist ein großer Raum, in dem er hofhält. Es gibt dort einen Kamin; der alte Mann liebt Feuer. Wir wissen, daß da eine große Photographie seiner verstorbenen Frau hängt. Viel mehr wissen wir nicht. Im ersten Stockwerk befindet sich ein langer Gang, der zu den Schlafzimmern führt. Manche sagen, es gäbe vier; andere meinen, es seien sechs. Die sind offenbar identisch – keine Fenster, gepanzerte Türen, nur eine Garnitur Schlüssel, die er in der Jackentasche trägt. Wenn er zu Bett geht, tritt er in den Korridor und macht die Tür zu, so daß niemand sehen kann, in welchem Raum er diesmal zu schlafen gedenkt.« Mit einem traurigen Lächeln fügte Schapiro hinzu: »Man könnte direkt denken, der Schuft hätte Angst, daß ihn jemand ermorden wollte.«

»Das könnte man denken«, stimmte Nachschon zu. Er schwieg lange. Schapiro dachte schon, er wäre eingeschlafen. Nach einer Weile kratzte sich Nachschon seitlich an der Nase. Dann schüttelte er den Kopf. »Es muß doch eine Möglichkeit geben, daß jemand hineinkommt – ein Dienstmädchen, ein Aufwärter, ein Klempner. Irgend jemand.«

Schapiro knurrte. »Alle, die dort hineingehen, werden gefilzt. Jemand, der auch nur einen Tropfen jüdischen Blutes in den Adern hat, würde nie durch die Sperren an der Regierungsstraße kommen.«

Nachschon hatte Mühe, die Augen offen zu halten. Er war völlig erschöpft. Es war nicht das Reisen, das ihm zu schaffen machte, sondern die Dringlichkeit des Problems, das er lösen sollte. Seine Gedanken schweiften zu Sander. Er hätte seinen rechten Arm dafür gegeben zu erfahren, ob sein Halbbruder noch am Leben war. Er erinnerte sich noch genau an den Abend, an dem er versucht hatte, ihm die Rückkehr nach Rußland auszureden. »Für mich ist Rußland und nicht Palästina das Gelobte Land«, hatte Sander ihm damals gesagt.

Nachschon hatte mit ihm mehr oder weniger regelmäßig bis Mitte der dreißiger Jahre korrespondiert. Als die großen Schauprozesse begannen, hatte Nachschon aufgehört zu schreiben in der Annahme, daß es für Sander sicherer wäre, wenn er keine Briefe aus dem Ausland erhielt. Als auch Sander nicht mehr schrieb, hatte Nachschon gehofft, es geschehe aus dem gleichen Grunde. Aber tief im Innern bezweifelte er es. Er kannte Sander und seine moralischen Grundsätze und hielt es daher für äußerst unwahrscheinlich, daß sein Halbbruder die Säuberungen überlebt haben könnte.

»Wenn Sie meine Meinung wissen wollen«, sagte Schapiro, »so ist es eine Illusion zu glauben, daß es einen Weg gibt, an ihn heranzukommen. Ein Traum.« Er legte das Dossier wieder in den Safe, schloß die Tür und drehte am Schloß.

Nachschon lächelte müde; seine Augen blickten in die Ferne. »Aber – Herzl hat einmal gesagt, daß jede menschliche Aktivität mit Träumen beginnt.«

Vom Fenster aus konnte Sander sehen, wie Ludmilla durch den Schnee zum Haus lief. Bald danach hörte er sie durch die Eingangstür der Gemeinschaftswohnung stürmen. Sie schlug sie mit solcher Gewalt zu, daß die gerahmten Photographien ihres Mannes und ihrer Kinder gegen die Wände klapperten. Dann stampfte sie in ihren pelzgefütterten Galoschen durch den Korridor und riß die Tür zum Wohnzimmer auf.

»O Gott, Alexander, ich bitte dich tausendmal um Verzeihung«, rief sie. Ihre Nase war von der eisigen Außenluft krebsrot. »Ich wäre pünktlich zurück gewesen, wenn ich nicht bei einer Schlange haltgemacht hätte. Da konnte man einen Schatz kaufen, Alexander: Lederhandschuhe aus der Tschechoslowakei. Ich habe für jeden ein Paar gekauft außer für Asalia, weil sie keine so kleinen Größen hatten. Du hast doch Nummer sieben, nicht wahr? So habe ich es jedenfalls notiert: ›Alexanders Hand – Größe sieben‹. Hier, probiere sie an! Wo sind sie denn, die lieben Kleinen?«

Sander wickelte das Zeitungspapier aus, zog das mit einer »7« markierte Paar heraus und steckte seine rechte Hand in einen Handschuh. »Wanka ist mit seinen Schularbeiten fertig und nach unten gegangen, um mit einem Freund zu spielen. Asa hat schon wieder Nasenbluten; sie liegt auf deinem Bett mit Toilettenpapier in der Nase.«

»Ich glaube, das Nasenbluten kommt von der Höhe. Wenn man im achten Stock lebt, dann muß die Luft doch dünner sein. Leonid lacht, wenn ich das als Höhe bezeichne, aber was weiß der schon – er ist schließlich nur ein Arzt. Passen die Handschuhe?«

»Wie angegossen. Ich habe seit Jahren kein solches Leder mehr gesehen. Wieviel schulde ich dir?«

Ludmilla warf ihren Mantel über eine Stuhllehne und begann, ihre Galoschen aufzuschnallen. »Das ist ein Geburtstagsgeschenk«, erklärte sie nachdrücklich. »Alles Gute zum Neunundfünfzigsten!«

»Bis zum Zweiundzwanzigsten bin ich immer noch achtundfünfzig. Mach mich nicht älter, als ich bin!« sagte Sander leicht verstimmt.

»Bist du mit der Arbeit vorangekommen, während ich fort war?«

»Ich habe vier oder fünf Seiten übersetzt. Aber das eilt nicht. Ich kann es zu beliebiger Zeit abliefern. Es handelt sich um langweiliges akademisches Material. Sie bezahlen seitenweise. Und schlecht. Na, wenigstens habe ich auf diese Weise etwas Beschäftigung.«

Ludmilla stieß einen ihrer langen musikalischen Seufzer aus. Die Menschen in Rußland ließen vieles ungesagt; und was ungesagt blieb, kam in Form von Seufzern heraus. Ludmilla plapperte weiter: »Ich finde es ein Verbrechen gegen die Menschheit, wenn jemand wie du keine reguläre Arbeit finden kann.«

»Wenn nicht das Wort ›Israelit‹ in meinem Inlandspaß stünde, hätte ich eine bessere Chance. Niemand, der bei Sinnen ist, beschäftigt heute noch Juden.«

»Ha! Da fällt mir ein Witz ein«, sagte Ludmilla. »Kennst du den von den Juden und der *Orawda*? Er geht so: Der Jude liest einen Artikel, der besagt, daß die Sowjetunion Amerika nicht nur einholen, sondern sogar bald überholen wird. Da sagt der Jude zu seiner Frau: ›Sobald wir Amerika überholen, werden wir uns aufmachen und dort leben.‹«

Sander lachte kein bißchen. »Ich hoffe zu Gott, daß du solche Geschichten nicht vor den Kindern erzählst.«

Ludmilla rollte mit den Augen. »Ich bin vielleicht ein bißchen verdreht, aber nicht wahnsinnig.«

Dann zog sie ein Paar Pantoffel an und streckte sich auf der Tagesliege aus, auf der ihr elfjähriger Sohn Wanka nachts schlief. Sander bemerkte zum ersten Male, daß feine Linien von ihren Augenwinkeln ausgingen. Sie hatte auch zugenommen und begann so alt auszusehen, wie sie war, nämlich zweiundvierzig. Offenbar war sie innerlich weniger unbeschwert, als sie zugab. »Als der Krieg endete«, plauderte sie weiter, »dachte ich, es würde anders werden. Leonid war zurückgekehrt, und wir hatten bewiesen, daß wir unser Land liebten, daß wir loyal zu ihm standen, daß wir keine Saboteure und Fremdagenten waren. Und jetzt fängt Stalin wieder mit alledem an. Er stellt die Uhr auf die dreißiger Jahre zurück. Leonid hat tatsächlich einen kleinen Überraschungssack gepackt, den er unter dem Bett versteckt hält. Leonid ist ein Arzt, keine politische Person. Warum sollte man ihn verdächtigen?«

Sander bekam eine Gänsehaut. Natürlich hatte sie recht; es ging wieder los. Die Verhaftung einiger prominenter jüdischer Schriftsteller in der vergangenen Woche hatte ihn zutiefst erschüttert. Laut *Prawda* handelte es sich um »zionistische Agenten des amerikanischen Imperialismus«. Ein jüdischer Literaturkritiker, den Sander flüchtig kannte, war von seiner

Zeitung an die Luft gesetzt worden. Ein befreundeter jüdischer Autor, der sieben Romane veröffentlicht hatte, konnte niemanden finden, der seinen achten herausbringen wollte. Es gab Gerüchte über die jüdischen Ärzte, die im Kreml Dienst taten. Man suchte bei ihnen nach angeblichen Verbindungen zu internationalen zionistischen Organisationen. Noch ominöser war der von etlichen prominenten Juden unterzeichnete Brief, daß Genosse Stalin den Juden gestatten möge, für den großen Schaden, den sie Rußland zugefügt hätten, durch Schwerarbeit in irgendeiner entfernten Gegend des Mutterlandes zu büßen. Für Sander sah es so aus, als ob Stalin das beenden wollte, was Hitler begonnen hatte.

Draußen war es dunkel, und die Temperatur war auf minus siebenundzwanzig Grad gesunken, als Sander sich auf den Weg nach Hause machte. Ludmilla hatte ihn gebeten, die Nacht dazubleiben. Wanka könnte mit seiner Schwester zusammen schlafen und Sander die Tagesliege im Wohnzimmer benutzen. Aber sie wußte, daß Zsuzsa sich grämen würde, wenn er nicht zum Abendessen erschien. Sie hatte in den Säuberungen ihren Vater und ihren älteren Bruder verloren. Also zog er sich die neuen Handschuhe an und ließ sich von Ludmilla einen zweiten Wollschal geben. Dann machte er sich auf den Weg zur Omnibushaltestelle.

Die Straßen waren voller Leute, die von der Arbeit nach Hause eilten; und wieder einmal stellte Sander fest, daß selbst jetzt, mehr als sieben Jahre nach dem Ende des großen vaterländischen Krieges, fast jeder immer noch ein Uniformteil trug – einen khakifarbenen Schal, einen entsprechenden Regenmantel, Militärstiefel, Fausthandschuhe für Schützen mit einer Öffnung für den Abzugsfinger, eine Fliegerjacke aus Lammfell mit Wollkragen. Das lag, wie Sander meinte, nicht so sehr am Mangel von Winterkleidung; es war mehr so, daß ein jeder sehr stolz darauf war, an der Zerschlagung des Hitlerismus beteiligt gewesen zu sein. Auch Sander trug noch eines jener braunen Wollhemden unter der Jacke, das ihm ausgehändigt worden war, als er sich bei seiner Einheit meldete. Abgesehen von einem Auftrag zum Ausheben von Panzerfallen, als sich die deutsche Wehrmacht den Außenbezirken von Moskau näherte, hatte er den Krieg in einer Dienststelle verbracht und amerikanische Dienstanweisungen, die mit den militärischen Hilfslieferungen kamen, ins Russische übersetzt. Dennoch hatte er das Gefühl, seinen Beitrag für den Triumph der Sowjetunion geleistet zu haben, und er trug seine alten Militärhemden als stolze Auszeichnung.

Als er an der Busstation ankam, stellte Sander fest, daß die Stromleitung heruntergefallen war. Eine Notdiensteinheit hatte die Straße mit ihrem

Lastwagen blockiert und war dabei, Leitern aufzustellen, um den Schaden zu beheben. Als Sander höflich fragte, wie lange es dauern würde, bis der Bus wieder fahren würde, brummte der Vorarbeiter: »Wir arbeiten so schnell, wie wir können.« Daraus entnahm Sander, daß es Stunden dauern könnte. Er setzte sich in Bewegung zur nächsten Metrostation, die gute fünfzehn Minuten zu Fuß entfernt war. Als er den Block ungefähr zur Hälfte hinter sich hatte, sah er, wie ein Sammeltaxi auf ihn zukam. Er trat vor und winkte mit seinem Stock. Der Fahrer hielt an, beugte sich über den Beifahrersitz, und Sander rief ihm eine Adresse zu. Der Fahrer öffnete die Tür und rief: »Machen Sie schnell, damit nicht soviel Kälte hereinkommt!«

Sander rutschte auf den Sitz und zog rasch die Tür wieder zu. Als das Taxi wieder anfuhr, nickte er den beiden Personen, die schon auf dem Rücksitz saßen, höflich zu.

»Sander!« schrie die Frau. Als er sie verwundert anstarrte, sagte sie: »Erkennst du mich nicht wieder unter all diesem Pelz? Ich bin es, Mascha. Und dies ist mein Gatte, Andrej. Schatz, du erinnerst dich doch, daß ich dir von dem Amerikaner erzählt habe, mit dem ich befreundet war? Hier ist er leibhaftig. Alexander Til.«

Sander hatte Mascha während des Krieges in mehreren Filmen gesehen und erinnerte sich, irgendwo gelesen zu haben, daß sie einen Regisseur geheiratet hatte, der berühmt war für seine »Traktorfilme« – so wurden Filme genannt, die Kolchosen verherrlichten. Mascha sagte: »Du mußt unbedingt einen Sprung zu uns heraufkommen.«

Ihr Gatte sagte: »Es würde mich sehr freuen.« Er hatte ein offenes, anständiges Gesicht; aber ein aufgedunsener Zug um die Augen verriet, daß er zu viel trank. »Ich möchte gern mit Ihnen über Ronscha sprechen«, fügte er hinzu. Andrej neigte den Kopf und zwinkerte bei dem Namen des Dichters. Ronscha war nicht gerade jemand, über den öffentlich gesprochen wurde. Leute, die das Glück hatten, einen Band seiner frühen Lyrik zu besitzen, versteckten diesen unter dem Umschlag eines anderen Buches. »Sie sehen«, sagte Andrej schmunzelnd, »daß Mascha mir alles über Sie erzählt hat.«

Sander war nicht abgeneigt, aber Andrejs Hinweis auf Ronscha war ihm unbehaglich. Er sagte: »Meine Frau erwartet mich. Sie wird in Sorge sein, wenn ich nicht bald heimkomme.«

»Du bist also verheiratet«, sagte Mascha. »Wer ist die Glückliche?«

»Sie heißt Zsuzsa. Sie ist halb Ungarin. Ich habe sie während des Krieges kennengelernt«, sagte Sander. »Wir haben gleich danach geheiratet, sobald wir einen Platz zum Leben gefunden hatten.«

Mascha fragte Sander, was für eine Arbeit er jetzt hätte. Sander antwortete unbestimmt, daß er Gelegenheitsarbeiten verrichtete.

»Und was machen Sie genau?« fragte Andrej.

»Alles.«

Andrej musterte Sander noch einmal und nickte langsam. Er griff in seine Brusttasche und holte eine Karte heraus, die er Sander reichte. »Wenn Sie wollen, kommen Sie morgen in mein Büro«, sagte er. »Zu jeder beliebigen Zeit nach neun. Vielleicht habe ich etwas für Sie.«

Als Sander nach Hause kam und Zsuzsa erzählte, was sich in dem Taxi ereignet hatte, drehte sie die Visitenkarte in den Fingern und schaute sie an, als ob ein anderer Blickwinkel mehr über den Mann offenbaren könnte, dessen Name darauf gedruckt war. »Sehr eindrucksvoll«, sagte sie dann skeptisch und fuhr mit der Fingerspitze über die Buchstaben. »›A. S. Bagdanow. Präsident des Filmkollektivs‹. Was hältst du davon?«

Sander zuckte die Achseln. »Ich mag nicht ständig arbeitslos sein. Ich muß diese Chance ergreifen.«

Zsuzsa rührte weiter die Zwiebeln in der Bratpfanne. Ihre Mutter, eine alte Frau, die in den dreißiger Jahren Witwe geworden war und immer noch Schwarz trug, steckte den Kopf in die Tür der Gemeinschaftsküche und rief: »Zsuzsa, ich sehe, Alexander ist endlich zurück. Ich will dich nicht drängen; aber meinst du, daß ich anfangen kann, die Kohlsuppe zu kochen?«

»Noch eine Viertelstunde, und die Küche gehört ganz dir«, sagte Zsuzsa zu der Alten. Als ihre Mutter gegangen war, schüttelte Zsuzsa den Kopf. »Es gefällt mir nicht, daß er Ronschas Namen vor dem Taxifahrer erwähnt hat. Jeder weiß doch, daß die alle Informanten sind. Dein Präsident des Filmkollektivs ist entweder ein Idiot oder ein Provokateur, wenn du mich fragst.«

Sander sagte: »Der Fahrer sah so aus, als ob er nicht einmal wüßte, wer Puschkin war. Außerdem war Ronscha ein Spitzname.«

Zsuzsa war nicht überzeugt. Sie kaute an der Innenseite ihrer Backe und sagte schließlich: »Mir gefällt das nicht. Vergiß nicht, daß Mascha dich schon einmal denunziert hat!«

Sander schien in seinem Stuhl zusammenzusinken. Er sagte leise: »Und ich habe Ronscha denunziert.«

»Das eine hat nichts mit dem anderen zu tun«, sagte Zsuzsa. »Ronscha war schon tot, als du ihn angezeigt hast. Du warst aber sehr lebendig, als diese Filmschauspielerin dich denunziert hat.«

»Sie hatte keine andere Wahl«, meinte Sander.

Zsuzsa wurde zornig. »Nach dem, was du gesagt hast, habe ich den

Eindruck gewonnen, daß Ronscha sein Gedicht vorgelesen hat, um zu demonstrieren, daß selbst in den schlechtesten Zeiten die Menschen immer noch eine Wahl haben.«

Sander legte ihr einen Arm um die Schulter. »Ich werde vorsichtig sein.«

»Mach, was du willst!« Zsuzsa wandte sich wieder ihren Zwiebeln zu.

Am nächsten Morgen um neun Uhr sah Sander sich die Schilder in der Vorhalle eines verhältnismäßig neuen Gebäudes gegenüber dem Zentralpostamt in der Gorki-Straße an. Er fand das Filmkollektiv und fuhr mit dem Aufzug in den sechsten Stock. Aufzüge erinnerten ihn immer an Atticus Tuohy und seinen »Tunnelbau nach oben«. Seit dem Krieg hatte er Tuohy nicht mehr gesehen. Einmal waren sie sich zufällig in einem U-Bahnhof begegnet, der während der Luftangriffe als Schutzraum diente. Atticus hatte so getan, als sei er entzückt, Sander wiederzusehen, und sie hatten Adressen ausgetauscht. Als aber Sander ihn später aufsuchen wollte, fand er einen Schutthaufen dort, wo das Wohngebäude gestanden hatte. Dann erfuhr er, daß das Haus schon ausgebombt war, *ehe* Tuohy ihm die Adresse gegeben hatte.

Beim Filmkollektiv bat Andrej Bagdanow Sander in sein Büro. »Ich bin entzückt, Sie zu sehen«, sagte er; und es sah so aus, als ob er es ernst meinte. Er winkte Sander auf ein Sofa in der Ecke und ließ sich in einem Ledersessel ihm gegenüber nieder. Dann holte er eine Flasche Slibowitz unter einem Tischchen hervor, goß zwei Gläser randvoll und reichte Sander eines davon. Sie stießen an und tranken.

Andrej begann: »Mascha hat mir von der Gefälligkeit erzählt, die Sie ihr erwiesen haben –«

Sander unterbrach: »Ich habe Mascha nie eine Gefälligkeit erwiesen.«

»Sie sieht das anders«, sagte Andrej. »Ich auch. Sie fühlte sich sterbenselend, als sie Sie denunziert hat. Sie hat immer noch schlaflose Nächte, weil sie das Mädchen ausgeliefert hat. Sie hätten sie ihrerseits denunzieren können, taten es aber nicht. Ganz offen gesprochen: Ich möchte einiges wiedergutmachen.«

Sander sagte: »Mit Filmemachen habe ich keine Erfahrung.«

»Mascha hat mir erzählt, daß Sie im Urlaub Untertitel für amerikanische Filme gemacht haben.«

Sander nickte vorsichtig.

Andrej goß noch zwei Gläser Slibowitz ein. »Das Filmkollektiv, dem ich vorstehe«, begann er zu erklären, »ist in Wirklichkeit ein Verleih. Wir haben Hunderte von Filmen und arbeiten direkt mit den Filmtheatern zusammen. Während der großen Wehrmachtsoffensive gegen die Alliierten haben die Deutschen einige amerikanische Militärstützpunkte überrannt und einen großen Schwung Hollywoodfilme erbeutet. Diese wurden nach Berlin geschafft und hohen deutschen Würdenträgern zugänglich gemacht, die für Greta Garbo oder Charlie Chaplin schwärmten. Bei Kriegsende haben unsere Soldaten die Filme entdeckt und beschlagnahmt. Aber wir haben sie den Amerikanern nicht zurückgegeben, sondern bewahren sie im Keller dieses Gebäudes auf.«

Andrej ergriff sein Glas, goß den Inhalt in einem Zuge herunter und stellte es so hart auf den Tisch, daß Sander fürchtete, es könnte zerbrechen.

Sander fragte: »Sie wollen also, daß ich für diese Filme Untertitel mache?«

»Nicht ganz«, sagte Andrej. »Es sind im ganzen einhundertsiebenundvierzig Stück. Die Untertitel wären für unser Budget zu teuer. Aber wir erhalten Anforderungen für diese Filme von unseren hohen Parteileuten, die sich dafür interessieren zu sehen, wie dekadent Amerika ist. Sie sprechen doch noch fließend Englisch? Von Zeit zu Zeit könnte ich Ihnen einen Auftrag geben – eine Simultanübersetzung. Ich könnte Ihnen – sagen wir – hundert Rubel für einen Abend zahlen.«

Sander sah, wie Andrej sich ein weiteres Glas Slibowitz eingoß. Er empfand eine widerwillige Bewunderung für Menschen, die so früh am Tage in diesen Mengen Alkohol trinken konnten. Dann sagte er ernst: »Ich muß Ihnen noch etwas sagen.« Er zögerte. »Ich möchte nicht, daß Sie durch mich in Schwierigkeiten geraten.«

Andrej machte eine abwehrende Handbewegung. »Ich weiß, daß Sie Jude sind. Mascha hat mir das schon erzählt. Na und? Wenn Sie mit dieser Arbeit einverstanden sind, fällt das mehr oder weniger unter freiberufliche Tätigkeit. Das heißt, ich bezahle Sie aus einem besonderen Fonds und brauche keinen formalen Antrag auf Arbeitsgenehmigung zu stellen.«

Sander nippte an seinem Slibowitz. »Hundert Rubel für ein paar Stunden kann man schwer ausschlagen.«

Andrej sagte: »Die Filme werden in Privaträumen gezeigt. Der Vorführer wird danach gewöhnlich in der Küche verpflegt. Sie wahrscheinlich auch. Und das Essen pflegt erstklassig zu sein.«

»Wann wollen Sie, daß ich anfange?«

»Heute abend schon, wenn Sie wollen. Wir schicken einen Film mit dem Titel *King Kong* zu einem Mitglied des Politbüros. Fay Wray ist phantastisch. Ich will sagen – phantastisch dekadent.« Mit einem Augenzwinkern erhob Andrej wieder sein Glas. »Also lassen Sie uns trinken. Auf die Dekadenz in allen ihren Formen!«

»Auf die Dekadenz«, pflichtete Sander bei. Der Slibowitz brannte in seinem Hals.

»Sie sind zum ersten Male hier draußen, nicht wahr?« flüsterte der Vorführer, der sich als Grinka vorgestellt hatte. Er war ein junger Mann mit ungepflegtem Haar und einem bunten, handgestrickten Schlips, dessen Knoten ihm beim Sprechen komisch gegen den Adamsapfel stieß. Er fädelte den Anfang des Films geschickt in die Leerspule und klappte den Deckel zu. Die Apparatur war an dem einen Ende eines langen rechteckigen Speiseraums aufgestellt. Der dicke Eichentisch war gegen eine Wand geschoben, und in zwei Reihen hatte man Klappstühle aufgestellt. Eine tragbare Projektionswand hing von einem Haken an der gegenüberliegenden Wand herab. »Worauf es ankommt«, fuhr Grinka fort, »ist, nicht nervös zu werden. Lassen Sie sich einen guten Rat geben: Behandeln Sie ein Mitglied des Politbüros wie einen gewöhnlichen Genossen in der Fabrik; und er wird Sie sein Leben lang mögen.«

Um neun Uhr fünfzehn führte Nikita Chruschtschow mit geräuschvollem Lachen seine Frau Nina und einige weitere Paare ins Zimmer. Einige der Männer trugen Cognacgläser; Chruschtschow hielt die Flasche in der Hand. »Seid ihr fertig, Grinka?« fragte er. Er schüttelte dem Vorführer die Hand, fragte nach seiner Familie und schwatzte kurz über das Wetter. Als er Sander erblickte, sagte er: »Sie werden also heute abend für uns übersetzen.«

»Jawohl, Genosse.«

Chruschtschows kahler, feister Kopf hüpfte in einem betonten Nicken auf und ab, als er Sander seine fette Hand zum Schütteln bot. »Chruschtschow«, sagte er.

»Til.«

»Sie sprechen Englisch?«

»Fließend.«

»Gut. Ich habe es nur bis zum Russischen gebracht«, sagte Chruschtschow mit zufriedenem Kichern. »Ich will gar nicht wissen, ob Sie wirklich das übersetzen, was die Schauspieler sagen, oder ob Sie selbst etwas erfinden. Solange es gut klingt, ist mir das gleich.« Mit gutmütigem Lachen wies Chruschtschow seinen Gästen ihre Plätze zu. »Die Damen nach vorn«, rief er. »Die Männer hinten. Wer Lust hat, darf rauchen. Wer nicht, läßt es bleiben. Jemand soll das Licht ausmachen.«

Im Dunkeln startete Grinka den Projektor. Die Titel des Vorspanns erschienen. Zigarrenrauch kräuselte sich durch die flimmernden Lichtbündel. Sander, der im Hintergrund zusah, erinnerte sich daran, wie er und Abner einmal ein Glas voll Motten in einem Kino an der Lower East Side losgelassen hatte. Die von den Strahlen des Projektors angezogenen Motten hatten riesige Schatten auf die Leinwand geworfen – zum Entsetzen der Klavierspielerin, die die Hintergrundmusik machte. Er fragte sich, was wohl aus seinem anderen Bruder geworden war. Was würde er nicht dafür geben, ihn noch einmal zu sehen und zu erfahren, ob Palästina für ihn das Gelobte Land geworden war.

Die Eingangsszene leuchtete auf. Fay Wray sprach die ersten Worte. Sander übersetzte.

»Sprich ruhig lauter, Genosse Übersetzer!« befahl Chruschtschow.

Während Grinka die Spulen wechselte, betrachtete Sander Chruschtschow und seine Gäste. Die Männer hatten die leichte, sichere Art von Leuten, die an Privilegien gewöhnt waren. Sie lutschten geräuschvoll an dicken Zigarren und tranken Cognac. Chruschtschow goß nach, sobald das Glas halbleer war, und produzierte sich mit einer Reihe leicht anrüchiger Kurzverse, über die die Männer laut wieherten. Die Frauen waren zurückhaltender. Keine von ihnen rauchte oder trank. Sie sprachen, wenn sie überhaupt redeten, halblaut und nickten nachdrücklich, sobald Nina Chruschtschow eine Bemerkung machte.

»Es scheint zu stimmen, daß unsere Bäume kleiner sind als die amerikanischen«, sagte Chruschtschow. »Unsere langen Winter hemmen sie. Wie soll man Wurzeln treiben, wenn der Boden gefroren ist Aber versucht einmal, einen russischen Baum zu fällen, der langsam gewachsen ist. Das Holz ist fest. Es bricht euch die Zähne an der Säge ab. Was amerikanische Bäume angeht, so könnt ihr die mit einem stumpfen Küchenmesser umschneiden. So wie ich es sehe«, fuhr er fort, während alle an seinem Munde hingen, »liegt darin der grundlegende Unterschied zwischen einem durchschnittlichen Russen und einem durchschnittlichen Amerikaner.«

Grinka klappte den Deckel des Projektors zu. Chruschtschow winkte dem am nächsten beim Schalter sitzenden Mann zu, das Licht auszumachen. Der Film lief weiter. Die afrikanischen Eingeborenen hatten Fay Wray auf eine Plattform gefesselt und sahen hoch von ihrer Einzäunung aus zu, wie King Kong mit Gebrüll aus dem dichten Wald auftauchte, um das Opfer entgegenzunehmen. »Es ist immer dasselbe«, witzelte Chruschtschow. »Heutzutage tragen die Schwarzärsche feine Kleider; aber darunter sind sie alle Kannibalen.«

Einige Gäste kicherten beifällig.

Als der Film aus war, wurden Grinka und Sander von einem Dienstmädchen in die Küche gebeten, wo sie zwei Teller mit Hühnerleber und Kartoffeln und eine halbe Flasche georgischen Rotwein vorfanden. Chruschtschow erschien, um eine weitere Flasche Cognac zu holen. »Mir hat es gefallen, wie Sie übersetzt haben«, bemerkte Chruschtschow zu Sander. »Wie war doch gleich Ihr Name?«

»Til. Alexander Til.«

Chruschtschow nahm das mit einem kurzen Nicken seines kahlen Kopfes zur Kenntnis.

Zsuzsa war noch auf, als Sander zurückkam. »Wie ist es gegangen?« fragte sie besorgt.

»Chruschtschow selbst hat mich zu meiner Übersetzung beglückwünscht.«

»Er hat nicht gefragt, wieso du so gut Englisch sprichst?«

»Er hat nur gesagt, daß er es bloß bis zum Russischen geschafft hätte.«

»Geschafft kann man auch dazu sagen«, fauchte Zsuzsa. »Er hat mit seinem Russisch eine Menge Menschen ins Grab geschafft.«

Zsuzsa schien sich um Sander Sorgen gemacht zu haben, seit er sie zum ersten Male gesehen hatte – damals, als er aus dem Koma erwacht war und in ihr schmerzerfülltes Gesicht geblickt hatte. Es war ein Anblick, den er niemals vergessen würde. »Können Sie meine Stimme hören?« hatte sie gefragt und dabei jedes Wort einzeln ausgesprochen.

Er hatte schwach genickt und das Wort »ja« geflüstert. Beim Klang seiner Stimme hatte sie gelächelt. Dann hatte sie seine Hand in ihre beiden genommen – ihre Handrücken waren ebenso wie ihr Gesicht von Sommersprossen übersät – und sich vorgebeugt, bis sie direkt über ihm war. »Sie werden tausend Fragen haben. Wenn Sie kräftiger sind, will ich sie alle beantworten«, hatte sie gesagt. »Für den Augenblick müssen Sie mir glauben, wenn ich Ihnen versichere, daß Sie nicht ernsthaft verwundet sind. Sie hatten nur eine Gehirnerschütterung infolge einer Bombenexplosion oder einer Granate. Mit etwas Ruhe werden Sie sich bald erholt haben.«

Sie versuchte, ihre Hände frei zu machen; aber Sander hielt sie am Gelenk fest. »Haben die Deutschen Moskau eingenommen?« wollte er wissen.

Zsuzsa lächelte traurig. »Sie sind dicht genug herangekommen, um die Türme zu erkennen. Aber die Panzerfallen, die ihr ausgehoben habt, haben sie aufgehalten.«

Sander war zusammen mit Tausenden anderer, deren Arbeit nach Meinung der Partei »nicht kriegswichtig« war, in der Gorki-Straße gemustert worden. Man hatte ihnen Kreuzpickel und Schaufeln von Militärlastwagen herunter in die Hand gedrückt, und sie durch die verlassenen Straßen der Innenstadt in die Außenbezirke marschieren lassen, um eine letzte Verteidigungslinie gegen die vorrückenden Deutschen zu schaffen. Tagsüber konnten sie das hohle Donnern von Artilleriegeschossen im Westen hören. Nachts sahen sie, wie Lichtblitze den Horizont erhellten. Am dritten Tage riß die Wolkendecke auf, und die deutschen Stukas flogen in Wellen auf sie zu. Sander hatte sich in die tiefste Panzerfalle geflüchtet und die Nase in das duftende Erdreich gedrückt, bis er kaum noch atmen konnte. Er konnte die Explosionen der Stukabomben entlang der Grabenlinie hören. Er dachte, er hätte nur eine Bombe gehört, die sich in den schlammigen Boden gewühlt hatte, und vernahm absolute Stille, während er auf die Explosion wartete.

Diese Stille war das letzte, was er vernommen hatte. »Nach der Akte, die mit Ihnen gekommen ist«, erzählte Zsuzsa ihm einige Tage später, »sind Sie so nahe an einer explodierenden Bombe gewesen, daß es schon ein Wunder ist, daß Sie überlebten. Die Stoßwellen, die durch den Boden liefen, haben Ihre Kontusion verursacht. Sie waren von Schlamm bedeckt, und man mußte Sie ausgraben. Zuerst hielt man Sie für tot. Aber irgendein kluger Kamerad war so intelligent, bei den zur Beerdigung bereitliegenden Körpern den Puls zu fühlen. Und nun sind Sie hier.«

Sander war von Moskau in ein Bauerndorf namens Jundola auf der asiatischen Seite des Urals evakuiert worden, seltsamerweise nicht weit entfernt von Jekaterinburg, das jetzt Swerdlowsk hieß. In dem Dorf gab es keinen elektrischen Strom, aber die Straßen waren mit Lautsprechern ausgestattet, aus denen ständig Militärmusik oder Nachrichten quäkten. Die geschlossene Halle, die als Dorfzentrum für Parteiversammlungen, Propagandavorträge, Hochzeiten und Trauerfeiern diente, war mit Pritschen ausgestattet und in ein Sanatorium für genesende Soldaten umgewandelt worden. Es waren siebenundzwanzig an der Zahl, einige mit fehlenden Gliedmaßen, einige blind, zwei mit totalem Gedächtnisverlust – alle unter der Obhut von Zsuzsa und einem alten Manne, der behauptete, im Ersten Weltkrieg Krankenpfleger gewesen zu sein. Zunächst hatte Sander Zsuzsa für eine Ärztin gehalten. Als sie ihren ersten gemeinsamen Spaziergang machten, war er überrascht zu hören, daß sie nur eine halb qualifizierte medizinische Assistentin war. Sie hatte bei Kriegsausbruch ein Jahr medizinischer Ausbildung hinter sich gehabt. Als die erste Welle Verwundeter die Hospitäler der Sowjetunion überschwemmte, wurde jeder, der auch nur die geringste medizinische Vorbildung besaß, eingezogen. Zsuzsa hatte man ein militärisches medizinisches Handbuch gegeben, welches beschrieb, welche Wunden man behandeln konnte und welche so schwer waren, daß der Patient keine Überlebenschancen hatte. Durch Versuch und Irrtum wurde sie während sechs Monaten in einem Feldlazarett zu einer qualifizierten Wundärztin. Sie wußte nichts über Rheuma und Asthma und nur sehr wenig über Eingeweidebrüche und Hämorrhoiden oder gewöhnliche Erkältungen; aber sie war recht sachkundig bei Amputationen oder beim Entfernen von Granatsplittern aus allen Körperteilen. Viele Operationen hatte sie ohne Betäubungsmittel ausführen müssen, bei denen Helfer den Verwundeten auf dem Operationstisch eisern festhielten. »Ich kann immer noch ihre Schreie hören«, vertraute sie Sander eines Tages an. »Das war für mich der schwierigste Teil – unerträglichen Schmerz zu verursachen, um ihnen das Leben zu retten. Aber ich habe die Zähne zusammengebissen und mich gezwungen, es zu tun. Gott, es war ein Alptraum. Ich war erleichtert, als man mich nach Jundola versetzte.«

Während ihres nun schon zur Gewohnheit gewordenen nachmittäglichen Spazierganges hatten sie die Anhöhe erklommen. Von dort konnte man die schneebedeckten Uralberge erblicken, die die Wolkendecke durchbrachen. An jenem Nachmittag hatten sie wieder über den Krieg gesprochen. Zsuzsa beobachtete, wie der Wind das hohe Wiesengras in Wellen bewegte. Plötzlich begann Zsuzsa heftig zu zwinkern. Ein gequältes Lächeln zeigte sich auf ihrem Gesicht und verschwand wieder. Dann brach sie in Tränen aus. Sander legte ihr ungeschickt einen Arm um die Schulter, zog sie an die Brust und fühlte, wie ihr Körper zitterte. Nach einer Weile wurde sie ruhiger. »Es tut mir leid«, sagte sie, immer noch schwer atmend, und wischte sich die Tränen mit dem Handrücken aus den Augen. »Gewöhnlich verliere ich nicht die Selbstbeherrschung.«

Sander schwieg und sah sie an.

»Diese Ruhe macht es schwer zu glauben, daß jenseits der Berge ein Krieg tobt«, fuhr sie fort. »Es ist kaum zu glauben, daß Feldschere Kugeln aus jungen Burschen herausschneiden, die von Kameraden festgehalten werden.« Sie warf sich auf den Boden und öffnete noch einen Knopf ihres Hemdes. »Wenn der Krieg vorbei ist, werde ich alles lernen, was ich versäumt habe – laufende Nasen und Warzen und Masern und Windpokken. Dann werde ich mich auf nach innen wachsende Fußnägel spezialisieren.«

Sander setzte sich dicht neben sie auf den Boden und merkte plötzlich, daß er auf ihre Brüste unter dem Khakihemd starrte, die sich ruhig hoben und senkten. Plötzlich erkannte er, daß sie sinnlich war, ohne dessen gewahr zu sein – so sinnlich wie Schnee oder die wellige Flut eines seichten Baches. Ihn übermannte das Verlangen, ihre Kühle zu fühlen und ihre Feuchtigkeit zu kosten. Ohne nachzudenken griff er zu und machte den nächsten Knopf ihres Hemdes auf. Ihre Augen öffneten sich jäh. Sie benetzte mit der Zunge ihre Oberlippe. Ihre Fingerspitzen legten sich so sanft auf seine Handgelenke, daß er sich nicht sicher war, ob sie ihn zurückhielt oder ermutigte.

»Warum zögerst du?« fragte sie mit verschleierter Stimme.

»Ich wußte nicht, ob es dir gefallen würde.«

Sie lächelte ihr unbestimmtes Lächeln und führte seine Finger leicht zum nächsten Knopf. Ihr Hemd teilte sich wie ein Vorhang vor dem ersten Akt eines neuen Stückes. Sander öffnete die anderen Knöpfe. Dann beugte er sich über Zsuzsa und begrub sein Gesicht in der Schwellung einer sommersprossigen unbedeckten Brust.

2

Tuohy schlenderte hinüber zum Büffet, um sich Mineralwasser zu holen. »Sprechen Sie nur weiter!« sagte er zu dem Abteilungsleiter, der über die Transportsituation Meldung erstattete. Er füllte sein Glas und trug es zurück zu seinem Platz am Kopf des Konferenztisches.

Der Adjutant, ein hagerer Bürokrat mit hängenden Schultern und der blassen Hautfarbe eines Menschen, der dreißig Jahre Innendienst hinter sich hat, sagte: »Wir brauchen schätzungsweise mindestens dreihundert Eisenbahnwaggons täglich während eines Zeitraums von zehn Tagen, um mit der Lage in Moskau zurechtzukommen. Das wird keine unlösbaren Schwierigkeiten verursachen; wir werden solange einfach den ganzen Zivilverkehr stillegen. Mit dreihundert Waggons schaffen wir fünfundvierzigtausend Personen am Tag – also vierhundertfünfzigtausend in den zehn Tagen, die die Operation dauert.«

»Würden Sie mehrere Bahnhöfe einsetzen oder nur einen?«

»Im Interesse des Wirkungsgrades und der Lokalisierung möglicher Störungen halten wir es für ratsam, nur einen einzigen Bahnhof einzusetzen. Jeder Zug müßte fünfzehn Waggons haben. Jede Stunde müßte ein Zug einlaufen – rund um die Uhr.«

Tuohy nippte nachdenklich an seinem Mineralwasser und ergriff dann einen Bleistift. »Wie würden Sie sie zum Bahnhof bringen?« fragte er den Mann, der ihm direkt gegenüber saß. Er war der Experte des MGB (dies war der neue Name für den NKWD) für die »Judenfrage«.

»Es kann nicht in Betracht kommen, sie zusammenzutreiben«, antwortete der Experte. »Mit zweieinhalb Millionen Juden landesweit und vier- oder fünfhunderttausend allein in Moskau haben wir nicht genügend Leute dafür. Was wir haben, sind Listen. Wir würden den Postweg benutzen und sie auffordern, sich zu der und der Stunde bei dem und dem Bahnhof einzufinden. Genaue Angaben, wieviel Gepäck sie mitbringen dürfen. Besonders wichtig: die etwaigen Sanktionen für den Fall, daß sie nicht parierten. Ich schätze, wir werden achtundneunzig Prozent von ihnen dazu bringen, freiwillig zu erscheinen. Dann wäre noch ein Organisationsproblem: Es darf nicht passieren, daß die Züge sich verspäten.«

»Berichtigen Sie mich, falls ich mich irre«, warf ein eifriger junger MGB-Adjutant ein, der für Tuohy arbeitete, »aber ich bin der Meinung, daß die Fahrt nach Birobidschan nahe der chinesischen Grenze fünf Tage erfordert.«

Der Eisenbahnmann nickte. »Fünf volle Tage.«

»Das heißt, wir müssen entlang der Strecke Verpflegungsdepots anlegen, um die Juden zu ernähren«, bemerkte der junge MGB-Mann.

»Nicht nötig«, sagte Tuohy. »Wir könnten verlangen, daß sie Verpflegung für fünf Tage in ihrem Gepäck mitbringen. Auf dieses Weise hätten wir nur für Trinkwasser zu sorgen. So haben wir es auch gemacht, als wir die Krimtataren nach Sibirien deportierten.«

»Was ist mit ausländischen Journalisten?« fragte ein Abteilungschef des MGB. »Sie dürften die Deportation entdecken, ehe sie abgeschlossen ist. Das könnte für uns lästig sein. Die kapitalistische Presse, die unsere Aktionen immer in dem schlechtesten Licht darstellt, könnte leicht sagen, daß wir dort weitermachen, wo Hitler aufgehört hat.«

Der junge MGB-Adjutant schlug vor: »Wir könnten das ganze Areal um den Bahnhof absperren. Kein Fremder würde hindurchgelassen.«

Ein älterer Mann, der der Unterhaltung bisher schweigend gefolgt war, hob den Finger. Tuohy nickte ihm zu. »Die ausländische Presse wird kein Problem sein«, sagte der Mann, der die entsprechende Abteilung leitete, ganz ruhig. »Wir werden ihre Aufmerksamkeit ablenken, indem wir etwas organisieren, das sie bestimmt nicht versäumen wollen. Zum Beispiel eine Geburtstagsfeier für den Genossen Stalin in Georgien. Oder eine Tour zu der Marinewerft in Leningrad.«

Der Eisenbahnmann sagte: »Am gefährlichsten wird für uns die amerikanische Presse sein. Jeder weiß, daß sie von Juden beherrscht wird.«

»Gerade aus diesem Grunde«, sagte der alte Abteilungschef müde, »werden ihre Geschichten unglaubwürdig wirken.«

Tuohy fügte hinzu: »Die jüdische Presse hat kein großes Geschrei erhoben über die deutsche ›Endlösung‹; Meldungen über die Ausrottung von achthunderttausend polnischen Juden wurden auf den hinteren Seiten gedruckt. Außerdem rotten wir ja die Juden gar nicht aus. Wir schaffen nur eine Autonome Jüdische Republik und laden sie ein, dorthin zu ziehen. Das ist ein Unterschied.«

Einer von Tuohys jungen, hellen Köpfen, ein aufgehender Stern im Kommissariat für die Umsiedlung von Minderheiten meldete sich zu Wort: »Niemand hat bisher davon gesprochen, daß wir für die Deportation ein solides psychologisches Fundament brauchen.«

»Psychologie«, sagte der alte MGB-Mann mißbilligend, »ist eine kapitalistische Disziplin, welche die frühkindliche Sexualität für alle Probleme verantwortlich macht, anstatt auf die ökonomischen Faktoren hinzuweisen, die Marx als die Ursache gesellschaftlicher Übel bezeichnet hat.«

Tuohy hatte den Eindruck, daß jetzt der Moment gekommen war, an dem er eingreifen mußte. Sein älterer Kollege war bei der Besetzung des Postens eines Kommissars für Minderheitenumsiedlung übergangen worden und schien ihm deswegen persönlich gram zu sein. »Bei allem Respekt für die Erfahrung und die Sachkenntnis meines Kollegen«, sagte er lässig, »müssen wir doch psychologische Erwägungen einbeziehen. Ich sehe da zwei zentrale Probleme. Erstens müssen wir jeden Instinkt bei den Juden unterdrücken, sich der Umsiedlung zu widersetzen. Wir dürfen nicht vergessen, daß die Juden, als sie mit dem Rücken zur Wand standen, sich im Warschauer Ghetto gegen die Deutschen erhoben und länger durchgehalten haben als die Polen im ersten Abschnitt des Krieges. Zweitens müssen wir bei der nichtjüdischen Bevölkerung jeden Instinkt unterdrücken, die Juden als Opfer anzusehen und mit ihnen zu sympathisieren, wodurch sie Autorität von Partei und Staat untergraben würde. Daher stimme ich meinem jungen Genossen zu. Bei den echten Russen besteht schon eine allgemeine Tendenz, die Juden als ein fremdes Element in unserer Gesellschaft anzusehen. Diese Tendenz müssen wir ausnutzen. Zum Beispiel wäre es hilfreich, wenn wir ein jüdisches Komplott gegen den kommunistischen Staat oder Stalin selbst entdeckten, wenn wir demonstrieren könnten, daß die Juden unsere Feinde sind. Geständnisse wären selbstverständlich erwünscht. Deportationen würden dann, wenn sie erfolgten, als normale Strafe für erwiesene Vergehen angesehen werden. Man müßte sogar verdeutlichen – ich überlasse es den Genossen, die mit den propagandistischen Aspekten dieses Plans zu tun haben –, daß wir uns im Gegensatz zu Hitler dafür entschieden haben, milde zu sein. Unsere Lösung der Judenfrage wird als humanitär gelten.«

Die Konferenz zog sich hin. Tuohy ließ seine Gedanken schweifen. Er brauchte nicht zu befürchten, etwas zu verpassen; das Gespräch wurde von einer Stenographin aufgezeichnet, und er konnte später auf jeden Fall alles nachlesen. Er hielt sich für hervorragend qualifiziert für den wichtigen MGB-Posten des Kommissars für die Umsiedlung von Minderheiten. Während des Krieges und unmittelbar danach hatte er auf diesem Gebiet eine Menge Erfahrungen gesammelt. Er hatte mitgewirkt bei der Deportation von überwiegend islamischen Gebirgsbewohnern aus dem nördlichen Kaukasus, von denen viele offen mit den deutschen Invasoren sympathisiert hatten. Binnen weniger Tage waren Zehntausende von Tschetschenen, Inguschen, Karatschaiern und Balkaren auf Güterwaggons gesetzt und nach Osten verfrachtet worden. Die buddhistischen Kalmüken und die Wolgadeutschen folgten ihnen später nach. Als die sowjetischen Truppen Hammer und Sichel über den Ruinen von Berlin aufpflanzten, hatte es einiges Gerede gegeben, ob man die gesamte Bevölkerung der Ukraine, von der ein Teil die Deutschen als Befreier begrüßt hatte, deportieren sollte; aber das Projekt wurde aufgegeben, weil es zu viele gewesen wären.

Tuohy war Bezirksaufseher bei den ersten Deportationen gewesen. Als in seiner Zone alles ohne Panne abgelaufen war, wurde er zum Oberaufseher einer Region befördert und dann zum zweithöchsten Befehlshaber für die Deportation der Kalmüken. So war es ganz natürlich, daß man auf ihn zurückgriff, als der Gedanke aufkam, die Juden an das andere Ende des Landes zu deportieren. Im Augenblick war das Projekt noch im Entwurfsstadium; aber Tuohy hielt es für sehr wahrscheinlich, daß Stalin die Pläne in die Tat umsetzen lassen würde, wenn sie sorgfältig entworfen waren und vernünftig aussahen. Tuohy wußte, daß der alte Mann sein ganzes Leben lang eine Abneigung gegen Juden gehabt hatte. Viele der Rivalen, die er im Laufe der Jahre liquidiert hatte – einschließlich Trotzki 1940 in Mexiko –, waren jüdischer Abstammung gewesen. Hatte er nicht bei mehr als einer Gelegenheit gesagt, die zweieinhalb Millionen Juden seien ein riesiges Reservoir für Spione, Dissidenten und Unruhestifter? Hatte er nicht im vorigen Sommer die Exektuion der fünfundzwanzig jüdischen Autoren und Intellektuellen befohlen, die seit Jahren im Gefängnis saßen? Die spontane Demonstration zur Begrüßung der israelischen Außenministerin Golda

Meir im Jahre 1948 hatte nur Stalins Verdacht hinsichtlich der Existenz eines riesigen zionistischen Komplotts gegen ihn und den kommunistischen Staat bestärkt. Nein, Tuohy zweifelte keinen Augenblick, daß der alte Mann ebenso gegen die Juden war, wie in den frühen dreißiger Jahren gegen die Kulaken. Die Juden waren gewissermaßen die Kulaken einer späteren Zeit, ein Feind, der erbarmungslos ausgerottet werden mußte.

Und man konnte sich kaum eine Vorstellung davon machen, wie hoch jemand auf der Karriereleiter klettern konnte, wenn er diese kleine Arbeit für den Vater aller Werktätigen ausführte!

Es war Ludmillas Idee gewesen, Sanders neunundfünfzigsten Geburtstag mit einer Reise nach Leningrad zu begehen. Wanka, der auf die zwölf zuging, und Asa, die achteinhalb war, waren seit zwei Jahren nicht dort gewesen. Außerdem würden sie Arischka, Appolinaria, Serafima und Sergeant Kirpitschnikow wiedersehen. Diese vier teilten sich eine Dreizimmerwohnung in einem der modernen vorfabrizierten Wohnblocks, die sich wie ein Schwamm in den Vororten verbreitet hatten.

»In einer solchen Monstrosität zu leben«, sagte Arischka mit lustigem Augenzwinkern, »ist nicht ganz so schlimm, wie es immer geschildert wird. Gewiß scheinen die Aufzüge nie zu funktionieren – die über uns wohnende Frau war gestern den ganzen Vormittag über zwischen dem vierten und fünften Stock eingesperrt und hat um Hilfe gerufen –, aber Treppensteigen ist gut für die Hüften. Und nach einiger Zeit achtet man auch nicht mehr auf die Wasserspülung oder die Streitereien der Nachbarn.«

Ludmillas Gatte Leonid schob Sergeant Kirpitschnikow in seinem neuen Rollstuhl ins Zimmer. Pascha trug einen khakifarbenen Waffenrock mit seinem alten St. Georgskreuz auf der Brust. Aus dem herunterhängenden Mundwinkel troff Speichel.

Serafima wischte ihn mit ihrem Taschentuch ab und zog die Decke über seinen Beinen zurecht. Sander stellte sich direkt vor dem Rollstuhl hin und sagte sanft: »Hallo, Pascha! Schön, dich wiederzusehen.«

Der Sergeant starrte Sander an, ohne einen Ton von sich zu geben. Seine Lippen zeigten ein schiefes Lächeln. Die Augen starrten ins Leere. Er klopfte mit dem Armstumpf rhythmisch auf die Lehne des Rollstuhls. Asa blickte um Sanders Beine herum auf den Beinstumpf.

»Die einzige Person, die er erkennt«, flüsterte Serafima, »bin ich, und auch das nur manchmal. Am besten, wir reden ganz normal weiter.«

Der Sommer 1941 war der schlimmste seit Menschengedenken gewesen, was Mücken betraf. Manche Leute glaubten ernsthaft, daß die deutschen Bomber über der Ukraine Milliarden Larven abgeworfen hätten, um die Rote Armee zu peinigen.

Sergeant Kirpitschnikow kratzte zerstreut an einem riesigen geschwollenen Mückenstich, der schon blutig war, als er sich über das Funkgerät beugte. Einen Moment lang konnten er und die anderen nur atmosphärische Störungen hören. Der Soldat, der die Kurbel drehte, welche das Gerät mit Strom versorgte, klatschte sich auf den Nacken und sah sich dann den Blutfleck auf seiner Hand an. »Das Biest habe ich erwischt«, knurrte er.

»Weiter kurbeln!« befahl der Sergeant ärgerlich.

Im Radio löste sich allmählich eine Stimme aus dem Rauschen. Die acht Männer rückten näher an den Apparat heran.

»Meine Brüder, meine Schwestern, ich wende mich an euch, meine Freunde.«

Man hörte den Sprecher schwer atmen, als ob er sehr erregt wäre. Er machte eine Pause, um einen Schluck Wasser zu trinken. Dann fuhr er fort: »Unser Land ist in ernster Gefahr.«

Er wurde durch eine neue Störung übertönt.

»Er hat uns schon allerhand vorgeworfen, aber uns noch nie als seine Brüder und Schwestern bezeichnet«, sagte ein drahtiger Maschinenschütze bitter.

»Da brauchen bloß einige Nazitanks in Richtung Moskau zu fahren, und mit einem Male sind wir seine Freunde«, meinte ein Koch.

Es war nicht überraschend, daß Stalins Rede Mißstimmung hervorrief. Der Große Steuermann, der erprobte und vertraute Schüler Lenins, der Weise Führer, den man in den Wochenschauen sehen konnte, wie er nachdenklich an seiner Pfeife zog, hatte nichts von sich hören lassen, seit die Deutschen vor vier Tagen mit dem Angriff auf die Sowjetunion begonnen hatten. Es gab Gerüchte, wonach er einen Nervenzusammenbruch erlitten hätte, als er erfuhr, daß die »unbesiegbare« Rote Armee vor den Panzern, die in das Kernland eindrangen, dahingeschmolzen war. Jetzt, als die Störungen nachließen, konnte man Stalins Stimme wieder hören, wie er seine Brüder und seine Schwestern zu einem heiligen Krieg aufrief gegen die *Nemtsy*, die Deutschen.

»Ich sage: zur Hölle mit ihm!« erklärte ein Gefreiter, der einen Arm in einer dreckigen Binde trug. »Seit Jahren prahlt er damit, daß die Deutschen an unserer Grenze zusammenbrechen würden. Und jetzt sind wir innerhalb unserer Landesgrenzen hinter ihren Linien abgeschnitten.«

»Wenn ihr mich fragt«, sagte ein Soldat, der aussah, als sei er höchstens siebzehn, »sollten wir uns ergeben.«

»Ergeben!« fuhr ein anderer Soldat mit Artillerieabzeichen am Ärmel auf. »Hast du noch nie von Konzentrationslagern gehört?«

»Das ist wahrscheinlich auch nur Propaganda – wie alles andere, das man uns erzählt hat«, sagte der Siebzehnjährige.

Ein Bursche aus der Stadt, der ein Jahr an der Moskauer Universität studiert hatte, schlug nach einem Moskito, der um sein Ohr summte. Er sagte: »Das finde ich auch. Man darf nicht alles glauben, was sie uns über die Deutschen erzählen. Schließlich sind sie doch das Volk von Goethe und Schiller und Beethoven und Bach.«

»Trotzdem«, meinte Sergeant Kirpitschnikow, »wir haben unter Stalin vieles erdulden müssen, aber er ist jetzt nicht der Feind. Hitler ist der Feind, die Deutschen sind die Feinde. Sie sind in unser Vaterland eingedrungen. Daher müssen wir so lange gegen sie kämpfen, bis sie tot sind – oder wir.«

Der Artillerist schlug mit der Faust auf den Tisch. »Der Sergeant hat recht. Wir werden eine Partisanengruppe bilden, um die Invasoren auf Trab zu halten.«

»Eine Partisaneneinheit!« rief Sergeant Kirpitschnikow. »Das ist die Lösung.«

Jemand holte die letzte noch verbliebene halbe Flasche Wodka heraus und gab Gläser aus. Der Sergeant hielt seines hoch.

»Tod den Moskitos und den *Nemtsy*!« rief er.

Alle lachten. »Tod den Moskitos und den *Nemtsy*!« riefen sie im Chor.

In den frühen Tagen des Kriegs wählten die durch den »Blitzkrieg« der deutschen Armeen abgeschnittenen Soldaten ihre Befehlshaber selbst und stimmten über deren Taktik ab. Sergeant Kirpitschnikow war mit dreiundfünfzig Jahren der älteste und außerdem der ranghöchste Soldat. Außerdem hatte er schon im Ersten Weltkrieg und im Bürgerkrieg gekämpft. Sein Name wurde von dem Artilleristen vorgeschlagen und von dem Koch und einem Journalisten aus Moskau unterstützt. Die Abstimmung war einstimmig. So kam es, daß der Sergeant die Partisaneneinheit führte, die seinen Namen erhielt: die Kirpitschnikow-Brigade »Roter Stern«.

Die Kirpitschnikow-Partisanen operierten aus einer Reihe von Basislagern, die sich isoliert an verborgenen Stellen des Landes befanden. Mit ihren durch andere Truppenteile der Roten Armee verstärkten Reihen begann sie Stoßtruppunternehmen gegen die deutsche Etappe durchzuführen.

In Moskau gab es wenig Gutes zu vermelden. Daher berichteten die

Kommentatoren über die mutigen Partisanen, die hinter den deutschen Linien operierten. Teilweise, weil sie durch ihre Funkstation mit Moskau Verbindung halten konnte, teilweise auch, weil unter ihren Mitgliedern ein Journalist war, der sich darauf verstand, Ereignisse zu dramatisieren, richtete sich ihre Aufmerksamkeit auf die Kirpitschnikow-Brigade. Es verging kaum eine Woche, ohne daß die eine oder andere Nachricht über ihre Heldentaten die Hauptstadt erreichte. Ein deutsches Vorratslager war in Flammen aufgegangen. Ein Konvoi mit Munition für die Front war in einen Hinterhalt geraten, und von achtzehn Lastwagen wurden vierzehn zerstört. Eine Brücke über den Pripjet war gesprengt und ein Eisenbahntunnel blockiert worden.

Der Partisanenkrieg wurde bei Nacht geführt, da die schlecht bewaffneten Partisanen bei Tageslicht keine Konfrontationen mit der Wehrmacht riskieren konnten. Auf beiden Seiten wurden keine Gefangenen gemacht. Als die Partisanen kühner wurden, begannen die Deutschen, aus Dörfern und Städten der Region Geiseln zu nehmen und immer zehn von ihnen für einen getöteten Deutschen zu exekutieren. Im zweiten Kriegswinter wandten sich daher manche Bauern gegen die Partisanen. Es gab immer mehr Fälle von Kollaborateuren, die deutsche Strafexpeditionen zu den Partisanenlagern führten. Die Opfer unter den Partisanen erhöhten sich.

Gegen Ende Dezember 1942 bekam die Brigade des Sergeanten, die auf siebenunddreißig Männer, acht Frauen und zwei Kinder zusammengeschrumpft war, Wind von einem Versteck süßer Kartoffeln, das die Bauern eines in der Nähe gelegenen Dorfes unter den Fußbodendielen ihrer früheren Parteizentrale angelegt haben sollten. Es gab eine heftige Diskussion, ob es sich um eine Falle der Deutschen handelte. Schließlich entschied der Sergeant, daß diejenigen, die meinten, das Risiko sei es wert, mit ihm losziehen sollten, um die Kartoffeln zu holen.

Bei ungewöhnlich starkem Schneefall, der jedes Geräusch dämpfte, führte der Sergeant zwölf Männer und zwei Frauen aus dem Walde und an einem zugefrorenen Fluß entlang zu dem betreffenden Dorf. Sergeant Kirpitschnikow musterte es von einer Anhöhe aus durch ein erbeutetes Zeiss-Glas und verkündete, daß nicht Ungewöhnliches zu sehen sei. Aus den Kaminen stieg Rauch auf. Mehrere Männer hatten Löcher in das Eis eines Teiches geschlagen und angelten. Kirpitschnikow konnte sogar zwei Kinder erkennen, die vor dem Gemeindehaus einen Schneemann bauten.

In zwei Kolonnen marschierten die Partisanen in das Dorf und zogen vor die Parteizentrale. Der Sergeant ging vor und klopfte mit dem Armstumpf an die Tür. Da schrillte ein Pfiff. Alle Blenden an den Fenstern der gegenüberliegenden Häuser wurden aufgerissen. An jedem Fenster kniete ein deutscher Soldat hinter einem Maschinengewehr. Der deutsche Offizier, der auf das Klopfen reagiert hatte, drückte dem Sergeanten den Lauf seiner Pistole in den Bauch und sagte auf russisch: »Eine Bewegung, und meine Männer werden dich umbringen.«

Der Gebietskommandant war entzückt zu erfahren, daß der berüchtigte Kirpitschnikow in seine Hände gefallen war. Er entschied, daß die Partisanen exekutiert werden sollten, aber auf eine Art, die ein denkwürdiges Exempel für andere Partisanen darstellen sollte. Am Tag nach ihrer Gefangennahme ließ man Sergeant Kirpitschnikow zusammen mit den zwölf Männern und zwei Frauen unter schwerer Bewachung durch das Dorf auf ein Feld hinaus marschieren. Ihre Handgelenke wurden mit Draht rücklings an Zaunpfähle gebunden. Die deutschen Soldaten sahen zu, rauchten und stampften mit den Füßen, um sie warm zu halten. Währenddessen hantierten zwei Experten an einer Kiste mit Granaten herum. Sie tauchten die Spitzen mit den Zündern in einen Eimer mit Wasser und hielten sie dann in die Luft, bis sich eine dünne Eisschicht darauf gebildet hatte. Danach wurden die Zünder wieder eingesetzt und die Granaten scharf gemacht. Solange sich Eis in den Zündern befand, würde keine davon explodieren. Nun gingen die Deutschen an der Reihe der Gefangenen entlang und schoben jedem Partisanen eine Granate unter das Hemd. Den Frauen wurden die Granaten zwischen die Brüste gesteckt. Dann stiegen die Deutschen in einen Lastwagen und fuhren davon.

Sergeant Kirpitschnikow rief in die Kälte hinaus: »Vor allem – Haltung!« Mehrere Männer versuchten, ihre Hände zu befreien. Der Journalist fluchte. Ein anderer Mann weinte. Die eine Frau wurde ohnmächtig, die andere starrte entsetzt auf den Sergeanten. »Tu doch etwas!« schrie sie.

Allmählich schmolz das Eis an den Zündern, und die Granaten begannen zu detonieren. Die erste ging am anderen Ende der Reihe hoch und tötete den Journalisten.

Das Schlimmste war, daß man nicht wußte, in welchem Augenblick die Explosion erfolgen würde. Die eine Frau begann unzusammenhängend zu plappern, als die Granate an ihrer Brust losging. Zwei weitere explodierten gleichzeitig – eine links und eine rechts vom Sergeanten. Der Sergeant zog den Bauch ein, hielt den Atem an und hörte den Pulsschlag in seinem Ohr. Zwei weitere Explosionen ertönten, dann noch eine und dann drei weitere, die so rasch hintereinander erfolgten, daß der Schall sich überlagerte. Sergeant Kirpitschnikow zwang sich umherzublicken. An den Zaunpfählen waren keine Menschen mehr, er sah nur noch blutige Fleischfetzen und

Stoffreste. Und seine Granate explodierte immer noch nicht. Er kniff die Lippen zusammen. Seine Gesichtsmuskeln erschlafften. Die Granate kam ihm vor wie ein Tumor, der in den Magen drückt. Er konnte das Eis an dem glatten Metall fühlen, die Rundheit des Mantels. Und immer noch keine Explosion. Er wußte, daß seine Augen offen waren, aber er konnte außer dem Licht nichts erkennen. Er bemühte sich scharf zu sehen, aber sein Gehirn hatte keine Verbindung mehr zu den entsprechenden Muskeln. Er wollte schreien, konnte aber nur einen gurgelnden Laut hervorbringen.

Und immer noch gab es keine Explosion.

Zwei Mitglieder der Kirpitschnikow-Partisaneneinheit fanden den Sergeanten in der folgenden Nacht. Einer von ihnen zog vorsichtig die Granate aus seinem Hemd und warf sie auf eine Schneeböschung. Und immer noch keine Explosion. »Defekter Zünder«, bemerkte der andere Partisan.

Sie packten den Sergeanten unter den Achseln und zogen ihn in den Wald zum Basislager. Wenn sie eine Ruhepause einlegten, kippte er gegen einen Baum. Aus seinem Mundwinkel rann Speichel. Seine Augen waren leer. Immer wieder blies er die Backen auf und fing an, das Geräusch explodierender Granaten nachzumachen.

Die »Explosionen« kamen in ungleichen Zeiträumen und klangen sehr realistisch.

Appolinaria zog den Vorhang vor, der ihre Hälfte des Zimmers von der Arischkas trennte. Sie hatte im Kopf schon ihre Morgenration von fünfundzwanzig Gedichten Ronschas aufgesagt. Weitere fünfundzwanzig würden wie üblich am Abend folgen, ehe sie schlafen ging. Auf diese Weise rezitierte sie allwöchentlich jedes Gedicht mindestens einmal. Sie holte den größeren von zwei Pappkoffern unter dem Bett hervor und klappte den Deckel auf. Ehe sie etwas anfaßte, zog sie die Küchenhandschuhe aus Gummi an, die sie unter der Matratze zu verstecken pflegte. Dann nahm sie ein Blatt gewöhnliches Schreibpapier aus einem Stapel und einen gewöhnlichen Umschlag aus einem anderen. Sie glättete das Papier auf dem Tischchen, an dem sie Briefe zu schreiben pflegte, und ergriff ihren Füllhalter. Das war ein köstlicher Moment, und sie genoß ihn. Natürlich stimmte es nicht, daß man in Rußland nicht sagen könnte, was man dachte. Man konnte alles sagen, solange man keine Fingerabdrücke hinterließ und in Druckbuchstaben schrieb, so daß die Handschrift unkenntlich war.

JOSEF, begann sie und malte jeden Buchstaben peinlich sauber in Großbuchstaben hin.

Dann blickte sie hoch und kniff nachdenklich die Augen zusammen. Sie hatte während der letzten vier Jahre fast regelmäßig einmal in der Woche an ihn geschrieben. Ihr Gefühl sagte ihr, daß er die Briefe persönlich läse; sie waren für einen Untergebenen zu intim, als daß er es riskieren konnte, sie ihm vorzuenthalten. Manchmal konnte sie beinahe das Band zwischen ihnen fühlen – zwischen dem Tyrannen und der Frau, die in die geheimsten Winkel seines bösen Herzens blickt.

DU WIRST IN DER NÄCHSTEN WOCHE DREIUNDSIEBZIG JAHRE ALT, BIST ALSO ETWA ZEHN JAHRE ÄLTER ALS ICH. (ICH SAGE *ETWA*, WEIL ICH NICHT WILL, DASS DU JEDEN IM LANDE VERHAFTEST, DER 1889 GEBOREN IST, UM MICH ZU FANGEN; WIR WISSEN BEIDE, DASS DU DAZU FÄHIG WÄRST.) ICH KANN MIR VORSTELLEN, IN WELCHER ANGST DU LEBST; SIE MUSS BESTIMMT JEDEN DEINER WACHEN GEDANKEN UND AUCH DEINE ALPTRÄUME ÜBERSCHATTEN. ES IST NICHT BLOSS DIE FURCHT VOR DEM VERSCHWINDEN IM SCHLUND DES TODES, DIE JEDERMANN MIT DIR TEILT; OBWOHL IN RUSSLAND DIEJENIGEN VON UNS, DIE EIN HOHES ALTER ERREICHEN, DIR DEN VORTEIL ZU VERDANKEN HABEN, MIT DIESER ANGST IHR GANZES LEBEN VERBRACHT ZU HABEN UND DAHER MEHR ODER WENIGER DARAN GEWÖHNT SIND. NEIN, JOSEF DSCHUGASCHWILI, DU WIRST VON DER ANGST BESESSEN SEIN, DASS MAN DICH NIEDERSCHLÄGT, DU ABER NICHT STIRBST! DU WIRST DICH DARAN ERINNERN, WIE LENIN NACH SEINEM SCHLAGANFALL IM ROLLSTUHL VON EINEM ZIMMER INS ANDERE GESCHOBEN WURDE UND SICH ABQUÄLTE, VERSTÄNDLICH ZU SPRECHEN, UND MIT ÜBERMENSCHLICHER ANSTRENGUNG EIN GELEGENTLICHES »*WOT, WOT*« HERAUSGEBRACHT HAT.

DU HAST DICH UM DIESEN GEDANKEN HERUMBEWEGT WIE EIN GEIER, DER ÜBER EINER TOTEN HYÄNE KREIST. WIR WOLLEN UNS ZUSAMMEN VORSTELLEN, WIE DAS SEIN WIRD. DER ROLLSTUHL MUSS IMPORTIERT WERDEN, WEIL DAS EINZIGE MODELL, DAS HIER UNTER DEINEM LETZTEN FÜNFJAHRESPLAN PRODUZIERT WIRD, ÄUSSERST UNBEQUEM IST. ICH SELBST BIN ZWAR KEIN KRÜPPEL, HATTE ABER GELEGENHEIT, EIN NEUES EXEMPLAR AUS DER NÄHE ZU SEHEN, UND WEISS, WOVON ICH REDE. DEINER WIRD VIELLEICHT AUS ITALIEN KOMMEN, LUFTBEREIFUNG HABEN, FEDERUNG, WEICHES SCHAUMGUMMI UNTER DEINEM HINTERN UND EINE ACHSE, DIE SICH OHNE QUIETSCHEN DREHT. ICH STELLE MIR VOR, WIE NIKITA DEN ROLLSTUHL SCHIEBT, WÄHREND ER DIR MITTEILT, WAS SIE BESCHLOSSEN HABEN. SIE WERDEN WAHRSCHEINLICH ZUNÄCHST EIN TRIUMVIRAT BILDEN, UM DIE VERANT-

WORTUNG FÜR DEN ÜBERGANG ZU TEILEN. DANN WIRD MAN DAVON SPRECHEN, DEN GROSSEN STEUERMANN ZU ENTTHRONEN UND DEINE EXZESSE ANZUPRANGERN – DIE SÄUBERUNGEN, DIE DEPORTATION GANZER VOLKSGRUPPEN. DU WIRST DICH BEMÜHEN, WÖRTER UND SOGAR SÄTZE ZU BILDEN, UM MIT IHNEN ZU SPRECHEN. SCHLIESSLICH WIRST DU ES ALS EINEN TRIUMPH ANSEHEN, WENN DU EIN ERKENNBARES »*WOT*« HERAUSBRINGST. WENN DANN DAS GESPRÄCH GERADE INTERESSANT ZU WERDEN BEGINNT, WIRD MAN DEN BESUCH DEINER ERBEN ABBRECHEN MÜSSEN. DU WIRST DIE KONTROLLE ÜBER DEINE EINGEWEIDE VERLIEREN; UND ALLE ANWESENDEN WERDEN ES DARAN ERKENNEN, DASS EIN KRANKENPFLEGER GEHOLT WERDEN MUSS, UM DICH EILIG HINAUSZUSCHIEBEN.

BEDENKE NOCH EINEN ANDEREN ASPEKT. JEMAND, DEN DU VORHER NIE GESEHEN HAST, WIRD DICH JEDEN MORGEN MIT EINEM SCHARFEN MESSER RASIEREN. ER WIRD DIR GESICHT UND HALS EINSEIFEN UND DIE KLINGE AN EINEM RIEMEN WETZEN. DANN HEBT ER DEIN KINN AN UND FÜHRT DIE KLINGE AN DEINEN HALS; UND DU WIRST DICH FRAGEN – DENN DU WIRST UNFÄHIG SEIN, JEMAND ANDEREN ZU FRAGEN – OB ER EINEN BRUDER ODER EINE GATTIN ODER EINEN VATER IN DEN LAGERN VERLOREN HAT; WENN JA, HAT ER EINE RECHNUNG ZU BEGLEICHEN.

ALLE MACHT WIRD DIR ENTGLEITEN, SOBALD DU NICHT MEHR FÄHIG BIST ZU SPRECHEN. DIE LEUTE UM DICH HERUM WERDEN ERKENNEN, DASS DU KEINE VERHAFTUNG MEHR ANORDNEN KANNST. DU WIRST KRÄNKUNGEN UND DEMÜTIGUNGEN ERDULDEN. DIE LEUTE WERDEN VOR DIR OFFEN ÜBER DEINEN ZUSTAND UND SEINE HOFFNUNGSLOSIGKEIT SPRECHEN. DU WIRST IHREM TON ENTNEHMEN, DASS SIE KEIN MITLEID EMPFINDEN. DU WIRST SIE EIN LACHEN AUSSTOSSEN HÖREN, DAS TIEF AUS IHREM HALSE KOMMT UND DAS NICHT FRÖHLICHKEIT, SONDERN NUR HASS AUSDRÜCKT. DU WEISST NATÜRLICH, DASS SIE DICH VERABSCHEUEN. DU WEISST, JE MEHR SIE VON BEWUNDERUNG UND LIEBE REDEN, DESTO MEHR VERHEIMLICHEN SIE IHRE WAHREN GEFÜHLE. JETZT KANNST DU DAS NUR VERMUTEN. ABER WENN DU IM ROLLSTUHL IHRE STIMMEN HÖRST, WIRST DU NICHT MEHR DARAN ZWEIFELN. DU WIRST DICH FRAGEN, WARUM DU SIE VERSCHONT HAST. DU WIRST BETEN (UND DABEI DIE FORMELN GEBRAUCHEN, DIE DU ALS JUNGER MANN IM PRIESTERSEMINAR GELERNT HAST), DASS ES DIR BESSER GEHEN MÖGE, DAMIT DU DIE VERSCHWINDEN LASSEN KANNST, DIE SICH UM DICH SCHAREN. DU WIRST DICH FÜRCHTEN, DIE SPEISEN ZU ESSEN, DIE MAN DIR VORSETZT, DEN TEE ZU TRINKEN, DEN MAN DIR

AN DIE LIPPEN HÄLT. DU WIRST DAS VERGESSEN FÜRCHTEN UND DICH DANACH SEHNEN. DU WIRST EINEN ZITTERNDEN FINGER ERHEBEN UND ZUM HIMMEL WEISEN, DAMIT DIE LEUTE UM DICH ERFAHREN, DASS DU LIEBER STERBEN WÜRDEST.

ICH HABE DOCH RECHT, NICHT WAHR? ICH KENNE DICH BESSER, ALS DU DICH SELBST KENNST, GLAUBE MIR DAS.

ICH WÜNSCHE DIR EINEN GLÜCKLICHEN GEBURTSTAG, LIEBER JOSEF. MÖGEST DU HUNDERT JAHRE IN DEINEM ROLLSTUHL ALT WERDEN. ICH WÜNSCHE ES DIR VON GANZEM HERZEN.

Erschöpft fügte Appolinaria noch in Druckbuchstaben die Unterschrift hinzu:

MUTTER RUSSLAND.

Sie faltete das Papier, steckte es in den Umschlag, verschloß ihn und klebte die Briefmarke darauf. Dann adressierte sie den Brief an JOSEF STALIN IM KREML – MOSKAU.

Morgen würde sie den Brief mit ihren winterlichen Fausthandschuhen nehmen, damit keine Fingerabdrücke darauf kämen, ihn in irgendeinen abgelegenen Briefkasten werfen und darüber nachdenken, was sie in ihrem nächsten Brief schreiben sollte.

3

In seinem gebügelten hellen Waffenrock und etwas dunkleren Khaki-Uniformhosen präsidierte Stalin bei dem späten Abendessen am oberen Ende der Tafel. Wie immer stocherte er in seinem Essen herum und sah zu, wie die anderen sich vollstopften. Er hatte schon vor langer Zeit herausgefunden, daß man eine Menge über Menschen erfahren kann, wenn man sie beim Essen beobachtet. Anfang Dezember hatte Stalin das Rauchen endgültig aufgegeben und war daher noch reizbarer als sonst. Außerdem war am Morgen wieder einer dieser diabolischen Briefe gekommen. Er nahm sich vor, nach dem Film mit Berija darüber zu sprechen. Es mußte etwas geschehen, selbst wenn das bedeutete, jeden in Rußland zu verhaften, der ungefähr dreiundsiebzig Jahre alt war!

Stalin faltete die Hände vor der Brust, lehnte sich zurück und blickte einen nach dem anderen an: Chruschtschow, Molotow, Malenkow, Berija ... Natürlich stimmte das, was der Briefschreiber gesagt hatte – an dem Tage, da er nicht mehr sprechen könnte, würden sie ihn anspucken. Vielleicht müßte er sie durch jüngere Männer ersetzen, die noch nicht so selbstbewußt waren.

Dann war es Zeit für den Film. Mit Stalin an der Spitze ging die Gruppe durch die lange Passage, welche Stalins Privatwohnung mit dem Hauptgebäude verband, in den Raum, der zu einem Theater umgestaltet war. Chruschtschow bemerkte Sander, der dicht beim Projektor stand, und sagte zu Stalin: »Ich sehe, du hast meinen Hinweis wegen des Übersetzers befolgt.«

Stalin nickte Til zerstreut zu, blieb dann aber stehen, um ihn näher zu betrachten. »Wie sagten Sie, war Ihr Name?«

»Til. Alexander Til. Ich habe vor der Revolution im Kschessinskaja-Palais als Leibwächter gearbeitet.«

Stalin schlug vergnügt mit den Handknöcheln an die Seite des Projektors. »*Wot, wot*. Es stimmt, daß mir ab und zu ein Detail entfällt, aber Gesichter vergesse ich nie.« Dann runzelte er die Stirn. »Aber waren Sie nicht vor dem Kriege verhaftet? Ich glaube mich zu erinnern, daß ich Ihren Namen auf einer Liste gesehen habe.«

Sander sagte vorsichtig: »Ich war verhaftet, bin aber dann freigelassen worden.«

Stalin schmatzte laut mit den Lippen. »Wenn Sie wieder freigelassen wurden, waren Sie offenbar unschuldig. Unser Sicherheitsdienst ist unfehlbar. Was für einen Film gibt es heute abend?«

»Er heißt *The Public Enemy*, mit James Cagney und Jean Harlow.«

Stalin schlug einmal die Hände zusammen. »Ich mag Cagney. Ich habe ihn einmal in einem Film gesehen mit dem Titel *Angels with Dirty Faces*. Ha! Er erinnert mich manchmal an Berija. Beide haben die Angewohnheit kleinwüchsiger Menschen, sich den Ereignissen entgegenzustellen, als wären es Wellen: Sie werfen sich in die Brust – habt ihr das bemerkt? – neigen die Köpfe und konzentrieren sich aufs Überleben, weil sie meinen, daß der Sieg demjenigen gehört, der als letzter übrigbleibt.« Stalin lachte kurz und sah Berija an, dem nichts übrigblieb, als in Stalins Gelächter einzustimmen. Dann wandte Stalin sich wieder an Sander. »Und sie haben recht: Dem Überlebenden gehört die Beute.« Damit ging er zu seinem Platz. »Nun gut«, sagte er und winkte dem Vorführer. »Anfangen!«

Ehe die Deckenbeleuchtung ausging, beugte sich Malenkow, der rechts von Stalin saß, herüber und sagte leise etwas zu ihm. Sander konnte hören, wie der alte Mann vergnügt lachte.

Unter dem Vorwand eines schweren Arbeitspensums am nächsten Tage verließen die meisten von Stalins Getreuen Blischny nach dem ersten Film. Malenkow und Chruschtschow blieben noch bis *The Blue Dahlia* und ließen dann ihre Limousinen kommen. Nur Berija blieb noch für *Ninotschka*. Er hatte den Film schon mehrere Male gesehen; aber Greta Garbo weckte in ihm immer wieder sexuelle Phantasien, so daß es ihm nichts ausmachte, den Film noch einmal anzuschauen. Als die letzte Spule durch war, wurde es wieder hell, und Waletschka gab Stalin sein Glas warme Milch mit zwei Stück Zucker auf der Untertasse. Er und Berija schlenderten durch die Passage in den privaten Flügel des Gebäudes zurück. »Du weißt, daß ich wieder einen von diesen verdammten Briefen bekommen habe«, sagte Stalin zu Berija. »Ich erkenne die Handschrift – es ist wieder dieselbe.«

Berija machte ein unglückliches Gesicht. »Kein Wort davon ist wahr. Kein einziges. Falls ich dich überlebe, werde ich deinen Geburtstag zum nationalen Feiertag erklären. Sogar zu einem internationalen Feiertag.«

Stalin betrachtete Berija mit seinen runden Augen. »Du wirst mich nicht überleben« – hier wurde Berija etwas blaß –, »weil ich ewig zu leben gedenke.« Er schnaufte befriedigt, als er Berijas Gesicht sah. »Ich will aber wissen, wer diese teuflischen Briefe schreibt!«

Berija wischte sich eine feuchte Handfläche mit dem Taschentuch ab. »Wir sind überzeugt, daß es sich um eine Frau handelt. Außerdem ...«

»Was ist mit Fingerabdrücken?«

»Dieser Brief war wie alle anderen. Die Schreiberin trägt wahrscheinlich Handschuhe. Der Umschlag hat die Fingerabdrücke deiner Sekretärin und noch andere von dem Beamten im Hauptpostamt, der an dich gerichtete Post aussortiert, sowie zwei oder drei andere Gruppen von Abdrücken, die wir nicht identifizieren konnten. Aber es waren bei jedem Brief verschiedene.«

»Das Papier?«

»Gewöhnliches Briefpapier, dasselbe wie bei den vorigen Briefen, wie man es allein in Leningrad in zweiundachtzig Geschäften bekommt. Außerdem kauft sie es vielleicht gar nicht, sondern stiehlt es aus einem Büro.«

Stalin ließ beide Zuckerstücke in seine Milch fallen und rührte mit einem langen Löffel um. Dann warf er Berija einen jener verschleierten Blicke zu, die die Leute oft auf den Gedanken brachten, er wüßte schon die Antwort auf die Frage, die er stellte. »Wie viele Frauen zwischen siebzig und fünfundsiebzig gibt es in Leningrad?«

Berija glaubte nicht recht gehört zu haben. »Wie viele Frauen insgesamt in Leningrad? Zwischen siebzig und fünfundsiebzig?« Er nickte langsam, als ihm dämmerte, auf was Stalin hinauswollte. »Ich nehme an«, meinte er, »das sind nicht allzu viele.«

»Wie viele davon haben in den dreißiger Jahren jemanden verloren, der ihnen sehr nahe stand?«

Berija bewunderte wieder einmal die Bauernschläue seines Chefs. »Eine Frau zwischen siebzig und fünfundsiebzig, die in Leningrad wohnt und den Mann, den Vater oder ein Kind verloren hat.«

»Noch etwas«, sagte Stalin. Er nahm einen großen Schluck Milch und wischte sich mit dem Ärmel den Mund ab. »Jemand, der in der gleichen Wohnung wie die Schreiberin des Briefes lebt, ist an einen Rollstuhl gefesselt. Dieser ist ein neueres russisches Fabrikat und muß irgendwann in den letzten paar Monaten gekauft worden sein.«

Berija legte eine Hand an die Stirn. »Natürlich«, rief er mit unverhohlenem Respekt. »Der Rollstuhl wird uns zu der Briefschreiberin führen.«

Die Silvesterfeier in der Wohnung des Ministers war in vollem Gange. Mehrere Frauen schleppten aus der Küche Platten mit Kiewer Hühnchen und gekochten Kartoffeln herbei. Der Kulturattaché entkorkte den Wein. Der Minister selbst ging herum und füllte die Gläser. Jemand legte eine israelische Schallplatte auf. Einige jüngere Sekretärinnen und Assistenten rollten den Teppich zurück und fingen an, mit verschränkten Armen einen Reigen zu tanzen. Die anderen versammelten sich in der Runde und klatschten im Rhythmus der Musik. Als die Schallplatte zu Ende war, holte der Mann, der die Abteilung für Visa leitete, seine Taschenuhr heraus und verkündete, es seien noch fünf Minuten bis Mitternacht. Die Israelis russischer Herkunft verteilten Zettel. Einer von ihnen erklärte: »Das ist ein alter Brauch. Man schreibt einen Wunsch auf, verbrennt dann das Papier und verzehrt Schlag Mitternacht die Asche. Auf diese Weise geht der Wunsch in Erfüllung.«

»Noch drei Minuten«, rief der Mann von der Visaabteilung.

Nachschon Ben Aminadav kritzelte ein paar Worte auf seinen Zettel, legte ihn in eine Untertasse und steckte ihn an der Ecke mit einem Zündholz an.

»Zwei Minuten.«

Als das Papier zu Asche geworden war, schob Nachschon diese zu einem kleinen Häufchen in der Mitte der Untertasse zusammen. Ein einziges Mal hatte er bisher einen Wunsch verbrannt und die Asche verzehrt. Damals hatte er mit Sander und Abner in der Wohnung der Lower East Side von Manhattan Silvester gefeiert.

»Eine Minute.«

Sander mit seiner Liebe für alles Russische hatte diese Tradition wiederbelebt. Abner, der sich damit brüstete, ein moderner Mensch zu sein, hatte das als Aberglauben verlacht und sich geweigert mitzumachen. Nachschons Mutter und Sanders Vater waren unsicher gewesen. Asche, hatte seine Mutter gesagt, könnte nicht gut für den Magen sein. So hatten nur er und Sander die Tradition bewahrt.

»Jetzt!«

Nachschon setzte die Untertasse an den Mund und leckte die Asche mit der Zunge auf. Dann trank er schnell einen Schluck Wein und schluckte. Ringsum spendeten alle Beifall.

»Glückliches 1953«, brummelte Mordechai Schapiro am nächsten Morgen. Er kämpfte mit einem gewaltigen Kater. Sie trafen sich in dem Zimmer mit den Safes, um die neuesten Meldungen durchzugehen. »Was haben Sie sich in der letzten Nacht gewünscht?«

Nachschon lächelte freundlich: »Den Tod Stalins.«

Schapiro holte einen Aktenordner von einem Regal im Safe und legte ihn auf den Tisch. »Hier haben wir etwas Neues«, sagte er zu Nachschon, »Sie wissen, daß Stalin fast jeden Abend Filme ansieht. Manchmal sind es russische Filme; und man braucht nur die Dienste eines Vorführers, der in einem ungekennzeichneten Polizeiwagen kommt und die Filmspulen mitbringt. Dieser Mann ist Russe und Parteimitglied und steht im Dienste des Sicherheitsapparates. Soweit ich sehen kann, ist da nichts für uns. Manchmal aber sieht sich Stalin auch amerikanische oder englische Filme an – wahrscheinlich Material, das im Krieg von den Deutschen erbeutet wurde. Dafür bringen sie jemanden mit, der Englisch spricht und simultan übersetzen kann. In zwei Jahren sind es schon ein halbes Dutzend Übersetzer gewesen. Anscheinend war Stalin nie zufrieden. Am vorigen Abend haben sie einen neuen mitgebracht. Der Freund unserer Informantin hat ihn im Wachraum durchsucht; daher haben wir es erfahren.«

»Beschreibung?«

»Um die Sechzig. Mager. Mittelgroß. Fast kahl. Auf einem Ohr schwerhörig. Hinkt, braucht einen Stock.«

Nachschon hielt den Atem an. »Gibt es auch einen Namen zu der Beschreibung?«

»Einen Familiennamen. Til, mit einem oder zwei ›l‹. Unsere Informantin konnte natürlich nicht nach der Schreibweise fragen.«

Wenn er überhaupt schlief, dann schlief er unruhig. Jede Stunde wurde er plötzlich wach, in kalten Schweiß gebadet. Er neigte sein gutes Ohr, um das wispernde Pfeifen zu hören, das aus den Eingeweiden des Gebäudes zu kommen schien. Er brütete über seinem Essen und ließ das meiste übrig. Er verbrachte Stunden vor dem Doppelfenster und starrte auf die neuen Schneepflüge, die die letzten Ansammlungen wegräumten. Außer dem einen Artikel auf der ersten Seite der *Prawda*, den er ausgeschnitten, immer wieder gelesen und in seine Brusttasche gesteckt hatte, wollte er nichts mit Zeitungen zu tun haben.

Zuerst hatte Zsuzsa Sanders Distanziertheit als eine persönliche Zurückweisung empfunden. Sie flüsterte: »Habe ich etwas falsch gemacht? Habe ich etwas gesagt? Sag es mir nur, damit reine Luft ist.« Als er nicht antwortete, explodierte sie. »Aus dir etwas herauszuholen ist schlimmer, als wenn einem die Zähne gezogen werden!«

Das Wiedersehen mit Stalin nach all diesen Jahren hatte die Erinnerungen in seinem Kopf wieder in Bewegung gebracht. »Ihr glaubt wohl, in ein Irrenhaus geraten zu sein?« hatte Stalin an jenem Tage gesagt, als er ihm bei der Ankunft in Petrograd seinen Empfehlungsbrief überreichte.

Auf Photographien, Plakaten und in Wochenschauen, die immer aus den besten Blickwinkeln aufgenommen und dann retuschiert worden waren, wirkte Stalin wie ein stämmiger Bauer, mit weise zugekniffenen Augen und einem bescheidenen großväterlichen Lächeln im Gesicht. In Wirklichkeit war er ein alter, verbitterter, kranker Mann. Sein Haar war weiß geworden und so dünn, daß die Kopfhaut deutlich zu sehen war. Sein Körper war zwergenhaft, plump und fett. Seine Haut war voll dunkler Flecken. Sein Atem ging flach; wenn er sich aufregte, schnappte er nach Luft, ein Zeichen für zu hohen Blutdruck.

Während Sander am Fenster stand und zusah, wie sich eine schmutzige Dämmerung nachmittags um drei über die schneebedeckten Straßen und Dächer von Moskau senkte, zog er den Artikel aus der Tasche, den er aus der *Prawda* gerissen hatte. Er war datiert vom 13. Januar 1953. Die Überschrift lautete: »ELENDE SPIONE UND MÖRDER VERKLEIDET ALS MEDIZINPROFESSOREN.« Darunter hieß es: »Vor einiger Zeit haben die Organe des Staatssicherheitsdienstes eine Terroristengruppe von Ärzten entdeckt, deren Absicht es war, die Lebensdauer führender Personen in der Sowjetunion durch schädliche Behandlung zu verkürzen.« Dem Artikel zufolge waren zwei Mitglieder des Politbüros auf diese Weise »getötet« worden. Dann wurden neun Ärzte genannt; sechs der Namen deuteten darauf hin, daß es sich um Juden handelte.

Es war nur eine Frage der Zeit, bis weitere Namen auftauchen würden ... Und Ludmillas Gatte Leonid – ebenfalls Jude – war Kardiologe im medizinischen Dienst des Kremls.

»Ich bin vor Sorge ganz krank«, erklärte Ludmilla Sander an dem Tage, als der Artikel erschien. »Wenn ich mich morgens von ihm verabschiede, weiß ich nicht, ob ich ihn je wiedersehen werde. O Sander, du weißt, wie das ist. Vielleicht sollte er sich einen Termin beim Sicherheitsdienst geben lassen und ihnen versichern, daß er nichts damit zu tun hat. Meinst du, daß das helfen könnte?« Sie schüttelte ärgerlich den Kopf. »Ich weiß, es ist eine verrückte Idee. Sie sind ja völlig unschuldig. Leonid kennt sie ganz genau; sie sind Ärzte, keine Spione oder Mörder. Was für unsinnige Ideen, daß sie für eine internationale zionistische Verschwörung arbeiten sollen!« Ludmilla ging zur Tür und öffnete sie einen Spalt, um sich zu vergewissern, daß die Kinder nicht in Hörweite waren. Dann trat sie zu Sander ans Fenster. »*Er* ist geistig nicht normal, nicht wahr, Sander?«

Sander nickte sehr langsam und bedächtig.

Irgend etwas mußte geschehen, aber Sander wußte nicht, was. Doch als er am nächsten Morgen im Bad war, betrachtete er sein Gesicht in dem Spiegel über dem fleckigen Ausgußbecken und beschloß, sich nicht zu rasieren. Er wußte nicht genau, warum er sich einen Bart stehen lassen wollte; aber die Aussicht, einen zu tragen, gab ihm das Gefühl, einen Schritt in die richtige Richtung getan zu haben.

Zsuzsa bemerkte den Unterschied sofort. »Willkommen zurück in der Welt!« sagte sie mit unverhohlener Erleichterung. Sie griff an die Stoppeln auf seinem Kinn. »Ich sehe, du läßt dir eine Maske wachsen.«

»Wir alle tragen Masken«, sagte Sander müde. »Ich werde jetzt nur eine andere tragen.«

Da er Spezialist für jüdische Angelegenheiten war, landete das Problem auf Tuohys Schreibtisch. »Sein Name ist Kermit Pruett«, erklärte der Sekretär des Politbüros am Telephon. »Er ist ein Kongreßmann aus New York mit einem großen Rückhalt bei Isaak und Abraham – Sie wissen, was ich meine? Das erklärt meines Erachtens auch, warum er diesen Feldstein sehen will.«

Am Nachmittag brachte ein Bote Einzelheiten. Der Kongreßmann, der eine amerikanische Delegation des Kongresses bei einem offiziellen Besuch anführte, hatte bei der sowjetischen Botschaft in Washington zwei Gesuche eingereicht. Die Botschaft wies darauf hin, daß Kermit Pruett ein einflußreiches Mitglied des Repräsentantenhauses sei. Sie regte an, seine Wünsche zu erfüllen, sofern dies möglich war. Stalin stimmte zu; er wollte, daß die Amerikaner mit einem guten Eindruck nach Hause kämen.

Die erste Bitte betraf den jiddischen Dichter Jitzchak Feldstein. Der Kongreßmann wollte ihn sehen, um alle in New York umlaufenden Gerüchte verstummen zu lassen, wonach der Dichter im Gefängnis schmachtete oder sogar tot war. Die zweite Bitte war mehr persönlicher Natur. Als Kind hatte er einen Revolutionär gekannt namens Alexander Til, der später nach Rußland zurückgekehrt war, um an der bolschewistischen Revolution teilzunehmen. Der Kongreßmann wünschte zu erfahren, ob Til noch lebte, und falls ja, wollte er gern mit ihm in Kontakt treten.

Tuohy wußte genau, wie er an Til herankommen konnte. Das Dossier einer jeden Person jüdischer Herkunft, die in irgendeiner Eigenschaft für führende Organe oder Mitglieder der Partei tätig war, ging über seinen Schreibtisch. Er war etwas überrascht gewesen zu sehen, daß sein alter Freund es so weit gebracht hatte, amerikanische Filme für hohe Würdenträger und schließlich sogar für Stalin selbst zu übersetzen. Tuohy hatte einen Vermerk geschrieben: »Til ist ein alter Bolschewist, von dem nicht bekannt ist, daß er Beziehungen zu jüdischen religiösen Gruppen, Israel oder der internationalen zionistischen Verschwörung unterhält« – und hatte die Akte weitergereicht.

Mit Feldstein stand es natürlich anders. »Ist er noch am Leben?« fragte Tuohy den Beamten des Vierten Büros, der für Gefängnisse und Lager zuständig war. »Wenn ja, ist er präsentabel?«

Der Mann rief nach einer halben Stunde zurück. Feldstein war sowohl am Leben als auch vorzeigbar. Er wurde in Einzelhaft in der Lubjanka, Block B, gehalten, wo man ihn für einen Schauprozeß bereithielt.

Tuohy beschloß, zwei Fliegen mit einer Klappe zu schlagen. Er würde ein Essen für den amerikanischen Besucher geben, an dem sowohl Til wie Feldstein teilnehmen würden. Da er sicherlich mit Til über alte Zeiten sprechen würde, würde der Kongreßmann dem jiddischen Dichter weniger Aufmerksamkeit widmen. Tuohy ordnete also an, daß Feldstein in einem kleinen Hotel in der Umgebung untergebracht werden sollte, das der Sicherheitsdienst betrieb. Man sollte ihn gut ernähren und in dem Solarium auf dem obersten Stock des Hotels Sonnenbäder nehmen lassen.

4

JOSEF, begann der in sauberen Druckbuchstaben geschriebene Brief. ES IST MIT DIR WIEDER DAS ALTE LIED, NICHT WAHR? NAMEN, DIE AUF *ITZ* ODER *SKI* ODER *SCHTAM* ENDEN, JUCKEN DICH, SO DASS DU ANFÄNGST, DICH ZU KRATZEN. UM DAS ZU ERKENNEN, MUSS MAN NUR ZWISCHEN DEN ZEILEN LESEN – ETWAS, WORIN WIR NATÜRLICH ALLE EXPERTEN GEWORDEN SIND. ZUM BEISPIEL HABE ICH IN DER *PRAWDA* DIE BESPRECHUNG EINES FILMS GELESEN, IN DER DER NAME DES HAUPTDARSTELLERS VERSCHWIEGEN WURDE, WEIL ER ZUFÄLLIG JUDE WAR. DIESELBE NUMMER DER *PRAWDA* PRAHLTE DAMIT, DASS ES EIN RUSSE WAR, DER DAS PERIODISCHE SYSTEM DER ELEMENTE ENTDECKT HAT. SIE VERMIED ES ABER GESCHICKT ZU ERWÄHNEN, DASS ES SICH DABEI UM EINEN JUDEN NAMENS MENDELEJEW GEHANDELT HAT. ES GIBT EIN NEUES BUCH ÜBER DEN GROSSEN VATERLÄNDISCHEN KRIEG, DAS ALLE DEUTSCHEN GREUEL DOKUMENTIERT – AUSSER DEN GEGEN JUDEN BEGANGENEN. UND SO WEITER UND SO FORT. DU SIEHST, JOSEF, ES IST WIRKLICH EIN KINDERSPIEL HERAUSZUFINDEN, WOMIT SICH DEIN KRANKES HIRN IN DIESEN TAGEN BESCHÄFTIGT.

JETZT HAST DU ES ALSO AUF DIE JUDEN ABGESEHEN. GLAUBE MIR, ICH HABE VIEL DARÜBER NACHGEDACHT, UND ICH MEINE ZU WISSEN, WARUM. DU BIST EINES JENER SELTENEN INDIVIDUEN, JOSEF, DAS DURCH SEINE FEINDE DEFINIERT WIRD. DEINE GANZE KARRIERE WAR AUF DEN KAMPF GEGEN FEINDE AUFGEBAUT: KAPITALISTEN, GRUNDBESITZER, DER ZAR, TROTZKI, SINOWJEW, KAMENEW, BUCHARIN, KULAKEN. UND JETZT, IN DEINER SENILEN GEISTESSCHWÄCHE, SUCHST DU NACH EINEM NEUEN FEIND,UM DICH ZU BESCHÄFTIGEN, ZU ERFÜLLEN, ZU DEFINIEREN. UND JETZT GEHST DU AUF DIE JUDEN LOS.

MACH NUR SO WEITER, JOSEF, UND DU WIRST ALLMÄHLICH KEINE LEUTE MEHR HABEN, DIE DU ALS FEINDE BRANDMARKEN KANNST; UND DU WIRST IN DIESEM RIESIGEN LANDE GANZ ALLEIN SEIN. DU WIRST AM MAIFEIERTAG ÜBER DEN ROTEN PLATZ BLICKEN; ABER ER WIRD *LEER* SEIN. DU WIRST ÜBER DIE GORKI-STRASSE GEHEN UND DIE HALLE EINER JENER ZUCKERBÄCKERBAUTEN BETRETEN, DIE DU ERBAUEN LIESSEST; ABER DU WIRST NUR SCHWEIGEN ANTREFFEN JENSEITS DER DREHTÜREN. JEDERMANN WIRD WEGGESÄUBERT SEIN, EINSCHLIESSLICH DER

SÄUBERER SELBST. UND ERST DANN WIRST DU DEM LETZTEN, VERSCHLAGENSTEN UND EINSAMSTEN FEIND VON ALLEN GEGENÜBERSTEHEN.

SCHLAF GUT, WENN DU KANNST, JOSEF.
MUTTER RUSSLAND

An diesem Abend zeigten sie Erich von Stroheims Aufstieg und Fall eines Zahnarztes in San Francisco in *Greed.* Während der Vorführer die Spulen wechselte, wartete Sander im Hintergrund des Raumes. Stalin wirkte unruhig. Es war erst der zweite Film des Abends, aber Stalin hatte das verstörte, verkrampfte und bedrückte Aussehen eines Menschen, der keinen Schlaf finden kann. Hatte er Angst, die Augen zu schließen? Er schnaufte mehr als sonst und schnitt den anderen mit einer ungeduldigen Bewegung seiner gesunden Hand immer wieder das Wort ab.

Als der Film weiterlief, murmelte Stalin etwas, dem Sander keinen Sinn abgewinnen konnte, doch Berija verstand offenbar, was er meinte. Stalin sagte: »Der letzte Brief engt es noch weiter ein. Es muß sich um eine Jüdin handeln.«

»Natürlich eine Jüdin«, stimmte Berija begeistert zu. »Sie verrät sich damit.«

Es war ziemlich spät, als ein Packard der Datscha den Vorführer und Sander über die private Staatsstraße nach Moskau zurückbrachte. In der eisigen Frühdämmerung glitten Schatten von Kiefern und Birken vorbei, als das Automobil durch die Vororte kurvte und in die Moschaisk-Chaussee einbog. Im Augenwinkel sah Sander die Scheinwerfer eines Taxis, das in einer Nebenstraße parkte, aufleuchten. Das Taxi bog hinter ihnen in die Chaussee ein. Sander blickte beunruhigt durch das Rückfenster.

Der Vorführer, der mit dem Kopf ans Fenster gelehnt vor sich hin gedöst hatte, rührte sich und fragte: »Was hast du, Genosse?«

»Ich glaube, wir werden verfolgt.«

Der Mann kicherte. »Wir haben doch heute gar keinen Agentenfilm gesehen.«

Als der Packard zum Arabat einbog, fuhr das Taxi weiter und verschwand. Sander erkannte, daß der Vorführer recht gehabt hatte; seine Phantasie hatte Überstunden gemacht. Der Fahrer setzte den Vorführer gegenüber vom Schachklub am inneren Ring ab und Sander bei der nächsten Metrostation. Es war Sander unangenehm, in einem von Stalins Packards gefahren zu werden; und er wünschte nicht, daß seine früh aufstehenden Nachbarn ihn in einem solchen nach Hause kommen sahen.

Während er auf dem Bahnsteig auf seinen Zug wartete, spürte Sander ein Kribbeln im Rücken. Er drehte sich abrupt um und sah, wie ein Mann mittleren Alters weiter unten auf dem Bahnsteig wegschaute.

»Du siehst besorgt aus«, stellte Zsuzsa fest, als sie an einem kleinen Tisch vor dem Doppelfenster ihres Schlafzimmers frühstückten.

Sander dachte an das Taxi auf der Moschaisk-Chaussee und an den Mann auf dem Bahnsteig der Metro.

»Es ist nichts«, sagte er so überzeugend, wie er nur konnte. Er stand auf und blickte aus dem Fenster. Die Straße lag völlig verlassen unter ihm. Aber in einem Fenster gegenüber glaubte Sander die leichte Bewegung einer Gardine bemerkt zu haben. War es wirklich nur eine Einbildung, daß ihm jemand nachspürte?

JOSEF,

GLAUBE MIR, ICH KENNE DEIN PROBLEM. DU WOLLTEST DIE BESTEN KÜNSTLER DES LANDES HABEN, UM DEINEM BILDE DEN LETZTEN SCHLIFF ZU GEBEN. DAS WAR ETWAS, DAS DIE PROPAGANDISTEN NICHT LEISTEN KONNTEN – DIE WEIHE DURCH NATÜRLICHES TALENT. NATÜRLICH HABEN DICH DIE STÜMPER MIT OPERN UND ODEN ÜBERSCHWEMMT; ABER DER KLEINE TEIL IN DIR, DER BAUERNSCHLÄUE BESITZT (IM GEGENSATZ ZU DEM GRÖSSEREN TEIL, DER BÄURISCH BRUTAL IST), HAT ERKANNT, DASS DIESE DINGE, WEIL SIE AUF BEFEHL GEMACHT WURDEN, DAS PAPIER NICHT WERT WAREN, AUF DAS SIE GESCHRIEBEN WURDEN. IRGENDWANN IM LAUFE DER ZEIT MUSS ES DIR GEDÄMMERT HABEN: DIEJENIGEN, DIE IN DEINEM DIENST STEHEN, MÜSSEN DRITTKLASSIG SEIN. DIE WAHREN KÜNSTLER, DIE, DEREN SCHÖPFUNGEN ALS KUNST BESTEHEN UND DEN GEGENSTAND EBENSO ÜBERLEBEN WERDEN WIE DEN KÜNSTLER, KONNTEN NICHT BEDROHT ODER GEKAUFT ODER MANIPULIERT WERDEN.

DAS WAR DAS PROBLEM, NICHT WAHR, JOSEF?

DU WOLLTEST UNSTERBLICH GEMACHT WERDEN, WÄHREND DU NOCH STERBLICH WARST; ABER DU KONNTEST NIEMANDEN FINDEN, DER BEREIT WAR, DIR DABEI ZU HELFEN. IN GEWISSEM SINNE HAST DU EINFACH EINE LANGE TRADITION FORTGESETZT: DEN GEGENSATZ ZWISCHEN DEN MÄCHTIGEN UND DEN MÄNNERN DER FEDER. WARUM WURDE JESSENIN ALS KONTERREVOLUTIONÄR ANGESEHEN? ERKLÄRE MIR, WENN DU KANNST, WARUM MAJAKOWSKI, DER DIE REVOLUTION BEGEISTERT BEGRÜSSTE, EIN POLITISCHER ROWDY GEWESEN SEIN SOLL. ERKLÄRE AUCH, INWIEFERN DIE UNSTERBLICHE POESIE DER ACH-

MATOWA ANTISOWJETISCH IST. WARUM WIRD BULGAKOW BEI UNS NICHT VERÖFFENTLICHT? WANN WERDEN WIR WIEDER GEDICHTE VON MANDELSTAM, WOLOCHIN, RONSCHA UND GUMILEW LESEN KÖNNEN? WARUM LEBEN CHAGALL, STRAWINSKI UND NABOKOW IM EXIL?

ACH, JOSEF, IN DEINEM HOHEN ALTER MUSST DU ARGWÖHNEN, DASS DU EINE GEWISSE ART VON UNSTERBLICHKEIT GEWONNEN HAST. VIELLEICHT IST ES NICHT GERADE DIEJENIGE, UM DIE DU DICH BEMÜHT HAST, ABER UNSTERBLICHKEIT IST ES TROTZDEM. DU WIRST IN DIE GESCHICHTE EINGEHEN ALS DER KREML-BESTEIGER, DER MÖRDER UND BAUERNTÖTER. DIE HALBEN MÄNNER UM DICH SABBERN UND SCHMEICHELN DIR. ABER SIE WARTEN NUR DARAUF, DASS DEINE SONNE UNTERGEHT, UM DIR DEINE WAHRE UNSTERBLICHKEIT ZU GEBEN. STANDBILDER VON DIR WERDEN VON IHREN SOCKELN GESTÜRZT WERDEN. PHOTOGRAPHIEN VON DIR WERDEN VON DEN WÄNDEN VERSCHWINDEN. DIE ERINNERUNG AN DICH WIRD AUS DEN GESCHICHTSBÜCHERN GETILGT WERDEN. GROSSE UND KLEINE STÄDTE UND DÖRFER, DIE NACH DIR BENANNT WURDEN, WERDEN WIEDER IHRE ALTEN NAMEN ERHALTEN. DEINE LEICHE WIRD ALS UNWÜRDIG ANGESEHEN WERDEN, NEBEN LENIN IN DEM MAUSOLEUM ZU LIEGEN, DAS DU AM ROTEN PLATZ HAST ERRICHTEN LASSEN.

MAN WIRD SICH DEINER ERINNERN, JOSEF! ABER NICHT SO, WIE DU MEINST.

SCHLAF GUT, WENN DU KANNST, JOSEF.
MUTTER RUSSLAND

»Dieses Weib ist eine Hexe«, sagte Stalin. »Ich habe den Eindruck, daß sie in die Zukunft schaut. Sie sagt mir Dinge, die niemand wagen würde auszusprechen.« Er wandte sich abrupt an Berija. »Wie weit sind deine Nachforschungen?«

Berija schluckte. »Ich habe die Hände nicht in den Schoß gelegt. Zweitausendzweihundertvierundzwanzig Rollstühle des neuesten Modells sind in den letzten sechs Monaten von der Rollstuhl- und Krückenfabrik in Kiew durch Verteilungsstellen in Leningrad ausgeliefert worden. Es gibt sechstausendachthundertunddreiundzwanzig Frauen zwischen siebzig und fünfundsiebzig, die in Gemeinschaftswohnungen oder Altersheimen leben, wo einer oder mehrere Rollstühle benutzt werden. Wenn wir diejenigen Frauen berücksichtigen, die offenkundig geisteskrank oder blöde sind, dann kämen etwa sechstausend Verhaftungen in Betracht. Meine Leute sagen mir, daß sie das alles in achtundvierzig Stunden erledigen könnten.«

Stalin wiegte den Kopf hin und her. Berija, durch diese Geste verwirrt, fügte matt hinzu: »Wenn wir Glück haben, war das der letzte Brief von ›Mutter Rußland‹.«

»Mir scheint«, sagte Stalin endlich und artikulierte dabei jede Silbe, »daß wir die Liste noch weiter einengen sollten.«

»Noch weiter einengen?« wiederholte Berija. Er fragte sich, ob er recht gehört hatte. »Und warum?«

»Ist dir in dem letzten Brief nicht etwas aufgefallen – etwas, das bekannt schien?«

Stalin nahm einen Brief von den Haufen auf seinem Schreibtisch, setzte seine Brille auf und begann zu lesen. »›Du wirst in die Geschichte eingehen als der Kreml-Besteiger, der Mörder und Bauerntöter. Die halben Männer um dich . . .‹ Und so weiter und so weiter.« Er neigte den Kopf nach vorn und sah Berija über den Rand der Brille an. »Kreml-Besteiger, Mörder und Bauerntöter – das kommt mir irgendwie bekannt vor.«

Berija wirkte ratlos. »Wieso bekannt?«

»Mir scheint, da gab es ein aufrührerisches Gedicht in den dreißiger Jahren, das diese Ausdrücke verwendete. Du hast Spezialisten und Aufzeichnungen – sieh zu, ob du nicht herausfinden kannst, wer das geschrieben hat!«

»Um welche Zeit denkst du, daß du zu Haus sein wirst?« fragte Zsuzsa ängstlich.

»Ludmilla hat gesagt, das Konzert wäre um zehn Uhr dreißig zu Ende. Falls die Busse bei diesem Schnee alle fahren, dürften sie um elf daheim sein. Also werde ich um Mitternacht wieder zurück sein.«

»Um Gottes willen«, sagte Zsuzsa, »wenn du merkst, daß es spät wird, dann ruf mich bitte an.« Sie zog den Schal um seinen Hals fest und gab ihm seinen Stock. »Versprichst du mir das?«

»Ich verspreche es.«

Zsuzsa sagte: »Jetzt, wo du es versprochen hast, werde ich mir doppelt soviel Sorgen machen, wenn du nicht anrufst.«

Sander stapfte durch den Schnee zur Busstation und blickte die Straße hinunter.

Eine alte Frau mit einem von Motten zerfressenen Fuchspelz, den sie zweimal um den Hals gewickelt hatte, tauchte hinter ihm auf. Sie fragte: »Sehen Sie ein Wunder?«

»Nichts in Sicht«, sagte Sander. »Wir werden wohl ziemlich lange warten müssen.«

Die alte Frau führte im Schnee einen kleinen Tanz auf. »Bewegen Sie die

Füße, junger Mann! Ich habe irgendwo gelesen, daß man Frostbeulen bekommen kann, wenn die Temperatur unter zwanzig Grad fällt.« Sie sah, daß er lächelte. »Nehmen Sie es als Scherz, wenn es Sie kitzelt. Es sind schließlich Ihre Füße, die erfrieren, nicht meine.«

Ein staatlicher Sil kam langsam um die Ecke und hielt vor der alten Frau und Sander an. »Wieder so ein Regierungsfahrer, der durch Taxifahrten etwas zuverdient«, schimpfte die Alte. »Zu meiner Zeit hätte man sie an die Wand gestellt.«

Sander schaute wieder, ob ein Bus in Sicht war und rief dem Fahrer dann die Anschrift von Ludmillas Wohnblock zu. Alles war besser, als sich beim Warten auf den Bus die Nase abzufrieren.

Der Fahrer öffnete die Beifahrertür. Die alte Frau krächzte: »Manche Leute haben immer Glück.« Sander schlüpfte hinein und schloß die Tür. Der Wagen fuhr an. Der Fahrer, ein junger Mann mit dicker runder Brille und vorstehender Nase, schaute auf Sanders Stock.

»Kriegsverwundung?«

Sander nickte. »Im Bürgerkrieg. Könnten wir nicht den Preis ausmachen, ehe wir losfahren?«

Der Fahrer zuckte philosophisch die Achseln. »Ich bin nicht geldgierig. Sie können soviel bezahlen, wie Sie meinen, daß Ihnen die Fahrt wert sei.«

»Das ist eine gute Methode«, bemerkte Sander. »Ich wette, daß die meisten Leute, die Sie mitnehmen, Ihnen mehr bezahlen, als Sie verlangt hätten.«

Der Fahrer zuckte wieder die Achseln. »Manche zahlen mehr, manche weniger. Das gleicht sich aus.«

Der Sil passierte zwei Leute, die an einer anderen Busstation warteten. Einer davon trat auf die Fahrbahn und schwenkte einen Geldschein. Aber der Fahrer setzt nicht einmal die Geschwindigkeit herab. Sander machte die offenkundige Großzügigkeit des Fahrers Spaß, und er fragte: »Sie haben wohl etwas gegen Rubelnoten?«

»Die hatten nicht dasselbe Fahrtziel wie ich«, sagte der junge Mann.

»Wie wollen Sie das wissen? Sie haben ihnen ja gar nicht erst die Gelegenheit gegeben, danach zu fragen.«

Der junge Mann schaute wieder Sander an und lächelte verschmitzt. »Niemand in Moskau geht dorthin, wo ich hinfahre.«

Der Wagen begann, sich durch ein Labyrinth enger Seitenstraßen zwischen dem inneren und dem äußeren Ring nördlich des Kremls hindurchzuwinden. Sander geriet in Panik. »Was zum Teufel machen Sie da eigentlich?« fragte er.

»Ich vergewissere mich«, antwortete der Fahrer mit sachlicher Stimme, »daß man Ihnen nicht folgt.«

Sander erinnerte sich an das Taxi auf der Moschaisk-Chaussee und fragte: »Warum sollte mir jemand folgen wollen?«

Statt zu antworten, lächelte der Fahrer abermals.

Sander versuchte, seine Gedanken zu ordnen. Nach einer Weile fragte er: »Wohin bringen Sie mich?«

»Zum Essen.«

»Mit wem?«

»Die Leute, für die ich arbeite, sagten, wenn ich Ihnen mitteilen würde, was es zu essen gibt, wüßten Sie, um wen es sich handelt. Also: Es wird *Gefülltes* zum Abendessen geben.«

Einen Moment fragte Sander sich, ob er recht gehört hätte.

Der Fahrer lachte leise vor sich hin. »Man hat mir gesagt, Sie würden angenehm überrascht sein.«

Der Sil hielt an einer stillen Ecke an. »Gehen Sie die Gasse dort hinunter. Am zweiten Haus werden Sie eine unverschlossene Tür finden. Es handelt sich um ein Gebäude aus der Zeit vor der Revolution, und die Tür hatte als Eingang für die Dienerschaft gedient. Steigen Sie drei Treppen hoch. Mein Auftraggeber sagte, Sie würden die Speisen riechen. Klopfen Sie an der Tür, von der der Geruch ausgeht.« Der Fahrer nickte ihm ermutigend zu. »Viel Glück!«

Sander ging die Straße entlang. Er wandte sich um, um zu sehen, ob das Automobil wartete, aber es war verschwunden. Die mußten sich sehr sicher sein, daß er zu der Verabredung kommen würde, dachte er. Wenn Zsuzsa bei ihm wäre, würde sie ihn am Arm packen und fortziehen. »Woher weißt du, daß sie dir keine Falle stellen?« würde sie fragen.

Sander stapfte weiter durch den Schnee. Die Gasse war so schmal, daß man sie für einen Schleichweg zwischen den Häusern hätte halten können.

Sander zögerte.

Es gab nur eine Person in der Welt, die ihn zu »Gefülltem« einladen konnte.

Er sah sich um. Es war keine Menschenseele zu sehen. Er musterte die gegenüberliegenden Fenster. Die Läden waren geschlossen und die Vorhänge zugezogen. Mit hörbarem Seufzer – auf was ließ er sich da nur ein? – tauchte er durch die Häuserlücke in die Finsternis der Gasse. Er mußte sich mit der Spitze seines Stockes wie ein Blinder an der Mauer entlangtasten und nach der Tür fühlen. Er fand den Griff und probierte. Wie der Fahrer gesagt hatte, war die Tür nicht abgeschlossen. Im Gegensatz zu den meisten in Moskau quietschte sie auch nicht. Jemand mußte sich die Mühe gemacht haben, sie zu ölen. Und das erst vor kurzem.

Sander stieg langsam die Treppe hinauf, die bei jedem zweiten Absatz durch eine schwache Glühbirne beleuchtet war. In der zweiten Etage kam ihm ein leichter Küchengeruch entgegen. Er stieg weiter zum dritten Stock. Der Geruch wurde stärker. Er betrachtete die Tür, aus der er zu kommen schien. Es waren keinerlei Kennzeichen daran. Er klopfte zweimal mit der Spitze seines Stocks an. Er hörte, wie sich jemand im Korridor auf der anderen Seite der Tür bewegte. Es waren die Schritte eines gewichtigen Mannes. Und dann wurde die Tür weit aufgemacht. Leon erschien auf der Schwelle. Ihm flossen Tränen über die Wangen, als er seinen Stiefbruder umarmte – seinen »Zwilling«. Eine Weile war keiner von beiden fähig, ein Wort zu sprechen.

»Komm herein, komm herein!« flüsterte Leon schließlich und zog Sander in die Wohnung. Dann sicherte er die Tür mit drei mächtigen Riegeln, nahm Sander beim Ellbogen und führte ihn durch den Korridor in ein kleines Speisezimmer mit einem kleinen runden Tisch, auf dem ein halbes Dutzend Teller mit »Gefülltem« standen. Sander sank dankbar in einen Stuhl. Leon setzte sich ihm gegenüber hin. »Es kommt mir vor, als hätten wir uns erst gestern in jenem rumänischen Restaurant getroffen«, sagte er mit heiserer Stimme.

Sander antwortete: »Für mich ist es tausend Jahre her. Was machst du in Moskau, Leon? Ich denke, du bist in Palästina.«

Leon füllte zwei Gläser mit Wodka und schob eines vorsichtig Sander über den Tisch zu. »Palästina«, sagte er etwas unwillig, »nennen wir jetzt Israel.« Er erhob sein Glas. »*L'chajjim*. Das ist eine hebräische Redewendung. Es bedeutet: Auf das Leben!«

»Auf das Leben und auf dich, Leon. In meinen wildesten Träumen hätte ich nie gedacht, dich noch einmal wiederzusehen.«

Beide tranken von ihrem Wodka. Von allen Seiten schienen Fragen auf sie einzustürmen, und die Antworten riefen neue Fragen hervor. Leons Mutter war in New York gestorben. Seine Frau, die ihre Apotheke in der Bronx aufgegeben hatte, um ihm in das Gelobte Land zu folgen, war an Sumpffieber gestorben, während sie für einen Kibbuz beim See Genezareth Land urbar machten. Einer ihrer drei Söhne war 1948 im Unabhängigkeitskrieg gefallen.

Dann aßen sie und blickten sich über den Tisch hinweg in die Augen – glücklich lächelnd, aber ohne zu sprechen. Schließlich fragte Sander: »Wie hast du mich gefunden?«

Leon hob die Augenbrauen. »Entschuldige, wenn ich darauf nicht antworte. Was du nicht wissen mußt, werde ich dir nicht sagen.«

»In wessen Wohnung befinden wir uns?«

Leon schwieg und schüttelte den Kopf.

»Darf ich wissen, was du in Moskau tust, Leon?«

»Ich habe schon gewartet, daß du darauf zu sprechen kommen würdest. Offiziell bin ich Berater für Handelsfragen bei der israelischen Gesandtschaft.«

»Und inoffiziell?«

Leon grunzte. »Inoffiziell bin ich hier, um die russischen Juden vor neuen Leiden zu retten.«

Instinktiv schaute Sander sich um. Leon verstand die Geste und versicherte ihm: »Hier sind wir sicher vor Spitzeln.«

»Wie willst du die Juden retten?«

»Ich werde den Tod von Malechamowitz arrangieren. Das ist das jiddische Wort für den Engel des Todes.«

»Wie lautet sein russischer Name?« Sander fühlte ein dumpfes und schmerzhaftes Unbehagen in sich aufsteigen; er wußte die Antwort.

»Josef Wissarionowitsch Dschugaschwili, besser bekannt unter dem Namen Stalin.«

»Du bist wahnsinnig«, flüsterte Sander.

Leon erwiderte: »Ich bin ein gläubiger Mensch.«

»Damals in Amerika hast du meines Wissens nicht viel über Gott geredet.«

Leon schob seinen Teller zurück und beugte sich über den Tisch. Er sagte: »Ich glaube an den Gott der Geschichte und an mein Volk.«

Sander starrte auf seinen Teller. »Leon, auch ich glaube an die Geschichte. Was wäre ein Sozialist, wenn er nicht in der Geschichte wurzelte? Aber das Kapitel der Geschichte, das ich miterlebt habe, ist schrecklich verworren.«

»Dann erzähl mir deine Geschichte«, sagte Leon.

Sander schüttelte verzweifelt den Kopf. »Ich zermartere mir immer wieder das Hirn. Aber ich weiß noch immer nicht, wie es begann.«

»Wie was begann?«

»Ich meine den Punkt, ab dem alles schiefging. Wir haben mit so großen Hoffnungen begonnen, Leon. Wir wollten die Arbeiter befreien und eine Gesellschaft schaffen, in der die Menschen frei leben konnten. Du weißt nicht, wie es hier unmittelbar nach der Revolution ausgesehen hat. Putzfrauen und Sekretärinnen pflegten Sitzungen der Ministerien zu belagern.

Jeder konnte seine Meinung sagen oder der eines anderen widersprechen. Alles war möglich. Nur der Himmel war die Grenze.«

Leon schenkte sich Wodka ein und sagte: »Es war eine kühne Idee, die schiefgegangen ist. Man wird noch Jahrhunderte lang darüber streiten, ob die Idee versagt hat oder die Menschen, die sie vertraten. Meiner unmaßgeblichen Meinung nach trifft beides zum Teil zu. Ihr hattet viel Enthusiasmus, viel Idealismus – das kann euch niemand bestreiten. Aber um demokratisch zu bleiben, muß eine Partei oder eine Regierung sich immer wieder ihr Mandat von den Massen bestätigen lassen. Lenin hat das vermieden –«

»Er mußte es. Wir waren von Feinden umgeben. Wir wurden von allen Seiten angegriffen.«

Leon zuckte die Achseln. »Du willst herausfinden, ab wann es schiefgegangen ist. Um die Revolution vor ihren Feinden zu schützen, hat Lenin improvisiert. Als die Improvisationen funktionierten, haben die Bolschewisten sie institutionalisiert. Trotzki bediente sich roten Terrors, um die Weißen zu schlagen. Und jetzt nach fünfunddreißig Jahren wendet man immer noch roten Terror an.«

»Was du sagst, stimmt. Die Partei kümmert sich nicht darum, über was sie herrscht, solange sie überhaupt herrscht«, sagte Sander. »Opposition gegen die Linie der Partei ist nicht zu unterscheiden von Verrat an der Arbeiterklasse und dem Staat. Und Verräter werden in unserem Arbeiterparadies in der Regel erschossen.«

Sander schwieg längere Zeit. Dann sagte er: »Erinnerst du dich an das Wodkaglas, das ich in dem Restaurant gegen die Wand geworfen habe?«

»Ich weiß noch, daß es nicht zerbrochen ist.«

»Du hast doch recht behalten, Leon. Ich bin zur falschen Revolution gegangen.«

Leon sagte ganz ruhig: »Vielleicht bist du doch zu der richtigen gegangen.«

Sander sah ihn über den Tisch hinweg an. Leon fuhr fort: »Ist es dir je in den Sinn gekommen, daß du vielleicht von dem ›Gott der Geschichte‹ hierhergebracht worden bist? Denkst du wirklich, es war ein Zufall, daß du den Bürgerkrieg überlebt hast, die Säuberungen, den Zweiten Weltkrieg und daß du jetzt für den Großen Steuermann amerikanische Filme übersetzt?«

Sander war verblüfft. »Woher weißt du, was ich mache?«

»Das spielt keine Rolle. Sander, der ›Gott der Geschichte‹ hat uns nicht ohne Grund zusammengeführt. Ich brauche deine Hilfe.«

»Das ist unmöglich.«

Sander schob seinen Stuhl zurück. Leon sagte in scharfem Tone: »Laß mich wenigstens ausreden!«

»Nein!« Sander stand auf. »Was du vorschlägst, ist nicht möglich. Selbst wenn ich das Risiko eingehen wollte, muß ich doch auch an meine Familie denken.«

»Die werden wir hinausbringen. Alle. Auch dich werden wir hinausschaffen.«

Sander wandte sich zur Tür. »Und wer sagt, daß nach Stalin nicht noch Schlimmeres kommt? Töte Stalin, und du hast es mit Berija zu tun.«

Auch Leon stand auf. Er sagte: »Glaube mir, es kann nicht mehr schlimmer werden. Stalin plant, die Juden zu deportieren und du redest über das, was nach ihm kommen könnte.«

Sander schüttelte den Kopf. Leon trat zu ihm und packte ihn am Arm. »Um der alten Zeiten willen kannst du mir einen Gefallen tun. Merk dir diese Telefonnummer. Auf diese Weise kannst du mich erreichen, falls du deine Meinung ändern solltest. Weiter nichts, Sander. Präge dir die Nummer ein. Wenn du sie wählst, riskierst du nichts.«

Sander überlegte einen Augenblick. Dann nickte er. Leon nannte ihm die Nummer: B-141-21. Er sagte sie sich einige Male vor.

An der Wohnungstür ergriff Leon Sanders Hand. »So oder so – es war eine der größten Freuden in meinem Leben, dich wiedergesehen zu haben.«

»Für mich auch«, sagte Sander bewegt.

»Wenn du anrufst, wird eine alte Frau am Apparat sein. Sag ihr nur, daß dir ihr ›Gefülltes‹ so gefallen hat, daß du gern noch eine solche Mahlzeit haben möchtest.«

Zsuzsa sprang Sander entgegen, als er durch die Eingangstür kam. »Wo um Himmels willen bist du gewesen?« fuhr sie ihn an. »Weißt du, wie spät es ist? Dreiviertel zwei! Ludmilla ist völlig aus dem Häuschen. Sie hat unentwegt angerufen –«

Sander faßte sich an den Kopf. »Ich hatte vollkommen vergessen, daß ich auf die Kinder aufpassen sollte.«

»O Sander, wie konntest du so etwas tun! Ludmilla hat Leonid zu mir geschickt, um mir ein Beruhigungsmittel zu geben. Aber auch das hat nicht geholfen.«

Sander nahm sie in die Arme und zog ihren Kopf an die Brust. »Beruhige dich jetzt. Ich bin jetzt da. Ich kann alles erklären.«

Das Telefon auf dem Tischchen in der Diele fing an zu läuten. Zsuzsa flüsterte: »Das ist wieder Ludmilla. Wo bist du die ganze Zeit gewesen?«

»Ich war bei einem alten Freund. Wir haben angefangen zu reden und das Zeitgefühl verloren. Das war alles.«

»Was für ein alter Freund?«

Das Telefon klingelte immer noch. Sander schüttelte leicht den Kopf. »Das war jemand aus einer anderen Welt.«

5

Jitzchak Feldstein sah aus wie ein Mensch, der alle Hoffnungen verloren hat. Aus seinen eingesunkenen Augen sprach ein grimmiger Humor. Eine erloschene Zigarette mit einem durchtränkten Filter baumelte von seinen blutleeren Lippen. Sander musterte ihn bedrückt. »Jitzchak Feldstein, Alexander Til«, stellte Tuohy die beiden einander vor.

Sie standen in der Halle des *Metropol.* Sander hatte Tuohy nicht mehr gesehen, seit sie sich in einem Luftschutzraum über den Weg gelaufen waren. Er war erschüttert über den Anblick seines ehemaligen Freundes. Tuohys Körper war weich und schwammig geworden, aber in seinen Gesichtszügen lag eine stählerne Härte.

Auf dem Weg zum Speisesaal fiel Sander ein, daß Feldstein letztes Jahr in einem wüsten Artikel der *Prawda* wegen seiner zionistischen Neigungen beschimpft worden war. Danach war er verschwunden. Alle hatten das Schlimmste angenommen. Jetzt war Sander erleichtert zu sehen, daß man Feldstein nicht verhaftet hatte. Vielleicht waren Leons Befürchtungen doch übertrieben.

Ein Kellner in weißem Smoking rollte einen Wagen voller *Sakuski* heran und begann, Teller auf dem Tisch zu verteilen. Ein anderer Kellner entkorkte zwei Flaschen hervorragenden bulgarischen Rotweins.

Tuohy blickte auf seine Armbanduhr. Ein junger Mann erschien an der Tür und flüsterte: »Er ist unterwegs nach oben.« Kurz darauf öffnete sich die Tür, und der amerikanische Kongreßabgeordnete trat ein. Mit breitem Lächeln ging er auf Sander zu und schüttelte ihm die Hand. »Nun, du hast dich gar nicht so sehr verändert«, sagte Kermit vergnügt. Dann wandte er sich dem jiddischen Dichter zu. »Und Sie müssen Jitzchak Feldstein sein. »Es ist mir ein Vergnügen, Sie kennenzulernen.«

Feldstein erhob sich halb aus seinem Stuhl und schüttelte ihm kurz die Hand. »Erfreut, Sie zu sehen«, sagte er in unbeholfenem Englisch mit Akzent. Dann setzte er sich wieder.

Tuohy stellte sich selbst vor. »Mein Name ist Atticus Tuohy. Ich bin ein alter Freund von Sander. Wir sind zusammen aus New York gekommen, um an der Revolution teilzunehmen.«

»Sanders Freunde sind auch meine Freunde«, sagte der Kongreßabgeordnete lächelnd.

Tuohy wies auf einen Stuhl, und der Kongreßmann setzte sich. Feldstein nahm das als Zeichen, daß er anfangen konnte zu essen und nahm sich *Sakuski*. Er scheint sehr hungrig zu sein, dachte Sander.

»Wie geht es deiner Mutter?« fragte er Kermit.

Kermit sagte: »Sie ist vor zwei Jahren gestorben.«

»Das tut mir leid«, sagte Sander. »Wie ist sie gestorben?«

»Sie kam eines Abends nach Hause und wurde auf ihrer Türschwelle überfallen. Du kennst Mutter. Sie leistete natürlich Widerstand, und die Räuber stießen sie die Treppe vor der Haustür hinunter. Sie erlitt einen Schädelbruch und fiel ins Koma, aus dem sie nicht mehr erwachte.«

Tuohy sagte: »Amerika ist ein gewalttätiges Land.«

Sander schaute auf Tuohy und fragte sich, ob er das ironisch meinte. Aber Tuohy machte ein undurchdringliches Gesicht.

Kermit wandte sich an Feldstein. »Ich freue mich sehr, Sie hier zu sehen. In der jüdischen Gemeinde gingen Gerüchte um, daß man Sie verhaftet hätte.«

Der jiddische Dichter verzog den Mund zu einem schiefen Lächeln. »Sie können selbst sehen, daß ich frei bin wie ein Vogel...« Er lud sich eine stattliche Portion Hering mit dicker Sahne auf den Teller und nahm dazu noch etwas marinierten grünen Pfeffer.

Kermit fragte: »Ist etwas daran wahr, daß die sowjetische Regierung jüdische Schriftsteller unterdrückt? Sie können hier in Gegenwart von Sander und seinem Freund sicher ungehindert sprechen.«

Feldstein sagte mit vollem Munde: »Daran ist gar nichts wahr. Ich persönlich kenne keinen Fall von Verfolgung. Wir können schreiben, was wir wollen.«

»Meine jüdischen Kollegen in New York sagen mir, daß Sie seit Jahren nichts mehr veröffentlicht haben.«

Feldstein zuckte die Achseln. »Wenn ich nichts mehr veröffentlicht habe«, sagte er, »dann liegt das an der Qualität meiner neueren Werke und nicht an Zensur.«

In diesem Moment blickte Feldstein auf und sah in den Augen Sanders, der unverwandt auf das Handgelenk des Dichters starrte, auf jenen berüchtigten »Ring«, an dem man erkennt, daß jemand längere Zeit Handschellen getragen hat. Feldstein raunte Sander auf jiddisch zu: »*Ich hob ein Mischpoche, die Kinderlach – sajer Leiben hangt in wos ich mach.*«

Nach dem Essen verabschiedete sich Kermit rasch. »Ich bin froh, daß meine jüdischen Freunde mit ihren Befürchtungen unrecht hatten.« Als letztem schüttelte er Sander die Hand. »Es war mir ein Vergnügen, dich nach all diesen Jahren wiederzusehen. Meine Mutter hat sich oft gefragt, was wohl aus dem jungen, idealistischen Revolutionär geworden ist. Ich wünschte, sie wäre noch am Leben, damit ich es ihr erzählen könnte.«

Nachdem sich die Tür hinter Kermit geschlossen hatte, hustete Tuohy zweimal in die Hand. Feldstein stand widerwillig auf. »Vielen Dank für das Essen«, sagte er zu Tuohy. »Wenn Sie mich irgendwann wieder einmal für den Empfang eines amerikanischen Kongreßabgeordneten brauchen, stehe ich zu Ihrer Verfügung.«

»Ich werde daran denken«, sagte Tuohy kalt.

Feldstein machte sich auf den Weg zur Tür. »Nun muß ich wohl gehen«, sagte er mit gequältem Ton. Er schien darauf zu warten, daß ihn jemand zurückhielt.

Sander nahm seinen Stock, der an der Stuhllehne hing und sagte zu Feldstein: »Ich werde Sie in die Halle hinunterbegleiten.«

Tuohy erhob sich, machte aber keine Anstalten, Feldstein die Hand zu geben. »Ich hätte für ein Taxi gesorgt«, bemerkte er lässig. »Aber ich dachte, Sie träfen sich mit einem Freunde.«

Feldstein steckte sich eine Zigarette in den Mund, zündete sie aber nicht an. »Ja, ich treffe mich mit einem Freund«, sagte er und warf Sander einen vieldeutigen Blick zu. »Der muß jetzt wohl da unten auf mich warten.«

Tuohy machte mit dem Finger ein Zeichen, und ein Assistent drehte am Tonbandberät die Lautstärke auf. Man konnte hören, wie Feldstein auf englisch sagte: »Wenn ich nichts mehr veröffentlicht habe, dann liegt das an der Qualität meiner neueren Werke und nicht an Zensur.«

»Jetzt kommt das Jiddische«, flüsterte Tuohy. Er und der Jiddisch-Übersetzer beugten sich zum Lautsprecher. Feldsteins Stimme krächzte: »*Ich hob ein Mischpoche, die Kinderlach – sajer Leiben hangt in wos ich mach.*«

Der Übersetzter sah Tuohy an. »Er sagt: ›Ich habe eine Familie, Kinder – ihr Leben hängt davon ab, was ich mache‹.«

Tuohy wurde dunkelrot vor Wut. Feldstein hatte also versucht, Sander auf jiddisch einen Hinweis zu geben – in der Hoffnung, daß dieser ihn dem Kongreßabgeordneten weitergab. »Dieser Bastard!« zischte Tuohy.

Als Sander zwei Tage nach dem Essen im *Metropol* am Abend kam, um auf die Kinder aufzupassen, war Leonid ungewöhnlich einsilbig. Er schüttelte ihm die Hand, ohne ein Wort zu sagen, und verließ das Zimmer. Ludmilla zog Sander in eine Ecke. »Du mußt schon entschuldigen. Er steht furchtbar unter Druck. Heute morgen ist die Polizei in sein Büro gekommen und hat seine medizinischen Aufzeichnungen beschlagnahmt. O Sander, was wird mit uns geschehen?« Sie reichte ihm einen Artikel, den sie aus einer hinteren Seite der *Prawda* gerissen hatte. »Die Schlinge zieht sich zu«, sagte sie unter Tränen. »Hast du das gesehen?«

Sander sagte: »Ich lese keine Zeitung mehr.« Er nahm den Artikel und hielt ihn ans Licht.

Unter der Schlagzeile »TOD EINES ZIONISTISCHEN AGENTEN« wurde über die Verhaftung und den Selbstmord eines jiddischen Dichters namens Jitzchak Feldstein berichtet. Nachdem er seines Verbrechens überführt worden sei, habe er aus seinen Pyjamahosen einen Strick geflochten und sich in seiner Zelle erhängt.

Sander blickte von dem Artikel auf und starrte zum Fenster hinaus. Eine Gedichtzeile fiel ihm ein: »Wenn ich verhindern kann, daß auch nur ein Herz bricht, habe ich nicht umsonst gelebt.«

Sander steckte die Münze in den Schlitz des Münzfernsprechers und wählte die Nummer. Die alte Frau am anderen Ende ließ das Telefon endlos klingeln, ehe sie abhob. »B – hunderteinundvierzig zweiundzwanzig?«

Sander holte tief Luft. »Das ›Gefüllte‹ letzte Woche war ausgezeichnet. Ich frage mich, ob wir noch ein solches Essen einrichten könnten.«

Die Alte kicherte. »Also hat Ihnen meine Kochkunst zugesagt. Das wundert mich nicht. Wann möchten Sie kommen?«

»Heute abend.«

»Das ist zu früh«, entgegnete die alte Frau. »Ich brauche Zeit zum Einkaufen und zum Kochen. Heute ist Mittwoch. Hätten Sie am Samstag Zeit?«

»Ich denke schon.«

»Also Samstag. Der Wagen, der Sie das letzte Mal abgeholt hat, wird Punkt acht Uhr dreißig an der gleichen Stelle sein.«

Sander wiederholte: »Acht Uhr dreißig.«

»Darf ich Ihnen einen guten Rat geben? Essen Sie bis Samstag möglichst wenig. Auf diese Weise werden Sie einen guten Appetit entwickeln.«

Die Alte kicherte abermals.

Es überkam Sander wie eine Offenbarung, daß es in der Sowjetunion tatsächlich Spione gab. Seit den dreißiger Jahren waren Hunderttausende Unschuldiger wegen Spionage angeklagt, verurteilt und hingerichtet worden. Jetzt kam er langsam in Kontakt mit einer Gruppe von Menschen, die genau das taten, was die sowjetische Propaganda ihren Feinden vorwarf: Sie planten, Stalin zu töten. Da war der philosophische junge Mann mit der vorspringenden Nase, der den Sil fuhr und Sander bei der zweiten Fahrt erklärte, sein Lebensziel wäre, Schwertlilien zu züchten, falls er so lange leben sollte. Da war Madame Nilowna, die Mieterin der Wohnung, in der die Begegnungen zwischen Leon und Sander stattfanden; sie mußte immer über irgend etwas kichern. Da war Schapiro, ein kurzsichtiger Mann in mittleren Jahren, der offiziell bei der israelischen Gesandtschaft arbeitete und alles niederschrieb, was Sander sagte. Und das Zentrum dieses Netzes von Spionen war Leon. Am zweiten Abend wies er Sander an: »Beschreib uns den Ablauf der Abende in Blischny. Sieh zu, daß du nichts vergißt. Jede Kleinigkeit kann für uns wichtig sein.«

Sander begann: »Ich werde vor dem Büro des Filmkollektivs abgeholt, zusammen mit dem Vorführer und den Filmspulen, die er an diesem Abend zeigen wird. Man fährt uns über eine für den zivilen Verkehr gesperrte Regierungsstraße nach Blischny. Dort sind zwei Kontrollposten, aber die Wächter sehen sich nur unsere Gesichter an und winken uns durch. Die Limousine passiert ein großes Holztor und hält vor dem Wachenhaus.«

»Das ist dieses sechseckige Gebäude?« fragte Leon.

Sander nickte. »Man holt uns nach innen. Ein Wächter tastet uns mit einem Metalldetektor ab.«

»Er kontrolliert alles«, warf Schapiro ein. Seine Informantin hatte gute Arbeit geleistet. »After, Achselhöhlen, Schamhaar.«

»Dann werde ich von einem Wächter abgeklopft. Er schaut in meine Manschetten und arbeitet sich langsam hoch. Er betastet meine Hoden. Er entfernt alles, was er nur findet, aus meinen Taschen. Schließlich fährt er mir mit den Fingern durchs Haar, obwohl nicht mehr viel da ist.«

Schapiro sah zu Sander hinüber. »Was machen sie mit den Sachen in Ihren Taschen?«

»Die werden auf einem Tisch ausgebreitet und von einem Beamten untersucht. Anschließend können wir die Sachen wieder an uns nehmen.«

»Was für Sachen hast du dabei?« wollte Leon wissen.

»Ein Taschentuch. Kleingeld. Eine lederne Schlüsseltasche mit Schlüsseln darin. Meine Brieftasche mit meinem Personalausweis, einigen Banknoten und meinem Veteranenausweis.«

»Was sonst noch?« drängte Leon.

»Einen Kugelschreiber. Eine kleine Metallscheibe, die für jeden Tag in diesem Jahrhundert den Wochentag angibt.«

»Vergißt du auch nichts? Denk scharf nach, Sander!«

»Gewöhnlich habe ich einige Lutschbonbons mit, die in Cellophan gewikkelt sind. Zsuzsa steckt mir die in die Jackentasche. Wenn ich längere Zeit übersetze, bekomme ich einen rauhen Hals. Dann lutsche ich die Bonbons, um meine Kehle zu schmieren.«

»Gut«, sagte Leon. Sander fragte sich, warum er plötzlich so vergnügt aussah.

Um elf gab es eine Pause. Madame Nilowna erschien mit einem dampfenden Topf Nesseltee, den sie kichernd als vorzüglich für Verdauungsbeschwerden und Zahnfleischbluten anpries. Sander bemerkte scherzend, daß er an keinem von beidem litte. »Trotzdem!« sagte Madame Nilowna.

»Man kann sie nicht gerade als Optimistin einstufen«, erklärte Leon.

Nach der Pause beschrieb Sander sein Essen im Metropol mit Tuohy und Feldstein.

Leon fragte: »Atticus Tuohy?«

Sander nickte.

Leon und Schapiro sahen sich scharf an. Schapiro sagte: »Wissen Sie, womit sich Ihr alter Freund Atticus Tuohy jetzt seinen Lebensunterhalt verdient? Er ist der leitende Kommissar für die Umsiedlung von Minderheiten. Er ist es, der die Deportation der Juden in Stalins Auftrag organisiert.«

Sander erstarrte. »Atticus hat mit jüdischen Angelegenheiten zu tun?« Als Leon nickte, schloß er für einen langen Moment die Augen. »Das heißt, er ist es auch, der über das Schicksal von Jitzchak Feldstein entschieden hat.«

Schapiro sagte: »Er hat über das Schicksal von Hunderten, wenn nicht Tausenden, entschieden.«

Bei der nächsten Sitzung sagte Leon zu Sander: »Bitte erzähle uns alles, was dir zu Stalins Person und seinem Verhalten einfällt. Fang mit dem Augenblick an, wo du ihn zu sehen bekommst. Woher kommt er? Wer ist gewöhnlich bei ihm? Wie nahe kommst du an ihn heran?«

Schapiro spitzte seinen Bleistift und beugte sich über seinen Block.

Sander begann: »Das Essen endet spät. Irgendwann gegen elf Uhr. Berija ist immer da. Chruschtschow, Molotow, Malenkow, Kaganowitsch und Bulganin sind manchmal dabei. Stalin und seine Gäste betreten den Vorführraum durch einen langen, tunnelartigen Korridor, der Stalins Privaträume mit dem anderen Teil der Datscha verbindet. Stalin nickt uns immer grüßend zu, wenn er hereinkommt. Er geht ungefähr zwei Armlängen von mir entfernt durch den Mittelgang zwischen den Stühlen und setzt sich auf seinen Platz in der vordersten Reihe. Zwischendurch steht er auf, um sich die Beine zu vertreten. Manchmal geht er auch zu jemand anderem und setzt sich zu ihm, bis der zweite Film vorführbereit ist. Ein- oder zweimal geht er durch eine Nebentür hinaus. Ich nehme an, er sucht die Toilette auf, weil auch etliche andere gelegentlich durch die gleiche Tür verschwinden und zurückkommen.«

Schapiro blickte auf. »Was ist, wenn Sie auf die Toilette müssen?«

»Der Vorführer und ich gehen zum Eingang des Wachgebäudes zurück. Da befindet sich gleich rechts eine Toilette, die die Wächter benutzen.«

»Weiter!« sagte Leon.

»Viel mehr gibt es da nicht zu sagen. Waletschka scheint die Spieldauer der Filme zu kennen. Sie erscheint immer gegen Ende der letzten Rolle und schaltet die Deckenbeleuchtung ein. Sie bringt ein Glas warmer Milch auf einer Untertasse, das sie Stalin gibt, wenn er sich durch den Korridor auf den Weg zu seinen Privaträumen macht. Manchmal geht er allein. Manchmal kommt Berija mit. Der Vorführer packt seine Rollen zusammen, und ich helfe ihm, sie zum Wagen zu tragen.«

Schapiro unterstrich zweimal die Wörter »warme Milch« und zeigte das Blatt Leon. Dieser nickte. »Sander, erzähl uns mehr über die warme Milch, die Waletschka hereinbringt.«

»In dem Glas ist immer ein Löffel.«

Schapiro sagte: »Meine Mutter pflegte einen Löffel in ein Glas zu stekken, ehe sie etwas Heißes hineintat. Dadurch kann das Glas nicht zerspringen.«

Sander sagte: »Der Löffel dient zum Umrühren des Zuckers.«

»Zucker?« fragte Leon.

»Auf der Untertasse liegen ein paar Stück Zucker. Offenbar trinkt Stalin seine Milch gern süß.«

»Wie viele Stücke? Mit oder ohne Papier? Welche Art Zucker?«

»Ich denke, zwei Stück. Ja. Zwei. Gewöhnliche Würfel braunen Zuckers. Ohne Papier. Die Art, die man im Laden in Schachteln kauft – wenn es Zucker gibt.«

Ganz gleich, wieviel Sander ihnen erzählte – Leon wollte immer noch mehr Details. Welche Tür benutzte Waletschka, wenn sie hereinkam? Die Seitentür zur Küche, erwiderte Sander. Wo stand sie, während sie darauf wartete, daß der Film zu Ende war? An der Wand, dicht bei dem Tisch, auf dem die Spulen aufgestapelt waren, gleich hinter dem Vorführer. Hielt sie das Glas Milch in der Hand oder stellte sie es auf den Tisch? Sie stellte es ab, erinnerte sich Sander, um zum Lichtschalter zu gehen, der sich an der Rückwand am anderen Ende des Raumes befand. Wenn die Spule durch war, schaltete sie das Licht ein, kam zurück, um die Milch zu holen und gab sie Stalin, wenn er aufstand und sich zum Gehen wandte.

Die nächste Sitzung fand vier Tage später statt, weil Sander an den anderen Abenden zum Übersetzen von Filmen beordert worden war – einmal in Stalins Datscha, einmal in Malenkows Moskauer Wohnung und einmal in einem privaten Vorführraum im Kreml.

Leon meinte, die Zeit sei gekommen, darüber zu sprechen, wie man Sander und seine Familie aus Rußland hinausbekäme. Er sagte: »Was wir zunächst wissen müssen, ist, wer mit dir kommt.«

Am folgenden Morgen sprach Sander mit Zsuzsa. Gemäß den von Leon erhaltenen Instruktionen ging er mit ihr ins Badezimmer, verschloß die Tür und drehte die Brause auf.

»Glaubst du, daß es hier Mikrofone gibt?« fragte Zsuzsa beunruhigt.

Sander sagte: »Das ist nur eine Vorsichtsmaßnahme. Ich muß mit dir über etwas Wichtiges sprechen.« Er holte tief Luft und erzählte von Leon und seinem Angebot.

Als er geendet hatte, sah ihn Zsuzsa mit weitgeöffneten Augen an. »Rußland verlassen! Wohin sollen wir gehen?«

»Nach Israel. Dort könnten wir ein neues Leben beginnen.«

Zsuzsa setzte sich hart auf den Rand der Badewanne. Lange Zeit sagte sie keinen Ton. Schließlich blickte sie zu Sander auf. »Wie gefährlich ist das?«

»Er sagt, sie haben in den letzten Jahren schon einige Dutzend Personen außer Landes gebracht, ohne daß jemand gefaßt worden wäre.«

»Und du willst gehen?«

»Mit dir. Ja.«

»Ich könnte meine Mutter nicht verlassen.«

»Wir werden sie mitnehmen.«

»Was ist mit Ludmilla? Was ist mit Leonid und den Kindern?«

»Sie werden alle mitkommen.«

»Was ist mit Arischka und Serafima und Appolinaria?«

»Ich glaube nicht, daß Serafima Pascha verlassen wird. Und ich glaube auch nicht, daß Arischka Serafima verlassen wird. Aber ich hoffe, daß Appolinaria mit uns kommen wird – sei es auch nur, damit Ronschas Gedichte gerettet werden.«

»Mein Gott! Soweit ist es also gekommen«, klagte Zsuzsa mit grimmigem Lächeln. »Wenn du das Risiko eingehen willst, werde ich es mit dir zusammen tragen.«

»Es kommt gar nicht in Frage, daß du ohne uns gehst«, sagte Ludmilla, als Sander geendet hatte. Die Dusche im Badezimmer war voll aufgedreht. Ludmilla wandte sich an ihren Mann: »Ist es nicht so, Leonid?«

»Wenn wir aber erwischt werden?« fragte er besorgt. »Was wird aus den Kindern?«

»Was wird aus ihnen, wenn wir dableiben?« gab Ludmilla zurück und lieferte gleich die Antwort auf ihre Frage: »Sie werden zu – Radieschenkommunisten.«

Sander begriff nicht. »Was sind Radieschenkommunisten?«

Ludmilla ließ einen ihrer bissigen Witze los. »Radieschenkommunisten sind außen rot und innen weiß.«

Leonid schüttelte den Kopf: »Wie kannst du in einer Zeit wie dieser Witze machen?«

Ludmilla wurde plötzlich ernst und sagte: »Ich scherze nicht. Ich will nicht, daß meine Kinder ihr Leben lang heucheln müssen, um am Leben zu bleiben. Ich will nicht, daß du unter deinem Bett ein Notpäckchen bereithältst. Ich will nicht darauf warten, daß sie nachts kommen, um dich abzuholen.« Ihre Stimme vibrierte vor Erregung. »Ich will mit dir über wichtige Dinge sprechen können, ohne ins Badezimmer zu gehen und die Dusche anzustellen. Ich liebe dich von Herzen, Leonid. Ich liebe unsere Kinder. Ich will, daß wir alle frei sind.«

Sander vergewisserte sich, daß sein Name nicht auf der Anforderungsliste für den Samstagabendfilm stand und nahm am nächsten Morgen früh einen Expreßzug nach Leningrad. »Warum um Himmels willen hast du nicht angerufen und deinen Besuch angekündigt?« sagte Arischka. »Wir hätten ein Essen vorbereitet.«

»Maultaschen mit Sahne« fiel Serafima ein. »Und dazu polnischen Wodka.« Sie musterte Sanders Bart. »Ich glaube, der gefällt mir.«

»Ich muß mit euch reden«, erklärte Sander. Sein Gesicht war so ernst, daß die beiden Frauen das Schlimmste befürchteten und im Badezimmer, bei laufender Dusche, erleichtert aufatmeten, als sie hörten, daß niemand verhaftet worden war. »Bei der Geschichte mit den Kremlärzten, von denen die meisten Juden waren, haben wir uns größte Sorgen um Leonid gemacht«, erklärte Arischka.

Serafima fragte: »Warum bist du gekommen?«

»Wir haben alle beschlossen, wegzugehen – ich, Zsuzsa, Zsuzsas Mutter, Ludmilla, Leonid und die Kinder.«

»Wegzugehen – wohin?« fragte Serafima.

»Wegzugehen aus Rußland«, sagte Sander.

»Legal oder illegal?« fragte Arischka langsam.

»Illegal. Ich kenne Leute, die uns hinausbringen können. Ich bin nach Leningrad gekommen, um euch zu fragen, ob ihr mitkommen wollt.«

Serafima schüttelte traurig den Kopf. »Ich habe es noch nie laut ausgesprochen, aber unsere Revolution ist verraten worden. Geh, wenn du kannst, liebster Sander. Ich würde es nie übers Herz bringen, meinen Sergeanten zu verlassen.«

»Ich werde bei Serafima bleiben«, sagte Arischka fest. »Vielleicht wird Appolinaria mit euch gehen. Man muß an Ronschas Gedichte denken.«

Serafima wandte sich ab. Sander sollte nicht sehen, daß sie weinte.

Danach setzten sich alle drei zum Essen in die Küche und warteten auf Appolinaria, die fortgegangen war, um einen Brief aufzugeben. »Warum dauert das so lange?« fragte Sander. »Hier an der Ecke befindet sich doch ein Briefkasten.«

Arischka schaute Serafima an. »Ich denke, wir können es ihm jetzt sagen, da er das Land verläßt.« Sie ging zum Spülbecken und drehte den Hahn voll auf. Mit scheuem Lächeln sagte sie: »Appolinaria schreibt anonyme Briefe an Stalin.«

Sander riß die Augen auf. »Und ihr laßt sie das machen?«

»Es besteht keine Chance, daß sie erwischt wird«, sagte Serafima ruhig. »Beim Schreiben trägt sie Handschuhe, um keine Fingerabdrücke zu hinterlassen. Wir sind dahintergekommen, als Arischka sah, wie sie eines Abends einen Brief mit Handschuhen geschrieben hat.«

»Es tut ihr gut«, warf Arischka ein. »Ich sehe nicht, was daran gefährlich sein soll.«

Appolinaria kam zurück, als sie schon fast mit dem Essen fertig waren. Ihre Wangen waren von der Kälte gerötet, und auf ihrem Gesicht lag ein zufriedener Zug. »Sander, was tust du in Leningrad?« fragte sie und beugte sich vor, um ihm einen Kuß auf die Wange zu geben.

»Was ist mit den Briefen, die du an den Kreml schickst?« fragte Sander flüsternd.

Serafima machte Arischka ein Zeichen, den Wasserhahn wieder aufzudrehen und flüsterte: »Wir haben ihm gesagt, was du machst«, flüsterte sie.

Appolinaria nickte langsam. »Ich schreibe ihm einmal in der Woche«, sagte sie leise, »und sage ihm, wie verhaßt er ist. Vielleicht liest er die Briefe ja selbst und bekommt eines Tages einen Herzanfall dabei.«

»Das ist viel zu gefährlich«, flüsterte Sander. »Du mußt damit unbedingt aufhören!«

Appolinaria schüttelte den Kopf. »Du bist ein Pessimist. Sie haben keine Möglichkeit, die Briefe bis zu mir zurück zu verfolgen. Erzähl mir lieber, warum du nach Leningrad gekommen bist.«

»Er wandert aus«, sagte Arischka zu Appolinaria. »Er bietet dir an, mitzukommen.«

»Was ist mit dir und Serafima?«

»Es kommt nicht in Frage, daß ich Serafima verlasse«, sagte Arischka.

»Nun gut, dann kommt es auch nicht in Frage, daß ich eine von euch verlasse«, sagte Appolinaria mit einem seltsamen Lächeln. »Ich könnte niemals irgendwo anders leben. Wenn ich Rußland verließe, würde ich Ronscha verlassen – denn in dieser Erde ruht sein Körper.«

Arischka fragte: »Und die Gedichte?«

»Die Gedichte hinauszuschaffen ist eine glänzende Idee«, sagte Appolinaria. »Aber die können auch ohne mich reisen.« Sie wandte sich an Sander. »Was meinst du? Wirst du Ronschas Gedichte hinausbringen und im Westen veröffentlichen lassen?«

»Natürlich«, sagte Sander.

»In diesem Falle«, sagte Appolinaria, »ist es klar, was wir zu tun haben.«

Es war zwei Uhr nachmittags, als sie anfingen. Sander setzte sich an einen Tisch mit einem Haufen Papier und einigen Kugelschreibern und begann, in winziger Schrift zu schreiben, während Appolinaria auf und ab gehend diktierte.

Serafima schleppte Kannen mit warmem Tee herein, damit Sander nicht einnickte. Appolinaria schien über alle körperlichen Bedürfnisse hinauszuwachsen. Während der nächsten vierzehn Stunden schwebte sie im Zimmer hin und her und beschwor die Gedichte herauf wie alte Freunde. Dann wurde sie traurig und flüsterte, daß sie jetzt von ihnen Abschied nähme, aber letztlich doch erleichtert sei, sie mit der Welt zu teilen. Es war vier Uhr morgens, als sie aufhörte, herumzugehen und sich direkt hinter Sander stellte, um über seine Schulter blicken zu können. »Noch eines, und wir sind fertig«, sagte sie mit heiserer Stimme.

»Hör zu!« flüsterte sie. Und während ihre Lippen fast Sanders gesundes Ohr berührten, damit er sie gut hören konnte, rezitierte sie jenes letzte Gedicht – »Alles, was wir hören, ist der Kreml-Ersteiger, der Mörder und Bauernschlächter« – das ihren Mann das Leben gekostet hatte.

»Das ist alles«, sagte sie düster. »Ich bin leer.« Sie wandte sich ab und bedeckte ihre Augen mit dem Unterarm.

JOSEF, (begann der Brief)

WIR HABEN MEHR GEMEINSAM, ALS DU DENKST. DU SITZT RITTLINGS AUF DEINEM BERG VON LEICHEN, ICH VERSTECKE MICH WIE EINE SPINNE IN MEINEM LOCH IN DER WAND. WIR BEIDE HABEN MENSCHENFLEISCH GEGESSEN!

FALLS ES DICH INTERESSIERT: SO KAM ICH DAZU, MENSCHENFLEISCH ZU ESSEN. DAS GESCHAH IN LENINGRAD WÄHREND DES GROSSEN VATERLÄNDISCHEN KRIEGES (DU ERINNERST DICH DOCH AN DEN GROSSEN VATERLÄNDISCHEN KIREG, JOSEF? DAS WAR, ALS EINFACHE BAUERN DEN EINUNDNEUNZIGSTEN PSALM ABSCHRIEBEN UND IN DAS FUTTER IHRER KLEIDER EINNÄHTEN UND LOSRANNTEN, UM FÜR STALIN ZU STERBEN.) TAUSEND TAGE LANG HABEN DIE DEUTSCHEN UNSERE STADT BELAGERT. NICHTS KAM HEREIN ODER HINAUS – KEIN ZUG, KEIN LASTWAGEN, KEIN BAUERNKARREN. IM WINTER LITTEN WIR AN TYPHUS, IM SOMMER AN DYSENTERIE. ES GAB KEINEN TAG, KEINE STUNDE, WO NICHT DEUTSCHE GRANATEN ODER BOMBEN EXPLODIERTEN UND BLINDGÄNGER HOCHGINGEN. ENDLOSE KOLONNEN BARTLOSER JUNGEN MIT GRAUEN MÜTZEN UND WINTERMÄNTELN BAHNTEN SICH EINEN WEG DURCH DEN SCHUTT, UM ZU DEN SCHÜTZENGRÄBEN IN DEN VORSTÄDTEN ZU GELANGEN. PLÜNDERER WURDEN AN STRASSENECKEN ERSCHOSSEN. DAS WENIGE BROT, DAS VERTEILT WURDE, BESTAND ZU ZWEI DRITTELN AUS SÄGESPÄNEN.

DIE LAGE IN LENINGRAD WAR ALSO VERZWEIFELT. DAS SCHLIMMSTE WAR DER WINTER 1941/1942. MAN SAGT JETZT, DASS DREIHUNDERTTAUSEND MENSCHEN WÄHREND DIESER ALPTRAUMHAFTEN MONATE VERHUNGERT SIND. ICH SELBST LEBTE IM KELLER EINES WOHNGEBÄUDES, DAS EINEN VOLLTREFFER BEKOMMEN HATTE. DA GAB ES EINEN TUNNELARTIGEN EINGANG DURCH DEN SCHUTT MIT EINER DECKE DAVOR, DIE IM WINTER DIE KÄLTE UND IM SOMMER DIE FLIEGEN ABHALTEN SOLLTE. BEI MIR WAREN ZWEI FRAUEN, S. UND A. DA SIE ZIEMLICH DICK WAR, LITT S. AM MEISTEN UNTER DEM HUNGER; ABER SIE HATTE IN IHREM KÖRPER MEHR PROTEIN GESPEICHERT, VON DEM SIE ZEHREN KONNTE, UND DAHER MEHR WIDERSTANDSKRAFT. SIE ZOG AUS, UM ETWAS ZU ESSEN ZU FINDEN, WENN WIR ZU SCHWACH WAREN, UM UNS ZU BEWEGEN. NEUN TAGE LANG WAR SIE MIT LEEREN HÄNDEN ZURÜCKGEKOMMEN; UND WIR GLAUBTEN, DAS ENDE STÜNDE UNMITTEL-

BAR BEVOR. AM ZEHNTEN TAGE SCHLEPPTE S. SICH EIN LETZTES MAL DURCH DEN TUNNEL NACH DRAUSSEN. EINE TOTE TAUBE, DER VERFAULTE KÖRPER EINER KATZE, EINE VON WÜRMERN BEFALLENE RATTE HÄTTEN WIR ALS FESTMAHL ANGESEHEN.

S. KAM ABENDS ZURÜCK UND TRUG ETWAS, DAS IN ALTES ZEITUNGSPAPIER GEWICKELT WAR. SIE LEGTE ES VORSICHTIG AUF EINEN TISCH, UND WIR, A. UND ICH, KAMEN HINZU UND SAHEN, WIE SIE DAS PAPIER ENTFERNTE, EINIGE SCHMUTZIGE BINDEN. DANN KAM EIN MENSCHLICHES BEIN ZUM VORSCHEIN. SIE HATTE ES AUS EINEM MÜLLEIMER GEZOGEN. ES WAR ZWISCHEN DEM KNIEGELENK UND DER HÜFTE AMPUTIERT WORDEN UND VÖLLIG GEFROREN. S. SAGTE, WIR BRAUCHTEN ES NUR STÜCK FÜR STÜCK AUFZUTAUEN, UM ES DANN ZU ESSEN. WENN WIR SPARSAM WÄREN, KÖNNTE ES UNS DURCH DEN WINTER RETTEN. IM FRÜHLING WÜRDE ES LUFTTRANSPORTE UND BROT GEBEN.

S. HACKTE MIT DER AXT, DIE WIR HATTEN, EIN STÜCK VOM OBERSCHENKEL AB UND PRESSTE ES SICH ZUM AUFTAUEN ZWISCHEN DIE EIGENEN SCHENKEL. WIR WETZTEN EIN KÜCHENMESSER AUF DEM ABZUGSRIEMEN EINES FRISEURS, SCHNITTEN DIE HAUT AN MEHREREN STELLEN SAUBER EIN, ZOGEN KLEINE WÜRFEL AB; UND DANN SASSEN WIR DREI DA UND KNABBERTEN MIT DEN ZÄHNEN AM FLEISCH EINES DER ZWANZIG MILLIONEN UNSERER BRÜDER ODER SCHWESTERN, DIE IN DEM KRIEG STARBEN, DER FÜR DICH, JOSEF, GEFÜHRT WURDE.

WIE FÜHLTE ICH MICH BEIM GENUSS VON MENSCHENFLEISCH? ICH FÜHLTE MICH(UM DIE WAHRHEIT ZU SAGEN) WIE BEI EINEM RELIGIÖSEN RITUAL, NICHT UNÄHNLICH DER EUCHARISTIE. ICH ERINNERE MICH DARAN, DASS ICH EIN KLEINES STÜCK FLEISCH ZWISCHEN DEN ZÄHNEN ZERTEILT HABE UND DABEI AN DICH, JOSEF, DACHTE – AN DICH, DER SIEBEN JAHRE IN EINEM PRIESTERSEMINAR VERBRACHT HAT, DER HUNDERTE VON MALEN MIT ETWAS ROTWEIN UND EINER OBLATE DIE HEILIGE KOMMUNION VOLLZOGEN HAT. WÄHREND DIESES RITUALS WARST DU MIT UNS, JOSEF – WIE EIN UNHEILIGER GEIST.

UND DU, JOSEF, WIE FÜHLST *DU* DICH AUF DEINEM BERG VON LEICHEN, WENN DU AN DEM FLEISCH DEINER SKLAVEN KNABBERST?

WIRST DU NICHT RUHEN, BIS DU DEIN GANZES VOLK VERSCHLUNGEN HAST?

BIST DU, JOSEF, VÖLLIG WAHNSINNIG?

DAS IST DIE EINZIGE ERKLÄRUNG, DIE MIR VERNÜNFTIG VORKOMMT.

SCHLAF GUT, WENN DU KANNST, JOSEF.
MUTTER RUSSLAND.

»Bist du da, Josef Wissarionowitsch? Kannst du mich hören?«

Berijas Stimme klang aufgeregt, die Worte sprudelten nur so heraus. »Die Worte ›Kreml-Ersteiger‹ und ›Mörder und Bauernschlächter‹ stammen aus einem Gedicht des Dichters Ronscha, der in den dreißiger Jahren bei einem Verhör verstorben ist. Seine Witwe Appolinaria hat ihn überlebt und wohnt in Leningrad mit zwei Frauen zusammen, deren Vornamen mit A und S beginnen. S. ist ziemlich dick, und ihr Mann sitzt in einem Rollstuhl, der vor fünf Monaten gekauft wurde.«

Stalin grunzte befriedigt. Berija fuhr hastig fort: »Wir werden heute abend Leute losschicken und sie und ihre Freundinnen liquidieren. Es wird sein, als hätten sie nie existiert.«

Stalin fuhr auf; ein Augenlid zuckte. »Ich will nicht, daß sie verletzt wird. Sie ist eine Seherin. Sie schaut in die Zukunft ebenso wie in die Vergangenheit. Und sie fürchtet sich nicht, zu sagen, was sie denkt. Bring sie zu mir. Ich will mit ihr sprechen. Ich werde ihr ein Quartier im Kreml einrichten und regelmäßig mit ihr sprechen.«

Berija starrte ungläubig auf den Hörer. »Du willst, daß ich sie in den Kreml bringe? Lebendig?«

»Natürlich lebendig«, donnerte Stalin. »Wie könnte ich sonst mit ihr sprechen?«

Berija legte auf. »Lebendig«, murmelte er fassungslos.

6

Leon war ärgerlich. Anfang der Woche hatten jüdische Extremisten Bomben auf die sowjetische Gesandtschaft in Tel Aviv geworfen. Drei Tage später benutzte Moskau diesen Vorfall, um die diplomatischen Beziehungen zu Israel abzubrechen und die israelischen Diplomaten aufzufordern, das Land zu verlassen. Er und Schapiro würden noch an diesem Abend mit dem Minister abreisen.

»Unsere russisch-jüdischen Freunde werden den Ball aufnehmen«, versicherte Leon Sander, der über die bevorstehende plötzliche Abreise Leons sehr besorgt war. »Ich verspreche dir, daß sie alles nur mögliche tun werden, um dich und deine Familie hinauszuschaffen.«

Sander lachte bitter. »Du hast gut reden. Du reist mit Diplomatenpaß aus.«

Er breitete die Hände aus. »Tut mir leid, so habe ich das nicht gemeint. Ich bin wohl ziemlich nervös.«

Leon nickte. »Hör zu Sander, ich gehe nur sehr ungern; aber ich könnte nicht viel mehr für dich tun, auch wenn ich hier wäre. Ein letzter Rat: Wenn die Zeit zum Handeln kommt, dann laß dich nicht verleiten, zu viel nachzudenken!« Leon schweig einen Augenblick und sah Sander an. Dann fragte er: »Wann werden Ludmilla, Leonid und die Kinder losfahren?«

»Sie nehmen morgen den Zug nach Sotschi.«

»Sie wissen, was sie zu tun haben?«

Sander nickte. »Sie werden sich im Erholungsheim einquartieren und alle Ferienaktivitäten mitmachen, bis sie von ihrer Tante Nilowna erfahren, daß das Wetter in Moskau unerträglich sei. Dann rufen sie die Nummer an, die du mir gegeben hast, und vereinbaren den Treffpunkt mit eurem Mann, der sie auf den italienischen Frachter schmuggeln wird.«

Sander stockte kurz und fragte mit bedrückter Stimme: »Bist du sicher, daß es klappen wird?«

Leon sagte: »Der Frachter hat in einem seiner Stauräume einen besonderen schalldichten Behälter. Selbst wenn die Hafenbehörden Verdacht schöpfen, daß da eine Familie hinausgeschmuggelt wird, würden sie nichts finden – außer wenn sie das Schiff in ein Trockendock bringen und völlig auseinandernähmen.«

Sander schien beruhigt zu sein. »Zsuzsa und ihre Mutter nehmen heute den Abendzug nach Leningrad. Sie werden direkt zu der Adresse gehen, die du angegeben hast.«

Leon nickte. »Wir haben dieses Unternehmen schon mehrfach durchgeführt, und bisher ist noch nie jemand gefaßt worden. Sie werden auf Matratzen in einem Hohlraum über den Hinterrädern eines schwedischen Lastwagens liegen. Der Lastwagen kommt mit schwedischen Produkten herein und kehrt mit russischen Produkten zurück. Die Grenzer müßten den ganzen Wagen abladen, um an das Versteck zu kommen. Sobald deine Frau und deine Schwiegermutter in Finnland sind, werden sie sich mit dem Fahrer in Verbindung setzen. Wir haben für sie falsche Pässe bereit. Sie werden dann einfach nach Schweden einreisen und anschließend nach Italien fahren, wo sie das Schiff nach Israel erwartet. Unsere Leute werden sie auf der ganzen Strecke begleiten.«

»Womit nur noch ich übrigbleibe«, bemerkte Sander.

Leon lächelte schwach. »Womit nur du noch übrigbleibst. Du wirst nach Moskau zurückgebracht mit der Limousine, die dich zur Datscha gefahren hat. Wenn du es geschafft hast, das Ding zu drehen, und nur dann, rufst du

Madame Nilowna an. Unser Wagen wird dich zwanzig Minuten später an der gewohnten Ecke aufnehmen. Du wirst in den Koffer eines griechischen Diplomaten gesteckt werden, der nach einer Dienstreise zurück in die Heimat fährt. Der Fahrer des Lastwagens ist ein griechischer Jude, der mit Diplomatenpaß reist. Die Kisten und Koffer in dem Wagen werden diplomatische Plomben tragen, die die Grenzposten nicht aufbrechen dürfen. Es wird eine lange Reise für dich sein, Sander. Mindestens vierzig Stunden, vielleicht sogar achtundvierzig. Man wird dich erst aus dem Koffer holen, wenn ihr bei eurem Lagerhaus in Piräus ankommt.«

»Was ist, wenn die Grenzwachen Hunde haben, die Menschen aufspüren?«

»Auch daran haben wir gedacht. Der Koffer hat eine dünne Verkleidung aus Blei. Wenn ihr Kontrollposten passiert, wird der Fahrer dir ein Zeichen geben, indem er mit einem Stock auf den Koffer klopft. Dann schließt du das Luftloch. Es ist genügend Luft drin, daß du mehrere Stunden atmen kannst.«

»Es wird drinnen heiß werden, nicht wahr?«

»Ja, sehr. Du steigst nur mit deiner Unterwäsche hinein. Du bekommst einen Vorrat an Wasserflaschen und ein paar Beutel für die Notdurft.«

Später, an der Tür, gab Leon Sander die in Geschenkpapier eingewickelte Bonbonschachtel.

»Falls etwas schiefgeht, will ich einen Ausweg haben. Ich möchte nicht in so einer Verhörzelle enden. Ist ein Schalldämpfer dabei?«

»Ich weiß nicht, was schiefgehen sollte, aber da ist ein Schalldämpfer. Zwei Magazine mit je sieben Patronen. Du wirst es unseren Leuten zurückgeben, die dich in Piräus aus dem Lastwagen holen. Ich will nicht, daß die Griechen dich festnehmen, weil du eine Pistole dabei hast.«

Leon legte Sander einen Arm um die Schulter und begleitete ihn zur Tür. »Das nächste Mal werden wir uns, so Gott will, in Israel wiedersehen. Und die Welt wird für Juden sicherer sein.« Leon räusperte sich verlegen. »Du nimmst es mir nicht übel, daß ich dich benutze?«

Sander sah Leon an. Er erinnerte sich wieder einmal an die letzte Begegnung auf der Brooklyn Bridge. »Ich fasse es als ein Zeichen deiner Zuneigung auf.«

Leon lachte leise. »Ich habe es dir damals gesagt, und ich sage es dir jetzt wieder: Gott segne dich, Sander. Ich liebe dich von Herzen.«

»Ich liebe dich auch. Auf Wiedersehen im Gelobten Lande.«

»Im Gelobten Lande. Sofern Gott will.«

Appolinaria hatte es sogleich bemerkt. Kurz nachdem sie die Gedichte Sander diktiert hatte, begann sie, sie zu vergessen. Zunächst war es nur ein Wort hier und da, das ihr entglitt. Dann ein oder zwei Sätze. Danach ganze Abschnitte. Jetzt waren es schon ganze Teile von Gedichten, an die sie sich nicht mehr erinnern konnte, sosehr sie sich auch konzentrierte.

In gewissem Sinne war das nur natürlich. Sie war das lebende Archiv der Gedichte gewesen seit dem Tage, da sie und Sander vor sechzehn Jahren die Originale verbrannt hatten. Nachdem sie jetzt wieder auf Papier existierten, begann der Teil ihres Gehirns, der diese ungeheure Last getragen hatte, sich zu entspannen. Nun, sie hatte die Last getragen und weitergegeben; und jetzt war es Zeit für sie, auszuruhen, auch wenn das Ausruhen dem Tode sehr nahe kommen mochte.

Von draußen hörte sie ein Geräusch. Eine Wagentür wurde zugeschlagen. Wer kam um diese Zeit Ende Februar so spät nach Hause? Und in einem Auto? Appolinaria rutschte von ihrer Liege, schob ihre Füße in die flachen Filzpantoffeln am Bett und ging zum Fenster. Mit zwei Fingern öffnete sie die Läden. Da unten war nicht nur ein Automobil, sondern ein ganzes Dutzend – und außerdem ein Lastwagen mit vergitterten Fenstern. Scharen von Männern in Wintermänteln bezogen zu beiden Seiten der Straße Position. Appolinaria drehte den Kopf, um die Ecke sehen zu können. Ein Polizeibus war schräg vorgefahren und sperrte die Straße für den Verkehr. Reihen uniformierter Milizionäre mit schußbereiten Gewehren waren aufmarschiert.

Offenbar hatten die Behörden den Aufenthalt eines gefährlichen Staatsfeindes entdeckt und waren dabei, ihn einzukreisen. Eine Gruppe Männer löste sich aus der Masse der Detektive in Zivil, die sich unter ihrem Fenster drängten und ging direkt auf den Eingang zu. Einige schienen Pistolen in den Händen zu haben. Appolinaria dachte daran, Arischka zu wecken, entschloß sich aber, es nicht zu tun. Die Arme hatte schwer gearbeitet und brauchte jede Minute Schlaf, die sie bekommen konnte. Statt dessen ging Appolinaria zur Tür und öffnete sie einen Spalt. Aus der Tiefe des Hauses konnte sie hören, wie Männer die Treppe heraufstampften. Die Schritte wurden lauter.

Plötzlich wußte sie, wer der Staatsfeind war.

Nachdem die Gedichte »gerettet« waren, gab es für sie keinen Grund mehr zu zögern. Sie verschloß die Tür ihres Zimmers, zog den Schlüssel ab und steckte ihn in die Tasche ihres Bademantels. Dann ging sie zu dem Bett auf ihrer Seite der Decke zurück und tastete auf dem Regal darüber nach dem Becken, in dem sie gelegentlich ihre Füße zu baden pflegte, wenn sie geschwollen waren. Sie fand es im Dunkeln und tastete darin herum, um die Rasierklinge zu finden. Sie hatte sie hineingelegt an dem Tage, als sie den ersten Brief an Stalin schrieb. Dann rollte sie den Ärmel des Bademantels auf und machte ihr Handgelenk frei. Sie konnte im Dunkeln die weiße Haut erkennen, fühlte mit zwei Fingern nach einer Vene und schnitt sie mit einer raschen Bewegung der Klinge auf. Sie empfand einen stechenden Schmerz und dann eine gewisse Wärme. Dann öffnete sie auch noch die Vene am anderen Gelenk und hielt beide Hände über das Becken in ihrem Schoß, damit Serafima und Arischka nicht zuviel Mühe mit dem Reinemachen hätten.

Eine Faust hämmerte an die Eingangstür der Wohnung. Sie hörte Serafima rufen: »Ich komme schon.«

Eine ganze Armee trampelte ins Wohnzimmer. Jemand schlug an die Tür zum Schlafzimmer. »Ich kann den Schlüssel nicht finden«, rief Appolinaria. »Warten Sie, bis ich das Licht angemacht habe.«

Arischka schaltete die Glühbirne an der Decke ein, kam um den Rand der Decke herum und sah, wie Appolinaria ihre blutenden Hände über das Becken hielt. Sie schnappte nach Luft.

»Es sind die Briefe, die ich geschrieben habe«, flüsterte Appolinaria matt. »Um Gottes willen, hilf mir zu sterben!«

»Haben Sie den Schlüssel?« rief eine Stimme.

»Ich suche noch danach«, sagte Arischka ganz ruhig. Dann beugte sie sich über Appolinaria und küßte sie auf die Stirn.

»Sie sperrt sich«, rief eine Stimme.

»Zurücktreten!« rief eine andere Stimme.

Das Holz splitterte unter der Wucht mehrere Axthiebe.

Arischka legte Appolinaria einen Arm um die Schulter, um sie zu beruhigen. Appolinaria lehnte sich in die Kissen zurück und versuchte, sich an einige Zeilen aus einem Gedicht von Ronscha zu erinnern, die ihr schon entfallen gewesen waren. »Der ganze Raum wird überfallen ...« Das war es. »Der ganze Raum wird überfallen.«

Irgendwo, so weit entfernt, als sei es in einem anderen Leben, brach eine Tür aus den Angeln. Appolinarias Lippen formten stumm die Zeilen, während es Nacht um sie wurde ...

Reste roten Weines
und sonniges Wetter im Mai ...

An zwei Abenden hintereinander war es Sander nicht gelungen, die Tat auszuführen. Am Donnerstag hatte er einen Teil von *The Great Ziegfeld* übersetzt und gehört, wie Stalin leise »A Pretty Girl is Like a Melody« mitgesummt hatte. Der Film war aber abgebrochen worden, nachdem Malenkow in einer Pause gemeint hatte, der Name Ziegfeld klänge jüdisch. Dafür lief dann *Brother Orchid*. Am Freitag hatte Sander *Dead Reckoning* mit Humphrey Bogart und Lizabeth Scott übersetzt. An beiden Abenden hätte er es ausführen können. Gemäß Leons Instruktionen hatte er in der vergangenen Woche ein oder zwei Stück Zucker, eingewickelt in Papier, mit hereingebracht. Als der Wachoffizier, der den Inhalt seiner Taschen prüfte, den Zucker auf dem Tisch bemerkte, hatte Sander fröhlich gesagt: »Der gibt mir Kraft für den zweiten Film.«

Am Donnerstag hatte Sander zum ersten Mal das Stück Zucker mitgebracht, das Leon ihm bei ihrer letzten Zusammenkunft gegeben hatte. Als der Film dem Ende zuging, hatte Waletschka die warme Milch auf den Tisch hinter dem Vorführer gestellt und war auf die andere Seite des Raumes gegangen, um das Licht einzuschalten. Sander war einen Schritt zurückgetreten. Der Vorführer konzentrierte sich auf die letzte Szene des Films. Die Musik schwoll an. Sander hatte auf die Milch und auf die Untertasse mit den zwei Stücken Zucker geblickt. Er hatte den Zucker in seiner Tasche befingert und das Papier entfernt. Es wäre kinderleicht gewesen, eines der beiden Stücke wegzunehmen und durch Leons Würfel zu ersetzen.

Sanders Füße klebten am Fußboden, und seine Hand war in der Tasche festgebannt. Ludmilla war mit ihrer Familie in Sotschi und wartete auf den Anruf von Tante Nilowna. Zsuzsa und ihre Mutter waren bei Leons Mann in Leningrad. Alle waren startbereit. Einschließlich Sander, der in Reichweite des Glases mit der Milch stand, die Stalin trinken würde, ehe er für die Nacht in einem der sechs Schlafzimmer verschwinden und dessen Panzertür von innen doppelt verriegeln würde.

Und trotzdem versagte er. Es stimmte natürlich, was Leon über zu vieles Nachdenken gesagt hatte. Woran er dachte, war die ungeheure Verantwortung, die jemand übernimmt, der den Gang der Geschichte verändert. Es war *eine* Sache, sich mit Zehntausenden andern zu vereinigen, um eine Revolution zu machen. Aber selbständig handeln – morden – das war von einer ganz anderen Größenordnung. Wie, wenn Stalin nicht sterben und dieses *tatsächliche* Attentat auf sein Leben als Vorwand benutzen würde, um noch härter gegen die Juden vorzugehen? Wie, wenn das Regime, das nach Stalin kommen würde, noch schlimmer war? Seine Erben könnten miteinander wetteifern, um zu beweisen, was für gute Stalinisten sie seien.

Sander sah vor seinem geistigen Auge, wie unschuldige Männer und Frauen und Kinder in der ganzen Sowjetunion aus ihren Wohnungen gezerrt wurden von loyalen Stalinisten, die den Boden anbeteten, über den der Große Steuermann schritt.

Am Samstag, dem letzten Tag des Februars, stöberte Sander in den leeren Räumen seiner Wohnung herum. Sein Kopf wirbelte von widersprüchlichen Gedanken. Er rief sich die Stimmen der Vergangenheit ins Gedächtnis zurück – die von Lili, von dem Mann, der ihm in New York einen falschen Paß geliefert hatte, oder von seinem Bruder Abner; aber die Botschaften aus der Vergangenheit waren verworren. Er holte die Bonbonschachtel unter dem Bett hervor, entfernte die Geschenkverpackung und dachte daran, die Pistole gegen sich selbst zu richten; aber auch das war keine Lösung. Die Tatsache, daß er sich eine Pistole hatte beschaffen können, würde Verdacht erregen. Seine Familie und seine Freunde würden verhört werden. Das Komplott gegen Stalin würde herauskommen, und die Juden würden als Sündenböcke gebrandmarkt werden...

Gegen Mittag wurde Sander von einem Nachbarn zum Telefon gerufen. Ein Angestellter des Filmkollektivs teilte ihm mit, er solle sich für diese Nacht bereithalten. Der Wagen würde ihn zu der üblichen Stunde abholen. Sie würden bis einige Zeit nach Mitternacht Filme zeigen müssen.

Sander legte auf. Das Telefon klingelte sofort wieder, als ob die Trennung der Verbindung die Glocke in Tätigkeit gesetzt hätte. Er ließ es noch einmal läuten und nahm ab.

Eine weibliche Stimme sagte: »Ich möchte bitte mit einem Alexander Til sprechen.«

»Am Apparat.«

Die Frau am anderen Ende räusperte sich nervös. Ihre Stimme klang dumpf. Sander vermutete, daß sie ein Taschentuch über das Mikrofon hielt. »Ich rufe aus Leningrad an. Sie kennen mich nicht, aber ich bin die Freundin einer Freundin.«

Sander wollte etwas sagen, aber die Frau schnitt ihm das Wort ab. »Vielleicht ist es besser, wenn wir nicht weiter in die Einzelheiten gehen. Die Frau, von der ich spreche, hat einen großen Teil ihrer Zeit damit verbracht, einen Mann in einem Rollstuhl umherzuschieben. Sie verstehen?«

»Ich verstehe«, sagte Sander. »Ist sie krank?«

Er konnte hören, wie Münzen in den Schlitz geworfen wurden. »Das könnte man vielleicht so ausdrücken. Sie hat mir einmal Ihren Namen und Ihre Telefonnummer gegeben und gesagt, falls ihr oder den Leuten, mit denen sie zusammenlebte, jemals etwas zustoßen sollte, täte ich ihr einen Gefallen, wenn ich es Ihnen mitteile. Ich habe sie sehr gern gehabt, verstehen Sie, daher tue ich ihr jetzt diesen Gefallen. Sie wurden in der letzten Nacht verhaftet. Ich habe das alles von meinem Fenster aus gesehen. Dutzende von Milizionären drangen in das Haus ein. Der Mann im Rollstuhl wurde zuerst hinausgebracht. Er plapperte irgend etwas; aber sie haben ihn einfach in einen Lastwagen geschoben und die Tür zugeschlagen, so daß man seine Stimme nicht mehr hören konnte. Die dicke Frau, die meine Freundin war, erschien als nächste. Sie war mit Handschellen an eine andere Frau gefesselt. Beide weinten.« Am anderen Ende der Leitung wurden weitere Münzen eingeworfen. »Sind Sie noch da? Dann wurde jemand auf einer Bahre herausgetragen. Der Kopf war mit einem Tuch bedeckt. Die Person war also wahrscheinlich tot. Am nächsten Morgen erfuhr ich, daß es eine Frau gewesen sei, die sich die Pulsadern aufgeschnitten hätte. Das ist alles, was ich weiß. Glauben Sie, daß Sie etwas für sie tun können?«

Sander fiel es schwer, zu atmen. Es gelang ihm zu sagen: »Ich denke schon.«

»Dann, um Gottes willen, tun Sie es!« rief die Frau heftig.

Sander hörte, wie die Verbindung getrennt wurde. Er hielt den Hörer noch in der Hand in der Hoffnung, sie würde noch einmal zustande kommen. Schließlich legte er auf. Seine Beine waren steif geworden, und er mußte sich anstrengen, um nicht zu Boden zu sinken. Aus einem Nebel von Qual kamen ihm Zeilen eines Gedichts in den Sinn:

Wir leben, taub für das Land unter uns,
Zehn Schritte entfernt hört niemand unsere Worte ...

An diesem Abend zog sich das Abendessen bei Stalin länger hin als gewöhnlich, und so wurden erst nach Mitternacht Filme gezeigt. Da diesmal mit einem russischen Werk begonnen wurde, saß Sander zunächst untätig in der Wachstube beim Haupteingang. Geistesabwesend rührte er in der Kaffeetasse, die neben ihm stand. Seine Gedanken schweiften zu Appolinaria und Arischka, zu Serafima und Pascha, zu Zsuzsa und ihrer Mutter, zu Ludmilla, Leonid und den Kindern, zu Feldstein und Tuohy, zu Leon und Lili. Jetzt war endlich die Zeit der Abrechnung gekommen.

Ein Wächter mit breitem Bauerngesicht steckte den Kopf in den Raum und sagte, daß Stalin beschlossen hätte, einen zweiten Film laufen zu lassen. Malenkow und Bulganin wollten einen russischen Film sehen,

Chruschtschow und Berija einen amerikanischen. Stalin hatte einen Blick auf die Programmunterlagen geworfen, die mit den Spulen geliefert wurden und hatte sich für einen amerikanischen Film entschieden.

»Til ist da«, sagte Chruschtschow, als Sander den Vorführraum betrat. Der Vorführer hantierte an dem Projektor herum. Stalin sprach leise mit Berija.

Alles, was wir hören, ist der Kreml-Ersteiger,
Der Mörder und Bauernschlächter.

Bulganin schloß die Augen und döste. Chruschtschow sprach mit Malenkow , der einige Papiere in der Hand hielt. Dann wandte sich Malenkow an Stalin: »Eisenhower streckt seine Fühler aus. Er will, daß du zu einer Gipfelkonferenz kommst.«

Stalin, der den gebügelten Waffenrock eines Generalissimus trug und Militärhosen mit Generalsbiesen in blitzblanken Stiefeln, ließ sich in seinem Sessel nieder. »Fürst Wladimir bekam einst Besuch von einem Kardinal, der aus Rom in einer vergoldeten Sänfte erschien, die von Dienern getragen wurde. Ihr kennt die Geschichte? Der Kardinal lud den Fürsten zu einem Besuch in Rom ein. Wladimir sagte ihm: ›Bring Rom hierher!‹ Wenn Eisenhower mich sehen will, dann bringt Washington hierher!«

Seine Finger sind fett wie Raupen
Und die Worte fallen endgültig wie Bleigewichte von seinen Lippen...

Stalins Getreue lachten los. Vor Vergnügen schnaufend winkte Stalin Waletschka zu, die zum Lichtschalter eilte.

In der Dunkelheit leuchteten die Titel von Harold Lloyds *Safety Last* auf. Sander fing an, die Geschichte von dem kleinen Büroangestellten zu übersetzen, der, um seiner Freundin zu imponieren, auf die Idee kommt, einen Wolkenkratzer zu erklettern. Berija und Chruschtschow brüllten vor Lachen. Man hörte Bulganin in seinem Sessel schnarchen. Ab und zu grunzte Stalin vergnügt.

Sein Kellerasselschnurrbart ist tückisch
Und seine Stiefelspitzen schimmern...

Gegen Schluß, als Lloyd am Minutenzeiger einer gewaltigen Uhr zwanzig Stockwerke über der Straße baumelte, war sogar Bulganin hellwach. Waletschka, die das Zimmer bei Beginn des Films verlassen hatte, erschien wieder. Sander sah, daß sie die Untertasse und das Glas mit Milch trug. Er griff nach dem Zuckerstück in seiner Tasche. Auf dem Bildschirm erschien »The End«. Waletschka stellte die Milch auf den Tisch und ging, um das Licht anzumachen. Sander langte nach hinten und vertauschte die Zuckerstücke. Im selben Moment, als er den Zucker von der Untertasse in seiner Tasche verschwinden ließ, ging das Licht an.

Stalin war schon auf den Beinen. »Im übrigen – warum sollte ich mit Eisenhower sprechen?« hörte Sander ihn zu Malenkow sagen. »Die Bauern haben ein Sprichwort: Wenn ein Wolf angreift, dann versuche nicht, ihn zu zähmen. Töte ihn!« Er ging zwischen den Stühlen entlang, nickte dem Vorführer und Sander zu und verschwand mit dem Glas Milch in der Hand durch die Tür, die zu seinen Privaträumen führte.

Sander hatte noch einiges zu erledigen. Von der Telefonzelle in der Nähe seines Hauses rief er sogleich nach seiner Rückkehr Madame Nilowna an und sagte ihr: »Ich bin wieder zu Hause. Ich rufe an, damit Sie sich keine Sorgen um mich machen. Ich habe im Zug Tocqueville gelesen und dabei einen Satz gefunden, von dem ich annehme, daß er Ihnen gefallen wird. ›Bei einer Revolution ist es wie bei einem Roman am schwierigsten, das Ende zu erfinden‹.«

Madame Nilowna stieß die Luft mit einem langen »Ahhhh!« aus. Sie brauchte einen oder zwei Augenblicke, um die Fassung wiederzugewinnen. »Es war sehr aufmerksam von Ihnen, mir das mitzuteilen. Ich werde diesen Satz in meine Spruchsammlung eintragen, sobald ich aufgelegt habe. Ich werde ihn allen meinen Freunden noch heute vormittag vorlesen.«

Sander hielt sich genau an die Anweisungen seiner Auftraggeber. Er rasierte sich den Bart ab. Zum zweiten Male in seinem Leben hatte er die merkwürdige Empfindung, sein Gesicht im Spiegel zu betrachten und kaum wiederzuerkennen. Dann nahm er die Papiermappe mit den Gedichten, die Appolinaria ihm diktiert hatte, die Bonbonschachtel und die Zeichnung von Lili aus ihrer Pariser Zeit. So leise wie möglich verließ er die Wohnung.

Der staatliche Sil mit dem jungen Mann, der davon träumte, Schwertlilien zu züchten, wartete an der Ecke auf ihn. »Wohin fahren wir?« fragte Sander, nachdem er eingestiegen war.

»Ich habe Anweisung, Sie zu einem Lagerhaus in den nördlichen Außenbezirken der Stadt zu bringen«, sagte der Fahrer ihm über die Schulter hinweg. »Ist es also wahr?« flüsterte er dann erregt.

»Ist was wahr?«

Der Fahrer lächelte nur.

Als der Wagen auf den inneren Ring einbog, beugte Sander sich vor. »Könnten Sie bitte einen kleinen Umweg fahren«, sagte er und gab dem Fahrer eine Adresse an.

»Meine Auftraggeber haben nichts von einem Umweg gesagt.«

»Es dauert nur ein bis zwei Minuten. Ich möchte eine Bonbonschachtel abgeben.«

»Ich weiß nicht...«

»Glauben Sie mir«, sagte Sander. »Es ist äußerst wichtig, sonst würde ich Sie nicht darum bitten.«

Der Fahrer hielt in der Nähe des Hauses, dessen Nummer Sander angegeben hatte. »Nur eine oder zwei Minuten!« ermahnte er Sander besorgt. »Die Leute warten. Der Lastwagen muß bei Sonnenaufgang unterwegs sein.«

Der Wohnblock gehörte zu einer Serie, die nach dem Kriege für Partei- und Regierungsleute der zweiten Rangstufe erbaut worden war. Tuohy wohnte im vierten Stock. Sander benutzte nicht den Aufzug, sondern die Treppe, fand die Tür mit dem Messingschild »A. Tuohy« und läutete. Er drückte noch ein zweites und drittes Mal auf den Knopf. Tuohy rief durch die Tür: »Wer zum Teufel...«

»Ich bin es.«

Tuohy mußte Sanders Stimme erkannt haben, denn einen Augenblick später riß er die Tür auf. Er trug einen langen Bademantel aus Samt mit seinen Initialen auf der Brusttasche, hatte einen Winterschal um den Hals geschlungen und dicke Wollsocken an den Füßen. Nachdem er Sander mit einem schiefen, forschenden Blick gemustert hatte, fragte er: »Wie komme ich zu der Ehre?«

»Ich bin in Schwierigkeiten«, sagte Sander.

»Wenn du in Schwierigkeiten bist«, sagte Tuohy, »könnte es sein, daß ich selbst dich verhaften muß.« Er zuckte die Achseln. »Nun, du kannst ebensogut hereinkommen.« Er stieß die Tür hinter Sander zu und führte ihn durch ein riesiges Wohnzimmer, das mit modernen dänischen Möbeln vollgestopft war, in ein getäfeltes gemütliches Zimmer.

Dort sank er in einen gepolsterten ledernen Drehsessel und wandte sein Gesicht Sander zu, der die Einrichtung des Zimmers betrachtete, als wollte er ein Inventar aufnehmen. Ein Mahagonischreibtisch mit Glasplatte, ein offenes Schnapsfach voller Flaschen und darüber ein Regal mit Kristallgläsern aller Größen und Formen. Ein Magnavox-Plattenspieler und eine Menge Schallplatten. Eine Ledercouch und ein Perserteppich. Ferner war da ein Luftbefeuchter aus gemasertem Holz und ein riesiger gläserner Aschenbecher, der wie ein Schwan aussah und als Briefbeschwerer diente.

Tuohy sagte: »Ich habe es ziemlich weit gebracht.«

Sander rümpfte die Nase.

Tuohy zuckte ärgerlich mit dem Kopf. »Du hast dich in fünfunddreißig Jahren nicht viel verändert.«

Sander stellte die Bonbonschachtel auf den Tisch und fing an, das Papier zu entfernen. »Ich habe vor ein paar Stunden einen amerikanischen Film übersetzt. Im Dunkeln habe ich ein Stück Zucker auf die Untertasse mit dem Glas warmer Milch gelegt, das er jeden Abend trinkt. Der Zucker war vergiftet.«

Tuohy verzog keine Miene, aber seine Gesichtsmuskeln erstarrten. Er drehte vorsichtig den Kopf und blickte auf seinen Schreibtisch, in dem er seine geladene Pistole aufbewahrte. Er wollte gerade die Schublade öffnen, in der die Waffe lag, als er den Gegenstand, den Sander aus der Bonbonschachtel genommen hatte, bemerkte. »Das dicke Ende am Lauf ist ein Schalldämpfer«, bemerkte Sander.

»Ich bin nicht blöd«, erklärte Tuohy. »Was Stalin angeht: Falls er wirklich vergiftet worden ist, wird die Hölle losbrechen.«

»Wir haben ein Gift benutzt, das so wirkt, als ob das Opfer einen Schlaganfall erlitten hätte.«

»Wenn es wie ein Schlaganfall aussieht, warum bist du dann in Schwierigkeiten?«

»Ich bin in Schwierigkeiten, weil ich mich zu einer Revolution bekannt habe, die verraten worden ist. Was übriggeblieben ist, ist ein korruptes System.«

»Du bist ein Scheißkerl!« fuhr Tuohy auf. »Der Sowjetstaat hat echte Leistungen zu verbuchen. Wir haben das Analphabetentum beseitigt, wir haben die Hungersnot beseitigt, wir haben aus dem Nichts eine industrielle Basis geschaffen. Wir haben einen langen Weg zurückgelegt –.«

Sander flüsterte bitter: »Wir haben einen größeren Traum geträumt, Atticus.«

Tuohy schüttelte ungeduldig den Kopf. »Revolutionen werden nicht von Träumern gemacht. Sie werden von Leuten gemacht, die Schädel zerbrechen. Vermutlich konnten wir es nicht vermeiden, daß auch der eine oder andere Träumer in unseren Reihen auftauchte. Sie blieben an uns hängen, wie man Fuseln in den Hosenaufschlägen sammelt, und von Zeit zu Zeit haben wir die Aufschläge umgedreht und ausgebürstet, um dann mit der Arbeit fortzufahren.« Er warf den Kopf zurück und sah Sander mit zusammengekniffenen Augen an. »Natürlich glaube ich kein Wort von dem, was du über das Stück Zucker gesagt hast. Stalin ist die am besten bewachte Person auf der Erde.«

»Es spielt keine Rolle, ob du es glaubst oder nicht. In diesem Augenblick ist Stalin entweder schon tot oder er liegt im Sterben.«

Tuohy machte in seinem Drehstuhl eine Bewegung. Sander ergriff seine Pistole mit beiden Händen und zielte direkt auf ihn.

»Was hast du denn mit diesem Ding vor?« fragte Tuohy sarkastisch.

»Ich werde den Mann erschießen, der Jitzchak Feldstein getötet hat.«

Ein bitteres Lachen drang tief aus Tuohys Brust. Dann verkündete er: »Hier liegt Atticus Tuohy. Der Tod ist etwas, das man der Natur schuldet. Ich habe bezahlt!«

Sander sagte: »Du hast dein Leben lang Köpfe zerbrochen.« Er trat einen Schritt vor. »Viele Millionen Schädel sind von dir und Leuten deinesgleichen zerbrochen worden. Und was hat Rußland dafür aufzuweisen? Atticus, wir haben vergessen, *warum* wir die Revolution gemacht haben. Wir haben zu viel von uns aufgegeben, indem wir sie machten und dann beschützten. Ronscha hatte schon recht. Man kann nichts von sich aufgeben; denn wenn man damit einmal anfängt, gibt es keinen vernünftigen Grund einzuhalten. Und eines Tages wachst du auf, und nichts ist übriggeblieben. Von dir. Von der Revolution. Von dem Traume.«

Tuohy fauchte. »Du konntest damals in New York Ortona nicht erschießen. Wie kommst du darauf, daß du jetzt den Mumm hast, abzudrücken?«

Sander ging noch einen weiteren Schritt auf Tuohy zu. »Das hat mir die Revolution angetan«, sagte er leise. »Sie hat mich dazu fähig gemacht, einem Mann ins Auge zu schauen und ihm das Leben zu nehmen.«

»Bist du sicher?«

Sander überlegte. »Nein«, sagte er schließlich. »Ich bin nicht sicher. Ich glaube es nur zu sein.«

Und dann schoß er Tuohy ins Herz.

Eine russische Übersetzung des »Fürsten« von Macchiavelli lag auf dem Nachttisch neben dem Bett. Judinas Platte mit Mozarts dreiundzwanzigstem Klavierkonzert lief leise auf der Victrola. Ein halbes Dutzend Ärzte beugten sich über den Patienten. Chruschtschow, Molotow, Bulganin, Malenkow und Berija erschienen immer wieder im Zimmer, um sich zu erkundigen, wie die Dinge standen.

Die Dinge standen schlecht.

Den ganzen Sonntag war kein Lebenszeichen aus Stalins Privaträumen gedrungen. Am Sonntag abend wurden die Wachen nervös. Mitglieder des Politbüros wurden herbeigeholt. Sie hielten eine Blitzbesprechung und gaben den Sicherheitsleuten die Erlaubnis, in die Privaträume einzudringen. Das war eine mühsame Arbeit. Die Wachen arbeiteten die ganze Nacht vom Sonntag und bis in die frühen Stunden des Montags mit Acetylenbrennern, um sich durch die Panzertüren hindurchzukämpfen. Das erste Schlafzimmer, in das sie eindrangen, war leer – wie auch das zweite und das dritte. Im vierten Schlafzimmer fanden sie dann Stalin. Er lag voll angekleidet, mit dem Gesicht nach unten auf einem Teppich. Er atmete noch, aber nur schwach. Seine Augen waren nach hinten verdreht. Die Lippen waren weiß und von Schaum bedeckt.

In größter Eile wurden Ärzte aus Moskau herbeigeholt. Nachdem sie ihn untersucht hatten, erklärten sie, daß Stalin einen Schlaganfall erlitten hätte. Seine rechte Seite war völlig gelähmt. Er konnte nicht mehr sprechen und atmete nur mühsam. Man schaffte Sauerstoffflaschen herbei. Es wurden Kardiogramme gemacht. Kampfer, Koffein, Strophantin, Glukose und Penicillin kamen zur Anwendung. Als eine alte Krankenschwester ihm Blutegel im Nacken ansetzte, rief er mit matter Stimme: »*Wot! Wot!*«

Am Donnerstag hatte sich sein Zustand verschlimmert. Er schien immer weniger Luft zu bekommen. Sein verzerrtes Gesicht wurde schwarz. Leute, die ihn zum erstenmal aufsuchten, erkannten ihn nicht. Es war so, als ob er langsam erdrosselt würde. Seine Tochter Swetlana saß neben seinem Bett und streichelte seine gesunde Hand. Kurz vor zehn Uhr abends schlug Stalin die Augen auf. Er entzog Swetlana seine Hand und hob einen zitternden Finger, um auf etwas über seinem Kopf zu weisen. Alle im Zimmer schauten nach oben.

Als sie wieder hinschauten, war Stalin tot.

Sander wurde einer langen und – weil Leon nicht da war – recht unangenehmen Sicherheitskontrolle in einem griechischen Geheimquartier unterzogen. Die Israelis stellten beiläufig fest, daß eine Patrone in einem Magazin fehlte, das Sander mit der Pistole zusammen abgeliefert hatte. Sie wiesen auch darauf hin, daß der Kommissar für die Umsiedlung von Minderheiten in seiner Moskauer Wohnung erschossen aufgefunden worden war.

»Haben Sie etwas dazu zu bemerken?« fragte ein Israeli.

Sander schüttelte den Kopf.

»Fangen wir noch einmal an bei dem Augenblick, in dem Sie die Tat ausführten. Sind Sie absolut sicher, daß das Stück Zucker, das wir Ihnen gegeben hatten, auf die Untertasse gelangt ist?«

»Absolut.«

»Das Ganze ist sehr schnell gegangen; der Zucker könnte zu Boden gefallen sein.«

»Nein. Er lag auf der Untertasse.«

Die Zeit zog sich hin. Sander wurde mißmutig, und sein Mißmut führte zu Depressionen. Es gab Stunden, in denen seine Kameraden in dem Schlupfwinkel Mühe hatten, auch nur ein Wort aus ihm herauszuholen. Es war die Ungewißheit, ob Stalin das Gift genommen hätte. Würden die russischen Anführer merken, daß der Große Steuermann ermordet worden war? Wurde Sander verfolgt? Diese Fragen zerrten allen an den Nerven. »Ihr habt mich das schon gefragt«, erklärte Sander einmal bissig. »Ich lehne es ab, wie ein Schulkind verhört zu werden.«

Erst morgens am Mittwoch, den 4. März, wurde das Programm von Radio Moskau unterbrochen mit der Meldung, daß Stalin einen Schlaganfall erlitten hatte. Die Israelis und Sander stießen einen Seufzer der Erleichterung aus.

Am Freitag, dem 6. März, verkündete der Kreml Stalins Tod. »Das Herz von Josef Wissarionowitsch Stalin, Lenins Kampfgefährten, dem weisen Führer und Erzieher der Kommunistischen Partei und des Sowjetvolkes, hat aufgehört zu schlagen.« In ihrem Quartier in Piräus öffnete das halbe Dutzend Israelis, das sich um den Kurzwellenempfänger geschart hatte, eine Flasche Sliwowitz. Wie ein Mann standen sie auf und erhoben ihre Gläser auf Sander. »Möge seine Seele im tiefsten und heißesten Pfuhl von Dantes Hölle schmoren!« murmelte ein junger Israeli.

Innerhalb einer Woche nach Stalins Tod wurde deutlich, daß die Sowjetunion in die nachstalinistische Ära eintrat. Zum ersten Male seit Menschengedenken sprach die *Prawda* von der »Sowjetischen Verfassung« und nicht von der »Stalinistischen Verfassung«. Noch auffälliger war, daß Artikel gegen Juden und Zionisten aus der sowjetischen Presse verschwanden. Dann wurden die Kremlärzte freigelassen, und in einer Verlautbarung hieß es, daß die gegen sie erhobenen Anklagen unbegründet gewesen seien. »Ich glaube«, sagte der Israeli, der das Geheimquartier leitete, zu Sander, »Sie können jetzt heimkehren.«

»Heim« war natürlich Israel. An einem Morgen wurde Sander in aller Frühe zu einem kleinen Flughafen außerhalb von Athen gefahren, wo ein Privatflugzeug darauf wartete, ihn in das Gelobte Land zu bringen. Bei der Ankunft im Flughafen Lod wurde er in ein Büro in einem Hangar geleitet. Leon trat aus einer Schar Israelis vor und küßte Sander nach russischer Sitte auf den Mund. Ein kleiner weißhaariger Mann mit schwarzen Hosen und offenem weißem Sporthemd trat auf ihn zu. In ernstem Ton sagte er: »Wir werden dies geheimhalten. Es kann keine Orden und keine öffentliche Anerkennung geben für das, was Sie getan haben. Nur wenige von uns wissen darum; und wir haben bei dem Gott unserer Väter geschworen, dies Geheimnis niemals preiszugeben. Gott hat Sie im richtigen Augenblick an die richtige Stelle gesetzt, aber *Sie* waren es, der gehandelt hat. Und Sie haben so gehandelt, wie es nur ein von Grund auf moralischer Mensch tun konnte. Ich versichere Sie der unendlichen Dankbarkeit eines Volkes, das Sie durch Ihre mutige Tat vor neuerlichem Leid bewahrt haben.«

Der weißhaarige Mann bot Sander nicht die Hand zum Gruß. Nachdem er seine kleine Rede beendet hatte, trat er einen Schritt zurück und machte eine tiefe Verbeugung aus der Hüfte, so wie ein russischer Bauer sich vor einer Ikone von Gott Vater verneigen mochte. Die anderen Israelis folgten seinem Beispiel. Dann machten sie kehrt und gingen schweigend hinaus.

»Nun, nicht ein jeder wird bei der Ankunft in Israel vom Premierminister begrüßt«, erklärte Leon. Als er die Überraschung auf Sanders Gesicht bemerkte, sagte er: »Ich dachte, du würdest ihn kennen. Das war David Ben Gurion. Und hier kommt der Rest des Empfangskomitees.«

Eine andere Tür öffnete sich, und Sanders ganze Familie, Wanka und Asa voran, stürmte in den Raum. Asa sprang in Sanders Arme und gab ihm einen feuchten Kuß auf die Lippen.

»Was hat dich so lange aufgehalten, Liebster?« fragte Zsuzsa und umarmte nun ihrerseits Sander. Ihr gequältes Lächeln war nur um Haaresbreite von Tränen entfernt. »Dein Bruder Leon hat uns versichert, daß sie dich wohlbehalten aus dem Lande herausgebracht hätten; aber wir haben uns trotzdem Sorgen gemacht.«

»Stell dir vor«, rief Zsuzsas alte Mutter, »da wandert jemand in meinem Alter aus! Ganz ehrlich gesagt – dieses ganze Abenteuer macht mich wieder zu einem jungen Mädchen.«

»Du hast die Nachrichten gehört«, sagte Ludmilla, als sie Sander an sich drückte. »Der alte Bock hat den Löffel abgegeben. Gott sei Dank, kann man da nur sagen. Ich habe einen guten israelischen Witz für dich. Er geht so ...«

Nach dem Essen führte Leon Sander auf die schmale Stahlgalerie, die rund um den Kontrollturm führte, um frische Luft zu schnappen. Er wies nach Westen. »Das Mittelmeer befindet sich drüben hinter der Anhöhe.« Leon neigte seinen großen Kopf und betrachtete Sander. »Du bist nicht sehr gesprächig gewesen, seit du angekommen bist.«

Sander wandte sich um und blickte in Richtung auf das Meer hinaus. »Es war eine lange Reise«, sagte er – mehr zu sich als zu Leon. »Meine Füße sind schwer. Mein Herz ist es auch.«

Hinter einem Hügel im Norden des Flughafens ertönte der schwache Klang eines Glockenspiels. Leon merkte, daß Sander sein gesundes Ohr dorthin wandte. Er fragte: »Erinnerst du dich noch an die Glocken, die wir auf der Brooklyn Bridge gehört haben?«

Sander lachte leise vor sich hin. »Ich dachte, sie läuteten für mich. Ich dachte, Rußland riefe mich.«

»Das tat es auch!« versicherte Leon nachdrücklich.

Sander schlenderte zu der anderen Seite der Galerie hinüber und schaute über das Gelobte Land hin. Er spürte eine Welle heißer Luft im Nacken.

Leon trat neben ihn. »Die Araber nennen das *Chamsin*«, sagte er ruhig. »Das ist ein Wind, der bisweilen von der Wüste her bläst. Ein alter Beduine hat mir einmal gesagt, daß er im Herd der Erde entstünde; und daß er bliese, um uns an das zu erinnern, was hätte gewesen sein können.«

Ein vages Lächeln trat auf Sanders Lippen. »*Chamsin*«, wiederholte er. Er lauschte wieder, aber das Glockenspiel war verklungen, und alles, was er mit seinem guten Ohr hörte, war der vorbeipfeifende Wind der Wüste.

Bemerkung des Verfassers

»Geschichte«, soll Robespierre gesagt haben, »ist Fiktion.« Mein historischer Roman ist keine Ausnahme von dieser Regel Robespierres. Mein Hauptanliegen war, zu zeigen, wie ein so anständiger Mensch wie Sander von den Bolschewisten zu Anfang angezogen werden konnte und von ihnen am Ende verworfen wurde. Mit anderen Worten, ich wollte darauf hinweisen, wie das größte politische Experiment des zwanzigsten Jahrhunderts gründlich mißlang. Dabei habe ich mir die Freiheiten eines Romanschriftstellers gegenüber den Tatsachen herausgenommen; und ich glaube es meinem Leser schuldig zu sein, auf die wichtigsten Punkte hinzuweisen.

Es hat Gerüchte, aber keinen klaren Beweis dafür gegeben, daß Stalin keines natürlichen Todes gestorben wäre. Tatsächlich vergingen seine letzten Tage in der Geheimhaltung des Kremls; und niemand hat mit absoluter Sicherheit sagen können, wie er gestorben ist. Wenn man die Anzahl der Leute in seiner Umgebung bedenkt, die um ihr Leben fürchteten und von seinem Tode viel zu gewinnen hatten, läßt sich Mord jedenfalls nicht ausschließen.

Meine größte Freiheit war, daß ich die Poesie von Ossip Mandelstam meinem Dichter Ronscha in den Mund gelegt habe. Ich habe der Figur einige Züge dieses großen Dichters verliehen, dessen Werk und Leben für jeden eine Inspiration gewesen sind, der sich für Rußland interessiert. Durch meine Figur habe ich zu zeigen versucht, was Mandelstam meiner Meinung nach vorhatte, als er sein Stalin-Gedicht schuf und in einem Raum voller Menschen laut vortrug. Ich kann nur hoffen, daß ich der Poesie und dem Dichter Gerechtigkeit habe angedeihen lassen.

R.L.
Paris

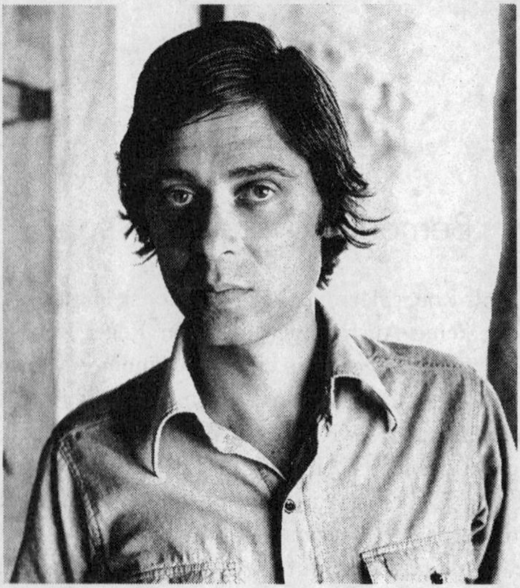

Foto: © Jerry Bauer

Robert Littell wurde in New York geboren, wo er aufwuchs und auch studierte. Nachdem er eine Zeitlang Offizier bei der US-Marine war, arbeitete er von 1965–1970 als Auslandskorrespondent der Zeitschrift *Newsweek*, wobei er besonders für Themen über die Sowjetunion und die Ostblockstaaten zuständig war. Anfang der siebziger Jahre ließ er sich als freier Schriftsteller in Frankreich nieder. Seitdem hat er bislang acht Spionageromane und Politthriller geschrieben, die man immer wieder für ihre stilistische Brillanz, ihre feine Ironie, politische Abgeklärtheit und psychologische Wahrhaftigkeit gerühmt hat. Im Frühjahr 1990 erscheint im Goldmann Verlag sein neuer Roman *Spion im Spiegel*

Von Robert Littell sind als Goldmann-Taschenbücher bereits erschienen:

Der Springer (8582) · Task Force 753 (8477) · Mütterchen Rußland (9073) · Eine höllische Karriere (8865) · In den Klauen des Bären (8916) · Sein oder Nichtsein . . . (8812) · Der Töpfer (9143)